동·서양 지구촌 드라마

# 那辺的 인문학 모색

## 강전식 평론집

동·서양 지구촌 드라마

# 那辺的 인문학 모색

2024년 2월 5일 제 1판 인쇄 발행

지 은 이 | 강전식
펴 낸 이 | 박종래
펴 낸 곳 | 도서출판 명성서림

등록번호 | 301-2014-013
주　　소 | 04625 서울시 중구 필동로 6 (광성빌딩 2 · 3층)
대표전화 | 02)2277-2800
팩　　스 | 02)2277-8945
이 메 일 | ms8944@chol.com

값 20,000원
ISBN 979-11-93543-42-9

동·서양 지구촌 드라마

# 那辺的 인문학 모색

강전식 평론집

超特企劃　秋史 김정희 연구
기획 ❶　수덕사와 김일엽 문학론
기획 ❷　백제 부흥 任存城 고찰

도서
출판 명성서림

 우리들의 선조는 인간의 일을 흔히 '꿈'이라고 이야기했지만, 요지음의 우리들은 '드라마'란 말을 잘 쓴다. 꿈이건 드라마건, '때'와 '등장인물'이 있다면 무대가 있어야 할 것이다. 우리들은 동·서양이 문제의 드라마에서 무대로 되어 있다는 것은 이야기했지만, 그 무대가 어떻게 생겼는가는 먼 옛날 도시의 石象에 있던 것을 이제 아무도 읽지 못한다. 찰나(刹那)이든 영원이든, 그것은 비 바람때문이 아니라 망각을 잘하는 인간의 마음 때문이다. 망각한 것은 어떤 존재를 가장 올바르게 인간에게 상기시킨다. 우리들이 살고 있는 東 아시아 쪽으로 눈길을 돌려보자. 거기에는 지금 공산 치하의 불행한 환경 속에 시달리고 있지만, 오랜 옛날에는 세계 最古의 문명을 이룩했던 광대한 영토를 지닌 大地의 나라이었다.

 독특한 황토의 흙 속에서 성장하여 세계 四大 文明 발상지로 알려져 있는 黃河 문명의 탄생으로부터 二十 세기 初, 청 왕조가 멸망하기까지 수천 년의 역사를 지닌 기나긴 드라마는 어떤 내용을 담고 있을까. 여기서 우선 동방의 트로이라고 불리는 은허(殷墟)의 발굴 이래, 역사의 물결 위에 떠 오르고 신화시대를 넘어 고대 중국의 혼란기로부터 최초의 통일국가를 형성한 시대, 그리고 다시 분열을 맞아 이동 교착(交錯)하면서 재통일에 임하기 직전까지를 더듬어 나간다. 특히 이 시기는 동양 정신의 根幹을 이룬 儒學과 諸子百家의 사상을 비롯, 춘추전국시대에 역사적 비중을 두게 된다.

 인류의 위대한 번영을 謳歌하고 있는 西歐 문명의 고향, 그 정신의 원천을 향해 거슬러 가노라면, 은회색의 빛깔의 나뭇잎을 가진 올리브 숲이 펼쳐져 있고, 그 밑에는 양 떼가 풀을 뜯고 있는 곳, 언덕에 세워져 있는 神殿에는 올림푸스神들이 포도주를 마시며 人間的인 이야기를 나누고, 질소(窒素)한 가운데 지혜와 美를 사랑하는 시민들이 사는 곳, 고대 그리스에 닿는다.

4

비록 古典的 스타일이지만 이곳에는 자유와 평등이 실현된 민주주의가 있었고 悲劇의 아름다움을 탐구한 문학과 깊이 있는 철학적 사색들이 자라고 있었다. 아테네 시민들의 정열, 스파르타인의 意志, 세계정복의 열망에 불타고 있었던 알렉산더의 鬪魂에서 헬레니즘 국가 Hellenistic States 가 인문학적 도시 건설을 이루고 스토아 Stoa 철학이 로마인을 매혹시켰다.

그리스인들은 어떻게 그들의 운명을 극복했던가. 헬레니즘 시대의 황혼이 깃들고, 문득 석양의 지평선 저쪽에 또 하나의 거대한 세계가 나타나 모든 길은 로마로 통하기 위해 칼과 방패를 휘둘러 건장한 사나이들이, 그들의 元老院에 의한 공화정치로 민중을 다스렸다. 그리스와 로마를 안다는 것은 세계의 근저(根底)를 안다는 것이 된다. 인간중심주의였던 희랍 로마의 사상이 근세 르네상스 시대에 새로이 평가되어 근대의 형성에 그 中樞的 역할을 했다는 사실을 기억한다면 이제는 유럽을 중심으로 하는 세계가 지구 규모의 구조로 변해가고 있다.

인간의 꿈과 도전, 그리고 기쁨과 눈물이 담긴 역사가 암기과목이라니…… 'H$_2$O=물'이라는 외우는 식으로, '단테는 神曲을 토스카나 방언으로 저술하였다.' 중세인=단테는 역사 공식이 되어 있었다. 인간들의 기쁨과 눈물이 담긴 살아 생동하는 역사가 어찌 암기과목이 될 수 있겠는가? 脫 朱子學은 민중에게 쉽게 접근할 수 있는 문학과 철학 역사의 복잡한 明·淸朝 최대의 중국 支配에서 秋史의 實事求是 實學을 경험하였다. 이제 K-防産과 반도체 수출 등, 젊은이들이 語學능력 培養과 일자리를 찾아가는 워킹 홀리데이 시대에 와 있다.

우리를 둘러싸고 있는 세계는 19세기 중엽까지는 중화 세계였다. 특히 1980년대 이후 중국의 변화는 극적이었고, 그 모습이 돌변해, 다면적으로 인류사회의 미래에 영향을 줄 것이다. 그 역사의 두께와 에너지, 가능성과 不安한 요소를 다시 돌아다 보며 동양과 서양, 그 역사의 무대로 길을 떠나 보자.

2023. 12. 초겨울

著者 識之

# 목차

추사 완당(阮堂) 김정희(1786-1856)의 생애는 1세기 한국 美學에
서 존재방식의 모순을 풀어야 한다. 많은 연구자들이 記述하듯, 순
탄치 않은 세기말적 상황속에서 流配가 지속되는 우울의 연속에서
피어났다. 우울을 학예일치(學藝一致)로써 이룩한 세련됨이 조선
시대 미학의 완결이다. 불완전한 삶은 학문과 예술로 置換되고 美的
태도에 그의 실사구시적 실학사상의 現代化 가능성이 숨쉬고 있다.
전통은 언제나 지금 여기에 맞게 재 창조되는 것이다.
K-防産과 반도체 수출시장, 젊은이들의 워킹 헐리데이가 국제화 시
대의 新作路가 되고 있다.

원래 과거, 현재, 미래의 세 가지 시간이 있다고 하는 것은 타당치 못
하다. 더욱 정확하게 말한다면 과거의 것의 현재, 현재의 것의 현재,
미래의 것의 현재라는 세 가지 시간이 있다고 보아야 한다.
그 이유는 우리 정신에는 이 세 가지가 존재하며, 다른 어떤 곳에서
도 우리는 그것을 보지 못하는 까닭이다. 과거의 것의 현재는 기억이
며, 현재의 것의 현재는 직관이며, 미래의 것의 현재는 예기인 것이
다. 우리들은 역사의 관찰자이기 전에, 우선 역사적 존재이다.

# I부

# 사상가 J·J 루소의 자연 고찰
## - 新엘로이즈 낭만주의, 바랑스부인, 대혁명

### 一. J·루소의 시대와 생애

1.

서양의 근대사상은 중세적 봉건주의의 부자연한 형식적 굴레를 벗어
나 인간 본연의 모습으로 되돌아 가려는 데에서 시작하였다. 바꾸어
말하면 생기발랄(生氣潑剌)한 이승의 낙원을 그리워했던 것이다. 인
간의 존엄성을 신에 의지하기보다 먼저 스스로의 자각에서 찾아가고
있었다. 자유민주 사상이 여기에서 싹트고 여러 험한 고비를 겪으면
서 그와 관련된 수다한 사상이 자라나게 된다. 르네 · 데카르트는 '나
는 사유(思惟)한다. 그러므로 나는 존재한다'(코기도 에르고 숨)에서
대륙의 합리주의가 나오고, 프랑시스 · 베이컨은 '아는 것이 힘이다'
라는 명제로 영국 경험론의 존 로크의 길을 열고 있었는데 이는 방법
은 다를망정 인간으로서의 능력을 확신한 점에서 같은 것이었다. 그
리하여 근대의 모든 사고방식은 자아(自我)로부터 출발하게 된다.

이 자각을 촉진시킨 것이 18세기 계몽사상이다. 이 사상은 합리적으
로 치우쳐서 인간의 정의적(情誼的)인 생활을 疏忽히 할 염려가 없
지 않았다. 르네상스 휴머니즘 주창자 에라스무스(1469?-1536)의 정
신을 「유토피아」의 저자 토머스 모어(Thomas More1478-1535)의
집에서 10여 일 머물면서 장기를 두는 기분으로 집필한 것이었는데
「愚神禮讚)」이었다. 그것은 영국에서 존 로크의 주지적 계몽을 비판
한 샤후츠베리가 영국에서 反啓蒙의 경향을 불러왔다. 「愚神禮讚」
(1411)은 어리석은 인간을 비웃고 학자, 종교가, 귀족, 고관들이 痴愚

女神의 신세를 지고 있다는 것이다. 권위의 기독교를 비판하였다. 그의 인간관은 행복한 인간이란 자연만을 주인으로 모시는 사람인데 이 정신이 루소를 지나 독일의 헤르더, 실러와 연결되었다.

인간의 오성(悟性)보다도 내면적 정서(情緖)에서 인간의 중요한 의의를 찾으려는 사상이 나오게 되었고, 싸늘한 悟性보다도 뜨거운 파토스가 본래 인간을 움직이는 큰 힘이었다. 인위적 제도나 조직 밑에서 인간은 그 지닌 본연의 자연스런 천성을 발휘하지 못하고 문명의 퇴적(堆積)과 더불어 차츰 불행해졌다는 외침은 인간의 파토스를 흔들어 자극하였다.

18세기 프랑스가 낳은 루소는 근대사회에서 시대적 예언자이며 개척자, 선구자로 일컬어 지나침이 없다 하겠다. 그가 남긴 업적이 다방면인 점, 즉「학문 예술론」,「인간불평등 기원론」으로 문명비평을 시작하였고,「사회계약론」으로 민권사상의 토대를 구축하고 소설「신엘로이즈」로 낭만주의를 고취하고 교육론은「에밀」에서 독특한 교육방법과 인간의 이상상을 제시하고,「고백」으로는 근대적 의미의 고백문학의 한 전형(典型)을 보였다. 또 도보여행과 식물 수집에 있어서도 독창적 로망티즘 문학에 영향을 끼치고 있다.

1789년 프랑스 대혁명이 된 몽테스퀴외, 볼테르, 디드로 등과 함께 그 의식면의 준비작업으로서 공로를 간과할 수 없는 것이다. 루이 16세가 옥에 갇혔을 때, 볼테르와 루소를 읽고 나서 '나의 왕국을 쓰러뜨린 것은 이 두 놈들이다' 라고 외쳤다는 것은 널리 전해지는 전설이다. 후에 나폴레옹 1세도 '만약 부르봉왕조가 펜과 잉크를 좀 더 강력하게 단속했더라면 얼마 동안은 더 존속할 수 있었을 것이다'라고 말한 일도 있다.

18세기에는 새로운 윤리, 그리스도교에서 벗어난 세속적 도덕을 수립하려는 철학자가 나왔다. 대표적 철학자는 볼테르, 디드로 루소이다. 그리스트교 윤리관에 의하면 윤리란 것은 그 교회 속에 포함되어

있었고, 교회의 가르침에 따라 생활하는 것이 곧 善이며, 그것에 배반
되는 것이 곧 惡이었다. 종교적 덕, 윤리적 선도 구별되지 않거니와
부덕도 구별되지 않았다. 거기에는 종교만 있을 뿐, 거기에서 독립된
윤리는 없었다. 즉 입으로만 선을 주장하면서 악을 행하는 교도가 있
는가 하면, 무신론자 중에서도 많은 사람들이 선을 행하고 있기 때문
이다. 교도가 아니더라도 유덕자일 수 있고, 반대로 유덕자 아닌 교도
가 있는 것이므로 종교와 윤리는 분리하여 생각하려는 것이 철학자들
이었다.

　종교에서 벗어난 세속적 윤리에 어떤 내용을 담고 그 기준을 어디에
둘 것인가? 그들은 그 기준을 사회에 두어야 한다고 생각하였다. 세계
가 상대성에 의하여 지배되고 있다는 것을 알고 있었다. 그것은 몽테
뉴 이후 서서히 발전해 온 사상이며, 이미 「법의 정신」에 의하여 그 윤
곽이 드러나고 있었다. 따라서 이 지상에는 그 어떤 절대적인 선도 없
고 악도 없었다. 다만 인간이 사는 사회의 안녕과 질서는 어떠한 희생
을 치르더라도 지키지 않을 수 없었다. 고로 새로운 윤리의 기준의 기
준은 사회에 두어야 한다는 것이다. 사회의 안녕을 위한 행위가 선이
며, 그것을 해치는 것이 악이었다.

　이미 신은 없는 것이니까, 비록 있어도 인간 행위를 규제하는 것이 아
니라 인간 서로가 사랑하고 서로가 선을 행하자는 18세기의 자비로운
사상, 친절한 관념이 생긴 것이다. 이렇게 윤리를 종교에서 분리하였
는데, 그들 철학자들에게 신이란 벌써 파스칼이 말한 아브라함의 신,
이삭의 신, 야곱의 신이 아니라 철학자의 신, 기하학자의 신이었다.
철학자의 신이란 '우주의 지성'이다. 보편적 존재, 보편적 원인, 영원
의 창조주 등으로 불리지만 실은 같은 말이다. 이것을 理神論이라 하
며 볼테르가 그 대표적 인물이다.

　우리가 믿어야 하는 유일의 종교는 신을 숭상하여 성실한 인간이 되
는 종교이다. 그러므로 그것은 단순한, 공명정대한, 가장 신에 어울리

는 우리들을 위해 주는 종교인 것이다. 요컨대 우리는 신과 인간에게 종사하고자 하는 것이었다. 디드로도 볼테르와 같이 될 수 있는 한 사랑하고 관용하며 덕을 쌓도록 노력하는 것이라고 말하면서 낙관적이었다. 볼테르는 신과 인간을 동격으로 끌어 올리면서도 낙관적이 아니었다. 오히려 인간은 약한 존재로 보고 자유의사의 존재마저 부정하였다.

디드로가 인간성을 선으로 보고 인간의 양심의 소리를 믿는 것은 루소와 비슷하다. 루소는 인간의 사회에 불행이 있다면 인간의 관용의 성질이 무엇에 의하여 저해되었기 때문이라고 한다. 그러나 그 저해가 사회에서 오는 것이 아니었다. '빛의 결여' 때문이었다. 덕은 자주 불행이나 죄악의 구름에 싸인다. 그 구름에 빛을 던져 그것을 걷어버리도록 하지 않으면 안 된다. '백과전서파'는 인간의 이지를 존중하여 이를 근거로 미신이나 기타 인간의 세속적 행복을 가로막는 것에 빛을 던져 어두움을 타파할 수 있다 하였다.

루소의 중요한 흐름은 인간의 감정, 인간의 양심의 소리를 소중히 하지 않으면 아무리 계몽을 부르짖어도 그 의도하는 목적을 달성할 수 없다고 하는 理性 輕視觀에 주목해야 한다. 인간은 理性만으로 움직이지 않고 오히려 感情이라는 큰 힘의 작용이 인간을 움직인다는 것이다. 이미 17세기에 파스칼은 기하학적 정신과 함께 섬세한 감정을 소중히 하였고 페늘롱(1651-1715, 프 종교가 문학자 낭트칙령 폐지 신교도로부터 개종자를 지도, 靜寂主義者) 때에는 신학에 관한 문제에 있어서 그 심정의 논리에 귀를 기울여야 한다고 하였다. 18세기에서도 영국의 셰익스피어와 프레보는 정열에 뒤흔들리는 인간의 이야기를 써서 행동의 세계에 감정의 우위를 나타냈던 것이다.

이와 같이 인간 내면 깊은 곳에 이성보다 더 강하게 인간을 움직이는 본능의 순수한 소리를 듣고 자연에 귀를 기울이라고 주장하였다. 그러므로 시대의 영향과 개인의 차를 유보하여 생각한다면 자연이라는 것을 크게 문제 삼고 인간의 교육 내지 계몽에 커다란 관심을 가진 점에서 루소는 멀리 몽테뉴의 소리가 울리고 있었다고 생각하게 된다.


## 2.

쟌쟈크 루소(Rousseau, Jean Jacques 1712-1778)는 1549년 신교를 믿기 위해 파리에서 제네바로 이주해 간 가정에서 태어났다. 루소의 부친 이자크 · 루소는 시계공으로서 자영업의 시민이었는데 당시 제네바 소 공화국에는 자유주의 사상이 문제가 되고 있었다. 공화국의 권력권에서 밀려나 언제 도태당할지 모르는 상태에 있었다. 제네바는 신교의 전초였고 시민들은 강력한 자립정신이 자리 잡고 있었다.

캘빈(1509-1564)은 귀족의 입장을 살려 규율을 고쳐 캘빈 장로교(캘빈교회)를 만들었다. 그는 오를레앙 및 부르지 대학에서 법률학을 공부하였는데 독일인 교사에 의해 그리스 고전에 정통하게 되었고 프로테스탄티즘에 영향을 받았다. 파리에서 추방되어 국외에 유랑하다가 1541년 이후에 제네바에서 종교개혁에 종사하였다. 캐톨릭의 교계(敎階)제도와 그 행위를 비판하였으며 豫定設은 여기에서 유래된 듯하다. 루소의 탄생은 일주일 만에 모친이 산후 후유증으로 사망하였다. 모친은 아름답고 자립적인 여자였다고 전해진다. 부친은 낙천적이고 자주적 성격이었으며 여행을 즐기는 편이었다. 첫 아이 출생 후 2, 3년 동안 처자를 버리고 콘스탄티노플로 간 일도 있었는데 그가 돌아온 1712년 둘째 아들 루소가 태어났다.

루소 부친은 누이 중의 한 분을 집으로 불러들여 루소를 양육하였다.(두 사람의 숙모가 돌보았다는 설도 있다) 아이는 같은 또래의 아이들과 별로 놀지 않고 집안에 틀어박혀 있었던 것도 이런 환경적 조건이 원인이었을 것이다. 루소의 성격은 압도적이라 할 만큼 여성적이었다. 감정적 수동성의 성격은 그의 성격 기조를 이룬 것이다. 7, 8세에 부친과 함께 소설 읽기 독서덕택으로 사물에 대한 관념은 갖지 않았는데 감정은 갖게 되어 생각하기 전에 감각했다는 것을 타인 이상으로 체험했다. 자의식의 형성이 현실과의 접촉에서가 아니라 픽션이라는 매개에 의존한 감정 우위의 성격 형성이었다.

1722년 부친은 퇴역군인과 싸움이 원인이 되어 영원히 제네바에서 피신해야 했다. 열 살 소년은 친척 집 공공 사무소 서기, 인판사(印版師)로 전전하였으며 일터에서 억누르고 제약하는 상황에서 벗어나 자유에 대한 욕망과 향수를 자아내게 하였다. 친구들과 어울려 도시 근방을 두루 헤매기도 했다. 쏘다니던 젊은이들은 시간을 잊기가 일쑤였다. 집으로 돌아가려 할 때, 도시 성문(城門)이 닫혀 있는 수가 잦았다. 1728년 봄 닫힌 성문 앞 절망 속에 기다리고 있는 넓은 세계로 도망칠 결심을 한다.

영웅적이고 에로틱한 세계는 비록 그가 꿈꾸어 오던 것과 다르다 할지라도 부끄러운 환경에서 탈출하여 방랑의 길로 나가게 된다. 3년간의 도보의 방랑은 스위스 각지는 물론 알프스를 넘었다는 사실은 그가 자연을 느끼는 데 획기적 경험의 변천을 주었다. 이 느낌은 2, 3년 앞서 1716년 덴마크 작가 홀베르크 루드비히(Holberg Ludvig1684-1754)가 느꼈던 것과는 판이했다. 루드비히는 시인 극작가 사학자로 도보여행의 독특한 신비를 말했는데 루소 역시 독특한 천성을 드러냈으며 자신의 遍歷의 벽을 드러냈다.

이 태도는 그가 가장 좋은 것을 찾기 위해서 부푼 희망을 안고 널따란 세상으로 방랑의 길을 밟게 하였다. 그 태도는 후에 수다한 낭만주의 작가들이 詩의 테마로 삼은 바 있게 된다.   이리하여 자연과 인공, 감정과 이성, 민중과 특권계급이라는, 루소의 사상적 기반을 형성한 일련의 대립적 개념이 모두 도제(徒弟)시대와 방랑 생활의 체험을 통해서 점차로 형성되어 갔던 것이다.

1728년 16세 때 콩피뇽의 퐁베르 사제(司祭)의 소개로 앙누시(瑞西)의 국경 너머에 있는 프랑스 도시. 사보이아 (옛 이름 샤브와의 州都)

에서 드 · 바랭스 부인(夫人.1699-1762)과 처음 만났다. 부인은 점잖은 귀부인으로 캐톨릭으로 개종하는 젊은이들을 돕고 있었다. 부인의 주선으로 4월 12일 이탈리아 토리노 수도원에 입소, 개종하는 수도원 교육을 받았고, 6월에 수도원을 나와 상가의 점원, 대가(大家)의 하인 등 구봉 백작 집 일을 했고, 그 아들 구봉 사제(司祭)의 비서로 승진되었다. 이 때에 그는 그 생애에서 가장 관계깊은 동 시대의 대 작가 볼테르의 문명을 높인 출세작 서사시 '앙리야드', 철학시 '사교인'를 읽었다.

1729년(17세) 토리노를 떠나 드 · 바랭스 부인 집에 다시 돌아온다. 안시 신학교 수학, 성가대학교 성가대장 르메트르에게서 음악을 배웠다. 다음 해에 바랭스부인이 애독하는 17세기 자유사상가 피에르 · 벨의 주저 「역사비판 사전」을 독학시절에 읽었다. 바랭스부인이 루소에게 중대한 영향을 끼친 것은 근본적으로 루소의 성격의 수동성, 거기에 모성형의 여성성을 바랭스 부인에서 발견한 것이다. '친절한 어머니', '이 세상에 존재하는 유일한 여성'인 것이다. 서로 '마망(엄마)', '프티(아가)'라고 불렀다.

이 호칭에서 거의 알지 못하는 어머니에 대한 애정을 되살렸을 것은 의심할 바가 없다. 이것은 그의 수동적 성격을 완전히 만족시켜 주었다. 34세의 마망으로부터 '하나의 남성'으로 취급되었다. 이것은 '극복할 수 없는 자연'에 거역하는 것이었다. 그 후 마음과 관능을 함께 만족시켜 줄 사랑을 찾는 편력이 시작된다. 그러나 루소는 평생 사랑에도 결혼에도 끝내 성공을 거두지 못한다. 이 좌절의 연속이 마망과의 부자연한 상관성에 기인한 것이 아니었을까? 혹은 그 사상의 급진성과 어딘가에 미묘한 관련된 것은 아니었을까.

루소는 1735년(23세 때) 여름, 어린 시절부터의 요폐증(尿閉症)이 악화되면서 불면증까지 생겼다. 목숨이 얼마 남지 않은 시기에 '자기교육'에 바칠 결심을 했다. 마침내 노이로제가 극복되어 제이의 탄생을 본다. 드 · 바랭스 부인은 샹베리 부근에 별장을 하나 새로 얻었는데, 샤르메트라는 곳의 별장은 정원과 포도원과 밭이 붙어 있었다. 여름 내 체류하는 동안 루소는 자연과 부인과의 대화에 젖어 있었다.

샤르메트로 정식 이사한 루소는 1738년부터 철학과 학문연구에 취미를 얻게 되어, 볼테르의 서간 문집(초판은 1732년, 재판은 1734년)이 감명적이었다. 이 책을 통해 로크와 뉴턴, 새로이 등장한 영국의 자연과학과 데카르트 철학에 대한 그들의 투쟁을 알게 된다. 루소는 이 두 경향에서 모두 강렬한 영향을 받는다. 로크와 데카르트 두 사람을 모두 사숙했다. 따라서 두 사람을 똑같이 공부했다. 루소의 사상은 이 두 사람의 영향을 받고, 특히 종교철학에는 대단한 영향을 받는다. 생각하는 훈련을 할 만한 재료를 찾아 이질적인 사상가들의 설명을 끈덕지게 따라갔다. 새로운 철학의 위대한 다이얼로그에 젖으면서 자기의 小 공화국에서 울려 퍼질만한 자리를 찾기 시작했다. 백과전서파들과 교제하면서 루소는 철학 수학 라틴어 및 역사에 관한 연구를 하게 된다. 읽은 것 중에 동시대 외에 고대의 플라톤, 전세기의 라이프니츠 등도 있었다. 이리하여 18세기 일반적 조류인 이신론(理神論) 내지 유물론에 대한 루소의 독특한 17세기 풍의 유신론, 관념론이 마침내 대결하게 된다. 이 무렵의 루소의 시를 보면 여러 가지 연구에 매달린 것을 엿볼 수 있다.

> 육체와 사상의 법칙을 연구한 나. / 록크에서 사상사를 배웠고, /
> 케플러, 와리스, 바로우, 레이노, 파스칼을 통해 / 알키메데스를 알게된 나.
> 급기야는 병상에 누워있다. / 육체의 피로를 받은 나.
> 복잡한 제도의 시련마저 겪고 있다. / 데카르트도 읽었다. / 그의 저서가 지시하는 방향은
> 경박한 소설이나 진배 없어 / 충실치 못한 가설일랑 버리고,
> 자연과학 연구에 만족을 얻고 있다.

이러한 모든 연구의 의도는 루소 자신의 성품을 표현한 것뿐 아니라

교육자로서 또는 귀족가(家)의 비서인 루소의 위치도 나타낸다.

### 3.

1740년(28세) 샤르메트를 떠나 리용으로 간다. 바랑스부인의 소개로 마불리 가(家)의 가정교사, 파리의 흙을 밟게 된다. 그의 유일한 자산은 숫자에 의한 '음악신기보법(音樂新記譜法)'으로 생계를 유지하려 했다. 겨우 음악 교사로 있으면서 디드로나 그롬 등과 교유한 것이 실의에 찬 그의 큰 위안이었다. 파리 계몽주의자 서어클에 가입, 주지주의적 문화에 적응하였다. 잠시 프랑스대사 몬테귀의 비서로 베네치아 체재 후, 파리에 돌아왔는데, 기분전환의 위안을 준 여인이 아홉 살 아래인 테레즈·로바쇠르(1721-1801)이었다. 오를레앙 태생 여관집 하녀였다.

조심스런 태도, 싱싱한 눈동자, 다감하고 소박한 교태없는 여인이라고 표현하지만, 마망(엄마)과 부자연한 관계의 후계자이었지만 이들은 1746-1755 까지 다섯명의 아이들을 모두 고아원 문 앞에 버렸다. 그 진실에 가까운 원인은 빈곤이었다. 연 일천 프랑의 돈이 필요했으나 그의 수입은 여기에 많이 미달이었다. 재발한 요폐증에 신장염이 겹치고 다시 위까지 앓아 토하고 설사하였다. 드·바랭스부인에게 쓴 편지에 '…이 부끄럽고 비참한 상태에서 탈출하기 위해 모든 힘을 다하고 있습니다. 그러나 내 운명을 규제하는 것은 오직 우연뿐이며 아무리 신중한 노력도 어찌할 수 없다는 것을 요즈음 느낍니다.' 이 역경의 밑바닥에서 우연만이 유일한 구원이었다.

34세 때 에피네부인(夫人), 뒤팽부인, 가을 뒤팽가(家)의 소유인 쉬농소 성(城)에 체재(1749년 까지). 이 무렵부터 2, 3년간 많은 시, 음악, 극본을 만들었다. 디드로는 '철학적 수상(隨想)'을 발표, 문학자로서 루소보다 한 발짝 앞서 있다. 우도트부인(베르가르트 양)을 의(義)누이 에피네 부인으로부터 소개받았고, 백과전서에 음악의 항목을 집필, 이 때 디드로는 '맹인서간(盲人書簡)'을 익명으로 발표했는데 필화(筆禍)사건이 되어 영어(囹圄)의 몸이 되었다.

파리 교외 반센성(城)에 감금된 디드로를 방문가는 길이다. 무심코 호주머니에서 메르퀴르· 드· 프랑스지(紙)를 펼쳐보고 거기에 '학문과 예술의 진보는 습속순화에 기여(寄與)했는가?' 현상 논문의 제목이었다. 떡갈나무 그늘에 앉아 디종 아카데미 현상 논문을 구상하고, 열병에 걸린 사람처럼 들떠서 집필한 '학문예술론'은 탈고 완성되어 1750년 당선되었다.

樂譜필사로 생활비를 마련하려던 루소는 일약 명성은 높아지고 '52년 가을, 그의 가극 '마을의 점장이'가 상연되어 파리에서 루소보다 인기있는 인간이 없다고 할 정도가 되었다. '마을의 점장이'는 御前에서 상연되는 영광을 얻고 루이 15세로부터 연금이 하사된다는 뜻이 전해졌지만 이를 거부, 18세기 말까지 끊임없이 상연되어 루소의 말년까지 안정된 수입원이 되었다.

'53년 디죵 아카데미가 내건 새로운 논문 '인간불평등기원론'에서 상을 받지 못했다. 그러나 가장 깊이가 있었는데 일반적으로 염세적인 것이다. 역사적 상황을 고려하지 않고 자연적 상황의 변호에 불과 두 가지 방편을 내 놓고 있는데 마음의 평화만을 목적으로 삼는 사람은 자연 속에 외롭게 파묻혀야만 한다. 이와 반대로 능동적 태세로서 재산을 가지고 있는 사람은 사회에 머물러 악을 부드럽게 하도록 노력해야 한다는 논지였다.

루소의 철학 관계 저서에서 '인간불평등 기원론' 서술을 볼 수 있다. 이 책이 출간되기 전, 루소는 테레즈·로바쇠르와 함께 고향 제네바로 여행을 떠났다. 도중 루소는 샹베리에 들려 바랑부인과 재회했으나 나이가 많아 추해지고 경제적으로도 고통을 받고 있는그녀에게 구원의 손을 뻗치지는 않았다. 잃었던 시민권을 얻기 위해 신교의 교회로 돌아갔으며 4개월간 제네바에 체재했다. '인간 불평등 기원론'이 네

델란드 출판사에 의해 간행되었다.

결국 그는 제네바에 머물지 않고 파리로 돌아왔다. 고향을 찬미하는 것은 타향에서만이 가능하다. 기어이 그는 도시를 등지고 그의 파트런인 에피네 부인은 정원이 있는 주택을 루소에게 넘겨 주었다. 파리에서 19km, 몽모랑시 부근 엘미타지(隱者의 住居)를 제공받았다. 여기는 에피네부인 별장과 가까운 거리였다. 많은 방문객 중에 26세의 앞에서 언급했던 우도트부인은 세 아이의 어머니에 애인이 있는 에피네 부인의 이종동생이다.

루소는 숲을 두루 돌아다니고 큰 길과 작은 길을 알아두는데 골몰했다. '57년(45세) 안정을 얻고나서 비로소 그는 문학작업에 손을 댔으며 봄부터 여름까지 우도트부인을 사랑했다. 루소에게 마음과 관능을 충족시켜줄 참된 사랑을 갈망한 편력은 실패로 끝날 수밖에 없었다. 실패의 책임을 놓고 우도트는 에피네 탓으로 돌렸다.

사이가 나빠진 루소는 연말 엘미타지를 떠나 몽모랑시의 몽 · 루이로 옮겼다. 에피네 부인과의 절교는 그의 애인 멜히오르 · 그림(Grimm, Friedrich Melchior 1723-1807)과의 절교. 그림은 독일 생으로 프랑스 비평가로 고전적 소양이 풍부한 18세기 최대의 문예 비평가이었다. 이탈리아 음악을 옹호하고 디드로와 친교를 맺고 에피네 부인의 살롱에 출입하면서 그의 애인이 되어 있었다. 루소와 결렬은 또한 디드로 등 백과전서파와의 결별이다. 파리를 떠나 엘미타지로 간 것 자체가 디드로에게는 야유의 실마리였다. 그의 편지에 '은둔자 기묘한 시민' 등 표현은 제네바 시민 루소를 분격하게 하였다.

몽 · 루이에 정착한 '58년부터 '60년(60세 때)까지 3년간은 루소에게 다산(多産)의 시기였다. 이때 '누벨 엘로이즈', '에밀', '사회계약론'의 3대 걸작이 저술되었다. 신 엘로이즈는 우도트 부인과 연애가 시작되기 전에 구상된 것이며 이 도덕적인 애정물로 루소는 '양심의 인도자'

라는 지위를 확립했다. 승려의 독점물인 양심의 인도자 지위가 문학자의 손에 넘어왔다. 애정물로 사람의 마음을 유혹한 그는 보다 참된 교훈을 베풀려고 하였다. 그리하여 에밀, 사회계약론을 '61년 여름에 완성한다.

이 저술은 유럽, 아니 전 세계의 사상사에 미덕의 지위를 확고히 했다. 당시 사상계에서 대결할 실력을 증명한 것이 되었고 왕좌를 점거한 볼테르에 도전자로 나타난 것이다. 그러나 이 영광의 왕좌는 동시에 박해의 출발점이기도 했다. 사회계약론 저서가 네델란드와 파리에서 발매되었다. 소르본느 신학부에서 「에밀」을 압수하여 고발하였는데 고등법원에서 유죄 논고가 되자 루소에게 체포령을 내렸다. 「에밀」이 파리에서 분서(焚書)되고 제네바에서도 「에밀」, 「사회계약론」이 분서되었다. 귀족들의 설득으로 루소는 프로이센으로 도피, 대공령 총독의 비호를 받는다. 프리드리히 2세의 영내 은거 허가를 받았다. 식물채집의 취미를 갖고 제네바 시민권을 방기(放棄). 볼테르가 '시민의 견해'에서 루소를 비방하는 글을 발표한다. 이때부터 「고백」을 쓰기 시작. 피에몽섬에서 「고독한 산책자의 몽상(孤獨한 散策者의 夢想)」을 집필하여 그 시절을 아름답게 묘사하였다. 퇴거명령으로 영국 철학자 흄의 권고로 영국 우턴의 데이븐 포오트에서 「고백」을 계속 썼다.

'67년 우턴을 떠나 미라보 무동의 성관(城館) 쟝ㆍ죠세드ㆍ르누, 음악사전발매, 두통 신장병으로 고생하며. 리옹, 샹베리, 부르그왕 등지에 살았다. 몽캉의 농장에서 「고백」 제2부 7권-12권 완성, '71년 「고백」 스웨덴 왕태자 앞에서 낭독하다 에피네 부인의 방해로 중단, 박해와 편집관념(偏執觀念)에 시달리며 프라트리에르家 집보다 싼 방으로 옮기어 「고독한 산책자의 몽상」 집필, 「신엘로이즈」 독어판으로 독문학에 영향을 주어 「젊은 베르테르의 슬픔」(1774)이 나왔다.

박해와 싸우며 7년 동안 필사한 악보 분량은 11,185페이지에 달한다. 연평균 800 프랑을 번 셈이다. 생활하기는 정말로 어려웠다. 새로운 영혼을 찾으려는 루소를 찾는 사람은 별로 생기지 않았다. 그러나 혁명을 주도한 인물을 암시하는 「피가로의 결혼」, 「세빌리아 이발사」의 작가 보마르세, 베르나르댕 드 생피에르 등의 예외는 있었다. 특히 문학자 박물학자인 생피에르는 파리에서 수학한 후 루소의 자연사상의 영향을 받아 '자연의 연구'를 저작하였는데 나폴레옹이 애독했다는 첨부된 삽화 '폴과 비르지니'는 목가적(牧歌的) 소년 소녀의 사랑을 아름답게 그리고 있다.

'72년부터 집필한 「루소 쟝 쟈크를 심판한다」는 박해에 대한 최후의 저항으로 시도되어 그 복사문을 노트르담 사원의 제단에 바치려 했지만 제단 앞 철책이 닫혀 있어 실패했다. 신(神)도 박해자의 한패였을까? 절망 후 외부로의 희망을 끊고 오직 자기 내부의 세계에 파고든다. 내가 나 자신을 재판한 것보다 관대하게 내가 재판을 받을 날이 올 것이다. 「고독한 산책자의 몽상」, '제9의 산보'가 완성되었다. 교회의 부활절 종소리를 듣고 생각이 나서 최후의 붓을 들었다. '… 오늘은 처음 드· 바랑스부인을 만난 때부터 꼭 50년이 된다.' 추억의 말로 시작된 이 '10장의 산보'는 미완성인 채 그의 절필이 되었다.

제네바의 구우(舊友) 풀 무르드의 아들에게 원고를 넘기고 파리에서 30km 떨어진 지라르댕 후작 소유의 에르무농빌 저택 안의 작은방에서 장액성졸중(漿液性卒中)으로 7월 2일 사망. 임종을 지킨 오직 한 사람인 테레즈였다. 우동 등 몇몇 조각사가 데드마스크를 뜬 후 4일 그의 시체는 호수 가운데 있는 포플라 섬에 배로 운구되어 농부들이 배 위에서 비치는 횃불 빛을 받으며 제네바의 풍속으로 조용히 매장되었다.

'94년 혁명 후 3년 포루투갈 혁명정부가 그 유해를 판테온으로 옮겨 그의 위대한 라이벌이었으며 그와 더불어 대혁명의 도화선이었던 볼테르와 나란히 다시 묻혔다. 루소의 영향은 근대 정치, 교육, 문학에 걸쳐 너무 광범하기 때문에 마라(Marat 1743-93)는 파리의 거리에서 사회계약론을 낭독하고, 로베스피에로(1764-94)는 루소에 바치는 찬사를 쓰고 젊은 학생시절 그 은서지(銀棲地)를 방문한 일이 있었다고 했다.

## 二. 주요 저작과 끼친 영향

### i.「학문예술론」

1740년 어느 무더운 여름날 루소는 파리로부터 뱅센으로 향해 길을 떠났다. 중세시대의 뱅센성(城)은 당시에 와서 주탑이 감옥으로 사용되어 디드로가 전술한 대로 필화사건으로 해서 위에서 언급한 대로 영어(囹圄)의 몸이 되어 만나기 위해서였다. 도중에 신문을 읽게 되었는데 디죵 아카데미가 내놓은 현상 논문에 관한 것이었다. 즉 학문과 예술의 새로운 기운이 도덕을 정화하였는가? 또는 개선하였는가? 순간적으로 그의 마음을 뒤흔들었다. 논문 제목으로 보아 그것은 문명 비평을 기대한 것이 확실하며 18세기 중엽에 제기되었어야 할 주요한 문제를 언급했던 것이다.

르네상스 이후의 예술과 문학, 자연과학의 대두, 그리고 새로운 철학의 독창적이고 모험적인 이념은 거대한 희망을 자극해 왔던 것이다. 인간은 세계를 완전 이해할 것으로 믿고 계속적으로 발전할 희망을 갖고 있었다. 볼프와 볼테르를 선두로 일련의 저술가들이 이미 발견한 관점은 계몽철학의 발단이었고 특히 볼테르는 프랑스 사회의 봉건적 성격에 불만을 품고 영국에 체재하면서 자유사상의 투사로 활동하였다.

이 시기에 디드로와 달랑베르의 백과전서파는 위대한 계몽주의 물결을 일으켰고 자연과학 철학 및 역사 비평가의 세계에 문을 열어놓고 있었다. 이는 재래식의 인생관과 생활태도에서의 결별을 의미한다.

그런데 그것은 좁은 테두리에 국한되는 데 불과했다. 근대문명의 발달에 있어서 도덕적인 의문을 암시하고 있는 것으로 보인다.

떡갈나무 밑에 앉은 루소가 신문을 꺼내어 펼치는 순간 정신에 벼락이 떨어진 것처럼 느낀 영감이 있었다. 인간의 천성은 원래 선량한 것인데 스스로 만든 문명과 제도에 의해서 폐해가 생기고, 따라서 사회의 조직과 학문, 예술의 발달 속에서 온갖 모순과 타락의 경향이 들어 있다는 직관이었다. 사상이라는 것이 설문에 의하여 전개된다고 할 적에, 디종 아카데미는 루소의 사상이 그 생애를 바쳐서 전개할 설문을 제기한 것이었다.

이 운명적인 설문에 대하여 그는 노오라고 답안을 썼다. 르네상스 이후의 학문과 예술의 발달, 즉 근대문화는 도덕을 진보시키기는커녕 오히려 인간의 생활과 품성을 부패시키는 데 이바지했다는 것이다. 이 논지를 전개하여 그해(1749년) 10월부터 이듬해 4월까지 약 반년 동안에 학문예술론을 집필하여 응모했다. 7월에 수상하고 연말에 디드로의 진력으로 제네바의 파리요 서점에서 간행되었다.

이러한 운동은 전체적으로 재래식 인생관과 생활 태도와 결별을 나타내는 것이다. 이 끊어진 길로 만족스럽게 활보할 수 있는가? 또는 맹목적 새로운 문화를 감탄하는 자들이 결렬로서 사라진 전통과 본래의 가치와 가능성을 훑어 볼 수 있는가? 그 후 루소는 인간성과 존속한 문화 사이의 대상에서 자신의 어두웠던 감정이 작용했다.

디죵의 논문 문제는 그를 미몽에서 깨어나게 하였다. 현대는 문화와 더불어 처신하여 왔고, 그 사이를 불안하고 외부적인 면에 반응을 일으키며 살아왔다. 독립되지 못한 인생은 내면성과 무의식적으로 명백한 이해 없이 이것을 구축해 왔다. 이때부터 그는 문화와 반대되는 것을 자연이라고 생각했다. 이 자연 속에서 직접성과 단일성, 자유와 선(善)을 이해할 수 있었다. 문화는 인생을 반영했고 착잡하게 했고 강요하고 좋지 않게 했다.

그는 문화를 고발했다. 그가 1750년 수상소감에서 '우리의 영혼이란 학문과 예술로서 완전하게 되면 될수록 이와 정비례로 점점 파멸된다.'고 피력하였다. 그는 이 현대문화와 더불어 처신하여 왔고, 또 그 문화와 합쳐진 불안하고 외부적인 면에 반응을 일으켜 왔다. 독립되지 못한 인생은 내면성과 직접적인 것과 무의식적인 것을 제대로 알지 못하고 이것을 구축해 왔다는 것을 알게 되었다. 만인에게 인정되는 위대한 생활 체험을 통해 최상의 것으로 생각되는 직접적인 감정은 내면적인 행복이었다. 이 모든 것은 위험스런 것이었다.

옛날의 신념과 애국심은 새로운 습성으로 사라졌다. 습성은 지성적이며 미학적인 문화를 불러내는 것이다. 이제는 자유로운 사상가가 되는 것이다. 이 길을 걷고 있는 수다한 사람들은 때때로 동맹을 만든 광신자였을지 모른다.

이 논문은 형식이 수사적이었으나 따뜻한 감격으로 해서 대단한 효과를 나타냈다. 저자 루소는 곧 유명한 사람이 되었다. 문학분야에서 새로운 위력이 나타나게 되었는데 자유로운 사상가에게 향한 위력이었다. 자유로운 사상가란 백과전서파라 부르게 되었는데 물론 루소 자신도 그 파에 끼어 있었다. 디드로나 달랑베르의 친구였다. 파라독스의 기분에 좌우되는 디드로가 루소에게 그러한 방법으로 논문의 문제를 해결하도록 힘을 북돋우어 주었는데 해결의 아이디어를 처음으로 루소에게 준 것이다.

이는 비평과 계몽주의에 대한 답변으로서 나타나는 것이다. 볼테르는 투쟁했던 모든 것을 조소한 루소에게 감정이 좋을 리 없었다. 더욱 반계몽적(反啓蒙的) 경향으로 보였기 때문일 수도 있다. 교회의 포악한 행위를 반대하여 투쟁할 뜻을 가지고 자주적인 생각을 하는 사람들을 모으고 있는 중이었다. 볼테르는 루소를 이단자로 생각했다. 루소의 패러독스 속에는 싹이 발전되면서 루소로하여금 백과전서파에 못지 않게 옛 질서와 앞장 서서 투쟁하는 사람과 싸우게 했던 것이다.

왜냐하면 교회와 나라의 옛 질서가 그가 이해하고 있던 자연에 자기의 권리를 주지 않았기 때문이다.

자연에 대한 호소로서 보수당이나 급진당 위에 군림하고 있는 권력에 호소했다. 그후 그의 주요한 작품들에서 이 방면에 대한 그의 이념을 전개시켰는데 텍스트에 의한 항변은 모든 문화와 문학과 예술에 대항한 것이다. 이런 형식의 항변은 수사적인 패러독스였다. 그 문장이 날카로왔다는 것은 그가 발견했던 문화의 성질을 통해서 그의 인간성과 태도를 통해 생각하면 설명될 수 있다. 당시의 문화는 이미 시대에 뒤떨어진 것으로 16세기와 17세기에 그들의 특징을 던져 주었던 위대한 천재들은 자기들과 동등한 후계자를 발견하지 못했던 것이다.

자연히 힘의 모방시대가 시작되었다. 즉 문예가는 많지만 천재가 부족한 시기에 나지막한 공중누각이 세워진 것이다. 자연은 '인류의 스승'인 베이컨, 데카르트 및 뉴턴 같은 사람들을 학생으로 정했다. 그후 그는 패러독스를 옹호하기 위해 '나르시스의 서문'에서 다음과 같이 말했다. 해(害)를 입지 않고 진실을 덮고 있는 베일을 꿰뚫을 수 있는 소수의 천재는 인류의 빛이요 영광이다. 그가 당시의 문화에 애착을 가지고 있었던 것은 원시적인 것과 자연의 힘과 자연의 생기였다. 루소의 느낌은 후에 젊은 괴테도 「시와 진실」이라는 자서전에서 낡은 퇴폐적 인상을 묘사하고 있다.

더구나 예술과 학문이 인생의 외부에 있다는 사실은 논문에서 자연의 힘과 계몽이 전혀 다른 것인 한, 사상가들은 어떤 위대한 것도 창조하지 못할 것이라고 말하고 있다. 이것이 변하기 전에는 민중은 비참하고 타락하고 불행하게 마련인 것이다. 근본적인 창조력이 사라진 것을 고발한 것처럼 문화가 민중의 생활과 격리되어 있다고 주장했다. 이 두 가지 점에서 그는 볼테르나 백과전서파들과 반대되는 것이다. 그들은 얻은 계몽으로 만족했기 때문이다.

루소의 패러독시컬한 형식은 당대의 문화를 가장 문화에 가능한 문화로 바꾸었다는 사실만으로 설명되는 것이 아니라 그의 기질과 재능의 본성으로서 설명되는 것이 더욱 타당하다. 이념은 떡갈나무 그늘 밑 무한한 기쁨 가운데서 태어났다. 무의식적, 뛸 듯한 기쁨 가운데서 영감적인 순간에 떠오른 이념, 극히 자연스러운 상태에서 선사된 이념이었다.

그는 자신의 내면 세계에서 자연과 문화 사이의 모순점을 체험해야 했다. 영감의 시간과 숙고의 시간 사이에서 여러 차례 머물렀다. 이런 그의 독특성을 당시의 사람 중에서 달랑베르만큼 알고 있는 사람은 없었다. 그는 디드로와 함께 음악 부문에 루소의 글이 실리게 하며, 이신론(理神論)입장에서 교회를 비판하였는데 루소의 감정과 연결된 열은 전념할 수 있는 사상으로 자연적 원인을 가지고 있다고 말하고 있다.

학문 예술론의 파라독스는 하나의 사상이 된다. 사상이 논거의 외부적 경계를 지나서 극단적으로 반대되는 날카로운 대조관계에 놓여질 때 그렇게 된다. 사상을 받아들이는 기쁨으로 파라독시컬한 형식을 가지게 된다. 그가 배척했던 문화란 인간의 욕망과 노력과 일치하지 못하는 조급하고 과장된 문화였을 뿐이다. 그가 찬양한 무지는 이성이 있는 무지인 것이다. 이성이 있는 무지는 능력에 따르는 지식욕과 경계를 짓고 있다. 인간의 욕망과 능력에 조화되는 관계에서 성장하고, 독립적이고 독자적 작용으로 일어나는 문화는 건전하다는 사상을 명백히 하였다. 이런 문화만이 진정한 문화인 것이다.

이것을 먼저 자기가 실천하고 자기에게 충실하겠다는 것이었다. 독립 자영 직업을 찾았다. 문필은 돈을 벌겠다는 동기로 더럽혀져서는 안 될 천직(天職)인 것이다. 그리하여 악보 필사로서 생활비를 마련하려 했다. 그러나 자기 혁명은 용이하지 않았다. 문화 예술론으로 루소는 일약 '유행아'가 되어 1752년 가을, 가극 '마을의 점장이' 는 어전에서 상연되고 루이 15세로부터 연금을 하사한다는 뜻이 전해지기까지 했다. 고민 끝에 이를 거부했다.

오페라의 대사, 음악도 자신이 만들었고 스타일은 목가적이었다. 실로 자연적인 시가 깃들어 있는 가극이었다. 음악적인 면의 따뜻한 감정과 싱싱한 언어와 음악의 조화가 찬양을 받았다. 이 가극은 18세기 말까지 끊임없이 상연되어 안정된 루소의 수입원이 되었다.

### ii. 라 누벨르 엘로이즈

이는 당시 유행하던 서간체 장편소설로 '알프스산 기슭의 조그만 도시 베베에 사는 두 연인의 편지'라는 단서가 붙어 있는데 이 작품은 중세의 스콜라 신학자 아벨라르두스(1079-1142)와 엘로이즈(?-1164)의 정신적 사랑의 왕복 서간에서 따온 이름이다. 두 연인의 비극적인 사랑이야기와 유사했기 때문에 새로운 신(新)의 의미를 첨가하여 '누벨르 엘로이즈'가 된 것이다. 1761년에 쓴 귀족의 딸 쥘리가 평민인 생프뢰와 상사(相思)관계로 시작된다. 6부로 된 줄거리 요약을 보자.

1부. 쥘리 데탕즈는 스위스 호숫가 베베에서 부모와 함께 산다. 마을에서 평민출신 생프뢰는 귀족의 딸 쥘리의 가정교사. 두 사람은 애정관계를 고백. 부친 데탕즈 남작의 반대. 연인들은 서신 왕래로 정신적 사랑을 이어간다. 여행을 하면서 쥘리는 그에게 몸을 맡긴다. 순수성을 잃는다. 영국인 에드워드가 남작에게 두 사람의 결혼을 제안. 남작의 분노로 생프뢰는 클라랑을 떠난다. 2부. 고향에서 쫓겨난 생프뢰는 절망. 에드워드가 영국에서 결혼하도록 권고. 쥘리는 부모에게 불복할 수 없게 됨. 생프뢰는 파리에서 사교계에 드나든다. 그의 편지가 쥘리의 모친에게 발각.

3부. 딸의 비밀을 알고 병환. 클레르가 생프뢰에게 서신 중단 시킴. 모친은 화병으로 사망. 책임상 부친 말 순종으로 볼마르와 결혼. 쥘리 천연두 감염. 병세 호전. 생프뢰는 자살기도를 포기하고 세계일주 출발. 4부. 4년 후 쥘리 두 아이의 엄마 평화롭게 산다. 남편에게 떳떳치 못하다. 그녀는 사촌동생 클레르가 곁에 있게 한다. 세계여행에서 생프뢰 귀향. 클레르에게 편지. 쥘리는 볼마르에게 모두 고백. 볼마르는 생프뢰 초대. 쥘리의 정원 엘리제는 정신적 재생의 공간. 생프뢰 아이들 가정교사로.

볼마르 출타 중 호수에서 배를 탄 두 연인 격렬한 유혹. 클라랑에서 볼마르부부 풍족한 자급자족. 남편은 무신론자 쥘리의 슬픔. 4촌 클레르가 도착, 포도수확 장면 목가적 묘사. 에드워드가 그를 이탈리아로 데려갈 때 고향과 쥘리에 대한 그리움. 꿈속에서 쥘리의 죽은 모습. 클라망에 돌아옴. 쥘리가 클레르와 결혼시키려는 걸 알게된다. 6부. 클레르는 결혼 거부. 그는 귀족 여성 화류계 정부 사이에서 망설임. 쥘리는 물에 빠진 아들을 구출. 쥘리는 생프뢰에게 편지를 남기고 죽음. 생프뢰에 향한 사랑을 치료 못한 채.

이 소설은 지금은 낡은 설교가 많아 루소의 작품 중에서도 독자가 적지만, 도회 惡을 떠난 전원생활의 행복이 묘사되어 프랑스 문학에서는 볼 수 없었던 자연묘사, 특히 그 감상성과 연애의 이상주의가 폭발적으로 독자에게 환영되었다. 그 때문에 파리를 중심으로 한 도시적 문화에 몸을 담아 추상과 추리에 권태를 느끼고 있었던 당시 사람들은 이 소설을 다투어 읽었다. 18세기 계몽주의, 합리적인 백과전서파와 결별하고 제네바 본래의 캘빈주의 신비주의로 돌아간 루소에 의해 구상하던 낭만적 작품이 된 것이다.

쥘리는 아름다운 영혼의 소유자다. 마음의 복음을 따라 이성이나 외부의 세력에 영향받지 않았다. 온 몸으로 사랑이 성공하도록 어떤 수단도 감수했다. 연인 생푸뢰는 피동적 성격, 그녀가 두 사람의 운명을 결정한다. 불행은 낮은 가문에 있다. 그녀는 죽음 앞에 선 모친, 연인에의 단념, 기로(岐路)에서 괴로운 갈등 끝에 마침내 후자를 택하여 부친이 선택한 볼마르와 결혼했다. 남의 부인이 되어 그녀의 격정은 의무라는 율법에 지배된다.

이 변화과정은 외부적 방법에 그친 겉보기만이라고 자인한다. 왜냐하면 중세적 인물 엘로이즈는 수도원의 맹세에도 불구하고 아벨라르두스를 언제나 사랑하고 있기 때문이다. 레만 호수가의 정서에 가득 찬 장면에서 쥘리는 생프뢰에게 고백한다. 물에 빠진 아들을 구출하고 죽지만 만약 더 살았더라면 어떤 일이 일어났을까? 풀리지 않는 수수께끼로 남는다. 그 거대한 규모를 가진 완전한 체념의 가능성을 증명하려는 시도는 모순된 방향에로 이끌릴 뿐이다.

또 하나의 주제는 그 줄거리를 삽화로 취급, 그 속에 루소의 여러 사회적, 교육적, 종교적인 사상을 표현한다. 저자의 의견에 필요한 편지체 형식을 취했다. 여기서 아벨라르두스에게 보내는 엘로이즈의 서신 속에서 신학적 질문들을 보냈던 중세의 주인공을 방불케 한다. 쥘리는 질문을 했다기보다 순종했다는 것이다. 루소는 당시 종교적 투쟁에 참여, 그것이 쥘리와 볼마르에다 묘사해 보았다. 고귀한 두 사람의 하나는 믿음이 강하였고 하나는 자유사상가였다. 전자의 종교심은 교회적인 신앙이 아니고 독특한 신비성을 띤 루소의 신앙이다.

시대의 기교나 수사학, 신앙 교리에 희생되지 않는 곳에 순수한 정열과 환상력과 영감이 나타나는 것이다. 이런 분위기는 본제인 사랑의 묘사 속에서 드러난다. 사랑이란 엄숙한 것, 인생에서 위대한 일이라는 것을 쥘리의 사랑에서 보여준다. '사랑이란 자연이 주는 가장 순결하고 찬란한 본능이 아닐까?' 쥘리는 계속 묻는다. '천박하고 비루한 영혼을 멸시하고 위대하고 강력한 정신을 찬양하지 않는가?' 모든 감정을 고귀, 존재가치를 높이며, 자신을 초월해 높이 승화시켜 주지 않는가?

중세적 인물 아벨라르두스와 엘로이즈는 왜 그 시대에 와서 재생하였을까? 의문을 위해 잠시 중세의 파노라마를 들여다 보기로 하자. 중세 유럽이 교황 내지는 그리스도교 중심의 신앙공동체였다면, 이 공동체에 일관된 사회적 무드는 기독교 종말관이나 특유의 중세인 사랑이 있었다. 초기 教父들 시대부터 스콜라시대에 기사들의 궁정식 연애라는 것은, 젊은 기사와 귀부인의 정신적 애정 관계를 가리키는 말이다. 이 경우의 귀부인은 기사 자신의 主君의 부인인 수가 많다. 그 결합의 신비적 정신의 합일이었다는 것도 그 특색의 하나였다.

12세기 후반부터 전개된 아벨라르두스에게 엘로이즈가 준 뜨거운 제2 서간이다. 엘로이즈는 많은 이승(尼僧)들을 거느린, 덕성 높기로 유명한 파라클레테Paraclete 이승원의 원장이었다. 그러나 아벨라르두스의 제1 서간 때에는 옛날을 되돌아보게 되고, 또 제2 서간 때에는 완전히 열정에 사로잡혀서, 아벨라르두스의 위험을 돌아보지 못하게 되었다. 엘로이즈는 또 아벨라르두스가 갑자기 敵의 습격을 받아서 남성을 잃었기 때문에 다시는 사랑의 고민을 할 필요가 없게 되었다는 것을 부러워하면서도, 그런 일 때문에 아벨라르두스가 무정해지지 않았나 하고 한탄한다.

이런 대담한 사랑의 고백은 그때까지 여성이 고백한 애정의 말 가운데 가장 격정적인 것에 속할지도 모른다. 하지만 그처럼 대담하고 격정적인 것으로 된 이유는, 문제의 서간 전체가 아벨라르두스의 창작이기 때문이란 설도 있다. 그뿐만 아니다. 당대 일류의 碩學이던 클루니 수도원의 원장 피에르의 증언이 없었더라면 아예 다른 사람의 창작이라는 설도 나올 뻔했다. 신비적인 정신의 합일이 그 목적으로 되어 있던 궁정식 연애는 어떻게 해석되어야 할까.

스콜라는 교회 또는 수도원 부속의 학원을 말하고, 스콜라學이란 여기서 일어난 학문을 말했는데, 이 학문은 교회의 권위를 인정하고 教義의 학문적 근거를 탐구하는 동시에 아리스토텔레스의 영향을 받아 이성의 힘을 중시하였다. 한편 플라톤적 계열은 신비 사상과 관련을 맺고 12, 3세기에 아우구스티누스의 護教 思想을 플라톤적 관념으로 안셀무스, 에리우게나 등이 설명하였다. 신앙과 이성을 조화시키려

한 스콜라학은 '12세기 르네상스'의 영향으로 知的 흥분 상태가 야기된 끝에 '이해될 수 없으면 믿을 수 없다'는 경향이 유행, 신앙을 지적으로 이해, 이성과 조화시키려 애쓰게 된다. 그러므로 대학의 스콜라학과 盲信者나 다름 없는 교회 세력과의 충돌은 불가피했다.

실제로 1210년 파리 공회의에서는 자연철학 저작 및 그 註解를 禁令하였고 대학에서도 불허하였다. 환언하면, 엘로이즈와의 연애로 유명해지기도 한 아벨라르두스 이래로 스콜라학자들을 이단시하였다. 「신에 관한 진리」, 「자연적 이성」의 저자 토머스 아퀴나스는 죽은 뒤즉 1270년과 77년에 파리 사교로부터 파문형을 당했던 것이다. 그럼에도 불구하고, 줄기차게 계속된 것이 스콜라학의 역사였다. 그 극성기에 논쟁 및 토론 형식을 취했다는 것도 그 특색인데, 아벨라르두스가 기욤과 안셀무스 등 당대 일류의 碩學을 제압, 승리한 것을 중요예로 제시할 수 있다. 구경하는 사람들은 재미를 느낄 수도 있지만 논쟁의 내용에서 귀중한 지식을 습득할 수도 있었다. 14세기 이후 쇠퇴하지만 아리스토텔레스의 자연 철학이 발전, 지동설, 진화론이 나오고, 독일에서 신비사상을 대표하는 에크하르트가 나오게 된다.

다시 루소의 「라 누벨르 엘로이즈」로 돌아가서, 사회적 불평등과 반대로 사랑의 관계란 모든 것을 평등하게 하는 좀 더 높은 율법에 지배되는 것이다. 작품으로 그는 한 정직한 인간, 훌륭한 친구의 모습을 그렸다. 그녀는 감정 속에서 생을 누리기 때문에 자신을 감정에 맡긴다. 많은 장면에서 이 감정이 감상으로 되어 진다. 생프뢰가 감격된 장면이 자기 감정 뒤에 온다. 부인들은 이 책에 취했다. 프랑스인이 나쁘게 그려져 있음에도 불구하고 환영을 받았다. 스위스는 그 반대였고 파리에서 큰 물망을 얻었다. 우정과 도덕심이 어느 다른 고장에서보다 파리에서 성하고 있단 말인가? 부패상이란 어디나 똑같았다. 이젠 유럽에는 어디나 더 이상 예의나 부패상의 예외가 존재하지 않았다.

문학 비평가들 사이에서 묵살 당하다시피 됐으나 대중의 환영을 받아 40년 동안 72판이나 거듭하여 18세기 최대의 베스트 셀러가 되었다. 또 프랑스 문학뿐 아니라, 괴테의 젊은 베르테르의 슬픔에 영향을 끼친 것도 널리 알려지고 있다. 루소의 머리 속에서 형성되는 똑 같은 해에 또 다른 주요 작품 두 개가 탄생했는데 '사회계약론', '에밀'에서도 사회적인 문명이 가져오는 불구성이 선천적인 선(善)에 대립되어져 있다는 사상을 담고 있는 것이다.

프랑스 혁명의 추이와 제정에의 이행에 따라 망명자들은 입헌왕정파, 온화혁명파, 자유사상가로 바뀌어졌다. 파리에 돌아온 그들은 정도의 차이는 있지만 망명지 외국의 사상 감정을 자기 독자적으로 이해할 수 있는 연륜이 되었다. 스탈부인은 이탈리아와 독일에서 그 독특한 이미지를 지니고, 샤토브리앙은 영국과 미국의 원야를 돌아와 문학이론을 준비하고 감수성의 이론을 펼치었다. 17세기의 고전주의의 뒤를 이어 감성파의 사람들은 이성의 빛은 좋지만 인간이 진정으로 행복하게 되는 것은 서로가 이해하고, 남을 위하여 선을 행함으로써 느끼는 바로, 느낀다는 것이 추리하는 것보다 소중한 것이라고 생각하였다.

1760년 전후 루소가 작품을 쓸 무렵에는 理性派를 압도했는데 느끼는 마음이란 그 내부를 살펴보면, 일상적이고 외적인 것이라든지 쾌락으로는 도저히 채워지지 않는 것이었다. 마음속 어느 구석에 공허한 데가 있어서 그게 무언지 모르지만, 어쨌든 무엇으로 채우고 싶은 동경, 우울한 것에 대한 갈망, 영문 모른 불안, 마음의 동요, 초조 따위가 있다는 것을 알 수 있다. 이것이 로맹티시즘에 가까운 정신상태, 즉 프레로맹티시즘으로, 이른바 근대인은 거기서 태어나게 된 것이다.

### iii. 에밀(Emile)

에밀이라는 고아가 요람에서 결혼까지 이상적인 가정교사의 면밀한 계획에 의한 지도로 성장해 나가는 과정을 교양소설의 형식으로 쓴 것인데, 그 의도는 어린이를 외적 환경이나 관습, 편견의 나쁜 영향으로부터 지키고, 어린이가 갖는 자연의 싹, 즉 본질적 선성(善性)을 길러 주는 데 있었다. 천성을 선한 것으로 생각하여 그 자유로운 발전을 존중하는 이론은 그 후의 교육이론에 커다란 영향을 미쳤다.

그러나 이 작품에서 말하는 교육방침을 그대로 실행하라고 강조하지는 않았다. 루소 자신이 1745년 생애의 반려자가 된 여관의 하녀 테레즈 르바쇠르에게 낳게 한 어린애 다섯을 양육원으로 보내 일생의 후환과 비난의 씨를 만든 것 때문일 것이다. 尿閉症과 신장염의 악화와 불면증까지 있던 루소에게 관능보다 마음의 교섭으로 젊은 테레즈가 존재했다면 일설(一說)에 의하면 다섯 아이를 낳게 한 것은 믿기 어렵다는 설도 있다.

이 작품은 전체 5편으로 25년에 걸친 교육과정의 내용이다. 제1편. 출생부터 5세까지 신체교육 중심. 제2편, 감각의 훈련을 중심으로 5세-12세까지의 교육. 제3편, 12세-15세까지의 교육, 소유나 노동에 관한 학습. 제4편은 15세-20세까지, 도덕 종교 교육문제가 등장한다. 제5편, 에밀의 약혼자 소피아가 여성교육이나 정치교육에 대해 서술했다. 루소 자신은 체계적인 교육을 한 차례도 받아본 적이 없다. 그것이 그에게 새로운 교육론과 교사상을 드러나게 한 것이다. 당시에는 棄兒 풍습이 다소 일반화되었다 하더라도 루소 자신은 실제로 죄의식에 시달렸다고 한다.

이런 점에서 「에밀」(1762)은 자신의 참회록인데, 제1편에서 어린아이가 처음 태어나서 강보에 싸이는 순간부터 인간에 대한 구속과 제약이 시작된다 하였다. 생모가 아닌 유모가 맡았을 때 생모의 양육력 편의상 아이의 자유를 제한한 행위인 것이다. 또 공부를 빙자한 아이를 억압하는 가정교사의 제약도 아이를 위함보다 노고를 회피하기 위한 편법이었다. 「에밀」의 주제는 「학문예술론」, 「불평등 기원론」, 「사회계약론」에 이르는 저술이 사회적 과정을 따라 참다운 인간의 모습, 즉 '시민'을 탐구하는 것이라 할 적에, 「에밀」은 그 시민이 되기 위한 인간 형성의 방법을 탐구하는 데 있는 것이다.

이 작품은 소설형식을 빌어서 쓴 교육론이며 그 내용은 포괄적인 인간론이기도 하다. 실질적인 집필기간은 1758년부터 60년까지 불과 3년에 그치지만 20년의 사색을 경주했다는 고백을 주목하게 한다. 그 사색의 20년은 루소 자신의 자기교육의 전기간을 의미한다. 기이한 느낌은 공교육 형식을 취하지 않고, 튜터 인스트럭트(tutor instruct) 사교육형태였다. 그 이유를 루소 자신의 설명을 들어보자.

공교육은 이미 존재하지 않는다. 그리고 이미 존재할 수도 없다. 조국이 없는 올바른 사회가 없는 곳에는 시민, 즉 참다운 인간이 존재할 수 없다. 또 세속적인 교육도 참다운 교육으로 보지 않는다. 이들은 서로 상반되는 두 개의 목적으로 향하다가 결국 그 어느 쪽에도 다 다르지 못한다. 표면으로는 남을 위해 이바지 하는 체 시늉을 하면서 실은 자기에게만 이바지하는 이중의 마음을 가진 인간을 만들어 내는 데 기여하는 교육인 것이다. 그것은 교육이 아니다.

교육의 목표가 「사회계약론」에서 탐구한 이상사회의 시민을 가르치는 데 있는 것이 명백하다. 그러므로 「에밀」의 교육은 근대사회의 온갖 허위로부터 자연, 즉 인간의 천성을 옹호하는 데에 정성을 기울인다. 고아로 등장한 것도 절대주의 사회의 어떤 측면에도 속박되지 않는 한 自然兒인 것이다. 그 가정교사는 그를 도회에서 가르치지 않고 전원에서 가르친다. 시작부터 교사는 어린이란 것을 문제 삼는다. 어린이 속에는 어린이를 보아야 한다. 자연은 어린이가 어른이 되기 전에 어린이이기를 바란다. 종래의 교육관에서는 어린이를 어린이로 보지 않고 다만 아직 완성되지 않은 인간으로 보아왔으며 이는 고전주의적인 인간관 또는 理性偏重 인간관이기 때문에 교육에서 그저 理性을 강제로 주입하는 것으로 여겼는데 루소는 자연의 자식으로 그 독자성을 앞세우고 있다.

이 책에서 아이들은 성인과 다른 욕구를 가진 것을 보여주었고 아이와 어른은 다르게 생각하고 지각한다는 사실. 아이가 이해하지 못하는 어떤 교조적인 규칙에서가 아니라 경험에서 배운다. 4편의 종교론에서 이성에 의한 기성종교의 부정, 자기가 발견해 낸 신(神)에 대한 치열한 사랑이 서술되어 있다. 오늘날 교육의 성전(聖典)이라는 이 책은 18세기 중엽 당시의 천주교 신관(神觀)에 어긋난 것이라 하여 소르본느 대학의 파리 고등재판소에서 유죄가 결정되어 저자에 대한 체포령이 내려졌다.

루소의 교육학설은 직접 혹은 무의식중에 자기발전을 하는 데 필요한 활동장소를 마련해 주고, 自然兒에게 던져지는 외부의 장해와 타락시킬 수 있는 제반 요소를 막아냄으로써 자연아의 권리를 안전하게 하는 것을 골자로 하고 있다. 교육은 무에서 생성되는 것이 아니라, 아이의 본래의 천성(天性)속에 지니고 있는 것에 좋은 조건을 공급해 주는 것이다. 특히 인생의 초기의 교육이 그러하다. 가장 중요한 것은 소극적이고 보호하고 예방하는 것이다. 의학에서 위생관념이 가장 중요한 부분을 차지하는 것과 마찬가지 이치이다.

5편 여성교육론, 여성의 천성, 기질 및 성품은 남자의 그것들과 달라서 다른 교육이어야 한다. 「에밀」에서 4권은 남자, 1권이 여자에 관한 교육으로 끝맺었다. 이것은 에밀의 사랑의 사건과 결혼의 일로 나타났다. 여자의 천부적 문제를 통해, 즉 아내가 되고 어머니가 되는 덕을 가르치려는 의욕과 부드러운 마음씨가 필요한 것이다. 여성적 이성(理性)은 실질적인 것이다. 아내가 되면 남편의 종교를 갖지만, 남자를 지배하는 천부적 재질이 있다. 부드러운 마음씨, 유약함, 복종심은 여자의 권세와 관계된다. 명령은 애무에, 위협은 눈물 속에 존속한다.

루소가 아이에게 소개했던 것을 여자에게도 사용했다면, 자연 교육에 대한 규칙을 내놓기 전에 사용했다면 능력과 욕구가 여자에게도 있다는 것을 발견했을 것이다. 「에밀」이 출간된 지 백 년 후, 스튜어트·밀은 루소의 근본적 사상을 문화에 대한 자연의 권리에 여자의 지성적, 사회적 입장에다 결부시켰다고 말했다.

교육의 근본 정신은 자연인을 길러내는 데에 있다고 하여 사회를 자연상태로 돌리지 않으면 안 된다고 부르짖어 사회계약설이 나왔다. 존 · 로크보다도 일보 전진한 주권재민(主權在民)을 견지하였다. 백과전서파처럼 부르조아지의 이념으로서의 성격을 갖고 있는 것과 다른, 루소의 경우는 그 하층, 즉 농민·소시민의 의식을 대표하고 있었다. 제1 논문인 「학술예술론」에서부터 이른바 소크라테스적 無知를 예찬하고 있는데, 희랍의 델포이神(고대 그리스의 파르낫소스山 기슭에 있던도시)의 계시가 자극이 된, 사람의 지혜란 無知의 자각에의 영위이다. 그것은 사실상 기존의 사회체제, 도덕, 종교를 盲信하는 보수적 사람들에 대한 비판이었다. 이것은 당시 귀족사회의 장식적 지식을 멸시하여 그 대신 건전한 사상과 판단력을 존중하고, 사변보다 실천하는 도덕을 존중하는 것으로 해석된다.

「사회계약론」이 인류사회의 구조가 앞으로 어떻게 변천되는 경우에도 그 원시적 구조를 탐구한 점에서 영원한 의의를 지니고 있는 것과 마찬가지로 「에밀」은 인간에 대한 교육이론에 미래에 어떤 개혁에서도 바이블로서 존중될 것이었다. 앙시앙레짐 가치관을 백지화하여 '자연의 자식'으로서의 새로운 인간상이 부조되어 있으며, 인간의 모습이 어떻게 변천할지라도 잊지 못할 고향과 같은 것이었기 때문이었다.

어쩌면 19세기 말에서 20세기 초에 레프·톨스토이가 「地主의 아침」에서 지주가 농노를 행복하게 하며 부유롭게 하려는 노예해방의 자선적 노력과 프랑스 남부에서 귀국하여 해방된 농노와 농촌자제의 교육

사업을 하였고, 또는 「전쟁과 평화」에서 피엘과 兵士 카라타예프의 우정을 가지고, 또는 「안나 · 카레니나」처럼 여론에 저서 자살하는 카레니나가 인도주의자가 되었다. 그는 작품에서 인생의 內的생활을 파고들어 묘사하였다는 것으로 비난받았고 그러니 그로서는 실패작이 된 것이다.

톨스토이는 생명이 떨어지는 최후의 순간까지 자신의 내적생활과 싸우고 그 환경의 사회와 싸워나간 文豪였다. 인문주의나 신인문주의와 같이 현실에 대한 抗拒에서 始終하였다. 그 항거가 크고 작고 높고 얕고는 있어도, 늘 현실에 安住하기를 주장한 일은 없다. 이것이 그의 인도주의이며 그가 루소에게 향수를 느낀 것처럼 오늘의 독자가 있을 수도 있다 하겠다.

### iv.「고백」.「고독한 산책자의 몽상」

"지금 내가 말하려고 하는 것은 일찍이 선례가 없던 일로서, 이제부터도 아마 흉내를 낼 사람이 없을 것이다. 그것은 인간 한 사람을 벌거숭이를 만들어 세상 사람들의 눈앞에 내어놓으려고 하는 일이다. 그 인간이 나 자신인 것이다" 하고 쓰기 시작한 다음에, "어느날, 최후의 심판의 나팔이 들려올지라도 나는 이 한 편을 끼고 심판자인 神앞으로 나아가 음성도 높이 말하려 한다. 그처럼 나는 행동하였노라. 나는 이와 같이 생각하였노라. 여기 쓴 바와 같이 하였노라. 善惡도 꺼리낄 것 없이 말하려 하노라. 어떠한 악한 일이라도 숨김없이 말하고, 어떠한 선행도 과대하여 말하려하지 않노라." 「고백」의 의도를 명백히 하고 있다.

바랭스 부인의 사랑에서 떠나게 되자, 루소는 1742년 출세의 꿈을 실현코자 파리로 올라왔다. 디드로, 마리보, 퐁트넬르, 그림 등과 친교를 맺어 사교계의 여류명사 데피네 부인에게 소개되어 디드로가 편찬하는 「백과전서」에 협력하였다. 반복되는 것이지만 1745년 생의 반려자가 된 테레즈 로 바쉬르와 부부 관계를 맺고 이후 태어난 어린 애 다섯을 차례로 양육원에 보내어 일생의 후환과 비난의 씨를 남겼다. 1750년 옥중의 디드로를 만나려 가는 도중 디죵의 아카데미 논문 모집을 보고 응모,「학문과 예술의 진보는 풍속의 순화에 공헌 하는 가?」의 물음에 부정적 답을 쓴「학문 예술론」은 일등 당선으로 일약 이름을 높이고 반향을 크게 불러 일으켰다.

귀족사회에 순응하는 사교계 출입을 단념하고 자기 생활과 신조를 일치시키는 자기 개혁을 의도하여 검소한 생활에 노력하며 악보를 필사하는 일로 생업을 삼았다. 국왕 앞에서 상연한「마을의 점장이」(1752)가 대 성공했지만 왕의 연금에 등을 돌리고 54년 제네바로 돌아가 신교에 복귀했다.「인간 불평등 기원론 및 근거론」이 시 당국을 자극하여 결국 또 다시 파리로 되돌아 왔다.

1756년에 피네부인의 보호를 받고, 파리 교외 몽모랑 시의 별장, 조용한 전원 생활을 하였는데, 부인의 시누이 우트 부인에게 정열을 기울였기 때문에 문제가 되어 중개에 나선 그림과 디드로와도 절교하는 결과가 되었다. 이듬해 엘미타지에서 나와 룩상브르 원수가 제공한 집에 살며「라 누벨르 엘로이즈」(1761),「사회계약론」(1762),「에밀」(1762) 등 주요 저작을 발표하여 감성의 존중과 자연에의 감정이입의 풍조를 일게하였는데 파리 고등법원은 에밀을 소각하고 루소의 체포를 명하였다.1762년부터 제네바 프로이센 스위스 영국 등지로 전전하며 1770년 파리로 돌아 올 수가 있었다.

그간「고백」(1765-70)에서 개인적 심정을 토로하고, 그 후 여전히 악보의 필사로 생계를 유지하며 1776년부터「고독한 산책자의 몽상」을 쓰다가 1778년 지라르댕 후작의 초청으로 에르메농빌르로 옮겼는데 갑자기 세상을 버렸다.

「고백」과「고독한 산책자의 몽상」은 전편, 후편의 구실을 하는 것이며, 이 두 편의 작품은 후세에 대한 영향이「라 누벨르 엘로이즈」에 비교할 정도가 아니다. 특히 「고백」은 근대소설에 고백의 성격을 부여하였고, 자아의 탐구에의 흥미를 가르쳤으며 자연감정과 자연묘사라는 점에서 로망티시즘의 길을 열었다.

탄생에서부터 1765년까지의 자전적 작품으로 스위스 망명중 '67년 말을 전후해서 집필을 시작, 제1부(1-6권)는 67년 런던에서, 제2부(7-12)는 70년 파리에서 탈고하여 72년 결정판을 완성했다. 1부는 목가적인 명랑성이 차 있으나, 2부는 박해의 망상과 어두운 그림자에 쌓여 자기 변호에 급급, 병적이기까지 한 자아의 표백이며 경탄할 만큼 훌륭한 저서전이다.

다른 저서에서는 어느 정도의 정신만으로 집필했으나, 이 책은 마음을 온통 다 바쳐 썼다고 자평한다. 또 이 저서의 스케치와 고백 변명서라는 점이 더욱 훌륭한 것이다. 추억의 고달픔, 기쁨, 과거를 통해 불러일으킨 불안과 긴장이 표현된 것이다. 죄의식에서, 최고로 순수한 노력의 의식에서 수치로움을 벗어나는 데 도움을 준다. 내면적 감정과 낭만이 시대상과 싱싱한 자연의 모습이 교차되고 있다. 생트뵈브(1804-69)는 이 책의 언어에 대해 '프랑스 언어사에서 파스칼 이후 가장 중요한 혁명을 보여주었다고 비평했다.

백과전서 옛 친구들에게 박해받고 물러났던 것은 그의 고집스런 관념 때문이다. 만년에 여기저기로 추방된 것 역시 그와 무관치 않으며 심적 생활의 이해를 위해 커다란 뜻을 지닌 심리학적 다큐멘터리가 되었다. 「고독한 산책자의 몽상」에서도 이런 고정관념이 없어지지 않았다. 그러나 여기에서는 체념적 부드러운 분위기가 감돌고 있다.

「고백」 집필 초기에 루소는 몽테뉴를 능가하려 한다고 말했다. 그에 비해 루소는 송두리째 솔직히 드러내 놓아 프로필만 표현된 것이 아니다. 그의 인생 행로는 주목할 만한 것이었다. 이를 서술하여 달라는 제의에 의해 루소는 인간의 영적 생활의 인식이 점철된 상태로 원고를 쓸 걸 승낙했던 것이다. 자신의 내면적 혹은 외적인 생활에 따라 어떤 인간의 모습을 적나라하게 그려 나아갔다. 이것이 그가 인류에게 보여주려 했던 새로운 봉사였다.

혹자는 그를 위선자라 했다. 왜냐하면 그의 인생에 대한 고귀한 이념과 개인적 비참 사이에 빚어진 심한 갈등 때문이었다. 비난받을 심리학적 이유가 있는 것이다. 그러나 스탈 부인(1766-1817 스위스 은행가이며 루이16세 재무장관 네케르의 딸)은 퍽 알맞은 방법으로 말한다. 영혼의 활동으로 자신을 극복, 매 순간 느낄 수 없는 것을 느끼는 것을 위선이라 말할 수 없다고 하였다. 다시 말해 순간적 희열과 게으름으로 망해버리는 것과 대조되는 루소의 특질이었기 때문이다. 그녀는 파리주재 스웨덴 대사 스탈 홀스타인과 결혼, 환경과 시대에 따르는 미(美)의 여러 모습을 인정하여 감정에 호소하는 프랑스 로망티즘과 여론을 그리는 사회소설은 조르쥬 상드에 계승되었다.

영감의 깨끗한 순간, 자신의 본질 속에 깃들어 있는 통일성과 연관성을 이룩하기 위해 후회와 고백의 길로 나왔다. 고백하는 것은 어떤 위험이 개재되는 것이다. 자신의 죄를 언급한다는 것은 위안과 결부될 수도 있다. 죄는 개인적이기 때문이며, 독특하고 개성이 있는 것이다. 제7권 서두에서 나를 맡길 수 있는 유일한 지도자는 나의 감정이다. 감정에서 우러났던 행동을 잘못 알릴 리 없다고 했다.

옛 생활의 감정보다 체험을 불러 일으키는 것이 훨씬 쉽다. 감정이 체험하는 동안 지배적 감정이 체험의 재현을 북돋는다. 이 추억의 발로는 자연적 발로이다. 청년 시절의 추억의 환각으로 말미암아 말년의 커다란 역할을 한, 고독에서 자연에 대한 영감이 강렬하게 튀어나올 수 있는 것이다. 이 밖에 드 · 바렝느 부인과 샬메트리의 전원생활의 추억과 꿈과 성찰이 자유롭게 퍼져나갔다. 이 세 권의 책은 저녁 노을의 광택처럼 과거 위에 떠있는 것이다.

## iv. 새로운 문학 장르의 謳歌

위에서 보아 온 작품들은 파리 교외를 산책하는 작자의 신변으로부터 회상과 사색으로 발전되고 있는데, 과거의 무의지적 상기라는 프루스트적 테마가 보이는 아름다운 감동편이었다. 당시 시대적 사상의 변화를 배경으로 한 새로운 주정적 면에 반향된 전기 로망티즘에의 경향을 나타내고 있다. 이와 같은 로망티시즘은 프레로망의 경향으로 종교 감정, 신비감, 자연미의 발견, 자연 감정의 각성이었다.

루소의 정신적 혈연자, 베르나르뎅 드 상피에르의 소설「폴과 비르지니」(1787)에서 자연과 도덕을 찬미했으며, 異國취미 문학의 유행을 만들었다. 자연 속에서 순진하고 소박한 소년 소녀의 연애 이야기이다. 인도양의 고도, 프랑스 섬의 아름다운 자연에 싸여 자란 폴과 비르지니는 순결한 사랑을 맹세한다. 비르지니는 숙모의 초대를 받고 프랑스 대륙에 간다. 유럽 대륙의 문명생활에 환멸을 느끼고 폴과 약속을 지키기 위해 돌아오는데 그 배는 그리운 섬이 바로 눈앞에 보이는 곳에서 난파한다. 긴 드레스를 입은 그 소녀는 한 수부가 구제하려고 옷을 벗어달라는 부탁을 수치 때문에 거절하고 폴의 눈 앞에서 배와 함께 물속으로 침몰한다.

자연과 선량한 본성에 의한 행복에의 순응, 루소적 이념을 증명하는 것이었다. 목가적 행복과 세속적 유혹에 저항하는 회화적 묘사를 배경으로 하여 시적인 서정성을 샤토브리앙에게 연결되는 계열이 된다. 18세기 후반, 극 분야는 보마르세(1731-99)의 천재적인 능력에 의해「세빌리야의 이발사」(1775),「피가로의 결혼」(1785) 등 재치와 도량이 있는 타입이 되었다. 18세기 말엽의 앙드레 쉐니에(1762-94)를 거쳐 빅토르 위고와 같은 시인에 의한 '새로운 시의 바탕'을 보게 되었다.

새로운 문학의 격정은 망명지에서 돌아온 자유사상가의 지지를 받았고, 이미 고전주의 이념으로부터 로망티즘으로 이행하고 있었다. 위에서 본 바와 같이 18세기는 17세기를 뒤이어 이성의 우위를 주장하는 이성파와 그와 다른 감성파의 흐름이 있었는데, 감성파의 입장은 이성의 빛은 좋지만 인간이 진정으로 행복하게 되는 것은 서로가 이해하고, 남을 위해 善을 행함으로써 느끼는 바로, 느낀다는 것이 추리하는 것보다 소중한 것이라 생각하였다. 일상적이고 외적인 것으로 채울 수 없는 정신상태가 바로 프레로망티즘인 것이다.

이런 감정의 일렁임이 이 시대에 와서 왜 불었는가? 이를 문예사가들은 외국문학 특히 영국의 셰익스피어의 작품과 리처드슨 등이 프랑스에 소개되어 자연과 정열, 그리고 스위스의 목가, 계절을 노래한 시들에 의해 프레로망티즘 시대가 된 것이다. 이 시대의 문학 이론의 보급자로서 그 이름과 재치를 전 유럽에 떨친 스탈부인(1766-1817)이 있다. 그는 스위스 은행가이며 루이 16세의 재무장관이었던 네케르의 딸로 파리에서 태어났다. 제르멘느 네케르는 어릴 때부터 모친의 살롱에서 백과전서派 문인들을 알게되고 재질을 주목받았다. 위에서 언급된 바와 같이 17세 위인 파리주재 스웨덴 대사 스탈 홀스타인 남작과 결혼, 젊은 나이에 스스로 사교적인 살롱을 열었다. 정치적 색깔로 인해 1803년에 파리 거주 제한을 받게 되자 스위스로 가서 문학자로서 저작 생활을 하면서 독일 이탈리아 러시아 등지를 돌아 보았다.

따라서 자아의 해방, 억압된 감정 및 관능의 復位라면 서정의 분출이며, 서정시가 본무가 되는 것은 당연하다. 열광적 반향을 일으킨 라마르틴의 「瞑想詩集」(1820)을 신호하여 로망티즘 시대는 1850년까지 전성기를 이루어 위고, 비니, 뮈세, 고티에 등 앞을 다투어 시인이 등장하였다. 로망티즘을 통솔하고 승리한 빅토르 위고(1802-1885)는 한국의 독자들에게 주로 「레 미제라블」 작가로만 알려져 있지만 실은 로망티즘의 최대의 시인이었다. 장군의 아들로 브장송에서 태어나 부친은 그를 사관생이 되길 바랐으며 우선 이공계를 희망했다.

그러나 1816년 샤토브리앙에 몰두, 1817년 아카데미 프랑세즈 현상에서 수상하고 20세 때, 어린시절 같이 놀던 아벨르 푸세와 결혼, 또 「오드집」(1822)으로 화려한 출발을 하였다. 노디에의 살롱에 출입하면서 사극 「크롬웰」(1827)를 쓰고 「에르나니」(1830)가 대 성공하였다. 1843년 사랑하는 딸과 사위가 세느강에서 익사한 사건 후 비애를 안고 정계에 관심을 기울여 왕당파였으나 1851년 나폴레옹 3세 제정에 반대하다가 국외 추방, 19년간 망명 생활 시기에 소설 「레 미제라블」을 썼다.

로망티즘의 산문은 뒤마 페르, 위고 등의 역사소설과 미셸레를 비롯, 역사가들의 저작에서 그 특징이 최대로 발휘되는데, 조르즈 상드의 소설, 생트뷔브의 비평처럼 로망티즘에서 벗어나는 경우가 많았다. 가장 큰 작가가 발자크, 스탕달이며 메리메도 이에 버금간다. 발자크는 방대한 「인간희극」에서 부단히 새로운 기법을 개발하여 사실적 관찰의 방법을 확립하였고, 19세기 전반기의 사회를 하나의 유기체로 보아 그 사회를 구성하고 있는 인간을 분류 연구함으로써 현대 사실주의의 선구자가 되었다. 스탕달도 리얼리즘이면서 심리분석에 뛰어난 「적과 흑」, 「파르므의 僧院」 등으로 벋어 나갔다.

로망파에 대항한 메리메(1803-70)는 스탕달과 함께 자유주의적 그룹을 형성 16세기 종교전쟁을 무대로 한 장편 역사소설 「샤를 9세 연대기」(29), 실제로 방문한 異國의 땅을 무대로 지방색이 풍부한 중편을 발표하고, 코르시카, 스페인을 무대로 한 「콜롱바」(40), 「카르멘」(45)은 다 함께 여성의 야성적 정열, 그 魔性을 그린 대표작이다.

그 때까지의 비평은 고전문학의 優越과 이성에 偏在되어 있던 브왈로(1636-1711), 볼테르 디드로 다소 표현의 차이는 있지만 문예는 취미, 즉 외재율의 구(句)에 의한 것이 비평의 중심이고 척도이었다. 句는 문학적 교양과 거기서 나오는 감식력이다. 교양이라는 것은 수련에 의해 얻어질 수 있는 것이며, 수련에도 기준이 있고 전통이 있을 것이다. 그들은 그리스 로마의 전통에 결부시켜 생각하고 있었다. 거기에 미의 세계적 보편적에 기준하여 재단하고 논의하고 있었다.

그러나 고전적 전통에서 벗어나 새로운 영역을 갖기 위해 샤를르 페로(1628-1703)와 같은 사람이 나와서 브왈로와 격렬한 논쟁을 하고, 뒤보스(Du Bos1670-1742)는 美의 기준과 절대성을 흔들어 놓거나 스탈(Stael1766-1817)부인과 같은 이론가가 論義의 매듭을 지을 필요가 있었다. 로망티즘의 개화와 저널리즘의 발전은 비평의 역할을 중요시하지 않을 수 없었다. 로망의 감격파라고 불린 만큼 그 시대의 비평으로서는 쾌적한 풍토가 못되었으리라 생각하기 쉽지만 반대로 스탈부인, 샤토브리앙을 비롯, 위고나 라마르틴이나 비니, 뮈세, 고티에나 모두 일가견을 가진 논객이었고, 주의 주장의 선언은 화려한 한 시기를 장식하였다.

상트 빅브(1804-1869)가 르네상스 시의 가치를 선언한 것도 그러한 분위기 속에서였다. 하지만 그의 커다란 비평가의 자질은 로망의 조락 후 실증주의와 비평정신의 지배가 시작되면서부터였다. "위고가 시 분야에, 발자크가 소설 분야에 상트 뷔브는 평론 분야에 나타났다"고 티보데(1874-1936)가 말하듯이 19세기 비평의 길이 열린 것이다.

그는 유복자로 몹시 가난한 모친의 손에서 자라, 1818년 모친과 함께 파리로 나와 콜레즈 샤를르마뉴에서 수사학, 철학 및 수학을 공부하고 1822년 자연과학 의학공부를 시작하였는데, 생리학과 해부학의 강의가 관찰과 실험의 정신을 가르쳐 주었다. 철학과 문학에 관한 글에서 위고의 시를 칭찬하면서 로망 세나클(모임)로 들어가 활동을 시작하였다. 새낭크루계보에 속하는 다감한 청년의 다감적 기록으로 굴절하는 내면의 표현이라는 로망티즘의 일면을 보임으로써 비평적 재능을 발휘, 주목되는 평론을 계속 발표하였다.

한편 위고의 부인 아델르를 사랑하고, 이어 둘 사이는 부인의 저항에도 불구하고 깊어가서 드디어 위고와 결별, 이어 부인의 반성으로 관계는 끝났으나, 그의 단 한편의 소설 「愛慾」(34)에서 신비주의적 도덕에 대한 그 부인과의 사랑을 반영시켰다. 1837년 스위스 로잔대학 강연을 기초로 한 『포르 르와얄』(1840-1859) 은 13세기 슈브리즈계곡의 포르-르와얄(Port-Royal)에 세워졌던 수녀원이었는데, 17세기 프랑스 장세니즘의 본거지였으며 예수회 회원과 적대관계가 되었다. 이곳을 중심으로 관계한 온갖 인물들을 추구, 뛰어난 人間像의 표현, 17세기 사상계의 양상을 부각시킨 걸작이었다.

소설 「애욕」에서는 아모리라는 司祭가 젊은 친구에게 보내는 고백체로 향락의 포로가 된 것을 돕기 위해 지난 날 자기가 겪은 유혹의 이야기를 들려준다. 그로 하여금 하나님의 품으로 돌아오게 하고 정신적 구원을 얻게 하려 한다. 생트는 아모리, 위고의 아내 아델르는 쿠앙부인. 여기 묘사된 것은 자기 자신의 체험에서 비롯된 것이지만 아모리는 1830년대 청년의 심리와 대표적 스타일을 제시하고 있다. 신앙에의 동경, 감정의 과잉, 결단성의 결여, 고민 등등은 루소의 신(新)에로이즈, 샤토브리앙의 르네의 영향을 받고 있다. 즉 이상을 동경하며, 정열을 충족시키기를 바라면서도 너무나 知的이고 섬세하며, 몽상적이기 때문에 행동을 게을리하고, 무수한 관념 때문에 시달림을 받고 있는 생트 자신의 마음이 표현되어 있다. 그로 말미암아 병적인 우울을 느낀다는 로맨틱한 아모리의 성격에 이입되었다. 이는 그 시대 청년의 지적 모델이며 생트 자신의 마음 밑바닥을 분석한 시대정신인 것이다.

「월요한담」 15권(1851-62)을 연제하였고, 「新月曜閑談」13권을 발표하였다. 그는 평론에 의하여 문학을 통한 인간연구를 하였다. 문인의 개인 연구나 개성연구에 관찰과 분석과 종합에 따르는 엄정한 방법, 즉 역사학의 방법을 채용한 최초의 비평가였다. 이성이라든가 취미를 기준한 작품평가는 그 모습을 감추게 되었다. 선행하는 작자나 작중인물, 요컨대 인간이 살고 있는 환경과의 관계 등을 밝히는 것이 비평가에 과해진 임무가 되었다. 테느(Taine 1828-93)의 문학이해 방법, 즉 헤겔 철학의 영향으로 독자적인 실증론을 확립, 문학 내부 및 외부에 규제하는 인종, 시대, 환경 3대 요소설에서 특히 사회환경 자연환경을 同列에 두고 있다.

그 이후의 문학사는 생트 뵈브의 방법으로부터 출발한 것이다. 그의 학문적 작업과 인상을 교묘하게 타협시킴으로써 독자의 마음을 끌고 그 자체만으로 감상할 가치가 있는 비평문학의 한 장르를 확립한 것이다. 루소의 그의 "자연으로 돌아가라"는 모든 작품에 일관하는 모토이었거니와 그의 시인적인 예리한 감정과 대담한 筆致는 널리 독자를 매혹시켜 중세 봉건적 부자연한 형식적 굴레를 벗어나 인간 본연의 모습으로 되돌아가려는 데서 출발되었다.

다시 말해 보다 생기발랄(生氣潑剌)한 이승의 낙원이 그리웠던 것이다. 인간의 존엄성을 신에 의지하기보다 먼저 인간 스스로의 자각에서 찾으려 했고, 그 힘이 갖추어져 있음을 믿으려 했다. 인간 자유 평등의 관념이 여기서 싹트고, 여러 험한 고비를 겪으면서 불평등을 비판하고, 사회계약설인 민약론을 주장 왕권신수설을 엎어버렸다.

에밀과 문학사상 로망티즘, 새로운 문학비평 장르의 발전이 루소의 자연관과 일맥상통한 뿌리였다는 것은 잊을 수 없는 것이다.

# 대혁명과 도덕적 질서의 몰락
### -로베스피에르 德의 사명론-

## 1. 앙시앵 레짐

프랑스 혁명은 전형적인 시민혁명으로서 그 근본 원인은 앙시앵 레짐, 즉 혁명 전의 그 사회의 모순에 있었다. 얼마 안 있어 혁명에 의하여 해체될 운명에 있던 프랑스 사회의 케케묵은 구성을 본다면 두 개의 특등 신분인 승족(僧族)과 귀족, 특권은 지니지 못 했지만 재정적으로 직업적으로 중요한 위치를 차지했던 부르조아지, 그리고 근로자층이 있었다. 승족과 귀족은 막대한 토지재산을 가진 특권 계급으서 사회적 우위를 자지하고 면세 등의 특권을 가지고 있었다. 근로자층을 빼놓은 세 개의 계층은 근로자를 가운데 두고 그 표면을 둘러싼 얇은 층에 불과했다. 대략 50만의 두 특권 신분과 100만의 부르조아에 대해 2,500만의 근로자가 있었고, 그 10분지 9가 농민이었다.

그러나 몇몇 대도시(파리는 인구 약 60만으로 6개쯤 되는 항구, 공업 중심지는 각각 10만에 가까웠다), 그리고 여러 지방 도시에서는 대사원(大寺院)의 高僧, 敎區의 승려, 지방 자치체의 직원, 사법관, 변호사, 그 외의 민정 기구 및 종교기구에 일하는 모든 직원들이 자기들이 현재 가진 지위를 유지하는 데만 만족치 않고 그 이상의 것을 바라고들 있었다. 제2 신분도 구귀족과 신귀족(法服귀족)으로 대립하고 전자는 궁정귀족과 지방귀족으로 구분되어 대립되었으며, 후자는 시민 출신으로서 관료의 상층을 구성하였다.

제3 신분의 시민은 중세 말부터 성장을 거듭하고, 특히 지리상의 발견 이래 비약적 발전을 하게 되어 財力과 才能은 사회발전에 불가결한 요소가 되었다. 그런데도 그들은 정권으로부터 배제되었으며, 경제면에서도 도시에 길드 등 봉건적 잔재가 남아 있어 자유로운 활동이나 자본주의의 발전이 저해되고 있었다. 그래서 점차 구제도의 모순에 항거하는 계몽사상은 시민 계급에게 사상적 무기를 제공하고 있었다. 요컨대 앙시앵 레짐에서의 프랑스는 형식적으로는 봉건적 신분 구성의 테두리가 존속해 있었으나, 실질적으로는 각 신분 내에 이해의 대립, 계층분화가 있었고, 이 모순의 특질을 타파한 것이 프랑스 혁명이었다.

## 2. 재정위기와 귀족의 저항

혁명의 깊은 원인은 구제도의 모순에 있었지만 직접적인 원인은 왕실의 재정위기였고, 이를 이용하여 절대왕정에 최초의 타격을 가한 것은 귀족계급이었다. 영국에서 청교도 혁명의 막이 오른 1642년에 해협 건너편 프랑스에서는 리셜리외가 세상을 떠나고 이듬해 5월에는 루이 13세가 죽고 다섯 살의 루이 14세가 왕위를 계승하고 國政은 모후 안느 도트리시(Anne d'Autriche)와 추기경 마자랭(Mazarin1602-1661)이 맞는 큰 변화가 일어났다.

문제의 마자랭은 이탈리아 출신으로 프랑스에 歸化, 전임자 리셜리외 처럼 성직자였을 뿐 아니라 루이13세가 기대를 건 인물이었다. 그러나 攝政 안느 밑에서 국정을 도맡게 된 그는 성격상 전임자와는 대조적이었다. 전임자가 냉철하고 준엄하게 국가와 군주에게 충성을 다했다면 마자랭은 얼굴 생김새부터 교활하고 남을 농락하고 매수하고 속이는 솜씨가 대단하고, 기가막힌 두뇌를 가진 인물이었다. 동시대의 사람들로부터 이런 평이 전해진다. '몹시 교묘해서 남들과 나란히 서 있는 체 하다가 어느 사이 엔가 살짝 앞서곤 한다…'

북동부 국경 로크르와(Rocroi)에서 스페인군과 싸워 크게 이기자 왕권 강화를 저지하려는 귀족들을 어떻게 처치하느냐, 재상의 지위가 외국인의 손에 들어간 것이 못마땅했던 귀족들에 대하여 마자랭은 우선 懷柔策으로 매수하는가 하면 전임자 때에 투옥된 국사범들을 석방시키는 은전을 베풀어 환심을 산 것이다. 그 덕택에 48년 웨스트팔리아조약에서 프랑스에 유리한 조건으로 전쟁이 끝나게 된 것이다. 위기의 원인은 전쟁 비용이었다. 이미 이 재정난은 전임자 때도 심각했지만 마자랭 시대에 와서 그 한계에 이르고 있었다. 타개책으로 租稅 징수업자로부터 돈을 미리 받고 갖가지 교묘한 이유로 새로운 세금을 부과하든가, 관직을 늘려 팔아먹는 비상한 수단을 썼다. 하지만 농촌의 부담 능력은 이미 절망 상태여서 대개의 부담을 파리 시민에게 집중되었다. 외국인 재상에 대한 불만 불평이 들끓었다.

그 중에서 가장 심한 불평 불만을 품고 있던 것은 파리 고등 법원(최고법원)의 법관들이었다. 전임자의 정책으로 봉건귀족들한테서 권력을 박탈하기 위해 그들이 법관에 임명되어 있었는데, 賣官制에 의해 그들의 법관직이 세습화하였다는 이유로, 지방 총감이라는 새로운 관직이 그들의 권한을 박탈하려 했던 것이다. 그것은 귀족의 세력을 제압할 때 이용당한 꼴에 불과하다는 것이 불평불만의 출발이었다. 원래 고등법원은 재판소였다. 국왕의 입법에 간섭할 수 있는 특권을 가지고 있었다.(삼권 분립과 입법권 확립 전이므로) 이 혼란 속에 왕과 재상이 교체되었다.

법원에서 왕의 입법을 거부하면, '거부'만으로 왕권은 제약을 받는다. 왕권에 저항하는 합법적인 무기인 것이다. 재정난을 타개하기 위한 마자랭의 중세정책은 법원의 거부권이 행해졌다. 왕실도 한때 피난하여 파리를 퇴각했으나 왕당파 콩데公에 의해 프롱드 반란이 진압되었다. 프롱드라 함은 투석기(投石機)의 뜻인데 1회는 고등법원 프롱드(1648-1649). 2회는 귀족의 프롱드(1649-1653). 이 프롱드의 난은 귀족세력(봉건 귀족,법복 귀족)의 반란은 부르봉 절대왕권 확립의 길을 터놓은 것으로 의의가 있다.

루이 16세에 이르러 재무장관으로 임명된 튀르고(Turgot 1727-1781)는 재정위기를 극복하기 위해 비교적 온건한 개혁안을 마련하였으나 그것이 免稅의 특권을 침해하고 왕실 경비의 삭감을 포함하고 있었기 때문에 귀족과 왕실의 반대로 좌절되었다. 튀르고는 루이15세 때부터 여러 차례 재무총감 후보로 되어 있던 인물인데 볼테르 등의 진보적 지식인들도 그의 활약에 기대를 걸고 있었다. 계몽사상에 심취해 있고 자유주의적 경제학에 입각한 뛰어난 저서와 또 재무총감에 취임하기 전에 10여 년 동안 서부 프랑스 리무쟁에서 州知事로 활약, 稅制를 개혁하여 농민의 부역에 代納制를 채택시키고, 상공업의 발전을 꾀한 실적이 있는 탁월한 행정가였기 때문이었다. 그의 등장은 瀕死상태의 부르봉 왕조가 혁명을 회피할 수 있는 마지막 기회가 바로 그의 개혁이었기 때문이다. 먼저 자기 연봉14만 2천 리브르를 8만 리브르로 삭감했다. 그 밖의 다른 경비는 모조리 거절, 국가재정을 위해서 어떤 희생도 무릅쓸 각오를 가지고 있었다.

역시 재무장관으로 임명된 칼론느(Calonne 1734-1802) 는 신분의 차별이나 면세의 특권 없이 모든 토지소유자로부터 現物稅를 징수하는 것을 골자로 한 개혁안을 작성하고 왕실에 가까운 귀족과 성직자 대표들로 名士會를 구성하여 그들의 협력을 얻으려고 하였다. 그러나 명사회는 협력이 아닌 개혁안 반대로 그는 사임했다. 법복 귀족의 아성인 고등법원과 왕실은 재정위기 타개로 정면 대결하게 되었다.

그러나 고등법원은 새로운 세금징수는 3 부회(General Estates)의 승인사항이라고 주장하면서 3 부회 소집을 요구하였다. 귀족들의 속셈은 절대왕정의 재정위기를 이용하여 과거에 상실했던 정치권력을 회복하여 귀족정치를 실현하고자 하는 것이었다. 루이 16세는 진퇴양난으로 이러지도 저러지도 못하다가 1614년 이래 폐쇄되었던 3 부회 소집에 동의하고 말았다. 귀족의 반항으로 시민혁명으로의 길이 열린 것이다.

## 3. 국민의회와 91년 헌법

파리 고등법원이 곧 열리게 될 3 부회는 1614년 3 부회와 같은 형식을 취해야 한다고 선언하자 1788년 9월 특권 귀족과 부르조아 間의 대립은 표면화됐다. 즉 1614년의 3 부회에서는 승족 귀족 제3 신분의 각 대표들이 같은 수효였고, 審議 및 투표는 각 신분별로 행해졌는데, 이번 3 부회에서는 제3 신분의 대표가 승족 귀족 대표의 두 배여야 하고 개인별로 행해야 하는 것이 부르조아 측의 요구였기 때문이다. 결국 제3신분 대표를 2배로 되고 1789년 1월 3부회 소집에 관한 고시를 내렸다.

5월 2일 국왕에게 알현하고 5월 5일 대망의 전국 3부회는 마침내 개회하였다. 제1 신분과 제2 신분이 각각 300명, 제3신분 600명, 모두 1,200명인데 제3 신분 대표는 반수 이상이 변호사 등 司法 관계자였다. 특권 신분 중에도 개혁을 원하는 사람이 적지 않았다. 이런 자유주의자들은 베르사이유에 모이기 전, 橫的인 연락을 가지고 88년 파리에서 '30인회'를 조직했다. 정치적 경험이 적은 30인 회원들은 어떤 자들인가.

30대의 라 파이에트(La Fayette 1757-1834)는 미국 독립전쟁에 참전경험이 있는 '신세계의 영웅'이란 별명으로 불리었고, 또 오텅의 司敎 자유주의적 승려 탈레이랑(Talleyrand1754-1838) 이 대표적 인물이다. 전자가 이상주의자라면 후자는 향락주의자였다. 사교계에서 살롱 특유의 재미를 즐긴 것이다. 또 미라보(1749-1791)는 폭풍우 같은 사람으로, 이 아웃사이더에게는 뛰어난 정치 감각과 인간적 매력이 넘치는 한편 이지적인 면은 적다. 제3 신분의 진보적 이론가 시에이에스는 남프랑스의 평민 출신이다.

의원 자격심사를 합동 심사를 주장한 특권귀족 신분 강경파측이 신분별 진행을 강경하게 거부하여 3 부회는 약 1개월 교착상태였다. 그 사이 제3 신분 속에 원외 교섭단체인 30인회 아닌, 낯익은 동향의 대표들끼리 그룹 형성된 것 중, 르 샤플리에(Le chapelier 1754-1794)

중심의 브레타뉴州그룹인 '브르통클럽'이 제3 신분을 지도하게 된다. 미라보, 시에이에스, 바르나브, 바이이(Bailly1736-93) 등이 포함된다. 여기에서 용기를 얻은 부르조아들은 6월17일 3부회를 '국민의회'란 명칭을 채택하여 특권 신분과 인연을 끊어야 한다는 것이 현실화되었다. 제3 신분의 회의장이 폐쇄된 상태에 그들은 부슬비 내리는 거리의 나무그늘에 있다가, 근처 테니스코트로 들어갔다. 의장은 바이이, '誓約'은 577명이 동의하고 , 바이이, 시에이에스, 로베스피에르, 미라보 등이 승려와 귀족 대표들의 親臨회의에 대항하여 결국 루이는 국민의회에 합류할 것을 권고하고 말았다.

 국왕의 권고는 음모였다. 뒤로는 무력 탄압이 준비되고 있었다. 스위스 용병대 파리로 이동하라는 명령이 하달되었다. 파리와 베르사이유 주위에 3만여 군대가 집결된다. 이때까지 브루통 클럽 핵심 멤버들이 생각한 혁명은 왕위를 보전한다는 전제로 평화 혁명이었다. 브루통 클럽의 후원자 오를레옹公 소유 아케이트 달린 정원(팔레 르와이알)에서 유행을 쫓고 정세 변동에 민감한 반응을 보이던 많은 시민들은 불안에 떨며 평화적 혁명을 바라고 있었다. 그러므로 국민의회는 문제의 군대를 철수시킬 것을 정중히 국왕에게 간청했다.

 파리가 지금처럼 화려해진 것은 19세기 중엽부터이고, 혁명 시대 파리는 대체로 중세 후기의 그것과 별 차이가 없었고 한다. 좁고 구불구불, 울퉁불퉁 한가운데는 더러운 도랑이 흐르고 군데군데에는 시큼한 냄새의 쓰레기가 마구 쌓인 길, 그리고 東西의 길이 약8.5㎞, 남북의 길이 약 6㎞의 낡은 성벽에 둘러싸여 있었고, 인구는 약 60만, 당시 프랑스 총인구의 40분의 1쯤 된다. 18세기의 중요한 변화는 높이 3m나 되는 새로운 성벽이, 全長 23㎞의 길이로, 파리시가를 빙 둘러싸게 된 것이라 한다. 재정적 궁지에 몰렸던 부르봉 왕조가, 대포를 사용하는 전쟁에선 아무 쓸모가 없는 이런 성벽을 왜 새로이 쌓아 올렸던가. 이유는 간단하다. 財政上 의 外敵, 즉 일부 몰지각한 상인들의 밀수(密

輪)를 막기 위해서였다. 그래서 '징세 청부인 성벽' '투덜대는 파리'란 말이 유행하고, 시민 중에서도 하층 시민이 몹시 증오하였다.

7월12일 네케르가 추방되었다는 뉴스는 시민 모두 아연실색하게 했다. 그의 재정 再建策에 기대하던 상층 부르조아 금융업자로부터, 그의 買占단속에 기대하던 민중에 이르기까지 오후가 되자 팔레 르와이얄에는 많은 인파가 모였다. 이 때 29세의 청년변호사 카미유 데뮬랭(Desmoulins 1760-94) 이 네케르 해임은 국민에 대한 모욕적 행위다. 놈들은 제2의 바르톨로뮈(Bartholome's Day)학살을 감행하여 우리 애국자를 학살하려 한다. 무기를 들어라! 이에 흥분한 민중들은 무기를 얻고자 13일 밤 시민군과 일반시민이 두 개의 무기보관소, 즉 廢兵院과 바스티유로 몰려갔다. 이것이 역사적인 하루, 1789년 7월 14일의 시작이다.

바스티유 수비대를 항복시키자 파리시의 제3 신분 대표의 선거인들은 市 정부를 장악하고 질서를 유지하려고 國民衛兵을 조직했다. 사실상 파리를 국왕에 대한 무장 반란의 상태에 몰아넣었다. 이제 왕의 일루의 희망이 된 외인부대가 베르사이유에 집결해 있고 궁전에서는 왕당파의 호화로운 연회가 계속되는데, 때를 같이하여 파리에서는 빵 부족으로 침울한 공기가 감돌고 있었다. 10월 5일, 주부들과 시장의 장사치 여자들이 들고 일어났다. 이들과 함께 군중이 식량을 요구하기 위해 베르사이유로 밀려갔다. 부녀자들이 시청 앞의 그레브광장을 떠난 뒤 國民衛兵이 집결한다. 오후 5시경에 뒤따라 역시 베르사이유로. 구민위병을 지도한 것이 라 파이에트, 이행렬은 일반 시민까지 합쳐 2만명이나 되었다. 날씨는 이날도 좋지 못했다. 낮부터 비가내리고 먼저 간 부녀자들 대열은 비에 흠뻑 젖은 데다가 고픈 배와 피로해진 몸 때문에 한결같이 비틀거리고 오후 4시경 베르사이유에 도착, 식량 위기 및 플랑드르 연대에 대한 시민들의 불만을 호소했다.

그들은 궁전에 침입해서 왕비의 생명을 위협했다. 도망할 것을 궁리하던 루이가 시위대와 함께 파리로 돌아가도록 설득을 받고, 왕족 一家는 이후 3년간 사실상 뒤일리 宮에 갇힌 몸이 된다. 국민의회는 헌법을 만들 권한을 지닌 단원제의 의회도 국왕을 따라 파리로 들어와 튀일리宮 정원 북편의 왕립 마필 조교장(王立馬匹調敎場)에서 회의를 계속했다.

정치의 중심이 베르사이유에서 파리로 옮겨졌다는 것은 혁명의 성격과 코오스에 중대한 효과를 미쳐 로베스피에르의 생애에 적지 않은 영향을 주었다. 어쨌건 바스티유 점령은 제3 신분 내부에 반동적인 귀족의 음모(귀족의 買點賈惜)란 관념이 파리의 상류 시민들에게도 상당히 침투되어 있었다. 이 뉴스는 지방의 각 도시뿐만 아니라 농촌에도 광범하게 유포되어 나아갔다. 농민은 총인구의 4분의 3이 넘는 다수였다. 봉건 체제가 아직도 뿌리 깊고 보니, 농민의 대부분은 여전히 수확의 반 이상을 착취당하고, 생활은 말이 아니다. 게다가 이 무력하고 무식한 빈농에게는 정치상의 대변자마저 없다. 그야말로 학대받는 多數인 것이다.

도시 사람들을 따라 이미 폭동을 일으킨 경험이 조금씩 있던 이들은 혁명의 때를 맞아 삽시간에 領主의 城館을 습격하는 소동을 벌였다. 대표적인 예가 동부 프랑스 프랑슈콩테州의 폭동이다. 도시의 영향을 받았지만 실제 내용에서는 농민들 독자적인 혁명이었다는 것이다. 전국적인 大恐怖를 수습하려면 국왕의 군대에게 오히려 반격할 기회를 주게 되는 이 시기에 기발한 아이디어를 짜낸 것이 '브루통 클럽'이었다. 새 의장 르 샤플리에는 8월 4일, 반대파가 좀 적게 보이는 늦은 시간(오후 8시)에 회의를 속개하고 하급 귀족 느와이유 子爵은 봉건제 폐지를 제안하게 하였다. 그 이유는 '대공포' 수습책이었다.

그러자 국왕 다음으로 많은 토지를 소유하고 있다는 에이기욘公이 선뜻 제안에 동의했고 뒤따라 동의자가 이어졌다. 그들은 당대의 굴지의 영주들이었던 만큼 제 스스로 특권을 포기한 것은 찬양할 만한 용기였다. 그러나 참석자 전원이 그렇게 찬양할 만한 용기를 보인 것은 아니다. 반대자도 있었기 때문이다. 봉건제의 폐지, 영주의 특권 폐지, 이 국민, 이 영광. 이 놀라운 결의는 8월 4일 밤의 마술이다. 영주의 특권에는 狩獵의 독점권, 賦役 강제권, 재판권 등이고 토지 소유권은 賣渡형식으로 양도하되 현금으로 매도할 때에는 종전 지대의 20년분, 現物로 매도할 때는 25년분을 한꺼번에 받기로 되어 있었다. 농민들은 새로운 희망을 안고 조용해졌기 때문에 이 마술은 예상대로 일단 성공한 것이다.

전국 농민의 '대공포'를 결의 하나로 수습한 국민의회는 숙원인 헌법 제정에 착수했다. 8월 26일 채택된 헌법 前文이 '인권선언'인데 원문은 〈인간과 시민의 권리 선언〉이다. 제1조 〈인간은 자유스런 신분으로 태어나고, 살고, 권리가 평등하다〉. 제2조 〈인간의 권리란 것은 자유, 소유권, 안전 및 압제에 대한 저항권 등이다〉. '자유'는 타인을 해치지 않는 범위 내에서 무엇이든 할 수 있는 권리이고, '평등'은 법적인 평등이라는 것 등이다.

이것은 계몽사상이 그 기초를 이룬 이상적인 원칙이다. 본문 심의로 들어가기 전 왕정 지지자들은 영국식 양원제와 의회의 결의에 대한 국왕의 거부권을 주장하였고 로베스피에르則은 單院制와 의회결의에 대한 국왕의 거부권을 부정했다. 이에 왕은 봉건제 폐지 법령과 이번의 인권선언도 재가하지 않았다.

바스티유 습격과 왕실이 파리로 옮기기까지 7월부터 10월까지 영주의 특권이 부정되고, '인권선언'이 발표되었다지만, 정치적 주도권은 주로 귀족이 쥐고 있었다. 이런 상황에서 파리 위병사령관 ,10월 사건의 조정자 등의 중요한 역할을 수행한 라 파이에트는 민주적인 왕정은 왕정을 제한하는 것이 아니고, 오히려 증대시키는 것이라고 말하며, 국왕은 고등법원이나 지방 割去主義와 더 다툴 필요가 없고, 국왕은 臣民의 자유스러운 찬동에 의해 권위를 가지게 되었다 라는 말이 포함된 각서를 루이 16세에게 보내고 국왕이 솔직하게 혁명파와 손잡기를 촉구하고 있었다. 그는 입헌 군주정을 하루빨리 확립해야겠다는 생각을 가지고 있었다.

그러나 혁명의 직접적인 원인이 된 재정난은 해소되지 않았다. 의회는 교회 재산을 몰수하고(89.11), 그것을 담보로 '아씨냐'assignat라는 지폐를 발행하고 교회 재산을 매각하여 부족한 재정을 메꾸었다. 이런 교회 재산 몰수와 매각은 성직자 조직에 큰 변혁을 초래하였다. 즉 수도원을 해체하고 성직자에 대한 기본법을 만들어 성직자를 선출제로 하고 그들에게 국가가 봉급을 지불하기로 하였다(91. 7). 로마교황이 이를 반대하자 국민의회는 모든 성직자에게 기본법을 지지한다는 선서를 요구하였으나 선서한 성직자의 수는 많지 않았다. 국민의회는 또한 길드와 같은 동업조합을 폐지하고 내국관세와 통행세를 폐기함으로써 경제활동의 자유와 자본주의의 순조로운 발전을 도모하였다. 행정면에서는 구제도의 복잡하던 행정구역과 재판구역을 정리하고 귀족의 아성이었던 고등법원을 없애고 행정구역과 일치하는 통일적인 사법제도를 마련하였다.

91년 헌법에 의하여 국민의회는 제헌의회라고 부른다. 권력분립의 원칙에 입각한 單院制의 立憲君主制였다. 중요한 사실은 시민의 재산에 의하여 능동시민과 수동적 시민으로 구분하고 전자에게만 참정권을 부여한 점이다. 91년 헌법은 철저한 유산계급 지배체제였다. 루이 16세의 바렌느 국외 도망 사건은 왕권의 위신을 추락시키고 군주제와 유산계급 지배체제 지속에 커다란 암영을 던졌다.

### 4. 입법의회와 국민공회

의회가 헌법제정을 계속하는 도중 중요한 세력으로 대두한 것이 자코뱅 클럽이다. 10월 19일 의회가 이사할 무렵, 왕당파 의원이 많이 탈락하자 브르통 클럽은 갑자기 허약해지고 새로운 혁명파의 집회가 필요하게 되었다. 때마침 의회 근처의 생토노레 거리에 있던 자코뱅 수도원에서 식당을 빌려주자, 혁명파는 곧 자코뱅 클럽(자코뱅黨)을 발족시켰다. 11월이었고 회원 수는 200명 정도였다. 브르통 클럽의 뒤를 이은 뜻을 같이 하는 개인의 그룹이었는데, 정식명칭은 '헌우회'(憲友會)라 하고, 1792년 9월에는 '자유와 평등의 벗 자코뱅 클럽'으로 개칭되었다. 초기에는 지방의 정치까지 클럽의 급진적 三頭派가 로베스피에르와 함께 주도했다.

삼두파가 미라보에 포섭되어 자코뱅을 탈퇴하여 90년 4월에 팔레 르 와이얄에서 발족한 '1789년 클럽'으로 갔다. 91년 6월 국왕 바렌느도피 사건을 계기로 따로 '푀이양 클럽'을 만들었다. 3두파는 혁명파와 손을 끊고 궁정과 손을 잡았다. 遁甲한 3두파가 우선 손을 댄 것은, 논의가 거의 끝난 헌법을 보수적으로 수정하려는 것이었다. 91년 5월, 로베스피에르는 3두파를 정면으로 공격, 그러나 다수의 힘으로 삼두파는 왕권의 회복을 추진하며 자신만만하게 선언했다. …혁명은 끝났다. 평등을 제한하고, 자유를 억제 세론을 억압하지 않으면 안 된다.… 91년 6월 루이16세 바렌느 도피사건을 계기로 라파이에트파와 타협, 보수적인 푀이양 클럽은 샹 드 마르스 학살 등 공화주의에 대한 탄압을 강화하는 한편 왕권과 타협하여 1791년 헌법에 구현되며, 제한 선거에 기초를 두는 입헌왕정을 확립하였다.

| 1791. 오스트리아 프로이센 ㄱ | | 92. | | 1차 대불동맹 ㄱ | | 93. | | 94. |
|---|---|---|---|---|---|---|---|---|
| 91 헌법제정 ⇒ | | 혁명전쟁 ⇒ | 8월10일사건 ⇒ | 공화정 수립 ⇒ | 루이16세 처형 ⇒ | 자코뱅파 독재 ⇒ | | 테르미도르 반동 |
| 입헌왕정 확립 | | 필니츠 선언(91.8) | | 왕권停止 | | 자코뱅 93년 헌법 ㄱ | 공포정치 | |
| | | | | | | | 공화정 | |
| 입헌의회 | | | 국민공회 | | | | | |
| 91.10~92. 9. | | | 92. 9 | ⇏ | | | | 95. 10. |

＊ 프랑스 혁명의 推移

혁명의 추이를 따라가 보기 전, 의회 밖의 일반사회에서는 어떤 변화가 일어나고 있었던가. 민중 사회 실상을 보면 첫째, 국민의 납세액에 따라 능동적 시민, 수동적 시민으로 구별하여 능동적 시민에게만 투표권을 부여하는 제한 선거제 폐지를 열망하고 있었다. 成年 남자 700만명 중, 능동적 시민 430만, 이들에 의해 선출되는 선거인은 약 4만~5만. 고로 선거에 직접 관여하는 것은 이 小數의 선거인 뿐이었다. 둘째, 참정권을 위한 정치적 야심에, 의회에서 경제 자유주의가 선언되니 유통과 생산의 규제로 보호받던 도시의 서민, 放牧이나 이삭줍기 농민은 생활에 위협을 받고 불만이 커졌다. 셋째, 아씨냐 지폐 발행으로 인풀레를 초래. 처음에는 이자 딸린 債券이다가 이자없는 채권으로 발행되면서 화폐로 전용된 것이다.

의회 세력이 궁정파와 혁명파로 분열되고 농민 및 특권 신분까지 양파로 분열되었다. 궁정파와 손잡은 배신자에 의하여 왕권을 돕는 제도가 만들어 질 때 분투하던 로베스피에르에게 밖에서 성원을 보낸 인물이 당통(Danton1759-1794)과 마라(Marat1743-93)였다. 당통은 코르들리에 수도원에서 집회를 시작하여 붙은 이름이다. 왕실과 의회에 불만이 많던 상퀼로트가 많이 모여들어 유력한 민주적 정당이었다. 민중운동이 종전에는 거의 자연발생적이던 것이 조직성을 갖게 되었다. 로베스피에르가 대중의 존경을 받았고, 당통은 사랑을 받았다. 마라는 스위스 출신으로 파리에서 의학 공부하고 영국에서 의학박사학위를 얻고, 문학과 철학에도 손을 댔다. 혁명 초 ‹민중의 벗›이라는 신문을 발간, 저널리스트로 시민의 인기를 모았다.

1791년10월 1일, 새로운 헌법에 의하여 선출된 입법의회가 소집되었다. 푀이양 클럽 260여명은 당연히 右派로 돌았고, 반대로 左派는 130여명, 로베스피에르 페티옹의 노력으로 한때 궤멸 위기였다가, 자코뱅은 다시 활기를 띠었다. 흡수된 좌파는 파리 출신 브리소(Brissot 1754-93) 중심의 브리소파, 남서부 출신 베르니오 중심의 지롱드파 등의 여러 파벌로 나뉘어 있었으나 지금은 지롱드 黨으로 불리고 있다. 그렇다면 그 두당의 차이를 보면 푀이양(Feuillant)당은 자유주의 귀족이나 상층 부르조아로서, 거의 지주였고, 지롱드 당에는 변호사 출신이나 저널리스트가 많았고, 파리의 일류 살롱에 관계를 가졌고, 보르도, 낭트, 마르세이유 등 항구도시의 상공업 부르조아와 외국 망명 금융업자들과도 관계를 갖고 있었다.

의회는 바렌느 도피사건의 위기에 냉정하게 행동했고, 그러나 파리와 의회와는 의견이 달랐다. 파리는 맹렬한 분노를 터트렸는데 코르들리에 클럽과 자코뱅 클럽의 보다 과격한 회원들과 민주협회는 국왕을 퇴위시켜 共和政을 세우고자 내놓고 토론했다. 의회에서는 국왕을 영구히 폐위시키는 것이 아니라 일시적으로 '권리정지'시키고, 헌법에서 명하는 즉시 복권시킨다는 案에 대해 소수파와 함께 로베스피에르는 반대하였다. 그런데 의회가 7월 16일 권리정지를 가결하니 大衆請願을 밀고 있는 당통파와의 동조에서 의회 존중론자인 로베스피에르는 발을 뺐다. 국왕의 재판과 신행정권을 주장하는 코르들리에 그룹에서는 단독으로 상 드 마르스에서 봉기하여 국민의병에 의해 해산당하고 50명의 사상자가 나왔다. 이것이 '상드마르스 학살'(91.7. 17) 로 지도자 및 신문의 탄압이 시작되었다.

이 위기 동안 로베스피에르는 몸의 안전을 위해 마레區의 하숙에서 떠나 클럽과 의회에 가까운 쌍 또노레街 366번지에 방을 빌렸다. 전보다 더 근면하고 의회에서 반대파의 스폭스 맨이 되어 舊議會의 경험을 살려 활동했다. 91년 여름, 그의 하숙 移轉은 생활방식의 변화를 가져왔다. 파리에서 가장 번화한 거리에서 대가족의 일원이 되었다. 집주인 보리스 · 뒤푸레이는 번창하는 목수 겸 건축가로 정치를 좋아하는 아내, 혼인할 나이가 된 세 딸이 있었다. 맏딸은 평범하지만 성실하고, 에레오노르라는 이 처녀는 로베스피에르의 마음의 벗이었다. 그는 가장 좋은 오빠로서 덕(德)의 모범이었고 우리들은 진심으로 그를 사랑했다고 그 동생인 엘리자베드는 말하고 있다. 엘리자베드의 약혼자 르· 바(자르 바르레)는 정치적 동지였다. 뒤푸레이의 부인은 집을 개방하고 있었는데, 로베스피에르의 인간적 공감은 이런 분위기에서 넓혀지고 있었다.

오스트리아 레오폴드 2세와 프로이센 프리드리히 빌헬름 2세가 드레스덴 근교 필니츠(Pillnitz)離宮에서 회합(필니츠선언. 1791. 8), 각국의 군주에게 호소한 공동성명 이후, 프랑스 국민의 부르봉 왕가에 대한 반감이 높아갔다. 독일 황제 레오폴드는 루이의 왕비 마리 앙트와네트 오빠로 혁명을 저지하고 무력 간섭의 시도를 시작하였다. 지롱드 당에서 브리소가 개전론의 선봉이었는데, 왕실, 라 파이에트, 중도파 등 압도적 다수가 개전론을 지지하는 가운데, 푀이양당 내부에서 바르나브, 지롱드 당(자코뱅 클럽의 잠정적 異稱) 내부에서도 로베스피에르가 각각 반전론을 폈다. 이에 전쟁 문제로 몽타냐르(산악파)와 지롱드 黨이 대립하였다.

그리하여 1792년 4월 지롱드당은 국내의 반혁명 음모를 드러나게 하고 절대군주들을 타도하기 위해 혁명전쟁을 시작하였다. 그러나 아무 준비 없이, 그것도 군의 기강이 문란해지고 장교의 절반 이상이 망명을 간 상황에서 어쩔 수 없이 패전을 거듭할 수밖에 없었다. "조국은 위기에 처해 있다"는 입법의회의 호소에 호응하여 전국 각지로부터 의용군이 속속 파리로 모여들었다. 이 노래의 작자는 공병 대위 루쥬 드 릴(Rouget de Lisle 1760-1836), 이때 마르세이유 의용군이 부른 '라인강 수비대의 노래'가 ‹라 **마르세예즈**› 로서 혁명가가 되고 후에 프랑스 국가가 되었다.

지롱드 당에서는 전선에서 장군들이 사보타지하는 것은 배후의 궁정 때문이라고 단정, 궁정을 위협하기 위한 강경 수단을 취했다. 전국에서 2만 명의 훼데레(연맹군, 지방에서 온 국민의용군)를 소집하여 파리 근교에 주둔시킨다는 것이었다. 국왕은 이 계획을 거부하고 지롱드당 내각을 파면했다. 이것이 상드마르스 사건 이래 침체되어 있던 민중운동을 격화시키는 자극제가되었다. 전쟁문제는 경제적 위기와 시기적으로 일치되어 있었다. 흉작때문이 아닌 아씨냐 紙幣폭락에 의한 인플레와 서인도제도의 노예반란으로 식민지 상품의 부족때문이었다.

이때 민중은 부르조아의 이익만을 중시하는 지롱드당을 불신하여 파리 섹션 회의의 지역행정담당자라는 외에 파리 코뮌(시 의회를 비롯, 각 자치체 당국)을 선거하는 권한을 가지게 되었다. 거의 다 수동적 시민인 상퀼로트들이기에 섹션 회의에 불참해 있었는데 이제 섹션 회의에 참석, 민중운동의 새로운 강력한 조직으로 변질되었다. 반혁명 세력을 타도하기 위한 봉기를 계획하고 있었다. 각 섹션 대표들이 시청에 모여, '蜂起코뮌'을 선언, 연맹병과 손잡은 민중이 튀일리궁으로 몰려가기 시작하였다.

의회(입헌의회)에서 王權靜止 결의를 하지 않자 조국애와 혁명 열이 고조되고 있다는 생각에서 파리의 민중과 의용병은 8월 10일 왕궁을 습격하였다. 시청에서 蜂起 코뮌을 선언, 혁명 시의회를 성립했다. 군중은 튀일리 궁전으로 몰려가 스위스 수비대와 전투를 벌려 사망 800명, 민중측 사망 373명이었다. 이 혼란을 근처의 상점에서 시종 관람한 젊은 대위가 있었다. '천하기 짝이 없는 어중이 떠중이들 한테 겁을 집어 먹고 달아난 국왕을 바보 자식'이라고 욕을 했고, 궁정 정원에서 벌어진 1막의 연극을 보고 '내가 왕이라면 이런 꼴을 용서하지 않을 텐데'라고 말했는데 그 장교가 바로 나폴레옹이다. 그날 굴복하게 된 것은 국왕만이 아니라 의회도, 왕권의 정지 및 새로운 헌법을 제정하기 위한 國民公會의 소집을 결의했다. 국왕 일족은 음산한 탕플 僧院의 탑 속에 갇히게 되었다.

이에 입법의회는 왕권을 중지하고 왕족을 감금하는 한편 새로운 헌법제정을 위한 국민공회를 소집하였다. 8월 하순에 전황이 극도로 악화되자 파리의 코뮌의 묵인하에 사법장관인 당통은 이것을 인가하여

9월 초순 감옥에 수감되어 있던 반혁명 혐의자 1,100~1,300여명을 즉결재판으로 처형하였다. 국민공회가 첫 모임을 가진 1792년 9월 20일 프랑스 시민병은 잘 훈련된 프로이센軍에게 발미(Valmy)에서 뜻깊은 승리를 거두었다. 때마침 프로이센군에 종군하여 이 전투를 지켜본 문호 괴테는 "새로운 세계사가 오늘 여기서부터 시작된다"고 의미깊은 기록을 하였다. 왕정을 정식으로 폐지하고 92년 9월 22일을 共和制 제1년의 첫날로 선포하였다.

국민공회에서도 크게 나누어 3파가 있었는데 온건하고 점잖은 다수파를 가운데에 두고 양극에 두 개의 소수파가(하나는 그 수가 많고, 하나는 소수)가 있었다. 두 파는 명확한 견해와 일정한 정책을 갖는 사람들로 되어 있는데, 때에 따라 穩健 다수파를 끌어들여 여당과 야당에 해당하는 것을 의회에 부여하고 있었다. 실제로 의회를 주도한 것은 上層 부르조아지를 중심으로 한 지롱드당과 中産的부르조아지와 소생산자층에 기반을 둔 자코뱅그룹을 배경으로 한 산악파(몽타냐르Montagnards)였다.

국민공회에는 왕당파는 1명도 없고, 750명 전원이 순수한 혁명파였는데, 지롱드당 세력이 150~200 의석으로 파리 코뮌이나 민중 운동을 견제하는 보수적 부르조아 공화주의 입장을 택하고 있었다. 산악당은 의석이 높은 곳에 진치고 있다 해서 생긴 이름이다. 로베스피에르, 마라, 당통 등으로 대표되고 부르조아이면서도 민중과 호흡을 같이하는 좌파였다. 나머지 과반수 의석을 차지한 것이 平原黨(또는 沼澤黨. 의석이 낮은 곳이 있음)은 먼저 지롱드에 협력하다가, 지롱드당이 산악당과의 싸움에만 전념한 것에 환멸을 느끼어 곧 산악당과 손잡는다. 로베스피에르에게 독재제를 추진하고 있다고 비판하였는데 지롱드당을 향해 10월 5일 변론에서 '독재자가 되려면 왕정을 폐지해야 할 뿐 아니라 의회마저 폐지해야 한다. 조국의 병을 고치기 위해 국민공회 소집을 요구한 것이 바로 나였다는 것은 어떻게 해석해야 하는가?' 그래서 평원당의 지지를 사는 데 성공한다.

兩雄의 대립은 연말에 가서 첨예화된다. 탕플 승원에 감금된 국왕 一家 처리 문제 때이다. 지롱드당에서는 국왕의 불가침성 때문에 재판할 수 없다고 주장, 반대로 산악당은 처벌 방법만이 문제라고 주장. 여기에 궁정의 음모(미라보, 탈레이랑, 라 파이에트 등이 보낸 비밀편지)가 발견되면서 사람들을 격분시켰다. 사형이 387 : 334 로 가결. 1월 20일 혁명 광장(지금의 콩코르드 광장)길로틴에서 집행되었다.

위와 같은 지롱드당의 패배, 국왕의 죽음, 산악당의 승리에 대외적으로도 혁명의 輸出. 예컨대 발미 승리이후, 자유의 십자군이라는 프랑스 혁명군은 벨기에, 사브와, 니스, 라인강 左岸이 합병된다. 합병의 정당화한 이론은 루이 14세 시대의 '자연 경계설'이었다. 이런 침략전쟁은 영국의 유럽 諸 국가와 제1회 對佛 동맹으로 공동선언을 폈다. 국민공회와 민중 사이에 틈이 생기게 하였다. 민중 사이에 큰 영향력을 가진 과격파인 자크 루, 바르레를 중심으로 폭동이 일어나 물가상승을 부채질하였다. 방데지방 폭동과 장군들의 비밀 휴전협정은 심각한 위기를 만들었다.

민중운동에 편승해서 위기를 극복하려고 평원당의 지지를 획득하여 3월부터 5월까지 과격파의 요구를 묵살하였다. 중앙권력의 강화를 꾀하여 반혁명파 재판하기 위한 혁명재판소 설치(3월 10일), 반혁 용의자 단속의 감시위원회 설치(3월 21일), 국외 망명자 영구 추방과 재산 몰수(3월28일), 의회 내의 공안위원회 설치(4월 6일), 곡물 및 밀가루의 최고 가격제도 설치(5월 4일) 등이 그것이다. 이처럼 평원당의 지지를 얻어 '혁명정부'의 기초를 마련했던 것이다.

궁지에 몰린 지롱드당은 서부와 남부 보수적인 지방 도시(리용, 마르세이유, 낭트, 보르도)의 도움을 얻어 산악당의 세력을 꺾으려 하였다. 5월 중순, 파리 민중운동 파리 코뮌을 무정부주의적 기구라고 비난하고 해체를 제안했다. 12인 조사위원회를 구성하고 이 위원회에서 파리 코뮌의 제2의 실력자이면서 인기가 있는 에베르 (Hebert1757-94)와 과격파 거물 바르레를 체포했다. 코뮌 측은 석방을 요구했지만 국민공회 의장, 지롱드파 이스나르(Isnard)는 파리를 없애버리려는 폭언으로 사태를 악화시켰다. 시내 각 섹션에서는 지롱드 타도의 봉기가 계획되어 兩雄의 대립에서, 지롱드와 섹션의 항쟁으로 상황이 바뀌어졌다.

의회에서 지롱드파를 추방하려던 로베스피에르의 노력도 민중봉기도 모두 승리하긴 했으나 같은 뿌리를 가진 2중 3중의 시련이 가로놓여 있었다. 민중이 의회를 얕잡아 보고, 의회의 권위와 산악당을 경계하는 의원들이 많아졌다. 파리 민중이나 산악당의 독재가 아니라는 것을 알리기 위해 급히 만들어 낸 것이 보통 선거제의 민주적 "93년 헌법"이다. 6월 10일부터 불과 2주일 동안 심의 채택이 행해져서 농민 대중을 산악당에 끌어들이기 위해 망명자의 토지 재산을 유리한 조건으로 불하하고, 공유지를 분배하고, 영주들의 토지를 무상으로 양도하는 등 대담한 개혁을 추진하였다.

그렇지만 그 해봄부터 중남부에서 발생하고 있던 반혁명파의 내란이 거의 전국적으로 확대되고 파리 일대와 동부 국경을 제외한 60여 고을에서 반란이 일어났다. 내란은 그칠 줄 모르게 보르도, 님, 마르세이유, 툴롱, 리용 등이 반란을 지원했는데 툴롱에서는 영국 해군까지 끌어들여 저항하고, 방데 반란 역시 이때에도 계속되고 있었다. 긴급사태로 공안위는 93년 헌법의 실시를 평화시까지 보류하고 혁명정부 수립을 선언하였다. 反혁명분자와 지롱드당에 대한 대대적인 처형을 감행하였다. 공포정치(The Terror)가 시작된 것이다. 이보다 앞서 국민공회는 미터법을 채택하고 革命曆을 정하였었다. 또한 전력을 기울여 군대를 재건하고 군수품의 확보와 보급의 원활을 기하여 외적에 대처하고 국내 반란 진압에 노력하였다. 연말에는 전세가 호전되고 국내의 반란도 그 기세가 꺾이었으며, 경제도 그런대로 안정세를 보이게 되었다.

## 5. 현실적인 것, 가능한 것

그러나 1794년에 접어들면서 자코뱅당 내부에 당통을 중심으로 한 온건파와 에베르파(Heberists)로 알려진 과격파의 분파운동이 생겼다. 혁명정부를 주도하고 있던 로베스피에르는 도시와 농촌의 독립적 小生産者의 자유롭고 평등한 '德의 共和國'을 이상으로 삼고 이의 달성을 위하여 자코뱅의 단결을 중요시하였다. 따라서 분파운동의 용납을 없애기 위해서, 두 파를 차례로 처형했다. 이 처사는 전체적으로 자코뱅을 약화시키고 특히 파리의 민중(상퀼로트)과의 유대를 악화시킨 결과가 되었다.

위에서 본 바를 부연을 첨가해보면, 에베르는 그의 직속 상관 쇼메트(8월 10일 이후 파리 코뮌 대리관으로 지롱드를 공격. 5월30일~6월 봉기 지도. 理性 숭배 非 기독교화 운동 추진)와 파리 시청을 장악하여 무신론을 승리시켜 부자들에 대한 貧者폭동을 역설하였다. 코뮌의 力說은 민중의 참된 행복이 아니라 일시적 人氣였다. 최고 가격령을 可決시켰으나 농민은 곡식을 감추거나 아예 생산을 멈추게 되었다. 식품 가격 앙등은 도무지 멈추지 않았다. 강제 압력은 정책이 아니라 독단이다. 이것이 경제 법칙인 것이다. 에베르와 쇼메트는 역사상 최초라 하는 사회주의 사상을 표명이었다. 이에 공상적 사회개혁안이 열병처럼 나타나 '평등의 빵' 사상을 지방에서까지 실현시키려 했다. 에베르, 쇼메트, 푸세 등의 **공산주의 혁명**에서, 로베스피에르는 이쯤에서 그들을 눌러야 할 때가 왔다고 판단한 것이다.

사회주의적 같은 상황에서 그리스도교를 부정하고 理性(가짜 이성)으로 돌아간다는 '이성의 자유'의 예배라는 그리스도교 냄새가 없는 것을 만들려 하였다. 노트르담 사원이 '이성의 神殿'으로 바뀐다는 것을 의회로 하여금 억지로 선언시켰다. 자유의 여신들은 寓話에 나오는 여신보다 몹시 품위가 낮다고 비난했을 때 로베스피에르는 이 말을 지지했다. 이 가짜 이성은 음모자들 손으로 시중에 퍼뜨려진 것이다. 이제 코뮌은 공공연히 기독교를 부정하고 그에 대신하여 '이성과 자유'의 예배를 순수라는 허울로 예배를 추진하고 있었다. 쇼메트와 에베르에 의해 지방에 파견된 국민공회 의원의 과격한 행동을 재촉하였다. 예컨대 니에브르 에서는 파견 의원이 司祭의 결혼을 강요하고, 도시에서도 농촌에서도 종교색을 일소했다. 묘지의 입구에 걸린 장식까지 제거하고 통속적인 싯귀詩句 한 마디를 써 붙였다.

그 사이에서 그리스도교 부정 운동의 중심지가 된 것은 파리이고, 파리에서도 그 운동의 앞장에 선 것이 에베르파의 코뮌이다. 이에 굴복하여 司敎가 환속을 선언했고 민중의 손에 넘어간 노트르담 사원에서는 이성의 제전이 열리기도 했다. 이렇게 기독교 否定운동이 너무 과열되자 당통, 로베스피에르, 공안위 다른 위원도 우려를 갖고 경계하게 되었다. 기독교 부정운동에 제한 조치를 취하고 당통이 아르시의 閑居에서 파리로 돌아오자 공안위를 지지하면서 12월 8일 '예배의 자유'를 선언하여 否定운동에 찬물을 끼얹었다. 그러자 꾸똥, 당통도 이신론(理神論)을 주장하여 의회에서 산문의 理性 이외에는 듣고 싶지 않다고 말했던 것이다. 이런 소동을 로베스피에르는 始終 가슴 아프게 생각하면서 理神論者들을 격려하였다.

원래 프랑스 혁명은 시초부터 국가와 교회의 분리를 요구했고, '승족민사기본법(僧族民事基本法)역시 그런 취지로 제정된 것이었다. 승려들은 대개 국가와 교회의 분리 및 교회 재산의 국유화에도 반대하는 등 反혁명적인 쪽이 많아서 92년의 '9월 학살' 때에도 몇 백명이 희생되었거니와, 그 사이 그리스도교는 프랑스 국민의 사회생활에서 반(反)종교적인 경향이 점차 심해지게 되었다. 이에 의한 변화가 파브르 데그랑티가 제안한 대단히 잘 된 공화력(共和曆)을 채택했는데 여기서 일요일을 없애고 聖日을 없앴다는 점에서 기독교 否定의 방향이 되었었다. 93년10월 5일 채택된 이 혁명력은 1년을 30일밖에 안 되는 열 두 달로 나누고, 나머지 5, 6일은 연초의 祭日로 삼았다. 매월 30일은 4주일 아닌 3주일. 각 주일의 마지막 날은 안식일이 아니고 데카드 decadi라는 휴일에 불과하였다.

1년 열 두 달의 명칭 역시 포도, 안개, 서리/ 눈, 비, 바람/ 싹, 꽃, 풀/ 수확, 熱, 열매 등 그 달의 자연현상과 관계깊은 詩的인 명칭으로 바뀌었다. 이에 의한 제1년 '포도의 달' 제1일은, 共和政이 선포된 92년 9월 22일. 1805년까지 사용된 이 공화력이야말로, 혁명 프랑스의 독자적인 입장을 과시한 개혁의 하나였다.

이러한 크리스도교 반대론자들을 로베스피에르는 徒黨으로 보았다. 무신론자들이 사보와의 보좌 司祭(루소)에 이르는 모든 長老들을 이 나라에서 일소해 버리려는 음모가 뚜렷해졌기 때문에 과격파의 小그룹을 쓰러뜨리기로 각오했던 것이다. 게다가 지방 파견의원들과 최고 존재와 소유와 德의 일체의 敵들에 대해 전면적 싸움을 벌이기로 작정했다. 도당(徒黨)인 에베르와 당통, 두 파는 서로 싸우게 놔두고 양편을 다 共和 제 2년 제르미나르(芽月)에 장사지내 버리는 것이었다.

6월 8일 로베스피에르는 일반시민의 종교심을 달래기 위하여 '最高存在'의 예배를 위한 대대적인 祭典을 집행하였던 바, 이 때가 그의 권력의 절정이었다. 그러나 그의 권력의 비대와 독주, 그리고 내외의 긴급사태가 완화되었는데도 계속되는, 아니 오히려 강화되는 공포정치에 대한 반감이 생기고 국민공회 내에서 反로베스피에르파가 형성되고 있었다. 1794년 7월 말, 이들 반대파는 그를 독재자로 몰아붙이고 그의 동지들과 함께 단두대로 보냈다. 이 달이 革命曆으로 '테르미도르'(熱月)였기 때문에 이를 '테르미도르反動'이라고 한다.

위에서 본 역사적 진실을 부연하는 것이 좋겠다. 즉 입법자에게 있어서 실제적인 효용과 가치를 갖는 것은 무엇이든지 진실이다. 과거의 입법자 중 단 한 사람도 무신론을 국민 종교로 한 자는 없다. 뿐만 아니라 그들은 전부 종교 속에 인기있는 신화를 약간 가미해서 그 종교에 어떤 매력을 주고 있다. 프랑스인들은 자연종교의 제진리(諸眞理)를 재발견한 시대에 살고 있다고 하더라도 속고 있지 않나 하고, 두려워 할 필요는 없는 것이다.

이런 이론은 백과전서파, 루소, 꽁도르세, 그밖에 자연의 神, 최고존재의 예언자들에 근접하고 이의 숭배야말로 광신론을 다 같이 불식하고 여러 종파의 모든 신앙을 보편적인 **자연종교로 통일**시켜 주는 것이라고 볼 수 있다. 카톨릭 교회의 승려는 그들 자신의 모습을 따라 질투심 많고, 변덕스럽고, 욕심장이이며, 잔인하며 용서가 없는 신을 창조하고 있었지만, 최고 존재의 참 승려는 자연이다. **신전은 우주이고 그의 숭배는 德**이며 축제는 사해동포의 유대를 새로이 하고 감사에 찬 순수한 마음의 敬意를 그에게 바치기 위해 그의 눈길 앞에 모여든 위대한 인류적 祝賀이어야 했다.

다만 로베스피에르를 성자로 만드는 데는 무언가 계기가 있어야 더욱 좋겠는데 요행스럽게 그런 일이 일어났다. 세실르노 방년 20세, 아리따운 파리지엔느. 시테섬 어느 상인의 딸, 5월23일 저녁 단도 두 자루를 몸 속에 품은 열혈의 소녀 하나가 뒤프레家 안뜰에서 잡혔던 것이다. 이 소녀는 '독재자의 얼굴을 봐 둔다'고 파리 외곽에서 올라온 소녀였다. 이것은 마라를 암살한 꼬르데라는 소녀와 같다. '淸廉志士'가 암살될 뻔했다고 소문이 퍼졌다. 소녀는 53명의 공범자와 함께 처형대로 보내졌는데 이제야말로 로베스피에르는 조국의 아버지가 아닌가!!!

화가(畫家) 다비드가 공화국 公式裝飾官이 되어 정통의 찬송가를 다른 작곡가가 맡아 매일 밤 각 지구에 다니며 가르쳤다. 파리 시내가 온통 일주일간 성가를 연습하게 되었다.

민중의 영혼의 공백을 메울 새로운 종교는 정치적 혼란이 인심에 가하는 분해작용을 억제하는 영광의 상징이었다. 그렇다면 정신적 결합

원리의 제시가 國民公會일치로 로베스피에르를 칭송하고 있었던가. 사실은 그 반대였다. 앞서 말했듯이 에베르파가 숙청될 때, 콜로 데르보와, 비요 바렌느 등이 항의했고, 당통파 때에는 국민공회 의원 다수가 항의했다. 이 두 개의 암초 사이를 헤쳐나간 것이 로베스피에르 한 사람이 아니라 **공안 위원회**라는 집단이었다. 국민공회에서 다수 의석을 차지한 평원당에서 산악당에 동조하고 있는 것은 혁명을 위협하는 외적 앞에서 혁명 세력의 통일과 강력한 지도가 불가결하다는 생각 때문이었다.

따라서 산악당의 혁명정부를 잠시 승인한 평원당은 국내외 위기가 해소되고 질서가 잡히기만하면 곧 排除될 운명에 있었다. 혼란이 수습되면 혁명독재는 존재 이유를 상실하게 되어 있었다. 전쟁과 민중운동는 혁명정부 성립의 최대 변수였다. 파리 코뮌에서 에베르파가 제거되고, 로베스피에르파로 보충되었다. 또 자코뱅당은 공안위의 어용기관이 되고 섹션의 민중 운동을 압박했다. 따라서 5, 6월에 모두 해산 폐쇄되었다. 에베르파를 조금이라도 변호하면 反革 분자 낙인을 찍혀 체포된 상퀼로트는 不知其數였다. 이렇게 公安委는 민중의 혁명적 에네르기를 통제하였다.

원래 의회의 통제를 받지 않고 독자적 스타일로 추구하던 민중 운동이 중앙 권력의 통제에 굴복한다면 이미 민중운동은 아닌 것이다. 이 것이야말로 민중 운동을 배경으로 출발했던 혁명 정부가 직면한 최대의 모순이었다. 그러자 민중운동은 박멸되고 전황이 호전되자 평원당에서 革政 解體를 요구하기 시작했다. 6월 12일 공안위 革載의 개혁 제안에서 쿠통, 로베스피에르, 바레르 등과 일반 의원들 사이에서, 심한 격론으로 의원들 다수가 공안위 처사에 한없는 불안과 공포를 느끼게 되었다.

로베스피에르는 2차에 걸친 암살계획의 현실화 때문인지 청년 시대의 여유와 지성은 찾아 볼 수 없고 猜疑와 불안에 차 있었다. 이제 그는 이런 말을 자주하고 있었다. "나는 너무 오래 살았다. 오래 살 생각이 없다. 오직 미덕과 神의 섭리를 위해 나를 희생시키고 싶을 뿐이다""자유의 수호자였던 자, 누구나 오래 살 생각은 갖지 않았다". 6월12일 이후 국민공회와 공안위마저 출석하지 않았다. **방토스法으로** 요약된 그 사회 이념, 최고 존재와 영혼불멸로 요약된 그 **혁명윤리** 등을 이해해 주지않는 동료들에 대한 불신에 사로잡혀 결전을 노리고 있었던 것이다.

에베르와 당통의 꼬랑지들, 즉 바라스 따리앙 푸세가 그들이다. 앞의 두 사람은 덕의 제물로 바쳐져야만 하는 부패분자요, 뒤의 푸세는 최고형에 해당하는 무신론자였다. 신이 존재하지 않는다고 민중에게 선언할 임무를 누가 그대에게 주었냐고 물었을 때 푸세는 독설로써 정면으로 대들어 반박하지 않고 **모략**을 꾸미는 사나이였다. 그는 공포와 증오로 어쩔 줄 모르는 무리들을 동맹시키고 분주히 돌아다니더니 **자코뱅 클럽과 공안위**까지 놀랄만한 반대세력을 만들어냈다. 로베르피에르가 3개월 전 푸세를 強敵으로 꼽았던 것은 옳은 생각이었다.

이 敵이 위대한 자코뱅 클럽, 그 자신의 자코뱅 클럽의 의장석을 차지했으니 얼마나 화가 났을지 상상할 수 있다. 원래 로베스피에르는 그의 정치생활 제1보를 자코뱅 클럽에서 내디뎠었다. 그는 여기에서 새로이 재출발하려는 생각으로 우선 원수들을 클럽에서 쫓아내기로 했다. 음모의 수령 푸세와 그 일당을 거기서 내쫓았다. 그러나 푸세는 더욱더 지하운동을 벌일 뿐이었다. 추세는 추방예정자 명단을 만들어 나누어주고, 한 사람씩 방문해 가며 이렇게 속삭인다. '만일 놈이 망하지 않으면 반드시 자네가 망하게 된다네'. 그는 로베스피에르에게 씌울 그물을 착착 짜가고 있었다.

언론의 문제. 인구의 80%가 문맹인이라고 하나 신문의 힘은 주요한 정치적 요소로서 강조한 것도 무리는 아니다. 연극의 정치력에 대해서도 같은 생각이었다. 이런 극 속에 시사 문제에 언급하는 대목이 나오면 관객이나, 당파인들이 갈채하거나 휘파람을 분다. 왕정주의 미신을 되살리어 여론을 타락시키기도 한다. 교육적 성질을 가진 극은 정부의 명령으로 상연되기도 한다. 이런 일들은 빈곤의 완화에 비하면 간단한 문제다. 근로자나 賃金만을 생각하는 부르조아 의원, 빈곤층이나 부랑인이 점잖은 사람들보다 救하기 쉽다는 카톨릭 승려들과 달라서 그는 현대의 훼비안 사회주의자와 같이 빈곤은 범죄라고 믿고 있었다. 인민은 경제적 빈곤과 사회적 종속에서 해방될 때에 비로소 구할 수 있다고 믿고, 그때에야말로 국민을 구제하기 위해 새로운 종교가 필요하게 된다고 생각했던 것이다.

### 6. 순교자 로베스피에르

59년간이나 부르봉 왕좌에 있던 루이 15세는 1774년 5월 10일 마마 <天然痘>로 비참하게 죽었다. 이 반세기에 국가와 교회의 힘으로써는 어쩌지 못할 만큼의 변화가 프랑스 사회와 역사상에 일어났던 것이다. 지칠대로 지친 이 시대는 죽음을 바로 눈앞에 보고 있는 듯한 지경이었고 사람들은 새로운 시대, 즉 理性과 博愛, 繁榮과 進步의 황금시대가 오리라고 새 왕에게 희망들을 걸고, 그들의 마음속 깊이에서는 왕정을 지지하고 있었다. 그는 갓 스무 살의 청년으로 한 살 아래인 오스트리아의 왕녀와 결혼을 했다.

루이 16세는 프랑스를 계약의 나라인 인간의 권리를 토대로 하는 자유, 평등, 박애의 나라로 이끄는 데는 별로 신통치 않은 왕이었던 모양이다. 1775년에 랑스에서 루이 및 마리 앙트와네트의 대관식이 올려졌다. 전통적 형식을 모두 갖추어 식은 화려하고 장엄했는데, 이것은 왕좌에 오른 哲學에 대한 환영이었다. 파리로 돌아오는 길에 새 왕은 관례에 따라 파리의 루이 대왕학원을 방문하고, 그 해에 古典 성적이 제일 우수한 학생이 하는 라틴어 환영 운문과 연설을 들었다. 이 학생은 **아라스**에서 온 열 일곱 살의 가난한 고아로서 **막시밀리앙 · 드 ·**

로베스피에르라고 불리는 소년이었다.

이 두 사람은 나중에 다시 만날 운명이었는데, 그것은 루이가 1792년 12월 국민공회에서 재판을 받게 되고, 로베스피에르가 왕의 죽음을 요구했을 때이었다. 얼마 안 있어 해체를 앞에 둔 이 사회의 뿌티·부르조아지의 자식들은 교회에서 일자리를 찾아내지 못하고, 상속할 만한 집안의 직업도 없을 때는 조그마한 땅을 소유해서 지주가 되고 사법관이나 행정관으로 임명된다는 야심을 품는다. 이렇게 될 경우 첫째로, 관습에 따라 이름 앞에 '드'(氏)라는 경칭을 붙일 권리가 주어진다는 보증이 있고, 둘째로, 그것이 아무리 적은 액수라고 하더라도 사회적 존경과 고정수입이라는 생계비가 해결되었던 것이다.

로베스피에르는 이런 계층에 속하는 젊은이였고, 당시 프랑스 사회에는 그런 야심과 함께 출세의 길을 노리는 사람이 부지기로 수두룩하였다. 그는 학교에서 볼테르, 루소, 백과전서파 등을 읽고 총명한 친구들과 無宗敎와 계몽을 논하였다. 교회 및 국가의 권위에 대하여 똑같이 不敬한 생각을 하며 과학과 이성이 화려한 신세계를 열고 있다고 하는 신념을 품으며 파리에 올라가 세에느 河畔에 그의 이름을 떨쳐보겠다는 야심을 품고 자란 사람이었다.

1758년 그가 태어난 젊은이들에게 혁명은 極地의 늦겨울, 처음으로 눈이 녹는 것과도 같은 일이었다. 꽃이 대지에서 피어나고 만물이 잠에서 깨어났다. 신세계가 바로 그들의 눈앞에 있어서 탐험과 개발을 기다리고 있었다. 역사가들이 열거하는 혁명의 여러 원인들 중, 로베스피에르가 깨닫고 있던 것들은 왕정의 쇠퇴, 교회의 지위의 약화, 귀족계급으로부터 상업 자유직업을 경영하는 중산계급으로 옮겨진 富와 사회적 중요성의 移轉, 국가의 번영이 근로자에게 별 이익을 주지 못하게 방해하는 물가 앙등 등이 그에게 큰 문제로 떠오르고 있었다.

법률가의 관점에서 가장 중요하게 생각한 문제는 국왕과 고등법원 사이에 일어나는 항쟁의 문제이었다. 삼권 분립과 의회정치가 없었기 때문에 국왕이 입법한 법령을 등록하고 법률로서 그 효력이 발생하는 권리를 행사하는 상고 재판소가 파리 및 몇 지방도시에 있었다. 고등법원이 갖는 거부권은 국민의 자유권의 방파제라고 생각하고 있었다. 이를 위하여 3부회는 175년 전 앙리 4세 이후 새롭게 소집되었다.

아르뜨와州(벨기에 가까운 북프랑스. 빠드 카레지방)에서 조부는 평정원 소속 변호사. 그 장남(프랑소와)도 변호사로서 맥주 장사의 딸과 결혼하여 1758년 5월 6일 로베스피에르가 탄생했다. 부양 가족이 많아지고, 여동생 살로뜨, 앙리에뜨, 남동생(次男) 오귀스탕, 그러더니 1764년 모친이 流産이 원인이 되어 사망하였다. 낭비벽이 심한 부친도 아이들을 조부에게 맡긴 채 불귀객이 되었다. 여섯 살 난 어린이의 즐거움과 가정의 단란한 맛을 빼앗긴 막시밀리안은 들뜬 세상의 풍파와 맞서게 되었다.

그는 꽃이나 새를 귀여워했고, 레스뜨개질을 배웠다 한다. 1765년에 아라스 修道會에 들어가 급비생으로 파리의 루이·르그랑 學院에 들어갔다. 거기서 副校長 신부의 말에 의하면 '그는 모든 것을 공부에 바쳤다. 공부를 위해 모든 것을 무시했다. 공부가 그의 神이었다.' 그는 「꼰시오네」(로마시대 리비우스가 라틴어 명문을 발췌 편찬한 것), 「풀루타아크」, 「고대사」 등을 탐독해서 그것을 몸에 익혔다. 수사학, 라틴어 작문 문체와 사상을 익숙하여 '로마 사람'이라는 별명을 들었다. 그의 흥미는 고전뿐 아니라 당시의 철학을 읽어 몽테뉴에 주석을 붙이고, J·루소에 열중했다. 그는 산책을 즐겨 에르무농빌(루소가 죽은 땅)까지 거닐고 그곳에서 '신으로 모시고 싶은 사람'을 만났다. 루소는 자신을 알라는 것, 하늘이 주신 本性을 존중히 하라는 것, 사회의 大元理를 깊이 생각하라는 것 등을 가르쳐 준다는 것을 깨닫고 느꼈다.

학원 분위기는 기독교적 데카르트적 정신주의의 증대를 재촉해서 『에밀』의 작중 인물 같은 성격을 창조하였다. 그는 가난하기 때문에 한 벌의 옷과 구멍 뚫린 구두밖에는 가지고 있지 않았다. 그러니 그는 사교적이 아니었던 것도 당연하다. 우수한 성적으로 대학 이사회가 많은 상금을 주고 給費도 주어 동생에게 나누어 줄 수도 있었다. 12년간의 엄격한 학업을 마치고 免狀을 받아 고향 아라스에 돌아가서 변호사 조합에 가입했다. 직무를 천직으로 알고 수행, 그 도덕적 책임의 중대함을 자각하고 있었다. 약하고 압박당하는 자, 가난한 자를 옹호하는 이 직업이야말로 숭고한 것으로서, 이러한 직업이 또 어디에 있겠는가. 이같은 넓은 생각으로 자기의 세계관을 형성해 나갔다. 이런 것은 그의 議政 壇上에서 전개하게 되는 것이었다.

三部會의 소집 포고와 때를 같이하여 그는 투쟁의 마당에 몸을 던졌다. 4월 26일 아르뜨와州에서 삼부회에 보내는 제3신분 대의원 8명 가운데 제5위로 당선되었다. 그의 나이 31세. 1789년 4월에 아라스를 떠난 그는 그 뒤 91년에 단 한 번밖에 고향에 돌아오지 않았다. 국민의회가 파리로 옮겨졌을 때(89.10) 쌍동쥬 街8번지 4층집 방2칸을 빌리게 되고, 91년 8월 싸 또노레 街에 있는 指物師(사시모노. 목수) 듀뿌레의 집에 하숙하게 되었다. 그는 규칙있고 조용한 생활을 즐기며, 방안에 꽃을 가꾸고, 愛犬 부루웅과 놀기를 좋아했다. 하숙집 아이들과 기꺼이 쌍 제리제를 산책하고 그들 틈에 끼어 놀았다. 식구들과 함께 저녁 식사를 한 뒤에 아이들에게 코르네이유와 몰리에르 루소 등을 읽어 주었다.

그는 빵과 과일로 몸을 유지하고 식후에는 코오피를 마시지 않는다. 그 생활은 간소함을 말하고 있었다. 그 차가운 외모의 배후에는 예민한 감수성과 높은 마음의 자세가 새겨져 있었던 것이다. 엄격한 성품과 빛나는 양심은 그에게 어쩔 수 없는 느낌을 주고 있었던 것이다. 그의 외모는 매우 단정하고 아름다웠다. 점잖은 발걸음과 핸섬한 모습은 헌법 제정의원들 까지 칭찬하고 있었다. 미라보나 당통같이 심한 본능을 추구하는 일은 없었다. 아주 순결하기는 했지만 그렇다고 여자를 싫어했던 일은 없다. 여성의 貞潔과 진실성을 존중했던 것이다.

여자관계가 있었다 해도 그것은 일시적인 것에 지나지 않았다.

비서였던 자의 말에 의하면 의원 수당 540리브르에서 200리브르는 고향 동생에게, 135리브르는 26살 가량의 여인에게 보내고 나머지 205리브르정도를 자기의 생활비로 쓴 듯하다고 말했는데 그 여자는 로베스피에르의 情婦였다는 것은 거의 확실하다. 그 여인은 그를 偶像視하고 있었다. 그를 그리는 여성은 샤르부르 伯夫人(1791초부터 그의 정치적 태도를 지지하고 열렬한 편지를 많이 보내며 그의 몰락 후에 오래 투옥당함)과 같은 상류층 부인도 많으며 또 22살에 과부가 된 젊은 여인의 마음 뿐 아니라 4만 리불의 연금까지 그에게 제공한 일이 있다.

섬세한 감수성을 갖춘 그는 많은 여성들의 정열을 불러 일으키게 했으나 자신은 단 한번 밖에 연애를 하지 않았던 것이다. 하숙집 딸 엘레오노르는 일생을 통해 그를 생각하는 데 충실했다. 로베스피에르의 姓을 따지 못할 바에는 다른 남자의 성을 따르지 않겠다고 했다. 로베스피에르는 1789년 초 이래, 그는 자기에게 사명을 부과하고 있었다. 즉 목숨을 버려서라도 민중의 신성불가침한 권리를 옹호하는 것이었다. 그 밖의 일은 모두 기타의 일인 것이다. 정의 인간성, 자유에 대한 사랑은 연애와 마찬가지 정열이다. 그것에 지배되고 있는 사람은 그것에 모든 것을 바치는 것이다. 이런 강직한 희생심은 그를 그렇게 가혹한 운명으로 이끌었던 것이다.

혁명시대에 정치가는 생명이 짧은 것이다. 일단 잠들어 버리면 눈을 뜬 때는 벌써 때가 늦는 수가 많다. 이에 반해 로베스피에르는 잠자고 있지 않았다. 그는 공안위를 통해서 국민공회를 지배하고 있었다. 앞에서 나온 대로 그는 청렴강직하고 도덕심이 높고, 덕망이 있는 인사였다. 돈, 여자를 싫어했다. 여자를 좋아하고 사랑을 좋아하지도 않았다. 여성에 대한 그런 감정을 존중하고 웃음을 좋아하는 프랑스 나라가 여성과 웃음의 敵에 의해 통치된 것은, 이 때가 역사상 처음이었다고 한다. 그는 자신의 德의 높음을 믿고 있었다. 그래서 그 덕으로 이 세상을 지배하는 것이 자기의 사명이라고 생각했다.

불량배, 타락한 무리를 이 세상에서 絶滅시키기 위해 크롬웰처럼 가공할 만한 전도가가 때때로 역사상에 나타나는 일이 있지만, 그 당시 프랑스는 불행하게도 그런 인간의 수중에 쥐어져 있었던 것이다. 그는 양심의 소리를 충실히 따랐던 것이다. 고귀한 사명을 자각한 양심의 소리야말로 덕의 구현자가 된 그는 진리의 구현자이기도 했다. 그리하여 그의 모습에서 위엄에 찬 일종의 침착함이 감돌아 사람들은 성직자와 같은 거동에 놀랐던 것이다.

그는 결코 오류를 범하지 않는 司敎가 되어 거의 예언자같은 절대성을 띠게 되었다. 마호메트와 크롬웰 두 사람의 혼이 깃들고 있었다고 띠보도가 쓰고 있다. 그러나 動搖를 보인 것은 행동면이었고 생활을 뒷받침해주는 思想의 면에서는 부동이었다. 자유와 공화국과 혁명의 구현자로 자처한 그는 반대자는 모두 적이라고 생각했다. 無謬의 사교를 자임하는 그가 도그마주의에 빠진 것은 당연한 일이다. 그 도그마란 '덕은 공포정치에 입각하는 것이다', '최고존재는 실재한다', '소유는 신성한 것이다', 라는 세 가지다. 이 三重의 도그마는 모든 사람이 복종해야 하며, 관용을 말하는 자, 덕 없이 공포정치만을 행하는 자는 나쁜 시민이라고 간주되었다. 또한 최고 존재의 실재를 부인하는 자도 같은 죄명을 받았다.

이런 형편에서 테르미도르(熱月)의 8일 아침, 뜨거운 태양이 한번 건드리면 터질 것같이 잔뜩 부푼 파리의 공기를 더욱 뜨겁게 하려고 떠오르고 있었다. 로베스피에르가 의장(議場)의 연단으로 올라가는 계단을 천천히 밟고 올라서는 동안 실내는 긴장된 공기로 싸여 있었다. 지금도 보존되어 있는 이 연설은 그의 정책 전환이 눈에 보인다. 즉 그는 公安委를 넘어서 의회(國民公會)에 호소하고 있다. 이제야말로 무질서해진 공안위(公安委)의 속박을 깨쳐야만 하겠다. 여러분은 지배되기 위해서 있는 것이 아니라 지배하기 위해서 존재하는 것이다. 지롱드파 75명을 산악파의 미움을 사면서까지 지켰던가를 누누이 연단에서 설명했다.

財政에서, 부정한 관리(지방 파견의원 不正), 전쟁 指導, 그리고 미증유의 대담성을 가지고 공포정치 자체를 맹렬히 자체 비판했다. 의장의 흥분은 한층 더 높아진다. 추방자 명단을 발표하라는 요구의 소리가 들린다. 위에서 말한 財政 등 부정한 관리 10명의 명단을 지니고 있었으니까 못 할 것 없었다. 그러나 그는 못하겠다고 거부했다. 불행하게도 로베스피에르는 열명의 명단을 발표함으로써 300명의 의원을 안심시킬 수 있다는 것이 이로운 방법인가를 이해하지 못 했던 것이다. 이것은 큰 착각이었다. 그날 밤 내내 좌파는 우파와 중간파에 대하여 교섭을 진행시키어 로베스피에르는 국민공회 전원을 절멸시킬 계획이었다고 주장되어 있었다. 죽음의 그림자의 환영(幻影) 때문에 로베스피에르는 비틀거리고 있었다. 그의 체포가 요구되고, 쌍 쥐스트, 르 · 바(카르 바르레), 꾸똥의 체포까지 가결되었다. 오후 5시 반이었다.

1789년 미라보 정책의 지지자로, 민중의 자유의 공상적인 챔피언으로서, 1791년에는 조심스러운 공화주의자로서, 專制 반대자, 파리 코뮌 일당으로서, 1793년에는 자코뱅주의의 주요한 대표자로서, 그 가장 걸출한 殉敎者로서 혁명의 힘을 제시하고 체현해온 로베스피에르는 몰락했다. 혁명의 모든 경험을 이만큼 충실히 살았던 자, 혹은 혁명의 제1원칙을 이만큼 깔끔하게 존중하며 살았던 자는 없었다.

## 7. 혁명 공화정부의 論理 餘滴

왕권을 정지시킨 92년 8월 10일 사건은 혁명을 크게 진전시켰으나 남동부의 로온江 유역 및 서부의 방데에서 反혁명적 농민 폭동이 이어날 기미를 보이고 있었다. 밖에서 일어난 적도 걱정이지만 내부의 동요와 지롱드의 망설이는 태도 때문에 로베스피에르가 지도하는 파리 코뮌과 의회의 이중권력이 병존하고 있었다. 92년 9월 20일 발미의 싸움이 행해진 날 파리에서는 입법의회가 해산되고 국민공회가 소집되었다. 왕권이 정지된지 40일만에 왕당파는 전멸하고 이튿날에 1789년이 '공화정 제1년'으로 되고, 단일 不可分 공화국이 선언되었다. 과연 그들은 일치단결되어 있었던가.

부리소, 페티옹 등의 지롱드당 세력이 150~200의 의석을 차지하고 코뮌이나 민주운동을 견제하는 보수적 부르조아 공화주의 입장이 되었다. 산악당은 로베스피에르, 마라, 당통 등 부르조아적이면서도 민중과 호흡하는 좌파이었다. 의원수가 지롱드보다 소수이었으나, 나머지의 과반수 의석을 차지한 平源黨과 제휴하는 데 성공한다. 지롱드와 협력하다가 산악당과의 싸움에 전념하는 지롱드의 지도 능력에 환멸을 느끼자 곧 산악당과 손잡았던 것이다.

산악당은 왕정을 전복, 1793년 5월 31일 ~ 6월 2일의 민중봉기를 조직하여 政敵 지롱드당을 추방, 정권을 잡았다. 주류는 로베스피에르파였으며, 公安委에 의한 독재를 통하여 전쟁의 승리, 봉건제 폐지, 최고가격제를 강행하였으며, 또한 반혁명파에 대하여서는 공포정치로 임했다. 그러나 自派 내의 극좌파인 에베르파와 우파인 당통파의 2파를 제거한 후, 상퀼로트의 협력 약화에 따라 부르조아지의 反攻이 일어났을 때, 이를 처리하지 못하여 몰락하였다.

위에 요약한 것을 부연 설명하는 데서 자코방 독재의 분위기를 파악하는 도움이 된다고 하겠다. 우선 파리 민중이 의회를 이상 더 얕잡아보지 않도록, 의회의 권위를 회복하지 않으면 안 되었다. 산악당을 경계하는 의원들이 많아졌는데 이상 더 반감을 사지 않도록 조심하면서 국민공회에서 좋은 법률을 만들어 내기 위해 노력하자고 로베스피에르는 강조하였다. 그 결과가 '93년 헌법'의 제정이다. 이것은 6월 2일 사건이 의회에서 지롱드 일파를 추방한 파리 민중이나 산악당의 독재란 것을 널리 알리기 위해 급히 만들어 낸 보통선거제의 민주적 헌법인데, 6월 10일부터 불과 2주일 동안에 심의, 채택이 행해진다. 또 국민의 절대다수를 차지하는 농민대중을 산악당에 끌어들이기 위해서 망명자들의 토지 재산을 전보다 더 유리한 조건으로 농민에게 불하하고, 공유지를 분배하고, 영주들이 토지를 無償으로 양도하게하는 등 대담한 토지개혁을 추진한다.

자택에 구금되어 있던 지롱드당 의원들이 파리를 탈출하여 비밀히 선거구에 연락하여 국민공회에 주민들의 항의서를 제출하게 하고 있었다. 그 해 봄부터 중남부 반혁명파 반란이 거의 전국적으로 확대되고 있었다. 방데 반란 역시 계속되고 있었다. 또 국경선 전체의 방어가 소흘해진 틈에 국외의 연합군은 프랑스 국내에 침공하기 시작했다. 이 위기 의식을 악화시킨 사건이 혁명가 마라의 암살이다. 노르망디 캉에 샬로트 코르디라는 25세 여자는 파리 탈출한 지롱드 의원이 낀 살롱에 나가다가 마라를 죽이기로 결심한다. 시골처녀 순박한 야심에 혁명가는 희생되었다.

따라서 마라는 신격화되고, 혁명의 순교자로 추모, 그 후계자라는 새로운 민중 지도자들, 즉 과격파의 자크루, 바르레 및 코민을 배경으로 한, 에베르 등의 출현을 재촉하여 공포정치의 위기를 맞는다. 민중운동의 지도자는 생활수준이 높고 일반 시민에게 어필하려 애쓴 지식인들이다. 이들은 무명의 운동가들에게 영향을 주고, 그들의 의견을 종합적으로 대표하고 있었다. 93년 여름부터 약 반년간에 공안위는 국민공회 안에서 지위를 더욱 강화하고 하였다. 파리 민중운동도 더욱 활기를 띤다. 공안위는 민중운동을 배경으로 의회 내의 보수세력을 제압했다. 따라서 공안위는 민중 운동 요구를 수용하지만 그것은 굴복이 아니라 일종의 정치적 타협이었다. 이런 복잡한 프로세스가 바로 프랑스 혁명을 이해하는 데 중요한 열쇠가 되어 있었다.

에베르는 혁명파 저널리스트가 되기 전에는 희곡을 쓰거나 극장의 매표원을 하면서 많은 여자를 편력하는 知的 건달에 불과했다. 공회에 제출한 최고 가격령 제정 외에도 파리 민생의 평등주의적 사회 이상, 즉 재산의 최고액 규정의 이상을 소유하지 못하게 하고 공장 점포는 1인 1개로 한정하도록 하고 있었다. 그러자 로베스피에르는 에베르가 지도한 9월 초 민중운동은 사실상 파리를 혼란시키는 반혁명파의 음모라고 비판되었다. 결과적으로 公安委의 세력을 강화해 주고 '혁명정부' 수립을 재촉했다.

역사상 유명한 공포정치는 공안위 입장에서 추진한 사람들이, 원래는 절대왕정과 군부에 반대하고 민주주의의 참된 옹호자들이지 결코 독재론자가 아니었다. 그렇다면 왜 그들이 93년 헌법 실시를 중단하고 자유를 침해하는 공포정치로 민중과 정부의 대립이 심하게 되었는가. 그것은 지방행정을 지도하기 위한 파견의원들이나 전선(戰線)의 장군들을 감독하고, 戰時물자 조달, 最高價格令을 전국적으로 실시하기 위해 행정의 일원화가 필요했기 때문이었다고 요약된다.

거주지역의 섹션 총회를 의회보다 더 중요시하는 파리 민중은 국민공회 의원을 위탁인으로 생각했고 그 위탁인의 지배란 것을 꿈에도 생각하지 않았던 것이다. 그 위탁인이 이제 독재를 하려 든다. 파리 민중은 섹션 총회에 종속하는 의회와 정부 즉 혁명 독재정부에 의해 자유와 민주주의가 침해되었다고 생각한다. 그러나 직접민주주의를 요구하는 것은 국가기관을 마비시키고 혁명전쟁 수행을 훼방하는 反혁명적 행위로 보게 되었던 것이다. 파리는 오랫동안 혁명의 중심이었으므로 지방의 일을 무시하는 습관이 생겼다. 6월 2일의 쿠데타는 탈주한 지롱드파 지도자들이 지방으로 돌아다니며 국민공회와 자코뱅파에 대한 반란을 일으키고 복수를 설파하였다. 보르도 리용 마르세이유 뚜롱 등이 파리와 북부에 대항하여 93년 여름부터 가을에 걸쳐 파리에서 일어난 정치상 헌법상의 변화에 불길한 배경이 된 셈이다. 이런 것이 **자코뱅독재의 분위기**를 설명하는 데 다소 도움이 된다 하겠다.

다시 로베스피에르로 돌아가 보자. 그는 천성적으로 평화스런 인간으로 폭력과 유혈을 미워하고 국왕 처형이 있고 나서 이 이상 사형이 있어서는 않될 것이라고 언명하였다. 지롱드의 개전론에 대한 증오, 배반자, 반혁명파에 대한 그의 공포, 그리고 기요틴이란 의사가 만든 죽음의 기계에 대한 그의 이성이 그의 양심을, 그리고 국가 이성이 그의 이성을 누르게 하였다. 마침내 그의 마음속의 퓨리턴은 종교재판이 되었고, '덕이 없이 威嚇은 크나큰 災厄을 낳고, 위혁없이는 덕은 힘을 지니지 못한다'는 말을 하게 되었다. 공포정은 자코뱅지도자들이 저항하는 국토에 대한 통제를 굳게 해나가는 동안 자연히 생긴 결과였다는 것이 옳을 것이다.

공화정 헌법은 지롱드파 축출 후, 1주일 이내에 에로 드 세셰르가 93년 헌법을 만들어 368개조는 6월 24일 국민공회를 통과했다. 이 헌법은 민중에게 새 여러권리, 전제정에 대한 반항을 장려하는 한편 행정부를 강호하고 입법부의 긴 절차를 거치지 않고, 법령에 의하여 긴급문제를 처리하는 권한을 입법부에 부여했던 것이다. 자코뱅파는 국가 안전을 위해 공안위원회를 항구화, 9월 6일 12명 속에 로베스피에르가 7월 17일에 참가하여 **수상이 없는 내각**과 같은 존재가 된다.

이 공화 제2년의 독재는 바로 '德'의 독재였다. 그는 이 '덕'이라는 말을 당시의 감상적인 語法에서 빌린 것인데 여기에 새로운 의미를 부여했다. '덕'은 절대자가 되었다. 죄상은 늘 정해져 있어서 '인심을 타락시켰다'는 것이어서 팔레 르와이아르의 풍기를 일신시켰고 자기 자신은 뒤프레 家의 二層에서 덕의 祭典과도 같은 가정에서 생활하고 있었다. 덕을 수반하지 않은 공포정치는 해독을 가져오고, 공포정치 없는 덕은 무력하다. 앞에서 말한 모토로 행동하고 있었다. 그의 정열이 강하면 강할수록 공포정치도 점점 심해졌던 것이다. 이것을 실천으로 옮긴 것이 혁명재판소였다. 8월 10일 영웅들이며 당통이나 루벤스, 루이16세의 시체가 잠들고 있는 마드레느 묘지에 묻히려는 것이었다.

그런데 이 덕에는 認證이 필요했다. 철학에서 신(神)을 의미하는 公認용어인 '최고존재'였다. 마음속 깊이에서는 아직도 告解의 인도에 따르고 아직도 미사를 신봉하고 있으며 무지몽매한 사람들을 어떻게 하면 '덕'으로 이끌 수 있을까. 카톨릭에 대신할 수 있는 것 모든 성실한 인간을 만족하게 하는 信條, 군중을 열광하게 하는 儀式을 1794년 5월 7일 공회에서 大演說을 베풀었다.

"자연은 우리에게 인간은 자유 때문에 태어났다고 말해준다. 경험은 우리에게 인간이 노예화되어 있음을 알려준다. 인간의 권리는 인간의 마음에 새겨져 있고, 역사는 인간의 굴욕의 사연이다." 루소의 말을 인용하여 시작한 연설은 정치적 진보의 용어로 생각했던 것이다. 이것은 그의 다른 연설들처럼 보통 사람의 눈으로 보면, 연설이 아니라 講義나 거의 설교에 가까운 것이어서 문장은 조심스레 연구되어 있고, 효과가 계산되어 있다. 확실히 웅변이기는 하지만 차가운 아카데믹한 웅변, 감격한 말투이기는 하지만 참된 情感을 수반하지 않은 연설이었다. 물리적 질서에서는 모든 것이 변했다. 도덕적, 정치적 질서에서는 어디에 그 같은 변화가 있는가. 세계는 半이 혁명화되었다.

다른 반은 어떻게 달성될 수 있는가. 인간의 이성은 아직도 그 보금자리인 지구와 같다. 半은 햇볕을 받고, 半은 암흑으로 싸여 있다. 왜 그럴까. 그 이유중 하나는 인간이 아직 그 정열을 지배할 줄 모르기 때문이며, 또 다른 이유는 君主정부가 언제나 계몽의 敵이었던 때문이다. 정열은 영혼과 깊이 관여한다. 세월은 인간의 피부를 주름지게 하지만 정열의 상실은 인간 영혼을 주름지게 한다. 프랑스는 세계의 他 부분보다 2천 년이나 앞서있다. 이 매력적인 국토, 이 자연의 총아는 자유와 행복의 왕국이 되게끔 태어난 백성이다. 그대 안에 사는 자는 행복하다. 그대의 행복을 위해 죽을 수 있는 자는 더욱 행복하다.

로베스피에르는 나라를 구제하기 위해 理神論을 펼친다. 神이 세계의 창조주인 것은 확실하나 일단 창조된 세계는 신으로부터 떠나서 인간의 이성에 따라서 운행된다. 신은 세계와 아무런 직접적인 관계도 가지고 있지 않음으로 신에 대한 인간의 소망은 환상이며 무의미하다고 보는 종교관이다. 또 자연과학의 발달에 따라 상실한 권위를 이성과 계시의 조화에 의하여 회복하려 했으나 결과적으로 초자연적인 계시나 도그마(Dogma)를 배척하고 이성을 종교적 진리의 시금석으로 보는 계몽사상이 되었다.

그의 연설은 계속된다. 영혼을 위로하며 높이는 모든 제도, 모든 이론을 환영하라. 영혼의 타락과 부패로 향하는 모든 것을 물리치라. 무신론의 무미건조한 이론 가운데에 어떠한 구제의 은총이 있는가. 만일 여러분이 영혼은 죽음의 입구에서 안개처럼 사라지는 입김에 불과하다고 말한다면 무슨 이익을 주며, 영혼불멸의 관념보다 순수하고 고상한 관념을 불러온다고 말할 수 있을까. 이웃에 대한 깊은 존경, 큰 애국심, 폭정에 대한 용감한 저항, 죽음에 대한 보다 참된 멸시와 부정을 불러일으킬 수 있을까.

만일 이런 관념이 허깨비일지라도 현실보다 유익한 현실의 꿈은, 인간정신의 가장 훌륭한 창조일 것이다. 이 고백 위에 로베스피에르는 그 **국민적 교회**를 세우고, **입법자에게 실제적인 효용과 가치**를 갖는 진실을 발견했던 것이다. 자연의 神, 최고존재의 예언자야말로 광신론을 없애 버리고 여러 종파 모든 신앙을 보편적인 자연종교로 통일시켜주는 것이다. 이런 앙양된 기분에서 프로레아르(花月) 18일. 1794년 5월 7일. **법령 15개 조**를 제출했다.

제1조 프랑스 국민은 최고 존재의 존재와 영혼의 불멸을 인정한다.

제2조 프랑스인은 초고존재에 알맞은 숭배가 인간의 의무의 실천에 있다 함을 인정한다.

제3조 이 의무가운데 가장 중요한 것은 배반과 폭력을 미워하며 폭군과 배반자를 벌하여 불행한 사람을 돕고, 약한 사람들을 보살피며, 억

압된 사람들을 지켜주며, 할 수 있는 모든 善을 이웃에게 베풀며, 타인을 不正하게 다루지 말 것이다. 4조~7조까지는 사람들에게 神性 및 인간 존재의 존엄성. 8조~10조는 신앙의 자유. 11조~13조는 귀족적인 집회 및 공공의 평화를 문란케 할 우려의 집회 금지. 14조~15조 補則으로 1개월 뒤, 브레리아르(草月) 20일, 6월 8일 최고존재를 예배하는 국민축제 첫째 날로 정하고 있다. 4월 18일 만장일치로 가결되고 파리 市長은 신비주의를 발휘, 신이 이 법령에 대한 보답으로 프랑스에 豐作을 가져올 것이라고 말했다.

이날부터 6주간, 프레리아르 23일부터 테르미도르 9일까지는 공포에 찬 나날이었다. 국민공회는 의연히 공안위에 복종하고 있었다. 내부가 통일되어 있지 않은 두 위원회는 틀림없이 독재자를 의회에서 내버릴 것이다. 테르미도르 9일의 쿠데타가 준비되어 갔다. 공회는 주어진 법안을 토의하였고, 죽음의 법안은 가결되어 버렸다. 이것으로 徒黨에 대해 복수를 했다고 생각했다. 착각에 사로잡힌 것이다. 음모자들이 산악파를 조정하고 지도자가 되려 하고 있다고 말하자, 불안에 쫓긴 무리들이 그 이름을 대라고 외친다. 로베스피에르가 이름을 말했더라면 되었을 것이다. 필요가 생기면 이름을 말하겠다고 하여 모든 사람들의 불안을 그대로 둔다고 하는 과실을 저질렀던 것이다.

'인간은 행복과 자유를 위해 태어났다'고 그는 1793년에 말한 적이 있다. 인권의 法的인 의미 내용보다 德的인 의미 내용을 존중했는데, 감사한 마음으로 자기들의 무거운 책임을 보다 적당한 후계자에게 물려줄 것이라고 확신했던 것이다. 이신론적 이론은 두 가지 제목이 남는다. 外戰은 '애국자'인 장군의 임명에 의해서, 內戰은 배반자의 처벌에 의해서 종결시킬 수 있다고 믿었다. 이런 신념에서 필연적으로 국내 배반자를 처리하는 정책이 나온다. 공안위 동료들도 그렇게 생각하였다. 반복되는 것이지만 개인 독재를 꿈꾸는 인물은 결코 아니었다. 그의 신념이 그렇게 만들었을 뿐이다. 다만 테로리스트적인 범죄에는 조금도 양심의 가책을 받지 않고 있었던 것이다.

헤겔(Hegel 1770-1831)의 변증법에서 定 , 反 , 合 These, Antithese, Synthese의 3개의 계기가 얘기되어 있는 것은 누구나 다 아는 일이다. 정립은 긍정, 그 반정립은 부정, 최후의 종합은 부정의 부정이다. 프랑스 혁명의 경우 왕정의 폐지와 그 뒤의 잇단 위기에 대한 부정이 혁명독재였지만 그 다음 단계에 와서 혁명독재에 대한 테르미도르 右派의 부정이 바로 테르미도르 반동으로 불리고 이 부정에 대한 부정이 얼마 뒤에는 보나파르트의 군사 독재 형태를 취한다.

혁명정부는 해체될 징후를 나타내서, 테르미도르 10일의 승리자는 과연 누구일까를 보여주고 있다. 그 승리자는 공안위도 민중도 아닌 국민공회다. 8월 10일 이래, 파리 민중운동의 압력 또는 그 압력을 배경으로 한, 원내 공안위에 굴복해 온 국민공회는, 이제 그 권위를 회복하고, 결정권을 완전 독립시키게 된 것이다. 따라서 의회의 결정으로 斷罪된 의회주의자 로베스피에르 및 그 派가 의회에 굴복했다는 사실은 중대한 의미를 가지게 되는 것이다. 물론 로베스피에르를 숙청하는 데에는 파리의 섹션이 국민공회를 지지한 것이 크게 도움이 되었으나, 대체로 민중운동은 94년 봄부터 악화되고, 또 로베스피에르파에 대한 반감이 너무 심해서 아직은 새로운 방향을 잡지 못하고 있었다.

그러나, **국민공회의 승리**란 것은 다수의 의석을 가지고 있던 **평원당**의 승리다. 의회내의 대립 항쟁에는 항상 조심스럽게 말려들지 않고, 테르미도르 9일에도 별로 발언 없이 조심스럽게 처신했던 이 평원당의 의원들은, 이제야말로 그들의 때를 맞이했다. 처음에는 당통파에 붙었다가, 곧 주도권을 장악하면서, 산악당 의원 다수를 포섭하여 마침내 **테르미도르 右派**의 주력을 형성했다. 반대로 테르미도르 左派는 외딴섬의 크레타파라고 불릴 만큼 원내에서는 그 숫자가 적어 고립되었다.

우파에 의한 반동은 예컨대 공안위의 권한 축소. 혁명재판소의 개혁. 반혁명 용의자의 대량 석방. 최고 가격령의 폐지 등… 자코뱅은 우파의 조직의 습격을 받았고, 좌파 의원들 중에서비요 바렌느, 콜로 데르브와, 바레르, 비디에 등이 체포된 소동이 일어났다. 민중은 정치적 박해와 경제적 압박에 견디다 못해 공화력 제3년 제르미날(芽月) 12일 (1795.4. 1) 파리시에서 봉기, 한 달 반이 지나서 프레리알(草月) 1일, 2일(5.20, 21) 등의 민중봉기가 실패하자, 좌파 의원 국외 추방, 천여 명의 상퀼로트가 이 때 구속되었다. 이 후 파리 민중 운동은 재기불능 상태의 타격을 받고 1830년 7월까지 민중봉기는 볼 수 없게 되었다.

자연은 인간이 자유 때문에 태어났고, 경험은 노예화됨을 보여주고, 역사는 굴욕의 사연을 알게 한다. 로베스피에르는 산책을 즐겨 에르무농빌에서 루소(J. Rousseau 1712-78)를 만나 대화를 나누어 그의 사상이 여러 면으로 영향을 받고 있다는 생각이 든다.

### ❋ 자코뱅당의 변천

| 1789.11. | 자코뱅 클럽 개설 | | 1791.7.17. | 92. 9. 21 | 93. 3. | 94.7. 27 |
|---|---|---|---|---|---|---|
| | 1789클럽 | 라파이에트 | 생드마르스 사건 | 국민공회 성립 | | 테르미도르 |
| 부 자 | 미라보 | 탈레이랑 시에이에스 | 푀이양 | 평원 파 ⇒ | | ↘ |
| 르 코 | | ↑ | ⇒ 클럽 | | | ↘ |
| 통 ⇒ 뱅 | 3두파(바르나브 뒤포르 라메트) | | | | | ↓ |
| 클 클 | | | 지롱드파 | 지롱드 파 5.31~6. 2 몰락. | 테르미도르 ⇒ 테르미도르 우파 | |
| 럽 럽 | | | 브리소 베르니오 로랑 | | ↑ | |
| ↳ ↝ ↝ ↝ → | | | | 산악 파 ⇒ | 산악파 우파(에베르파. 당통파) | |
| | | | | 로베스피에르 | 산악파 좌파(코로 데르브와. 푸우세. 비요 바렌느) | |
| | | | | 생쥐스트, 쿠통 | ⇒ 테르미도르좌파 | |

자코뱅클럽 폐쇄

## 8. 혁명가의 무지개

두 정파간의 생사를 겨룬 싸움 끝에 자코뱅파의 승리는 국가 안전을 위한 모든 필요한 조치를 취할 권한을 쥔 공안 위원회를 항구화하고,

의회를 지배하며 국가통치를 의도한 것은 있을 수 있는 일이었다. 원래 공안 위원회는 9명의 자코뱅파로 구성되었다가 14명이 되고, 당통이 파면되면서 다시 9명이 되었다. 9월 6일에는 12명이 되었고 로베스피에르가 참가한 것은 7월 17일이었다. 10개월후 자코뱅 정부의 몰락까지 수상이 없는 內閣과도 같은 존재였다. 여기서 12명의 면모를 살펴보기로 한다.

라자르 까르노는 사관학교 전문교육을 받은 군인으로 전쟁에서 이기는 것 외는 아무 것도 개의하지 않았다. 군대 특수부에서 그의 조수역을 맡고 있던 프리우르가 위원이 되었다. 그의 동료 보브르 랑데, 해군의 군무는 商船의 선장 출신 쌍 땅트레, 배우인 비오 바레느와 극작가 꼬르데르바, 로베스피에르의 친구 꾸통과 쌍쥐스트. 이밖에 바레르, 여기에 에로 세세로와 로베스피에르가 끼었다. 꾸통은 스토아주의이었고 로베스피에르는 혁명을 체험한 사람으로 자코뱅 클럽의 영향을 갖는 사람이었고 웅변가로서 존경받는 인물이었기 때문이었다.

그들의 협동은 마음이 맞아서라기보다 차라리 공통의 과제를 위해서 중노동을 해야 하는 어쩐지 거북살스러운 협동이었다. 그들은 조난당한 선원들이나 북극 탐험가들처럼 도시생활의 소음과 긴장까지 곁들인 마찰적 생활로 그들을 괴롭혔다. 로베스피에르는 메모를 남기고 있지 않았으며 그의 편지가 몇 개 있지만 자신을 폭로하는 내용의 편지는 드물다. 그가 죽은 후, 그의 서류가운데 1793년 최후 3개월간에 걸쳐 적힌 메모가 발견되었다. 그것이 지극히 많은 일들을 취급한 것이어서 首相이라는 지위가 실제했다면 그가 그것을 맡고 있었다 할 것이다. 그러나 당시 정부는 수상이 없는 내각이라는 형태의 공안 위원회였음으로 그가 수상일 수 없었다. 그는 어느 성(省)의 장관직에도 묶이지 않고 위원회 일에 관계하는 '무임소장관'이었다. 여기서 얻은 지식으로 자코뱅정부의 스폭스맨으로 이름을 날렸다. 그 자신은 개인적 목적의 야심도 그런 適性을 갖지 않았지만 프랑스 안에서, 또 외국에서 독재적 위원회의 참 두령이라고 생각하게 되었던 것이다. 이런 모양의 조직은 민중운동의 성격에 아주 잘 어울리는 것이어서 각 지방마다 이 비슷한 것들이 있었다. 현대에 있어서 衣裳의 유행이 그렇듯, 그때에는 모든 분야에서 지방은 수도 파리의 유행을 좇을 뿐이었다.

각 지방의 도시마다 파리의 신문을 구독하고, 토론회를 갖는 그루프가 있었는데, 이것이 이즈음 점점 커져서 정치적으로 변해가면서 자코뱅주의자들이 많이 출석하게 되었고 지방 자코뱅의 중심이 되었다. 여기에 연설문의 사본을 회람하고 소식을 모체인 파리의 자코뱅 클럽으로 祝意와 충성의 말을 보내곤 했다. 그리고 지방정부에서 반동적 분자를 숙청하고, 선서거부 승려, 망명 귀족의 친지들을 숙청하는 임무 등을 도맡아 로베스피에르와 클럽에 갖은 충성을 다하고 있었다.

여기서 로베스피에르는 공안위원회가 앞서 말한 중앙집권적 機構를 휘어잡는 정책을 세웠다. 그가 죽은 뒤 그의 서류를 편집하여 이를 발표했고 이것을 敎理問答이라고 불렀다.

우리의 목적은 무엇인가?　민중의 이익을 위해 헌법을 활용하는 것이다.
우리에 반대할 우려가 있는 자는 누구인가?　부유한 자들, 부패한 자들이다.
그들은 어떤 방법을 쓸 것인가?　中傷과 僞善이다.
어떠한 因子가 이런 수단의 사용에 도움이 되는가?　상퀼로트(Sansculottes, 즉 근로자)의 無知다. 민중은 그러므로 교육되지 않으면 안된다.
민중의 계몽에는 어떠한 장애가 있는가?　매일 파렴치한 거짓으로 민중을 그릇된 방향으로 이끌고 있는 雇傭된 저널리스트다.
어떤 결론을 끌어낼 수 있는가?　우리는 이들 文士를 조국의 가장 위험한 적으로서 추방하고, 훌륭한 문학을 풍부하게 배급한다는 결론이다.
민중의 교육에 어떠한 다른 장애가 있는가?　민중의 빈곤이다.
그러면 언제 민중은 교육될 것인가?　민중은 먹을 빵을 충분히 가졌을 때, 부자와 정부가 민중을 속이기 위해 배반자의 펜과 혀를 매수하기를 멈출 때, 그들의 利害가 민중의 이해와 일치했을 때다.
그것은 언제 올 것인가?　영구히 오지 않는다.

자유의 달성에는 이렇게 비관론에 잠깐 빠지더니 그는 다시 계속한다.

어떤 다른 장애가 있는가?　국내 국외의 전쟁이다.

어떠한 수단으로 外戰을 끝맺을 수 있는가?　우리의 군대 선두에 공화주의의 장군을 자리 잡게하고, 우리를 배반한 장군을 처벌함으로써.

어떻게 하면 內戰을 종식시킬 수 있는가?　배반자와 음모자, 특히 책망받아야 할 議員 및 관리를 처벌함으로써. 리용 마르세이유, 뚜롱, 방데, 슈라 기타 왕당주의와 반란의 깃발이 날려졌던 모든 지역의 귀족들을 무찔러 버리기 위해 애국자의 지도자가 이끄는 애국자의 군대를 보냄으로써. 그리고 자유에 대해 폭행을 加하고 애국자의 피를 흘리게 한 모든 범법자를 무서운 본보기로 중하게 처벌함으로써.

이것은 형식에서는 교리문답이요, 그 내용에 있어서는 綱領이며 로베스피에르마음가운데서는 자성서(自省書)였다. 이 강령을 써서 그가 理想으로 삼는 자유와 덕의 공화국을 향해 자코뱅정부가 나아가고 있는 진척을 재보곤 했다. 이때 에로드·세세르의 '1793년의 헌법'이 공회에서 통과되어 곧 선포되었다. 자코뱅파는 정권을 잡자, 연극의 검열제도를 부활시키는 게 득책이라고 생각했다. 어떤 연극은 여론을 타락시키고 부끄러운 왕정주의의 미신을 되살릴 경향이 있다고 해서 검열을 부활시킨 것이다. 그러나 교육적 성질을 가진 극들은 정부 명령으로 상연되기도 했다.

93년 헌법에서 인권을 지나칠 정도로 강조되었는데 인권의 법적인 의미 내용보다도 덕적인 의미 내용을 더욱 존중했던 것이다. 인간은 행복과 자유를 위해 태어났다는 말을 한 적도 있다. 사회의 목적은 인권의 유지, 그리고 인간성의 환성에 있다고도 했다. 그는 교리문답 의미가 남는다. 外戰은 애국자인 장군의 임명에 의해서, 內戰은 배반자의 처벌에 의해서 종결시킬 수 있다고 믿었다. 이것이 군인의 전통을 갖지 않은 가문에 태어난 지방 변호사의 그리고 애국자와 배반자로 兩分된 세계에 사는 광신적인 혁명가의 프로그램이었다.

그는 개인 독재를 꿈꾸는 인물은 결코 아니었다. 그의 광신이 공포정치의 두목을 만들어 놓았을 뿐이었다. 73년 1월에 사형을 혐오한다고 하였고, 국왕의 處刑이 마지막 사형이기를 바란다고 했었다. 그러나 2개월후 , 뒤무리에가 배반했을 때, 국가의 안전 자유 평등 그리고 공화국의 不可分性에 대한 모든 범죄에 대하여 사형을 집행해야 한다고 했다. 차츰 과격한 법률이 제정되고 비로소 뜨뜻미지근한 태도를 취한다고 생각했던 혁명재판소에 만족하게 되었던 것이다.

이런 견해의 변화를 그의 도덕적으로 타락한 때문이라고 해야 할까? 그렇지 않으면 국가의 육체를 희생함으로써 국가의 영혼이 구제될 수 있다고 생각하는 종교재판관의 광신적 열정 때문이라고 할까? 그는 후자에 가깝다고 하면서 자신도 똑바른 답을 주지는 못했으리라고 생각한다. 어떠한 눈앞의 人氣나 권력보다 훨씬 더 소중하다고 생각하고 있는 목적을 달성하기 위하여 싫어하던 수단을 사용하는 도덕적 광신자였던 것이다.

크롬웰, 그러나 군인다운 순진함을 지니지 않은 크롬웰. 칼빈, 그러나 神學이라는 고삐가 걸려있지 않은 칼빈이 로베스피에르였던 것이다.

# 일제(日帝) 암흑기 선구자의 초상(肖像)
## -춘원 이광수 민족문학의 전후사-

### 1. 열두 살, 세기의 고아(孤兒)

갑오경장은 남의 힘에 의해 된 까닭에 처음부터 삐걱대었다. 쓸데없는 마찰로 사회는 뒤흔들리기만 하였다. 비록 청나라 세력은 물러갔지만 대신 나타난 일본 세력이 들어왔다. 대원군과 민비의 수차 정권 싸움이 일어날 때 왕궁은 외세가 주동이 되어갔다. 끝내 왕궁으로 일군이 쳐들어가 (을미사변. 1895년 10월8일) 왕비를 살해하는 사건이 발생하였고 임금마저 아라사 공사관으로 훔쳐가는 등 약하고 주권 부재의 변고가 계속되었다.

일 년간이라지만 연금(軟禁)같은 아관파천(俄館播遷)은 근대 왕궁 중심 역사에 있어서 큰 수치이다. 그럴수록 친미 친로 친일 등 각파가 서로 난무함에 시시각각 정계는 앞을 분간하기 어려웠다. 주마등같은 망국을 재촉하는 행태는 나날이 심해갔다. 백성들은 대부분 깨지 못하여 유언비어만 믿고 있었다. 아관파천 후 황제 국이 되기는 했으나 이것 역시 남의 힘에 의한 것이었고 허황한 명예욕에 불과하였다. 명실상부한 황제국은 커녕 그 속에서 정권싸움이 계속되었고 앞날은 혼미하였다. 외모(外侮)에 휘둘리며 좌고우면 영일(寧日)이 없었다.

춘원(春園) 이광수는 1892년 2월 1일 평북 정주군 갈산면 익성동에서 마흔 두 살의 장년과 스물 두 살의 젊은 여인 사이에서 태어났다. 어머니 김 씨는 이 종원(李種元)의 삼취(三娶)였다. 아명은 보경(寶鏡)이었다. 원래 상당히 행세하는 가문이었으나 조부와 부친의 방탕과 무능으로 가세는 형편없이 기울어 갔다.

집안은 시골서는 내로라고 뽐내는 집안이요 춘원의 출생당시에는 가산도 넉넉하였으나, 그가 세상에 나온 지 4, 5년 뒤에는 차차 가운이 기울어 져서 큰 집에서 작은 집, 작은집에서 오막살이로 걷잡을 수 없이 영락되기 때문에, 지주에서 자작 농업으로, 자작 농업에서 소작농으로 이리저리 영락. 8, 9세 때 에는 벌써 어린 몸으로 산에 올라가서 나무를 하고 소를 끌고 밭에 나다니는 고역을 맛보지 않을 수 없었다.

김동인「춘원 연구」

만인계(萬人契)는 평안도 감사로 있던 돈 많이 먹기로 유명한 민 모 가 허가한 것으로서 천자문 순서대로 하늘 천 자 일 호에서부터 칠호 까지 만 장의 표를 만들어, 한 장에 석 냥씩에 팔고는 은행나무로 알을 만 개를 만들어서 거기 각 번호를 쓴 것을 통에다가 넣고 벌거벗은 사 람이 뒤흔들어서 그 중에 하나씩을 통 꼭대기에 있는 알 한 개 나올 만 한 구멍으로 나오게 하여서 일등 이등 삼등을 뽑는 일종의 도박이다.

이렇게 알을 뽑은 것을 출통이라 한다. 만 명이 하나에 석 냥씩이면 삼만 냥이니 이중에서 일등에 만 냥, 이등에 삼천 냥, 삼등에 천 냥 도 합 일 만 사천 냥을 상금으로 주고 나머지 일만 육천 냥 중에서 오천 냥은 감사와 원에게 뇌물로 바치고, 남은 만여 냥으로 비용을 쓰고 마 지막에 남은 것을 허가 얻은 사람이 먹는 것이었다. 이 만인계는 춘 원의 부친같은 사람에게는 안성맞춤이었다. 부친은 일등을 타는 것이 꿈이었다. 고놈의 은행 알이 뱅뱅 돌다가 부친이 가진 번호를 가지고 나오기 만하면 대박일 것이다.

도박의 행운은 기쁨을 만들지도 않고 바보로 만드는 것이요 진통제 이자 지적(智的)자극제였다. 복권에 관한 한 복잡한 계산도 할 수 있 고 자기 기억이 맞다고 우겨대는 삶의 이유였다. 몰락해가는 집안 에서라도 일도하고 한문도 배우면서 행복했다. 춘원이 아홉 살 되던 1899년 한시(漢詩)백일장에서 장원함으로써 이내 그의 문재(文才)는 빛이 나기 시작했다. 그러나 1901년 전국을 휩쓴 콜레라로 양친을 여 원 보경은 하루아침에 다섯 살 아래인 여동생과 더불어 천애의 고아가 된다. 이때부터 소년 보경은 피나는 고생을 겪는 길로 들어간다.

조부가 고개 너머 마을에 살고 있어서 보경은 어린 누이를 맡기고 자기는 친척집을 전전했다. 전염병으로 부모 잃은 아이를 환영할 리도 없었다. 그래도 오래 머문 곳은 외가 집과 재당숙 댁이었다. 소년 보경은 이미 민중봉기에 실패하고 한풀 꺾인 동학당에 들어갔다. 그의 생애에 걸친 종교 편력의 시작이다. 고향 정주지방 동학당 접주 박 대령의 집에 기숙하며 한문 실력이 훌륭한 그는 서기로 있으면서 서울에서 오는 문서를 베껴서 각 동학 지부로 보내는 일을 성심껏 했다. 그 집 가족들도 친절하였고 특히 다섯 살 위인 박 대령 딸 예옥은 깊은 인상을 주었다. 춘원이 여인을 의식한 최초의 사람이다.

## 2. 검은 현해탄을 넘어

그러나 일제(日帝)에 대한 저항세력으로서 동학은 탄압대상에 올랐다. 그 검은 손길은 정주 산골까지 찾아왔다. 말 없는 가운데 정들었던 예옥. 소년기의 쓰라린 추억이 쌓인 정주 땅과 이별하지 않을 수 없었다. 열세 살 소년은 진남포로 걸어가서 화륜선(火輪船)을 탔다. 인천을 거쳐 서울에 올라온 춘원은 떡장수 할머니에게 떡을 얻어먹기도 하며 남산 등지에서 배회하였다. 박종길이란 아이에게서 일어 독학서 한 권을 얻어 모두 암송해 버렸다. 불과 열흘 남짓 만이다.

마침 천도교에서 일본 유학생 모집을 하고 있었다. 우수한 성적으로 합격하여 일본으로 건너간다. 1905년 여름이다. 메이지 학원 3학년에 보결시험을 거쳐 입학했다. 문일평(文一平), 홍명희(洪命熹), 최남선(崔南善) 등과 교분을 나누며 그 영향을 받는다. 일제의 조선정부의 권한을 잠식해 들어오는 걸 도꾜의 유학생들 사이에는 좌시할 수 없는 일이었다. 병든 조국을 지키려는 애국사상이 광범위하게 퍼져나갈 때 도산 안창호의 연설은 춘원에게 큰 감동을 주게 된다. 그의 민족주의 사상은 주로 도산(島山)의 영향이라 할 만하다.

그 무렵 바이런, 체호프, 나쓰메 소세키(夏目漱石) 등의 작품을 읽고 문학에 눈을 뜨게 된다. 친구 중에 깊은 관계를 맺은 사람은 야마자키(山崎俊夫)라는 일본인 학생이다. 「그의 자서전」에서 이렇게 말하고 있다.

> 나는 야마자키하고 가장 친한 동무였다. 우리들은 하학 후면 다른 애들 속에 섞이지 아니하고 운동장 한편 모퉁이에 모여 앉아서 성경 이야기를 하였다. 그의 형이 톨스토이 책을 많이 가지고 있어서 그는 톨스토이와 성경에 관한 이야기를 많이 하였다. 그리고 H라는 우리 성경 선생의 강의가 예수의 참 뜻이 아니란 말을 야마자키는 힘 있게 하였는데, 나는 그때 굳세게 동감하였다. H선생의 태도는 반(反) 크리스트적이라고 까지 극언하였다.

이처럼 톨스토이에 감화를 받으면서 중학부를 마치고 제일 고등학교에 입학했다. 학비가 없어 방학에 고향에 돌아왔다. 조부와 누이동생은 비참한 생활을 하고 있었다. 열한 살 여동생을 부여안고 한없이 울었다. 이태 만에 고향으로 떠돌아 온 이듬해 정월 대보름에 생긴 일이다. 「나」 '소년편'을 읽어 보자.

### 3. 외가(外家)에서 보낸 정월 대보름

집이 없는 그는 일가 집을 찾아 돌아 다녔다. 머리를 깎고 양복을 입은 그는 큰 이단자였다. 조상부모(弔喪父母)하고 떠돌이 하는 것은 큰 청승꾸러기가 아닐 수 없었다. 이번 정월 대보름은 외가에서 지내게 되었다.

> 외가라야 외조모도 없고 내 형들도 다 죽고 홀 형수가 아이들을 데리고 살아가는 쓸쓸한 외가였다. '보름이나 쇠셔 가시우' 오래 있기가 미안해서 떠나려는 나를 과부 형수는 이렇게 붙들어 주었다. 외사촌의 딸이 셋이 있었다. 둘은 나와 비슷한 나이고 하나는 그들 동생이고, 하나는 어린 아들이 있었다. 하늘 천 따지를 배우고 있었다. 네 아이들은 나를 아저씨라 부르며 따랐다. 그날 동네 처녀들이 오륙 인이 모여 술래잡기를 하고 밤에는 윷놀이도 하였다.
> 더운 방에서 윷놀이 할 때 실단이라는 열다섯 살 된 조카 친구와 마주 겨룰

때가 가장 행복했다. 밤이 어두워져 모두 집으로 돌아 갈 때였다. 고개 너머 실단이 집까지 안동하여 주는 일을 형수가 나에게 맡겼다. 형언할 수 없는 기쁨을 가지고 실단을 데리고 나섰다. 보름달이 휘영청 밝았다. 언 눈을 밟고 가는 둘의 발자국소리가 밤의 고요함을 깨뜨렸다. 늑대나 표범도 나오는 호젓한 고개였다.

실단을 보호하는 공을 세울 기회가 온 것이다. 무엇에 놀란 그는 우뚝 서더니 종종 걸음으로 뛰어와서 내 어깨에 두 손을 걸고 매어달릴 듯 하다가 그 까지는 차마 못하고, 두 손을 내 가슴에 대고 전신을 내 품에 꼭 붙여 버렸다. 분명히 그녀는 무슨 소리를 들은 모양이나 나는 아마 그의 뒷 모양에 정신이 팔렸던 까닭인지 아무 것도 듣지 못했다. 실단이는 쌔근쌔근 숨이 찼다. 실단의 가슴이 닿은 내 가슴과 그 등에 얹은 내 손은 그의 심장의 고동을 하나하나 분명히 느낄 수가 있었다. 머리 냄새가 향기롭게 들어왔다.

중    략

이 동안이 얼마나 길었을까? 한 이삼 분밖에는 안 되는 것도 같고 어찌 생각하면 여러 시간이 지난 것도 같았다. 콩콩하고 개 짖는 소리가 들렸다. 실단이 집 개소리였던 모양이다. 실단이는 내 가슴에 파묻혔던 고개를 번쩍 들어서 나를 쳐다보고 한번 싱긋 웃고는 몸을 떼어서 종종걸음 치기 시작하였다. 나는 한껏 다행도 하고 한껏 서운도 한 마음으로 그의 뒤를 따랐다. 그는 더 빠른 걸음으로 살랑살랑 박달음질을 쳐서 달빛 속에 녹아 버리고 만다.

'소년편' 중에서


기막힌 현실에서 고운 빛의 꿈을 어찌할 수 없었던 춘원은 실단의 집을 찾아가 보고 싶었다. 한 가닥 희망을 품고 찾아간 실단의 집이건만 뜻밖의 소식이 기다리고 있었다. 보경이가 서울서 새색시한테 장가를 들었다는 소문이 나고 있었다. 사 년 만에 고향에 돌아와 찾아간 외가에서 형수는 딸을 시집보내던 이야기, 사위이야기 등 과부로서 가산을 늘리고 자녀를 성취시키어 깊은 만족과 자부를 느끼고 있었다. '오, 참 아즈버니 오늘이 실단이가 시집가는 날인데…' 가문이 좋기는 한데 신랑이 바보라는 것이다. 침을 흘리고 반벙어리라는 것이다.

조부는 집도 헤치고 내 어린 누이는 당숙의 집에 보내고, 자기는 어느 서당에 붙이고 있다가 병이 든 것이었다. 팔십 노인의 병은 황달이었다. 춘원은 지금 19세. 아름다운 꿈을 그리던 짝 실단이도 시집가고, 무엇을 빼앗기고 망신하고 쫓겨난 꼴이 되었다. 뜻대로 안 되는 세상과 운명에 대해 반항하고 싶기도 했으나 그만한 용기도 없었다. 닭 쫓던 개꼴이 이른 말이었다. 그는 한(恨)을 품고 참을 수밖에 없었다.

## 4. 오산(五山)학교 시절

1910년 3월 남강(南崗) 이승훈(李昇薰)의 초청으로 오산(五山)학교 교원이 되었다. 한스러운 좌절에 그는 한동안 방황하여 술을 먹고 취하기 일쑤였다. 조부가 임종하는 자리에도 술 때문에 참석하지 못하였다. 직장 직무에도 충실하지 않고 방탕은 계속되었다. 남강선생의 인격과 민족정신에 크게 감화되면서 그의 생활은 달라지게 되었다. 학교에서는 대단히 신용을 받고 존경대상의 인물이 되었다. 동네의 회의와 야학에서도 중심인물이 되었다.

이때 일본 군벌은 단호히 조선을 합병하여 저희가 이른바 '동양평화의 화근을 빼버린다'고 음으로 양으로 민론(民論)을 선동하고 있었다. 국내에서는 안중근 의사를 추겼다는 혐의로 안창호, 이갑, 이동휘 등 민족운동의 수령들이 일본관헌에 체포되어 헌병대에 갇혀있던 때이었다. 소위 105인 사건(百五人事件)으로 이승훈이 투옥되었다. 춘원은 의기를 잃고 세계무전여행을 뜻하면서 오산학교를 떠났다. 1913년 가을이었다.

당시의 자기의 상황과 첫 부인 백혜순에 대해 「그의 자서전」에서 이렇게 말하기도 하였다.

나는 4년간 영양 부족과 과로와 심려로 무척 몸이 약해져 있었다. 내가 후년에 중병으로 오래 신고한 원인이 여기서 시작된 것이다. 이렇게 피곤한 생활을 하다가 피가 말라서 죽는 것을 영광으로 생각하고 있었다. 그러나 내가 가르친 사람들과 내 동료에게 톨스토이주의를 선전하는 이단자라 해서 배척을 받음을 볼 때 나는 환멸의 비애를 느끼지 않을 수 없었다. 또 실상 아내는 착한 사람이었다. 내가 학교에 가서 열흘, 스무 날 묵고 안 돌아오더라도 불평의 말 한 마디 하는 일이 없었다. 나는 어린 아이가 숨을 모으는 것을 보고도 웃고 잡담을 하였다. 아내에게서 난 아들 하나를 끔찍이 사랑하다가 잃어 버렸다. 만일 인연으로 태어나는 것이라면 그 어린 아이가 내게 대한 미진한 인연을 풀기 위하여, 또 나로 하여금 자식 죽은 슬픔을 가르치기 위해서, 인정 없는 악한 버릇을 징계하기 위해서 다녀간 것인지도 모른다.

이 글은 첫 부인에 대한 태도를 그린 처음이요 마지막 글이기도 하다. 처음 혼담 때 이렇게 외로운 사람, 조상부모(早喪父母)하고 집도 없이 떠돌이인데 홀몸으로 다니는 데는 별 문제가 아니지마는 처 가족을 데리고 구차한 살림을 하는 건 그의 부친의 말년생활로 보아서 지긋지긋한 일이었다. 정승 판서가 된다고 속으로 뽐내고, 남들도 기대하던 그가 시골 구석에서 한낱 교사 노릇하는 것만도 창피한 일이거든 하물며 오막살이집에서 빈궁한 가족생활을 하고서는 낯을 들고 다닐 수 없는 일이었다.

지금 형편으로 아무리 잘 굴어야 매삭 30원 월급 이상을 바랄 도리가 없었다. 그 시절의 30원은 겨우 굶어 죽지나 않는 연명밖에 더 될 수 없었다. '그 애가 가지고 올 것이 논섬지기가 됩니다. 그건 제 외숙모가 그 애 어머니말씀이죠, 친정에서 가지고 오신 깃득(衿得 재산을 나눈 몫)이 있어요. 그런데 그 아주머니 소생이 그 애밖에 없거든요. 그러니까 그 땅은 당연히 그 애에게로 올게 아니어요? 또 제 외가는 그것이 아니라도 볏백이나 하거든요.' 혼사를 권하는 문의 누님이라는 사람은 당자인 처녀와 외사촌 간이었다.

춘원은 번민하였다. 돌아오는 인과응보의 바퀴는 열 바리의 황소의 힘으로도 막아낼 수 없었다. 〈부랴부랴 그 더운 칠월 혼인을 해 버렸다. 아내는 내 애욕으로부터 배 고프고 목 마르게 하는 것이었다〉. 이러한 환경이 더욱 춘원으로 하여금 학교를 떠날 결심을 하게 한 원인이기도 했다.

## 5. 방랑과 설원(雪原)의 이방(異邦)

스물 두 살 망국의 청년은 깊은 감회에 싸여 압록강을 건넜다. 만주 땅 안동 현에 내려 하룻밤 여관비를 지불하고 나니 주머니에 남은 돈은 1원 70전. 이곳에서 위당(爲堂) 정인보(鄭寅普)를 만났다. 그의 도움과 권고로 상해에 건너간다. 뱃길로 상해에 도착한 그는 도쿄 유학시절 절친했던 문일평, 조소앙(趙素昻), 홍명희를 만났으며 김규식을 비롯한 여러 망명 지사들을 만났다.

국제도시 상해에서 한눈에 세계를 보게 된 춘원은 중국의 비극을 목격하고 동양의 절망에 울기도 하였다. 이국 만 리 의지할 곳 없는 상해의 가난과 병마는 마침내 김규식의 알선을 받는다. 당시 미국 샌프란시스코에서 발간되는 독립단체 기관지 '독립신문'에 주필로 가게 된다. 미국을 향하여 시베리아 횡단의 길을 택한 그는 부두까지 전송나온 친구들과 석별의 정을 나누고 아라사(俄羅斯)배 플라우 호에 몸을 싣고 블라디보스톡을 향해 출발했다.

당시 북간도 다음가는 우리 광복지사들의 제2의 망명지로 알려진 블라디보스톡(海參威)에서 독립 투사 추정(秋汀) 이갑(李甲)씨로부터 도미의 길이 막연하게 된 것을 알았다. 하는 수 없이 미국에서의 기별을 기다릴 수밖에 없었다. 다시 이갑(李甲)씨의 추천으로 치타에서 시베리아 국민회 본부 기관지인 정교보(正敎報)의 편집일을 맡아보게 된다. 시베리아 설원(雪原). 아아한 백설에 뒤덮인 광야 천리, 한없이 뻗은 장백산맥의 처녀림, 산 위에 해가 뜨고 지던 고국의 자연과 달리 지평선에서 지평선으로 넘어가는 태양의 장엄한 장면은 방랑 청년 춘원의 마음을 사로잡았다. 비록 반년이란 짧은 기간이었지만 시베시아 설원에서의 느낀 이 신비감은 훗날 장편소설 『유정(有情』(1935)'에서, 대 설원을 그리는 데 커다란 소재가 되었다.

『유정』은 주인공 최석(崔晳)과 남정임(南貞姙)의 정신적 애정을 테마로 하여, 그러한 애정이 현실의 도덕률과 충돌되어 일어나는 비극적 세계를 그린 것이다. 마지막으로 최석으로 하여금 걷게 했던 설원이 장백산맥의 아아한 설원이었다. 정임의 최석에 대한 애정은 육친에 대한 것도 같고 이성간의 것인 것 같기도 한 미묘한 복잡성을 지닌

다. 연령의 차이가 부녀(父女)사이 만큼이나 차이가 나지만 열렬한 연인처럼 서로 사모하고 사랑하면서도 단순한 애정을 초월하게 취급되었다.

이상주의적 애정관의 최초의 탑이라 볼 수 있는 작품의 모델 문제는 항간에 적지 않은 화제를 던져 주었다. 어떤 이는 춘원에게 딸과 같은 박노경과의 관계를 변명하기 위해 쓴 것이거니 소문은 꼬리에 꼬리를 물었다. 또 남정임은 모윤숙이라는 말도 있었다. 그보다도 정신 지상주의(精神至上主義), 초이성적(超異性的)애정도 있을 수 있다는 가능성을 '유정'을 통하여 세상에 제시한 것은 아닐까? 그런데 춘원의 정신 지상주의적 애정은 자각(自覺)된 현실의 도덕률 사이에 해결할 수 없이 가로 놓인 이율배반적 지점에서 출발된 것이었다. 현실적 도덕률로서 용납될 수 없다고 생각된 애정문제를 초현실적인 영혼의 피가 타는 결합으로써 끝마치게 한 춘원의 정신적 지주(支柱)는 바로 여기에 있는 것이다.

1914년 세계1차 대전이 발발하여 이제는 도미(渡美)의 길이 막혔다고 판단, 1년 간의 대륙 유랑을 끝내고 고향에 돌아왔다. 다시 오산학교 교원을 복직했다. 경원선과 호남선이 처음으로 개통을 보게 된 이 무렵, 1914년 10월 최남선의 월간, 준 문학지(準文學誌)「청춘」이 신문관에서 발행. 국주한종체(國主漢從體)로 문장 개혁의 선봉이 되었다. 8호부터는 시조, 한시(漢詩), 잡가, 신체시, 수필, 단편소설 등 현상모집을 하였다.

여기를 통해서 육당은 우리가 남과 같이 잘 살려면 나라를 도로 찾아야 하고, 나라를 찾으려면 오직 한 가지 길, 배우는 것밖에 없다고 외치고 있었다. 창간호의 표지와 권두화(卷頭畵)에 서양화를 등장시킨 것은 서양화가 일반적인 각광을 받게 된 표시였으며, 여기에 새 시대의 문물을 주입시키려 한 의도였던 것 같다. 이 그림은 최초의 서양화가로서 고희동(高羲東)화백의 그림이다.

「청춘」誌가 나오면서 우리나라에 처음으로 문단(文壇)이란 것이 형성되었으며 시인 주요한, 아동문학가 방정환, 여류작가 김명순 등도 독자란에서 춘원에 의해 발탁된 문사들이다. 춘원도 이 잡지에 「소년의 비애」「어린 벗에게」「윤광호」「김경(金鏡)」 등의 작품을 발표해서 육당이 근대시의 새 길을 개척하듯이, 소설 문학의 새로운 길을 차츰 닦아 나가기 시작했다. 무릇, 문단 주류(文壇主流)에서 피 끓는 사조가 눈을 뜨는 산뜻한 초유의 싹이었다.

## 6. 「무정(無情)」 전후와 허영숙(許英肅)

오산학교에서 6개월을 보낸 다음 해, 춘원은 마침내 육당(六堂)의 소개로 인촌(仁村) 김성수(金性洙)의 도움을 받는다. 두 번째 도쿄 유학의 길에 올랐다. 와세다 대학(早稻田大學) 철학과에 입학, 곧 특대생이 되었다. 매일신보에 연재된 「무정」은 격찬과 비난과 곡해 속에서 커다란 화제를 모았다. 신 연애를 주장하고 실천한 주인공을 만든 「무정」이나 이미 「청춘」잡지를 통해 발표된 단편들이 우리 신문학사에 어떤 위치를 차지하고 있는가를 단행본으로 나온 「무정」서문에서 육당은 이렇게 말하고 있다.

〃혼자매 크지 못하도다. 그러나 빈 들에 부르짖는 소리는 본디 떼지어 하는 일이 아니노라. 벗 부르는 맹꽁이소리는 하나가 비롯하여 온 벌이 어우르는 것이로다……〃

말하자면 그것은 허공이나 빈들에서 혼자 부르는 소리였다. 공허한 설교소리였다. 그러나 고독한 춘원의 목소리는 조선에서 구도덕을 부인하고 새로운 연애를 주장한 삶의 기수였고, 새 시대에 호응해 오는 첫 닭의 신선한 울음소리였을 것이다. 그 계명성의 진실은 무엇이었을까? 우선 기성 윤리에 대한 반항과 고발이다. 애정에 대한 구습의 호소, 근대적 자유연애관의 깃발. 춘원은 불어오는 바람에 깃발을 흔드는 용감한 시대의 기수였다.

부모 없이 자란 상놈의 자식 등 낡은 보수층의 비난을 함께 받으며 일제(日帝) 중추원(中樞院)에서는 이광수 타도 연설회까지 열고 있었다 한다. 새 시대의 이 상징적 인물은 단번에 시대의 영웅으로 뛰어 올랐다. 요컨대 「무정」은 계몽기의 조선사회를 종합해 놓은 기념비적 작품으로 초창기 신문학을 결산한 거작임에 틀림없다. 역사의 중심은 위대한 인물을 중심으로 엮어진다. 그러나 실제로는 절망과 고난의 영웅만이 있을 것인가?

1917년 가을날. 오랜 집필에 시달린 몸을 하숙방 책상머리에 기대면서 춘원은 심한 피로감을 느꼈다. 〈이상하다. 왜 자꾸만 기침이 날까? 미열이 좀처럼 사라지지 않는 걸 !! 과로의 탓일까. 그렇지만 아무래도 몸이 이상한 걸.… 오늘은 병원엘 가봐야겠는데〉그가 간 병원은 도쿄 우시고메(牛込)여자의학 전문학교 부속병원이었다.

막상 진찰을 받고 계산대 창구(窓口 마도구찌)에서 받아 본 진찰비는 1원20전이다. 그의 수중에는 60전 밖에 가진 것이 없었다. '아이구 큰일 났구나'. 초취한 몸으로 쩔쩔 맬 수밖에 없다. 멍하니 천정을 바라보며 당황하는 눈빛이 선연하였다. 돈이 없다는 구차한소리를… 더구나 일본인들 앞에서. 자존심이 허락하지 않는 짓이었다. 민족감정으로 일인들에게 커다란 수모일 수밖에…

그 옆을 지나던 여인의 시선에 춘원의 난처한 모습이 띄었다. 눈치가 빠른 그녀가 조선학생임을 직감하였다. " 저- 실례지만 제가 모자라는 돈을 빌려드릴까요? 그래도 좋을까요?" 상냥한 음성은 일본여성과 구별이 안 되었다. 그래서 처음에는 거절하는 말로 그게 아니라고 일본말로 대꾸하였다. 가난한 학생은 일본말이 유창하였다. 그러나 특유의 태도에서 조선인임을 눈치 챈 그녀는 자기의 신분을 말하였다. 먼 타국 땅에서 조선인 끼리의 인정이 오고 갔다. 아슬아슬한 고비에서 구세주를 만난 것이다.

병원 문을 열고 나가는 결핵 환자의 뒷모습은 가여웠다. 돈 없는 조선학생을 도와주기 위해 뒤를 따라가 하숙집을 알아두었다. 매일같이 학생의 하숙집에 가서 치료해주던 어느 날, 돌아서 나오다가 책상 위의 놓인 편지봉투를 본다. 발신지가 서울로 된 편지 봉투엔 '매일신보사'가 찍혀 있다. 이런 가난한 학생에게 온 편지에 호기심이 생겨 봉투 뒷면을 보게 된다. '이광수 귀하' 가 아닌가!!! 앗, 깜짝 놀라고 말았다.

"아니, 그러면 선생님이 소설가 춘원… ""네, 그렇습니다. 어찌 제 이름을 …"

"우리 조선 유학생치고 선생님 이름 모르는 사람이 있나요? 많이 뵙고 싶었어요. 어떻게 생기신 분인가, 궁금하기도 하고… 그 보다는 학교를 쉬시고 정양을 하셔야겠어요. 그대로 두시면 큰일 나요." 그날부터는 영숙의 간호는 하루도 거르지 않고 희생적인 간호였다. 가난한 학생에 대한 동정이 아니라 사랑으로 변화돼 있었다. 위기를 모면한 춘원은 강경히 말리는 영숙의 만류도 뿌리치고 집필을 고집, 마침내「무정」마지막 장을 탈고하게 된다. 춘원의 건강을 걱정한 영숙은 보내오는 학비까지 주면서 도쿄에서 멀지 않은 아다미(熱海)온천으로 춘원을 보내어 정양하도록 주선해 주었다. 춘원과 달리 그녀는 대단히 냉철하고 이지적이어서 춘원의 병은 회복이 빨랐고 훗날 가정생활의 경제적인 면에서 영숙의 도움을 입게 된다.

## 7. 순탄치 않은 발걸음

「무정」을 끝낸 춘원은 다시 매일신보에 11월부터「개척자」가 연재를 시작하였다. 이러한 힘과 용기는 허영숙(許英肅)이라는 여인의 힘이 많이 작용했던 것으로 알려지고 있다. 여인의 힘은 위대한 것이다. 애초에 위대한 힘은 낳을 수는 없지만 만들 수는 있는 것이다. 춘원이 온천에서 정양하는 동안 영숙은 경성의원(지금의 서울의대 부속병원)에서 근무하게 되었다. 우리나라 최초의 여의사의 한 사람이다.

소설「개척자」는 봉건적 결혼방식에 대한 항거의 선언이었으며 애정의 자율성에대한 강력한 신호이기도 하였다. 이 작품 역시「무정」못지 않은 격찬 속에서 횟수를 거듭해 나갔다. 그러나 두 사람의 신변에 커다란 변화가 일고 있었다. 영숙의 모친이 서울 모 의사에게 시집보내려 하고 있었다. 영숙은 부친에게 춘원과의 결혼을 말하였다. 아니나 다를까 부친은 노발대발 완강한 반대에 부딪치고 말았다.

《이광수. 아니 그 '자녀 중심론'이니, '무정'이니 하여 혹세무민하는 놈하고 결혼을 해? 안 된다. 안돼.!! 내 얼마 전부터 들어오는 소식이 심상치 않드라니. 그래도 난 너를 믿었다. 사실이구나. 음 !! 괘씸한 것!! 》

앞날의 두 사람, 이광수와 허영숙에게 몰려 온 거센 세론(世論)은 이때부터 시작된 것이다. 자의든 타의든 간에 난맥을 이루었던 춘원에 대한 평판이 그리 좋지는 않았다. 김일엽과의 사이, 김명순과의 사이는 더욱 남의 혀에 오르내리고, 윤심덕, 나혜석과의 관계 역시 그러했다.

이러한 안 좋은 세론을 물리치고 오직 춘원에게 일생을 바치려 각오한 허영숙의 깊은 애정은 놀랄만한 것이었다. 진정한 사랑이 피차의 개성의 조화에 따라서 나오는 존경과 애착과 열정과 영적(靈的) 일체가 되는 소유의 욕구로써 성립되는 것이라면 당시 춘원 영숙의 사랑이 이것의 전형(典型)이 아닐까?

마침내 두 사람은 중국 북경으로 사랑의 도피행을 결행한다. 거기에는 우시고메 여의전(女醫專) 동창인 여의사, 일본인 나가이 하나꼬(長井花子)가 그들을 기다리고 있었다. 영숙이 그녀에게 미리 편지 연락을 해 두었던 것이다. 석 달 남짓한 사랑의 도피행은 시작되었다. 춘원의 나이 27세. 북경 번화가에서 남부럽지 않은 사랑의 보금자리는 그들로 하여금 사는 보람과 행복을 느끼게 했다. 허나 마침내 그 각근(恪勤)한 사랑의 보금자리에도 종말이 오고 말았다.

## 8. 히비야(日比谷)의 2·8 함성

1918년 11월. 제1차 세계대전이 끝나자 미국 대통령 윌슨이 민족자결주의를 제창하였다. 그것은 세계의 약소국에게 준 희망과 독립의 종소리였다. 우리 민족도 세계조류와 기류에 따라가는 길이 보이게 된 것이다. 춘원은 안일한 애정생활에 파묻혀 있을 수 없었다. 영숙을 홀로 북경에 남겨둔 채 조국 광복을 위해 귀국을 결심한다. 앞으로의 일을 말할 사이도 없이 갑자기 떠나온 춘원. 영숙은 너무도 원망스러워 온 밤새 울며 새웠다.

이후 3년 간, 민족과 국가를 위한 춘원의 활약은 눈부신 바 있었다. 서울에서 현상윤(玄相允)과 함께 최린(崔麟)을 설득하여 민족 대표명단에 끌어넣고, 도쿄로 건너가 유학생들의 독립투쟁에 선도적 역할을 한다. 밤낮 사흘 동안 조선청년단 독립선언서를 기초하였다. 그리하여 저 유명한 2·8독립선언이 히비야 공원(日比谷公園)에서 요원의 햇불같이 일어나게 되었다. 적국 일본의 한 복판에서 젊은 학생들의 거사는 세계인들을 깜짝 놀라게 한 쾌거이었다. 영역(英譯)한 독립선언서를 요로와 외국 공관에도 배포하고 세계 언론에 이 소식이 보도되니 온통 일본 조야는 왈칵 뒤집어 지고 말았다.

중국 대륙에서도 없는 거룩한 항쟁의 울림은 중국의 5.4운동의 자극제가 되었다. 조선 국내에서 3.1운동의 불길을 당기는 촉진적 역할은 물론, 소장파 학생들에게 선수를 놓치긴 했으나 3.1정신의 힘과 용기를 튼튼하게 한 초석이 되었던 것이다. 2.8선언이야말로 3.1운동의 전초전이었다. 춘원은 이 운동의 지속적이고 거족적으로 이끌기 위해 조선청년 독립단을 대표하여 상해로 건너갔다. 망명해 있던 독립군과 독립투사에게 이 뜻을 전하고, 신익희(申翼熙) 등과 더불어 도산 안창호(安昌浩)를 받들어 맹렬한 독립운동을 펼쳐나갔다. 상해 임시정부의 외무위원을 비롯하여 독립신문사 사장, 임시정부 사료편찬회 주임 등의 요직을 맡은 것이 이를 증명하게 된다.

그러나 상해 생활에도 종말이 오고 말았다. 북경에서 고독과 허무의 쓰라린 가슴을 안고 영숙(英肅)은 서울로 돌아왔다. 도쿄 여의전 때 유일한 은사였던 일본인 요시키 선생이 있는 총독부 병원에 취직하게 된다. 한시도 잊을 수 없는 춘원을 그리워하는 영숙의 마음은 마침내 요시키선생의 선의로 총독부 의료시찰단에 끼어 상해로 탈출하게 된다. 미리 전보로 춘원과 연락하고 불안과 상봉의 기쁨에 가슴 죄며 열차 속에서 잠시 잠들었다.

열차는 낭만의 도시 소주(蘇州)를 통과할 무렵. '어머나 … 언제 타셨어요.' 영숙의 앞 자리엔 소주까지 마중 나온 춘원이 앉아 있었다. 오랜만에 참으로 오랜만에 그들은 꿈같은 황홀한 기쁨의 눈동자를 서로 깜빡이었다. 영숙은 춘원의 무릎에 얼굴을 파묻고 흐느껴 울었다. 온갖 순정과 그리고 모든 것을 송두리째 바친 그녀의 몸부림은 짐작하고도 충분한 남음이 있다.

## 9. 상해에서 귀국과 신문사 시절

상해에서 으뜸가는 일류호텔 선시공사(先施公司)에서 여장을 풀었는데, 그 당시 김구(金九)씨가 영도하는 임시정부 경부국은 영숙에게 밀정(密偵)이라는 혐의로 체포령을 내렸다. 총독부가 발행한 여권, 상해에서 개업하려고 가지고 온 200원의 거금. 이것이 영숙을 밀정으로 오인받게 한 것들이다. 참으로 어처구니 없는 봉변이었다. 이로부터 영숙은 스무 날 남짓 상해에 머무는 동안 이리저리 숙소를 옮기지 않을 수 없는 불안 속에 빠져 있었다.

서울서 떠날 때의 황홀한 감정과 너무나도 차이가 먼 엄청난 시련이었다. 마침내 안창호를 비롯 여러 사람의 권유로 영숙은 거짓 유서를 남기고 고국으로 떠났다. 영숙의 유서가 들어 있는 편지를 발견한 춘원은 도산에게 국내에 들어가 합법적인 투쟁운동을 제의해 보았으나 시기상조라는 말을 듣고 단념해 버렸다. 춘원, 그는 의지적 정치가는 아니다. 영숙이 없는 상해, 영숙을 따라가느냐, 영원한 코스모포리턴의 길을 밟느냐 두 갈래 길에서, 끝내 사랑의 뒤를 쫓고 말았다.

상해 망명에서 돌아온 것을 두고도 갖가지 루머가 떠돌았는데 그의 천재설(天才說)도 그중 하나이다. 춘원이 몇 호 열차 이등칸을 타고 귀국한다는 정보를 얻은 국경 이동경찰은 안동 현에서 부터 미행수사(尾行搜査)를 하고 있었다. 이등칸에는 서양사람 몇 명이 타고 있을 뿐 조선인은 없었다. 가운데 앉은 한 사람이 동양인같이 보이는데 조선인다운 사람은 아니었다. 키가 크고 안경을 쓴 모습이 조선인 비슷한 사람은 일본어가 유창할 뿐 아니라 조선책이 아닌 영서(英書)만 뒤적이고 있다. 속독(速讀)이었다. 그러니 사람을 찾아내는 데는 독사의 눈처럼 매서운 일본 경찰도 '당신이 이광수요?'하고 묻지 못한 채 정주 역까지 오고 말았다는 소문도 있고, 그 조선사람 닮은 이가 바로 춘원이었다.

「춘원 이광수」(곽학송 박계주 공저)에 의하면 귀국하는 도중 심양에서 왜경에게 체포되어 선천을 거쳐 서울로 호송되었으나 유치장에 넣지 않고 얼마 뒤 당주동(세종문화회관 뒤) 영숙의 집에 머물렀다는 소문 풍설이 난무하였다. 또 21년 11월 13일 동아일보 기사에 '이 광수 씨 돌연 검속'기사도 있다. 재작년 동경 히비야공원 독립운동에 참가하여 출판물 위반으로 3개월 금고의 결석판결을 받았던 이광수씨가 작일 오후 1시 검속되었다는 것이다. 춘원에 대한 억측과 비난은 빗발치고 있었다.

그는 묵묵히 집안에 들어 앉아 병을 치료하며 세상과 발을 끊고 있었다. 1920년에 창간된 '개벽'지에 주간(主幹) 김기전(金起田)의 청으로 에세이를 발표했다. 문제의 논문「민족 개조론」이 연재된 것은 동 5월 호였다. 이 글을 공격하는 두 가지 원인이 있다. 첫째, 20년대는 국내적으로 사회주의 사조가 상당히 성행했는데 민족주의적인 것에 대한 공세가 취해지고 있다는 점이다. 다른 하나는 춘원이 상해에서의 귀국에 대한 나쁜 여론 때문이다. 이 글의 내용이 무조건 비난받을 만한 성격을 띤 것이 아니었건만 사회적 여론은 험악하였다. 차차 민족적인 실제 운동에의 관심을 표명한 그의 대표적인 글임이 인식되어 갔다.

춘원을 아끼고 아깝게 생각하던 인촌(仁村)과 고하(古下)가 찾아와 동아일보 입사를 권유하였다. 에세이 "「무정」을 쓰던 때와 其後"에서 그 때의 심경을 밝히기도 하였다. 이것이 10여년 신문사 생활의 시작이다. 동아일보 지상에 「선도자」, 「허생전」, 「재생」, 「嘉實」 나중에 「마의태자(1926)」 등이 발표되었다.

## 10. 「조선문단(朝鮮文壇)」 시대와 투병

일본은 우리의 3.1민족 거사 이후, 무단통치의 한계로 문화통치를 표방하여 하세가와 요시마치(長谷川好道)를 경질, 사이토 마코토(齋藤實)가 3대 총독으로 왔다. 동인지 창조, 폐허, 백조 등이 김동인 염상섭 김억 박종화 주요한 홍노작 등 허다한 새 얼굴이 나와서 다양한 문단 춘추시대를 이루었다. 춘원은 언제나 문단의 좌상(座上)격 위치를 지켰다. 직접 '백조'의 동인이 되어 문학인들과 가까이 교유하였다. 「재생」(25년)을 동아일보에 연재할 때 병이 악화되어 한쪽 갈비대를 잘라내는 수술을 받기도 했다. "이 소설이 연재될 때 독자의 환영은 대단하였다. 환영의 도는 국내에 드물었거니와 발표가 끝난 뒤 또한 이 「재생」만큼 빨리 잊어버린 작품도 드물 것이다" 라는 평을 김동인으로부터 듣기도 하였다. 그의 출세작 「무정」과 비교하여 기교면에서 천양의 차(天壤之差) 진보한 작품이었다. 한편 춘원은 1924년 문예지 '조선문단'의 창간에도 중요한 역할을 했다. 방인근(方仁根)의 출자와 경영. 춘원의 주재(主宰)로 나온 이 잡지는 자연주의, 민족주의 범문단적(汎文壇的) 최초의 순문예지였다.

'조선문단'지는 KAPF에 대척적(對蹠的)인 민족진영의 대표지로 노산 이은상의 양장(兩章)시조가 선 베이기도 했다. 춘원은 여기에 글을 써서 「혈서」, 「H군을 생각하고」, 「어떤 아침」, 「사랑에 주렸던 이들」 등이 나왔고 최학송, 채만식, 계용묵, 이은상, 안수길 등 역량있는 신인을 발굴해 내기도 하였다. 이 후 강서, 평양, 안변의 석왕사(釋王寺), 안악의 연등사(蓮燈寺) 등을 두루 헤매며 정양에 기울인다.

## 11. 저 구름 흘러가는 준령(峻嶺)

민족을 위한 마음과 개인을 위한 마음, 나라를 위하기도 해야겠고 병든 자기의 영혼을 구하기도 해야 했다. 난 지 다섯 달 된 아들 봉근이를 업고 연등사로 찾아 온 아내 영숙의 얼굴을 보았다. 민족과 자기 영혼이란 기로에서 현세적 자기의 포기를 요구하는 것이다. 그는 이상과 현실, 민족과 개인, 영혼과 육체, 선과 악 사이에서 갈등하면서 방황하는 약한 인간의 초상--- 이것을 우리는 춘원에게서 보는 것이다.

그가 당시 이전(梨專)학생이던 모윤숙과 사제지간이 되고 연애같은 것을 느낀 것은 바로 얼마 뒤의 일이다. 당시 개화에 눈떠 신학문을 배운다는 사람치고 춘원을 존경하지 않은 사람이 없다고 할 만큼 젊은 엘리트들의 불타는 깃발이었고 영원한 동경이었으며 환상 속 왕자이기도 했다. 기라성 같은 여인들은 일일이 매거할 수 없었다. 그 중의 윤숙은 막연한 동경의 대상이 아닌 구체적 사랑의 실상으로서 춘원을 사모했기에 더욱 그 의미가 짙은 것이다. 도쿄가 아닌, 시베리아 원시림의 설원이 아닌, 멀리 떠나 함경도 부전고원(赴戰高原)으로 그 무대를 옮겨 춘원과 윤숙은 사랑의 대화를 끊임없이 나누고 있었다. 흡사, 소설 「유정(有情)」의 한 장면을 떠올리게 한다.

"윤숙이. 윤숙인 저 산위에 떠가는 구름을 어떻게 생각해?"
"……"
"윤숙은 저 구름과 꼭 같애. 저 구름과…"  "왜요?"
"내 손에는 잡히지 않는 먼 곳에 있는 …"
그녀의 조용히 타며, 떨리는 능금 볼은 석양이 비낀 구름모양 자꾸만자꾸만

붉게 상기되었다. 끝을 맺지 못한 춘원의 이 몇 마디 대화 아닌 방백을 윤숙은 오랫동안, 아니 영원히 기억하리라 가슴깊이 새겨 놓았다.

"선생님도, 저 구름을 못 잡아요? 잡을 수 있어요"

"그럴까. 어떻게? " " ……"

춘원은 자신도 모르게 긴 한숨이 깊은 가슴 속에서 새 나옴을 느낄 수 있었다. 그는 그것이 사랑의 숨결이라 생각했다. 춘원의 한숨은 사랑의 고백이었고 윤숙의 침묵은 그 고백에 대한 응낙은 아니었을까?

"윤숙이, 내가 윤숙이 아호 하나 지어줄까?"

"네? 정말요. 아이 좋아라. 무어라고 지어 주시겠어요?"

"가만있자, 무어라고 지어줄까, 옳지, 산고개령(嶺)자에 구름운(雲)자가 좋겠군. 嶺雲 . 윤숙인 저 산 봉우리에 떠 있는 구름이야. "

"영운! 영운! 이 이름을 평생 지니고 있겠어요. 선생님."

춘원에게 모윤숙은 잡을 수 없는 산 봉우리 구름이었다. 「춘원 이광수」참조

## 12. 상실의 허탈과 고뇌(苦惱)

춘원은 벌써 40에 가까운 나이가 되고 있었다. 그의 수양과 교양은 쉽사리 현실적 자기(自己)를 포기하지 않았다. 병마와 싸우면서도 집필에 대한 그의 정열은 결코 줄어들지 않았다. 동아일보에 「단종애사(1929)」를 연재하고, 이광수 주요한(朱耀翰) 김동환 합동 169편 「3인 시가집(1929)」을 간행하였다. 이어서 「이순신(31년)」, 「군상(群像)」, 「흙(32년)」을 연재하여 대작의 문호로 칭송되었다. 이 무렵 편집국장 직을 떠나 조선일보 부사장으로 자리를 옮겼다.

부득이한 사정도 있고 공적 견지로 보아 죄 될 것이 없다 하더라도 배은망덕이 되는 것이라고 고백하기도 했다. 그에게 곧 커다란 시련들이 밀려왔다. 민족 지도자로 존경하던 도산이 일제에 체포되어 귀국한 끝에 감옥에 들어갔고 사랑하던 아들 봉근이가 패혈병으로 사망하였으며 자신은 1년 만에 조선일보사를 떠나게 되었다. 땅이 꺼지고 하늘이 무너지는 자학과 절망 상태가 된다. 끝도 모르는 심연에서 그는 입산을 결심하고 금강산으로 들어갔다. 그의 도력으로 번뇌를 이겨 보려는 접근이었다.

10여 년의 신문사 생활을 접고 입산한 춘원은 아내의 간청하는 눈물

에 끌려서 서울로 돌아왔다. 자하문 밖 세검정에 거처를 정하고 감 농사와 양계를 하면서 살아 갈 계획이었다. 영숙(英肅)은 산파학(産婆學)공부를 위해 영근, 정란, 정화 세 아이를 데리고 일본으로 갔다. 가족과 헤어진 그는 명상과 집필에 열중, 불교에도 심취되어 법화경(法華經)번역에 착수하였고 이어서 「유정(有情 35)」, 「이차돈의 死(36)」 등을 조선일보에 연재하였다. 도산 안창호가 출옥하자 그와 함께 개성 만월대, 박연폭포 등지를 유람하였다. 그 뒤 도산은 평남 강서(江西)의 대보산(大寶山)에 있는 송태산장(松苔山莊)에 머물고 있었다.

1930년대에 와서, 국내외 상황은 정치적, 사회적으로 심각한 양상을 띠고 있었다. 독일이 총선거에서 나치스가 대승하고, 동양에서 만주사변이 일어나면서 국제 여론에 밀려 일본이 국제연맹 탈퇴 등 사건이 일어나고 우리나라에는 신간회의 해체, 프로문학파가 탄압 선풍에 몰려 지하로 숨어 들어가고 검거 투옥되는 불안한 문화의 위기였다. 일제는 최후적 발악을 준비하여 침침한 정세가 식민지 바닥을 흘러가고 있었다.

이른바 수양동우회(修養同友會)사건의 날조가 그것으로, 원래 비정치적인 인격 수양단체로서 총독부의 허가 밑에 발족되었다. 도산의 백년대계인 국민도의의 향상과 교육, 산업진흥을 목표로 삼은 단체였다. 일제는 조선 내의 독립사상을 가진 세력을 말살하려 하고 있었다. 중일전쟁이 일어나기 한 달 전인 1937년 6월7일 동우회원 130여 명에 대한 총검거를 개시하였다.

병중의 도산은 6월에 체포되었고 춘원은 세검정 서재에서 일본 형사에게 연행되었다. 도산, 춘원 등 44명은 송청 수감되고 나머지 80여 명은 석방되었으나, 연 4년간 연루자(連累者)는 총300여명에 달했다고 한다. 춘원의 중요한 비서일을 보고 있던 박정호 청년은 종로 경찰서를 오고가며 주인 없는 자하문 밖 집을 지키고 있었다. 급보에 접한 영숙이 도쿄에서 돌아왔다.

37년 도산이 병보석으로 대학병원에 입원 석 달만에 사망하고, 다음 해 6월에 춘원도 풀려나서 자하문 밖에 칩거하게 된다. 그러나 도산의 죽음은 춘원에게 치명적 절망이었다. 조선의 자주 독립을 의론하던 개성 만월대 유람 묵계(黙契)의 한계를 탄식하고 있던 것은 아니었을 까?

### 13. 돌베개의 사능(思陵)

춘원의 변절은 우리 신문학사의 거인을 위해서 뿐 아니라 이 나라를 위하여 가장 뼈아픈 상실이 아닐 수 없다. 민족 말살의 탄압은 중일전 쟁을 전후한 시기에 한층 폭압적이었다. 이른바 국어(일어) 상용의 지 령으로 각급 학교에서 한국어 교육이 폐지되고 신사참배를 강제하면 서 그를 반대하던 미션계 학교(평안 삼숭-숭실 숭의 숭인, 신흥, 起田) 등이 폐교조치 되었다. 창씨개명을 강제해 민족적 모든 것이 유린당 한 채 징용, 징병, 공출로 전쟁 총알받이가 되던 참담한 지경이었다.

집필을 계속하여 「무명」을 문장(37)지 창간호에, 「사랑(39)」, 「세종 대왕(39)」, 「원효대사(41)」,「육장기(鬻庄記. 수필체 소설 39년」가 발 표되었다. 일제는 문학작품도 일어로 써 낼 것과 전쟁정책에 협력할 것을 강요하였다. 춘원의 몸은 지칠 대로 지쳐서 글을 쓸 기력도 상실 한 채, 1942년 사능(思陵)에 농옥(農屋)을 세우고 여기에 은거하며 농 사로 소일한다.

1945년 8월15일 히로히토는 포스담선언을 수락했다는 방송을 하며 항복할 것을 알리었다. 삼천리 방방곡곡 환희와 흥분의 도가니였다. 봉선사(奉先寺)의 스님이 사능에 내려와 일본이 항복했다고 알렸을 때 춘원은 세 자녀와 함께 있었다. 그는 그들에게 애국가를 가르쳐 주 었다고 한다. 착잡한 심정으로 해방의 기쁨과 불안을 동시에 맛보았 다. 친일파로 지목, 비난이 집중될 때 아내는 피신하라고 권했으나 그 는 태연하였다. 얼마 뒤 수도생활을 위해 광동하교 교장을 지낸 삼종

제 운허당(耘虛堂) 이학수(李學洙)를 찾아 봉선사 수도의 공간으로 들어갔다.

딸 정화(廷華)의 『아버지 春園』에서

아버지는 봉선사에서 돌베개를 베고 주무셨다. 사능에 가시면 또 돌베개를 지게에 짊어지어서 갖고 가신다고 한다. 사능 우리집은 봉선사에서 시오 리밖에 안 된다. 돌베개를 베고 자면 입이 비뚤어지는 병에 걸린다고 어머니는 한사코 말리었으나 아버지는 듣지 않으셨다.

드디어 춘원은 입이 돌아가고 안면신경마비(顔面神經麻痺)와 고혈압으로 시내 효자동 집에 돌아와 아내의 간호와 치료에 힘입어 병이 나았다. 그는 집필하여 47년에 「나(소년편. 스무살 고개)」 「도산 안창호」를, 「사랑의 동명왕(48)」, 「꿈」, 「원효대사」를 간행했다. 참으로 오랜만에 그의 가정에 평화가 찾아온 듯하였다.

또 『아버지 春園』에서 이렇게 썼다.

오빠는 학교에서 그림 잘 그려서 상을 타고 언니는 월반을 하고 나는 우등을 하고 다 건강하고 어머니는 병원이 잘 되고 아버지는 날마다 글 써 달라는 요청이 응하지 못 할 만치 많았다.

그러나 드디어 올 것이 오고 말았다. 국회에서 제정된 반민법(反民法)에 의해 1949년 1월 12일, 권총 찬 반민특위 세 사람의 직원에 의해 구속. 서대문 형무소에 수감되었다.

## 14. 선구자의 번우(煩憂)한 비애

심문받는 자리에서 "그 재주와 머리를 가지고 왜 친일을 하였느냐?"

"나는 민족을 위해 친일했소. 내가 걸은 길에 정경대로(正徑大路)는 아니오마는 그런 길을 걸어 민족을 위한 일을 할 수 있다는 것을 알아 주오"

그러나 심문관은 노기충천하여 "그래도 잘못했다고 사죄하지 않겠느냐?"

"나는 민족을 위해 친일을 했소."

춘원은 이렇게 되풀이 할 뿐이었다.

면회는 간단히 끝났다. 인왕산 골짜기에서 불어오는 삼동(三冬) 눈바람에 머리카락이 헝클어지어 날리고 있었다, 그녀의 발걸음은 초조하였다. 싸락눈을 밟고 가는 모윤숙(毛允淑)은 지금 무슨 생각을 했을까? 시국은 반탁(反託)이후 냉전 바람이 강하였다. 독립을 위해 평생 일해 온 이승만(李承晩)은 네루가 인도의 국민적 지도자가 된 것처럼 "뭉치면 살고 흩어지면 죽는다„ 는 신념의 확신이었다. 그렇지만 좌우익의 갑작스런 개입에 의해 극단적 우익으로 굳어 있었다.

문학이나 문화적 교류 외교를 펼쳐 난국을 헤쳐 나갈 구상이었다. 유엔 한국위원단 의장 인도(印度) 외교관 메논 박사의 마음을 잡는 것이 급하였다. 메논의 한국 체류기간은 1948년1월 8일부터 40여 일이었다. 이 기간, 이승만과 모윤숙은 메논이 외교관으로 보다 사실에 입각한 우리의 현실을 그대로 이해하고 실천하는 진실한 인간성에 희망을 두기로 했다.

드디어 남한에서의 총선거를 유엔에서 요구하여 가결되었다. 아름다운 드라마였다. 모윤숙의 공적에 대한 보답이 없을 수 없었다. 8월29일 검사회의에서 춘원은 4 : 3 불기소처분이 확정된다. 상처뿐인 선구자에게 돌아온 서러운 영광이랄까, 힘없이 서대문 형무소를 걸어 나오는 그는 구원없는 탈출의 행보였다.

거기에 대한 설이 구구하다. 그 직접적 원인은 사능(思陵)주민들의 진정서 제출과 아들 영근의 혈서 탄원이었다. 새끼손가락을 물어뜯어 쓴 지극한 혈서는 지금 읽어도 눈물겨운 바 있다. 춘원은 진찰을 받고 그 결과 감옥생활에서 견디기 어렵다는 판결로 병보석된 것이다.

## 15. 수양동우회와 춘원

여기서 김동인의 『문단 30년사』를 좀 길지만 인용해 보자.

전　략 《 아직껏 이십여 년 간을 민족주의적 지도자로서 자타가 허락하던 이광수가 전향한 것이 이 때였다. 이광수는 동우회의 형사 피고인으로 보석은 되어 현재 자유로운 터이었지만 재 입옥(再入獄)될지 알 수 없는 아슬아슬한 처지였다. 같은 수양동우회 피고인으로 보석 중에 있던 가형(家兄) 김동원(金東元)이 나를 조용히 불렀다. 그때 나는 북경 여행에서 돌아와서 온천장으로 휴양 다니다가, 평양에 쉬고 있던 때였다. 형은 나더러 잠간 상경하여 춘원을 만나 춘원의 심경을 좀 따져 보라는 것이었다.

나는 형의 심경을 짐작하였다. 부자 집 맏아들로 아직껏 고생을 모르고 지낸 형- 그가 예전 소위 「寺內總督 암살미수사건」이라는 세칭 '백오인(百五人)사건'에 걸리어 3년간을 감옥 미결수로 있은 경력이 있고, 지금 또 다시 '동우회 사건'에 걸려들어 역시 미결수로 2년 나마를 있다가 지금 보석으로 출옥해 있기는 하지만, 당국이 동우회를 처벌할 생각을 가지는 동안은 반드시 언제든 또 고난을 해야 할 것이다.

나이 육십, 이제 또 감옥에 들어갔다가는 반드시 죽는다. 그의 선배 동지 島山 安昌浩는 얼마 전에 죽어버렸다. 동우회의-동우회 회원들의 운명은 인제 春園 李光洙의 거취에 달려 있다. 이광수가 당국에게 대하여 轉向을 표명하면 혹은 용서될 수도 있겠거니와, 李光洙가 버티면 동우회 4, 50명의 생명은 형무소에서 결말을 지울 수 밖에는 없었다.

島山 安昌浩 떠난 뒤의 '동우회'는 오직 이광수의 전향 여하로 운명이 결정될 것이다. 同友會의 평남 책임자로서 주요한 책임을 지고 있는 家兄의 이때의 심경을 나는 짐작할 수 있었다. 나는 형에게 여러 가지의 의논을 하기를 피하였다. 이것이 나의 독단인지는 모르지만 나는 형이 내게 한 말이 李光洙를 전향시키어 동우회 40여명의 생명을 구해 달라는 뜻으로 들었다.

나는 상경하기로 하였다. 李光洙를 찾은 것은 이튿날 오정도 지나서였다. 택시에게 길에서 한 시간을 기다리라 한 뒤에, 李光洙의 집에 들어섰다. 李光洙는 나와 마주 앉아 《壽, 富, 貴를 일생의 복록으로 꼽는데, 그대 나이 50이니 이미 壽에 부족함이 없고 그대 비록 재산이 없으나 부인이 넉넉히 자식 양육할 만한 재산이 있으니 富도 그만하면 족하고, 춘원 이광수라 하면 그 명성이 이 땅에 어깨를 겨눌 자 없으니 貴 또한 족하다. 지금껏 쌓은 공이 헛 데로 안 돌아 가도록함이 어떠냐?》 그때 춘원은 연해 난감한 듯 한숨만 쉬며 대답을 못하고 있었다.

나는 종내 몸을 일으켜 택시로 나왔다. 春園은 따라 나와서 택시를 붙잡고 서서 그냥 아무 말도 못하고 한숨만 쉬고 있다. 한 시간 가량 이렇게 서 있다가 종내

"내 잘 연구해서 좋도록 처리하리다. 伯氏께 그렇게 말씀드려 주시오" 하고야 택시를 놓아 주었다.　　　　　　　중　　략

춘원이 나에게 향하여 내가 이렇게 된 것도 모두 너 때문이라고 질책할지라도 나는 변명할 아무 말도 없다. 1945년 8월 15일인가 17일인가 苑南洞 어떤 집에서 文人報國會 의 大統을 이은 '文化協議會 '의 發足會 가 있을 때 벽초에 '이광수 제명문제' 가 생겼다. 그 좌석에는 兪鎭午, 李無影 등도 있었지만 兪는 普成專門의 교수로 學兵推進 등에 불소한 노력을 한 사람이요, 李는 朝鮮

總督 文學賞을 받은 사람이라 아무 말도 못하고 맥맥히 있었고, 李光洙의 변명을 위해서는 내가 한 마디 않을 수 없는 입장에 선 나는
"이 회합이 政治團體를 목표로 하든가 良心人團體라는 목표라든가 하면 여니와, 文士의 단체인 이상에는 조선문학 건설의 최초 공로자 李光洙를 뽑을 수(제명할 수 : 필자 註)없다. 만약 이광수를 뽑는(제명하는 : 필자 註) 文人團體인 것 같으면 나도 참가할 수 없다."고 퇴석한 일이 있지만 8 .15해방 이래로 李光洙는 샘이 다분히 섞인 많은 시비를 받고 지금 '反民法"의 처단을 고요히 기다리고 있다.》

춘원은 상신서(上申書)를 재판소에 냈다. 자기가 온 책임을 뒤집어쓰고 자기의 잘못을 통절히 느낀다는 성명을 했다. 그렇게 사랑하는 이천만 동포를 천황(天皇)의 적자(赤子)가 되도록 하겠노라는 서약을 하여 5개 년 간 끌던 수양동우회 사건은, 모두 무죄의 판결을 받았다. 이로써 민족 앞에 씻을 수 없는 죄를 짓게 된다. 연약한 인간 이광수가 시대의 탁류(濁流)에, 감당키 어려운 엄청난 탁류에 휩쓸리는 비극의 무대(舞臺)가 되었다. 그의 180도 전환으로 총독부 주구단체(走狗團體)인 조선 문인협회 회장이 되고 카야마 미츠로우(香山光郞)로 개명하였다. 대동아 문학가협회에 참석하고, 학병지원 권유 순회강연 등 친일연설을 하였다.

당년 춘원의 전향으로 석방된 그들은 해방된 내 나라에 자기네들이 바칠 충성을 강구하고 있지만 세약한 몸을 이끌고 춘원은 효자동구석에서 외로운 심경으로 붓대를 희롱하고 있을 뿐이다.

## 16. 격랑(激浪)후의 논공(論功)

그러나 그런 상처가 눈에 띄면서도 춘원의 발자국이 신문학사에서 빛나는 까닭은 무엇일까? 그는 너무 늦게 태어났거나 너무 빨리 태어난 풍속세대(風俗世代) 비판가였는지 모른다. 영,정조시대에 태어났든지, 아니면 1945년 이후에 태어났다면 공리성 치중의 문학이라고 탓하는 사람이 없을 것이다. 춘원의 작품 집중 역점을 민중의 계몽과 민족사상 고취에 두었기 때문에 그렇다. 그런데 현재의 시각으로 판

단하더라도 예술성의 강조보다 한 걸음 앞선 진취적 야심의 표현이
아니었을까?

일제(日帝)의 피압박 식민지 겨레에게 예술의 미의식 주입도 물론 좋
지만, 더욱 절실한 민족의 자주가 배제된 내용이란 알맹이 없는 빈 강
정의 문학으로 그치고 말기 때문이다. 거기에 검열이 허용하는 한도
내에서 풍속적, 도덕적 개조를 서두른 것은 시대 극복과도 직결된다
하겠다. 그가 문사(文士)를 인격자와 동일시하는 유교적 발상 밑에서
작업했다는 것은 위대한 예술가란 건전한 인격자와 본질적으로 관련
된다.

그러므로 뛰어난 예술이란 종교악(宗敎樂)처럼 경건한 것이어야 의
미를 띨 수 있다. 위대한 예술가의 전제가 된다는 인격(人格), 인품(人
品)은 풍속과 이념이 행복하게 결합되어 있을 때 가능한 덕목(德目)이
다. 모든 조선 민족이 궁핍화되어 가는 판에 미의식을 요청하는 것이
무슨 소용이 있었을까? 민족의식에 바탕을 둔 집필의 신조로 삼았던
춘원 문학발표 당시 상황과 오늘날의 문학을 돌아볼 때 부패한 문학
의 일단면(一斷面)을 보게 되는 것이다. 지나치게 감각만을 내세워 인
기가 있다가 하루 아침에 무너져버리는 것이다. 허망한 것에서는 문
학성을 이야기할 수 없기에 그렇다.

또 우리의 신문학 작가들은 민족적 사상 의식이 부족하였다. 사상적
지적빈곤(知的貧困)에 비하여 춘원의 해박한 지식, 사상적 폭, 작품의
스케일이 청년시절 대륙방랑 동안의 체험과 융합되어 작가적 위치와
공로로써 총결산하게 된다. 그는 분명 우리 신문학사에 있어서 불후
의 족적(足跡)을 남긴 거인임에 틀림없다.

## 17. 자전(自傳)에 대한 후기(後記)

1935년 '삼천리'지의 「조선문학이 가지기를 바라는 요건」중에 '비
곡(非曲) 안 된 우리생활과 마음을 진실하게 엄숙(嚴肅)하게 그릴 것

(리얼리즘)」을 제시한 바 있다. 인간이란 누구나 자기 삶의 길을 소중하게 여기고 기록으로 남기를 바란다. 이미 「그의 자서전」(1936. 12. 22-1937. 5. 1)이 조선일보에 나왔다. 아들 봉근의 죽음으로 자신의 삶을 돌아보는 과거에 대한 참회였다. 주인공 나(남궁석)의 행적은 자신의 삶과 겹친다. 사람의 생활이란 어느 곳에 가거나 대개 비슷한 것이니까, 내 생활이 당신의 생활이 될 수도 있는 것이다.

그러나 「그의 자서전」은 비상한 문재(文才)를 지닌 춘원에게도 반생기는 될 수 있을지언정 스스로의 자전(自傳)은 못 되었다. 불과 40살을 넘은 활동기여서이다. 본문에서 '그' 라는 대명사를 붙이고 제호(題號)부터 그러했다. 나오는 인물도 본명을 밝히지 않고 복자(伏字)를 썼다. 가령 島山 安昌浩는 T, 公六 崔南善은 K라고 한 것이 그 예다.(당시 육당의 펜네임은 公六임) 일제 압제 하의 표현의 자유와 관계가 있다.

「나」(소년편,스무살 고개)는 이미 앞에서 밝힌 대로 해방 후 실의의 착잡한 심정의 기록이다. 순전한 실기(實記)가 아닌 듯도 하고, 소설을 의도한 것도 같다. 그렇다면 주인공 '나'는 춘원이 아니란 말인가? '소년편' 서두 "「나」를 쓰는 말"에서

《나는 나라고 하는 한 생명이 이 때에 이 세상에 태어 나온 것이 결코 우연이 아닌 줄을 안다. 여름에 사람을 못 견디게 구는 파리나 모기도 다 인연이 있어서 나온 것들이다. 그러므로 나라고 하는 한 물건이 어떤 모양으로 살아 왔는가 하는 기록도 똑바로 쓴다면 사람에게 무용한 것이 아니라고 믿는다. 한 나라, 한 민족의 흥망성쇠의 기록과 다름없이 무슨 뜻을 가질 것이라고 믿는다. 그렇다고 해서 나는 권선징악의 공리적 동기로 이 이야기를 쓰는 것이 아님은 이미 말한 바와 같다.

J·루소가 그의 「참회록」에 그는 후일 심판 날에 하느님 앞에 내어놓을 답변으로 쓴다고 뜻을 말하였거니와 내 이야기는 그런 것과 다르

다. 나는 어디 한 번 있는 대로 적어보자는 것이다.》

비록 사회적 평가에 대한 답변은 아닐지라도 소년, 스무 살 인생에 대한 반성이요 참회임을 짐작할 수 있는 것이다. '나는 내가 쓴 글이 남에게 해를 줌이 없이 오직 이(利)를 주기를 바랬다. 그러나 이 '나'에 있어서는 그러한 분별을 버리련다. 내가 어찌 감히 선과 악을 판단하며 내가 어찌 남에게 이롭고 해로움을 판단하랴? 어느 남도 나만 못한 이는 없으려든'. 역시 『나』를 쓰는 말의 인용이다.

'『나』를 쓰는 말의 인용문은 나는 곧 당신네 동네, 당신의 이웃에 사는 사람일 수도 있는 소설이 될 수도 있다.' 그런 면에서 그의 글은 소설이며 그의 인생 역시 소설과 같은 자신의 파란만장(波瀾萬丈)한 도정(途程)이 아니었을까? '나'는 곧 인간 존재의 동일한 본질적 현상이기 때문에 이웃에 사는 '누구나'와 이어진다.

무죄 석방 뒤에 병고에 시달리다가 6. 25동란을 만나 공산당에 납치의 몸이 되었다. 춘원의 자서전 '청년 편', '입지(立志) 후편', '노후 편'은 우리들에게 접할 수 없는 고독한 강이 되었다. 우리 민족을 위하고, 문학을 위하고 춘원 문학을 위해서 두고두고 애석한 일이 아닐 수 없다.

### 18. 최초의 역사소설 「마의태자」

춘원이 지은 장편 역사소설「마의태자」는 상·하편으로 나뉘어 1926년 5월 10일부터 동년 10월 2일까지 상편이, 그리고 26년 10월 11일부터 27년 1월 9일까지 동아일보에 연재되었고, 28년 1월 博文書館에서 단행본으로 간행되었다. 이광수의 최초 역사소설이자 한국 文學史의 최초 장편 역사소설로 기록되고 있다. 효시(嚆矢)라는 객관적인 역사적 사실을 재현하는 장이라기보다는 자신의 이념 사상을 직접적으로 구현하는 장으로 존재한 것이다. 그 외 원효대사, 異次頓의 死, 단종애사 이순신 등이 후에 발간되었다.

신라 천년의 문화는 삼한의 전통을 이어온 진한의 뿌리에서 성장 발전한 역사를 갖고 있다. 화랑도 정신, 원광의 세속오계(*事君以忠 事親以孝 交友以信 臨戰無退 殺生有擇) 는 儒 佛 道 등 三敎 三德의 계율에서 나온 인간적 사상이며 철학이다. 로마는 연약한 라틴 여러 도시가 공화정에서 발전해 이탈리아반도 통일을 이룬 BC 270년 경 1단계 운영의 妙를 에트루리아문화에서 얻음으로써 현실적 성격의 지배권을 확립하였다. 헬레니즘 문화 시대에는 스토아 철학이 혼합되어 팍스 로마나(Pax Romana) 시대에 보편적 세계문화로 발전되어 서아시아의 이슬람교 문화와 함께 근세기 문화에 지대한 가치를 형성하였다. 화랑도 정신은 이른바 민족정신이고 천년의 사직은 민족혼의 脈이 곤곤히 이어온 물줄기이었다.

마지막 왕 경순왕은 46대 문성왕의 5대 孫이다. 당시 55대 경애왕은 왕건에게 구원병을 요청하여 견훤의 군대를 막아주겠다고 신라의 사신을 안심시켜 돌려보냈다. 경애왕은 사지에서 소생하게 되었으니 반가움이 더할 나위 없었다. 그해는 11월이 되어도 날씨가 봄날처럼 따뜻하였다. 오랜만에 포석정 流觴曲水의 연회는 무르익어갔다. 왕건보다 먼저 견훤이 서라벌에 들어와 보니 도성은 텅비고 신라 임금은 포석정으로 놀이갔던 것이다.

다음날 견훤은 월성궁으로 들어가 왕제 김부(金傅)를 왕위에 앉히었다. 김부왕은 견훤을 치송한 후 전왕의 시체 앞에서 마음놓고 통곡한 뒤 즉위식을 거행하니 56대 경순왕이었다. 신라 말기, 세상이 어지러워지자 도선(道銑) 祖師는 당에 들어가 음양지리설을 배우고 돌아왔다. 일찍이 송도 왕기설이 나돌고 신라 서울에서 100리 정도 떨어진 개목이라는 곳에서 미륵은 애꾸눈이지만 태도와 기상이 범상치 않은 아이였다. 48대 경문왕이 승하하자 미륵은 어머니(乳母)로부터 출생의 비밀을 듣게 된다. 미륵이 바로 승하한 대왕의 아들인 용덕아기였다. 용덕의 생모 설부인은 그녀를 질투하는 영화 정화 두 왕후의 음모에의해 목숨을 잃고 용덕은 유모의 손에 살아났다.

모든 사실을 듣게 된 미륵은 복수를 결심 집을 떠났다. 미륵이 숲속에서 헤매고 있을 때 늙은 스님을 만났다. 세달사의 허담 스님은 미륵을 데리고 절로 와서 선종이란 새 이름을 주었다. 세달사에 같은 또래의 소허란 아이가 폭포수 아래에서 백의국선에게 무술과 가르침을 받고 있었다. 소허는 말수가 적고 몇 해를 같이 지내도 그 속을 알 수 없었다. 신라 조정에서는 49대 헌강왕이 승하, 만공주가 진성여왕이 51대 왕으로 즉위하였으나 민생은 살피지 않고 밤마다 젊은이들을 맞아 서울 장안이 술렁이고 있었다. 소허는 절을 떠나 서쪽으로 떠나 자취를 감추었다.

선종의 나이 벌써 30이 되었다. 그도 절을 떠나 기훤의 휘하에서 중의 이름 선종을 버리고 궁예가 되었다. 기훤은 북원 대장군 양길과 싸워 패하여 죽고, 궁예는 양길의 딸 난영의 도움으로 간신히 살아나 양길의 부하가 되었다. 그는 양길의 명성보다 더 높이 올라가기 시작했다. 그 때 소허는 견훤이란 이름으로 후백제를 세웠다. 신라 선조 김춘추가 백제 의자왕에게 행주(行酒)를 시킨 신라 왕족에게 원한을 풀기 위함이었다. 궁예도 점차 영토를 넓혀갔고 그를 따라온 난영을 아내로 왕후가 되어 천하의 절반을 호령하며 철원을 수도로 정하였다. 궁예는 삼국을 통일하여 唐 황제로 하여 시냇벌에 조공 오게 하리라고 하였다. 그 인덕이 백성들 사이에서 자자하고 새 서울의 도성은 꽃이 만발하여 태평기상이 넘치고 유독 아끼는 부하 왕건이 옆에 있었다. 왕건의 신임은 높아만 갔다. 당시 신라는 겨우 명맥을 보전하여 궁예와 견훤의 비위를 맞추기에 급급했는데 54대 경명왕에게 옳은 말을 하는 것은 셋뿐이었다. 장차 태자가 될 시중 효종의 손자되는 충(忠)이 그 하나였다.

나이가 많을수록 궁예는 정사에는 뜻이 없고 그럴수록 왕건이 모든 일을 처리하여 실제적 왕이라고 백성들이 말하게 되었다. 궁예는 자신의 노쇠를 회춘하기 위해 千日동안 처녀와 함께하라는 왕건의 말을 듣고 불러들였다. 더욱 쇠약해지고 왕후는 슬퍼하다가 왕건과 함께 있는 것을 본 궁예는 분함에 왕후와 두 왕자를 죽였다. 왕건의 군사가 만세전을 향하여 쳐들어와 옥새를 빼앗고 고려를 세우니 궁예는 달아나 스스로 자진하였다.

이에 분개하는 이는 오직 김충과 시중 유렴뿐이었고, 송도와 서라벌 사이에 빈번히 사신이 내왕하였다. 사월 팔일 조정의 왕과 대신들이 불국사에 회동하였다. 그 속에는 김충과 유렴의 딸 계영도 있었는데 미모의 계영에게 김성의 아들 김술이 말을 붙이다가 망신을 당하여 계영에게 칼을 빼어 들었다. 하지만 김충의 도움으로 계영은 무사하였으니 김술은 장안의 웃음거리가 되었다. 김술에게 김충은 앙갚음의 대상이 되었다. 마침내 김성은 아들의 억울함을 갚기 위해 유렴과 김충의 아버지 김부를 잡아 가두었다. 이들이 견훤의 편을 들고 있다는 전갈을 왕건에게 보내 음모의 화근을 만들었다.

중간에서 이 전갈을 견훤이 가로채 신라를 치기로 결심 포석정 잔치 때 신라의 서울을 장악하였다. 새로운 왕으로 김부가 즉위하고 왕건의 행차는 신라 땅에 당도하였다. 딸 낙랑공주에게 태자의 마음을 돌리게 하려고 동행하고 있었다. 태자의 마음은 이른바 아파테이아 경지였다. 이때 후백제의 견훤의 아들 신검이 견훤을 축출하고 자신이 왕위에 올랐으나 왕건의 군사에게 패하여 후백제는 멸망하고 견훤은 왕건의 신하되기를 청하였고 경순왕도 힘없는 나라의 왕이 아닌, 왕자도 낙랑공주와 함께 살 것을 생각하여 고려에 항복하고 말았다.

태자는 어머니 되는 왕후와 태자비를 이끌고 평민복으로 갈아입은 후 대궐을 빠져 나왔다.모두 머리를 깎고 중이 되어 누더기를 입고 동냥을 하면서 북으로 북으로 정처없는 발길을 옮기고 있었다. 고려에서 태자의 행방을 찾았으나 찾을 수가 없었다. 태자는 고려에 반항하였으니 고려 군사는 20만 호 경주에 불을 지르고 천년 신라 옛터를 찾는 흔적을 남기지 않게 없애 버렸다. 5년이 지나 왕건이 낙랑공주와 금강산을 찾았을 때, 왕이 표훈사에 머물고 노승과 이야기하던 끝에 돈도암에 사는 이들이 누구인지 알 수 없는 모습으로 베옷을 입고 풀 뿌리를 캐먹으며 산다는 이야기를 듣고 왕과 공주는 처연히 놀랬다. 공주는 의심을 품고 돈도암을 찾았으니 과연 들은 바 대로였다.

마침 그날이 태자가 일년에 한 번 그 곳을 찾는 날로 공주는 태자를 우러러 흐느껴 울뿐이었다. 마침내 공주는 머리를 깎고 먹물들인 옷을 입고는 함께 살기로 하였다. 왕건은 친히 돈도암을 찾아 태자에게 원한 풀 기회를 주었으나 태자는 모든 것을 단념하였다. 태자는 모두를 남겨 둔 채 다시 숲속으로 떠나갔다. 그가 어디로 간 것을 아는 사람이 아무도 없었다.

## 19. 마무리

한국의 소설문학은 西歐 문학의 三湯이라는 말도 있다. 현대문학의 형식은 서구에서 성립되었고 그 발전상을 일본이 수입하여 근대문학으로 문단을 형성하였다. 이 일본의 현대문학을 20세기 한국의 유학생들이 이것을 배우러 현해탄을 관부연락선을 타고 떠나갔다. 춘원 횡보 동인 월탄 등이 영향을 받아 가지고 이 땅에도 현대문학의 형식을 갖춘 소설이 창작되었으니 일본을 거친 삼탕 문학인 셈이다.

서구문학을 직수입한 일본에서는 하나의 畸形兒가 발생했는데, 소설의 원산지 서구에서 존재하지도 않은 소설 문학에서 純粹와 通俗의 두 계통을 놓고 논쟁하여 대립하기에 이른다. 근거는 그 차이점을 橫光利一(요코미츠리이치, 1898-1947)라는 작가는 우연성과 感傷性에 두고 있었다. 즉 어떤 작품을 구성하는 데 있어서 우연성을 남용하게 되면 그 작품은 통속작품이라는 것이다. 일상의 우연이란 그리 흔한 것이 드문데 보통 상식으로 판단하여 허황된 줄거리가 전개되든지 등장인물의 해후가 지나치게 偶然만을 起用하는 것은 통속인 것이다.

그 반대인 순수는 필연성을 지닌 사건 시퀀스어야 한다 하였다.

또 감상성은 보통 이지로서는 도저히 견디기 어려운 세계이므로 新派調의 값싼 웃음이나 눈물을 자아내게 하는 요소의 남용을 말하는 것이다. 우연이든지 감상에는 사전에 그 伏線이 필요한 것이다. 다시 이런 논란을 한국 문단에서 수입한 것이다. 西歐문단에 없는 논란을 수입하던 부산물인 것이다. 외국의 고전과 명작을 놓고 보더라도 통속 순수 논쟁은 부재하였다. 죄와 罰, 惡靈, 전쟁과 平和, 적과 黑, 두 도시 이야기 등을 보더라도 거기에 우연과 감상이 수없이 나타난다. 그런데도 不朽의 명작으로 읽혀지고 있는 것은 생각해 볼 문제인 것이다.

우리문학사의 30년대 중반, 卒哭祭 城隍堂을 발표하여 原始林을 대한 듯한 토속세계 애정주의적 낭만을 파고들던 작가 정비석은 한국전쟁 후 1954년 서울신문에 「自由부인」을 연재하였다. 전후 현상은 아프레게르 바람을 타고 나타난 性 모럴을 통속적이라고 일부에서 평하기도 하여 연재 석 달만에 황산덕은 신성한 대학교수에 대한 모욕이라는 논지로 대학신문에 부정적인 글을 발표하였다. 문학평론가 백철은 신문소설의 대중성과 예술성 문제를 거론, 홍순엽 변호사가 작가를 옹호하는 기고문을 다시 발표하여 문단에서 창작의 자유 논쟁으로 이어져 갔다. 연재됐던 서울신문의 부수는 3배로 뛰어올랐고 정음사 단행본은 발매 3일만에 초판이 매진되었고 한형모 감독의 영화 '자유부인'은 수도극장에서 개봉, 10만 5천을 동원하여 폭발적인 흥행 1위를 차지하였다. 그리하여 당시 사회상을 반영한 이 소설은 통속적이었음에도 베스트셀러가 되어 낙양의 紙價를 마음껏 끌어 올리고 있었다.

그의 기행문 중에 『山情無限』도 자의식이 露呈된 심리주의 경향의 수필이다. 그 후반부 일부를 적어 春園 이광수의 민족주의 論議에 얽힌 잡다한 글을 여기서 마무리하고자 한다.

"태자의 몸으로 麻衣를 걸치고 深山에 들어 온 것은, 천년 사직을 망친 비통을 한 몸에 짊어지려는 고행이었으리라. 울며 소맷귀 부여잡는 낙랑공주의 섬섬옥수를 뿌리치고 돌아서 입산할 때에 대장부의 흉리(胸裏)가 어떠했을까? 흥망(興亡)이 재천(在天)이라 천운(天運)을 슬퍼한들 무엇하랴만 사람에게는 스스로 신의가 있으니 태자가 고행으로 창맹(蒼氓)에게 베푸신 도타운 자혜가 천년 후에 따습다.

천년 사직이 南柯一夢이었고 태자 가신지 또한 천년이 지났으니 유구한 영겁(永劫)으로 보면 천년도 수유(須臾)던가. 고작 칠십 생애에 희노애락을 각축(角逐)하다가 한 움큼 부토(腐土)로 돌아가는 것이 인생이라 생각하니 의지(依支)없는 나그네의 마음은 암연(暗然)히 수수(愁愁)롭다".

▸ 참고문헌

| 김동인 | 『춘원 연구』 |
| 이정화 | 『아버지 춘원』 |
| 곽학송 박계주 | 『춘원 이광수』 |
| 임종국 박노준 | 『흘러간 성좌』 |
| 삼중당 간행 | 『이광수 전집』 11권 |

# 좌우 역사흐름의 비극적 迷妄
-김동리 『사반의 십자가』『驛馬』를 중심으로-

## 1. 해방공간과 좌우 문학 단체의 범람

세계 제2차 대전은 연합군의 승리로 끝났다. 세계 파시즘과 나치, 일제 침략주의 세력은 완전히 멸망하고 말았으니 우리는 일제의 사슬에서 벗어나 국권은 물론 민족문화를 찾게 되었다. 일제 말 단절됐던 우리 문화의 계승은 문학단체의 혼란스러운 난립으로부터 그 막을 올리고 말았다.

1945년 8월 17일에 임화<sup>①</sup>에 의해 종로2가 한청빌딩에 '조선 문학건설 본부'(약칭 '문건')라는 간판을 걸었다. 이는 일본 제국주의 황도 문학의 수립을 목적으로 결성한 친일 '조선문인보국회'를 재빨리 접수하여 1920년대의 계급문학을 재생시키려는 의도에서였다. 서기장은 임화가 차지하고 순수문학 계열의 이태준을 옹립하여 대표에 앉혀 놓았다. 이원조의 주도로 좌우를 포함한 해방 후 문인들을 규합한 '제1회 전국 문학자 대회'가 종로 기독교 회관에서 남한의 문인 91명이 참석한 가운데 개최되었다. 이 대회의 집행위원장에는 홍명희였는데 정치인 여운형의 축사가 있었고 이 대회를 계기로 '문연' 산하에 '조선문학가동맹'을 두고 회칙과 행동강령을 채택해 나아갔다.

임화의 주도로 집행부 명단이 결정되었다. 집행위원장에 홍명희, 부위원장에 이태준, 이기영, 한설야, 위원에 임화, 김태준, 김기림, 정지

---

註① : 시인. 문학평론가. 본명은 임인식. 다다이즘과 마르크스 문학, 모더니즘과 계급의식을 노래함.35년에 마산에서 요양하던 중 소설가 지하련과 재혼.

용, 안회남②, 서기에 이원조 등으로 조직되는 과정에서 남로당 문화 활동 총책임자인 국문학자이며 공산주의자인 김태준이 집행부에 들어가게 되었다. 그는 조선공산당과 영화동맹, 프로예맹 등에 커다란 영향력을 행사해 온 마르크스주의자였다.

이를 통해 좌익계열인 임화 역시 훗날 박헌영 남로당에 자연스럽게 가담하게 되었다. 48년 해방 직후에는 문단 저널리즘이 활발하여 정기 간행물이 많이 발간되어「신천지」「문학」「협동」「백민」등이 활발했으며 특히「신천지」는 서울신문사 발행의 종합지로서 54년 9월 통권 68호까지 발행되었다. 또 「백민(白民)」誌는 백의민족(白衣民族)의 준말로 민족의 자주적 문학창조를 목적으로 해방 문단에 기여하였는데, 김송(金松) 주간의 문예지였다.(출발은 종합지) 창간호는 2만 부를 발행하여 1만 부를 평양으로 가져가 장바닥에서 당일로 매진되었으며 2호 때는 대동강 가에서 판매하다가 압수 체포되기도 한 좌익 정치문학에 반동적, 반인민적 입장에 선 민족진영의 선봉에 서 있었다. 50년 5월 통권 22호 6, 25로 폐간되었는데, 김윤성, 이인석, 설창수, 조영암, 공중인, 김종문, 정운삼, 남창희 등의 시인, 그리고 홍구범, 손소희, 박연희, 유주현 등의 소설가가 등단하였다. 해방 직후 3, 4년 동안의 문학관의 차이에도 불구하고 많은 신문과 문예지 · 종합지가 문학 활동의 광장이 되고 실질적인 무대가 되었다. 46년 4월부터 나온 조연현 주간의「예술부락」(3호 종)誌에는 조연현, 곽종원, 곽하신, 조지훈, 최태응, 이한직, 임서하 등의 필진을 가지고 있었으며 「시탑」(46년 1월 「백맥」③의 후신/4호 終)에서는 구경서, 김윤성, 정한모, 공중인, 조남사 등이 동인으로 활약했다. 그리고 1945년 「흉가(凶家)」가

註② : (1910~?) 본명은 안필승, 금수회의록을 쓴 안국선의 아들. 휘문고보졸. 일제 말 강제 징용 해방과 함께 귀국함.
註③ : 46년 1월. 구경서 편집 해방 후 첫 문예지(1호 終)

'예술 조선'에 입선됨으로써 등장한 정한숙과, 시 「후조(候鳥)」로 등장한 조병화, 그 밖에 전광용 등이 일제부터 활동한 염상섭, 전영택, 박종화, 황순원 박영준, 최정희 안수길과 백철, 이헌구 등 소수의 평론가가 문단 선배로 한국문학을 이끌어 가는 견인차 역할을 담당하여 문학의 길을 키우는데 애를 써 왔다.

좌파의 기관지로는 「문학」을 발간하여 8호(1948년 7월)까지 이끌어 갔으며 「우리 문학」 「신문학」 등도 그들의 기관지 몫을 하였다. 이들도 표방하던 '민족 문학'은 해방이라는 이름의 성소공간(聖所空間)에 대한 일반적 인식 및 흐름의 감각을 명분으로 말해지던 시대에서 연유한다. 어떤 문인도 어떤 문학단체도 '민족'이란 깃발 밑으로 모여들고 있었기 때문이었다. 건강한 자기 정체성을 가진 사람은 어떤 경우든 창의성을 발휘하는 데 쓰이지만 거짓 자기로 살아가는 사람은 모방이나 거짓 꾸미기를 선호한다. 따라서 인간의 참된 삶의 느낌을 경험하기 어려운 것이다. 이태준이 운명적 마술사에 희생되는 첫발이 되었고 정지용, 김기림[4], 오장환[5], 김광균 등이 역시 그렇게 가담하였다. 한 달 후에 과거 일제 때 경향문학파 일부가 이에 불참하면서 좌경 '프롤레타리아 예술가 동맹'('예맹'으로 약칭)을 조직하였으니 이기영, 송영 등이 주축이 되었다. 그러나 당시 남로당은 앞의 '문건'과 '예맹'이 통합하도록 지령하여 '조선 문화단체 총연맹'(약칭 문연)이 되었으며 그 산하에 후일 '문학가동맹'을 두게 되었다.

## 2. 文總설립과 정치상황

이에 대립하여 우익계 민족주의적 문인들도 단체를 조직하여 갔다.

---

註④ : 함북 성진출생. 호(片石村). 30년 니혼대학(日本大學) 문학예술과 졸업. 1933년 이태준 김유정 등과 '9인회'결성. 재차 渡日 센다이(仙台)의 도호쿠(東北大學)영문과 졸업. 모더니즘의 대표.

註⑤ : 충북 보은출생. 휘문고보. 메이지(明治大)전문부. 모더니즘과 계급의식을 노래함.

1920년대의 '해외문학파'와 진정한 민족문화 창달 의지를 가진 자유주의 문인들이 45년 9월 18일 '중앙 문화협회' 간판을 걸었다. 변영로, 오상순, 박종화, 김영랑, 이하윤, 김광섭, 김진섭, 오종식, 이헌구 등이 주 멤버였는데, 여기에 양주동, 서항석, 김환기, 안석주, 유치진 등이 새로 참여하여 좌익문단에 대항하였다. 「중앙순보」 「해방기념시집」 「일본패전의 진상」등을 출판하면서 반탁운동에도 선봉 역할을 하였는데 46년 3월 13일에 종로 YMCA에서 '전조선 문필가협회'('문필협'으로 약칭)로 조직이 확대되었다. 이 자리에서는 박종화의 개회사, 김광섭의 취지서 낭독, 이헌구의 경과보고가 있었다. 300명의 문인이 참가한 가운데 회장에 정인보, 부회장에 박종화, 설의식, 채동선, 총무부에 이헌구, 김광섭, 오종식, 이하윤을 선출하였다

그런데 이 조직의 침체된 소극적 활동에 불만을 가진 소장파 문인들이 46년 4월 4일 '조선청년 문학가협회'('청문협'으로 약칭)를 조직하여 보다 적극성을 띄고 좌익계인 '문학가동맹'에 반격한 전위적 단체로 정치문학을 痛罵하며 순수문학을 옹호하였다. 김동리, 조연현, 조지훈, 서정주, 박목월, 박두진 등이 그들이다. 해방공간에서 문학 예술단체가 커다란 소용돌이를 일으킨 사실은 당시의 현실을 이해함에 중요한 항목임을 간과할 수 없다. 좌익 쪽은 문학가 동맹을 중심으로 각종 문화 예술단체를 규합하고, 이어서 '문연'주도로 민족 문화건설 전국회의(46.4.15~18)가 열렸는데, 이를 견제하려는 우익단체 29개가 모여 전국문화단체 총연합회(약칭 문총 47. 2.12)가 만들어졌다. 이 맞수의 대결이 언제 시들하게 되었는가는 당시 정치단체의 변화와 직결된다. 이른바 10월 인민항쟁이 그 고비가 된다.

10월 인민항쟁에 앞서 살인적 노동조건과 미군정에 저항하는 전평(조선노동조합 전국평의회)의 9월 총파업이 있었다.(46. 9.23 부산에서) 대구를 비롯, 전국적으로 파업이 확산되었고, 10월 1일 대구 부청 앞에서 시위 중이던 민간인 2명이 경찰 발포로 사망, 미군정의 쌀 배

급 정책 실패로 흉흉해진 민심에 불이 붙은 사건이었다. 해방이 되면 세상이 바뀌고 삶이 나아질 것이라는 기대가 묵살되면서 분노가 커졌고 노동자가 선도적 역할을 한 과정을 주목할 필요가 있다.

정치면을 보면 인민당의 당수는 여운형이었으며 총무에 이여성을 비롯 김세용 황운 김오성 이상삼 등이었다.(45.11.13 결성) 한편 조선공산당은 서울시 중구 장곡천정(지금의 충무로)에 거점을 두고 대표에는 박헌영이었다. 주요 인물은 이현상(지리산 남부군 총사령관) 최용달 이강국 정백 권오직 황욱 등이다. 지하운동을 해오다가 8.15와 더불어 이영을 중심으로 모인 장안파와 박헌영 중심의 재건파가 있었는데, 45년 11월 23일 장안파가 해체되어 재건파에 흡수됨으로써 남로당이 이룩된 것이다. 따라서 10월 인민항쟁은 박헌영 남로당의 근로자의 이익을 옹호하는 혁명적 인민 정부 수립을 이루려는 세력이 배후에서 조종하고 있었다.

정치적 소용돌이 속에서 민족주의 문학인 우파는 순수문학의 순수성을 주장함으로써 민족진영의 문학의 방향을 확립하게 되었다. 때를 같이 하여 '음악가협회' '미술가협회' '연극협회'와의 연합체인 '전국문화단체총연합회'(약칭 '문총' / 5·16후 정부의 종용으로 '예총'으로 개명)가 47년 2월 12일에 발족하여 좌익의 '문연'에 대항하며 순회 지방 강연, 여순 반란사건의 보도사진전 등과, 기관지「민족문화」(2호 終)를 간행하였다.

정부 수립을 계기로 좌파 문인들의 월북으로 자취를 감춘 뒤 우리 문학은 본격적인 발전의 첫발을 내딛게 된다. 이때의 문단 성장의 터전이 된 문예지로는 모윤숙 발행의「문예」종합지였다. 김동리, 조연현, 홍구범, 박용구 등이 편집인으로 활동하였는데 등단 문인에 손동인, 이동주, 송욱, 전봉건, 이형기, 박재삼, 황금찬, 한성기 등의 시인과 강신재, 장용학, 곽학송, 최일남, 서근배, 손창섭 등의 소설가와 평론에는 천상병, 김량수 등이었다. 54년 3월까지 통권 21호로 종간하였다.

이 시기에 진정한 문학정신을 옹호한다는 등의 강령을 내세운 사회적 존재로서의 '청문협'이 본격적 활동을 전개하는 의미가 증폭하는 상황에서 전(全) 문단(文壇)의 주목을 끄는 사건이 발발했다.

### 3. 대립기의 논쟁

특히 1934년 시「백로」가 조선일보 신춘문예에 당선되어 문단에 올라온 김동리에 주목하기로 한다. 현실의식이 강하게 부각된「화랑의 후예」에서 현실적 일제 탄압의 굴욕을 황후암(黃厚庵)의 육대 종손이라는 후광으로 위안을 삼는 황일재의 유랑길. 이때의 현상금으로 진주 하동 사이에 있는 고찰 다솔사에서 창작에 정진한다. 「산화」는 36년 동아일보 신춘문예 당선작으로 한국적 사회 현실과의 폭넓은 대결을 제시하고 있다. 비참한 식민지 현실의 예술적 축도임에 누구나 깊은 내면으로부터 슬픔과 분노를 터뜨리게 한다. 기독교 대 무속신앙에 대한 주제는 평생을 두고 결론을 내려 노력한 흔적을 남기던 「무녀도」는 김동리의 대표작이다.

간결하고 상징적인 문장, 독자의 영혼 깊이 고뇌로 파고드는 주제, 그것은 미신 타파라는 계몽적 합리주의 정신을 초월하고 있다. 처절하기까지 한, 모화와 낭이의 아름다움이 독자를 강력하게 끌어당기는 힘으로 작용하였다. 초기작들에서 샤머니즘적 요소를 가지고 있는 작품과 향토색 그늘의 작품에는 거대한 운명의 사슬을 벗지 못하는 인간 존재의 형이상학적 의식 추구가 깔려있다. 이것이 동리문학의 일제 때 초창기의 대표적 특성이었다.

허무적 운명과 향토색 짙은 화개장터와 인심 좋은 옥화네 주막. 해가 누엇누엿 서산 넘어로 기울무렵 옥화네 주막을 떠돌이 노인 부녀가 찾아온다. 노인은 젊은 시절 남사당의 진양조 가락으로 화개장터에서 공연하여 옥화의 생모가 하룻밤 정을 통하여 옥화를 낳게 된다. 자라난 옥화도 떠돌이 중과 인연을 맺어 아들 성기가 출생한 윤회적 운명에서 아들 성기가 역마살로 엿판을 메고 하동 쪽 산 고개를 넘어가는 「역마(驛馬)」가 발표된 것이 48년 36세 때이다.

　김동리의「순수문학의 진의(眞義)」(46.9.15 서울신문)의 짧은 비평문으로 순수문학의 단편적 요지였다. 그 기본적 태도는 미나 예술성의 강조와 현실이나 상황에 대한 무관심과 초월적 의지, 무목적성 자율성에 문학의 바탕을 둔다고 되어있다. 결국 인간성 옹호와 창조의 순수성에 근거를 둔 주장이었다. 여기에 김병규가「신천지」와「문학」(3호 47. 4)에서 순수문학을 비판하고 김동석이「순수의 정체」,「김동리론」(신천지 47. 11,12합병호) 등을 발표하면서 충격적인 사건으로 비화했다. 이 논쟁은 1947~48에 걸쳐 김병규, 김동석[6]이 좌익 문학입장에 서 있고, 김동리를 조연현, 조지훈, 곽종원 등이 지원 가세하여 문학의 본령을 고수하게 된다.

　좌익의 金秉逵의 요지는 "현대의 휴머니즘은 유물사관이다. 이것을 거부하는 제3 휴머니즘이란 것은 허망한 환상이다"라고 비판하였다. 또 김동석은 "좌도 아니요 우도 아닌 제 3노선? 희랍정신의 아킬레스가 영원히 거북의 느린 걸음으로는 따라가지 못하는 그 노선을 김동리는 걸어 가려하고 있다"라고 혹평,「혼구」「바위」「완매설」을 예로 들면서 김동리의 민족 문학론이 순수문학과 휴머니즘으로 집약된 현실적 생활에서 완전히 벗어난 시대착오적임을 강조했다. 문학정신이니 인간성 옹호니 하는 추상적 관념 속에서 물질적 조건을 망각하고 현실 도피적 비생산적인 문학을 고집하고 있다고 비판했는데, 이는 '문학가 동맹'의「민족문학론」에 바탕한 것이었다.

　김동리는「생활과 문학의 핵심」「김동석군의 본질에 대하여」(신천지

---

註⑥ : 인천 부천생. 인천상고 중앙고보 경성제대 영문과 수학. 문학을 통해 역사적 현실과 인민을 발견. 매슈 아놀드와 세익스피어를 연구함

48.1) 「毒爪문학의 본질」에서 이에 대한 반박으로 '생활'과 '문학정신' 용어를 놓고 논리를 전개하며 본격문학으로 순수를 바꿔 일컬어 해명하여 나갔다.

> 인류는 아직 **빵**을 온전히 해결하지 못한 채 있고 나는 이 비통한 운명 앞에 무관심할 수는 없다. 그러나 주의할 것은 우리는 결코 거기 머물러 있지는 않았다는 것이다. 그리고 또 딱다구리의 주둥이나 수탉의 발톱이나 김동석의 손톱들이 문학인 줄 착각해서는 안 된다는 것이다. 왜냐하면 문학이란 인류가 **빵**을 구하기 위해 싸우는 것만이 인류의 생활이 될 수 없다는 데 있다. 여기에서 그는 아무리 예리하고 지독한 손톱을 가질지라도 필경 딱따구리의 주둥이나 수탉의 발톱에 지나지 못하다는 데서 출발하였고 결실하였기 때문이다. 하략 「독조문학의 본질」 중에서

하나는, 인류가 **빵**을 구하기 위해 싸우는 것은 생활이 아니다. 둘째, 문학은 생활을 위해 하는 것이 아니다. 셋째로, 김동석이 문학이라고 믿는 그의 독조(毒爪)는 문학이 아니다. 이상의 세 가지 요지를 인정한다면 좌파가 지금까지 신주단지같이 위해 온 유물론과 당의 문학이 엮어 놓은 일체 논리를 포기해야 한다. 또 좌파의 독조가 남의 낯을 할퀴기보다 자기 자신을 할퀴는 인생과 문학에 평생 기여해야 한다는 새로운 진리를 배워야 한다. "생활의 핵심이 '빵'에 있고, 그 독 묻은 손톱이 '빵'을 구하기 위해 있다면 현실적 '생활'과 '문학'은 양립할 수 없게 된다"는 날카로운 반박문이 판정승이 되고 말았다.

이보다 앞서 김동리는 「순수문학과 제3 세계관」(대조 47.8)에서 순수문학은 휴머니즘의 기초위에서 성립되는 것으로 파악하였는데 휴머니즘의 역사적 변천 과정을 3기로 구분하여 논리를 전개하고 있다. 즉 제1기 : 신화적 미신적 궤변과 계율에 대한 항거와 타파로써 원본적 인간성의 기초가 확립된 고대 휴머니즘 시기. 제2기 : 중세 르네상스 이후 신본주의(神本主義)에 대한 人本主義 승리의 시기. 제3기 : 2기의 문제점 해결 후 공식주의적 번쇄(煩瑣)이론과 과학주의적 기계관을 출산한 변증법적 유물사관을 대표적 문제로 극보해야 할 시기로

강력히 지적, 좌익 측이 주장하는 문학은 지양되어야 할 대상이 된다고 하였다.

그런데 문학이 정치 경제 교육에 예속될 경우도 가능하나 외적인 사회현실의 도구로 사용되는 경우는 제1의적 문학이 아닌 제2의, 제3의적 문학에 한정되게 된다. 제3기 휴머니즘을 정신적 거점으로 가진, 가장 정계적(正系的)으로 실천하려는 것이 순수문학이었다. 곧 이것이 본격문학인 것이다. 구경적(究竟的) 生의 형식, 구경적 삶이라는 작가의 무한한 자아 추구는 보장받아야 된다고 말하여 김병규의「순수문학과 휴머니즘」(문학3호. 47.4)에 반박하였다. 이와 같은 좌우익의 문학 이념 논쟁이, 10월 인민항쟁 후에 정치적 배경을 잃은 남로당은 지하로 숨어들거나 월북하지 않을 수 없는 상황에서 (김동석 50년 월북) 핵심을 찾지 못한 채 끝나고 말았다. 이를 도표로 그려보면 아래와 같이 요약된다

|  | 좌 익 계 | 우 익 계 |
|---|---|---|
| 문학관 | 8할이 농민 노동자.<br>문학의 계급성 중시 | 계급 초월 인류애 개성중시<br>인간성 창조 |
| 생활관 | 경제, 물질적 중시<br>(물질주의) | 물질보다 정신면 중시<br>(정신주의) |
| 인생관 | 사회적 존재로서 인간의<br>외부적 조건 중시<br>(정치적 뽄의 문학) | 인간성 옹호와 추구.<br>인간 내면적 조건 중시<br>(감성적 휴머니즘 문학) |
| 리얼리즘관 | 지배자 피지배자의 계급관계<br>사회주의 리얼리즘 | 다양한 개성의 기교적,<br>시민적 리얼리즘 |
| 역사관 | 마르크시즘적 계급의<br>유물론적 세계관 | 자유주의적 영혼의<br>유기체적 세계관 |

## 4. 원산 「응향」 (凝香)사건

내면 환상과 외부세계를 구분하지 못하는 현실, 검증력 부재의 희생자들. 그들은 사회주의 사기꾼의 피해자들이었다. 그들은 나르키소스

였다. 수선화 꽃잎도 피어보지 못한 그들은 건강한 자기 정체성도 함께 잃었다. 민족 문학을 위해 크게 그 비전을 풀어낼 창의력을 발휘했으면 값진 문화유산을 남겼을 텐데……. 이 안에 들어가 우리는 슬픈 사연으로 울고 있는 것이다.

북조선에서 '문학예술 총동맹'으로 개편한 것은 1946년 10월13~14일이다. 위원장 이기영 부위원장 안 막, 서기장 이찬이었으며 기관지는「문화 전선」이다. '문학 예맹'산하 '문학동맹'의 성격은 시집 '응향' 사건으로 정체가 백일하에 드러난다. 시집「응향」(46.12)은 강홍원, 구상, 노향근, 박경수, 등의 시를 실었는데 북조선 '문학예술 총동맹' 산하에 있는 '원산(元山) 문학동맹'에서 간행한 것이다. 화가 이중섭의 장정(裝幀). 유희하는 군동상(群童像)표지가 그려진 시집에는 유명 무명 시인의 시가 수록된 최초의 해방 후 북한 시집이라는 자부심으로 간행되었다.

이 시집에 대해 47년 1월 시집「응향」에 대한 결정서가 문학 예술동맹 중앙상임위원회로부터 내려진다. 현실적인 정황 때문에 당과 집권층에 항상 작가들은 혁명사상, 마르크스 레닌주의 미학으로 무장할 것을 요구하고 있다. 그런데「凝香」시집의 시들은 부르조아적 퇴폐적 회의적 공상적 현실 도피적 경향을 가지고 있다고 보고 있는 것이다. 이로써 예술에 대한 계급적 시작(詩作)의 변화를 보이기에 이른다.

이는 북조선의 독자적 행동이 아니고 소련에서 행한 잡지「별」,「레닌 그라드」에 가한 (46. 8. 14) 공산당 중앙위원회 결정서를 모방한 것이었다. 소련의 결정서는 1946년 8월 14일 당 중앙위원 주다노프[7]가 레

---

註[7] : 1934년 소비에트 작가회의에서 사회주의 리얼리즘의 정의를 내림. "스탈린 동지는 작가들에게 인간정신의 엔진니어로 묘사했다. 이것은 예술작품에서 진실하게 묘사하기 위해 삶을 아는 것, 삶을 학술적으로 생명력 없게 객관적으로 묘사하는 것이 아니라 혁명적 발전의 과정에 있는 진실된 모습으로 묘사하는 것을 뜻한다. 그래야 진실성과 역사적 구체성은 사회주의 정신속의 근로하는 대중의 이데올로기의 재형성 재교육이라는 임무와 결합되어야 한다. 픽션과 문학비평에서 이러한 방법이 소위 사회주의적 리얼리즘이다."

닝그라드 작가대회 석상에서 행한 연설 '문학운동에 대한 소련 당의 새로운 비판'에서 상세히 설명되어 있다. 즉 잡지「별」과「레닌그라드」에 실린 작품들이 無 사상적, 無 원칙적, 퇴폐적인 부르즈아문화의 시궁창에 빠져있다고 판단하고 이를 뿌리 뽑기 위해 감행한 것이 위의 결정서였던 것이다.

이를 모방하여 평론가 백인준이 주다노프의 몫을 행하고, 응향 사건 조사위원단이 평양에서 파견되었는데 최명익, 김사량, 송영, 김이석 등이 그들이다. 김사량이 붉은 시(詩)라 낙인 찍고, 송영이 동조했고 최명익은 둘러리를 섰다. 특히 구상의「여명도(黎明圖)」의 시가 그렇다는 것이다. 즉시 시집의 판매금지는 물론 거기에 속한 문학가들에게 자아비판 선고가 내려졌다.

여 명 도(黎明圖)
동이 트는 하늘에/ 가마귀 날아 / 밤과 새벽이 갈릴 무렵이면 / 카쓰바[8]마냥 수상한 이 거리는
긴 그림자 배회하는 무서운/ 골목…　　　중 략
창칼 부닥치어/ 殺氣를 띠고/ 백성들의 아우성/ 또한 처연(凄然)한데

떠오르는 태양과 함께/ 피 토하고/ 죽어가는 사나이의 미소(微笑)가/ 고읍다

카쓰바의 여인도 아니고 술탄의 무시무시한 침실이 있고 궁전 요새의 카쓰바가 등장하니 틀림없는 북한 현실 묘사일 터이다. 중요한 것은 종래의 서정시의 개념이 북한에서는 더 이상 존속 살아남을 수 없다는 것이다. 1947년 정초. 북한 신문 1면에 규탄 결정서 발표가 보도되고, 남한의 서울 문학가동맹 기관지 '문학' 3호에 전재되면서 「백민」지(6. 7월 연합호)에 김동리의「문학과 자유의 옹호」와 조연현 곽종원 등의 반론이 나왔던 것이다.

---

註[8] : '요새' 이슬람도시 성으로서의 방어시설. 아랍풍 시가 지구 옛성곽도시.

문학은 개인감정의 자율적 인간 행위이므로 '응향'사건을 범죄적 행위로 단정했다. 예술을 특정한 목적하에 복종시키는 독재적 야만적 행위라고 비난하였다. 구상은 필화 사건 후 감금 직전에 월남했고 이 사건을 계기로 북한 정권의 사회주의 문학의 실제 관점이 폭로되면서 남한의 보수 문단은 친일 논란을 잠재우면서 반공주의를 공고히 하며 순수한 내적 세계로 결속하는 결과를 낳았다.

## 5. 서라벌과 순수의 실제

김동리는 본관은 선산(善山)이며 호적상의 이름과 족보 명은 각각 昌貴, 太昌이며 자가 始鐘인데, 東里라는 호는 동양 철학자인 큰형 범부(凡夫)가 지어주었다. 출생지 서라벌 즉 경주는 삼국유사와 균여전 등에 많은 역사적 유품과 전설의 남아있는 곳에서 詩歌가 아름다운 풍경과 함께 평화스럽게 흘러 퍼지던 곳이다. 인간 역사의 전통에는 美에 바탕한 회한을 동시에 賞讚할 수 있는 자유스러움이 있었다. 또한 거기는 종교도시로 禪敎가 일찍이 융성한 풍토적 특성을 구비한 곳이기도 했다.

천년의 오랜 세월 그들은 많은 역사적인 사상적 학문과 예술을 쌓아 올렸다. 그러나 대부분의 역사는 지배계급의 역사였다. 그 밑에 있던 수많은 피지배계급은 다만 묵묵히 주권자의 억압 밑에서 자기들 역사마저 상실하고 말았다. 찬란한 문화가 이루어지기까지 수 많은 사람들이 희생되었으며 빛도 내지 못하고 그 명예를 양보하였다. 우리들의 과거 문화는 서민들이 움직이어 이루어진 것임을 생각하면 더욱 쓸쓸해진다.

그의 '純粹'라는 말에 지나치게 집착, 그것에의 옹호·支持만이 계속되고 있지만 김동리 문학 이론이 정당하게 평가되자면 그의 인간이 어떤 인간이며 민족정신 및 인간성과의 관계가 자세히 탐구되어야 함을 물론 서라벌 중심의 작은 국가 경주가 독특한 화랑제도의 발생과 불교 수입에 의한 인간 정신사적 변화와 풍속을 만들고 예술도 저절로 생겨났음 직한 것에 천착해야 함은 물론이다.

그의 초기 단편들「黃土記」「山火」「바위」의 주인공들이 닫힌 사회의 붕괴의 자리에 위치하고 있다. 究竟的 生에 관여하는 인물들이다. 그의 문학은 이 운명을 발견하고 이것의 전개에 지향하는 사업을 하지 않으면 안 되는 이치로 살아간다. 풍속과 풍속의 대립이라는 문화사적 차원에서 받아들인다. 그가 작품 주제를 항상 가족관계에서 찾고 있는 것도 그런 의미에서 注視된다 하겠다. 가족의 일은 토담집 안에서 이루어진다. 담장 밖의 일과 같을 수 없다. 그들을 지배하고 있는 것은 짙은 숙명감과 허무의식이다. '무녀도'의 毛火와 욱이, '등신불'의 만적과 사신, '사반의 십자가'의 사반과 막달라마리아가 그 첨예한 예증이 된다.

한 작가에 대한 문학의 순수성이란 반드시 획일화, 고정화되는 것은 아니다. 정신세계의 흐름이란 과학적으로 엄격하게 구별되는 것이 아니기 때문일 것이다. 초기작의 샤머니즘의 세계와 향토적 토속의 미는 확실히 독보적이었다. 그런데 인간은 누구나 현실에 직면하고 삶은 사회현상과 관련된 주변에서 흘러가는 개인의 고뇌와 어려움을 안고 있다.

해방의 공간이라는 현실 세계의 혼란과 생존의 궁핍과 귀환 동포, 그리고 월남한 북한 주민의 엑소더스 현상이 문학적 제재로 파악된다. 이어서 민족어의 혼재로 문학이 탄생되기에 이른다. 따지고 보면 8.15해방 직후 미군정의 보고에 의하면 귀환 동포가 남한에만도 220만이 넘고 있으니 문학 역시 변모가 당연했던 이유가 되는 것이다.

「혈거부족」(47년)은 만주에서 귀국한 여인의 비참한 생활상을 그린 작품이다. 주인공 순녀는 스물 여섯 살의 미망인. 해방 소식을 듣고 병든 남편을 이끌고 천신만고 끝에 고국 땅에 들어왔으나 고향도 가지 못하고 삼선교, 돈암교 사이의 방공호 속에서 거지와 같이 살아간다. 순녀는 개가를 하여 새 삶을 찾을 수 있었으나 결핵으로 죽은 남편의 '고향에 묻히는 소망'에 따라 기어코 고향에 돌아가려 한다.

옆 방공호에는 함경도에서 이남으로 넘어온 할머니와 그의 아들 황씨가 순녀를 위해 서로 돕는 인간적 친밀감은 인간의 생명성이었다. 그러나 김동리 문학에서 일관되게 이어온 허무에의 의지가 하늘의 천둥같이 울려 올 뿐이다.

> 할머니는 두 손으로 자기의 양쪽 귀를 두드려가며 학생들의 놀란 듯한 얼굴을 훔쳐 보았다.
> "무어, 법이 선다구요."
> "아, 법이 선다면 독립두 됐갔다, 머…"
> "오오, 입법기관 말이로군?"
> 웃던 학생이 먼저 소리를 질렀다.
> "오라, 참 그렇군!"
> 다른 학생도 양쪽 손바닥을 딱 붙이며 이렇게 외쳤다.
> "아아 거 입법기갱이라는 건 독립아니가?"
> 할머니는 지지 않으려는 듯이 물었다.
> "아니에요." "아니에요"
> 두 학생은 설명을 하려고도 않고 다만 이렇게만 말하고는, 비스듬히 커어브를 돌아간 허연 신작로 위로 걸어가 버리었다.
> 태극기를 든 채 학생들의 뒷모양을 한참동안 멍하니 바라보고 있던 순녀는 할머니의 두 어깨가 아래로 축 늘어지는 즈음에서 차마 그 얼굴을 보지 않으려는 듯이 고개를 돌려 하늘을 쳐다보았다. 머리 위에서는 연방,
> '울――'
> 하는 소리가 천둥같이 울려오고 있었으나, 삼선교 앞 옛 성 위를 넘어, 남산도 지나, 한강도 건너, 멀리 멀리 새파란 남쪽 하늘가에 떠 있는 것은, 그러나 비행기도 아니었다.

암울한 시대상을 반영하고 있는「혈거부족」은 "이러한 여름도 한 나흘씩 혹은 이레씩 연달아 비가 질끔 거리고 간간 바람까지 휘몰아 와서 홍수가 지고나면, 어느덧 하늘은 씻은 듯이 높아지고, 산기슭 밭고랑 사이에 햇 꿩 소리를 듣기가 바쁘게 천지는 다시 눈과 얼음 속에 잠기고 마는 것… 그리하여 그들은 조용히 그리고 끈기 있게 이 길고 지

루한 겨울과 싸워야 하는 것이었다."

이러한 묘사를 작품의 앞부분에 보여주면서 역사성은 종합적 관찰과 판단력을 요구하고 있다. 마지막 상황이 겨울이라는 혹독한 시간은 아직 완전한 해방을 알지 못하고 있는 시대적 분위기와 연결되어 있다. 함경도 노파의 독립의 소망과 순녀의 망향의 꿈이 시대고(時代苦) 앞에서 종교처럼 신선한 한국적 주제를 보여 준다

6.25 한국 전쟁은 3년간에 적(敵)과 아군 인명피해 180만 명, UN군측 33만 명, 전비150억 달러로 2차대전 이래 냉전 상태를 유지해 온 두 이데올로기의 충돌이란 측면에서 보면 3차 대전이라 볼 수도 있다. 전쟁 중 종군 작가단의 활동이 있었으나 전쟁 수용의 실상은 작품의 후방성(後方性)을 벗어나지 않는다. 김동리의 작품중 단편「밀다원시대(密茶苑時代)」를 살펴보자.

6.25를 사는 예술가들의 초상이 담긴 피난지 항도 부산은 작은 서울이었다. '밀다원'은 문화 예술인의 아지트였다. 이 공간은 땅끝 의식으로 표현된 장소 상실과 동시에 장소애로 규정할 수 있을 것이다.

47년 2월에 발족한 '문총'(문화단체 총연합체)이 기관지「민족문화」(49. 10)를 내어 분열에 직면한 민족정신의 집중적 표현과 외래의 침해를 용인치 않으려 민족 생명 창조에 노력하는 정통파 문인들의 피난 생활이 리얼하게 '밀다원'에 그려진다. 마지막 부분에 이중구가 일하는 '현대신문' 문화란에 '박운삼의 인간과 예술'을 조현식의 평론과 그의 유작(박운삼은 밀다원에서 자살)「등대(燈臺)」가 게재되었다. 전쟁문학에서 휴머니즘의 회복은 중요하다. 운삼(雲森)은 전쟁이라는 극한 상황에서 일그러지고, 너무도 무기력해진 여자 친구로부터 배신을 깨닫는다. 遺作詩는 구세대 문학의 상징적 조사(弔辭)에 해당된다. 동족과의 피의 살육을 본능적으로 기피하는 생리적 휴머니즘을 증언하고 고발하게 한다. 같은 민족끼리의 피비린내 나는 6.25 한국 전쟁. 그것은 신(神)이 떠나버린 가장 확실한 증거로 파악될 수 있다. 이데

올로기에 의해 추방된 이 정신사적 문제는 전후문학에 와서 겨우 김동리 문학의 주제로 상승하게 된다.「밀다원시대」(55. 4)발표 7개월 후 장편『사반의 십자가』(55. 11) 가「현대문학」지에 연재되기 시작했다. 이 작품의 주인공 사반은 예수와 같은 시대에 살았던 유대인으로서, 유대를 로마의 지배로부터 해방시키기 위한 무장 투쟁을 벌이는 게릴라 집단의 지도자이다. 그는 자신의 뜻이 성공하려면 하닷과 같은 점성술사의 도움도 필요하지만 메시아의 구원의 능력이 있어야 투쟁이 성공하리라 믿고 예수와 만난다. 세리(稅吏) 마태의 집에서 여러 세리와 죄인들과 만난 뒤부터 예수를 또 만나지만 그럴 때마다 하늘의 왕국을 주장하는 예수의 노선과 땅의 왕국을 주장하는 사반의 노선은 평행선을 그릴 뿐이다.

> ―"랍비⑨여, 우리는 땅 위에 있나이다. 땅 위에 있는 것을 땅에서 이루어 지게 하여 주소서."
> 그럴 때마다 예수는,
> ―"사람이여, 들으라. 사람이 땅 위에 있음은 오직 하늘에 맺기 위함이니라. 사람이 사람과 더불어 맺으면 사람과 함께 멸망할 것이요, 사람과 땅이 더불어 맺으면 땅과 함께 또한 허망할 지니라."
> 그러자, 사반은 곧 입을 열었다.
> "랍비여, 우리는 당신이 모든 선지자와도 다르고, 율법사와도 다른 이인 줄 아나이다. 오늘의 이 재난과 고통 속에서 우리를 구해주소서."
> "사람이여, 그대는 내가 말할 때 듣지 않고, 어찌하여 이곳을 택하여 왔는가?"
> "로마군이 잡으려 하나이다."
> "로마인에게 어떤 일을 했는데 그대를 잡으려 하는가?"
> "그들을 이 땅에서 몰아내기 위해 죽이고 불 지르고 했나이다."
> "사람이여, 살인한 자는 천국에 갈 수 없나니라. 로마인을 죽인 자는 로마인에게 죽임을 당할 지니라."
> 그러자 사반은 조금도 두려워 하는 빛이 없이,

---

註⑨ : 유대교의 율법 교사에 대한 경칭. 나의 선생님

"랍비여, 모세는 이스라엘 사람들을 구해 내기 위해 수많은 애급인을 죽였나이다. 그러므로 여호와를 공경하지 않는 악한 이방인을 죽이거나 그들을 이스라엘 땅에서 물러가게 하는 것은 곧 모세의 뜻인 줄 믿나이다."

사반은 하늘의 왕국은 우리가 죽은 뒤에나 가는 곳이라 주장하고 예수의 왕국이 땅에서도 세워지기를 원했다. 사반은 나바티아의 아굴라의 간계로 로마군에게 붙잡힌다. 아흐레 후 다락방에서 마지막 만찬후, 은화 30 세겔에 제사장 가야바의 앞잡이가 된 가룻유다의 입맞춤으로, 예수도 게세마네 동산에서 로마 병정에 잡힌다. 십자가에서 모두 처형된다. 이 작품에 나오는 예수의 이적(異蹟)에 나오는 이야기나 하닷의 점성술은, 샤머니즘의 여타의 작가의 작품과 일치하고 있다.

그러나 제3 세계관에서 근대 인간주의는 삶의 기준을 신(神)보다 인간에 두는 점에서 인간의 구원을 문제 삼게 된다. 그의 순수한 인간에 대한 애정은 보편적이면서 개별적이지만 세계적인 문제와 한국적인 현실, 역사적인 인류에 초점을 두고 있다. 그의 작가적 사상의 심화와 폭넓은 세계관을 의미한다고 보는 것이다. 김동리의 戰後 휴머니즘의 시작이다.

## 6. 결어

인간의 삶에는 이면(裏面)이 존재한다. 드러나지 않는, 눈에 보이지 않는 슬픔과 상처와 사연이 있다. 우리는 그 안에 들어가 울기도 하고 때로 웃기도 한다. 머리 좋은 천재가 복수체의 구슬 앞에서 하나의 선택은 다른 것을 상실한다. 영혼과 육신 중 잘못 잡은 하나 때문에 천재를 잃는다. 우러르던 옛 하늘 푸르렀어도 먹구름만 피어오르고, 송아지 울음 울던 마을에 만석이랑, 완수랑, 월희랑 옛날 놀던 동무들 다 어디로 가고, 태어나 자란 동산은 나무 버걱처럼 거칠어져 있었다.

일제 말 민족적 암울을 집약적 해체도 없이 그들은 방황했다. 48년 백민 誌「役馬」에서 究竟的 삶의 형식을 요약해보기로 한다. 인간의 일은 흔히 꿈이라고 예기하지만 시대는 변하여 지금의 신세대는 드라마라는 말을 많이 쓰고 있다. 꿈이건 드라마건 때와 등장인물이 있다면 멍석을 깔아놓는 마당이 있어야 한다.「驛馬」의 마당은 화개장터다. 장터의 냇물은 길과 함께 흘러서 세 갈래로 나 있었다. 한 줄기는 전라도 求禮 쪽에서 오고, 다른 한 줄기는 경상도 쪽 花開峽에서 흘러내려, 장터 옆에서 합수하여 푸른 산과 검은 고목 그림자를 거꾸로 비치인 채, 호수같이 조용히 돌아 경상도 전라도 양도의 경계를 그어주며, 다시 남으로 남으로 흘러내리는 것이 蟾津江 본류이었다.

河東, 求禮, 雙溪寺의 세 갈래 길목이라 오고 가는 나그네로 하여 화계장터엔 장날이 아니더라도 언제나 흥성거리는 날이 많았다. 주막 앞 능수버들 가지 사이로 사철 흘러나오는 그 恨 많고 멋들어진 판소리 육자배기들이 더욱 장터의 이름을 높이고 그립게 하고 있었다. 옥화네 주막은 술맛이 유달리 좋고 안주인 옥화의 인심이 후하여 가장 이름이 나 있는 주막이다. 얼마 전 그녀 어머니가 죽고 아들 하나와 단 두 식구로 살아가고 있다. 여름철 석양 무렵이었다. 나이 예순도 넘어 뵈는 늙은 체 장수가 이 주막을 찾아왔다. 그 뒤에는 몸매가 호리호리한 소녀가 보따리를 겨드랑이에 끼고 서 있었다.

그날 밤 저녁상을 물린 뒤 노인은 경상도 쪽으로 벌이를 떠나는 길인데, 살기는 구례라 한다. 여수 진도 목포 광주 떠돌이로 살다가 지금은 구례에 산다는 것이다. 평생 객지로만 떠도는 몸이라 그 외로운 신세를 한탄도 했다. 젊었던 스물 네 살 때 광대를 꾸며 이 장터에서 정초닝께 서른 여섯 해 전의 일이다. ……… 옥화는 아들 성기의 역마살(驛馬煞)을 없애려고 노인의 딸 계연을 아들과 맺여 주게 되면 역마살을 이기고 집에 정착하게 되리라 생각한다. 성기와 계연은 서로 좋아한다. 계연의 왼쪽 귓 사마귀를 발견하여 자신의 이복동생이 아닐까 의심한다. 옥화의 죽은 어머니는 36년 전 정초 화개장터 남사당패의 놀이판 목청 좋던 소리꾼과 정을 통하여, 옥화가 태어나고, 자라난 옥화는 떠돌이 중과 눈이 맞아 아들 성기가 태어났던 것이다. 계연은 성기의 이모가 되는 것이다.

체 장수 노인이 체를 모두 팔고 다시 화개장터 옥화의 집으로 돌아왔다. 이튿날 노인과 계연이 떠나가고 계연을 잃은 성기는 중병을 앓게 된다. 성기는 병이 중하여 마지막으로 에미의 가슴에 숨기고 있는 사연이나 알라고 하면서 가족관계의 비밀을 털어 놓았다. 그 뒤 아들의 병이 차차로 나아지어 갔다. 거의 나아질 무렵, 자기 운명에 순응하여 엿판을 메고서 화계장터를 떠나 경상도 쪽으로 간다. 노인이 가던 반대 방향으로 성기는 가고 있다. 흥겨움에 콧노래를 흥얼거리는 것은 生의 究竟的(가장 지극한 깨달음)의미를 추구하는 작가의 의식이 잘 암시되고 있는 것이다. 역마살은 자신의 숙명적 구원의 길인 것이기 때문이다.

서라벌(김동리(金東里, 1913~1995))에서 인천 부천(金東錫)까지는 어려운 고통의 질감으로 얼룩져 있었다. 김동리, 김동석 동갑내기 1913년생 두 천재, 그들의 얼룩은 이미 예비된 것이었다. 20년대의 KAPF는 어두운 시대의 비탈길에서 위태롭게 쓸려 다녔다. 해방은 끝내 용서와 이해가 아니었다. 혼란과 격동은 곧 정치적 분단의 극한 상황에서 이데올로기의 지향에 따라 남과 북으로 자기들의 영토를 찾아 이동했다. 개항된 제물포의 객주(客主)의 짐을 지고 보부상처럼 찾아간 길은 모란봉 지하 비밀 재판정이었고, 자유주의 상황에서 정돈되어 가는 남한 문단은 다솔사[10] 산사(山寺)종소리에 맞춰, 풍경(風磬)이 조용히 혼자서 바람에 흔들리고 있었다.

---

註[10] : 경남 사천에 있는 절. 30년대 김동리가 문학에 정력을 기울이던 곳.

# 坐礁한 사랑의 우수와 휴머니즘
### -이범선 장편 『검은 海峽①』비평산책-

## 1.

『검은 해협』의 작가 이 범선(李範宣)은 평안남도 신안주에서 1920년 태어나 진남포 상공학교 졸업하였다(1938년). 신안주 금융조합에서 근무하다가 일제 말기 평북 풍천(風泉)탄광에 징용되었다. 해방 후 월남하여 동국대학 국문과를 졸업하였다. 6.25 때 거제 고교에서 3년간 교편생활을 하였다. 이때 「현대문학」지에 「암표」(55), 「일요일」(55)이 김동리의 추천으로 문단에 등단하였다.

환도 후 휘문고, 숙명여고, 대광고에서 교편 생활하면서 작품을 발표하고 68년에 한국외국어대학 전임강사로 부임. 교수로 재직(77년). 한국문인협회 이사, 소설가협회 부대표위원에 선임되었고 한국문인협회 부이사장으로 선출되었다. 1958년 처녀 창작집 「학마을 사람들」로 제1회 현대문학상, 1961년 「오발탄」으로 제5회 동인문학상, 제1회

---

註① : 소설 문학은 서구에서 이루어졌다. 그것을 일본이 직수입(直輸入)하여 자기네 문단을 형성하였다. 춘원(春園) 횡보(橫步) 금동(琴童) 월탄(月灘)의 손에 의해 이 땅에도 소설 문학의 암시적 도정(道程)을 생산하였다. 그런데 직수입한 일본 문학에서 하나의 기형아가 생겨났다. 즉 원산지에서 존재하지 않던 순수와 통속의 두 종류의 문제가 그것이다.

일본의 작가 橫光利ㅡ 는 그 차이점을 우연성과 감상성(感傷性)에 둔다. 일상에 있어 우연이란 그리 흔한 현상이 아니라는 것이 주장의 근거이다. 상식으로 판단하면 허황한 줄거리의 전개나 등장인물의 조우(遭遇)가 지나치게 기용(起用)하여 리얼리티를 제치게 되면 통속이 된다. 또 감상성은 보통의 이지(理智)로서는 도저히 견뎌낼 수 없는 세계, 즉 신파조의 값싼 눈물이나 허황된 웃음을 자아내는 요소에서 오락물화 한다. 이것이 통속과 순수의 정체였다. 이에 영향받은 한국 문단에서도 재탕 현상이 벌어지는 것은 하나의 부산물적 현상이다. 원산지 서구에 존재하지 않던 값싼 논란은 생각할 필요가 있다고 본다.

5월문예상,「청대문집 개」로 제5회 월탄문학상 수상하고 1978년에 일간지에 『검은 해협』을 연재하였다.

초기에는 주로 깨끗하고 고고(孤高)하며 소극적인 인물들이 등장했으나 자신이 겪은 우울한 현실을 반영하면서 무기력하게 훼손된 한에 젖은 인물들을 등장시켰다. 사회와 현실에 대한 비판적 입장을 담담한 필치로 펼쳐 보여 많은 독자의 호감을 샀다. 필치의 서경적 묘사의 수법으로 토착 서민들의 생태의 모습을 보여주기도 하고, 사회 고발 의식이 짙은 리얼리즘 문학으로 전환 약자의 생존과 침울한 사회상, 남녀의 생태 등을 부각시키는 객관적 묘사를 보여주기도 하였다.

1970년 10월부터「월간문학」지에, 장편「당원의 미소」를 연재하였다. 주 무대가 이북의 평남 안주(安州)이고, 동경 모대학 철학과를 거친 이세훈이란 인물의 등장. 그는 안주 고을의 대지주의 아들이다. 해방 직전 학병동원을 피하기 위해 폐결핵환자로 위장한 그는 일인(日人) 순경 하라다(原田)의 감시와 수모를 견뎌낸다. 해방을 맞지만 감동을 받을 사이없이 세상은 변한다. 집이 가난했던 죽마고우 오창일이 안주고을 치안대장이 되고 이세훈은 친구 오창일의 알선으로 건국준비위원회 지부의 선전부장이 된다. 곧 적위대(赤衛隊)라는 것이 생기고 건준(建準)은 중단된다. 창일의 여동생 창숙은 세훈을 따른다. 이듬해 토지개혁으로 부농들은 집까지 몰수당하고 고개 너머 초가집 방 한 간에서 기거한다. 동네 망나니인 김 성만이 인민 위원장이 되어, 오빠 세훈의 곤경을 애원하는 것을 미끼로 창숙을 겁탈한다.

이세훈은 가족과 고향을 떠나 서울로 온다. 석별의 눈물을 나눈 건 오 창숙과 오래 머슴으로 살던 최 노인 두 사람 뿐이었다. 세훈은 월남 후 고교 교사, 북의 오창일은 인민군에 입대 연대장으로 6.25남침에 가담. 후에 세훈은 대학교수가 되고 북의 오창일은 북한군 장성이 된다. 전쟁 중에 세훈의 아내는 사망한다. 국군의 북진 때 서울에 온 오창숙과 재혼하게 된다. 오창일의 아들 오신민은 남파간첩. 자수한 그를 취조하는 것은 아버지(오창일)의 친구 아들인 이영식이다. 귀순한 대북방송 때문에 북에서 오창일은 장성계급을 박탈되지만 아들이 건재하다는 소식에 비탄보다는 미소짓는 것으로 끝난다. 당원의 부우연 미소였다. 어떤 경우라도 기쁨이 클수록 괴로움도 큰 것이다. 인간은 플랫폼에서 웃듯이 마지막 미소를 大笑보다 오히려 평화를 위해 우리의 눈물방울을 없애 줄 수도 있다고 생각한다. 작가의 말을 들어 보자.

《남과 북의 사정을 해방 직전부터 월남전까지의 형편은 내가 직접 겪어서 알지만 그 후의 사정은 어두우니까 앞으로 써 나가려는 데 어려움이 적지 않을 거라 생각합니다. 쓰는 모든 작품의 밑바닥에는 짙은 휴머니티를 바탕으로 해야 하지 않을까 생각합니다.》

이어 1978년에 일간지에 연재한 「검은 해협」과 이미 발표된 「당원의 미소」는 모두 일제(日帝)와 공산당 계급주의 사회에서 탄압받던 지주 층을 등장시켰다. 한동욱과 오창일 사이보다 미찌꼬(美智子)와 오창 숙은 이들 사이에서 흔치 않은 무지개 빛깔로 떠 있다. 더구나 미찌꼬 는 싱싱하게 머리를 들고 일어나는 일상의 이색적 존재이다. 서구 소 설의 발생도 거의 다 일상생활의 작은 문제에서 이색적 事象에서 출 발하고 있다. 큰 문제만 취급할 것이 아니라 일상성의 가치에서 소설 이 생겨난 것이 아닌가? 일본인이라는 이민족(異民族)의 존재는 생 동하는 힘의 소산이 되어 끊임없이 변동하면서도 혈통, 언어, 영토 등 객관적 요소라는 민족의 실존이나 정의에 이르기까지 본질적이지 못 하게 잠재적 敵意의 대상이었다.

미국인은 같은 혈통을 요구하지 않는다. 또 스위스인은 3-4개 언어 로 하나의 국민을 이루고 있다. 무엇보다 본질적 요소는 생동하는 적 극적 소속 의사인 것이다. 같은 가족, 같은 국가, 인접 국가 간, 인간적

인정(人情)의 불화는 휴머니즘을 여지없이 망하고 저주로 만든다. 서로 다른 교수대에 매달린다. 정(情)은 화기(和氣)있고 마음이 따뜻한 사람을 만든다.

따라서 미찌꼬가 차지하는 자리는 심정을 바탕으로 한 입체적 경지인 것이다. 우리는 분명히 文明이 우리에게 주는 복을 즐겁게 받으며 또한 미덕을 칭송한다. 이것은 복을 받고자 원하는 동시에 德을 베풀고자 하는 소치이다. 본질적으로 선하고 아름다운 것에 접하면 그와 같이 하고 싶은 마음이 생기는 것이다. 목전에 美行을 보거나 또는 사서 읽는 책에서 그와 같은 빛이 반짝이는 칭송을 하게 된다는 것이다.

## 2.

일요일 오전. 작가 한 동욱은 한겨울 지낸 방 안의 화초들을 뜰로 내어놓고 있었다. 반백인 긴 머리카락이 귀를 덮었다.

"아버지 전화받으셔요." 스물 세 살, 잡지사 기자로 있는 딸이 사랑방 뒷마루로 나서며 그를 불렀다. 전화를 건 사람은 우리말이 서투르다. 일본인 특유의 서투름이다.

"저논 기무라(木村)라고 하논 일본 사람입니다."

일본과 기술제휴를 한 무슨 전자공업사의 서울 주재기사 기무라 히가시(木村東)이다. 청년이 찾아와 내놓은 사진은 철교를 배경한 강가에서 찍은 사진이다. 원피스를 입고 머리를 두 갈래로 묶어 양 어깨로 늘어뜨린 일본인 처녀가 앉고 그 등 뒤 왼쪽에 꺼먼 양복바지에 흰 샤스를 입은 안경 낀 청년, 오른쪽에 모시 잠방이에 모시 적삼을 입고, 한 손에 밀짚모자를 벗어 든 청년, 한 동욱이 20대에 우연히 알게 된 고향 읍내 우편국 長의 아들과 딸이다. 30년도 더 지난 시절의 과거 이야기가 길게 오버랩 되어진다.

1944년 어느 여름날, 한 동욱은 서울 전문학교 3학년을 중퇴하고 고향 마을에서 무료하게 지낸다. 미국과의 전쟁이 숨통 눌리는 막바지에 일본군은 마지막 발악을 한다. 애궂은 조선 청년들을 병정 보국대 징용으로 강제로 끌어내고 있었다. 전문학교와 대학에서도 소위 학도병으로 전쟁터로 내몰아 낸다. 고향 마을은 읍내에서 오리 쯤 북쪽에 청천강(淸川江) 가에 위치하고 있다. 마을은 평화로우며 인정이 넘치는 공동체로서의 모습을 온존하고 있다는 사실을 짐작하게 한다. 이러한 평화를 깨트리는 것은 늘 외부적이었다. 일제는 3.1운동 때 한동욱의 부친을 총살하였다. 해방 후 러시아 로스키는 지주의 재산을 몰수하였다.

한 동욱은 읍내에 있는 조그마한 도서관을 매일 드나들고 있다. 책을 읽기 위함 만이 아니었다. 신문 보급소에서 신문을 받아 그의 조부께 전해드리고 또 하나는 먼 친척뻘 되는 시계집에 들려 방송 뉴스를 듣기 위함이었다. 마을에는 전기가 들어오지 않아 라디오가 없었다. 7월 하순 햇볕은 무던히 뜨거웠다. 하얗게 내리쬐는 햇볕은 눈이 시도록 부셨다. 밀짚모자에 빳빳한 모시적삼은 땀으로 등에 철썩 달라붙었다. 한창 이삭을 뽑아내고 있는 벼가 시커멓게 자란 논밭 사이의 신작로 길, 콩밭 조밭 사이를 걸으며 휘파람도 불었다.

시골의 산과 들은 너무 고요하다. 신작로 길바닥에 떨어진 여자용 파라솔 껍데기를 집어 들었다. 저만큼 앞에 그 껍데기와 꼭같은 색깔의 파라솔이 가고 있다. 시골길에서 우연히 만난 일인(日人) 남매는 후꾸다(福田)겐지(健治)이고 여동생 이름은 미찌꼬(美智子)이다. 청천강으로 낚시를 가는 그들과 함께 낚시질하며 친근한 사이가 된다.

청천강 맑은 물이 천천히 흐른다. 강 위에 철교가 걸렸고 맞은편에 벌판이 펼쳐져 있으며 벌판 끝에 멀리 마을들이 군데군데 자리 잡고 있다. 포플라 나무가 파수를 보듯이 늘어선 뒤의 마을, 그 뒤를 병풍처럼 둘러친 산들, 그 위에 하늘, 뭉게구름. 그림이고 선경(仙境)이다. 가까이에 키가 높은 수수밭이 양쪽에 늘어선 좁은 길을 지나니 풀밭

황소가 되새김질 하며 꼬리로 파리를 날린다. 목에 단 방울이 떨렁거린다. 저 등 뒤 언덕 위 밤나무 숲에서 매미가 길게 운다. 이 세상 어디에 전쟁이 있으리라고 도저히 생각할 수 없는 졸리도록 평화로운 오후였다.

외부로 나가는 길은 폭력으로 가는 길이다. 전사자(戰死者)의 수가 많은 편이 전쟁에 이긴다고 생각하는 일본 군부. 겐지는 가미가제(神風) 특공대는 비인도적 바보짓이라고 생각하고 있다. 옥쇄(玉碎)는 할 망정 황군(皇軍)은 후퇴는 절대로 안하는 전쟁터인 것이다. 반일사상(反日思想)과 다른 비인도적, 비인간적, 야만적인 것이다. 한 동욱과 일인 남매의 시국관은 거의 같다는 데서 친근감을 갖기 시작한다. 아름다운 마을 안쪽 산기슭에 누워있는 커다란 기와집이 멀리 보인다.

한 동욱은 그들을 아주 불충한 적자(赤子)라고 생각하며 입을 비죽이 내밀며 빙그레 웃었다. 그날 저녁 무렵에 그들은 낚시대를 걷어들고 함께 고개를 넘었지만 별로 말은 없었고 '잘 가시오' 하고 지극히 간단한 인사로 헤어지고 말았다.

다음날도 한 동욱은 읍내엘 들어갔다. 그 다음날은 비가 내렸다. 하루 쉬었다. 그 다음날 읍내를 다녀와서 자기 사랑방 앞에 달린 좁다란 툇마루에 걸터앉았다. 머리 위 오동나무가지에서 매미가 울기 시작하자 누마루 쪽에서 할아버지의 신문 읽는 소리가 들린다. 백일홍꽃이 양가에 도열하듯이 피어 있는 길 저 끝 포풀러 나무 밑에 후꾸다 겐지와 미찌꼬가 밀짚모자를 쓰고 서 있다. 오늘은 낚시질이 아니고 그림을 그리러 왔다고 한다. 미찌꼬가 목이 말랐다는 구실로 한 동욱을 방문한 그들이었다. 머리 위 나뭇가지에서 찌찌하고 매미가 한 두번 청을 돋우더니 맴맴 여물게 울기 시작했다.

이틀 동안 줄기차게 비가 내렸다. 사흘째 되는 날 맑게 갠 정오 읍내 정거장 근처. 갑자기 공습경보 싸이렌이 울렸다. B-29라는 비행기가 하얀 꼬리를 달고 날아간다. 모두 광장 모퉁이에 있는 방공호로 대피

했다. 그들 남매는 문방구점 앞에서 한 동욱을 만났다. 미찌꼬가 끌다시피 자기집으로 데리고 들어간다. 오늘은 동욱이 목이 말라야 하는 날이었다.

미찌꼬가 맥주 여섯 병이나 들고 들어왔다. 주거니 받거니 여섯 병이 어이없이 비워졌다. 돌아가는 길은 미찌꼬가 저기까지 전송한단다. 읍사무소 앞을 지나 아카시아 그늘 속에 들어서 있었다.

거의 날마다 읍내에 들어와 뭘 하느냐는 미찌꼬의 물음에 도서관에 들려 책을 읽고 점심때 신문을 찾아 가지고 돌아간다는 말에 "도서관에요? 어쩜… 그것 참 좋은 생각이네요. 저희도 도서관에 가도 되겠죠?" "물론이죠! 환영합니다."

"그럼 저도 내일부터 책을 읽겠어요." 미찌꼬가 한 번 껑충 뛰었다.

읍내 거리를 빠져나왔다. 오후의 햇빛은 오늘도 눈부시다. 아카시아 잎사귀의 향기가 싱그럽다. 그들은 나란히 서서 천천히 걸었다. 흰 바지적삼과 미찌꼬의 화려한 꽃무늬 원피스가 심한 이질감을 주면서도 또 일면 무슨 새의 암수 한 쌍처럼 보였다. 쓰러져가는 대장간 앞을 지나자 들판이 환히 눈앞에 펼쳐졌다. 저만큼 길 옆에 선 포플라 나무 그늘이 깔려 있었다. 그들은 나란히 앉았다.

"여자는 선생님 친구될 수 없어요?" 장난스런 어조였다. "여자친구요?" "미찌꼬 같은 여자라면……" 한 동욱은 빙긋이 웃었다. "전 일본인인되요". 바로 동욱도 "그리구 나는 조선인이구요".

둘이는 서로 얼굴을 새삼스럽게 빤히 바라 보았다. 그들은 누가 먼저였던지도 모르게 서로의 한쪽 손을 더듬어 잡고 있었다. 미찌꼬의 보들한 손이 한 동욱의 손 안에서 꼬물꼬물 움직였다. 그러나 그것은 한 동욱의 손에서 빠져나오려는 것이 아니라 오히려 그 속으로 속으로 파고들려는 안타까움이었다.

## 3.

다음날 두 사람은 도서관에서 만났다. 도서관은 읍 변두리에 허술한 목조 이층집을 열람실로 하고 있다. 싸구려 음식점 식탁같은 긴 책상에 띄엄띄엄 나무걸상을 놓은 좌석이 겨우 스물 뿐이다. 읍내의 유지가 기증했다는 몇 백권의 책이 전부였다. 한 동욱은 한쪽 창문가 좌석에 비스듬이 앉아 혼자 책을 읽곤 했다. 먼저 온 미찌꼬에게 다가갔다. 밀짚모자를 벗어 들고. 일본인 노인은 도서관장인 셈이다. 열람실을 지키다가 가끔 외출한다. 그사이에 두 사람은 단 한번의 진한 입맞춤으로 급작스럽게 가까워졌다. 사랑을 하게 되면서 미찌꼬는 여자가 되어가고 있었다.

조선 사람은 누구나 경찰서 앞을 멀리서나마 지나다니기를 꺼린다. 꼭이 그 앞을 지나야할 때면 그들은 경찰서를 똑바로 보는 것이 아니라 애써 고개를 반대편으로 돌려 보지 않으려 한다. 그들에게 경찰서는 곧 악마의 둥우리이고 저주의 집이었던 것이다. 배급소에서는 아침부터 줄서서 콩찌께기를 타러 여러 부락 많은 조선인 부녀자들과 몇몇 청년이 길에 줄을 서서 기다린다. 그러다가 우발적으로 사고가 났다. 우리덜이 피땀 흘려가문서 만든 쌀은 쪽발이덜이 먹고 우린 콩찌끼기나 먹는 데 분노한 청년이 수갑을 차고 경찰서로 끌려간다. 박창선이라는 청년이다.

그는 마을에서 몇 안 되는 중학교 졸업생이었다. 금년 스무 살이며 열여덟 살의 누이동생과 둘이서 늙은 홀어머니를 모시고 착실히 농사일을 하고 있다. 생활도 깨끗하고 비교적 총명하여 한 동욱이 늘 관심을 기울이고 있던 청년이다. 콩찌끼기 배급 싫다는 놈은 굶겨야 한다는 사또 형사와 다나까 순사는 박 창선의 누이동생 봉녀의 밥보따리 차입을 불허한다.

굶겨 죽이려는 다나까의 악랄에 한 동욱은 억울함과 분함에 땅을 치

고 싶은 심정이다. 후꾸다 남매의 도움으로 차입은 겨우 되었으나 박
창선의 집으로 나와 가택수색을 했다. 사과 궤짝 속에서 헌 소설책 한
권을 집어 들었다. 한 동욱의 책을 빌려가 읽은 것이다. 곧 ㉡「흙」사건
이다. 배후 불순조직을 대라고 협박과 고문으로 한 동욱을 피투성이
로 만드는 다나까의 비열성이 경찰서의 실체였다. 그날 저녁 겐지를
찾아온 다나까 순사의 말을 들어 보자…

흙? 그건 자네가 말하는 금서를 읽었다는 증거는 혹 될지는 모르지만 어디
그게 민중 폭동을 선동했다는 증거야 되나?」
「그야…? 그러니까 배후 조직을 캐내려고 콧구멍에 물을 쳐 넣는게 아닌
가.」
「알겠어 알겠어! 이제 그만해 두게!」
겐지는 한 번 다나까를 흘겨 보았다.
「어쨌든 그 자식은 나쁜 자식이야. 그건 분명해. 단단히 혼구멍을 내놔야
해!」
다나까는 여전히 악에 받친 음성이었다. 그러면서도 그는 겐지와 미찌꼬 앞
에서 한 가지 이야기만은 차마 하지 못했다.
바로 그날 낮이었다. 다나까는 또 한 동욱을 취조실로 끌어내어 가죽 채찍으
로 후려쳤다.
「임마, 넌 센징 주제에 감히 왜 일본인인 미찌꼬 양을 따라다녀!」
「난 아무도 따라다니진 않는다.」
「좋아. 그럼 어째서 미찌꼬 양을 좋아하지?」
「나를 좋아하는 사람을 굳이 미워할 이유는 없다.」
「이 자식이! 그럼 미찌꼬 양이 너 같은 센징을 좋아한단 말야!」
다나까는 미친 듯이 마구 채찍을 내리쳤다. 사실 그는 한 동욱이 매가 우서워
서라도 미찌꼬를 좋아하지 않는다고 해주기를 바랐던 것이다.

---

註② : 1932년 '동아일보'에 연재된 이광수의 장편소설.( '33년7월10일까지 연재) 허숭이라는 농촌출신의 변호
사와 서울의 대부호 윤 참판 댁 딸과의 혼인으로 소설이 시작된다. 표층적 줄거리는 두 남녀의 애정 갈등
이지만 이면에 감추어진 조선혼(朝鮮魂)의 발견에 의미를 둔다. 가정과 사회적 지위를 버리고 고향 마을
살려울로 들어간 것은 민족주의 실현에 뜻이 있었기 때문이다. 이는 작자의 정신적 지주였던 안창호가 주
장한 이상촌(理想村) 건설의 구현의 하나이었다.
춘원은 수양동우회와 통속교육보급회의 중심인물로 농촌 계몽운동을 전개했으며 개량 촌락을 완성하여
농민의 생활 향상에서 민족운동의 기반을 두었다. 브나로드운동이 그 일환이다.

다나까는 계속 채찍을 휘둘렀다. 땅바닥에 쓰러진 한 동욱의 모시 적삼 등은 선지피로 시뻘겋게 갈기갈기 찢어졌다.

중 략

미찌꼬는 다나까의 그 야릇한 웃음의 뜻을 알 듯했다.

「지로상, 이제 심술 그만 부리고 그를 내주세요. 한동욱 그 분 나쁜 사람 아녜요」

「나 절대로 심술부리고 있는거 아닙니다.」

다나까는 니물니물 웃는다.

「어쨌던 좋아요. 내어주세요. 지로상이 내어줄 생각만 있으면 당장이라도 내어줄 수 있는 거 아녜요」

「그 자식 어쩐지 밉단 말입니다.」

「지로, 자네한테 밉게 보이면 유치장 신세를 져야하는가?」

겐지가 담배갑을 꺼내면서 빈정거렸다.

목욕탕에서 만난 도서관 노인에게서 미찌꼬가 앓고 누웠다는 것을 알았다. 원인은 다나까 겐지한테 뺨을 맞은 충격이었다. 그녀는 한 동욱의 석방을 위하여 입술을 더럽혔다. 그러나 그 후 그를 상대해 주지 않는 앙심으로 갈겼던 것이다. 다나까가 한 동욱을 징용에 끌어낼 계획을 가지고 있다는 정보도 알게 된다. 그날은 신문에 북구주(北九州)와 동경이 미군 B29의 대폭격 기사가 실린 날이다. 미찌꼬가 앓고 누웠다면 그들의 안방일 것이고, 또 그 안방에 다나까가 붙어 앉아 있다면 하고, 문병을 주저할 수밖에 없었다.

그는《미찌꼬 양》그렇게 시작된 편지를 썼다.

〈……아내를 통하여 이제 병세가 그만하다는 소식을 듣고 안심했습니다. 내가 입원 중에는 그렇듯 미찌꼬 양에게 수고를 끼쳤으면서도 막상 미찌꼬 양이 병상에 있을 때는 문병도 직접 못 가는 심정 매우 착잡합니다. 〉 못 온다니 어째서 못 온다는 것일까 생각했다. 안 오는 것이 아니라 분명히 못 온다고 써 있다. 계속 읽어 내려갔다.

〈 이제 멀지 않아 눈이 내리겠지요. 그때까지는 부디 미찌꼬 양이 완쾌되어서 함께 눈을 볼 수 있기를 기원합니다. 도서관 창가에서 바라보는 눈은 참 좋습니다. 〉 거기에 또 하나의 의미를 숨기고 있었다. 그해로는 좀 늦게 십일월 하순이나 되어서 첫눈이 내리고 있었다. 새벽부터 내리기 시작한 눈은 제법 쌓여서 이층인 도서관 창문으로 바라보이는 거리는 하얗게 덮였다.

미찌꼬는 열람실 입구에 서서 머리를 싸고 또 한 끝으로 목을 둘렀던 빨강색 긴 목도리를 풀어서 눈을 떨며 두어 번 기침을 했다. 일주일 쯤 전에 한 동욱에게 띄운 자기의 편지 회답을 되새겨보는 것이다. 화로를 가운데 두고 도서관 노인과 마주 앉아 창밖의 눈발만 바라보며 한 동욱을 기다리는 것이다. 안 나올 거라는 노인의 말에 십 분만 더 있다 가기로 했다. 십 분 있으면 꼭 열두 시가 된다. 이윽고 괘종시계가 지지지하며 타종준비를 했다. 미찌꼬가 부젓가락을 재에 가지런히 꽂아 놓고 일어섰다.

형언하기 힘든 쓸쓸한 빛이 그녀의 핼쑥한 얼굴에 하나 가득히 고여 들었다. 「안녕하셔요. 노인」노인은 흠칫 놀라 돌아보았다. 입구에 한 동욱이 까만 두루마기 입은 어깨와 머리의 눈을 수건으로 털어 내리고 있었다. 동욱은 방금 돌아간 그녀를 찾아 골목길 가장 빠른 쪽을 꺾어 들었다. 저기 골목 끝에 바로 미찌꼬가 서 있었던 것이다.

그들은 골목길을 빠져나가 읍내에서 한 동욱의 마을로 나가는 길목까지 왔다. 거기 대장간이 있고 그 대장간 앞을 지나간 신작로를 따라 꽤 넓은 들이 펼쳐졌다. 지금은 잎이 떨어지고 가지만 남은, 흡사 비를 거꾸로 세워놓은 것 같은 포플라 나무가 몇 그루 서 있는 들판에는 어지럽게 눈발이 휘날리고 있었다. 겨울에는 대장간이 일이 없이 비어있다. 세 면을 거적으로 둘렀고 지붕이 군데군데 뚫어져 있다. 그들은 신비의 동굴을 찾은 것이다. 모서리에 솔가지와 장작 몇 개비가 굴러 있다. 불을 피웠다. 장작불을 향해 두 손을 펴 내밀었다. 그들은 왕자와 백설 공주가 되어 백설 공주의 목도리를 끌어다 등을 덮어 주었다. 백설 공주는 눈을 지그시 감았다. 둘이는 한동안 잠잠하였다. 때때로 눈바람에 거적이 펄럭거렸다.

# 4.

 겨울 해는 짧다. 쉬 어두워졌다. 한 동욱은 미찌꼬를 우편국 뒷문 앞까지 바래다주었다. 기침을 하며 안으로 들어간 후 그녀는 끝내 병원에 입원하였다. 미찌꼬 양을 문병하고 돌아가는 길에 도서관 노인으로부터 다나까 지로가 당장 읍사무소로 가서 징용장을 발급한다는 내막을 알려준다. 한 동욱은 다급하여 고맙다는 인사도 제대로 못하고 층계를 내려왔다.

 한 동욱이 그렇게 징용을 피하여 어디론가 자취를 감추고 난 후로는 미찌꼬는 병실문이 열려도 눈을 돌리지 않았다. 군대를 안 나갔으면 징용에라도 나가야 된다는 지로가 징용장을 들고 면서기와 같이 오늘 한 동욱의 집에 갔다. 미리 알고 도피한 뒤였다. 한 동욱의 소식은 없는 채 창밖엔 눈만 몇 차례 내렸다. 1945년 정초를 미찌꼬는 병실에서 맞았다. 한 다발의 연하장을 한 장 한 장 넘기다가 어느 것에 보낸 사람 이름이 없었다. 낯익은 글씨체였다. 금시 웃음이 활짝 피어났다. 그 소인(消印)은 평양이었다. 미찌꼬가 퇴원한 것은 이월 중순께였다.

 기차역은 폭력과 공포의 공간인 외부와 평화와 사랑의 공간인 마을이 만나는 지점이었다. 기차역을 통하여 외부와 내부의 공간이 대칭적으로 자리 잡는다. 징용을 피해 평양 어디에 한 동욱은 숨어 있는 것이다. 지로가 아무리 발악을 해도 어떻게 찾아낼 수 있을 것인가!! 미찌꼬의 동창회 行은 학생시절 날마다 통학하던 평양이었으나 야릇한 흥분을 느낀다.

 매표소 앞에서 꾸뻑 인사하는 것은 봉녀였다. 그들은 반가움으로 개찰구로 나갔다. 봉녀는 제법 큰 보따리를 머리에 이고 있었다. 언제 돌아가냐고 미찌꼬가 물었다. 오늘 밤차로… …나도 밤차로 돌아 갈거야. 어쩌면 같은 차 타겠네. 봉녀는 그말에 그저 웃었다. 기차는 벌판을 지나 굴로 들어 갔다. 캄캄해지며 바퀴소리가 요란해졌다. 봉녀는 미찌꼬의 팔을 붙들었다. 미찌꼬는 그녀의 어깨를 끌어 안아주었다.

평양 친척집에 간다는 봉녀의 보따리는 일본 형사의 짐검사 때 압수 될 뻔했다. 이동 형사반이 시렁 위 보따리에 시선이 갔을 때 미찌꼬가 앉은 채 자기 짐이라고 말하자 형사들은 다음 좌석으로 옮겨 갔다. 짐 의 보호자였던 것이다. 서평양(西平壤)역에서 봉녀가 내렸다. 일본인 이 많이 살고있는 본평양(本平壤)에 내리는 미찌꼬와 헤어졌다. 다시 전차에서 내린 봉녀는 기림리(箕林里)언덕을 올라 모란봉으로 가는 널따란 길을 지났다. 백 미터쯤에 허술한 집 널쭉문에 들어섰다. 초라 한 중년부인이 반갑게 봉녀를 맞는다. 역에서 미찌꼬를 만나 같이 기 차타고 온 것도 한 동욱에게 이야기했다.

벌써 몇 달 동안을 한 동욱은 그 집 조그마란 골방에 숨어 지냈다. 목 사인 장인도 감시받는 중이라 교인 집으로 옮겨져 숨어 지낸다. 고작 아침 저녁으로 뒷문을 통해 기자묘(箕子墓)의 송림 사이를 산책하는 정도였다. 오래간만의 동창들은 여학생 시절처럼 서로 안고 껑충거리 고 재깔거렸다. 오후의 일을 놓고 영화구경 패와 모란봉 벚꽃구경 패 로 갈렸다. 미찌꼬를 빼고 여섯 명이 셋 셋으로 가렸다. 먼 시골에서 온 걸 봐주는 모양이니 난 꽃구경!! 벚꽃은 일 년에 한 번 아냐? 일곱 명은 뭉쳐서 을밀대 쪽으로 갔다.

대동강 아래 무심히 흐르는 물 위에 나뭇잎같은 배들이 떠있다. 그러 나 미찌꼬 만은 누군가를 찾고 있는 그런 눈이었다. 그 많은 인파속에 서 봉녀를 만날 수 있을까? 그녀를 만나면 한 동욱의 소식도 알 수 있 을 것 같았다. 봉녀 친척집(?)앞에서 그들은 마침내 만나게 된다. 동 창들이 서로 낄낄거린다. 미찌꼬는 친구들에게 사과하고 그들을 먼저 보내고 봉녀에게 팔을 끌린 채 대문빗장을 걸고, 굴뚝을 돌아서는 데 서 말문이 막힌 채 깜짝 놀랬다. 뜻밖의 한 동욱이었다.

평양을 다녀온 미찌코는 한 동욱을 만난 일만은 비치지 않았다. 생활 을 다시 평온해졌다. 유월로 접어들자 또 한 번 신문의 활자가 커졌 다. 동경과 요꼬하마가 대폭격을 받고, 이번에는 오끼나와의 일본군이 전멸했다는 것이다. 날씨는 이제 한여름 더위를 몰아 들어오고 있었다. 그러던 어느 날 평양 친구 결혼식을 구실로 평양으로 나갔다. 戰時의 예식은 간단했다. 식이 끝나자 슬그머니 식장을 빠져나왔다. 그녀는 모란봉으로 올라가는 큰길을 걸어 올라갔다. 빈 집에서 혼자 집을 지키고 있던 한 동욱이 대문을 열어 주어 뒤편 골방 쪽으로 들어갔다. 미찌꼬의 손을 잡아 앉혔다. 한동욱이 그녀의 몸을 등 뒤에서 덥석 끌어안았다. 보고 싶었어요. 정말!! 미찌코는 동욱의 가슴에 얼굴을 묻은 채였다. 갑자기 밖의 햇빛이 구물구물해졌다. 어둑한 골방 안이 더욱 침침해졌다. 빗방울이 떨어졌다.

 정말 칠월칠석은 아직 멀었지만, 양력으론 오늘이 분명 칠월 칠일이었다. 현대의 견우와 직녀가 일 년에 꼭 한 번 은하수에 놓인 오작교(烏鵲橋)를 거너서 만나는 날이다. 마침내 소나기가 집 뒤 솔밭 위를 스쳐 넘어가자 처마 끝에서 낙수만 뚝뚝 떨어졌다. 미찌꼬가 … 선생님 닮은 애기 갖고 싶어요. … 구겨진 원피스 자락을 무릎께로 지그시 끌어 내렸다. 미찌꼬가 빨간 충일감(充溢感)에 차 있는데 비하여 동욱은 어쩐지 하얀 허탈감(虛脫感)에 젖어 있었다. …직녀는 애기 안 가졌어… 응! 그래도 전…… 한 동욱은 그저 빙긋이 웃기만 했다. "…저는 선생님을 사랑하고 있어요. 결혼하신 분이라는 것도, 또 부인이 얼마나 좋은 분이라는 것도, 그리고 조선사람들이 일본사람을 얼마나 싫어하는가 하는 것도 잘 알고 있어요. 그래도 전 선생님이 좋아요. 그것뿐예요!" 미찌꼬는 빤히 한 동욱을 쳐다보았다. 그들은 소나무 사이로 저만큼 전차길이 보이는 곳까지 내려와 있었다. 하얀 미찌꼬의 손을 잡아 가볍게 흔들었다. "안녕!", "잘 가요" 곧 전차길에 내려선 그녀는 한 번 벼랑 위를 쳐다보았다.

## 5.

도요죠(東條) 고이소(小磯) 스즈끼(鈴木)로 갈팡질팡 내각이 바뀌어 갔으나 전세는 더욱 뒤엉키고 어수선해 졌다. 오끼나와와 필리핀을 손에 넣은 미군은 본토를 향해 포문을 돌려 겨냥하고 있다. 마침내 8월6일 히로시마에 원자탄이 터졌다. 히로히도(裕仁)는 항복조서를 읽었다.

집집마다 태극기 깃발로 날이 새고 해가 졌다. 잠깐이었다. 소련군이 들어오고 38도 선이 생겼다. 해방 100일은 혼란스러웠다. 점령군 소련군의 행패로 일인(日人) 뿐 아니라 조선의 부녀자들은 벌벌 떨어야 했다. 늙은 무궁화나무에 왜놈들이 찍어 넘기려고 도끼질을 한 자리를 겨우 엷은 껍질로 싸서 아물려던 것을 이번에는 공산당이 또 찍었다. 이 와중에 미찌꼬는 여기저기 수용소를 거쳐서 허둥지둥 일본으로 돌아갔다. 한 동욱이 서울에 간 사이였다.

그로부터 어언 30년. 무궁화나무는 휘청거렸다. 그러나 결코 쓰러지지 않았다. 쓰라린 상처에 애써 진을 발랐다. 아픔은 참아내었다. 서서히 아주 서서히 상처는 아물어 갔다. 이제는 완전히 두꺼운 껍질로 떳었다. 전보다도 더 단단한 옹이로 아물었다. 고난 속의 무궁화는 새 가지를 펴 나갔다. 꽃을 피우기에 열중하였다. 그러나 가지들은 모른다. 밑둥에 커다란 옹이가 박힌, 늙은 줄기는 지금도 흐린 날씨엔 옛 상처가 저린 것이다. 새 가지들의 시대가 되었다. 철준, 용준, 기무라, 정숙은 모두 한 동욱과 미찌꼬의 2세들이다. 젊은 세대에게 낡은 세대의 사업은 좌초(坐礁)한 배처럼 버려지는 것인가?

9월로 접어들며 한결 해가 짧아져 산들바람이 불며 쉬 어두워진다. 서울에서 30년 만에 후꾸다(福田)남매와 한 동욱이 만났다. ……종전 (終戰)때는 정말 너무나 감사했습니다. 미찌꼬는 또 수건을 눈으로 가져갔다. "기무라 군을 통해 안부를 듣고 있었지만 정말 감개가 깊소이다." 한 동욱은 오랜만에 일본말을 했다.

늙어가는 그들 남매가 다시 일본으로 돌아갈 때 한 동욱과 미찌꼬는 아쉬운 손을 놓으며 서로 마주 쳐다보았다. 무슨 비밀스런 약속을 하듯이. 송영대(送迎臺)에 서서 기무라와 함께 손을 흔들었다. 두 사람은 택시를 타고 김포 가도를 달렸다. 택시 안에서 오월 십일이 기무라 군의 생일임을 알게 된다. 한 동욱은 평양 모란봉 솔밭 위를 쏴 소리내며 지나가는 소나기소리가 들린다. 하얀 여객기가 높이 떠서 동쪽을 향해 사라져 가고 있었다.

이 작품의 구조는 대칭적이다. 마을에서 읍내로 가는 길, 그리고 읍내에서 마을로 돌아오는 길에 그 미학과 창작 심리의 역동성이 깔린다. 이러한 도구는 내부와 외부, 평화와 폭력의 이분법을 그려내는 장치가 된다. 이러한 이분법적 구도를 중심으로 그 문학적 의미에 시선이 주목된다.

첫째로, 우선 조선인과 일본인의 만남이다. 매미가 나무 위에서 울고 있는 시골 마을은 이 세상 어디에서 전쟁으로 사람이 죽어가는 상황과는 무관한 것이다. 그들은 나란히 천천히 걸었다. 흰 바지적삼과 화려한 꽃무늬 원피스가 심한 이질감을 주면서도 평화와 인정의 한 폭의 그림이었다.

둘째로, 여름 길과 겨울 길, 그 맨 밑바닥의 유기체이다. 마을로 들어가는 길가 옆 포플라 나무 그늘이 시원하다. 그늘 속으로 자리를 잡았다. 한 여름 오후 들판은 모든 움직임을 멈추고 쉬고 있는 듯 고요하다. 포플라 나무들도 까딱하지 않는다. 여름은 비밀을 간직하기 어려운 계절이다. 닫혀진 창이란 하나도 없다. 모두 밖으로 열려진 여름 풍경은 외양적이다.

겨울로 가던 시골길에도 그들은 서 있었다. 감기가 덜 낫은 채였다. 미찌꼬의 기침소리가 간간히 들린다. 기침소리를 내면서 겨울은 그들에게 오고 있는 것이다. 바깥 세계가 폐쇄되면서 내부의 세계는 넓어진다. 눈발 속에서 그들의 심장은 저 설목(雪木)처럼 견디고 이불을 덮는 심사로 대장간의 장작불 가에 앉았다. 거적이 펄럭거렸다. 장작불 송진 냄새가 났다. 들리는 소리라고는 심장의 고동소리 뿐이다. 겨울은 내면의 계절이었다.

세째로, 도서관과 경찰서는 평화로움과 야만적 폭력의 대칭구조가 된다. 경찰서는 조선인이 비인간적 피투성이 되도록 고문을 당하는 악의 소굴이었다. 조선 젊은이들을 전쟁터로 끌어내는 출입문이었다. 일인(日人) 순사 다나까에게 밉게 보인 한 동욱은 끝내 징용을 피하여 아무에게도 알리지 못하고 다급하게 멀리 도피한다. 도서관은 미찌꼬와 한 동욱이 함께 이성(理性)이 인식 못하는 이성(異性)의 책을 읽고 쓰던 곳이었다. 도서관 노인은 일인(日人)이지만 한 동욱에게 징용장 발급 비밀정보를 알려주었다.

 넷째로, 과거시간이 현실로의 이동이다. 문학이 위안을 주는 이유의 하나가 그것이 모두 과거에 있으므로 완결과 안온(安穩)을 가지고 있기 때문이다. 희생당한 희미한 영혼들과 동무가 되는 것이다. 다시 돌아온 현실은 기억에서만 형성된다. 인간의 고향에서 멀리 떨어져 있는 삭막한 터전 위에 현대인의 서가(棲家)가 있다. 그곳의 전개가 생활의 풍경이다. 그 시간은 늙은 시대(구시대)의 상황이다. 큰 배는 위험한 항해도 할 수 있지만 작은 배는 해안에 가까이 있어야 한다.

 마지막으로, 시와 산문에 대한 중요한 시사점을 보여준다. 원래 시는 무시간성(無時間性)을 속성으로 한다. 즉 시는 시간이라는 범주에 의해 제약되지 않는 세계를 시적 소재로 삼는다. 시간이 지나도 변하지 않는 사랑, 시간이 지나도 녹슬지 않는 황금과도 같은 순수한 세계. 꽃이 피어 있는 순간의 황홀함을 포착한 것이 시 정신이다. 시인에게는 사랑의 순간, 꽃이 피어 있는 순간의 황홀만이 중요하다.

 그러나 소설의 세계는 시간에 의해 녹슬어 버리는 세계, 퇴색하고 타락한 세계를 주제로 다룬다. 어떠한 고결한 사랑도 시간이 지나면 녹슬어 버릴지 모른다는 걱정에 사로잡힌다. 인간은 시간이라는 폭력에 의해 자유롭지 못한 현실적 인식을 바탕으로 한다. 이런 이유에서 소설은 역사나 사회 현실의 문제에서 벗어날 수 없다. 그 주인공도 시간이 지나면 배가 고픈 나약한 존재이다. 시간 앞에 굴복할 수밖에 없는 유한적 존재였다. 시 정신과 산문 정신이 개입한 작품으로 남는다.

조선의 유부남인 한 동욱을 사랑한 미찌꼬는 통속적 길거리의 이야기로 볼 것인가?[③] 그들은 한국인의 심성과 행위의 보편적 양상을 제시하고 있다. 인생의 본질은 개별적 특수한 사실에서 멀어져 있다. 역사에서도 개별적인 사실을 기술(記述)하지만 가치있는 진실은 다루지 않는다. 형이상학적으로 말하면 허위이며 거짓의 기술이다. 문학은 있을 수 있는 일, 개연적인 일을 다루며 인생의 개별적 진실을 다룬다. 그리고 민족이란 객관적 제 요소도 중요하긴 하나 가장 진실한 요소는 생동하는 인간적 소속 의사인 것이다. 나라가 망한 슬픔보다 사랑을 잃고 쓰러져 흐느끼는 미찌꼬의 모습이 애처롭다.

일제(日帝)의 만행과 식민지 시절 옛 상처는 지금도 생생하다. 일본은 '천황폐하 만세'가 가장 큰 덕목이었다. 그래서 그 사회는 다떼(縱的)사회가 되었다. 국가는 패권경쟁과 전쟁의 산물이었다. 평화보다 전쟁을 우선하고 약소국을 복속시키고 지배하고 약탈하였다. 한국에서의 중요한 '孝사상'은 평화롭게 살기를 기원하는 심정(心情)에서 나온 것이다. 심정 문화, 즉 인정(人情)은 동네 '마을'을 이루었다. '동(洞)'은 우물을 함께 마시는 심정 문화의 산물이다. 집안에서, 이웃 간에서, 나라 사이에서 인정을 나누는 덕목에 가치를 두고 있는 것이다. 세계평화, 지구촌 시대에 인간이 나누는 인정의 교감에 휴머니즘 정신이 내재해 있는 요코(橫的)사회인 것이다.

---

註③ : 일본의 작가 요코미츠 리이치(橫光利― 1898-1947)가 통속소설론을 들고 나왔다. 통속은 편안함과 만족의 수준으로 극단적 센세이션 수준으로 떨어지게 된다. 감각에 아부하고 비판의식을 흐리게 하는 싸구려 감정의 몽상으로 조야(粗野)한 속임수로 되기가 십상이다. 또 그것은 대중소설과 비슷하다. 1929년 김기진이 대중소설을 거론하기 시작했는데 그는 대중이라는 말을 노동자 농민을 대상으로 한다는 의미였다. 그러나 현대에 와서, 정한숙 교수는 대중소설론에서 대중성은 엄연히 소설 문학이 지녀야 할 기본적 요소라는 시각을 역설하였다. 또 대중성과 통속성의 구분도 미학적 척도를 제시할 수가 어렵다고 했다. 어느 시기에나 다양한 鑑賞層에 의하여 좌우되기 때문일 것이다.

# 민족문학의 변천과 그 생명력
## -안수길 [①]「북간도」에서 -

### 1. 민족문학

민족이라는 집단에 묶여 있는 구성원에 의해 창작된 것이 민족문학이다. 서구적 의미에서 민족문학은 근대 민족국가 형성에서는 국민이라 칭하여 왔다. 1945년 해방까지 36년간 일제 식민지 환경이었다는 것은 우리의 문학풍토가 엄동설한 냉엄한 고난의 현실이었다. 서구근대문학을 수용하면서 체질이 바뀌어 온 우리의 신문학은 다분히 흉작이었다. 온고지신이란 말이 표어로 내걸린 적도 있지만 실제적으로 그렇게 실현되지 못했다. 온고는 하지 못하고 허겁지겁 지신(知新)에 열중하여 서구문예사조가 한꺼번에 혼류해 왔다. 낭만, 자연, 사실, 사회주의적 경향문학이 그것들이다.

「무정」(1917)에 의해 어느 정도 진전을 본 한글문체와 거의 완벽한 산문적 묘사체는 식민지 시대의 어둡고 답답한 세계를 그대로 그려내야 한다는 어려운 임무이었다. 그 세계는 한국의 모든 계층, 모든 인물들이 모두 독자를 이룬다. 그만큼 포괄적이고 관념적이다. 민족이라는 이름의 독자처럼 추상적인 독자는 없기 때문이다. 춘원의「무정」은 계몽기의 신문학 기념탑이란 찬사와 민족주의 경향의 문단 초유의 명작이란 평가와 함께 현대 장편의 효시이었다.

---

註① : 안수길이 서울에 정착한 후「사상계」誌(59년)에 1부가 연재되고, 2부는 63년에 동지에 발표. 4부 5부는 4년만인 67년 삼중당 출판사에서 전작「북간도」가 출판될 때 그 모습이 드러났다. 10여년에 걸쳐 창작된 대하장편 역사소설이다.

그러나 염상섭 최서해 김동인 등은 이미 민족이란 추상적 독자를 선택할 수 없음을 깨닫는 다. 그들은 민족 속에 잠재해 있는 계층적 독자를 발견한다. 결국 그들도 민족의 한 부분을 이루기 때문에 자기 계층과 민족을 위해 글을 쓰게 된다. 춘원(春園)과 다르게 그들은 민족을 포기하면서 민족의 일원이 되는 것이다. 이미 20년대 초, 천도교 창간의 월간 종합지 「개벽」이 항일사상 고취 사회개조를 주장하며 발간된다.

점차 사회주의 계급주의로 경향화해 갔다. 김기진 박영희 이기영 조포석 등은 후의 프로문학의 본거지로 변한다. 염군사(22. 9)와 파스큘라(23)가 통합 단일화 한 프롤레타리아 문학의 전위적 단체가 KAPF가 되었다. 25년 카프의 결성과 함께 1934년 까지 10년간 문단을 풍미하였다. 정치의식과 계급의식을 내포한 목적의식을 표방한 문학이었다. 신경향파와 프로문학이 같은 사회의식에서 출발하면서 전자가 자연 발생적인 막연한 빈궁과 반항의 문학, 후자는 조직적인 정치투쟁 의식의 목적문학이다. KAPF의 지도 원리에 따라 움직이고 기관지 「문예운동(26)」「예술운동(27)」誌를 통하여 조직적인 정치성 문학운동을 전개한 것이 그것을 말해주고 있다.

1926년부터는 민족주의적 국민 문학론이 대두된다. 종래의 민족주의적 입장에 있던 작가, 시인, 이론가들에 의해 제기된 프로문학에 대한 대항운동이었다. 주시경 제자들(권덕규, 최현배, 김윤경)의 「한글」誌가 '조선어 연구회'에서 27년에 동인지로 발간되었다. 32년 '조선어학회'로 발전되면서 기관지로 93호까지 발간하였다. 안창호의 준비론을 기점으로하여 민족의 교육, 개조를 부르짖다가 조선주의의 확립으로 정착하여 고전(古典)발굴, 한글운동을 일으키며 시조를 부흥시켰다. 당연한 결과로 농민의 문맹 퇴치가 중요 특징목표를 이룬다. 정인보 신채호 박은식 등의 민족주의 사관, 조윤제 양주동 이병기의 고전연구, 최현배 김윤경 이희승 등의 한글 운동이 그 대표이었다.

반(反) KAPF의 汎문단적 민족문학 「조선문단(24)」誌가 방인근 이광수의 편집으로 발간된다. 자연주의 반계급주의 경향으로 민족진영의 기수였다. 추천된 작가는 최서해 박화성 채만식 계용묵 안수길 조운 이은상 등이다. 1931-32년의 기간에는 카프와 해외문학파의 논쟁이 주목을 끈다. 이헌구의 '조선에 있어서 해외문학의 임무와 장래'에서 카프를 비판했다. 이어서 신극 연구단체인 '극예술연구회'를 조직. 유치진의 「소」「토막」이 그 역량을 과시하면서 31년부터 프로문학의 퇴조와 함께 만주사변에 이은 일제 군국주의 정치적 사상적 탄압은 민족 통일전선인 ㉒'신간회'의 해체로 악랄화 해 갔다.

1930년대 문학의 핵심적 경향은 순수문학, 초현실주의 등 예술과 인생의 본질 추구가 각별한 의미를 지니게 된다. 9인회(1933)의 대내적 작품의 평가회, 대외적 문학 강연회 활동은 1936년까지 순수문학을 표방한 문학사적 공로를 남겼다. 참다운 민족주의 문학으로서의 거대한 발자취는 해방 후로 돌리고 말았다. 독자의 심금을 울리는 민족사의 앞길을 밝히는 등불과 같은 작품은 6.25한국 전쟁이 스치고 지나간 뒤에 그 초석이 놓이게 된다.

## 2. 민족사에 흐르는 토문강

명(明)이 한(漢)민족 왕조이고 청(淸)은 만주족 왕조다. 건주(建州)의 여직부(女直部)출신 누르하치③가 만주를 통일했다.(1616) 후금국으

---

註㉒ : 1927년2월 '민족유일당 민족협동전선'이란 표어아래 민족주의를 표방했다. 이상재 권동진이 정·부 회장에 추대되었다. 표면적으로 좌우 합작의 단체였지만 민족주의 진영이 주도하였다. 사회주의 진영의 불만과 일본의 탄압으로 31년 해산되었다.

註③ : 청의 건국신화에 유래된 지배자 신격화의 후예. 만주족에게 피지배 된 한민족(漢民族)위에 지배자는 신격화 된다. 우수한 漢民族이기에 요청되는 일이었다. 즉 태초에 장백산위에 있는 호수에 하늘에서 선녀 셋이 내려왔다. 아름다운 선녀였으나 셋째가 으뜸이었다. 불고륜(佛庫倫)이라는 이름이었다. 그는 용모와 더불어 거룩하고 마음씨도 고왔다. 고운 마음씨이기에 고요하고 맑음이 깃들어 있는 연못이 마음에 들었다. 언니들과 즐겁게 미역을 감던 어느날 빨간빛이 짓무른 농익은 과실을 먹었다. 그날부터 태기가 있었다. 얘기가 태어났다. 어질게 생긴 옥동자였다. 포고리 옹순(布庫里 雍順)이다. 자라서 나이가 찼다. 옹순은 어머니의

로 시작, 다음 태종 때 내몽고와 주변을 굴복시키고 국호를 대청(大淸)으로 고쳤다. 만주족은 태종의 아들 세조 순치제를 옹호하여 베이징(北京)으로 들어가 청의 중국 지배가 시작된다(1644). 청은 한때 위기였으나 고유의 팔기병(八旗兵)과 함께 녹기병(綠旗兵)을 기용하여 삼번(三藩)의 난을 평정, 강희(康熙) 건륭(乾隆)의 전성기를 이룩한다. 백두산 정계비(定界碑)는 1712년(숙종38년), 강희 시대에 세우고 동쪽을 토문강으로 국경을 정한다고 씌어있다. 함경도 북쪽 농민들이 조선 말기의 정치가 혼란하고 가뭄이 심하여 식량난을 해결하려 두만강 건너 간도로 이주해 갔다. 이 난민들이 황무지를 개간하여 비옥한 옥토(沃土)로 만들었다. 북방의 아라사의 수상한 동향과 토문강의 하류 지대에 산금(産金)이 많은 것과 또 토문강 이동의 지대는 비옥(肥沃)한 평야로 곡식이 잘 되고 삼림이 우거져 있는걸 이 때에 알고 토문(土們)이란 말을 두만(頭滿)과 같은 것이라고 억지를 쓰는 계기가 되었던 것이다.

조선의 사신 어윤중(魚允中)이 천진에 갔을 때 "강희시대 목총관(穆總管)과 조선인이 실지 세운 정계비에는 토문강으로 정계를 하였소. 토문강과 두만강은 전혀 다른 강이요. 정계비 비문(碑文)을 탁본(拓本)한 것과 옛 지도를 보내오니 받아보시오. 귀하가 말하는 간도는 정계비에 의하면 완전 조선땅이요."북방 통로를 차단하려는 이홍장에게 강경하게 항의하였다. 그 전까지만 해도 청국은 조선에서 왕, 세자 책봉 시 책봉사가 왕래 하는 것으로 족했다. 병인양요 신미양요 등 프랑스 미국과 싸워도 관심을 두지 않고 내치 외치 조선 사람 자신의 문

---

명령으로 호수에서 흘러내리는 강물을 따라 인간세계로 내려갔다. 난리를 평정하고 백격격(白格格)이라는 여자와 결혼했다. 장백산(백두산) 동쪽에 도읍을 정하고 나라를 세웠다. 만주라고 했다. 청 태조 누르하치는 그 옹손의 먼 후예였다. 만주족으로 집권한 청조(淸朝)는 그 중흥기에 이르러 강희(康熙)임금은 건국신화가 말하는 영지(靈地) 장백산이 제 판도임을 밝히려 했다. 정사(正使) 목극등이 두 나라의 국경선을 정하였다. 정계비(定界碑)도 그들 마음대로 만든 글을 돌에 새겨 세웠다.

제라 했다. 병자수호 이후 청나라는 돌변하여 조선에 내정까지 간섭하였다.

명치유신 이후 신흥하는 일본을 두려워하여 일본의 침략정책의 방파제로 조선을 이용하려는 수작이었다. 이제는 북방의 아라사가 조선을 노리고 있으니 대국의 힘으로 막아 주겠다는 등 그럴듯한 말로 접근 회유해 왔다. 안변부사 이중하(李重夏)는 청국과 정계담판 때 토문강 이동 간도 땅이 우리 영토임을 황조일통여지도(皇朝一統與地圖)를 보이며 강하게 주장하였다.    註 朝鮮史六編四 참조

정계비 위치와 토문강 지도>→

## 3. 작품 「북간도」

「북간도」는 이주 농민의 뿌리 뽑힘과 내림의 이중구조로 되었다. 이한복 가족(이한복 장손이 창윤이 정수) 4대가 통시적 시간 축을 중심으로 형상화 된다. 거기에 최칠성, 장치덕, 정세룡 가족이 원심적 공간 축을 구성한다. 주자학 전통의 할아버지로부터 사상적 정신적 영향을 받으며 이한복이 성장한다. 조부는 간도(間島)가 조선 땅임을 비분강개한 어조로 무릎에 앉은 손주에게 들려준다. 조부는 성자였다. 그의 한 마디 한마디는 진리이며 생명이었다.

1870년. 함경도 평안도지방을 휩쓴 유례없는 가뭄과 흉년이 작품 1부의 배경이다. 종성부 백성들은 굶어 죽거나 유랑의 길로 내몰린다. 6월 초의 초여름 밤, 두만강 쪽 개짖는 소리에 뒷방예는 가슴이 뜨끔해진다. 남편 이한복이 사잇섬에 갔기 때문이다. 사잇섬은 종성부 동

쪽 두만강 흐름 속에 모래로 이루어진 사주(沙洲)다. 그 대안에 청국 땅이 있다. 사잇섬 농사는 이 고장 종성부 사람들의 삶의 밧줄과 같은 존재였다. 또 청국 땅에 가기 위한 방편이었고 허기진 배를 채우는 악착같은 떫은 열매였다. 청국 땅에 건너가 몇 해 동안 성행되던 도농(盜農)으로 끈질긴 목숨을 이어간다.

이한복은 오늘 밤 몰래 월강(越江)하여 감자를 캐 가지고 돌아왔다. 아들 장손이는 5살이다. 제기와 감자를 바꾸다가 지나던 순라군에게 들킨다. 한복이는 월강 죄로 문초를 받고 풀려나지만 백두산에 갔을 때 정계비를 보았다고 고백한다. 그 무렵 척양(斥洋)에 기세를 올리고 있던 朝政이었으나 북부 6진의 흉작을 모른 체 할 수 없었다. 어윤중(魚允中)을 경략사로 파견한다. 경략사에게 이한복은 재차 불려나가 150년 전에 세운 정계비를 설명한다. 방랑 떠돌이 시절 포수를 따라 백두산에 갔을 때 정계비를 보았다고 실토한다. 종성부사 이정래(李定來)와 답사에 나선다.

烏喇總管 穆克登 奉
大 旨査邊 至此審觀 西爲鴨錄 東爲土們
故於 分水嶺, 勒 石爲記
淸康熙 五十一年 五月十五日
(서쪽은 압록강이요 동쪽은 토문강이라? 그리고 분수령위에 비를 세운다?)

빗돌을 뚫어지게 보던 이정래의 눈이 빛나기 시작했다. 거듭 이런 말을 중얼거리다가 근처 지리에 통한 포수에게 묻는다.

"두만강 말고 토문강이라고 있는가?" "예" 포수는 서슴지 않고 대답하고 팔을 들어 손가락으로 두만강 아닌 토문강 물줄기를 가리켰다.

"저 물이 토문강인가?" "예" "정녕" "그렇습니다"

포수가 가리키는 강물은 백두산에서 동북으로 흐르고 있었다. 그리고 그것은 바로 만주 대륙을 남 북으로 관류하는 대 송화강의 상류인 것이다. 이정래는 머리를 끄덕이고 힘 있는 목소리로 포수와 한복이에게 물었다.

"여보게 정녕 압록강과 두만강과 토문강이 발원하는 곳이 있으렸다". "너희들 보았거나 들은 일이 없는가?" "예. 우리들이 여기 오면, 두 다리를 쩍 벌려 딛고 서서 오줌을 누면서 이 쪽 다리는 압록강이요, 이쪽 다리는 두만강이다. 오줌은 토문강에다 보태준다고 농담하는 실개천같은 게 세갈래로 갈라진 데가 있습니다"

"가 보자" 그곳도 쉽게 찾을 수 있었다. 그것은 조선 쪽으로 면한 골짜기에 있었다.

"잘 알겠다"

답사는 끝났다. 얻은 결론은

--토문강은 두만강이 아닌 별개의 강이요, 이것은 송화강의 상류다. 비문에 새겨져 있는 대로 서쪽이 압록강이요, 동쪽이 토문강인 선으로 국경을 삼는다면 송화강 이남의 방대한 지역은 우리나라 땅임이 분명하다.-… 이것이었다.

어윤중은 긴 장계를 서울로 띄웠다. 월강도경(越江盜耕)하는 변경민의 생존문제를 실례를 들어 기록했고 다시 조사 확인하여 월강령 해제의 포고를 내린다. 변경 6진의 헐벗고 굶주린 백성들의 도강(渡江) 행렬이 그칠 사이 없이 이어졌다. 이한복은 간도 개간지 토지소유권인 지권(地券)을 교부받아 장치덕 일가와 함께 비봉촌에 정착한다.

아들 장손이 손자 창윤이 개간에 힘쓰던 1881년 통첩이다. 청정부의 세금징수 청국 옷과 변발을 드리고 청국법에 복종 입적하도록 되어 있었다. 조선의 조정은 세도정치로 기울어지고 청국에 대항할 힘이 없었다. 간도 조선인들은 입적에 저항하고 타협하면서 불안한 삶을 이어간다. 이민 1세대 이한복의 죽음은 2차 감자사건과 직결된다.

청인 동복산의 감자밭에서 창윤은 친구들과 감자를 훔쳐 먹다가 붙잡힌 창윤이 강제로 변발과 청옷 복장을 한다. 정체성을 지키던 이한복이 손자의 모습에 정신적 충격으로 병을 얻는다. 조부의 죽음에 죄책을 느낀 창윤이 청국 토호 동복산의 송덕비에 방화하고 용정(용두레촌)으로 도망한다. 그곳에서 신용팔 대장에게 사포대 훈련을 받고 귀향하여 조부와 부친 묘지에서 성묘하는데서 1부가 끝난다.

2부는 창윤의 부친 장손이 죽고 난 뒤부터 간도협약(1909년)까지이다. 중국으로 귀화하지 않는 조선인은 청의 토호들과 중국 공권력에 생존의 위협을 느낀다. 비봉촌에서 용정으로 확산된 공간의 이동은

4.5부에서 비약적으로 상승한다. 비봉촌의 얼되놈이 되거나 용정의 장사치가 되거나 택일의 기로에 서 있다. 이한복 일가는 비봉촌에서 대교동 러시아 인접의 훈춘까지 여러 곳을 전전한다.

최칠성의 아들 삼봉은 갈수록 조선인의 이익보다 자기 이익을 앞세운다. 중국옷을 입고 비봉촌 조선인 위에 군림한다. 한편 장치덕의 아들 현도는 실용주의자. 곧 친일과 멀지 않은 지점에 있으면서 용정의 상인으로 어쩔 수 없는 생존의 방도에 서 있다. 이주 조선족의 연속적 좌절과 배반이 저변에 흐른다.

항일 독립투쟁에 가담하는 창윤과 창덕. 봉오동 전투와 김좌진의 청산리 전투가 펼쳐진다. 창윤의 아들 정수도 날렵한 전령병으로 홍범도 장군을 돕는다. 그는 일본군과 대적하여 큰 승리를 거둔 봉오동과 청산리 전투의 주인공이다. 창덕은 청산리에서 전사한다. 정수가 청산리에서 돌아온 것을 보고 창윤 부부는 몹시 기뻐한다.

훈춘에서 여전히 국수 장사를 하고 있을 때였다. 현도는 용정 商界에서 유지가 되어 있다. 그는 정수의 자수를 권유한다. 숨어 지내지 않아도 된다는 말에 정수는 영사관 경찰서에 제발로 걸어 들어갔다. 자수였다. 그러나 스에마츠(末松)경시의 감언이설에 속고 말았다. 일본의 진주만 공습이후 승승장구가 조그만 광산촌에도 전과(戰果)가 전해졌다. 싱가포르 점령경축 기분이 넘실거렸다. 創氏 개명, 황민화운동이 조선 내지와 마찬가지로 두만강 건너 북간도에도 번지고 있을 무렵이었다.

5년의 철창 낮과 밤이 흘렀다. 정수는 서대문 감옥에서 출옥. 옥고를 풀고 훈춘으로 가서 할머니와 아버지 산소 성묘를 하였다. 상황은 달라져 갔다. 1943년 5월 무렵 독일군이 북아(北亞)전선에서 항복, 무소리니가 실각, 이탈리아의 연합군에 항복이 이어졌다.

겨울 어느 날 주인태 선생 제자를 만났다. 중경에서 온 청림(靑林)이라는 사람이다. 그와 천주교 성당에 아지트를 만들었다. 청림은 독립

운동 밀파의 사명을 다 하고 있었고 정수도 애국 젊은 층을 이곳에 인도했다. 청림의 이름이 붙은 청림교(靑林敎)사건에 연류돼 정수도 형을 받는다. 6년 형에 복역 1년이 갈 무렵. 어둠이 물러가고 새벽이 왔다. 북규슈와 동경은 물론 경성에서도 대낮에 B29가 하늘을 덮었다. 밤이면 북쪽 무수단(無水端) 웅기(雄基)까지 B29가 날아왔다. 도오죠(東條), 고이소(小磯), 스스키(鈴木)내각이 교대로 들어섰다. 미군이 오끼나와(沖繩)에 상륙, 요코하마 도쿄 대폭격으로 시가지가 허허벌판으로 변했다. 8.14 히로히도(裕仁)는 방송을 통해 항복 조서를 읽었다.

정수의 처 영애의 얼굴이 마중 나온 사람들 틈에 있었다. 옥문이 열리자 두 사람은 조용히 귀염둥이 딸과 아들의 얼굴을 떠올리며 감옥 정문에서 멀어지고 있었다.

## 4. 민족주의 리얼리티

「북간도」는 한민족의 뿌리를 추적하고 민족이란 무엇이며 수난의 역사를 극명하게 보여준다. 사건을 통하여 이어져 온 민족의 숨결은 민족감정의 끈질긴 정신을 증언한다. 만주대륙의 황량한 벌판에서 이민족(異民族)들의 야만적 텃세와 싸우면서 땀과 눈물로 황무지 북간도는 옥토(沃土)로 개발된다. 제1의 감자사건은 역사적이다. 간도 원류(源流)를 추구하는 작품 주제에 닿아있다. 역사의 커다란 수레바퀴가 어떤 방향으로 회전하던 백두산 정계비(定界碑)는 맹목적 집착을 훨씬 초월한다. 판단의 엄연한 진행 방향을 증언한다. 그 주제와 표현형식은 19세기 말 실향민의 삶속에 리얼리즘 문학의 높은 수준을 보여준다. 왜냐하면 리얼리즘이란 현실적 진행 방향에 대한 비판적 등장인물의 예리한 체험적 감수성에서 벗어날 수 없기 때문이다.

또「북간도」는 망국과 실향의 체험이 바탕을 이룬다. 이와 같은 피해의식, 피해망상은 한국이면 누구나 경험하고 있는 비애이다. 만주는 역사적으로 고구려 부여의 옛 땅이다. 우리민족은 옛 땅을 잃어버린 실향민의 후손이다. 조상 대대로 뿌리를 내리고 이어오던 우리의 땅은 모티프로 확고하다. 그 이상의 의미를 획득하고 민족의 삶의 공간 의식을 중요하게 부각하고 있다.

청일전쟁, 러일전쟁의 틈바구니에서 중국과 일본의 텃세와 침략야욕에 고통스런 삶은 슬픈역사의 희생양이었다. 원주민과의 피나는 투쟁과 죽음, 그리고 질병. 그것은 단순한 배경의 확대만이 아닌 한민족 총체적 피해 양상임에 주목해야 한다. 조선 말엽 척리정치(戚里政治)의 혼란 속에서 빈궁 서민의 단면을 허구화할 때 역사적 사실의 단면과 픽션 사이의 긴장관계는 무엇인가? 예술 자체를 희생하고 역사적 사실을 부각하느냐, 그 반대냐가 야기될 수 있다. 두 개의 균형과 조화 속에서 민족의식의 강조가 주제로 살아나는 것이다.

여기서 안수길 문학의 민족주의적 리얼리즘이 설득력을 얻게 된다. 따라서 작품「북간도」는 이창윤 일가의 가족사와 주변 등장인물들은 역사적 사건에 예속되어 잔잔하게 처리된다. 사건은 '북간도'라는 공간에서 민족의식이 어떻게 성장되고 상황을 어떻게 반영시켜나가느냐를 주목하게 된다. 가족사는 민족사의 가운데에서 그 소용돌이를 헤쳐나가는 비판적 인물로 변모되거나 순응하는 인물, 야합하는 인물 등 생활의 토양을 벗어나지 못한다. 간도 이주(移住) 초기, 청·일 세력 어느 쪽이 압제를 가져오느냐 하는 것은 예견할 수 없다. 그러기 전에 크게 강조되는 민족 주체 의식이 절실하다. 다만 도식적으로 선과 악을 판별하는 구성은 작품으로서 무게를 반감할 수 있다. 자칫 통속화 할 수도 있기 그렇다.

정수의 자수나 장현도의 현실 순응 태도가 그 하나의 예이다. 내용이 형식을 만든다고 하지만 무모한 형식은 저절로 만들어지지 않는다. 작가의 치밀한 예술적 안목과 감수성이 큰 힘을 갖게 된다. 외부적 상황은 현상을 유지하면서 통일하려 하지만 문예는 사회의 변화를 추구해서 점차로 이것을 분리시키는 힘이 있다. 따라서 이 작품은 리얼리티 수법의 입체적이다. 사회적 우여곡절을 겪으면서도 결국 역사적 필연을 실현하게 되는 인물과 사건이 제자리를 차지하는 입체적이다. 「북간도」의 성공은 민족주의를 강조하는 큰 주제에 적절한 리얼리티를 보여 주기 때문이다.

민족은 역사의 생동하는 힘의 소산이기 때문에 끊임없이 변동하는 것이지 결코 고정되어 있는 것이 아니다. 다른 민족과 구별되는 객관적 제 요소인 혈통, 언어, 영토, 정치적 실체, 관습과 종교를 가지고 있다. 제 요소의 어느 하나도 민족의 실존이나 정의(定意)에 본질적이지 못하다. 미국인은 하나의 국민을 형성함에 같은 혈통을 요구하지 않는다. 또 스위스인은 3-4개의 다른 언어를 사용하고 있으면서도 하나의 뚜렷한 국민을 이루고 있다. 객관적 제 요소도 중요하지만 가장 본질적 요소는 생동하는 적극적인 소속 의사이다. 현대로 올수록 다문화의 시대를 실감한다. 소속 의사의 불화에 의해 집안은 망한다. 서로딴 교수대에 매달리게 되는 비극이 될 수 있다.

## 5. 민족문학의 갈 길

민족주의는 개개의 최고 충성은 마땅히 국가에 바쳐져야 한다. 그것은 하나의 심리상태이다. 향토나 지방적 전통 또는 지역적인 기성 권위에 대한 적절한 애착이었다. 사실 우리민족은 다른 어떤 민족보다도 '민족'이라는 슬픈 감정에 결합된 존재였다. 세계사에서 보기 드문 민족공동체의 삶이 외세침략과 지배의 그늘에서 이어 왔다. 국권 상실 후의 1945년 해방과 함께 찾아온 것은 구토 분단이라는 晴天霹靂이었다.

일제(日帝) 때 우리문학은 식민지 통한의 기록이었다. 지금은 남한만의 자유 민주주의의 다양한 사회변화를 형상화하고 있다. 북쪽은 우리에게 아득히 먼 나라처럼 안개 자욱한 곳으로 그 실체를 감추었다.

또한 우리는 한강의 기적을 달성 경제대국으로 물질적 풍요를 누리고 있다. 부수적 사회악에 대한 도덕적 문제의 발생 등은 불가피한 현상으로 격동기 문학적 소재의 관심에 관여한다.

우리 민족사상의 가장 뿌리 깊은 민족주의는 자긍(自矜)으로서 전통을 계승, 그 재창조 주장이 활발하다. 좌·우 이념적 대적관계는 민족주의 앞에서 낯선 가슴들로 금지구역화 되었다. 좌·우 진영 모두 '민족'이라는 깃발 밑으로 모여들었다. '민족'만큼 편리하게 이용되는 말도 없다. 건강한 자기 정체성을 가진 사람은 어떤 경우든 창의성을 발휘하는 데 쓰이지만 마르크스적 변증(辨證)은 유우머 없는 거짓 휴머니즘을 표방한다.

1920년대의 고전(古典)발굴, 시조부흥론, 한글보급의 브나로드운동 등 복고주의적 모습을 취했었다. 그리고 1924·5년 경부터 요원의 불길처럼 번진 프로문학에 맞섰다. 그것은 프로문학의 보편성에 대한 문학인들의 한 반응이기도 했는데 민족문학운동의 기본명제는 조선적인 것의 발굴에 있었다. 실학이 발전하여 '조선학'이라는 개념으로 발전한 것과 밀접하게 대응한다. 조선적인 것의 탐구는 피지배계급의 해방을 주장하는 프로문학에 정면으로 맞서, 시급한 것은 피지배계급(프롤레타리아)의 해방이 아니라 조선민족의 독립이라는 주장을 펴게 된다.

당연한 결과로 목적문학보다 한글에 대한 경사(傾斜)가 이루어지며 시조 문학부흥에 갈채를 보내게 된다. 우익문학의 아름다운 문체에 대한 사랑과 세련된 회의적 표방은 진보적인 세계관을 형성하지 못했다는 지적을 받을 수 있다. 그러나 예술가에게 있어서 중요한 것은 탁월한 세계관이 아니라, 자기가 세계를 보는 방식을 탁월하게 드러내는 작업이다.

> 시조는 과거인이 과거의 시대정신 과거의 생활 의식을 표현함에 그치니까 현대인의 우리에게 교섭이 없다고 할는지 모른다. 그러나 모든 역사가 그러한

것과 같이 과거는 현재의 모태이다. 그 의식면이나 감각의 심천(深淺), 또는 상이가 있을지라도 거기에 조선인의 호흡 조선인의 혼이 면면히 흐르고 읽히고 펴진 것은 어떻게 할 수 없는 일이다. 그것이 예술적이면 예술적일수록 사상·관념·감정·감각의 이(異)를 초월하여 조선적이라는 이름 아래에 우리를 힘있게 불러 줄 것이다.

廉想涉 : 1926. 12 조선일보

분단의 역사는 지금도 계속되고 있다. 사람들은 미숙하고 혼란스러운 이념에 사로잡힌 채 포수의 자루(囊) 속에서 호흡한다. 이 사회의 이념적 지형은 어느 시대보다 훨씬 심하게 기울었다. 역사교과서 파동에서 위태로운 상황이 선명하게 드러나고 있다.

원시사회 인류는 혈연의 작은 부락을 이루고 모든 재산을 공유했다. 시장은 존재하지 않았다. 낯선 사람들 사이의 분업과 유통에 바탕을 둔 시장경제는 우리 마음에 너무 낯설고 거대하다. 우리의 마음은 늘 소박한 공동체를 그리워한다. 동(洞)은 우물이나 개천을 공유하던 마음에서 비롯했다. 문예는 아름다운 문체에 대한 사랑을 공유하던 마음에서 울어난다. 마을은 나누어 쓰며 모여 사는 집합체였다. 따라서 민족문학의 진로는 지방, 즉 향토나 지방적 전통, 지역적 권위가 살아 숨쉬는 특수와 구체에 경사되어 있다.

「메밀꽃 필 무렵」은 구성이나 서사에 의존하기보다 잘 익힌 우리말 어휘들과 암시 상징 복선 등은 신비스럽게 향토적 분위기를 창출한 일품이다. "밤중을 지난 무렵인지 죽은 듯이 고요한 달의 숨소리가 손에 잡힐 듯한 …"은 시에 가깝다. 서사인 듯 회의적 벌판을 걷게 한다. 이문구의「관촌수필」은 회고하는 에피소드를 나열한 구조가 특이하다. 일낙서산(日落西山) 등 8편이 토착정서 중심의 이야기다. 하근찬의「야호(夜壺)에서 성황당과 日帝의 징발 공물인 요강에 얽힌 민화. 조정래의「태백산맥」은 보성 벌교의 소작인들의 신음소리가 산맥으로 이어갔다. 백석의 시는 평안도 토착어와 풍속이 반영된 중간적 세계의 그림이다.

「북간도」는 57년에 '문학예술'誌에 쓰기 시작하여 67년에 그 제5부를 끝냈으니 꼭 10년이 걸린 대작이다. 68년 11월부터 '현대문학' 誌에 「通路」가 발표되고 그 속편인 「성천강」을 71년 1월부터 '신동아'에 연재했는데 북간도에 이어 소설 성천강은 근래에 있던 가장 길고도 힘들인 작품이 되는 셈이다.「북간도」는 만주로 移民 간 농민이 주 대상이었지만 「성천강」은 윤원구(尹元求)라는 주인공이 상인 출신 서민이다. 작품의 시대 배경은 조선왕조 말 개화기로부터 시작된다.

그 1부 '萬歲橋'는 유명한 함흥 市外를 흐르는 성천강에 걸려 있다는 다리다. 노일전쟁과 동학란으로 국정이 어수선한 가운데 이야기는 원구의 어린 시절부터 발단이 시작된다. 작가가 쓰는 수법에 있어서 종래의 양식과 달리 원구가 노경에 접어들어 엮어나가는 회고록을 소개해 나가는 형식으로 끌고 나간다. 유년시절의 다리밟기의 풍속 묘사로부터 이어진다.

…前史이래 임둔 예맥 고구려 발해를 거쳐 통일신라 고려를 지나 조선왕조의 말엽인 지금에 이르기까지 오랜 세월의 역사를 보고 있었던 성천강이요, 그 위에 놓여진 다리였다. 여진의 노략질이나 호란과 임란의 쓰라린 체험, 六鎭의 설치로 겨우 안도의 숨을 쉬었던 성천강이요, 만세교이기도 하다. 그러나 그 강과 다리가 이렇게 역사의 증인이라는 점을 심각하게 생각하고 다리밟기를 하는 사람은 거의 없을 것이다. 그저 강에 가지고 있는 정과 다리에 대한 믿음성과 습관이 주민들의 발을 그리로 움직이게 하는 거라고 보는 편이 무난할 것이다.
……

이러한 序章으로부터 전개되는 성천강의 주인공 윤원구의 집안은 祖父가 함흥에서 큰 무역상을 벌이고 있는 巨商이었으나 이것이 중도에 실패하여 조부는 부산으로 再起의 길을 떠나고 그 부친이 함흥에서 조그마한 상점을 보고 있었다. 원구는 이 서민의 가정에서 자라면서 여러 가지의 일을 겪게 된다. 먼저 토색질을 하는 함흥 관찰사에 대한 농민의 봉기가 일어났다. 사발통문을 돌려 수만의 군중이 함흥 성내로 쳐들어 와 당시 관찰사 김종환을 축출한다. 보통 때는 유순하기만한 농민이 한번 노하면 얼마나 무서운가를 눈에 보일 듯이 그려 나간다.

이것은 당시 동학당을 이야기하는 데서도 그대로 나타난다. 원구의 叔父 혁찬이가 동학당에 가담하고 이 무렵 동학당의 총대장 전봉준이 처형되고 반란이 수습된지 10년이 지났어도 그 세력이 관북 일대에는 그대로 뿌리가 박혀 있는 것이다. 이 동학당의 조직이 당시 함경도에 와 있던 日兵을 공격하는 것은 官의 무력과는 너무도 대조적이었다. 이어서 노일전쟁의 모습이 그려진다. 다른 나라의 군대가 와서 이 고장을 싸움터로 삼아 쑥밭을 만드는 약소국의 비애는 애절하였다.

이런 가운데서 원구는 동네 서당을 거쳐 보통학교를 마치고 성년에 가까울 무렵 장사로 나갔던 부친이 객사를 하고, 집을 꾸려가는데 뜻을 세워 조부가 있는 개명한 고장 부산을 향해 떠나 고향을 등진다. 부산을 거쳐 서울에 가서 학업을 계속했으나 初志를 이루지 못하고 다시 함흥에 와서 관립 고등학교 재학중, 그 시대에 뒤지지 않는 斷髮同盟에 앞장을 선다. 중퇴 또 중퇴라는 불명예 속에서 초창기의 힘들다는 육영사업에 헌신하기도 하고 불교포교소에서도 일하게 된다.

나라는 일본의 식민지가 되어 있었고 조선의 백성들은 괴로운 나날을 보내고 있었다. 원구는 해외로 망명할까도 생각하여 신의주까지 가서 기회를 보았으나 뜻을 이루지 못하고 실의에 빠진 생활이 이어져 있었다. 누이의 媤家인 甲山고을에 가서 친구의 알선으로 소학교를 세우고 후진을 가르치는 가운데 3, 1운동을 맞는다. 역시 그 시대적 임무에 뒤서지 않는 원구는 겨레의 궐기에 앞선다. 인간은 遊戲할 때에 限하여 인간이 되는 것이 아니었다. 여기에서 「城川江」은 완결된다.

이것은 안수길의 주요 작품계열에서 쉽사리 알아 볼 수 있게 한다.

55년에 자유문학상을 탄 단편「제3인간형」에서도 주인공인 작가 錫은 어떻게 사느냐 하는 데 있어서 남다른 고민을 하는 모습을 그리고 있다. 장편「북간도」에 나오는 마지막 인물 정수도 일제하의 만주에 머무르며 올바르게 살아나가려고 몸부림하는 주인공이다. 강자가 약자의 목덜미를 잡고 승리자로서 명령하려 할 그 순간 자부심을 갖고 다른 국민과 같이 떳떳하게 살아 갈 수 있겠는가?

약자였던 패배한 우리의 존엄은 그 가치를 높이는 것을 잃지 않았다. 식민지와 한반도 국민은 별개의 것이다. 한민족의 존엄은 조선왕조의 머리 위에 걸려 있는 것이 아니다. 개개인의 존엄은 정치적인 것과 다르게 그들의 특유한 가치를 창조하였다. 나라는 망하였어도 그것은 조국의 진가에 秋毫도 관계없는 일이다. 그 가치는 윤리적 卓越이며 정치적 운명과는 全然 관계없는 국민의 문화와 특성 속에 있다. 정치적 동요에도 불구하고 정신적 제국은 점점 堅固하여지며 점점 완전히 조직되어가는 것이다.

두만강 쪽 개짖는 소리에 가슴 두근대며 越江하여 사잇섬 감자를 캐온 이한복, 그리고 성천강 만세교 다리밟기하던 윤원구는 다 같은 실패한 농민이며 상인이었다. 개인적인 힘, 개인적인 활동, 개인적인 고락에는 인간이 열광적 정열이 필요하다는 것을 주장하기도 하고 그들의 자유를 어떠한 목적으로도 구속해서는 안 된다는 것이 오늘날의 작가정신이 되어야 할 것이다.

문예는 일반적이고 보편적인 것에서 아름다워지지 않는다. 특수하고 구체적일 때 꽃이 피는 비속의 미학이다. 지역문예의 특징이 관심과 주목을 끌 때 민족문학으로 가치와 규범이 가능해진다. 가장 한국적인 것이 가장 세계적인 문학이 될 수 있는 것이다. 시대와 문화를 선도하는 특수하고도 구체적인 전통적 대상을 미학적으로 완성시켜 나가는 울림과 감동에서 민족문학의 활로를 찾아야 한다.

미래의 세계질서는 영토를 초월한 시장과 자원에 대한 접근성에 있다. 내 고향의 시냇물이나 산과 들은 문학적 자원이다. 아울러 글로벌 시장화의 과정에서 시장을 폭넓게 이해해야 한다. 이러한 사회화의 시장을 이해하지 않으면 우리는 바탕부터 허물어진다. 우리 후손들이 현실적 세계관을 지니도록 해야 한다. 문학의 현실감각의 광장을 어디에서 찾아야 할 것인가? 인간존엄(人間尊嚴). 국가나 민족이라는 테두리를 벗어나 인류라는데 까지 생각이 미쳐야 한다. 인터넷 덕분에 세상을 더 많이 알고 소통하게 되었다. 일제(日帝) 식민지 시대의 저항방식인 구시대 유습인 이념논쟁에서 탈피해야 신 민족문학을 창작할 수 있다. 이것이 현실적 진정한 민족문학의 길이다.

# 주제와 기법의 다양성과 내적 독백
### -정한숙『田黃堂印譜記』『이여도』論-

## 1. 60년대 허무 의식의 의미

흔히 하는 말로 천국에 예술(언어예술)이 없다는 의미는 무엇일까? 문학과 사회의 관계를 고찰할 때 음악, 미술은 풍요한 경제적 토양을 요청하지만 문학은 사회 변천을 반영할 뿐이다. 오히려 사회변천이 문학을 결정한다는 견해가 있다. 문학은 부러진 분필 도막으로 흑판 구석에 그린 해도(海圖)이며 폭풍과 서릿발, 낭떠러지 바위 틈, 얼음장 속에서 피어나는 고난의 꽃인 것이다. 더구나 사회적 정치적 폭동 속에서만 위대한 작품이 결실된다는 극단적 실증주의적 견해도 갖고 있는 것이다.

다른 예술과의 구별이 경제적 풍요의 토양 위에서 불가능하다는 충분조건을 부정할 수 없다. 2차 세계대전 후 국제 역학 관계의 타율성(他律性)작용이 3.8분단선을 만들었다. 불가항력적으로 미·소의 사상적 싸움에서 자유민주주의를 선택한 자유대한의 이념은 민족의 정통성 계승이었다. 냉전 상태를 유지해 온 두 이데올로기의 충돌은 예견된 각본이었다.

해방 후 귀환 동포와 남하 월남한 인구이동은 리버럴리스트로서 전후문학 형성에 이바지한다. 선우휘, 이범선, 안수길, 정한숙 등 제1항의 구세대를 형성하고 휴전 후 전후세대가 제2항의 전후파가 된다. 이들 1항과 2항이 변증적 종합으로 60년대 4.19세대 새로운 문학적 전개와 문학사적 의미망 편성에 관여한다. 그들에게는 이념대립과 동족끼리 서로 살상하는 일에 심리적 외상(外傷)을 입고 있었다. 역사는 이러한 일에 대하여 방관자가 아니지만 아직 선악의 구별에 편견적 유보였다.

이 시대의 정신적 구조를 파악하기 위해 제2항의 전후파 세대의 형성 과정을 살필 필요가 있다. 유년기에 그들은 일본학교에서 식민지 교육을 배운다. 해방 후에는 군정청 학무국 발행의 닿소리 홀소리를 배워 한글을 익힌다. 애국가와 3.1절 노래를 풍금에 맞춰 부르며 동심은 성장하였다. 속성 프러그머티스트 교육철학의 초등학교 시절이다. 6.25 한국전쟁 시기는 기지촌과 피난길에서 눈물의 구호물자 옷을 입고 허기를 연명, 군가를 부르며 전쟁놀이 하던 추억을 가지고 있다.

낙동강 전선이 앞으로 나아가 후방 경비가 허술해 지자 공비(共匪)들이 산속에서 나와 여기저기 준동(蠢動), 마을의 소와 돼지 등 가축을 약탈하던 때도 있었다. 휴전 후 서서히 사회 질서 회복과 안정이 되어 갔다. 부산 發 피난민 환도 열차가 기적을 울리며 서울로 들어왔다. 학문의 바탕이 대학을 중심으로 형성되어 갔다. 이 시기에 대학에서 공부하였다. 자국(自國)의 전통문학 인식이 우선이었다. 차츰 제1항의 세대와 함께 외국문학에 대한 체계적 독서와 인식의 폭을 넓히면서 전후문학은 전통문학 극복 문제에 직면한다.

60년대에 세계사를 향하여 도약한 사실을 세세히 검토할 겨를이 없지만 1, 2, 3차 경제 개발 5개년계획으로 근대화의 열의가 하나의 당위적 요청이었다. 근대화는 곧 공업화를 그 정책적 기반으로 하기 때문에 자연, 도시 인구의 집중 현상과, 비례와 역비례의 관계개념은 농촌의 빈곤화의 양극화 모순 속에 이 시기 문학의 고민과 좌절이 가로 놓이게 된다.

문학도 역시 외부 사실에, 즉 사실 묘사의 수법에 이용되지만 이것은 인생관과 관련된 보다 철학적 태도이다. 19세기 중엽에서 말엽까지 사실주의적 철학에 따라 주로 서구 소설 문학에서 크게 성했던 경향으로 역사적 사조의 하나였다. 그런데 모든 문학은 보다 자유로운 인간 인식의 상상적 주체이기 때문에 본질적으로 철학의 관념론에 해당하는 이상주의로 길을 열어 놓는다.

플라톤은 우리가 감각으로 볼 수 있는 만상은 사실이 아니며 그 배후에 영원불변의 존재인 관념만이 실재라고 보았거니와 그리고 그 속에는 짙은 허무의식이 깔려 있다. 또한 60년대 도시 문화의 소비성향에 지배된 화려한 문체는 언어의 고도의 탄력성과 세련성을 획득하였으며 이는 서구문학의 독법에 상당히 습관화된 독서인구의 수준 향상과도 무관하지 않다.

전후문학의 주제가 흔히 휴머니즘에 놓인다는 것, 극한상황에서 인간조건 문제가 자동적으로 주제의 보편성으로 상정된다. 따라서 그 주제의 심화에는 기법의 새로운 시도가 불가피하다. 전통문학의 극복문제는 앞에서 말한 바지만 새로운 기법의 조작은 극한상황에 뛰어든 행동의 인간상과 그 내면적 의식을 그리기 위해 의식의 흐름이나 내적 독백이 불가피하다. 이 시대 대학에서 교육받은 외국 문학의 방법론에 직접적으로 연결된다. 자생적 또는 전통적 소산이 아닌 점이 그 한계가 인정된다.

흔히 아프레게르적 모랄을 극복하는 전후문학 기법실험과 주제 및 언어의 양극적 양상이 일어난다. 사회적 가치 또는 도덕 기준을 잃은 혼돈상태 즉 아노미(Anomie)가 더욱 고조되는 현상이 연유되기도 하였다.

## 2. 『전황당인보기』, 『이여도』 작가 정한숙

일오(一悟) 정한숙(1922-1997)은 평북 영변에서 출생하였다. 유치원 2년, 보통학교 8년, 영변 농업학교를 거치면서 교회 유년부 주일학교에서 성극(聖劇)을 지도하기도 하고, 때로 찬양대원으로 16세까지 기독교에 심취했었다. 중학교 때 춘원 이광수 소설의 큰 스케일과 주인공의 민족에 대한 숭고한 사랑에 감탄했고, 상허 이태준의 세련된 문장과 섬세한 단편문학 묘사 능력에 영향을 받았다.

김소월의 진달래꽃의 고장, 영변 골을 둘러싼 산줄기는 묘향산을 잇고 있는 명승지였다. 동남으로 청천강 원줄기가 흐르고 서쪽으로는 지류인 구룡강이 흐른다. 일찍이 최고운(崔孤雲)이 말한 대로 약산사방 고준령 석삭립칭 천작지역(藥山四方 高峻嶺 石削立稱 天作地域) 천지조화로 응결된 고봉준령은 예리한 칼로 깎아지른 듯 낭떠러지 발붙일 곳 없는 돌 벼랑위에 천년을 헤아리는 앉은뱅이 늙은 소나무. 그 사이사이를 수 놓은 듯이 진달래가 불타듯 피어난다.

짙은 녹음 속에서 하루 종일 뻐꾸기가 울고 장마 지난 뒤 하늘이 높아지면 다래 머루가 덩굴 속에 무르익으며 온 산이 홍염으로 물든다.

일제 말에 징용을 피해 국경지대 만포와 강계에 숨어 지내다가 해방이 되어 고향에 돌아 왔다. 고향땅은 이미 공산당의 정치적 소용돌이가 몰아치고 있었다. 자유를 찾아 월남했다면 너무 상식적이지만 사실이었다. 1946년 단신 월남이었다.

해방 후에 보성전문(普城專門)이 고려대학으로 승격되면서 초창기 대학에 입학하여 1950년에 졸업. 배고프던 시절 본관 옥상에서 냉수로 점심을 때우면서 대학시절 용돈벌이 아르바이트하기 위해 '조선예술'지에 낸 「흉가(凶家)」가 당선. 소설가의 길에 오른다. 본격적 발표 시기는 6.25 동란이 진정되어 가던 1953년 중편 「배신(背信)」이 조선일보에, 1955년 단편 「전황당인보기」와 희곡 「혼항(昏巷)」이 한국일보 신춘문예에 입선되면서 작가의 입지를 굳힌다.

1946년의 백맥(白脈), 시탑(詩塔)의 후신인 주막(酒幕)동인으로 전광용, 정한모, 전영경 등과 활동한다. 어수선한 시대적 상황이지만 20대 중반 혈기 왕성한 시기, 술로 맺어진 우정은 시사적이었다. 부산 피난 시절 커다란 민족적 비극을 현장에서 직접 경험하면서 황순원, 김동리, 허윤석, 박연희(朴淵禧), 박목월 등 문인과 친교를 나누게 된다.

1950년 대학졸업 후 휘문고교 교사로 봉직하고 휴전 후 55년부터 60

년까지 명동에 모여든 문인들과의 분위기가 창작열을 고취시켰다. 순수나 통속이니 떠들어 대던 선배들과 술좌석을 같이하면서도 인간적 친분은 두텁지 못했다. 정열과 역량을 명동에서 10여 년을 소비했다면 60년대 후반과 70년대는 대학에서 강의에 몰두, 연구실에 묻혀 살았다. 이미 국어국문학회 창립 임원에 참여하였고 60년대 중반부터 연구논문이 활발히 발표되었다. 학술적 저서가 1973년 부터 『소설기술론(小說技術論)』, 『현대문학사』까지 모두 7권이 간행되었다.

작가라는 이유에서 소설의 기술적 측면이나 문장, 인물의 성격 등을 중심으로 쓴 작가론이다. 이를 종합한다는 점에서 작품중심으로 문학사를 기술한 것이다. 난삽한 방법론이나 거창한 이론은 거추장스럽다는 그의 지론이다. 요는 작품을 충실히 읽느냐가 중요하다. 우리의 작품을 제대로 읽지 않으면서 西歐논리의 재단식 적용은 시정되어야 할 것이다. 채만식을 다룬 '붕괴(崩壞)와 생성의 미학(美學)'과 김래성과 정비석 등의 작가를 다룬 「대중소설론」같은 논문들은 독자적 관점이다.

1957년 6월 하순「문학예술」지 편집 여직원이 이달에 실리기로 한 150매 작품이 차질이 났다고 꼭 부탁한다는 원고청탁을 받고 내일까지 건네주기로 약속. 이때 한 달 전에 만났던 송석하씨 이야기(송석하씨 고향이 경북 榮州고을, 壯東김씨와 퇴계 후손인, 이씨 그리고 권씨 등의 문중다툼으로 6.25동란 후 피해가 많았다는 이야기)가 떠올라 하룻밤 사이에 탈고한 것이「고가」(古家. 57「문학예술」)이었다.

6.25 동란 비극은 이데올로기적인 대립에 앞서 봉건제도나 관습과 같은 것의 한국적 비극을 부각시켰다. 여주인공 길녀가 목매달아 죽는 것에서 그 원형을 보게 된다. 하나의 보수적이라기보다 여성적 미덕이다. 여인들의 희생과 헌신이 오랜 역사적 시련을 꿋꿋하게 버텨오게 만든 힘이 되었다. 「이여도」의 초점은 다른 곳이 아니다. 자기들이 살고 있던 디딤바위 3, 40호 조그만 보리밭 옆 마을이라는 순복의

아내 말에 함축된다.

작가 정한숙은 학계와 예술 행정에 두루 업적을 남겼다. 고려대학교 사범대학 학장. 명예교수. 문학박사. 예술원 회원. 전국소설가협회 부회장. 국제펜클럽 한국본부 이사. 1991년 한국문화예술진흥원 원장. 제24대 대한민국예술원 회장 등을 역임했다. 격동하는 시대사적 흐름 속에서 학술적 방향 이외에 이 시대에 대한 탐구의 힘과 개인의 삶에 대한 시선의 생명력이 예술행정의 중책을 이끌어 온 큰 줄기였다.

왕성한 창작활동을 통해 단편 「묘안묘심(猫眼猫心. 55)」, 「전황당인보기(田黃堂印譜記)」, 「닭장관리」, 「금당벽화(金堂壁畵)」, 「허허허(噓噓噓)」, 「도정(途程), 「눈내리는 날」, 「닭」, 「굴레」, 「목우(木偶)」, 「쌍화점」, 「화전민」, 「예성강곡」, 「두메」 등등 160여 편의 작품이 있고, 장편소설에 『이성계(동아일보 연재 65)』, 『처용랑』, 『황진이』 등 17편이 한국일보에 연재되었다.

괄목할 만한 작품 활동은 다작의 작가, 재능있는 작가의 세평(世評)과 평단(評壇)의 주목을 한 몸에 받았다. 그는 다양한 소재와 수법으로 구성상의 시험을 시도한 작품세계는 이상주의적이었다. 동시에 현실주의자임을 말해 준다. 새로운 시대 상황에 살아 갈 새로운 한국적 인간상의 창조라고 말하기도 한다. 대한민국 예술원문학상, 내성문학상, 흙의 문학상을 수상하였다.


### 3. 『전황당인보기(田黃堂印譜記)』

수하인(水河人) 강명진은 야인 시절의 석운(石雲) 이경수와 같은 선비로서 절친한 친구였다. 이경수가 관리가 되면서 두 사람은 자주 만나지 못한다. 강명진는 도장을 새기는 장인(匠人)이자 서화를 좋아하는 선비기질의 인물이다. 세속적인 출세와 거리가 멀지만 서화를 벗하며 기생 산홍을 곁에 두고 호젓한 삶을 즐긴다.

그의 벗 이경수가 높은 관직에 오르게 되자 친구로서 축하 선물을 하려한다. 그가 가장 아끼고 간직해 오던 전황석 석재로 된 인장을 준비해 가지고 친구 집을 방문, 인장을 내 놓는다. 이미 이경수는 물질적 욕심을 탐하는 속물이 되어 있었다. 전황석 인장의 진가와 정성을 알아보는 인물이 아니었다. 오직 황금에 눈이 멀어 물욕에만 집착하고 있었다.

전황석으로 새긴 인장을 값싼 물건이라 비웃으며 그의 친구 오준에게 줌으로써 마침내 그 인장은 도장방에 팔린다. 도장방 주인이 그 전황석 인장을 수하인을 찾아와 내놓는다. 이 인장을 본 강명진은 가난하지만 물욕에 빠지지 않고 살던 시절의 벗이 속물적 인간으로 변한 것에 크게 낙심한다.

부정한 청탁의 댓가로 금품을 받아가며 품격을 잃어 가는 옛 벗에게 실망감을 지울 수 없다. 그는 자신이 평생 아끼고 보관해 오던 인장을 꺼내 한지(韓紙)에 산홍이가 보는 앞에서 인장을 찍어 인보(印譜)를 작성한다. 산홍이가 먹을 갈고, 수하인이 황모필 가는 붓으로 전황당인보(田黃堂印譜)라 표지에 썼다.

재물과 권력 유무로 인격을 평가하는 현대 사회의 가치관으로 보면 강명진은 시대에 뒤떨어진 인물이다. 선비적 예인(藝人), 즉 장인(匠人)들의 삶이 그런 인간일지 모른다. 그의 삶이 외롭고 스산한 이유는 그가 이 시대에 와서 하강곡선의 길에 있기 때문이다. 반면에 부정하고 부도덕한 방법으로 권력을 얻고 재력을 늘려나가는 이경수의 삶은 상승국면에서 빛이 나고 있다.

두 옛 친구의 하강적 삶과 상승적 삶을 독자 앞에 보여주고 있다. 작가는 두 인생의 모습을 조명하여 독자에게 묻는다. 보이지 않고 잡히지 않는다고 존재하지 않는 것은 아니다. 수하인 강명진의 삶은 표면적으로 보면 실패한 삶 같지만 그 이면에는 타락한 세태에 휩쓸리지 않는 도저한 삶의 깊이가 담겨 있다.

그의 삶 밑 바닥에 흐르는 보석과도 같은 삶의 의미들이 전아(典雅)

한 한문 투의 문장과 조화를 이루며 독특한 향기를 풍기는 것이다. 보이지 않는 세계에 숨어 있는 전통미에 대한 향수를 느끼게 한다. 격조 높은 전아한 문체가 아(雅)하고 담(淡)한 숨결로 호흡하고 있다.

## 4. 『이여도』

오솔길의 추억. 마을 언덕에서 내려다보이는 바다가 있다. 6년간의 군대 복무기간 나의 가슴은 3.40호 안짝의 마을과 순복, 상운 나(영근) 단짝의 추억을 회상하는 것이다. 세 사람은 범선을 타고 나갔다가 표류한다. 선장과 두 명의 선원에게 구조된다. 이틀 후 디딤바위마을에 돌아온다. 어른들이 짜리 잡는 어장과 더 멀리 수평선 끝 신비한 꿈을 지닌 곳을 바라보고 왔다.

그 후 학교에 다닐 때 교실 흑판에 분필 도막으로 지도를 그려 표류 지점을 확인해 보기도 한다. 6.25사변 때 디딤바위 마을의 바위가 송두리째 날아갔다. 내가 수병에서 돌아왔을 때 여동생은 미군을 따라 갔고 어머니는 사망, 부친만 살아 있었다. 나는 부상병으로 불구가 되었다. 상운은 동부전선에서 전사. 순복이는 편모 슬하(膝下)인 이유로 세 동갑들 중 먼저 장가를 갔다. 그 아내도 순복이가 군대간 뒤 일 년이 못되어 마을을 떠났다.(인천에 산다는 둥, 서울 종로 색주가에 있다는 둥) 소문이 구구했다.

순복이와 나는 바다에 나가 짜리를 잡았다. 그의 눈빛은 배 위에서 바다를 바라보는 것과 바다에 나와 수평선을 보는 것이 달랐다. 꿈과 추억의 동산인 언덕길을 쳐다보는 눈동자는 옛날 무지개를 따르던 소년의 눈빛이 아니라 슬픔과 원한이 흐르고 있었다. 그의 입에서 절로 뱃노래가 흘렀다.

> 이여도사 이여도사
> 나의 사랑 그대는 이여도에 갔는가 이여도사
> 이여도사 이여도사

돛을 단 저 배는 이여도로 가는 밴가 이여도사

이여도 …… 그것은 누구도 가 보지 못한, 어디에 있는지 조차 모르는 섬이다. 그러나 배를 타는 뱃놈은 예로부터 그리던 섬이 분명하다. 신비의 나라 이여도… 그러나 그 희망과 꿈은 누구도 실현해 보지 못한 비극의 섬이다. 노랫소리의 주인공은 파도 속에서 찾지 못한 채 뱃머리를 돌려야 할 때, 나는 불안한 슬픔이 짙은 안개발이 소리 없이 쌓이고 있었다.

나는 오늘밤 마을 초등학교 예술제에 참석해야 한다. 늙은 교장으로부터 초청을 받아서다. 승복의 아들의 당부도 받았다. 그 구경꾼 틈에 끼여 내가 다니던 그 시절로 돌아간 기분에 사로잡힌다. 아버지의 해소 기침소리를 뒤로 하고 언덕길에서 이르러 파도소리가 들린다. 파도 속에 묻혔던 불빛이 다시 깜박거린다.

그 배에 앉은 사람은 세 단짝의 그림자요 속삭임이었다. 우리들은 어둠을 타고는 바다에 나가지 않았다. 모험성이 위축된 것이 아니다. 우리들 앞에 마련된 따스한 등잔불이 설레는 정열을 가라앉혀 주었다. 병신이 되어 언덕에 서 있는 것이 아니라 등잔불 앞에 앉아 있는 소년으로 돌아가 있다.

바다를 표류한 세 단짝의 어린 시절은 학교 운동장 버드나무 밑에서 고누를 두고 놀았다. 직원실 쪽에서 들리는 풍금소리는 새로운 위안이었다. 갓 부임해온 여선생님을 校舍 뒤에서 발견한다. 선생님은 변소엘…… 더구나 여 선생님이 ……사실 선생님은 소변을 보거나 뒤를 보고 있으리라고는 생각지 않았다. 그분들은 절대적 존재로 생각하였다. 우리들은 뒤로 가서 엿보기로 하였다. 들키고 말았다. 억센 남자 선생님 주먹이 머리를 갈긴다. 꿇어앉힌 채, 선생님에 대한 신비에 가까운 존경심은 그날 날아가 버렸다.

그때까지 바다의 아들이란 나의 자랑도 뱃놈의 아들이란 부끄러움으로 위축되고 말았다. 지금 나는 가혹한 벌을 받고 돌아오던 길을 예술제 때문에 서둘러 가고 있는 것이다. 그것은 길남이가 출연하는 예술제가 아니라 나 자신의 어린 시절을 구경하러 가는 것이었다.

연극의 제목은 '디딤바위 마을 사람들'이다. 교장선생님은 각본에다 구성 연출까지 하였다. 물통까지 들고 선 벌은 조숙한 우리들의 모습이라면 지금의 연극에 나오는 주인공의 조숙은 무엇이 원인일까? … 감정을 살린 유창한 암송과 기억력이 대단하다. 교장은 무슨 이유로 이런 각본을 썼을까… 그는 디딤바위가 서 있는 마을의 진정한 증인이 되고 싶어서였을까? 어슴프레한 밤, 효과를 내기 위한 파도소리가 깊어가는 밤 바다 고요를 더한다.

세 그림자가 움직인다. 그들은 모래사장에 끌어올려진 배위에 올라 앉아 있었다.

> "일 년 열두 달 그물을 펴고 짜리를 잡아 봤댔자 겨우 입에 풀칠하기 바쁜 세상이니… 파도에 생명 거는 것은 매일반이 아닌가? 한 번 하면 우리도 팔자를 고칠 수 있지 않아? 이 기회에 고치지 못하면 우리들의 살과 뼈는 바닷물에 썩어버려 … 우리 할아버지가 그랬고, 아버지도 그렇지 않았나?"

영수는 두 사람의 말에 동조하고 행동하기로 한다. 주저주저 하면서도 돈 뭉치를 받아 들었다. 무대 뒤에서 영수 아내의 앙칼진 목소리가 울렸다. 남자의 신의가 중하지만 조그만 것을 위하여 큰 것을 배신할 경우…… 아내는 영수를 끌어다 앉히고 침착하게 속삭인다.

이여도의 뱃노래를 알지… 내가 고개를 끄덕이자 당신은 제 이름을 부르며 이런 말을 하지 않았어요. 이여도란 딴 곳에 있는 것이 아니라 우리들이 앉아있는 이 디딤바윗골이 조상들이 대대로 찾아 헤매던 이여도야… 그날 밤부터 디딤바위가 서 있는 마을은 당신 말대로 제 마음의 낙원이요, 이상향이 되었던 거랍니다. 당신이 군 입대 이후 이 마을이 이여도가 아니었더라면 당신을 기다리지 못했을 겁니다. 이여도를 무슨 이유로 죄악의 수라장으로 만들려 합니까? 영예로운 군복

대신 죄의 댓가인 푸른옷을 입는다면… 아니 어떻게 하여 그 옷을 안 입더라도 한번 잃어버린 이여도는 찾지 못할 것입니다.

영수는 참던 괴로움을 견디지 못하고 일어섰다. 관객석의 나도 일어서고 말았다 운동장 끝 옛날 고누 놀음하던 버드나무 밑. 영수 부부가 아니라 순복이 부부로 바뀌어 보인다. 그들이 주고받던 대사가 귓속에 되살아난다. 내가 처음 밀수선에서 짐을 운반하여 한몫 돈을 얻어, 인천이나 서울로 그의 아내를 찾아가 보자고 권했다. 순복이가 빙긋이 웃던 그 웃음은 무엇이었던가?… 피날레는 어떻게 되었을까? 영수는 아내의 권에 따랐을 것이다.

혼자 머릿속에 정리하며 걸어갈 때 길남이를 업고 오는 순복의 아내를 만난다. 나는 그녀의 등에서 길남을 받아 업었다. 마을은 어둠뿐 아니라 안개까지 덮히고 있었다. 그녀의 집 앞 마당에 이르러 길남이를 그녀에게 내려 주었다. 나는 한참동안 마을 쪽을 바라보며 서 있어야만 했다. 마치 그 옛날 우리들이 예술제에서 출연한 장면을 연상할 뿐 아니라 기분도 야릇하였다.

우리들의 연극은 『호동왕자와 낙랑공주』이었다. 순복이가 왕자로, 장길자가 공주, 나는 왕자의 시종(侍從). 그리고 고구려 왕의 왕비에 길곱순. 공주 배역 때문에 장길자와 길곱순 사이는 찬바람이 불었다. 주연 배역을 놓친 길곱순의 눈엔 무서운 적개심이 넘쳐흘렀다.

극중 마지막 장면에서 낭랑왕은 누각의 고각을 부신 공주의 소행을 국법으로 처형하고 투항. 고구려군은 낙랑군을 점령하였다. 호동왕자는 시종을 거느리고 궐 안에서 비탄의 목소리로 '나는 영토와 왕권보다 소중한 것을 잃었도다. 눈이 어두운 나는 사랑을 잃었노라' 탄식할 때 설상가상으로 왕자는 왕후의 친 아들이 아니기 때문에 왕자를 시기하여 참언한다.

'내 이제 무엇을 밝히려 구구한 변명을 하랴? 국모의 허물을 밝혀 부왕을 괴롭힘보다 스스로 누명을 씀이 자식 된 도리일레라.…'

왕자는 칼을 뽑아 자기 목을 찔렀다. 시종인 나는 허수아비같이 그 옆에 서서 있는 채 휘날레의 대단원의 막이 내려왔다. 풍금소리에 맞춰 슬픈 합창이 무대 위에 울려 퍼져 나갔다.

순복의 투신 자살 후, 유품(遺品)중에서 조그만 수첩을 발견한다. 나는 그것을 간직한 며칠 후 펼쳐 보았다. 군대기록보다 제대하고 나온 후의 일이 씌어져 있었다.

195X년 월 일
고향으로 돌아오기 전까지 나는 수많은 파괴된 도시를 구경했다. 그때마다 나는 무계획한 파괴가 얼마나 무섭고 비참했다는 것을 절실히 느꼈다. 이런 도시에 비하면 내 고향 디딤바위 마을은 옛 모습을 지키고 있는 셈이다. 파도와 바람과 마음도 변하지 않았지만 내 마음을 스치고 지나가는 황폐한 슬픔과 고독은 파괴된 도시에서도 느껴보지 못한 느낌이었다.
상운은 동해안에서 전사했고 영근이는 아직 돌아오지 않았다.
우리 세 단짝의 꿈은 씻기어 나간 파도모양 이젠 영원히 돌아올 수 없는 추억들이다. 네거리의 나의 처갓집은 낯모르는 피란민이 살고 인천으로 갔다는 처갓집… 아내도 친정을 따라 그곳으로 갔으리라는 소문이다. 곱순이가 주둔했던 외국부대를 따라 떠났다는 소리…
이여도는 바다에 있는 것이 아니고 바로 여기가 아닐까요. 우리가 지금 앉아 있는 디딤바위 언덕 말이에요. 아내는 같은 반의 동갑으로 낙랑공주 역의 장길자, 나는 왕자. 두 사람은 부부가 되지 않았던가?

195X년 월 일
이번 여행은 모험성을 띤 것이다. 세 단짝이 바다로 가던 황홀한 꿈을 좇던 여행일 수 없었다. 지난 날의 나의 전우. 상이용사… 그것은 그가 달고 있는 훈장과 같이 영예롭고 찬란한 이름이다. 얼마나 강하던 우리들 자존심이던가? 우리의 자존심을 앗아간 것은 무엇이었을까… 지금 내가 외치고 있는 것은 조국이나 동족에 대한 호소는 아니었다. 값싼 감상… 일찍이 우리들이 제대하고 나올 때 기대했던 것은 이러한 동정이 아니다. 의무를 감당함으로써 이루어지는 권리로서의 생활을 바랬던 것이다.
인천거리는 지형마저 바뀌어진 것 같았다. 전쟁이란 파도는 우리의 평화롭던 가정의 방주(方舟)를 난파시킨 것이다. 역대의 제왕들이 고이 잠들어 있는 서울 종로 종묘(宗廟)의 성역이 돌담으로 가려진 이곳은 세칭 종삼이라 불리는 거리다. 정염(情炎)의 불길이 피었다 지는 밤거리…고향의 풍문과 곱순의 증언(연극 주인공 공주 역으로 적개심을 품던 길곱순)을 그대로 믿었던 것일까… 변한 것은 주위가 아니라 나 자신임을 깨달았다.

호동 왕자였던 순복이와 공주였던 장길자… 생각하면 이미 우리들의 운명은 그때부터 암시 받으며 살아 온 것이 아닐까… 공주를 배신한 호동이 자결의 길을 택할 수밖에 없었듯이 자기 정체를 잃은 순복이의 양심의 가책과 영원히 아내를 찾을 수 없다는 순박한 정열이 바다에 살기 위해 투신한 것 아닐까?

순복이를 묻고 돌아 온 어느 날 순복의 처, 즉 장길자가 아들을 데리고 돌아왔다. 나를 보자 새로 북받치는 설움에 얼굴을 돌리고 오열한다. 옆에 서있는 어린애는 골격부터 순복이의 어린 시절을 그대로 뒤집어쓴 모습이다. 수습할 수 없는 비극을 저지른 회한 속에 머리를 들 수 없었다. 그녀가 살아온 과거를 뉘우침으로 듣고 있었다. 친정을 따라 피란 도중 포격으로 친정을 잃어버린 횡액(橫厄)…수병인 남편을 찾아 진해 인천… 소문으로 떠돌아 다니는 사이에 등에 업고 다니던 놈이 제 발로 걷게 되었고 전사한 줄만 알았던 남편이 제대하여 귀향했다는 소리를 듣고 부랴부랴 달려왔다는 것이다.

유일한 등불은 꺼져버린 때다. 우리 주위는 낭떠러지 절망과 어둠뿐이다. 나는 지난 시절을 돌이켜보며 순복의 아들 길남이와 배를 타고 노를 당겼다. 대대로 살아온 디딤바위골 사람들이 기쁨이란 이여도에 모든 희망과 행복마저도 거기에 두듯이 ……

## 5. 결어

창작은 알고 있는, 혹은 듣고 경험한 세상살이를 표현한다. 실제로 주위를 곰곰이 관찰해 보면 현실이란 노상 예상치 않던 일이 일어나는 걸 알게 된다. 그런 일들이 너무 자주 일어나기 때문에 그 관계망의 의미도 알 수 없을뿐더러 예상하지 않던 방향으로 상호 충돌이 일어나는 건 지극히 자연스러운 일이다.

이 세상은 반드시 합리적인 장소만은 아니다. 또 질서정연하게 움직이는 것도 아니다. 『전황당인보기』는 6.25 전쟁이 소시민의 삶에 어떤 영향을 주었는지는 수하인(水河人) 강명진과 석운(石雲) 이경수가 생생히 보여준다. 작가는 두 사람의 삶을 사실적으로 묘사하여 독자로 하여금 어떤 삶이 진정 올바른 삶일지 생각하게 만든다. 도덕적인 삶, 물질적 부정한 삶, 그 사이에서 망설이는 삶도 있을 수 있다. 비슷한 고민으로 방황 끝에 읽는 사람이 스스로 느끼도록 한다.

인간의 역사는 항시 여러 문화가 뒤섞여 온 역사이다. 침략이나 전쟁의 파괴가 그런 식으로 있어 왔다. 모든 문화에 대한 공손한 마음, 관용이 필요하다. 다른 문화로부터 영향 받지 않은 문화는 어디에도 존재하지 않는다. 60년대 우리의 작단(作壇)의 젊은 층 일부에서 다툼 비슷한 것이 있어왔다. 어느 누가 옳고 그르고는 처음부터 없는 것이다. 그 기준 자체 부터가 낡은 굴레이다. 일찍이 데카르트도 어느 사신(私信)에서 토로하지 않았던가?

"누구건, 어느 한 가지만 깊이 알면 그 한 가지 맥락의 이야기밖에는 할 줄 모르게 된다"라고. 따라서 진정한 발전의 촉진을 가로 막고 있는 최대의 폐해는 지식의 부족이 아니라 그가 가진 지식의 착각인 것이다. 모든 문학의 목적도 고정관념을 깨고, 사고방식을 바꾸고 인간을 통째로 뒤흔들어 놓는데 있다.

『이여도』는 세 동갑 단짝의 표류장면의 회상이 부풀어 오른 바다에서 시작된다. 만 육 년의 군대생활, 배가 폭파 후 구조되는 일이 있었다. 표류 ①항, 수병시절 배 폭파 ②항이 연상 수법으로 연결된다. 예술제 장면에서 『호동왕자와 낙랑공주』는 선(先)과거인 왕자의 자결로 연극이 끝나고, 바다에 순복이 투신한 사건은 후(後)과거로 연결. 예술제 연극《디딤바위가 서 있는 마을 사람들》에서 현재의 밀수 짐 운반으로 돈을 벌려는 사건은 현재. 선과거←후과거←현재가 역시 내면 연상으로 이어진다.

서구 심리주의 소설 수법인 의식의 흐름(일명 내적독백)과 유사점이 있다. 그 작품구조가 입체성과 난해성을 띠게 된다. 이 작품이 마을의 현실만을 평면적으로 표현했다면 얼마나 무게없이 무미건조하게 가라앉고 말았을까.

다시 강조하고 싶거니와 문학, 예술은 본래적으로 세계를 분석 탐구하는 것이 아니다. 그렇게 분석 탐구하고 있는 동안 이미 세계는 다른 차원으로 60년이란 세월이 저만큼 흘러 왔던 것이다. 특정한 세계이해나 인간파악을 위한 증거나 문서로서 작품을 활용하는 것은 작품이해의 정당한 길이 될 수 없다. 모든 어부들의 꿈과 희망, 신비의 나라 이여도를 향한 끈덕진 이상은 버리지 못한다.

순복의 아들 길남이를 데리고 바다로 나간다. 길남은 뱃머리에 앉아 뭉게구름이 떠 있는 수평선을 직시하며 무슨 모험을 꿈꾸고 있는 듯 앉아 있다. 나는 길남이라는 등불을 지키는 외로운 등대수(燈臺手). 연극에서 무언극의 주인이었던 것은 나의 얄궂은 운명이었나? 왕자의 자결을 손 놓고 멀뚱멀뚱 보고만 있던 시종(侍從)과 같은 방관자가 아닐까?

복잡하고 난해한 문장의 명석성(明晳性)이 우리에게 비상한 쇼크와 충격을 준다. 다만 이해하는 데 시간이 걸릴 뿐이다.

# 토마스 · 만 「魔의 山」의 史的 고찰
## -도이치 네오휴머니즘 調和的 탐색론-

## 1. 전조(前兆)적 르네상스 현상

이탈리아 르네상스 화가이며 조각가인 지옷토(1266-1337?)는 피렌체 교외에서 태어나 후에 이탈리아 각지를 편력하며 작업하였으나 현전하는 작품은 근소하다. 피렌체의 성왕(聖王) 로체 성당의 바르디 및 페롯치 교회당의 벽화조차도 거듭되는 개채(改彩)로 자료적 가치는 빈약하다. 중세 이탈리아 미술 전통으로부터 형해화(形骸化)한 비잔틴 양식과 혼탁한 고딕 양식을 배제하고 자유롭고 진실로 조형적인 공간을 구성한 점에 커다란 공적을 남기고, 피렌체 파(派)의 조형적 전통을 창시하여 르네상스 회화의 선구가 되었다.

북쪽의 프랑스에서 발간된, 13세기 「식물도감」에서 다루어진 식물이 실제로 존재하는 풀이나 나무는 실제로 이 세상에 있음직한 식물이라곤 하나도 없는 그 모습이 괴상하고 상상할 수 없는 어떻게 하여 그렸는지조차 짐작이 가지 않는 괴물(怪物)들의 그림 뿐이다. 한편 14세기 「약초도감(藥草圖鑑)」에서는 딴판이다. 두 개의 도감은 똑같은 목적으로 제작되었는데, 후자의 약초도감에 와서는 모든 식물이 사진판이라 할 만큼 아주 리얼하였다.

불과 1세기도 되지 않은 짧은 기간에 그만큼 인간의 정신에 큰 변화가 있었다는 것을 알 수 있다. 여기에 그린 그림을 그린 사람은 매우 진지하게 이런 식물이 존재한다고 주장했을 것이다. 심지어 두 눈으로 보았다고 말했을 것이다. 식물도감의 그림은 이 시대의 세계관을 엿볼 수 있는데, 즉 세계의 밑바닥에는 땅 위의 모든 것을 지배하는 괴물이 있다는 미신적, 또는 어떤 신(神)이 이 세계를 지배하고 있다는 공포감에 빠져있을 수 있는 것이다.

14세기에 와서야 공포감에서 벗어나 현실 세계의 합리적 질서를 파악하기까지 사고 방식이 달라진 것이다. 어둠에서 광명으로, 이런 것이 르네상스였다. 이것은 인간이 인간답게 살아가기 위해서 정신 내지는 문화 세계의 새 아침을 맞이한, 전대미문의 문화 운동이었음을 보여주는 것이다. 「약초도감」과 같은 새로운 사상의 서적이 등장할 14세기 초, 남쪽의 신흥 도시 피렌체 교회에 사람들이 모여 있었다. 여기서 그들은 그리스도의 전기(傳記)를 그린 벽화를 보며 유쾌하게 농담을 주거니 받거니 환담하는 것이다.

"이봐, 이 그림에서 요셉(Joseph. 구약 스가랴, 신약 '마태복음' 성모 마리아의 약혼자)은 왜 이렇게 늘 음울한 모습일까?" "자기의 약혼자가 임신했는데, 그 아이의 아버지가 누구인지 알 수 없으니 언짢은 표정일 수 밖에…" 폭소가 터지고 주위에 있던 사람들은 그 사내의 재치 있는 답변에 감탄을 했다. 이 자리에 모인 사람들은 당시 피렌체에 있던 예술가 또는 휴머니스트(인문주의자)들이었다. 그들이 교회에 온 것은 두 가지 목적이 있었다. 예배도 보고 벽화도 구경하자는 것인데 이 틈에 끼어서 재치있는 답변을 한 사람은 모두(冒頭)에서 소개한 지옷토였던 것이다. 여기에 인용한 대화는 14세기 이탈리아의 시인이며 소설가이기도 한 휴머니스트 삭켓티(Sacketti1332-1400?)의 어느 콩트의 내용이다. 그의 작품은 모두 300여 편의 콩트가 있는데 현전하고 있는 것은 223편이다.

성서는 神의 말씀을 기록한 책이다. 그것을 의심한다든가, 거기에 나타난 신성한 인물의 언행을 인간적으로 해석한다든가, 인간적인 입장에서 비판한다는 것은 도대체 있을 수 없는 일인 것이다. 더구나 聖徒 요셉이 약혼자 성모 마리아와 동침한 일도 없는데도 그 여자가 임신을 했으므로 언짢게 생각했느니, 어쨌느니 하는 것은 제아무리 농담이라고 해도 이만저만한 무도한 모욕이 아닐 수 없다. 그러나 그런 일을 태연히 지껄인 화가 지옷토는 당시 예술계에서 제1인자였고 시민들한테서는 600여년전 야만인의 침입에 의해 파멸된 예술을 부흥시킨 천재라고 평가되고 존경받던 인물이었다.

## 2. 인간 내부의 눈

그리스도敎는 로마제국의 생활양식에 대한 항거이었으며, 부정(否定)이었다. 농민과 도시 무산계급을 빈궁의 절망속으로 몰아넣는 지배계층에 대한 반항이었다. 그래서 그리스도敎는 가난한 사람, 병든 사람과 고뇌하는 사람의 편이었다. 향락적, 탐미적인 대 로마의 상류층은 절제와 순결한 도덕이 갈수록 더욱 파괴되어 갔다. 이와 같은 분위기는 자유로운 부유한 계급에 있는 사람들까지 생활의 증오를 느끼게 하여 정신적 생활의 길을 찾고 있었다. 사람들은 지배층의 인간성에 대해 의심하게 된다. 매일과 같이 절박하여 가는 생활의 신고(辛苦)와 부정의에 대해 염증이 나게 되었다.

내일 내 목이 없어져도 사람을 믿고, 사회를 믿고, 국가를 믿고, 직장을 믿어야 사회가 성장하고 국가는 융성할 것인데 내일을 믿을 수 없다면 그 사회는 무너지는 것이어서 인간성마저 상실되는 것이다. 이러한 민심의 귀추(歸趨)를 종교에서 얻고자 하였던 것이다. 그래서 사도시대(使徒時代)를 형성하게 되었는데, 사도들은 그리스도 복음(福音)을 전파하기에 노력하였으며 순교자(殉敎者)로 죽어갔다. 초대 크리스트 교의(敎義)의 순결성을 위해 유태교(猶太敎)의 신전(神殿)과 제의(祭儀)와, 그리고 이교적 종교단(宗敎團)과 정확히 분간키 위해 '교회'를 만들어 명칭을 붙였다.

이로 말미암아 교의의 통일을 얻고 동시에 집단의 견고성(堅固性)을 나타나게 되었다. 교회가 건설되고 그것이 발전하자 수도원 제도가 생기고 또 다른 면에서 권력파벌과 승려계급이 형성되어갔다. 거기에 종교의 권력파가 세속적 권력파인 제왕(帝王)과 부유층과 타협하게 되어갔다. 그래서 기원 313년 콘스탄티누스皇帝가 밀라노 칙령으로 종교의 자유가 용인되고 기원 392년 데오도시우스 황제에 이르러 국교로 공인되었다.

그런데 교회를 건설하여 교의와 의식(儀式)의 통일을 얻어 세속파 및 부유층의 지원으로 권력을 얻게되니 이단(異端)문제가 발생하였다. 신앙수호를 위한 이단 박해가 시작되었다. 배교적 이단자로 몰아 갖은 殘忍과 가혹을 남김없이 벌리기도 하였다. 이단과의 싸움에서 승리를 얻기 위해 더욱 세속적 권력과 타협, 이러한 경향은 교회가 세속적 권력의 축복의 도구가 되어, 민중에 대한 전제권력(專制權力)의 지지를 요구하게 되었다. 이것은 박해받던 크리스트가 박해하는 종교로 변한 것을 의미한다.

또 그리스의 기록과 문헌은 모든 지식의 원천이로되, 지식의 원천인 소중한 고전(古典)이 교회의 손에 의해 유린(蹂躪)되었다. 그 안에는 악마들의 암시와 오만(傲慢), 불신앙이 가득 쌓여있다는 것이다. 그러한 문헌과 기록이 유럽에 입수된 것은 훨씬 후의 일이다. 아라비아어로 번역되어 아라비아인이 보존하였던 것이다. 예컨대 아리스토텔레스의 모든 저작이 아라비아 語에서 라틴어로 번역한 것이 유럽에 보급되었다. 이처럼 중세사회는 지극히 그리스 희랍의 지혜(智慧)를 파괴하였다.

로마제국의 쇠망과 민족이동의 혼란, 특히 이슬람세력의 지중해 제패로 서유럽에서는 상업이 쇠퇴하고 고대도시가 쇠미하여, 자급자족적 자연경제 위주, 장원(莊園)이 지배적으로 되었다. 그러나 10세기 이후 이민족의 침입을 거쳐, 사회가 봉건체제 아래 새로운 안정을 찾게 된다. 자연스럽게 도시가 발달한다. 즉 십자군 이후 교통이 발달하여 해양의 통상활동이 증대, 지리상의 발견으로 도시가 발전하였다. 자연 농노들이 예농(隷農)적 생활에서 탈출, 도시에 이주(移住)해 왔다. 그들의 생활은 통상이나 공예인데 여기에서 자유의 싹이 트기 시작하는 것이다. 즉 농노(農奴)는 제후나 승려에게 매여 있는 명령과 복종의 생활이었는데, 십자군이라는 대 민중운동 이후 거기에 참가하여 농노제에서 벗어나는 해방의 동기가 되었다. 직업 선택의 자유와 변경의 자유는 행동의 자유인 것이다. 이것이 시민사회의 형성이다. 이 자유의 정신은 도시를 발전시켰고, 여기에 사회의 변천을 보게 된다.

르네상스 휴머니즘은 인간은 바로 자연의 존재로서의 인간이라야 한다는 뜻의 운동이 되었다. 라틴어의 연구는 그리스도교를 위한 것에서 라틴 고전(古典)의 부활에 그 단서를 두고 있다. 자연스러운 인간을 대상으로 한 고전 문화에 관심과 흥미를 환기(喚起)시킨 것이다. 중세에 있어서는 각 개인(個人)에게 능력이 있다 하여도 그 능력은 봉건주(封建主)나 승려(僧侶)의 소유이었다. 그런 능력을 각자의 소유로 하게 되었으니 일대 변혁이 아닐 수 없었다.

단테의 출생지인 플로렌스가 그 부근 농민이 귀족에게서 독립되기까지, 즉 직업선택의 자유를 얻어 부의 축적으로 도시를 형성하고 도시인의 자주권을 얻기까지 77년의 장구한 격전 끝에 만들어졌다. 1181년의 일이다. 그런데 귀족들도 동맹하여 도시동맹에 호전하고 황제와 법황의 원조를 얻어 전투력이 강화되어 130년간이나 전쟁은 계속되었다. 이러한 전쟁은 로마에도 롬바르디아에도 있었다. 아니 이탈리아 전토(全土)뿐 아니라 유럽 전체가 그러한 행로를 걸어갔다. 중세의 도시는 자유를 획득하고 유지하기 위하여 극렬한 투쟁을 계속했던 것이다. 10, 11세기 민중의 건설력은 발휘가 왕성하여 영주의 요새 촌락과 시장이 영주의 멍에에서 해방되어 도시조직을 쌓아 올리기 시작했다. 남프랑스, 북 이탈리아, 스위스 등을 위시하여 13세기 이탈리아 농민운동인 돌키나 파(派) 등은 위클리프 신교운동과 관계있는 영주와 교회에 대한 저항이었다.

이 저항운동이 근저(根柢)가 되어 지식층이 지적(知的) 뒷받침을 했다. 그 지(知)를 라틴문화나 그리스문화에서 그 정신을 찾았다. 실제에 있어서 12세기는 르네상스, 합리주의, 종교개혁의 선구를 이룬 것이다. 이와 같이 지식의 대 운동은 많은 도시가 아직껏 장벽(墻壁)으로 둘러싼 조그마한 촌락의 소집단에서 시작된 것이다. 사람들은 외부에만 눈을 뜨고 자신의 내부의 눈을 뜨지 못하고 있었다. 이제 내부 생화의 눈을 뜨니 자기라는 것에 돌아가 인간의 존엄성, 행복과 자유를 보게 된 것이다.

## 3. 르네상스 휴머니즘

일반적으로 인문주의라고 하면 16세기 이래 보로냐 대학을 중심으로 로마시대 라틴 문예와 시가에 대한 연구가 왕성, 그 흥미를 환기(喚起)한 운동을 일컫는다. 사회상으로 교회의 권위와 그 외의 온갖 권위에 용기있게 절연하고 고대에 있어서 인간이 인간으로서 자기 자체 위에 서서 생활하던 시대가 필요하였다. 그런 새로운 시대, 즉 한 사회적 분위기를 깨뜨리는 것은 개개인의 그룹이나 그런 인물들이 그 도래를 예언하는 데 지나지 않고 있었다.

그런데 14세기 특히 15세기에 그 큰 힘의 출발점을 고대에서 구하게 되었는데, 이러한 힘은 사회적으로 황폐되고 정신적으로 경화(硬化)된 오스만 지배하의 그리스에서는 불가능한 일이었다. 오직 고대와 연결이 끊이지 않고 있던 곳이나, 일어날 만한 부유한 지역이 아니면 안 된다. 그곳이 이탈리아였다. 고대 문화와 예술이 늘 끊임없이 계승되고 연결되고 고전문화가 재생될 만한 부유한 도시가 되어가고 있었다. 라티움은 그 전부터 그리스 문화와 깊은 연유를 가진 라틴문화의 지반(地盤)이었다.

부유하고 라틴문화의 지반인 이탈리아, 시민의 자유와 농민의 자유의 정신이 불같이 일어나 영주(領主)와 교권에 반항한 것이다. 자유를 옹호하려는 민중의 생활은 그 생활 자체를 합리화할 지식이 필요하였다. 그 필요성은 지금까지 배워온, 영주나 교회에서 가르쳐 주는 것으로는 자기들의 생활에 합리화되지 않고 그들에게 대항할 수도 없었다. 목적을 수행(遂行)하여 줄 지식을 찾기 시작하였다. 그것이 고전의 세계와 새로운 연구로 인간성을 찾는 것이었다. 인간은 神만이 사람의 모든 것을 해석하고 神의 섭리만이 모든 자연을 움직이고 인간의 생활을 지배하는 것인 줄 알았다. 영주(領主)와 승려는 神과 같이 신성하고 절대적이고 전지전능한 것으로 알았다. 그들이 그렇게 믿으라고 가르치고 배워왔던 까닭이다. 그런데 이방(異邦)을 보고 이민족(異民族), 이교도(異敎徒)와 접촉하고, 수중(手中)에 축재(蓄財)가 되니까 지금까지 모든 행동을 비판하게 되었다. 영주 승려의 가르침은 참이 아니었다.

의심의 눈은 더욱 더 비판할 지식이 필요하였다. 영주와 승려는 실신(失信)을 합리화하다가 더욱 민중의 의심을 샀다. 神, 교회, 승려, 영주를 대신하여 민중의 마음에 부풀어 오르는 자유의 소리가 일어났다. 이것이 르네상스 휴머니즘 정신인 것이다. 고전에서 그리스 신전(神殿)의 액자에 있는 "네 自身을 알라"를 찾아냈다. 희랍인들의 열정적 신념으로서 가지고 있던 정신이었다. 이 신념은 자기 자신을 돌아다 보고 자기의 것에 흥미를 느끼며, 자기의 시대 사건들을 가장 많이 예술화하였다.

아르킬로코스(680-645)에게는 애인이 있었는데, 신분의 차이로 결혼에 방해가 생겼다. 호방하고 유머러스한 그는 자신의 자탄의 노래를 행동으로 작시(作詩)하였다. 또 실연의 원한을 가슴에 안고 높이 솟은 암두에서 투신한 여류시인 사포의 詩도 같은 시형으로 자기의 마음의 소리를 들려주고 있다. 많은 독자의 감정을 흔드는 힘을 가지고 있었다. 1073년 로마와 콘스탄티노플에 소장하고 있던 시집이 神의 가르침에 거역되고 풍교(風敎)를 소란케 한 것으로 이단시되었다.

神에 의존한 것이 아닌 자기라는 개(個)에 의존, 개(個)를 찾기에 노력한 작품임을 상상할 수 있다.

이런 희랍문화를 고전으로하여 이탈리아에서 재생(再生)하게 한 것이 인문주의(人文主義)이었다. 그 인문주의자인 3대 詩人단테, 페트라르카, 보카치오들은 그 소재를 중세에서 택하였으나 감정과 소재들의 조화는 당대적이며, 동시에 일리아드 오딧세이를 읽은 감을 주었다. 이런 중세의 문예는 르네상스와 더불어 인간 내면생활의 검토로서, 새로운 문예운동으로 되고 이생(此生)에서 못 이룬 것을 피안에서 이루어지기를 염원하는 내용에서 인문주의 문예는 이 세상에서 피안의 것과 같은 것으로 변하였다. 애끓는 인간을 묘사하였으나 그리스도교적 이념에서 완전히 벗어나는 것은 점진적으로 흘렀다.

그림에서도 자연과 고대로 돌아가라는 부르짖음은 새로운 미학을 확립하게 된다. 그들의 후원자인 부르조와의 초상이나 희랍, 로마신화의 신(神)들도 주제로 택해진다. 서두에서 말한 지옷토(Giotto)는 문학에서의 단테에 비유되며, 고딕미술의 영향이 있었지만 자연과 인간의 아름다움에 대한 새로운 감각이 나타나 있다. 레오나르도 다 빈치는 이상적 만능인의 본보기였다. 자연은 하늘의 기운을 퍼붓듯, 한 사람에게 엄청난 재능이 내리는 것을 우리는 보게 된다. 이처럼 감당 못 할 초자연적 은총이 한 사람에게 집중되어서 아름다움과 사랑스러운 예술적 재능을 고루 갖게 되는 일은 거의 없는 것이다.

'최후의 만찬'은 독특한 구도와 인간 심리의 묘사로 유명하고, 원근법과 명암법을 적용하여 형체와 색체의 조화에 힘을 기울인 그림이다. 라 지오콘다(La Gioconda)의 초상, 즉 '모나리자'는 인간 개성의 신비성을 표현한 것으로 널리 알려져 있다. 라파엘로는 가장 완벽한 화가였다. 당대 모든 화법을 습득 융합하여 르네상스 회화를 완성하였다. 우아하고 매력적인 필치로 그린 「마돈나(Madonna)像」은 이상적 여성상이며 바티칸宮의 「아테네學院」은 그 웅대한 규모와 빈틈없는 구도, 정확한 묘사 전아한 색채를 통하여 조화의 극치를 보여준다.

## 4. 도이치 네오휴머니즘

 새로운 휴머니즘 운동은 18세기 후반 도이치에서 일어났다. 희랍의 이상을 부흥하여 인간성의 원만한 발달을 기하기 위한 이 운동은 계몽주의에 대한 부정(否定)으로, 즉 계몽운동이 지나치게 지성을 존중하고 주지주의적 이성(理性)으로 모든 것을 해결하고자 하는 편견과 정의(情誼)가 망각됨에 대한 反계몽적 사회운동이었다. 르네상스 휴머니즘이 라틴의 고전을 존중한데 대하여 네오휴먼이즘은 희랍문화에 중점을 두었다. 전자가 라틴어로 된 성서해석을 위해 라틴어를 배우면서 지식을 얻을 목적에서 고서적을 탐독한 지식층의 소산이었는데 후자는 희랍어 성서해독과 관계된다.

 앞에서 영국의 로크의 계몽사상에 대하여 샤프츠베리(Shaftesbury 1621-1683)는 "자연과 고대로 돌아가라"고 외침이 독일의 헤르더, 실러에게 연결되었다. 이미 초기 휴먼 시대에 에라스무스는 감각과 감정이 지성보다 더 힘있는 것이라 하였다. 그는 자연적인 감수성에서 오는 인간의 해학성(諧謔性)을 가지고 허위성에 대항하는 홍소(哄笑)하는 진리 탐구자였다. 단순한 지성보다 감각과 감정이 더 강하기 때문이었다. 「우신예찬」에서 사회, 교회를 풍자했다.

 샤프츠베리의 감정철학이 反이성주의 루소에게 영향을 주었다. 신흥 부루조아의 사유의 관념에 대한 반기(反旗)를 들었으며 도이치의 칸트, 휘이테를 위시하여 네오휴머니스트에게 단서를 제공한다. 종교개혁 이후 서유럽은 도시 시민과 농민의 장구한 시일의 저항은 그들로 하여 궁핍(窮乏)으로 몰아넣었다. 귀족은 귀족과 연합하고 귀족들이 시민화함으로써 국가의 신흥을 보게 되어, 중앙집권을 강화한 프랑스에서 절대주의를 낳고, 영국에서 전제주의를 낳았다.

 영국은 명예혁명을 또는 산업혁명을 통하여, 프랑스는 대혁명을 통해 시민의 사회적 자유를 얻게 되었다. 도이치는 후리드리히 2세 선정에 의해 계몽사상을 받아들여 영,불에 떨어지지 않을 문화의 수입을 이루었다. 영,불의 사상인 주지주의인 계몽주의를 받아들였다 해도 도이치 특유의 중세 말기에 싹튼 신비주의를 바탕으로 한 비합리적 계몽사상이 되었다. 질풍노도(疾風怒濤) 시트룸 운트 드랑시대인 것이다.

그 독창성을 고전에서 구했는데 그리스 문화의 연구였다. 레싱(Lessing, 1729-81)을 위시한 헤르더, 실러, 괴테, 훔볼트들이다. 레싱은 국민적이며 도이치적이며 인간적인 사상을 가지고 있어서 프로이센 국가주의까지 비판하였다. 헤르더도 감정적으로 부정을 지적하여 "국가의 기원을 '곤궁(困窮)'에 두고 면하기 위해 존재한 것에 불과하다. 그러니 곤궁이 없어지면 국가도 없어져야 한다. 모든 성질의 전제주의나 왕권 신수설, 무용(武勇)주의에 대해 세계사에 가장 유명한 이는 인류의 교살자(絞殺者)나 왕관을 쓴 자나 그것을 노린 참수인(斬首人)들이다"라고 격분하여 말한 일도 있다.

하만(1730-88. 북방의 현자. 괴테에게 영향을 줌) 이나 야코비와 같이 칸트의 이성철학에 반대하여 인류의 기원부터 인간성의 이상(理想), 즉 인간적 소질은 전체적 조화속에서 인류가 진화하는 중에 존재한다 하였다. 이것이 「인류역사철학」이다. 실러는 20세 때부터 정치에 관심을 보였다. 그의 불후의 명작 「군도(群盜)」, 「윌리암 텔」은 봉건전제주의에 대한 저항 소설이다. 도이치 제국은 도이치 국민과 별개의 것이다. 정치적 제국의 동요에도 불구하고 정신적 제국은 점점 견고해지며 완고히 조직되어 갔다. 예나대학 교수취임 연설에서 자기 자신의 진실성과 세계주의적 심정에 조화하려는 고국의 자연에 애착을 갖는다 하였다.

실러와 반대로 공식 또는 비공식으로 국가의 직무에 있으면서 비정치적 네오휴먼니스트는 괴테이다. 그래서 그는 역사에 있어서 개인적인 것, 전기적인 것이 정치적인 것보다 중요하였으며 흥미로웠던 것이다. 따라서 국민적 편협(偏狹)을 초월한 숭고한 지조를 가지고 있었던 것이다. 질풍노도 운동으로 도이치 고전주의를 완성하였다.

## 5. 네오휴먼의 그리스 정신

고전주의는 형식미를 존중하고 이지(理智)가 특색이다. 사상은 유한한 것이고 방법은 무한한 것이다. 그 세계를 행동에 의해 얼마든지 확대할 수 있기 때문이다. 이 문예는 형식을 존중 이지(理知)를 특색으로 하였다. 단테(Dante) 이후 유럽 천지는 신구 종교전쟁이 사회에 큰 동요를 주고 있었다. 도덕적 정치적 지성면(知性面)으로 결연(決然)하게 전진(前進)을 자각한 민족과 세대의 성과로 이루어져 전대(前代)의 인생관보다 자연적이었다. 인간적이며 보편적인 것이 현명한 것일 수도 있다. 그것은 인간의 통일인 것의 파악이기 때문이다.

또 고전주의 문예는 사회상의 군주제의 수립에 기초를 만들었다. 고전주의 보편적 진리는 오직 한 시대의 잠정적(暫定的) 편견일지라도 인류의 의식과 같이 진화해 갔다. 낭만, 초현실주의(쉬르 리얼리즘)로의 변천은 역사에 있어서 인간 심장의 팽창과 수축의 작용이라고 영국의 허버트·리드가 설파하였다. 발전된 문예는 어떤 권위 하의 문예가 아닌 문예로서의 독립성을 상정(想定)한다는 것이다. 이것은 인간적이었으며 주관적인 것이다.

이상주의적 로만티시즘은 철학을 근저(根柢)로 인간생활에 문예가 영향을 주었다. 인간 내적(內的)생활에 관계를 맺어 무한한 감정, 공상(空想)을 그리게 된다. 자유로운 표현은 구속에서 탈출하였다. 시대가 시공간으로 변하여 균형을 가지려는 의욕이 생긴다. 이 힘찬 항거에 밑받침되는 철학이 필요하였다. 비합리이론인 감정철학은 인류의 이름 아래, 신인문주의(Neo-Humanism)라 부르는 게 되는 것이다.

그리스인들은 자기라는 개(個)를 알려고 하는 정열적 신념을 가지고 그 신념을 고백이라는 행동을 하게 되었다. 이 정신에는 두 가지 특징이 있다. 제1은 머리 속에 있는 그들의 선조의 유산인 「일리아스」와 「오딧세이」 같은 정신이다. 前者는 발견의 호기심(好機心)과 공격의 정열이고, 後者는 끊임없이 운명과 싸워지지 않으려는 모험의 기개(氣慨)이었다.

호메로스는 「일리아드」에서 싸우는 군대들의 묘사를 '때로는 나뭇꾼이 나무를 베는 것, 때로는 몰려오는 바다의 파도, 밭에서 곡식을 베는 농부나 애들에게 등을 얻어맞으면서도 여전히 옥수수를 뜯어 먹는 고집 센 나귀의 행동을 비유하고 있다. 유목민의 생활, 농부의 생활, 뱃사람들의 생활 여러 층의 생활 체험을 토대로 전쟁을 묘사한 것을 알게 된다. 이런 비유 때문에 피비린내 나는 전투를 보면서 독자들은 멀리 떨어져 있는 고향 생활을 동시적으로 바라보게 된다. 평하로웠던 일상의 이미지는 두 가지 세계를 보여준다.

첫째 세계는, 인생을 이상적(理想的)으로 보는 사람은 꽃밭만 보고, 부정적으로 보는 사람은 기어가는 벌레만 본다. 꽃과 동시에 벌레를 보는 전면적인 시선(視線)으로 바라볼 줄 모른다. 전쟁과 평화, 도시와 농촌이 모순하는 두 얼굴들이 함께 조화를 이룬다. 전쟁의 공포와 희생 속에서도 굶고는 장사(葬事)도 제대로 못 지낸다. 서러워 식음(食飲)을 전폐할지라도 산 사람은 먹어야 하는 것이다. 이것이 인간의 진실이다. 아킬레스가 헥토르를 쓰러뜨려 백척간두(百尺竿頭) 희랍군을 구하고 사랑하는 전우 파트로클로스의 원수를 갚는 순간 독자는 손뼉을 친다. 죽은 헥토르의 아내 앙드로 마케의 통곡소리가 트로이 성 안에서 울려나올 때 다시 독자는 눈시울을 적시지 않을 수 없었다. 전쟁은 패배자와 승자가 있게 마련, 아군과 적군이 설정된 인간 세계를 공평하게 노래하면서 그 비밀을 알게 하고 있다.

오딧세이는 트로이전쟁에서 승리하여 고국으로 가게 된다. 그 항해는 난사(難事)의 연속이다. 표류(漂流)하는 모험의 항해 길이었다. 표류자는 나그네이다. 나그네는 길을 만든다. 여행과 길은 떼어놓을 수 없는 쌍둥이인 것이다. 단순한 호기심만의 방랑이 아니라 독자와 타인을 개선하는 철인(哲人)으로서 항해인 것이다. 호시심과 멋만으로는 문학의 탐구의 길은 찾질 못한다. 또 오딧세이 장군의 우렁찬 목소리를 호메로스는 통일성이 없는 비유로 묘사했다. …소나기와 같은 언변이 마치 겨울날 함박같은 눈송이가 휘날리듯이 무겁고 부드럽게 쏟아진다.…

그의 목소리가 소나기와 함박눈으로 비유되었다. 이들의 비유는 서로 이미지가 상충된다. 전자는 여름, 후자는 겨울을 연상하게 하여 함께 공존이 불가능하다는 것을 알게 된다. 木馬를 만든 오딧세이의 참여와 10년간 고립된 섬과 폴리스의 성벽은 신념과 행동이 끝나는 제한된 고립이었다. 그러나 독자가 발견하는 것은 피로 냇물을 이루는 시체 더미에서 남자의 명예를 추구하는 인간의 모습이다. 제우스는 양군을 일진일퇴(一進一退)시키면서 운동경기를 관람한다. 인정없는 제우스는 죽을 수밖에 없는 인간의 운명을 이렇게 외치는 것이다. … 이 땅위를 걷는 생물가운데 가장 처량하고 불행한 것은 인간밖에 없다….

둘째 세계는, 과학의 정신이다. 기하학으로 피라미드를 측량하고 천문학의 조예(造詣), 항해하는 배의 거리 측정, 일식(日蝕) 예측과 조선술(造船術), 항해술이 발달하였다. "자기를 알라"는 정신은 세계의 생성, 자연현상이 단일(單一)한 원자로 됨을 알려 했다. 탈레스, 아나크시메네스, 헬라클레이토스는 만물의 영원한 자태를 탐색하였다. 그 변화하는 궁극의 실재를 사고의 대상으로 삼았다.

이 두 가지 희랍정신, 즉 자유의 정신이 내면생활에서 개적(個的)의식 해방을 보게 되어 예술의 꽃이 피고 철학의 열매를 맺었던 것이다.

## 6. 「魔의 山」 네오휴머니즘

유전 공학이나 디지털 정보 기술같은 첨단기술은 인간을 근본적으로 변화시킬 잠재력을 갖는다. 인간성 자체에 대한 새로운 반성 및 규정을 요구한다. 이런 문화 현상은 인간 이해의 타당성을 재검토할 것을 요구한다. 포스트 휴머니즘의 철학적 뿌리는 니체의 초인 사상이다. '神에게 가는 길은 회개(悔改)나 기도(祈禱)가 아니다. 복음적 실행만이 神에게로 갈 수 있다. 그 실행만이 神인 것이다'. 예수가 인간에게 남기고 간 것은 행동이었다.

오늘의 시대에 인간 존엄성과 그 근거의 물음에 답하는 것은 포스트 휴머니즘에 의해 더 복잡해졌다. 휴머니즘 밑바닥에는 인간적인 것과, 인간적이지 않은 것의 이중 대립이 놓여있다. 토마스 만의 『魔의 山』은 도이취 낭만주의적인 '죽음의 共感'을 민주주의적인 '삶에의 봉사'로 전환하고 토마스 만의 초기의 대립적 인생관을 지양해서 중기의 세계관의 전환을 나타낸 장편 교양소설이다.

고향인 함부르크의 양가(良家)출신, 젊은 한스 카르토르프는 다보스 플라츠 결핵 요양지로 간다(스위스 나라). 3주 예정으로 떠난 여행이었다. 4촌 요아힘 찜센이 폐병으로 요양중인 곳으로 問病차 가는 것이었다. 며칠 머무는 동안 자기 자신도 열이 나서 의사의 진단 결과 폐병으로 판명되었다. 실의(失意) 속에서 마의 산 요양소 생활을 하면서 7년을 보낸다 스위스 땅 다보스 플라츠베르크 요양원에는 서유럽人과 러시아人들이 섞여서 의료기술에 의존하여 생명 존엄에의 보존에 희망을 건다.

한스 카스토르프 주인공은 24세 독일인, 어려서 양친을 여의고 시(市) 참사회원이었던 조부에 의해 양육되나 역시 소년 시절 조부와 사별한다. 상당한 재산을 상속받고 조선업(造船業)공부로 엔지니어가 된다. 1차대전이 발발하자 완치되지도 않은 채 참전, 전사한다. 한스의 4촌 요아힘 찜센은 士官 후보생으로 임용되었다가 결핵으로 베르크호프에서 요양한다. 사명감이 강한 그는 불완치 상태로 다시 군에 입영하나 병이 악화, 요양원 재입원 후 병사한다.

베르크호프 원장은 수술의 명수이며 그림에도 조예가 깊다. 크로코 브스키는 원장의 조수 겸 대진(代診)을 한다. 환자들의 정신분석에 흥미를 가지고 있다. 이탈리아 인, 세템브리니는 요양원 환자로 휴머니스트 인문학을 강의 하여 한스 카스토르프의 스승역할을 한다. 쇼샤 역시 환자로 눈이 매혹적인 러시아 여인. 카스토르프가 사랑을 느낀다. 갈리치아(우크라이나)와 볼히니아(오스트리아) 국경에 가까운 작은 마을에서 태어난 나프타는 환자인데 제스이트 교도. 신학자로 촉망되나 각혈(咯血)하면서 베르크호프에 입원하여 요양하나 허무한 反자본주의론자로 이탈리아 인 세템브리니와 논적(論敵)이 되었다.

논쟁은 크리스마스가 가까워진 어느 날, 마을까지 눈 속을 산책할 때이다. 나프타는 이탈리아인이 평화와 행복의 창도(唱導)로써 건강과 생애에 집착하니 인문주의자를 비난하고 육신의 사랑, 관능의 사랑이 가치를 인정하는 것을 극히 시민적, 반종교적이라고 공박했다. 나프타가 중세에 행해진 애정 행위의 경건한 방종, 병자 간호의 광신과 도취의 놀라운 실례를 이야기했다. 왕녀들이 나병(癩病)환자들이 악취를 내뿜는 상처에 입을 맞추어 스스로도 나병에 감염되어 이로 인해 생긴 궤양을 나의 장미라고 부르고, 고름이 나는 환자들을 씻은 물을 마시면서 이렇게 맛이 있는 것은 맛본 일이 없다고 말했다는 것을… .

세템브리니는 구토를 일으키지 않을 수 없다는 모양을 하였다. 이 장면과 생리적인 불쾌감보다도 행동적인 인간애를 그렇게 해석하는 기괴한 광기가 구토를 일으키게 한다고 말했다. 밝고 우아한 태도로 근대의 진보된 박애 행위의 형태, 전염병 방지의 빛나는 업적에 대해 말하고 중세의 무서운 장면에 대해 근대의 위생과 사회 개선을 의학의 업적과 함께 열거했다. 시민적 의미에서는 존경할 만한 그러한 현상도, 나프타는 비웃듯 대답했다.

그가 예로 든 세기의 사람들에게는 그다지 좋지는 못했을 것이다. 그것은 병자들이나 건강하고 행복한 사람들에게나 마찬가지일 것이다. 건강하고 행복한 사람들은 동정심에서보다도 자기들의 영혼의 구원을 위하여 병자들에게 따뜻하게 대했던 것이다. 이 사람들은 훌륭한 사회 개혁에 의해 그들의 가장 중요시되는 수단을 빼앗기고, 병자들도 신성한 뒷받침을 잃어버리는 것이었다. 따라서 가난과 병이 언제까지나 없어지지 않게 하는 것은 당사자인 어느 쪽에도 필요한 것이며, 이런 생각은 순전히 종교적 견지를 고수할 수 있는 한에서만 가능한 것이었다.   어리석은 것을 공박하는 것까지도 어리석다고 할 수 있는 생각에 세템브리니는 견해를 말했다. '신성한 뒷받침'이라는 생각도, 남의 흉내를 내어 비참한 불행에 대한 그리스도교적 존경이라고 부른 것도 모두 속임수인 것이며 착각, 그릇된 감정이입, 심리적 인식 부족에 근거를 두고 있기 때문이다. 건강한 사람이 병자에게 품는 동정, 즉 자기가 그러한 고뇌를 당하면 어느 만큼 견디어 갈 수 있을까 하고 생각하고 병자에 대해 갖는 외경에 가까운 동정, 그러한 동정은 아주 지나친 동정인 것으로 병자에게 합당하지 않는 동정, 그릇된 추론과 상상에 의한 단순한 동정이었다.

 나프타는 비웃듯 웃었지만 주인공 **한스 카스토르프**는 세템브리니 씨를 전적으로 믿고 싶었다. 그러나 정신병원은 단테의 『神曲』그대로의 장면, 나체의 미친자들, 공포성 치매(癡呆)의 포즈, 이 지옥의 성분이 죄다 모인 것에는 인간적 반응은 처절하다. 육체를 존경하고 숭배하는 것에서 생긴 태도이지만 육체가 지금처럼 오욕된 상태에 있지 않고 神의 손으로 만들어진 상태 대로는 존경을 시인할 수 있다. 처음 봉사의 생명을 받던 때 육체는 원죄(原罪)라는 자연의 타락 때문에 주검과 부패의 운명에서 영혼의 감옥만 생각하게 된다. 인문주의가 인체는 神이 계시는 참된 성당이었고, 나프타가 인체는 인간과 영원 사이에 있는 커튼이라고 하자 세템브리니는 '인간성'이라는 것을 입밖에 내는 것을 금한다고 말하였다.

말다툼은 절실한 문제인 화장, 체형, 고문, 사형, 태형(笞刑) 등이 화제에 올랐다. 인간의 존엄은 육신에 있는 것이 아니고 정신에 있다는 것이다. 인생의 기쁨을 육신에서 찾기 때문에 육신에 고통을 주는 것(笞刑같은 것)은 그 기쁨을 저지, 즉 흥미를 육체에서 정신으로 돌리고 정신을 지배자의 위치에 높이기 위한 아주 적절한 수단이라고 나프타는 말했다. 육체에 가한 매질이 누가 진심으로 야만이고 비인간적이라고 말할 수 있는 것인가?

홀아비가 죽은 애처(愛妻) 무덤 앞에서 그녀와 이야기하는 것은 유머스럽고 목가적 모습이라고 세템브리니는 적절한 의견을 진술했다. 근세의 공동묘지 간소화는 매장에 비교할 때, 시체 소멸은 얼마나 위생적이고 영웅적인 생각인가? 육체는 자연에 속해 있어서(자연은 나쁜 말이 아닌데도!!) 정신(이성)이 자연과의 대립에 있어서는 분명 사악이기 때문이다. 인문주의 자는 찬 화장론을 말하였다. 인간의 불멸의 부분이 재라니 하고 나프타는 비웃었다.

토마스 만(1875-1955)는 독문학상 전환기에 선 작가이었다. 『마의 산』에서 보여준 한 젊은이의 고귀한 희생(1차대전 참전 후 희생)을 통하여 전제없는 이성과 경건한 마음만이 인간은 구원받을 수 있다. 거대한 도이치 문화 전통의 막바지에 서서 토마스 만에 의해 1905년 이전, 서양문화의 중심 문제였던 정신과 육체의 이중성(二重性)의 조화를 모색하였다. 도이치 문학의 고전주의는 동적인 슈트럼 운트 드랑의 정열을 모델로 태어났기 때문에 영,프의 고전주의와 그 성격을 달리한다.

19세기 후반기, 콩트(Comte 1798-1857)이래 인류정신은 3단계-초경험적 정신 즉 神의 의지에 의하여 제현상(諸現象)을 설명하는 신학적 단계, 現象의 배후의 추상적 개념을 想定하여 설명하는 형이상학적 단계, 現象자체 속에서 현상간의 법칙을 탐구하는 실증적 단계-를 거쳐서 발전한다고 하였다. 「마의 산」이 지나치게 문제성과 철학을 중시한 것과는 달리 소재와 구성이 문학적으로 조화를 이루고 있다. 당시는 피이테(Fichte)철학도, 프랑스 혁명의 열정도 새로운 문학이 대두되기 시작하던 때이었다.

토마스 만(T·Mann)이 보여주는 세계는 내면적인 경험을 발판으로 전 유럽 세계가 그 속에 투시되어 있다. 주인공 한스 카스토르프가 인간의 새로운 인식을 얻고 전쟁의 진탕 속으로 참여하기까지 마의 산 생활은 영혼적 기록이다. 개인적인 내면 기록이 아닌 서유럽 19세기말의 퇴폐적 경향에서 벗어나 생의 긍정을 모색하는 몸부림치던 유럽 사회의 모순성이었다.

그는 정치적 양심을 깨닫고 개인의 자기 완성이라는 교양이념(教養理念)에는 사회적 책임의 자각이 따라야 한다고 생각하여 정신적 자유와 정치적 자유를 동시에 요구하면서 인간성 옹호에 힘썼다. 토마스 만에게 예술가로서만이 아니라, 독재에 항거한 전투적 휴머니스트로서의 이름을 남기게 된다. 전제주의 국가와 主知주의 이성철학이나 경험철학이 인간의 본질을 상실하게 하므로 그것에서 인권을 찾고자 항거한 네오 루머니즘은 도이치 문학의 면면한 맥(脈)이었다.

## 7. 「魔의 山」 줄거리 요약과 주지(主旨) 및 약간의 비평

1907년 여름, 한스 카르토르프 청년은 사촌인 요하임의 問病次 함부르크로부터 알프스 산중 '다보스'에 있는 플라츠베르크 요양원을 찾아온다. 3주간 거기서 보낼 예정이었다. 요하힘과 함께지내는 동안, 원장 조수 유럽 각지에서 온 환자들에게 소개된다. 특별히 친해진 것이 이탈리아인 세템부리니씨와 유태인 나프타씨였다. 대학을 졸업한지 얼마 안 된 엔진이어 카스토르프는 정신적으로 백지상태였다. 거기서 훌륭한 辯舌과 진보적 합리주의를 設하고, 자유와 이성의 존엄을 주장하는 이탈리아인, 狂熱的인 눈살로 中世의 교회 전제주의의 신비사상을 찬미하는 나프타씨. 전자는 시민적 세계 공화제를 꿈꾸는 휴먼이스트, 후자는 타락한 현대인을 구제하는 것은 神에 의지에 있다고 종교론을 편다.

전혀 상반된 두 사람의 대립의 견해에 주인공은 물들어 간다. 그보다 강렬한 인상을 준 것은 가슴을 앓고 있는 러시아인 쇼샤부인의 신비적 아름다움이었다. 건강한 청년은 차츰 퇴폐한 관능의 세계에 대하여 동경을 갖게 되어, 전신과 육체, 사랑의 정념에 대해 명상하면서 어느새 죽음의 도피라고 하는 어두운 심연으로 이끌려갔다.

이상하게도 이 산에서 생활하는 동안 그 자신이 가슴을 앓게 되어, 요하임과 함께 요양생활을 시작하게 되었는데 어느 謝肉祭날 밤, 그는 쇼샤부인에게 사랑을 고백하였다. 그러나 두 사람 사이의 그 후 아무런 행동도 일어나지 않았다. 카르토르프는 이곳에서 또한 많은 죽음도 목도하였다. 그의 사촌 요하임도 병세가 악화되어 죽고 만다. 그의 영혼은 그러한 죽음 속에 신비적인 위협을 느끼고 깊은 친애감 조차 갖는다. 그러나 한편 이와 동시에 추하다는 것을 맛본다. 그는 데카당스에 도취되어 있었던 것이다. 건강한 생활에의 찬미자인 세템브리니의 말을 빌린다면 청년의 이러한 상태란 '인생의 異端兒'인 것이다. 어느 날 그는 혼자 스키를 타고 눈 내리는 산중에 헤맨 후, 자칫하면 죽을 뻔한 위험을 겪고 나서, '죽음의 모험은 삶속에 있으며, 만약에 그것이 없다면 삶이 삶의 가치를 잃는다'는 것을 깨닫는다. 그 후 나프타는 자살하고 쇼샤부인은 산을 내려가 버린다. 그러자 산밑으로부터 청천의 벽력과 같은 1차대전의 戰雲이 닥쳐온 것이다. '산 송장들이 취생몽사하고 있는' 이 魔의 산에서 그는 어느덧 7년이란 세월을 보냈던 것이다. 그는 비로서 어떠한 魂에 충격을 받고, 이 深淵 속으로부터 戰場의 砲煙 속으로 달려가는 것이다.

이 T·만의 대표적 걸작은 주인공 카스토르프의 정신적 백지를 무대로, 19세기 후반으로부터 20세기에 걸쳐 全 文明세계의 정신적 여러 세력이 角逐하는 모양을 그린 것으로 독일적 낭만적 생명력을 대표하는 요하힘, 서구적 합리주의를 대표하는 세템브리니, 신학적 교회주의 급 스스로 죽음을 맞는 나프타, 러시아적 暗影을 띄운 테카당스를 대표하는 쇼샤부인 등등이 백지상태 청년 한스 카르토르프의 정신을 손에 넣으려는 것이었다.

 이 여러 세력을 통과하여 소박한 한 청년은 새로운 사랑의 휴머니즘으로 나아간다. 즉 生으로부터 죽음을 거쳐서 새로운 삶으로 나아가는 과정이다. T·만이 이 작품을 완성한 것은 1924년이었는데, 戰前과 戰後의 유럽에 있어서 사상적 문제가 여기에 集約的으로 나타나고 있다고 할 수 있으며 이 점 '백과사전적' 博識이 경탄되고 있음과 동시에 약간의 예술적 造形性을 결핍하고 있다는 비평을 받고 있게 된다.

# 儒學 사상의 전통과 조선의 實學
## -BC770년부터, 다산·추사 조선실학론-

### 1.

유교란 말과 유학이라는 말이 똑같이 자주 사용되어 흔히 혼동되지만 구별해서 보면, 일반적으로 기원전 6세기, 孔子 및 그 후계자들을 다른 제자백가와 구별할 때 "유가(儒家)라 부르며, 유가의 학문을 유학(儒學)이라 일컫는다. 유교는 보다 넓은 의미의 사상, 도덕, 혹은 宗敎인 것이다. 그런 이유로 도교(道敎)나 佛敎와 아울러 儒敎라 일컫는데, 유교의 실질적 내용이 되는 것은 물론 유학이다. 유교의 창시자 孔子에서 공교(孔敎)라고도 불려진다. 周 왕조에서 왕과 제후의 결속이 느슨해진 결과 도시 국가간 항쟁이 격렬해지고, 잇달아 '霸者'가 등장하기에 이른다.

그것을 살펴보면, 周 무왕의 아들 成王은 나이가 어려서 무왕의 아우, 숙부인 周公旦이 섭정하였다. 주공단은 산동성에서 殷의 녹보를 감시하던 관숙 채숙 등이 반란을 일으켜 아우 소공석 등과 함께 내란을 평정하였다.

동방 원정 후 그 부족의 통치를 위해 殷의 백성 일부를 지금의 허난성 뤄양(洛陽)부근으로 옮겨 거기에 정치적인 도시 '성주(成周)'를 건설하였다. 서쪽의 鎬京은 周의 소중한 근거지로서 종주(宗周)라 불렀다. 조상의 종묘가 있는 종주와 중원을 통치하는 성주, 이 兩都 병립의 시대를 西周시대(1050-771 기원전)라 부른다.

이어서 춘추시대에는 宗法, 즉 대가족원리에 의한 사회가 무너지고, 제후, 경, 대부, 사, 서인이라는 신분질서도 흔들리기 시작하였다. 이런 실력 본위 풍조는 능력있는 개인의 입신출세를 가능케 했고, 세습 귀족을 대신하여 지배층이 형성되게 되었다. 다양한 학문이 성장하는 배경에는 이런 이유가 있었다. 그러므로 儒家 외에 전설상의 노자를 개조로 하고 천지 만물의 근원인 '道'에 충실하게 살며, '무위자연'을 설파한 道家가 있었다. 또한 왕이 정하는 '법'과 그것을 적절하게 운용함으로써 백성을 다스릴 것을 가르친 한비자 등의 法家, 공평한 천도에 기초하는 '겸애(兼愛, 박애)'와 그것을 위한 '교리(交利, 상호부조)'를 가르치며 최대의 낭비인 전쟁을 부정한〈非戰〉묵자(墨子,墨翟)를 창시자로 하는 墨家가 있었다. 이러한 사상가 중에서 가장 일찍이 이름이 나타나고 또 후세에 가장 큰 영향을 미친 것은 儒家의 孔子이었다.

오늘날 동양의 전통사상을 살피는 이유는 현대의 문제를 해결하는 데 어떤 요소가 그 속에서 찾아, 말하자면 역사적 교훈이나 암시를 얻기 위한 것이다. 오늘의 우리들의 의식에 전통사상이 작용하고 있기 때문이며 새로운 삶이란 부정적 의식에 하나의 制約으로 작용하는 것이다. 그 전통사상으로는 儒學, 老莊철학, 불교철학이 있지만 대표적인 儒學사상을 중점적으로 살피기로 한다. 그것은 오랜 역사를 지니면서 복잡 다양하였다. 중국만 해도 유학은 秦代 이전의 先秦, 本原유학, 漢唐의 訓詁, 詞章學, 宋·元明代의 성리학, 청대의 實學으로 변천하면서, 각각 다른 특징을 지니고 전개되었다. 시대와 장소에 따라 많은 변천과 발전에도 불구하고 그것들이 일정한 漢文 유학의 正統을 벗어남이 없이 근본사상을 지니고 있기 때문이다.

유학이 발흥되기까지 중국의 古代 禮俗과 깊은 관련이 있는데, 禮가 제대로 시행되는 것은 周初인 문왕 무왕 주공단 때인 것이다. 이때 禮도 집안의 생활 규범을 비롯, 사회생활 및 종교적 諸行事에 이르기까지 복잡하였다. 복잡하고 발달한 예가 血緣 집단의 성향을 벗어나지 않은 채, 국가생활을 하는 일반인들에 여러 측면으로 秩序意識을 불러들였다. 특히 귀족계층에서 발달하여 垂直的 지배력을 행사하는 봉건제의 질서를 뒷받침하는 도구였다. 사회의 水平的 질서보다도 上下 垂直的 질서의 관념으로 굳어졌다.

이런 것은 禮의 원시적 기원과도 관련되어 하늘(天 혹은 天帝)에 대한 祭祀로부터 비롯한다. 즉 원시 신앙은 祭天儀式을 행할 때 不淨을 전제로 한 여러 가지 禁忌가 禮의 원형이었다. 禁忌 習俗이 점차 인간 윤리의 방향으로 도입된 결과인 것은 그 字形으로도 알 수 있다. 禮의 글자가 示와 豊으로 되었지만, '豊'은 원래 '豐', 이는 祭器에 담은 채소를 솥에서 익히는 상형에 신(神)의 뜻을 드러내는(示) 形聲으로 이루어졌다. 그러므로 제기를 통하여 신에게 숭배하는 상징이 된 것이다. 이와같이 禮의 기원이 하늘에 대한 제사였기 때문에 垂直的 差等의 성향을 지니게 된 것이다.

귀족계층의 禮가 周末(서기전770년東遷이후)부터 狹義의 춘추시대(魯 은공 원년722-BC.481 애공14.「춘추」기록 242년간)에는 周왕실의 통제력이 그 直轄領 이외에는 거의 미치지 못했기 때문에, 유력한 제후가 실력에 의해 그 부근의 國邑을 병합하여 그때까지 각지에 소규모로 산재하여 있었던 정치적 세력이 점차 지방적으로 집중하게 되었다는 것이 춘추시대의 특색이었다. 이런 사회 정치의 변화와 주 왕실의 약화로 인한 중앙집권적 봉건체제의 붕괴와 학문의 민간계층의 파급에서 그 원인이 되었고, 일반서민계층에 광범위하게 전파되었다.

魯나라의 공자는 15세에 학문에 뜻을 두고 30대 중반 齊 나라 도읍에 유학했다가 귀국 후에 중국사상 최초의 私塾을 열어 제자를 육성했다. 유교의 시조가 되기 때문에 그는 주초(周初)의 봉건 제도를 이상으로 삼고, 그 실현을 위하여 경서(經書)의 학습과 禮의 실습을 강술하였다. 經書란 주공단, 공자 등의 성인에 의해 만들어진 五經(四書五經) 등의 경전이며, 경서의 학을 經學이라 칭한다. 주공단은 주민의 통치와 공납(貢納), 치안유지, 제사 등의 임무를 맡겨 질서 확립을 도

모했다. 새로운 체제의 기반을 쌓고 나서, 7년 후에 조카인 成王에게 정권을 돌려주었다. 이 봉건제도가 나중에 젊은 날 공자의 이상형이 되어 주공단에게 경도, 그 부활을 꿈꾸었던 것이다.

禮를 중요시하는 공자(552-479. 기원전)는 周 文化를 기리고 이으려 하였다. 그 계승을 통하여 당시 혼란한 사회에 질서(道)를 수립하려 했다. 더 나아가 全 인류의 救濟, '博施濟衆'이 궁극적 이상이었다. 천하에 도가 있으면 누가 구태여 變易할 것이며, 道가 없는 세상이기 때문에 변역에 참여했다는 데 그의 질서 확립에 대한 굳은 의지가 있고, 사람들을 버릴 수 없다는 데 뜨거운 人間愛, 인류애가 있다 하겠다. 인간애를 바탕으로 한 점에서 그의 철학이 인본주의적 사상을 읽을 수 있는 것이다.

그 철학의 독특함은 실상 일관되게 흐르는 그 근본원리를 우리는 대체로 '仁'으로 파악하고 있다. '仁'의 원리가 人本的 입장에서 이룩하려 한 것이 공자철학의 核인 것이다. 「논어」에서만도 仁에 대한 언급이 50여 개나 나오지만, 공자의 도는 춘추시대의 격동하는 세태를 몸으로 체험하는 동안에 형성된 사상이다. 논어 學而編에는 '들어와서는 孝, 나가서는 悌·信을 삼가고 널리 민중을 사랑하여, 仁者에게 친하고 이를 행한다'. 하여, 즉 孝悌는 육친 감정을 대인관계의 중심에 두고, 이를 널리 확대하여 禮讓의 정신으로써 하는 정치 위에 사회질서는 안정된다고 하는 신념에 입각한 실천도덕이다.

이 경우 仁은 忍과도 통하는 것이다. 따라서 質直한 마음씨로 예에 입각하여 극기하는 忍의 태도를 취할 때 갖게되는 마음가짐이 곧 仁인 셈이다. 克己復禮하여 이기적인 욕구를 억제하고 사회적 윤리적 규범을 잘 지키는 것이라 할 수 있다. 巧言令色은 인과 먼 것인 데 반하여, 剛毅 木訥이 인에 가깝기 때문이다. 인이 질직한 마음씨에 그치는 것은 아니다. 질직하기만 하고 예로써 교화되지 않으면 몰인정하여질 뿐이라 한다. 예로써 教化, 調節되어야 사실상 '仁'이 이루어진다고 하였다. 그것은 실천의 道이기 때문이다.

## 2.

그렇다면 周의 봉건제는 어떻게 행하여졌던 것일까? 이상과 같은 이 민족 지배를 위한 정치조직을 '주의 봉건제도'라고 부르고 있으나, 그 것은 유럽 중세 '퓨우덜리즘Feudalism'과는 그 의미가 일치하지 않 는다. 오히려 고대 그리스인이 소아시아 등에 새로운 식민지를 건설 하였던 것과 비슷한 점이 많은 것 같다. 주공은 동방을 통치하기 위해 성주를 건설하였으나, 다음으로 착수한 왕족, 친족관계에 있는 이들 을 각지로 파견하여 식민 도시국가를 건설했다.

먼저 殷의 왕자 微子啓를 商邱로 파견 宋나라를 건설하게 하였으니, 이는 王者의 後嗣가 단절됨으로써, 殷 조상의 제사가 단절되는 것을 두려워했기 때문이다. 이 밖에 무왕 때 세워진 陳이 고대의 聖帝인 舜 의 자손이고, 杞가 夏왕조 자손인 것도 같은 이유에서이다. 은의 구본 국에는 무왕의 끝 아우 康叔으로 하여금 衛를 세우게 하였다. 또 산뚱 (山東)의 제수(濟水) 유역의 부족을 제압하기 위해 주공의 아들 백금 (伯禽)을 보내어 '노(魯)'를 세웠다. 태공망 呂尙으로 하여금 齊를, 성 왕의 아우 당숙(唐叔)은 晉을 세우게 하였다. 그밖에 더 있는데 이런 지배방식을 '周의 봉건제'라고 부른다.

기원전 552년, 노나라에서 태어난 공자는 15세에 학문에 뜻을 두고 30대 중반에 齊나라 도읍에 유학했다가 귀국 후에 중국 사상 최초의 사숙(私塾)을 열어 제자들을 육성했다. '仁'은 두(二) 사람(人)이 화친 하는 걸 기초로 사랑과 인간관계(人愛)의 올바른 모습을 통해 통치 시 스템의 재편을 지향했는데, 위에서 말한 노나라 시조인 주공단을 이 상으로 여기며, 그가 체계화한 周의 예악(禮樂 제사의 의례와 음악)의 부흥을 지향하던 정치가이기도 했다.

成王시대의 동방 대원정에 의하여 周왕조의 기초는 더욱 확고한 것 이 되었으나 다음의 康王 昭王 穆王의 시대에 걸쳐서 눈부신 발전을 이룩하게 된다. 전국시대 衛의 양왕 墓에서 발굴된 竹簡문서 '穆天子

傳'에는 목왕이 西方여행 때 166일 째에 西王母라는 선녀 나라에서 돌아갈 것을 잊고 있었으나 徐의 偃王이 반란을 일으켜 환도 후 언왕을 토벌하고 새로운 법전을 만들어 '법'의 힘에 의한 통치를 실시하였다. 이는 '德'의 정치 이념에 어긋나는 것이다. 「史記」는 왕도가 쇠퇴한 증거라고 비평을 가하였다. 남동 및 북서로 국위는 발양하였으나 국내 상태는 사치가 더 심해졌다.

기원전 9세기에 周王과 제후의 관계는 의례적이 되고 그 권위는 급속히 쇠퇴했다. 10대 여왕(厲王)은 산과 강의 자원을 독점하여 사냥과 고기잡이를 통제하에 두고 비판자들을 처형하였다. 제후 민중은 대규모 반란으로 주 왕은 산시(山西)로 망명, 共伯和 재상이 국정을 다스려 이 시기를 共和라고 부른다(공화 원년은 841년). 중신들이 공통으로 통치 대행, 왕은 BC 828년 망명지에서 사망했다. 14년 후 태자 靜이 즉위한 宣王이다. 그는 제상 윤길모(호는 兮甲)는 험윤(獫狁 흉노)을 토벌하고 淮夷의 땅을 지배하기도 하고 魯의 왕위 계승문제를 간섭하니 전통적인 중앙집권적 德治主義 정책을 포기한 것이다. 선왕 뒤 유왕은 여성만을 총애하고 정치를 게을리하였다.

12대 유왕은 미녀 포사(褒姒)에게 빠져 왕은 신후(申后.황후)소생 태자와 왕후를 폐위. 포사태생 아들을 후계자로, 유왕은 봉화를 올려 포사가 웃게 했는데, 폐위된 신후의 부친이 공격했는데도 제후의 군대는 보이지 않았고 도읍은 맥없이 함락, 새롭게 왕위에 오른 옛 태자(平王)는 서쪽의 유목민 견융(犬戎)의 압박을 두려워하여 기원전 770년 도읍을 하오징(鎬京)에서 동쪽 뤄양(洛陽)으로 옮겼다. 그 이후를 동주(東周) 춘추전국시대라 한다.

이 기간이 동주의 전반기가 춘추시대인데 봉건 도시국가 간의 항쟁이 격화되었다. 주대 초기에 1,800개 정도의 도시국가가 200개 정도로 줄어 유력한 제후를 패자(霸者)라 했다. 최초의 패자는 齊의 환공이고, 그의 세력 확대를 지지한 사람이 포숙(鮑叔)의 친구 명재상 관중(管仲)이다. 齊 桓公, 晉 文公, 楚 莊王, 吳 夫差, 越 句踐을 春秋五霸라 칭한다. 「春秋」에는 魯의 隱公 원년(기원전 722)에서 哀公 14년(기원전 481)까지의 242년간 노나라 연대기를 토대로 공자가 편찬했다고 전해진다.

「춘추」의 본문은 지극히 간단하여 후에 그 내용을 부연하고 설명한 주석서가 마련되었다. 「공양전」(公羊傳, 子夏의 제자 公羊高저작), 「곡량전」(穀梁傳, 자하의 제자 穀梁赤 저작), 「좌씨전」(左氏傳, 자하의 제자 左丘明 저작) 등 춘추 三傳 역사서가 나왔다. 이 중 「죄씨전」(左傳이라고도 함)에 애공의 아들인 도공(悼公) 15년(기원전 453)에 晉의 권력자 趙 韓 衛 三氏가 晉의 지백(知伯)을 제압, 전국시대 개막의 사건이 기록되어 있다.

산시(山西)의 대제후국이었던 晉이 그 영토의 대부분을 조 한 위로 3분할당하고, 이 3국이 기원전 403년 周의 위열왕이 제후로 봉한다는 승인을 얻은 해인데 춘추말기 하극상의 세태 속에서 비롯된 것이다. 산뚱(山東)의 옛나라인 魯에서 귀족들의 세력이 강하여 魯侯는 그들의 위협을 받았으니 聖人 공자의 헌신적인 노력도 어찌할 수 없었던 것이다. 이러한 경향은 魯에 국한된 것이 아니라 춘추 패자의 나라에서는 공통된 현상이었다. 당시의 학문은 禮를 비롯한 六藝(禮, 樂, 射, 御, 書, 數)였는데 귀족적 교양을 갖추는 지식의 일종이었다.

霸 는 伯과 같은 말로서 제후 중에서 웅강한 春秋五霸에서 그 말엽 (453 년BC), 위에서 언급된 晉 권력가 知伯을 韓 趙 衛 三氏가 쓰러뜨린 사건은 禮에 의한 질서가 그 권위를 상실한 역사적 증거였다. 국읍(도시국가)사이의 관계가 다만 실력 만에 의해서 작은 국읍이 합병되고 附庸(속국)되고, 새로운 지배자에게 그 지위를 물려주어, 새로운 戰國七雄시대가 이어지어, 秦 楚 燕 齊 韓 魏 趙가 霸者가 되었다.

춘추시대가 초를 중심한 남북의 대립에 있었다면 전국시대의 형세는 秦을 중심으로 하는 東西 대립에 있었다. 秦의 조상은 원래 周의 牧馬

의 우두머리었는데 周가 犬戎의 침입으로 동으로 옮긴 뒤 關中 즉 渭水 유역을 근거로, 주위가 만족으로 둘러싸여 문화 정도는 낮은 상태였다. 백성들은 군주에게 충성과 단결이 장하여 평소부터 군사에 익숙하여 용감하였다. 춘추시기부터 강국으로 발전하고, 穆公은 西戎의 패자로 일컬었으며 孝公 때는 유명한 商鞅을 등용, 정치를 개혁하고 부국강병을 도모하였다. 춘추시대는 「춘추」라는 역사서에 있는 용어였으며, 전국시대라는 이름도 저자 불명인 「戰國策」서적의 이름에서 유래된 것이다. 33편인 이 책은 前漢의 劉向이 궁중의 장서를 교정하여 명명한 것이다.

이런 秦이 갑자기 강대해져서 동으로 지출할 때 중원 열국에서는 대항한 合從 즉 공수동맹을 폈다. 소진(蘇秦?-317기원전)은 뤄양(洛陽)의 세객(說客)으로 먼저 燕으로부터 시작하여 조 한 위 제 초를 유세하여 함께 동맹하고, 그 자신은 合從동맹의 우두머리와 6국의 재상을 겸하였다(기원전 332년). 그러나 이 방침이 영구히 계속되지 못하였다. 이해가 반드시 일치하지 않았기 때문이며 진과 멀리 떨어져 있는 燕·齊는 그다지 절박하지 않았다. 이 合從이 와해되면서 소진의 친구 위나라 사람 장의(張儀 ?-309 기원전)는 秦에 있었는데 魏를 설득하여 진과 화약을 맺게 하고 제 조 연을 설득 우호를 맺게 하는데 성공하였다(기원전311년). 합종이 縱으로맺는 것과 반대로 連衡이란 가로로 연결한 화친책이었다. 이 連衡策도 장의가 秦을 떠나자 이내 무너지고 말았다.

六國의 對秦 정책이 일정치 못한 것과 반대로 진의 방침은 확고하여 遠交近攻은 魏의 범수(范睢)가 秦의 昭襄王에게 진언한 것이다. 西의 변경에 편제하고 있던 진은 상앙의 혁신에 의해 강대해지자 동으로 진출해 온 것은 중원 여러 나라에 있어서 커다란 위협이었다. 이러한 진의 세력에 대하여 동방의 열국이 대항한 방책은 앞에 언급된 합종·연혁이었는데 범수의 진언인 확고한 원교근공 정책이었던 것이다. 앞서 秦은 韓·衛를 건너 그 동쪽인 齊를 쳤으나 범수는 그 잘못을 지적, 한·위를 경략하여 중원을 손에 넣고 이에 의거해서 南의 초와 北의 조를 제압하고, 서서히 齊로 향하는 것이 상책이라고 주장하였다. 이것은 도둑에게 얻은 물건을 먼저 갖게 하고, 양식을 주는 것과 같은 어리석음이다. 먼 나라와 친밀히 사귀고 가까운 나라를 치는 것보다 상책은 없는 것이라 하였다. 진의 경영은 확정적으로 착착 그 성과를 확대하게 되었던 것이다.

### 3.

전국시대는 실력경쟁의 시대이다. 사회가 요구하는 것은 문벌보다도 재능이다. 그 때까지 禮에 의하여 유지되고 있던 낡은 계급적 질서는 그 때문에 스스로 무너졌다.「左傳」을 보면, 춘추시대의 전쟁 때의 장군은 모두가 그 나라의 유력한 귀족이었는데 전국시대가 되자 다른 나라로부터 온, 이른바 外臣이 軍을 지휘하는 일조차 있게 되었다. 악의(樂毅)는 趙의 출신이지만 燕의 소왕(昭王312-279재위, BC)에게 벼슬하여 상장군이 되어서 숙적 齊의 70 城을 공파하였다. 孫臏은 衛의 출신이지만 친구 방연(龐涓)에게 속아 그 두 발을 잘리고 이마에 文身을 당하였다. 마침 齊의 사신이 衛에 왔을 때에 구조됨으로써 齊에서 벼슬하여 馬稜의 싸움에서 위나라를 격파하여 방연을 죽이고 위의 패자를 포로로 하였다. 병법의 책으로 유명한「孫子」는 孫武가 지은 것이라 하나, 이 손빈의 저작설이 확실하다.

軍師가 이러하였으니, 정치 외교 부문에 이어서는 더욱 실력 본위로 등용되어 이미 소진 장의 범수 등 유명한 策士, 세객(說客)은 문벌도 배경도 없이 자신의 재능과 지식만으로 종횡무진으로 활동한 사람들이다. 개인의 실력을 존중하고 그 신분을 불문하는, 그러므로 一藝一能을 지닌 이는 그 활동 무대를 향토 이외에서 구하였다. 楚 나라 재목을 晉나라가 쓴다라는 말인 진용초재(晉用楚材)란 말이 이래서 생겨났다. 戰國 말기에는 여러 나라의 군주나 그 일족인 公子가 賓客을 양성하여 齊의 맹상군(孟嘗君), 趙의 평원군(平原君), 衛의 신릉군(信陵君), 楚의 춘신군(春申君)을 일컫는데 빈객의 대표적인 예이다. 이 경향은 오랫동안 배양되어 온 割據的인 지방관념을 밑바닥부터 파괴하고, 중국 민족은 그 통일을 위하여 점차 사회적 조건을 완성해 가고 있었던 것이다.

 그러나 복잡한 당시 정치정세, 특히 엄격한 列國의 대립은 반드시 이 사회적 조건의 변화와 일치하는 것만은 아니었다. 經書란 주공, 공자 등의 성인에 의해 만들어진 오경(四書三經)등의 경전이며, 경서의 학을 經學이라 칭한다. 그의 가르침은 曾子, 孟子, 荀子 등에 의해 계승되고 발전하였다. 漢의 武帝 때에 동중서(董仲舒)의 상주(上奏)로 국내의 사상통일을 위하여 국교(國敎)로 제정되어 다른 학문보다 우월한 지위를 차지하게 되었다. 중앙집권 체제가 확립되고 사회의 안정됨에 따라 武勇이나 모략에 대신하여 지식과 학문을 중히 여기게 되는 것은 자연적인 추세인 것이다. 무제는 천하에 명하여 賢良, 方正, 直言, 極諫의 선비를 추천케하고 황제가 친히 이를 策問 시험, 정치와 학문에 관한 의견서를 제출케 하였다.

 이에 산동의 廣川에서 동중서가 나와 백성의 사상을 통일한 것이다. 漢 제국은 前漢, 後漢 약 400년간 이어졌다. 전한 전성기는 무제의 흉노와의 눈부신 싸움을 전개하여 서역의 지배와 서방세계의 발견이 이루어져 중화 세계가 상대화한 것이다. 베트남 북부, 한반도도 기원전 108년 중화 세계로 일부 편입 4군을 설치하였다. 사마천은 대대로 황제를 받드는 太史令의 가문에서 태어나서, 죽음 직전 부친 사마담(司馬談)이 하다 남긴 「春秋」의 뒤를 잇는 역사서 편찬을 요청받는다.

 3년 후인 기원전 108년 부친의 뒤를 이어 史官인 太史令이 되었다. 여러 기록을 정리하여 그로부터 4년 후에 사기 집필에 착수했다. 서양의 헤로도토스가 있지만, 동양의 '역사의 아버지'司馬遷(135-

84?BC)이 무제에 이르는 세계의 역사가 담긴 「사기」 130권을 저술하였다. 기원전 98년에 환관이 되었는데, 그는 남자로서의 굴욕을 참아내고 세간의 차가운 시선을 견디며 역사서 완성의 길을 선택했던 것이다. 분노 속에서 세상의 명저는 탄생되었다.

한 대에서 唐 대에 걸쳐 훈고(訓詁)는 經典의 낱말을 풀이한 석고(釋詁)가 나왔다. 후한의 許愼의 '설문해자'가 나왔고 경서 해석이 나와서, 鄭玄, 馬融이 훈고학이 발달, 당을 거쳐 宋, 元, 명의 철학적 경학을 이어받은 淸대에는 고염무(顧炎武)에 의한 경서를 그 성립 시대의 모습 그대로 파악하려는 考證學이 일어나, 그 분야로서 훈고학, 음운학이 발달하였는데 訓詁상의 많은 원칙이 명확히 세워지게 되었다.

鄭玄의 훈고학은 魏 晉 南北朝에까지 계승되었고, 도교 불교의 발흥으로 별로 떨치지는 못했다. 송대에 禪宗의 자극을 받아 그 교리 교의를 분명히 하고자 유학의 체계화가 진행되어 이른바 성리학(宋學)이 성립, 周敦頤 程顥 程頤 朱熹 등이 있었고, 그들의 姓을 따서 정주학(程朱學)이라부르기도 한다. 또한 송대, 실천적 입장을 중히 여기는 육구연(陸九淵. 象山)이 나왔는데, 그의 학설은 明의 왕수인(王守仁 陽明)에 의해 대성, 양명학으로 사상계에 큰 영향을 주었다. 이 유교는 중국뿐 아니라 한국 일본 월남 등에서도 예로부터 성행하였고 사상 문화상의 커다란 파문을 일으켰다.


### 3.

명대에는 독창적인 유학이 서민들 사이에 침투했다. 그것은 양명학으로, 유학의 주류였던 주자학에서 출발하였으나 새로운 실천을 중시하는 양명학을 일으킨 것이 왕양명(王陽明)이다. 그는 매사에 치밀하고 열심히 몰두하는 성격으로 젊은 시절에는 임협의 길, 말 탄 채 활쏘기, 문학, 도교, 불교 등에 마음을 빼앗겼다. 살아가는 일을 중시하여 관념적이고 형식적인 주자학에 싫증이 나서 지식을 축적하는 것이 아니라 '양지(良知. 만인에게 공통되는 마음의 본체)의 실현', 환언하면 '양식'을 갈고 닦는 일이 학문의 목적이며 아는 것과 실행하는 것이 일치되어야만 한다는 것을 주장하였다(知行合一). '넓기만 하고 원천이 없는 연못이기보다는 작지만 원천이 있고 생명력을 잃지 않는 우물이고 싶다'고 갈파했는데, 현재의 교육을 생각할 때에도 참고가 될 주장이라 보여진다. 그는 문관이었음에도 불구하고 군사적 재능도 타고나서 많은 전공도 세웠다. 1527년에 병을 무릅쓰고 광저우에서 일어난 반란을 진압하고 돌아오는 길에 병사하였다.

양명학은 크게 두 갈래로 갈라져, 정통파는 다시 주자학 쪽으로 기울고, 소위 王學左派는 차츰차츰 격렬하고 열광적인 경향을 띠어 갔다. 사람은 배움으로써 완전하게 되는 것이 아니라, 배우지 않고도 누구나 있는 그대로가 이상적인 인간이라고 주장하며, 狂이라 하며 격렬한 행동으로 옮아가는 것이다. 이것은 이미 사대부로서 절도를 넘어선 주장이었다. 유학 논리의 전개는 어느새 유학을 부정하는 방향으로 유도되었다. 대표 인물이 明末 李卓吾(1527-1602)이다. 明代 興漢의 기치는 사상적 침체기로 특색있는 사상가는 왕양명 뿐으로 볼만한 문헌도 없는데, 이 양명학이 일본에 건너가서 명치유신(明治維新)의 정신적 원동력이된 사실과는 대조적이다.

푸젠성 취안저우(泉州)의 상인의 집에서 태어난 이지(李贄, 李卓吾)는 양명학을 배워 '동심(童心, 진심, 허위를 배제한 순수함)을 자신의 주관으로 삼고 자신의 가치를 실현할 필요가 있다고 역설. 인습과 케케묵은 경전에 매달리는 교조주의자를 비난하고 내면적인 '良知'에 기초한 새로운 창조를 주장했다. 그러나 낡은 인습에 매이지 않는 언동으로 인해 옥에 갇힌 채 최후의 반항으로 자결하였다.

명대에는 경제성장과 서민의 진출에 수반하여 명분과 윤리에 사로잡히지 않고 있는 그대로의 인간 모습을 긍정적으로 묘사하는 소설이 쓰여졌다. 역사물 효시인 「삼국지연의」, 북송 량산포의 농민봉기를 소재로 관아에 압박당하는 백성의 반란인「水滸傳」, 당의 승려 현장(玄奘) 등이 불경을 구해온다는 故事에 孫悟空이라는 가공의 존재를 등장시켜 그 활략으로 고난을 이겨내고 일행이 서천에 도달하여 깨달음을 얻는다는 내용의「西遊記」, 당시 세태를 소재로 한「金甁梅」, 이들 장편소설은 4대 奇書로 명대 문화의 특색을 보여준다.

특히 주목할 책은 16세기 말에 무명 작가에 의해 쓰여진「금병매」인데, 이 책은 수호전을 근저로 하여 그 주요 등장인물인 무송과 그의 형 무대(武大)의 아내인 반금련과 약장수 서문경의 불륜을 축으로, 관료 지주와 유착한 상인의 생활과 서문경의 분방한 여성 행각과 정서를 세밀하게 묘사하고 있다. 마지막에 서문경은 최음제를 과도하게 먹고 급사하여 일가는 뿔뿔히 흩어진다. 불륜, 정경유착, 비아그라 등 오늘날의 모습을 보여주는 듯한 소설이다. 금병매의 소설 제목은 주인공 서문경을 둘러싼 반금련, 이병아, 춘매 등 세 여성의 이름에서 한 자씩 취하여 만든 제목이다.

실학과 관계 있는 백과전서가 편찬되었다. 상공업이 성장을 이룬 명대에는 儒學에 경도된 지식인들이 중요시하지 않았던 실용적인 기술에도 관심이 기울어졌다. 예를 들면 약초를 집대성한 백과사전 이시진(李時珍)의「본초강목」, 모든 생산기술을 모은 백과사전 송응성(宋應星)의「天工開物」, 농학의 백과사전 서광계(徐光啟)의「農政全書」등이 있다. 아울러 동아시아 해역의 첫 국제무역항이 된 마닐라에서 대량의 은과 함께 고구마도 명에 전해졌다. 멕시코의 인디오가 '카모테'라 부르는 고구마는 갈레온 무역(에스페냐의 경우 갈레온船團이 무연풍을 이용한 무역)에 의해 루손섬으로 건너가 가난한 사람들의 식량이 되었다.

16세기 중엽 고구마를 푸젠(福建)에 가져온 사람이 푸저우(福州)의 상인 진진룽(陳振龍)이다. 그는 고구마가 우수한 농작물을 알고 1594년 푸젠 지방 기근이 퍼질 때 그의 아들이 구황작물로 푸젠에 헌상하여 많은 사람이 기근을 면했다 한다. 금서(金薯)는 명대 말 서광계가 보급에 노력하고 淸의 건륭년간(1736-95)에는 연해지역, 황하유역의 황무지에도 보급되었다. 한 대 이후 6천만 명 정체되어 있던 인구가 청대에는 순식간에 4억 명으로 급증하였는데 여기에는 고구마가 큰 역할을 하고 있다.

## 4.

17세기 중엽, 여진족 누르하치의 등장에 의해 明王朝는 크게 후퇴하고 이자성의 난으로 말미암아 277간의 역사는 막을 내렸다. 명의 숭정제는 지진성(紫禁城)에서 자결하고, 오삼계와 청군은 1644년에 베이징 점령. 윈난 푸젠 광동 등에 무장을 배치하여 질서를 확립했다. 청의 통치는 기본적으로 명을 답습한 것이지만 여진족의 풍습을 漢族에게 강제한다는 측면이 있었다. 청나라 황제 중에는 명군이 속출하였다. 자기들 부족명을 만주족이라 자칭하였는데 '만주'(滿洲)란 문수(文殊)에서 온 말로 원래 그들의 추장을 문주보살의 화신으로 믿던 신앙에서 유래한 말이라는 설이 있다. 명의 말기 정치적 부정부패와 중국사회의 퇴폐적인 문화 풍조에 고삐를 매어 신선한 활력을 불어넣어 준 것이 만주에서 온 정복 왕조였다.

명·청 교체기를 살펴 보면, 중원을 정복할 때 중국인 중에 오삼계와 그의 상관이었던 홍승주가 있었다. 산해관(山海關)은 베이징 동쪽 300 Km지점, 육지와 바다가 맞닿은 곳에 있다. 만리장성의 동쪽 끝에 해당하는 이 관문은 만주에서 화북에 이르는 公道를 지키는 요충지이다. 청 태종은 여기를 공격하다 1643년 급사하였다. 후계로 6세 된 어린 세조(1638-1661)가 3대황제 順治帝로, 실권은 누루하치 아들이며 태종의 동생이 섭정 예친왕(睿親王1612-50), 이름은 다이곤(多爾袞, 만주어'곰') 이 쥐고 있었다. 그는 근위대 8旗의 만주군, 몽고군 3분지 2, 한인부대 합계 10만 대군은 명의 총독이었던 홍승주가 참모였다.

오삼계는 애첩 名妓 陳圓圓을 이자성에게 **빼**앗긴 원한으로 청군에 항복 산해관 통과 후 북경 입성에 합류하였다.

1643년, 황량한 만주의 선양(瀋陽)에서 즉위한 순치제는 자금성의 주인으로 중국적 교양을 쌓은 문화인으로 성장했다. 그의 죽음과 함께 죄책을 느낄 만한 실정을 말할 수 없지만, 한줌밖에 안 되는 인원으로 400여주 중워을 경영하자면 漢族 문무관료 등용은 불가피했다. 그것에 죄책감을 느꼈다면 그 이면에는 시대착오적인 만주출신 무관들으 불만 질투, 반감이 보이지 않게 도사리고 있었음을 짐작하게 한다. 순치제는 부왕 태종에 비해 너무 중국적 황제였다. 순치제를 경계로 만주에서 온 정복왕조 청나라는 몽고주의에서 중국 쪽으로 크게 기울게 되고 순치제 중국주의는 다음 대에 가서 크게 꽃피고 열매를 맺게 된다.

청제국 4대 황제 康熙帝는 1661년, 8세 나이에 즉위 15세에 친정을 시작하여 61년 동안 황제위에 있었다. 그는 한인 무장 반란(吳三桂 三藩의 亂)을 평정하고 타이완 외몽골 칭하이 티베트를 정복 영토를 확장하여 명대의 1년분 궁정비로 자기 시대 1년분 세출을 꾸려나가 간소한 정부를 만들었다. 그래서 재위 50년을 기해 모든 정남의 수(2,460만 명)를 인두쇠의 정액으로 결정, 재정이 충실했다. 35명의 아들, 20명의 딸로 자식이 많았다.

삼번이란 순치제 때 평정된 강남을 3개의 군정지구, 즉 윈난(雲南)에 平西王 오삼계, 푸젠(福建)에 靖南王 정중명, 꽝뚱(廣東)에 平南王 상가회 등 각기 유력한 漢人 장군을 왕의 칭호로 치안을 유지케 했다. 10만 정병의 군벌로 성장하자, 청 태조의 딸을 며느리로 삼고 우대했다. 광뚱의 상가회가 은퇴 상주하자 군사비만 국가 예산의 절반인 3천만 냥이나 되는 삼번 폐지가 논의 되었다. 오삼계의 반란을 일으키자 조정에서는 8기병과 그 지배하의 綠營을 투입, 제스이트 신부 페르비스트에 명하여 경량 대포를 각 군에 배치 특별 통신망을 이용, 강희왕이 친히 보고 판단 명령하였다. 군벌을 해체시키고 8년 난리는 평정되었다. 강희 20년 1681년의 일이다.

카자흐를 복속시킨 러시아가 동쪽으로 전진 오호츠크 해를 지나 원주민을 제압 퉁구스의 수렵민을 탄압하면서 헤이룽강(黑龍江, 아무르강)을 남하하여 네르친스크, 알바진 등지에 기지를 설치했다. 강의제가 철수를 요구했으나 음흉한 곰은 쑹화강(松花江)까지 침략하였다. 벨기에 신부 페르디난트는 러시아에 청의 기밀을 누설하였으나 康熙 28년(1689) 네르친스키에서 담판하여 북극 곰을 물리치는 외교적 승리를 거두었다. 그 후 1860년 우수리강(烏蘇哩江) 동쪽을 빼앗기고 말았다.

康熙 36년(1697)에 외몽고 親征 후, 朱子(1130-1200)가 가르치는 聖王 정치를 실현하고 성인은 修身齊家治國平天下해야 한다는 사상은 가르쳤으나 아이러니컬하게 중국보다 그가 배척한 오랑캐 야만족 간에 열렬한 지지층을 발견했다. 마치 불교가 인도보다 조선을 위시한 일본 만주 등 東夷지역에 융성하였던 모습이었다. 기원 1세기경 중국 사서에 공자가 '자기의 가르침은 장차 東夷에서 행해지리라'고 예언을 했다는데, 15세기 후에 실현된 셈이다. 중국문화를 애호한 그는 10년이란 세월에 3,458종의 서적들을 모아 정리하여 7만 9,224권의 「四庫全書」를 편찬하게 했다.

옹정제가 강희로부터 물려받은 유산은 강희제가 半世紀餘에 걸쳐 구축해 놓은 아시아 세계제국의 판도였다. 中國化의 방향으로 크게 기울어지고 있었다. 만주인들은 모국어인 만주어를 버려둔 채, 유창하게 뻬이징 관화(北京官話)를 자랑하고 있었다. 옹정제의 당면 문제는 만주족의 각성과 독재권의 확립이 시급했다. 왕족 8기 영유권을 몰수. 8기군은 상3기와 하5기로 갈려, 전자는 황제 친위부대, 후자는 왕족 영유로 나뉘어 있었다. 그것은 청태조가 제정한 8가지 旗의 빛깔로 청 초기의 군제이다. 개혁을 통해 8기의 씨족제도는 사그라지고 황제는 직접 개개의 만주인을 장악할 수 있었다. 만주인은 비로소 황제를 자기들 지배자, 즉 절대군주로 받아들였다.

옹정제는 44세에 즉위 13년간 통치했던 전문가 교육을 받은 실무가여서 아침 일찍부터 밤늦도록 정무에 몰두하다가 과로로 세상을 떠났다. 그는 지방 관료에게 지방의 실태를 자세히 적은 보고서를 받아 거기에 붉은 글씨로 비평을 적어 돌려보내고 눈에 드는 인재가 있으면 발탁하여 중책을 맡겨 관계에 과거 출신 아닌 사람이 많았는데 '주비유지(朱批諭旨)'인 것이다. 정책의 합리화와 기강 확립을 도모하여 자문기관으로서 軍政上의 권한을 지닌 소수정예의 軍機處를 세우는 등 황제권을 강화했다.

25세에 즉위하여 60년간 통치한 건륭황제는 전임 2대에 걸쳐 축적된 부를 호쾌하게 사용할 수 있는 유리한 입장이었다. 그는 1759년에 동터키스탄을 정복하여 '신장(新疆, 새로운 영토)이라는 이름을 붙였다. 중화제국의 영토는 최대 규모에 달했던 것이다. 참고로 현재 중국은 그 영역을 거의 그대로 이어 받고 있다. 그는 몽골 티베트 칭하이 신장을 번부(藩部)로 해 본부, 뚱베이와 구별하고 이번원(理藩院)이라는 행정기관이 통치하게 하였다. 만년이 되자 건륭제가 여진족의 군기대신 화신(和珅)에게 정치를 맡겨버리는 바람에 뇌물정치가 횡행하여 국부는 관료의 주머니로 흘러들어갔다. 건륭제 사후, 화신은 수뢰가 적발되어 자살명령을 받았는데 몰수된 그의 재산은 엄청난 액수로 불어나 있었다. 또한 지방관의 부패도 두드러져 매년 치수공사비의 대부분은 관료들이 착복했다. 그중 제방을 일부러 무너뜨리고 예산을 획득하려는 관료도 나타났다.


## 5.

옹정제는 집념의 화신이었다. 실속 없는 헛된 명성에 마음 안 쓰고 허영이나 겉치레를 배격했다. 신하들과 식사를 같이 할 때도 밥그릇에 붙은 한 알의 밥알도 아끼고, 빵 부스러기도 버리지 않고 거두며, 편지지도 황제 전용 사치한 종이를 쓰지 않았다. 중화사상이나 민족주의를 배격하여 비난받는 그가 중국인 간에 평판이 나쁜 이유도 유유자적하는 중국적 제왕과는 너무 이질적인 존재였기 때문이다. 일상 애용하는 도장에 ) '위군난(爲君難)' 임금하기가 어렵다라는 글귀가 새겨져 있는 것은 이상적인 제왕의 모습을 머리에 그리고 있었기 때문일 것이다.

그가 심취했었다는 선도(禪道)와 믹스되어 노상 입버릇처럼 외던 '측천사거(測天私去 하늘을 본받아 사사로움을 버린다)'라는 신조를 낳았을 것이다. 강희제는 청의 얼개를 치고, 옹정제는 그 속을 채워 200년 존속할 기초를 굳힌 것이다. 옹정 13년, 1735년 8월 12일 圓明園 이궁에서 밤 8시경 총총히 이승하였다. 너무나 돌발적 일이라 항간에 유언비어가 나돌고 일반적으로는 呂留良의 손녀딸이 궁중에 숨어들어 척살했다고 믿어지고 있다. 주자학자이던 만촌(晚村) 여유량의 사상은 중화와 夷狄을 구별하고 봉건제 부활을 주장하고 있어 군주 독재권과 華夷平等을 염원하는 옹정제로서는 용납할 수 없는 사건의 배후 인물이었다.

제4 황자 보친왕이 즉위, 고종(高宗 1711-1799) 乾隆帝이다. 때에 25세였다. 모친은 熱河에서 태어난 평범한 旗人의 딸이었다. 13세 때 뻬이징에 들렸다가 秀女뽑는 시기와 마주치어 차려입은 수녀들 무리가 궁문으로 몰려가는 것을 넋을 잃고 바라보고 있는데 문지기가 그녀를 수녀로 온 줄 알고 대궐문 안으로 불러들려 단정한 용모가 눈에 들어 옹친왕 처소에 배치되었다. 옹친왕이 전염병으로 앓아눕자 남들이 싫어하는 간병 구완을 정성껏 하여 기적적으로 완치되어 소녀를 가까이 하여 행운의 별을 타고 건륭제가 태어났다.

자금성의 새 주인이 된 건륭제는 아버지나 할아버지가 이상에 치우치고 좀 따분하고 열적은 사생할을 보낸 데 반해, 새황제는 추호의 의

심이나 망설임 없이 90년의 장수, 60년의 재위 기간을 유유자적하며 호화롭게 장식했다. 조부가 철학에 의한 성왕정치를 지향하고, 부친이 평등주의를 신념으로 군림한데 비해 건륭제는 문학에 의한 영광과 情感의 세계를 충족시키기에 열중했다. 선제들의 가혹한 이상 추구와 냉엄한 금욕주의가, 풍요를 만끽하는 향락주의로 변질된 것이다. 10만수가 넘는 넘는 건륭제의 詩, 역사에 대한 취미가 그것을 증명하고 있다. 근엄하던 조부나 부친 때에는 생각도 못했던 건강한 애욕생활과, 총애하는 신하가 멋대로 놀아나도 예사로운 듯 버려둔 대범함이 그것을 말해준다. 강대국 황제의 승리의 도취감을 맛보기 위해 벌인 여러번의 호화판 외지 遠征 역시 그 일면을 여실히 보여준다 하겠다.

그러나 그런 정감의 세계나 향락주의가, 관능의 탐닉이나 방종을 뜻하는 것은 아니다. 도리어 속될 만큼 끈질긴 이성의 힘이 밑밭침 되어 있는 것이다. 선제에 못지 않게 정무에 몰두하는 한편, 꼼꼼히 詩作생활도 계속했고, 또 쑥스러울 정도로 박식한 고전의 교양이나, 격에 안맞게 굉장한 어학력도 키웠다. 그런 지적인 교양이, 사색을 위한 도구로서가 아니라, 다분히 날카로운 감각이나 섬세한 심정을 읊조리거나 추구하기 위한 방편이었다 하더라도 실은 그것이 '乾·嘉의 문운이라고 일컫는 독특한 문화를 꽃피게 할 바탕이 된 것이다.

이 무렵의 문화의 특징은 취미적인 다양한 성격과 그 섬세함에 있다. 그것은 평화롭고 풍요롭고 권태롭고 한가한 그런 시대의 산물이다. 시대가 인물을 낳고, 인물이 또한 시대를 만든다면 청대 문화의 창시자로서의 불멸의 영예는 건륭제가 차지해야 할 것이다. 그의 때에 비로소 만주 몽고 티벳 위구르 중국의 다섯 민족을 안은, 史上 최대의 세계 제국이 출현했다. 중국인의 입에 오르는 허풍은 현실적인 판도를 지극히 모호하게 만들었지만, 청나라 조정과 러시아와의 교섭에서 성립한 국경이란 개념은 현실적인 산물이었다. 그것은 나라와의 경계라기보다 이질적인 두 세계의 접경을 뜻했다.

그러나 일단 국경이 성립되자 여태까지 국경을 인정하지 않던 중국 사상에 굴레를 씌우고 자갈을 물린 셈이 되었다. 유럽 세력의 식민지로 화하고 수난의 역사를 겪는 길이 된 것이다. 그렇지만 당면한 사실로는 국경이 성립됨으로써 구체적으로 나라의 크기가 정확하게 드러났던 것이다. 지도를 펴 보면 새삼스럽게 그 판도의 광대함에 놀란다. 동쪽은 러시아 沿海州의 훨씬 북쪽 외흥안령에서, 서쪽은 외몽고를 에워싸고 발하시湖에 이르고, 그 남쪽은 東투르키스탄에서 티벳까지 포함한다.

최대판도로 칭기스칸(Chingiz Khan1162-1227)의 판도가 청보다 클 것 같지만 겉치레뿐이어서, 칸의 때는 중국 본토를 손에 넣지 못했고, 世祖 쿠빌라이(Khbilai1216-94)의 때는 고비사막의 남쪽과 만주 그리고 중국 본토뿐이었다. 만리장성의 서쪽 끝에 쟈위꽌(嘉峪關)이 있다. 명의 初, 洪武 연간에 쌓은 성으로 그 세력의 서쪽 끝이었다. 그 곳에서 서북쪽으로 통하는 루우트가 실크로드(베이징과 로마를 잇던 도로. Silk road)이다. 이 길을 따라 서쪽으로 가면 툰황(燉煌)을 지나 깐쑤(甘肅) 신쟝(新疆) 두 성의 경계가 위먼관(玉門關)이다. 이 곳을 한 번 나서면 胡馬가 구슬피 우는 오랑캐 땅이다. 수 많은 전사들이 고향을 그리며 죽어간 통곡의 땅이다.

같은 신쟝이지만 톈산(天山)의 북과 남은 형편이 다르다. 북은 준가르 초원이 전개되고, 서쪽에 이리(伊梨)계곡이 있다. 건륭 19년(1754), 22년(1757) 청의 수중에 떨어지자 북방의 곰 러시아 세력과 승강이와 교섭을 되풀이하게 된다. 톈산 북쪽은 라마교, 남쪽은 이슬람의 세계이다. 이 곳은 터키계 종족 위구루부족이 성곽국가를 형성했으나 신쟝성(新疆省)은 청의 판도 안에 들어 온 것이다. 티벳의 수도 라싸의 포다라(補陀落)언덕에 康熙帝의 '評定西藏碑'가 있고 건륭제 때 비로소 만주 몽고 티벳 위구르 중국의 다섯 민족을 안은 최대 세계 제국 판도가 이루어졌다.

같은 정복이지만 원과 청의 통치 방법은 전혀 달라, 원의 냉혹한 종족 계급주의와 5族 協和주의 공존체제는 대조적으로 건륭제가 편찬한 「5體淸文鑑」은 5족의 말을 대조하여 볼 수 있게 꾸민 어휘사전이다.

## 6.

중국은 문의 나라로 글은 마술과도 같은 힘을 발휘한다. 청 말엽 장지동(張之洞1837-1909)이 황제 詔勅을 기초했을 때 그 격조높은 명문장에 조정의 권위가 일시 회복되었다가 그가 죽으니 그것이 시들해진 것은 '文章興國'의 한 예이다. 건륭제는 풍부한 재정에 힘입어 서적 편찬 간행에 힘썼다. 康熙제의 「康熙字典」, 雍正帝의 「古今圖書集成」이 있지만 건륭연대에는 폭발적으로 편찬되어 「四庫全書」(1772)는 중국 역사상 가장 규모가 큰 작업이었다. 이 고전전집은 전국에 흩어져 있는 고금의 旣刊 未刊 주요서적을 수집하고, 그 정본을 만들어 淨書케 한 것으로, 3457종 7만9천70권의 방대한 책이다. 300명의 학자가 10년 걸려 완성한 것이다.

四庫란 經(유교), 史(歷史), 子(思想), 集(文學)의 네 분류를 말한다. 각각 황색, 적색, 청색, 회색 표지로 만들어 처음 네 질(4질)을 만들어 자금성, 원명원, 열하 離宮, 선양 궁전(瀋陽宮殿)에 수장했으며, 후에 3질을 추가, 양쯔강 하류 양저우(揚州), 전쟝(鎭江), 항저우(杭州) 등 문화의 중심지에 서고를 세워 일반인도 열람케 했다. 그런데 이미 反滿 사상의 탄압으로 여러번 '文字의 獄'이 일어났으나, 건륭시대에는 더 신경을 곤두세우고 단속했다. 청국 비판은 물론, 反滿사상이나, 북방민족에 대한 나쁜 서술은 소각되든지 개작되었다. 이 금령은 明 태조 홍무제나 성조 영락제가 행한 학자 탄압에 비하면 미적지근했다.

5족협화 세계제국의 실현으로 중국인들도 胡服辮髮에 익숙해졌고, 만주인들도 매끈한 뻬이징관화(北京官話) 말을 썼다. 옷도 말도 생김새도 같은 이웃 사촌인데, 중화니 오랑캐니 하고 인심사납게 쌍심지

세우고 거품 품어가며 싸울 것도 없었다. 저절로 차별의벽이 무너지고 공통적인 보편의식이 싹트고 있었다. 뻬이징에는 학자 문인이 운집하고, 만주 귀족이나 중국인 관료들은 그들을 빈객이나 가정교사로 우대하였다. 글귀 두어줄 써주고 1년분의 생활비에 해당하는 보수를 받기도 했다. 지방에서도 鄕土史 등의 편찬사업, 부호들은 훌륭한 족보를 만드는 데 열중하였다.

양저우(揚州)의 소금 상인을 첫손 꼽는데 소금은 나라의 전매품으로 정부지정 소금상인을 거액의 돈을 모아 백만장자 쯤은 흔하고 천만장자 소리를 듣던 사람도 있었다. 당시 화이난(淮南)의 소금 전매 특권을 갖고 있던 富와 세력이 일세를 풍미하던 안기(安岐)라는 조선인은 가난과 불우한 문인을 도와 이름이 크게 나기도 했다. 감식가로도 알려졌고 그의 書畫 목록인「墨緣彙觀」은 晉 唐 이래의 작품에 대한 감상가의 최고 준칙이 되어 있으며 동양회화의 최고 神品으로 치는 東晉의 고개지(顧凱之 344-406)의 대표작「여사잠도권(女史箴圖卷)」(영국 대영박물관 소장)도 원래는 안기의 소장품이었는데, 그가 죽은 뒤 팔려서 건륭제가 간직했으나 의화단(義和團)의 난 통에 국외로 흘러나간 것이다. 이런 사회분위기나 경향으로 乾·嘉의 學이 융성해진 것이다.

중국 학문의 주류는 漢나라 이래 淸에 이르기까지 경학(經學)이 차지하고 있다. 經學은 유교의 경전인 4서 5경 등, 경서를 연구하는 학문으로 그 안에 서술된 성인의 가르침을 밝히고, 그것을 현실 정치에 살리는 데 그 사명이 있었다. 그 목적은 하나이나, 그 방법에는 크게 두 줄기 흐름이 있어, 漢 唐 때 성했던 字句 注釋을 주로 하는 훈고(訓詁)와 철학적 해석을 주로 하는 宋 明시대의 산물이 그것이었다.

明 末에 양명학의 흐름이 공리공론에 치우쳐 이에 반대하고 현실적인 정치 실사회에 유익한 실증주의적 학문을 들고 고염무(顧炎武)·황종희(黃宗羲) 등이 나왔다. 마침 이 무렵 맛테오 릿치(Matteo

Ricci1552-1610) 등 제수이트파 선교사들에 의한 천문학 역학 수학 지리학 등 서양 과학 지식이 중국에 수입되어, 그 실증적 방법이 일반에게 영햐을 주던 시기와 일치한다. 유교경전에 대한 실증주의적 연구는 청나라가 융성해 감에 따라서 더욱 발전을 거듭하여 고증학을 형성하기에 이른 것이다.

고증학의 연구 방법은, 정확한 텍스트를 선정하여 글씨 한 자, 한 구절에 이르기까지 문헌상의 근거를 들어 밝히고 추구해 가는 작업이다. 주관적인 송, 명학자들의 태도와 달리 객관적 해석, 귀납적 결론의 과학적, 문헌적으로 유교의 고전연구에 새 길을 개척했다. 건륭·가경 시대에 혜동(惠洞)·대진(戴震 1723-1777 安徽省), 단옥재(段玉裁 1735-1815), 왕염손(王念孫), 왕인지 등 쟁쟁한 학자들이다. 역사학, 지리학, 음운학, 금석학, 서지학 등 다방면의 학문이 파생하여 전대흔(錢大昕1728-1804), 왕명성(王鳴盛1722-97), 조익(趙翼1727-1814) 등 각 분야에 뛰어난 학자들이 등장하였다.

그 주된 주장은 '實事求是'에 있다. 사실에 입각 옳고 그른 것을 찾는 일, 환언해 주관주의를 배격객관적 과학적인 고증을 존중하는 데 역점을 둔다. 이런 박학(樸學)은 明代의 강학(講學)과 뚜렷한 대조적인 현상이다. 책속에 묻혀서 연구에 몰두, 세상의 명리를 떠나 진리를 추구함이 樸學인바, 현대의 專門學者와 흡사하다. 이런 고증학 만능시대에 사상가가 없지도 않았는데, 戴震은「孟子字義疏證」을 써서 주자의 성즉리(性卽理)나 왕양명의 심즉리(心卽理)의 理의 설을 부정, 인간의 욕망이나 감정을 중히 여기는 기(氣)의 철학을 주장하였다.

양저우(揚州)에는 특이한 학풍이형성되고있었는데, 옹방강(翁方綱 1733-1818), 완원(阮元1764-1849), 왕중, 초순, 강번 등이 있어 이들은 양주의 지방색을 반영 전문하는 한 분야가 아닌 다분야에 연구와 흥미를 갖고, 특히 문학이나 희곡(戱曲)에도 손을 대는 사람이 나왔다. 완원은 문화사업에도 뜻을 두고 학자를 동원한 큰 편찬사업을 일으켜 「12經注疏」의 校勘記 268권을 만들고, 청조 경학 연구서를 모아 1,400권짜리 방대한 「皇淸經解」출판하기도 했다. 건륭대에 양저우 8괴(揚州 八怪)의 회화는 기술적 본격적인 화가가 아니었으나, 자유분방한 멋이 있었다. 대체로 청조의 회화는 4왕 吳惲(四王 吳惲: 왕시민 왕감 왕위 왕원기, 吳歷 惲壽平)의 6대가 유명하다. 그들은 명말 동기창(董其昌)의 흐름을 계승하고 있었다.

4왕 오위는 이런 형식주의를 거부하고 주제도 단순한 꽃, 梅, 竹, 蘭 혹은 인물을 水墨으로 그려 기교를 초월한 탈속정신에 넘쳐있었다. 건륭의 소금장수 번영은 급속히 몰락, 꽝뚝(廣東)의 외국무역상인 특허상인 시대가 되었다. 儒學이라는 어휘에는 오늘날 우리가 사용하는 학문이라는 뜻과 사상이라는 뜻이 몽땅 내포되어 있지만 이미 시사한 바와 같이 청나라는 '학문의 시대'였지 '사상의 시대'는 아니었다. 그런데 고증학 자체내에 고증학을 부정하며 나라를 뒤흔들만한 사상이 싹튼 것은 역사의 아이러니라고나 할까.

처음에 정현을 중심한 後漢의 학자들은 대상으로 하던 고증학이 더 오래된 前漢 학자 설로 대상을 옮긴 것이다. 전한의 학문은 소위 '今文經學'으로, 중심이 「春秋公羊傳」으로 公羊學이라고도 한다. 이에, 경전의 연구가 곧 정치적 사회적인 실천과 직결되어야 한다고 주장하고, 한편 경전의 연구는 경전에 숨겨진 성인의 '微言大義(근본이념)'를 파악하는 데 있다고 주장한다. 공자는 그 미언대의를 보이기 위해 「춘추」를 썼다. 「춘추」는 그 해설서인 「좌씨전(左氏傳)」보다, 「공양전(公羊傳)」에서 改制를 위해 씌여진 책인 것이다. 개제란 제도의 근본적 개신, 즉 중국적인 혁명을 뜻한다. 周 나라가 망할 것을 공자는 미리 내다 보고 있었다. 周 다음의 왕조를 위해 이상적정치 프로그램을 魯國年代記라는 형식을 빌어 저술한 것이 「春秋」라는 것이다.

또 오늘날 우리가 중국사를 배울 때, 제자백가는 중국사상의 황근시대로 배운다. 전국시대가 독창적인 수 많은 사상가를 배출한 중국사상 도덕적인 혼란과 헛소리뿐인 저주스런 시대라는 것이 정평이었다. 하나, 漢 이래 일천 년간 추추전국시대는 학문의 잡동산이던 것이 위와같이 황금시대 운운하게 둔갑된 데에는 혁명적 고증학 사상의 기반 위에서 역사적 배경이 작용한 것이다.

7.

강성한 중국 민족들은 본국이 소란해지면 보따리를 싸서 짊어지고 살기 좋은 곳을 찾아 潮水와 같이 이리저리 몰려다녔다. 기자(箕子)는 殷 紂王의 친척이었다. 紂王이 사치와 방탕으로 문란해지자, 탄식하고 미친 사람 모양으로 산속을 헤매다가 周의 무왕을 만나, 무왕은 그를 聖人으로 대우하고 조선왕에 봉하였다. 춘추전국시대부터 漢民族들은 옛날 기자의 封土인 조선으로 흘러들었다. 황해를 건너 북쪽 조선땅으로 들어왔다. 그런데 그 漢人들은 글<文字>을 알고 문화를 알았으므로 우월한 지위에 있게 되었다. 이상은 「尚書及 東夷傳」에서 인용한 것이다.

漢의 유민들이 평양 부근에 모여살 때 이곳이 기자의 땅이라 하여 자칭 기자의 후손이 조선후(朝鮮侯)이었다. 그는 燕나라와 같이 王의 칭호를 사용하려 할 때, 신하 대부례(大夫禮)가 尊周하는 마음을 높여야 한다고 반대했다. 燕과 朝鮮侯가 전쟁으로 조선왕은 압록강 너머에 있던 영토를 전부 잃었다. 중국의 형세는 변해서 진시황이 장군 몽념(蒙恬)으로 만리장성을 쌓게 하였다. 이때 조선왕은 부(否)가 서서 秦에 복속되지 않고 당시 요동땅에는 전 朝鮮侯의 백성과 漢人, 부여족이 살고 있었다. 秦 왕조가 깨지고 천하는 다시 소란해졌다.

이때 조선왕에는 否의 아들 준(準)이 대를 이었다. 한패공(漢沛公)이 천하를 다시 통일한 뒤 노관(蘆琯)을 燕王으로 봉했는데 노관은 한에 반항하여 흉노로 달아났다. 이때 연의 위만(衛滿)이 도망하여 胡服을 입고 준왕에게 들어왔다. 위만은 봉토를 받은 것을 기회로 삼아 군사를 양성, 조선왕을 폐하자 準은 황해로 빠져 마한으로 내려가 거기서 죽었다. 이상은 「史記朝鮮傳」에 기록되었고, 위만의 손자 우거왕(右渠王, ?~108)때는 漢 武帝가 樓船將軍 양복(楊僕), 그리고 제남 태수(齊南太守) 公孫遂를 보내 우거를 치게했으나 실패하여 요동에서 육로로 挾擊하던 좌장군 순체(荀彘)가 성을 포위하자 대신 路人 韓陶 王俠이 도망하고 니계상삼이 왕을 암살하여 위만조선은 3대도 못 가서 함락되었다.

우거의 아들 장각(長各)의 재건도 피살되어 실패, 니계상삼은 澅淸侯가 되고, 최(最)는 溫陽侯, 한음(韓陶)는 적차후(荻且侯)가 되어 漢의 본국으로 들어갔다. 무제는 우거왕의 옛땅을 낙랑 임둔 진번 현토 등 사군으로 나누어 각 군에 태수를 두어 통치했다. 피지배 입장인 예맥족과 韓族은 漢人들의 지배를 벗어나려고 싸워 한사군은 불과 27년 계속되다가 낙랑 현토만 남고 낙랑이 커져 동부, 남부 도위로 나뉘어 100여 년 후, 건무 6년(30년) 동남 도위를 없애고 18현으로 줄었다. 漢의 헌제 때 요동 태수 공손탁이 낙랑군을 농락했고 그 아들 공손강(公孫康)이 둔유현(屯有縣) 이남의 땅을 쪼개어 帶方郡을 두었다. 이미 현토는 고구려가 자지, 우리의 삼국이 한 군현을 점령해 들어갔다. 미천왕 14년(313) 요동에 있던 장통과 고구려군이 연합하여 2천 명의 포로를 잡아 낙랑군을 아주 없애고 말았다. 4군 412년 역사는 끝났던 것이다. 이상은 「史記朝鮮傳」에서 발취했음을 밝힌다.

전한의 武帝가 기원전 108년 위씨조선을 멸망시키고 그 故地를 중심으로 郡縣을 설치한 이래 한문화의 빛을 사면으로 퍼뜨렸다. 고구려는 문화의 빛을 받아 문자에 의한 역사서 新集5권이 태학박사 李文眞이 만들었다. 이때부터 고구려가 강성했던 역사가 널리 알려지게 되었다. 한문 文字에 의한 불교는 이미 소수림왕 때 수입되었고 고려시대 1286년(충렬왕12년) 考慮儒學制擧가 된 안향(安珦1243-1306.고종30-충렬왕32)이 왕을 따라 元나라에 갔을 때, 연경에서 유학의 정통「朱子全書」를 손수 베껴 쓰고, 공자와 주자의 화상을 그려가지고 돌아와 주자학을 연구하였다.

조선왕조 학문의 원천을 알기 위해 중국 宋代 학문을 살펴보면, 송은 神宗 인종 때부터 唐의 훈고학에 대해 새 주장을 펴나갔다. 범중암 구양수는 문장가인데 경서나 史書에 일가견의 견식이 있었으니 孫復, 胡瑗, 范仲海, 歐陽修 등이있어 그중 손복과 호원이 성리학의 선구자인데, 이것을 道學으로 일컬은 선구자는 주돈이(周敦頤 1017-73)이다. 태극도설은 음양 오행을 도설한 것으로 "無極이 되면 太極, 태극이 움직여 陽이 생한다. 動이 극하면 靜이 되고, 정이되어 陰을 생한다. 정이 극하면 다시 움직여 1동 1정이 서로 근본이 되어 陰이 되고 陽이 되어 兩儀가 생긴다.

陽이 변질하면 陰과 합하여 水火木金土 생기고 5氣가 順布되어 4時가 생긴다. 오행은 한 음양이고 음양은 한 태극이다. 태극은 그 근본이 무극이다" 이것은 우주생성의 과정을 말한 것이다. 이것은 주역에서 나온 말이다.(太極生 兩儀 兩儀生四象) 이 음양 2氣가 서로 엇갈려(交合) 만물이 나온다고 하였다. 만물중에 인간이 가장 영특하다 하였다. 사람은 형체가 있는 동시에 올바른 정신이 있기 때문이다.

明道 程顥(1032-85)와 동생 伊川 程頤(1033-1107)는 주돈이에게 배웠다. 다시 남송 때 주자가 나와 이를 집대성하여 理氣에 대하여 2원론을 주장, 논리상 氣가 있으면 기를 되도록 하는 이가 있어 결국 태극의 1理가 근원이 되고 있다. 이 1理가 유전하여 形而下로 되어 갈 때 氣의 개념이 병존하여 구별한다고 하였다. 고로 주자의 우주관은 理一元論으로 理氣二元의 대립은 형이하로 유전한 현상일 때 인정할 수 있다 하였다. 宋學은 중용의 性說과 대학의 格物致知, 다시 음양설, 논어의 도덕설, 맹자의 仁義說을 종합하여 사상적으로 전개되었다. 이에 주역의 太虛 靜動 등은 다시 불교 철학과 연결성을 맺고, 한 걸음 더 나가 도교사상이 혼합, 중국 재래 허무적 사상도 끼어 성리학

을 만들어냈다.

 고려왕조는 불교가 성하였지만 고려 문종 때 최충(崔冲984-1068)은
말년에 九齋를 짓고 周易 尚書 毛詩 禮記 周禮 儀禮 春秋左氏傳 논
어 맹자 등 9경을 사람들에게 가르쳤다. 이를 문헌공도라 하고 12공
도의 하나이다. 그는 교육을 진흥하여 당시 海東孔子라 불리었는데,
조선조의 최만리는 그의 후손이다. 최충의 아들 유선은 후에 중서령
까지 되었고 諫官으로서 이름을 떨쳤다. 그 동생 유길도 상서령, 유선
의 아들 思齊는 감수국사, 최사제의 아들 최약(崔瀹, ?~?)은 예부상
서와 한림학사. 그의 아들 允儀는 의종 때 古今詳定禮文 50권을 지었
다.

 고려의 학자도 두 파로 나뉘게 된다. 중국 자체에서도 유신(儒臣)과
사신(詞臣)이 있어 문장으로 출세하는 학자와 유학으로 출세하는 학
자가 따로 있었다. 崔冲은 학자인 동시에 유교의 실천적인 도덕을 존
중하였으며 물론 문장도 잘 지었다. 고려의 황금시대라 하던 때는 사
실상 경학을 연구하여 그 진의를 파악하려고 한 것보다 문장 즉 시나
글로써 출세하여 詩賦를 주로 하는 사람이 생기게 되었다.

 김부식의 형제인 富弼 富佾 富軾 富儀(초명은 부철)의 4형제도 글을
잘하였으며 그의 부친 김근(金覲)은 國子祭酒로 좌간의 대부까지 지
낸 것을 보면 그들의 집안은 학문으로써 出仕한 것을 알 수 있다. 당
시 예종은 호학하여 보문각을 중심으로 유신들과 經史를 강론하였다
고 한다. 富儀도 학문을 잘하였으며 평화 애호를 부르짖었다. 당시 고
려에서 문화국으로 흠모하던 송나라가 약하였기 때문에 송나라 형세
와 고려의 형세를 몇 번이고 대조해 보려 하였다.

 宋이 약해 북방의 강적 요(遼)에 대하여 伯叔의 나라니 형제의 나라
니 하며 대외화친책을 썼다. 이 화친도 대등적인 화친책이 아니라 굴
욕적인 것이라 사실상 굴복한 셈이었다. 고려 후기라 하면 대략 무신
이 집권 정중부 이후, 학문하는 사람이 나오지 못했다. 그래도 당시

진나라의 죽림칠현을 모방, 이규보같은 대문장가가 나왔으며, 유승단(俞升旦)같은 經史에 밝은 사람이 나왔다. 李公老도 문장을 잘했으며, 특히 4·6문을 잘 썼다. 조문발(趙文拔, ?~1227)도 재주가 있어 문장이 맑고 경구가 많았다. 李淳牧도 글을 잘했으며 宋國瞻도, 그 외 崔滋 하천단(河千旦, ?~1259), 송언기(宋彦琦, ?~?), 金之岱, 李藏用, 趙沖 등이 있다.

| | 송학 | 역사 당송 8대가의 한유·유종원 포함 | 청자·백자 |
|---|---|---|---|
| 1000 | | 구양수「신오대사」「신당서」소순  증공 | 징더전…관영공장 |
| | 周敦頤(태극도설) | 사마광「자치통감」소식「적벽부」소철 | |
| 북 | 程顥 程頤 형제 | 왕안석 | |
| | | | 잡극 |
| 송 | | | |
| | | | 미술 원체화(궁정화·화조풍월)/문인화(남화·수묵화) |
| 1127 | | | |
| | 朱熹「격물치지」사서들 중시 | 휘종 | 이공린 |
| 남 | 활판발명(필승) | 하규 | 미불 |
| | 대의명분론 주자학완성「통감 강목」 | 마원(사실적,장식적) | 목계 |
| 송 | 陸九淵 유심론 | 양해 | |
| 1200 | | | |
| 1279 | | | |

＊ 송대의 문화 ↰

## 8.

고려가 元에 굴복한 후 북경과 개성 간의 왕래가 빈번, 이 중에도 고려의 학자가 주로 왕래하여 충렬왕이 원의 부마가 된 후 북경에는 고려 공관이 생겨서 학자나 정객들이 그곳에 거주, 元人과 친근해졌다. 그중 몽고인은 모두 군인이지만 고려에서는 경서학자 金仁存이 「論語新義」를 저술하여 강의하였다. 한편 원종부터 충렬왕 초기까지 약 20년간 몽고에 속아서 일본을 친다는 바람에 모두 武에만 힘쓰고 말았다. 老儒學者들은 세상을 떠나 결국 경학은 아주 쓸쓸해졌다. 다행이 경서만은 남아 있어, 대덕(大德)말에 문성공 안향(安珦)이 재상이 되면서 다시 학교를 재개했다.

따라서 초야의 이성(李晟), 추적(秋適), 최원충(崔元冲)을 불러 經學을 일반에게 가르치게 한 것이다. 櫟翁稗說에 의하면 그후 백이정(白頤正)이 德陵(忠宣王)을 따라 북경에 10년간 있으면서 程朱성리학 서적을 많이 가지고 歸麗했다. 이로보아 충렬왕 末, 安珦이 정승으로 강한 발언권 바람에 경학과 사학을 배우게 한 것을 짐작하게 한다. 고려사 안향전을 보면, 충렬왕 16년(1290)에 왕과 동행 투로화(禿魯花,質子)로 있었다는 것을 알 수 있다. 이때 정동행성 원오랑을 거쳐 본국의 儒學提擧가 되었다.

말년에 이산(李憕)과 이진(李瑱, 益齋의 父)을 경사교수도감사를 시켜가며 교수를 감독케했다. 이로써 禁內 學館 내지 삼도감 五庫에서 학문을 배우기 원하는 자와 칠관 12徒의 학생이 모여 수백 명이 되었다. 그는 선서를 마친 후 생도들을 자기집으로 초청하여 술까지 내놓으며 학문을 재흥코자 했다. 회암(晦庵)주자의 상을 걸어놓고 경모한 나머지 자신의 호까지 회헌(晦軒)이라 하였다.

백이정의 문하에 이제현이 있고 그 문하에 牧隱이 있고, 그 후배로서 포은 도은 삼봉 등이 있다. 삼봉 鄭道傳은 여말 대표적 성리학자이다. 그는 佛氏雜辨이라 하여 불교 반박을 썼는데 송의 학자들이 排佛한 것을 정도전이 다시 한번 되풀이한 것같은 느낌이다. 불교는 마음에서 마음을 구하는 철학적인 면을 나타내는데 대해 유학에서는 하늘을 구하며 理를 궁리하였다. 즉 사람의 마음이 왜 공허가 되는가에 다하여 만물이 靜寂하면 마음까지도 정적하므로 그 이치를 찾아낼 수 있다고 하였다. 그러나 불교는 마음이 공허가 죄는 것은 자기 마음 가운데 공허가 있기 때문이라고 설명한다.

불교의 輪迴說도 사람이 죽으면 정신은 멸망하지 않고 다시 형체를 받아 살아난다고 하였다. 그러나 유교에서는 윤회하는 것이 아니라 氣

와 같이 흩어지고 다시 형상으로 남지 않는다고 하였다. 사람은 천지 만물의 마음을 얻어가지고 태어났다. 이것이 仁이다. 고로 어린아이가 우물로 기어갈 때 측은한 마음을 갖게된다. 이 측은지심을 확대하면 세상도 구제할 수 있다. 유가에서는 생을 두려워하지 않는다. 모두 생 사는 천릴 의해 자연적으로 돌아간다. 죽음도 두려워하지 않는다. 義 는 몸보다 중하다. 군자는 자기 몸을 죽여 가면서도 仁을 이룬다. 可死 則死 義重於身 君子所以 殺身成仁 「논어」에 나오는 말이다.

정도전은 「經濟文官 상하별집」을 지어 중국 역대 君政을 비판하였 고, 다시 고려의 역대 왕도 같이 비판, 지금까지 宗主로하던 학자들과 다른 면모를 보여주고 있다. 그의 「朝鮮經國典」은 '경국대전'이 될 터 전을 마련했다 하겠다. 그러나 성리학자로 자처하던 사람이 이성계의 以臣伐君을 지지하여 대의명분을 내세우지 못하고, 절의를 그다지 지 켰다 볼 수 없는 것이 恨이다. 더하여 '삼봉집' 참조하기 바란다.

조선 왕조 중기의 주자학은 퇴계 李滉이 순수 학자로서 堂奧 깊숙이 들어가 학문상 토론이 생겼다. 사람의 마음 가운데에는 이치에서 나 오는 감정은 네 가지이고, 일시적 기분에서 나오는 감정은 일곱 가지 라 하였다. 惻隱 羞惡 辭讓 是非 등 四端은 理發, 즉 마음의 이치나 條理에서 나오는 것이고, 喜怒哀懼愛惡欲이 七情인데, 氣發 즉 일시 적에서 나오는 것이라 하였다. 여기서 理가 주인가 氣가 主인가를 가 지고 논쟁하게 되었다. 퇴계는 理로써 이가 주가되어 사람의 감정을 움직인다고 하였다. 마음은 理와 氣를 겸하여 있지만 자세히 마음 작 용을 보면 마음이란 것은 理의 발동에서 일어나는 것과 氣의 발동에 서 일어나는 것이 있어 서로 구별하여 인식할 수가 있다고 하였다. 퇴 계의 '理氣互發說'로서 理와 氣가 따로 작용한다는 것이다. 理에서 일어난 것은 선이 되고 氣는 일종의 元氣로서 그 행동은 자기에게 이 익이지만 타인에 피해가 되어 이런 것이 私心이라 말하였다.

이에 대하여 기고봉(奇高峯, 大升)은 四端七情理氣共發設로서 理氣

는 같이 발동한다하여 性이 발로되어 情이 되고 마음은 理氣를 겸했다는 대전제를 내세워 연역적으로 해석, 理氣二元論에 반대했다. 栗谷은 이 논쟁에 처음부터 기고봉의 학설을 지지했다. 그는 23세 때 禮安 도산에서 퇴계의 학설을 들었고 퇴계도 율곡을 위인 됨을 칭찬하였었다. 그후 율곡이 출세하여 畿湖學派의 거물이 되었을 때 그 제자들은 퇴계의 제자임을 부정, 다만 선배였음을 주장했다. 기대승의 死後, 율곡이 강릉에서 奇大升을 지지하여 사람의 성품중 仁義禮智信이 있고, 다시 감정 중에 喜怒哀樂愛惡慾이 있을 뿐이다. 五常(仁義禮智信) 중에 다른 성품이 없고, 七情 외는 다른 정이 없다. 칠정 중엔 사람의 욕심은 섞여 있지 않다. 순수하게 天理에 뛰어난 자를 사단이라 하겠다.

율곡은 사람의 마음이 性情을 통솔하고 있다고 말하고 性은 즉 理가되고 情은 성의 발동으로 된 정신작용이라 하였다. 언제나 성은 理인까닭에 純善으로 되고, 성의 발동으로 생기는 정은 선도되고 악도 된다 하였다. 요컨대 퇴계는 수양을 쌓아 심리적인 면을, 율곡은 불시로발로되는 심리적 변화를 기의 작용이라 간파한 후 이것을 우선 제거하도록 수양해야 한다고 하였다.

영남학파는 지방에 국한하였고 수도를 중심한 경기도 일대는 율곡학파 지대였으므로 여기를 뚫고 들어오지 못하였다. 율곡 死後 그의 학문은 畿湖학파가 되고 서인들이 신봉, 서인 중 노론이 계승하여 조선말기까지 내려왔다. 친구로 같이 주기설을 주장한 성우계(成牛溪, 渾)와 송구봉(宋龜峰, 翼弼), 그의 문하에 김사계(金沙溪, 長生), 정수몽(鄭守夢, 曄)이 있다. 이상은 '栗谷全書'를 참조하였다.

## 9.

주자학이 麗末에 들어온 것은 기이한 감을 준다. 고려와 宋과는 비록 遼나라나 금나라에 눌려 정신적인 왕래가 적었다 하지만 고려 예종 인종 시대엔 양국의 사신이 많이 왕래하였다. 또 고려 학자들도 송으로 많이 건너갔으므로 응당 성리학에 대한 관심이나 혹은 학문의 일부를 가져왔음 직하나 그 형태가 잘 보이지 않는다. 그 후 겨우 元의 서울 북경을 통하여 성리학이 들어왔다는 것은 어딘지 모르게 늦은 감이 없지 않다. 고려에서는 불교적인 면을 중시했기 때문에 성리학에 대한 관심이 적었고, 그 대신 송의 詩文만 열심히 들여온 까닭이 아닌가 한다.

여말에 들어온 성리학은 크게 발달하지 못했다. 조선 중기에 이후에야 퇴계 율곡 같은 학자가 나온 후부터 성리학은 주자학, 예법은 朱子家禮로 되어 가고 말았다. 주자만을 존중한 나머지 다른 학파를 斯文亂賊이라 하여 배척하였다. 심지어 그 시대엔 주자의 이름 朱熹를 불러도 성현에 대한 모독이라 하여 엄벌에 처하였다. 결국 주자를 우상화하고 학문까지도 일종의 우상숭배와같이 되어 버렸다. 주자학 신봉 때문에 학자나 정객들은 편벽되고 파당적으로 흘러갔다. 조선 왕조 500년의 정계나 학계는 구별할 수 없을 만큼 서로 엉키었다. 좋은 평은 불과 몇 사람밖에 얻지 못하고 대부분 서로 암투만 한 것이 조선의 역사였다.

조선 왕조 전기 儒學이 16세기 후반(明宗 宣祖)에 퇴계 율곡 두 巨峯이 솟아 오르자 철학적인 기반을 굳히고, 理氣 心性의 학문으로서 전성기를 맞는 듯했다. 그러나 이윽고 붕당의 대립에 양대 산맥의 門派마저 말려들어, 정치상의 견해차, 학문상의 시비 지방색의 대립과 파쟁등이 극심하게 얽히면서 학풍은 단순하게 메마르고 무기력해져 일찍이 李植(澤堂1584-1647)이 우리는 정주학 일색으로 다른 학파는 설자리가 없으니 그 盲從의 학문이라고 한탄했다. 이렇듯 학풍이 경화현상을 일으키자, 유학자 중에서도 은밀한 가운데 반성과 비판의 기풍이 움터서 새로운 사조가 형성되고, 학문연구 방법까지 반영되며 무르익어 가니, 비록 당시에는 주류 정통으로 인정받지 못했지만 현재에 와서 그 가치가 높이 평가되고 있는 이른바 『실학파』가 대두된 것이다.

실학의 대두는, 첫째 사회적으로는 임·병 양란 후의 무너진 사회 체제와 국민 경제가 현실적인 학문의 뒷받침을 시급히 필요로 하고 있었으며, 둘째 주자학의 병폐에 싫증이 났고, 셋째 중국의 양명학이나 고증학의 융성이 자극이 됐으며, 그밖에 서양 문물의 유입 등도 새로운 시대정신을 촉구하는 계기를 마련했을 것으로 보인다. 따라서 그 기원은 임란 전후에서 찾아볼 수가 있으니, 李珥, 柳成龍, 趙憲 등의 개혁안이 그것이며, 그 뒤 권문해, 한백겸, 이수광, 김육 등이 모두 실학의 선구자적 역할을 했다.

이러한 새로운 사조는 17세기 중엽부터 18세기 중엽에 걸쳐 효종, 헌종, 숙종, 경종, 영조에 이르는 일백 년 동안 싹트고 자라서 磻溪 柳馨遠(1622-72)을 필두로 이윽고 星湖 李瀷(1681-1763), 順菴 安鼎福(1712-91) 등이 눈부신 활동을 전개하기에 이른다. 18세기 중엽부터 19세기 중엽에 걸쳐, 영조 정조 순조 헌종에 이르는 일백 년간은 실학의 꽃이 만발하고 열매를 맺어, 燕巖 朴趾源, 湛軒 洪大容, 楚亭 朴齊家, 茶山 丁若鏞, 阮堂 金正喜, 惠岡 崔漢綺 등을 비롯하여 수많은 濟濟 多士들이 시대 사조의 주류를 형성해 갔다.

청대 학술의 흐름은 3기로 구분, 제1기는 黃宗羲, 顧炎武로 대표되는 명末 淸초 학풍으로 조선의 경제실학의 학풍을 일으킨 柳馨遠과 거의 동시대 사람이며, 강력한 민족의식과 민본주의 사상을 내세운 것이 특징이다. 제2기는 惠棟 대진(戴震) 등으로 대표되는 본격적 고증학파로서, 康熙 乾隆 시대(1662-1795)에 해당, 조선의 李瀷, 朴趾源, 洪大容, 朴齊家, 丁若鏞, 金正喜 등이 차례로 활동하고 있다. 이들의 학문은 漢 宋 학문을 곁들인 입장에서 각기 특수한 시대의 배경에 의해 발생은 했어도 중국의 학문을 추종하거나 모방하여 성장한 것은 아니었다.

한편, 朴齊家의 「北學議」로 대표되는 북학파는 청을 왕래하며 그 문물의 우수함에 감정적인 '大明義理' 따위에 치우치지 말고 비록 '오랑캐'의 것이라 할지라도 우리에게 필요한 농업 공업 군사 등에 관한 기술을 배워오자는 주장을 세웠으며, 華夷思想에 깊이 회의를 표시하고 민족의식을 강하게 풍기는 점은 麗末이래 주자학 선비들의 태도와는 판이하게 다른 점이며, 독특한 학문의 체계를 내세워 派閥 云云이 없이 순수한 실학 자체의 분신이었다.

북송의 사마광(司馬光.1019-86)은 자치통감(資治通鑑)을 만들어 춘추필법으로 대의를 밝혔다. 여기서 정윤(正閏-正統과 僞朝)의 문제는 구체적으로 말하면, 중국 삼국시대(위 촉 오)의 문제로서 누가 정통이냐 하는 사실이다. 사마광은 衛를 정통으로 하였는데, 陳壽의 삼국지에 의거하였기 때문이다. 주자는 이에 대해 촉한을 정통으로 취급하여, 성리학을 배웠다는 지금 우리들은 촉한만을 정통으로 알고 있다. 이것은 역사적 정통을 도외시한 것이다. 그 이유는 南宋 그 자체가 중국 민족이 아닌 여진 민족에게 억압되어 섬기었기 때문에 반발적인 사상에서 나온 것이 아닌가 한다.

조선시대 정여립(鄭汝立)도 이러한 대의명분 때문에 衛를 정통으로 하여 그를 이단시하였다. 대의명분은 麗末 성리학자들은 고려 왕실이 공민왕에서 고려왕조가 끝나고, 우왕과 창왕은 신돈의 아들이라 하여 배척하면서 후계자를 공양왕을 내세웠다. 그러나 성리학자로 자처하던 사람들이 이성계의 이신벌군(以臣伐君)한 것을 지지하였다. 양촌은 문장이나 名論이 牧隱보다 뒤지지 않았으나 계룡산의 신도를 찬양하며 별안간에 개국총신이 되었다.

三峯 정도전의 학문도 權陽村에 의해 남아 있으며, 그들의 성리학적이며 대의명분적인 사상과 조선조 신왕에 대한 송덕문은 이율배반적인 면이 있는 것이다. 그의 「寶岩記」에 옛 성인은 왕위로써 大寶를 만들고 仁義로써 지켰다. 복희씨나 신농씨 요순우탕문무(堯舜禹湯文

武)가 다 이 같은 범주에 든다. 공자는 德이 있어도 位에 오르지 않았고 어진 마음을 가졌어도 시행치 못하였다. 글로써 백왕(百王)의 모범을 후세에 남기었던 것이다.

秋史 김정희는 실학의 의미를 실사구시라는 말에서 찾는다. 명분보다는 실생활에서 해답을 구하는 학문으로 '백성들을 잘 먹이고 편안하게 한 후에야 비로소 교회시킬 수 있다는 栗谷 李珥의 養民然後 可施教化 이상을 지향하였다. 먹고사는 문제는 17세기 이후 서양의 발전한 학문이 西學이라는 이름으로 당시 중국에서 많이 수입되었다. 당쟁이 심해진 상황에서 권력에서 소외된 사람들이 많았고 급기야 극소수 집안 출신들만이 관직 진출이 가능했던 시대이었다. 백 세대가 흘러도 출세의 길은 보이지 않는 암울한 현실에서 주자학 통치이념은 희망을 주지 못했다.

서학은 이들의 공허한 영혼에 빛을 주는 사상이었다. 실학자 중에 유독 천주교 신자가 많은 것도 이로써 설명될 수 있다. 또 이들은 토지문제에 관심이 많아, 향토에 낙향하여 변방주변 백성들의 고통을 직접 눈으로 보고 체험하였다. 대토지 소유가 점점 늘고, 땅을 잃은 농민은 노비로 전락, 가진 자들은 병역과 징세 대상에서 교묘히 빠져나가는 우리의 중산층이 무너지는 현실과 닮은 꼴이었다. 실학의 鼻祖 반계 유형원과 李瀷, 정약용 등은 대개 농촌을 토대로 하여 조선의 현실을 개혁하려 함으로써 중농주의적 경향을 보였다. 관념적인 성리학이나 형식적인 禮論따위는 현실적으로 긴요한 학문이 아니라는 신념을 가졌다.

민생의 문제가 가장 절박한 것이었으며, 애초부터 사람이 서로 다른 신분으로 태어나게 마련이라는 생각을 부정하고 빈부 귀천의 신분상의 차이는 후천적 제도상의 문제라고 확신하고 있었다. 종래의 전통사회의 고수가 아닌 전면적 사회개혁이었다. 이들은 흔히 이념적인 모델을 주례(周禮)와 같은 고대중국의 제도에 두었으나 그것은 그대로 복고사상을 의미하는 것이 아니라 현실 부정의 한 수단이었으며, 구체적으로 제기된 현실적인 문제의 타결이 그 목표였다. 畿湖의 사대부 학자, 호남 在野 학자들이 가세하여 '經世致用'의 학파라고 일컫게 되었다.

북경을 다녀온 경험과 선진문물 공업기술의 위력을 농업만큼이나 중시한 홍대용 박지원 박제가 등을 '利用厚生'의 학파, 김정희 등을 '실사구시'의 학파라 칭하여. 18세기 실학은 보다 더 충실한 내용과 성격을 갖추게 되는데, 이때 청의 금석학 고증학의 영향을 받아 實症性을 바탕에 깔고 전개될 수 있게 된 것이다. 그리하여 19세기 실학의 주류는 秋史 김정희를 위시한 실사구시학으로 바뀌어 가게 되었던 것이다. 그러나 북학론도 서울을 중심으로 한 사대부의 자제들이 사신을 따라 중국을 왕래하는 범위 내에서 뜻을 키웠을 뿐, 전체적으로 枝葉末節의 형식에 사로잡힌 주자학파가 도도한 주류를 형성, 空論과 행세를 완강히 고집하여 척리정치 세도의 붕당을 짜고 아부하는 邪獄이나 일삼다가 마침내는 나라를 돌이킬 수 없는 수렁 속으로 몰고 말았다.

## 10.

조선시대 관료들은 주자의 가르침과 얼마나 일치하는가를 놓고 다퉜다. 양반은 점점 늘어나고, 관직 자리를 차지하기 위해 주자의 가르침에 뒤처지는 선비는 결코 용납되지 못한다. 그들의 출세 매뉴얼은 주자학이었다. 모든 변화의 가능성을 상실한 주자학의 나라, 조선은 1905년 가늘고 모질게 이어왔던 생명줄을 잃고 말았다. 8,15 광복 후 남한 사회는 朱子 이념에 집착했던 500년의 조선 역사와는 다른 새로운 길에서 實利가 모든 것을 정당화해 주는 문화를 만들어 가고 있다. 명분을 잃은 정치는 비난받을 뿐이지만 경제를 망치는 정권은 용서받을 수 없다. 아무리 도덕군자라도 배가 고프면 못 사는 것이다.

사실 17세기 조선 왕조는 지금의 북한과 꼭 닮은 꼴이다. 明朝 멸망

후 朝鮮왕조는 의지할 만한 이웃이 없었다. 현실적으로 강자로 떠오른 신흥 청국을 인정하려 하지 않았다. 오히려 명나라가 사라진 그때, 우리가 中華의 본류라고 '소중화(小中華)'의 기치 아래 親明 세력이 뭉치기에 이르렀다. 임·병 양란 끝에 국가경제는 말이 아니고, 수십만 명이 굶어 죽는 상황에서도 외척 세도와 당쟁은 조정에서 임금이 돌아가셨을 때 喪服입는 기간을 둔 명분 논쟁으로 날을 지새우고 유배지로 떠나는 양반층의 발길이 바빴던 것이다. 무너진 경제와 거듭되는 민란이 이어졌지만 조선은 不可思議하게도 300여년을 더 살아 버티고 있었다.

이 두 개의 조선, 즉 '조선' 왕조와 북한의 공식 명칭 '조선민주주의인민공화국'의 조선은 버티기 시합에서 우열을 겨루고 있다. 그것은 바로 이념, 즉 사회주의 '주체사상'이라는 이념이 그 어떤 가치보다 우선하는 것이고, 왕조 조선은 '성리학'이라는 국가철학이 모든 것을 설명해 줄 수 있는 나라였다. 우리는 생명을 가진 全人類 중에 한 인간이다. '인간' 오직 그것만 기억하면 된다. 그 이외의 것은 모두 잊어도 좋다. 오늘날 과학의 발달로 무서운 무기로 전쟁을 謀議하는 공산주의 스탈린이즘, 인해전술, 강제수용소, 강제 탄광노동 등을 증언하고 항거하고 있다. 휴머니스트는 네편 내편으로 나뉘어 싸우는 것이 아니라 사회현상으로 나타난 비인간화와 비인격화를 제조하여 정의처럼 가장하는 사실을 증언하며 항쟁하는 것이다.

혹자는 그것은 역사가 증언해 주는 것이라 한다. 그러나 역사가 증언하는 것은 죽은 것을 증언하는 것이다. 인간주의 증언은 산 증언인 것이다. 현사회와 싸워가기 위하여 아니 현실사회와 같이 살아가기 위하여 증언하는 것이다. 하나는 죽은 증언이요, 하나는 산 증언이 된다.

이념의 강조는 때로 현실 생활에서 터무니 없는 집착과 손해를 초래한다는 진리를 하루빨리 터득하길 바란다.

# 불리는 詩, 詩言志歌永言
## -노산 이은상 「성불사의 밤」을 중심으로-

### 1.

우리가 흔히 말하는 시가(詩歌)란 시와 가를 구별한 전제에서 나온 말인지 아닌지 좀 애매모호한 것이다. 이와 관련된 예부터 내려온 동양의 고전인 「서경(書經)」에는 문학과 음악의 관련성을 수사적으로 암시하고 있다. 詩言志歌永言이라는 규정은 문학의 형식과 내용의 두 가지 문제의 결과를 추론적 개념으로 제시하고 있다.

그러나 이와 같은 문학에 있어서 「서경(書經)」의 개념 규정은 다만 시와 가의 구분짓기 위한 표현에 불과했으나 그 관련성을 구체적으로 옹호하는 것은 「논어」에서 보이고 있다. 子曰興於詩‥立於禮‥成於樂 공자 말씀하시기를 '사람이 좋은 것을 좋아하고, 나쁜 것을 싫어하는 정서(情緒)는 詩에서 일어나고, 공경사양(恭敬辭讓)하여 규구(規矩)에 좇으려고 하는 의지(意志)는 예(禮)에서 서(立)게 되고, 춤과 노래로 사람의 성정(性情)을 키워, 도덕에 화순(和順)케 하는 마음은 악(樂)에서 이루어진다 하였다.

여기서 동양의 고전적 시가관(詩歌觀)을 엿볼 수 있는 것이다. 요약하면 시란 악(樂)의 경지에 이르러 그 옹글찬 완성미를 이루게 된다는 것이다. 우리의 옛 시는 부르는 시가(詩歌)라 불렀고 그 시의 가요적인 요소를 갖춘 시와 가요적 요소를 입지 못한 시가 일반을 종합함으로써 시가 개념의 테두리 안에서 머물고 있는 것이다. 위정편(爲政篇)에서 공자는 말하기를 '시경(詩經)이 삼백여 편이지마는 그 참뜻을 한마디로 통틀어 말하면 간사한 생각이 없다' (子曰 詩三百, 一語以蔽之

曰‥思毋邪) 곧 순수한 감정의 발로라는 근본 이념의 철학이 들어 있
다 하겠다.

「시경」은 세계에서 가장 오랜 시(詩)이다. 지금부터 2500년 내지
3000년 전의 시들인데 자연을 노래하고 연애의 감정과, 인간 세상의
괴로움을 노래하였으나 거기에 백성의 참된 소리가 스며 있다. 따라
서 정치의 원성(怨聲)도 있지만 한편 선정(善政)을 찬미한 아름다운
노래도 있다. 공자는 이 시의 중요성을 음악의 형태에서 덕치주의 원
리로 보았던 것이다.


## 2.

「서경(書經)」은, 곧 「상서(尙書)」이다. 사서삼경이나 사서오경이라
일컫는 속에 들어간다. 중국 고대 정치문서를 편집한 것으로 한자 문
화권에서 오랫동안 국가통치의 거울이 된 중요한 서적이다. 동양학
연구에 빠질 수 없는 귀중한 유교 사상과 군주의 덕을 강조하여 한
(漢)나라 때에 「상서」라 칭했다. 공자가 「한서(漢書)」‘예문지'(藝文
志)에 「상서」 1백편을 엮었다고 하지만 그 편찬이나 정리를 한 것으
로 추론한다.

우리의 과거제 답습과 동양 한문학은 BC108년-313년 이후, 한대의
역사에서 벗어날 수 없는 중용의 도리를 견지하였다. 한시의 고시 형
태에 목매이다가 신라 사뇌야(詞腦野)지방의 노래, 思內樂이 중국 시
가에 대한 우리나라 시가의 명칭이 생겼다. 詞淸句麗 其意甚高 라는
표현과 내용의 향가는 현재 전해지는 것이 25수인데 형태상 4구체, 8
구체, 10구체로 신라말을 한자 음(音)과 뜻(釋)으로 전문을 표현하였
다.

888년 52대 진덕여왕 2년, 왕명으로 각간(角干) 위홍(魏弘)과 대구화
상(大矩和尙)이 엮은 최초의 향가집 삼대목(三代目)이 문학사상 가장
방대하고 오랜 향가집으로 「삼국사기」에 기록만 전한다. '삼대'란 신

라사(史)의 상 중 하대의 절요(節要), 요목(要目)을 축약한 이름이다. 보현십원가(普賢十願歌)는 973년 고려 4대 광종 때 승려 균여(均如) 작으로 전11장/ 각 장 10구체다. 문종 때 혁련정(赫連挺, ?~숙종)에 의해 균여의 전기(傳記)를 만들면서 수록된 작품이다.

향가계 여요(麗謠)의 최후작품은 1120년 16대 예종 때 도이장가(悼二 將歌)인데 정과정곡과 함께 이두식 문자가 고려 중엽까지 사용된 증 거인 것이다. 임금이 평양 팔관회 때 장절공(壯節公) 신숭겸(申崇謙) 과 김락(金洛) 두 장군 추모의 도이장가.「壯節公遺事」에 8구체로 남 아 있다.

> 主乙完乎白乎　心聞際天乙及昆　魂是去賜矣中　三鳥賜敎職麻又欲
> 望彌阿里刺　及彼可二功臣良　久及直隱　跡鳥隱現乎賜丁
> 님을 온전하게 한　마음은 하늘가에 미치고　넋은 가서도 지내신 벼슬만은 또 하고파
> 돌아보매 알리라　그 때 두공신이여 !　옳으나 곧은　자취는 오늘에 나타 나신다

고종 때 한림별곡은 경기체의 효시이다. 3 · 3 · 4 기본율 3음보 단연 (單聯), 시(詩) 서(書) 필(筆) 주(酒) 화(花) 음(吟) 루(樓) 천(韆) 등 귀족 의 호화판 생활풍경 장면 묘사이다. 악장가사와 고려사 악지에 수록 되어 있다. 많은 모방작이 나와 변계량의 화산별곡부터 최후에 1587 년 조선조 선조 때까지 흘러간다. 권호문 독락팔곡은 부귀 빈천을 하 늘에 맡기고 유유자적의 멋을 그리고 있다.


## 3.

여말(麗末) 의 단심가, 회고가, 탄로가에는  3, 4, 3, 4/ 3, 4, 3, 4 /3, 5, 4, 3/ 3장 45자내외의 정형율 형태가 확고하다. 가사체의 자수율을 길게 연첩해 나가는 심히 단조로운 형태가 된다.「용비어천가」「월인 천강지곡」 등 흥망 재천 원리에 개국왕조의 정당성을 살리고, 의식적

목적으로 창작된 것 외는 전대의 형태에 준함을 볼 수 있다. 영조 4년 1728년 남파(南坡)김천택의 「청구영언」을 효시로 해동가요, 가곡원류 등이 간행 되었으나 원본 부재, 다만 이본(異本)들은 육당본, 이희승 본, 이병기 본, 일인(日人) 小倉進平 본 다양하다.

평시조의 형식이 엇시조와 사설시조에서 평민적 생활감정을 표현하여 우리가 옹호해온 일상적 견해가 행동력과 양립한다. 사실성이 주장되고 역사가 이런 사실을 확증한다는 문학적 발전은 평민의 시야가 변화한 소산이었다.

근대시에 와서 구각(舊殼)이라고 말해 구시대의 잘못을 벗는다. 잠자던 시대를 반성하는 지혜는 이제 필요함을 인정한다. 우리의 목표가 현명한 것이 못 되던 낡은 껍질을 벗고 훌륭한 시민으로 겨우 실용성을 더듬어 본다. 내용의 변화는 자연히 형식에서도 나타나고 있다. 이 3, 3조나 4, 4조 음수율인 재래의 전통적 형태는 점차 도태로 가고 서양식 악곡에 의한 신식 노래가 1888년 교회의 찬송가로부터 학교 교과목에까지 들어갔다. 점차 일반인에 보급 홍보되면서 1896년 독립신문에 이용우의 애국가, 김교익의 신문가, 이중원의 동심가(童心歌)가 4, 4조를 보이다가 육당의 1904년 경부철도가부터 7, 5조 8, 5조 6, 5조 형식으로 되어 근대 자유시에 접근한다.

> 이십사번 花信風 불어올 때에 / 때 좋다고 꽃피는 錦城山인데
> 정든 손을 난호기 어렵다하야 / 꽃다운 혼 스러진 落花臺로다
> 彌勒黃澗 두역을 바삐 지나서 / 秋風嶺의 이마에 올라타도다
> 京釜線中 最高地 이 고개인데 / 예서부터 남편을 嶺南이라오
> 　　　　　　　　　　　　　　　　　　-京釜鐵道歌 한 節

창가는 서구시와 일본 신체시의 영향을 받는다. 1908년 소년 誌 창간호에 육당의 해에게서 소년에게, 구작삼편, 꽃두고 등이 발표된다. 이어서 춘원의 우리 영웅, 말 듣거라가 나왔다. 내용과 형식이 창가체에서 자유시로 나아가는 교량 역할을 하는 신체시이다.

나는 꽃을 즐겨맛노라 / 그러나 그의 아릿다운 태도를 보고 눈이 어리어
그의 향기로운 냄새를 맛고 코가 반하야 / 정신없이 그를 즐겨 마심이니라
다만 칼날같은 北風을 더운기운으로서 / 인정없는 殺氣를 깊은 사랑으로서
代身하여 바꾸어 / 뼈가 서린 어름밑에 늘리고 / 피도 어린 눈구덩에 파묻혀
있던
億萬 목숨을 건지고 집어내어 다시 살리는   - - -중략       '꽃 두고' 일부

근대적 사조인 애국 독립 신교육 자유 사상의 계몽주의는 순수한 문
학 영역과 구별된다. 이어서 1919년 창조 誌에서 주요한 '불놀이'가
발표된다. 본격적 근대시의 胎動期를 맞는다. 해몽 장두철은 태서문
예신보에 롱펠로의 '미인의 가슴'을 번역 발표하고, 三田(본명 미상)
은 앤더슨의 시를 번역 발표한다. 안서, 상아탑, 송아, 수주, 월탄, 만
해, 공초, 등 문학활동은 근대 문학사에서 커다란 공로의 발자국을 남
긴다.

최초의 개인 창작시집이 '23년부터 해파리의 노래, 아름다운 새벽,
조선의 마음, 흑방비곡 님의 침묵 등으로, 김억 주요한 변영로 박종화
한용운 등이 석권한다. 역시집 오뇌의 무도(懊惱_舞蹈 21년 김억)가
발간되어 베르렌느, 구르몽, 예이츠, 보드레르 등 97편의 서구의 현대
시의 형태를 상징시에서 보여 주었다. 그들 시가 자유시란 점과 한국
어를 시적 언어로 순화(醇化)시키려 한 점은 사적 의미가 지대하다 하
겠다.

프랑스 상징주의와 일본 자유시를 모방한 '불놀이'는 시시비비의 쟁
점이 되었다. 靈臺 誌는 창조의 후신인 만큼 평양 중심의 순수문학을
표방하며 素月 김정식이 가담한다. 이른바 민요시가 시계(詩界)를 석
권하면서 7, 5조 3, 3, 4조 그 변격인 3, 4, 5조 등 전통적 민요형의 고
정율을 밟고 있다. 왕십리, 금잔디, 산, 등 8할 이상 그의 시는 한국의
고유한 율조를 새롭고도 보다 완전한 경지에 지향시키고 있음을 본
다.

그립다 / 말을 할까 / 하니 그리워　　　　-가는 길
바드득 이를 갈고 / 죽어 볼까요 / 창가에 아롱아롱 / 달이 비친다　-원앙침

## 4.

'24년 조선문단 지(誌)는 春海 방인근 전재산 투자로 최초의 범문단적(凡文壇的) 순문학지이다. 反계급주의와 자연주의, 민족주의 경향으로 KAPF와 대척(對蹠)하였다. 일생 민족을 안고 노래한 시조시인 이은상은 시조 현대화의 제1인자이다. 수필, 기행, 사담(史譚), 논문 등 화려체를 곁들인 간결체는 한국어의 새 문장의 한 유형을 제시하고 있다.

'새벽비'(연희2호. 23년), '붉은 청정(蜻蜓)'(개벽. 24년) 이후 조선문단에 '24년부터 '늙어지오라', '새벽이면', '남풍이 분다' 등을 실었다. 또 양장(兩章)시조를 실험. '소경되어지이다', '입다문 꽃봉오리', '혼자서 부른 노래'(33) 가 발표되었다.

뵈오려 안 뵈는 임 눈 감으니 보이시네
감아야 보이신다면 소경되어지이다　　　-'소경되어지이다'

육당 최남선의 '백팔번뇌(百八煩惱)는 현대시조집의 효시로 시조 중흥의 도화선이 된다. 이광수 정인보의 축서(祝序)와 111수가 수록되어 있다.

위하고 위한 구슬 싸고 다시 싸노매라
때 묻고 이 빠진것을 님은 아니 탓하셔도
바칠제 성하옵도록 나는 애써 가왜라　　　제1부 '궁거워' 其一

耀翰의 뒤를 이어 장미촌 백조의 시인들은 노작, 춘성, 상화, 회월, 월탄 등 모두 전대 문학의 길에서 낭만주의 자유시를 발표한다. 이들은 자기 자신도 잘 알지 못하는 막연한 감상(感傷), 아니면 정신의 소박

한 감상적 허영의 의상(衣裳)과 같은 관념상의 도피적 꿈의 세계에 살고 있었다. 상화의 '빼앗긴 들에도 봄은 오는가', '나의 침실로' 월탄의 '흑방비곡'에서 아늑한 그들만의 밀실, 도피처를 들어가 보자.

> 마돈나 지난밤이 새도록 내 손수 닦아 둔 침실로 가자, 침실로!
> 밝은 달은 빠지려는데 내 귀가 듣는 발자국 오, 너의 것이냐,
> 아, 어린애 가슴처럼 세월 모르는 나의 침실로 가자.
> 아름답고 오랜 거기로.　　　　　-이상화 '나의 침실로'(백조 창간호)

> 임종의 날에 홀로 떠는듯한, 누런 헤어진 보자기 같은
> 내 마음은 쓸쓸하고도 고요한 나릿한 萬壽香 냄새떠도는캄캄한 내 密室로 돌아가다⋯
> 　　　　　　　　　　　　- 박종화 '黑方悲曲' 한 대목

> 어둔 밤 풀은 별들이 / 黃金塔 우으로 모여들어 / 나는 愛人 앉은 그 塔으로 오르랴 할 때
> 밤 호수는 소리지르며 몰아들어 / 黃金塔은 멀리멀리 떠나려 가도다.
> 아- 내가 만든 黃金塔은 다 떠나가고 / 밤 湖水를 출렁이는 물결만 / 내 마음 黃金塔까지 떠나가게 하였도다.
> 　　　　　　　　　　　　　-박영희 '幻影의 黃金塔' 일부

한결같이 백조파의 시에서 형태상 논란을 부르는 운률론은 찾을 수 없다. 3, 1독립 운동 후의 절망적 사회 분위기에 닿아 있는 시의 세계는 1918년 태서문예신보가 몰고온 서구바람에 흔들리는 모습이다. 뮤세, 유고, 라마르띠느, 샤토부리앙, 슈레겔형제, 노바리스, 하이네, 바일론 등에 친숙한 경향은 동경하던 꿈의 도피처였다.

더욱 해외문학 파가 동경에서 조직, 해외 문학연구회는 KAPF와 국민문학파에 큰 충격을 주면서 폐쇄적인 문단 분위기를 문호개방으로 일신하였다. 문학상 조류(潮流)의 유파는 아니고 외국문학의 디렝탄트, 곧 도락자(道樂者)이며 호적없는 유파(流派)라 비평의 목소리에도 불구하고, 그들의 활동은 한 시대의 획기적 발걸음이었다.

1931년 만주사변은 일제의 침략 야욕이 더해감에 따라 37년 중일전쟁으로 번지고 일본식민정책의 야만성은 더해가고 불안의식은 더욱

고조되었다. 反目的문학 기교 예술파인 시문학파는 해외문학파와 합류, 한국 현대시 전환의 분수령이 된다. 섬세하고 영롱한 정서, 잘 조탁(彫琢)된 언어와 율조, 정돈(整頓)된 시형(時型) 등으로 한국 유미주의 서정시의 봉우리를 이루었다. 용아, 영랑, 지용, 하윤, 청천, 손우성, 이산, 이헌구, 석정 등은「시문학」지,「문예월간」,「문학」지에 시가 게재되었다.

김유영, 이종명 발기(發起)로 상허, 가산, 무영, 지용, 기림, 유치진, 조용만 등 9인회가 활동하였다. 후에 박태원, 이상, 유정, 김환태 등이 가입하여 모더니즘, 신심리주의 발전의 계기가되었다.「3, 4문학」,「시원」誌와도 손잡고 교류 합류한다. 주지파 김기림, 김광균, 이상 / 김원주, 모윤숙, 노천명 등을 거친다. 시인부락 誌는 암울한 인생을 현실적, 개척적 추구가 아닌 소극적 방관적 현실의 삶이지만 그 생을 예술화하는 노력은 조사적(措辭的), 예술적으로 형상화된 인생파 문학이 탄생한다.

전기 시문학파의 창작, 기교 중시에 대한 인생 중시와 주지주의 비생명적 메카니즘에 대한 인생 생명의 육성적 절규, 심오(深奧)한 영혼의 울림의 시세계를 거느리고 있다.

> 前略…우리들의 중심 과제는 늘 생명의 탐구와 이것의 집중적 표현에 있다. 인간성!! 그것은 늘 우리들의 뇌리(腦裡)에서 떠날 수 없는 것이었다. 오장환(吳章煥)의 저 모든 육성의 통곡이나, 부족한 대로 필자의 고열(高烈)한 생명 상태의 표백(表白) 등은 모두 상실되어 가는 인간 원형을 돌이키려는 의욕에서 있었던 것이다.… (中略) 하여간 우리가 잠복(潛伏)한 세계는 자연도 아니요, 언어 기교도 아니요, 다만 '사람' 그것 속이었다.
> 現代朝鮮詩略史

서정주, 유치환, 오장환, 함형수, 月坡김상용, 耶豚김용호, 윤동주 등이 동양적 아담한 시풍을 읊는다.

> 나의 가는 곳 / 어디나 白日이 없을소냐? / 먼 未開拓 遺風을 그대로 /
> 星辰과 더불어 잠자고 / 비와 바람과 더불어 근심하고 / 나의 生命과 /

生命에 속한 것을 熱愛하되 / 삼가 哀憐에 빠지지 않음은 / 그 恥辱일레라.
                                                      -윤동주 '슬픈 족속'

　'39년 문장지는 이태준과 조풍연 주재의 월간 순 문예지로 최재서의 인문평론과 더불어 신인을 발굴하고 문단을 장식하는 등대가 되었다. 서구의 나치의 위협 속에서는 적극성을 띤 파시즘에 대항하는 레지스탕 운동이 일어났지만 우리의 현실은 소극적 니힐이즘이나 자연 애착의 정신을 띄게 된다. 일제에 도피하려는 의식은 불안, 절망을 곁들인 자연 친근을 탐익하게 되었다. 자연에의 교감을 주조로 한, 조지훈(趙芝薰, 1920~1968)의 고전적 풍취, 민속적, 선적(禪寂)감각이 그의 시 세계 표백이었다. 목월은 시형이 간결하며 민요적 율조로 향토적 정서에, 혜산은 자연에 대한 관념적 신앙, 약간의 서술성을 표현하였다.
　그러나 인생파든 자연파든 두드러진 형태적 운율을 찾아내는 것은 아니다. 시사적 발생 과정에서 어느 작품에서도 서구시에서 볼 수 있는 정연한 스타일을 볼 수 없다. 그것은 우리말의 모음 구조 자체가 압운의 종착지가 되어 음수율만으로 자유시가 되기 때문이다. 압운을 위해 일부러 파격형을 시도할 조건이 전무함이 이유일 것이다.


## 5.

　해방과 함께 정치적 분단은 문학의 단절(斷切)과 대립으로 나타났다. 혼란 후, 각기 자신들의 정치적 영토속으로 잠입한다. 반이념적 경향의 문장지 출신의 '46년 청록집 간행. 이들은 공통분모를 자연 심취에 두고 하나의 에꼴을 형성하는 것이나, 그 분자는 각기 다른 빛깔로 대단원을 형성, 시사상 하나의 시파가 되었다.

　　까닭없이 마음 외로운 때는 / 노오란 민들레꽃 한송이도 / 애처롭게 그리워지는데

                                                      -민들레꽃

지훈의 초기시에서 음율의 냄새가 풍기고 있다. 이러한 흔적은 '승무', '민들레', '기도' 등에 보이고 있지만, 원광, 영(嶺)에서는 이런 경향은 나타나지 않고, 특히 혜산의 '해', '도봉에서' 운율이론은 찾아볼 수 없다. 후기 모던이스트 김경린 박인환 김수영 등의 '새로운 도시와 시민들의 합창(48년)'에서 자연보다는 도시를, 청각보다는 시각 또는 인생 비평의 요소와 의식의 흐름을 표현하였다. 마치 이상(李箱)계통이 부활한 듯한 시론을 폈다.

조병화 이한직 김규동 정한모 전봉건 신동문 김남조 구상 김현승 김춘수 양명문 신동엽 이동주의 작품에서 윤율 형태론은 성립 불가였다. 시작(詩作)기본율을 찾기 힘들 뿐 아니라 우연히 있다 해도 계획된 이유에서 기인(起因)하는 것이 아님이 뻔하다. 「백팔번뇌」이후 노산 가람의 후진들의 현대 시조에서 이호우, 오신혜, 김상옥, 이태극 이영도 등은 예외로 칠 수밖에 없다.

6, 25전쟁 중, 피난지 부산에서 '52년 「후반기(後半期)」 동인 김경린 조향 김규동 이봉래 등은 歐美 현대시의 융합을 시도하여 도시 문명의 퇴폐적인 면과 의식을 제재로 시작하였다. 기타 비교적 전기의 시인 유정 이원섭 등과 전후에 월남한 박남수 양명문 함윤수 그리고 문예 지(誌)나 신춘문예 파 이철균 최계락 천상병 박양균 한성기 송욱 신동집 이형기 등 제씨의 시에서는 자연파적, 주지적, 현대 생활의 우수적 서정, 인생파적 경향을 계승하고 있었다.

이들의 시는 정형률이나 프랑스 영국 독일의 시에서 보는 기본률을 찾아 볼 수 없다. 우리 언어의 특성인 장음절이 드물다는 이유 때문일 것이다. 특히 한시에서 보이는 음성률 음위율 음수율의 형태가 시조 형식의 음수율만을 지탱했으나 그나마 현대에 와서 전래에서 많이 벗어난 경향이다. 현대는 기본율 시대는 아니다. 운율이란 시가에서 보다 부드러운 음악성, 청각성을 노린 것인데 시각성 회화성 감각성(知性)의 영역까지 나아가 있다.

과거의 음악에서 벗어나 현대시에서는 철학, 그것도 수리철학이라든가 심지어 물리학, 경제학이 문학과 통섭(統攝)되고 있으며 하이퍼텍스트시, 즉 하이퍼시는 기존텍스트가 인과성, 고정성, 관념성인 것에 대하여 디지털이 갖는 비인과(非因果), 비고정, 탈관념의 사이버 세계에서 이루어지는 것이다. 그렇지만 이들도 네트워크상의 작업이 아닌 개별적으로 지면에 적는 디지털적 기법의 실험이 나타나고 있는 것이다. 어느 시대 어느 곳에서나 시인의 사명은 언어의 새로운 사용을 터득하여 구각을 벗어난 새 정신세계를 개척해야 한다는 이론일 것이다.

파인 영랑 소월 안서 심지어 육당 및 창가 작가들까지 적용되던 정형율은 그들의 문학사적 공적이 지대함에도 불구, 소멸 단절됨은 우리 국어의 음운구조에서 기이(基因)됨을 알 것 같다. 또 고대의 시가 한시에, 현대시가 서구에 영향되는 바, 심지어 요즘 시조 시인들까지도 종장 첫귀 외는 파형화된 작품이 나오는 것은 우연이 아닌 시대적 개척 의식과 관련된 것이기 때문일 것이다.

본고에서 우리의 시가에 있어서 압운(押韻) 부재의 전제 하에서 문학사적 고구(考究)가 되었다. 그런데 「서경(書經)」은 중국의 정치적 이념을 밝힌 책으로 보편적 문화를 지향하였던 우리의 상고시대 문화 BC 108-313년 이후 그 서경(書經) 정신을 반추하였음이 짐작된다. 시언지가영언(詩言志歌永言) 규정을 준수한 우리의 한시는 비록 창작이라 해도, 모방 아류(亞流)의 개념에서 형성되었던 것이다.

## 6.

1920년대 중반 국민문학파의 시조 부흥운동 이후 육당 노산 가람 시대에 각기 특색있는 색조의 작품이 발표되었다. 그 중 슬기에 찬 서정과 조화적인 기교에 능한 노산 이은상은 '봄처녀(25)', '옛 동산에 올라(28)', '가고파(32)', '성불사의 밤(32)' 등에서 고유한 시 형식인 시조의 현대화에 기여한다. 가람과 쌍벽을 이뤄 시조 시의 한 유형을 완성시켰다. 대부분의 작품이 작곡이 되어 가곡으로 불리어 졌는데 시조형식을 현대적 운율로 소화해, 물이 흐르듯 흘러가는 부지적(不知的) 감흥에 이끌려 간다.

 문인으로서는 드물게 보는 판단력과 설득력을 갖고 있어 문학 활동 외에도 이화여전(梨花女專) 교수(31), 조선일보 출판국 주간(35-38)을 거쳐, 호남신문 사장, 청구대, 서울대, 영남대 교수역임 후 한글학회, 숙명여대 재단 이사장 예술원, 국정자문위원, 성곡학술문화재단 등에서 활동하였다. '성불사의 밤'은 1930년대 작품으로, 민족적 정서와 애수가 산사(山寺)에서 나그네 정취와 만나 옆구리에 감기듯이 산속의 밤을 읊었다. 풍경소리는 번뇌와 성불의 세계를 이어주는 교량이 되어 준다.

> 성불사 깊은 밤에 그윽한 풍경소리
> 주승은 잠이 들고 객이 홀로 듣는구나.
> 저 손아 마저 잠들어 혼자 울게 하여라.
>
> 댕그렁 울릴제면 더 울릴까 맘졸이고
> 끊일젠 또 들리라 소리나기 기다려져
> 새도록 풍경소리 더리고(=함께) 잠못이뤄 하노라.   -'성불사의 밤'

깊은밤 산사(山寺) 고찰의 이속적(離俗的) 고독감, 암울한 시대적 절망이 내면세계의 풍경소리로 울고 있다. 홍난파 작곡의 노래는 평속인 4분의 3박자, 가단조 작은 세도막 형식의 유절가곡(有節歌曲)이다. 반주의 음형은 처음부터 마지막 까지 펼친 화음형태로 되어 있으며, 화음은 주요 3화음으로만 되어 있다. 선율선의 기복이 적고 노래의 흐름이 완만하여 외향적인 감동보다 내면으로 축적된 인간 실존의 정서적 감흥을 불러일으킨다. 통속적인 애창가곡이며 최초로 시조시를 가사로 택한 노래가 되었다.

성불사는 황해도 사리원 북쪽 8㎞ 황주 정방산에 있는 고찰이다. 후삼국 시대 898년(신라 효공왕2년) 도선이 창건하고 고려 말기 1374년(공민왕23년)에 나옹화상이 중건, 더하여 산내 암자에 15기의 석탑을 안치하였다. 나옹왕사는 '산은 나를 보고 말없이 살라하고 / 창공은 나를보고 티없이 살라하네 / 성냄도 벗어놓고 탐욕도 벗어 놓고 / 물같이 바람같이 살다가 가자하네. 절을 찾아 온 내방객에게 울림을 주는 유명한 싯귀가 일주문 앞에 새겨있다.

조선시대 대규모 중창 기록은 없으나 1569년(선조 2년) 설숭(雪崇)이 중수하였으나 임진왜란 때 소진되었다. 1632년(인조 10년) 외적의 침입에 대처하기 위해 정반산성이 축조된 것을 계기로 해서 지역의 중심 사찰이 되었고, 일제 강점기에도 31본산으로서 여러 말사를 관장하였다.

극락전(대웅전), 웅진정, 청풍루, 명부전, 산신각과 5층 석탑이 남아 있는데 오층석탑 고려 때 것으로, 높이 4.22m이며 국보급 문화재다. 중심 건물인 극락전은 한국전쟁 때 파괴된 것을 복구한 것이며, 목조 건물인 웅진전은 영주 부석사, 황북 연탄 심원사 보광전 등과 함께 가장 오래된 목조 건물로 고려시대를 대표한다. 노산 이은상은 이화여전 교수 시절 '31년 8월 중순 여름방학을 틈타 성불사에 갔다.

노산 일행이 웅진전 맨 아래 요사(寮舍) 마루바닥에 멍석을 깔고 잤는데, 법당 처마에서 풍경소리가 들려온다. 흐린 남포불 심지를 돋우었다 줄였다 산사의 밤은 아득히 깊어 가는데 속세의 번뇌가 자연(紫煙)처럼 피어 난다. 천년 울려온 태고가 망국의 한(恨)과 한 자리에서 만나 높은 부연(附椽) 끝에 차라리 거센 숨소리로 운다.

산문 입구 살구나무숲은 발 멈추어 바라보는 명물 중의 명물. 700여 m 걸쳐 늘어선 봄철에는 평양과 서울에서 온 상춘객, 구경꾼들이 짙은 향기가 십리 밖까지 은은한 메아리로 취하게 하고 있었다. 극락이 저만치 허공 쪽에 있는데 닫혀진 법전(法殿) 열 두 돌층계 앞에 흐린 마음 깨우쳐 준다. 기쓰고 숨가삐 달려온 관광객이 달빛이 스며들어 깊은 산 야기(夜氣)에도 질펀하게 몰려들어 일주문을 들고 난다. 송림은 창취(蒼翠)하도록 탁 어울리고 흉중 진애(塵埃)가 다 씻기어 번뇌가 흩어진 듯하다.

주승은 가람(伽藍)의 지혜와, 현실과 초인계에 자유로워 잠이 들고, 산외속인(山外俗人)들은 객관 세계에 끌려 풍경소릴 듣는다. 십칠야(十七夜) 뜰을 걷다가 그마저 구름에 숨는 달을 따라 싫증으로 잠이 든다. 혼자서 풍경이 운다. 댕그렁≈ 바람이 닿으면 소리가 나고 인연이 끊어지면 조용해 진다. 밤은 더욱 깊어!! 협곡(峽谷)의 청수에 씻기는 듯, 맑은 풍경소리만 허공에 울려 퍼진다.

계간(溪澗)을 흐르는 물소리가 심산의 밤이라 가을이 가까이 오고 있다고 산바람이 시원하다. '부처를 이루는' 성불, 그 의미대로 밤은 천년 사바(沙婆)번뇌 안고 무명(無明)앞에 거칠게 숨쉰다. 누구든지 불법을 만나 수행 정진하면 부처를 이룰 수 있는 도량이다. 산과 산들이 병풍처럼 둘러선 성불사는 어릴 적, 시골 살구나무 마을 탓이었던가? 겨우 멀리 세진(世塵)을 떨치고 나선 풍류객들은 선경과 속계에 스스로 취해 정신을 빼앗긴다.

이 성불사와 같은 이름의 절이 전국 여기저기에 있다. 천안시 동남구 안서동 태조산에 있는 대한 불교조계종 제6교구 본찰 마곡사의 말사인 성불사가 유명하다. 또 광양시 봉강면, 창원시 진전면 여향리, 영주시 상망동, 괴산 성불산 등지에 동명의 절이 있다.

## 7.

노산 이은상(李殷相1903-1982)은 마산에서 승규(承奎)의 차자로 출생, 1918년 부친이 설립한 사립 마산 창신학교 고등과 졸업. 교편을 잡았다가 '20년 연희전문 문과 3년 수학 후 와세다(早稲田)대 문학부 사학과 청강. 귀국 후 조선어학회 사전편찬위에 근무. 시작(詩作)으로 문학활동, 전술한 조선문단 지에 작품을 발표하면서 적극적 작품활동을 개시하였다. 문화 교육 문학 예술 분야에 영향력있는 족적을 남긴다. 봄처녀 옛동산에 올라 가고파 오륙도 천지송 고지가 바로 저긴데 수필에는 민족의 맥박 피어린 육백리 가 있다.

조선어학회사건으로 홍원 함흥 형무소 구금. 1945년에 사상범 예비단속으로 광양경찰서 유치 중 광복으로 풀려났다. 이충무공 기념사업회, 안중근 의사 숭모회장, 민족문화협회, 독립운동사 편찬위원장, 동방고서국역 회장, 시조작가협 회장, 재단법인 숙명학원 이사장, 수필문학 연구회 회장, 산악회장, 세종대왕기념사업회 이사, 문화보호협회 이사 등을 역임했다. 연세대학에서 명예문학박사 학위를 받았다.

저서로는 노산문선, 노산시문선, 등과, 수필집 무상, 사화집 조선사화집과 기행문집, 탐라기행 한라산, 피어린 육백리, 이충무공 일대기 등 100 권의 저서를 남겼다. 장례는 사회장으로 치러져 국립묘지에 안장되었다. 마산에 가고파 노래비가 세워졌고 1990년 건국훈장 애국장이 추서되었다.

홍난파(洪蘭坡, 1897~1941)는 화성시 남양군 둔치곶면 활초동(현 화성시 남양읍 활초리)에서 남양홍씨, 8남매 중 셋째이자 차남으로 낳았다. 본명은 홍영후(洪永厚). 일제 강점기 널리 애창되었던 가곡 봉선화, 동요 고향의 봄의 작곡자이다.

5세 때 부친이 서울 정동으로 이사,13세 때 전문음악기관 조선정악전습소에서 서양음악인 바이올린을 배웠고 14세 때 1914년 YMCA중등부부터 본격적으로 음악에 정진하였다. '17년에 동경음악학교 입학, 문학, 미술, 음악 등 분야에서 잡지 발간 문예활동에 주력하였다.

미국 유학하여 셔우드음악학교를마치고 귀국, '36년 경성중앙방송국 관현악단 조직, 그뒤 조선문예회 가입, '41년 조선음악협회 가입, 활동하였으나 흥사단 수양동우회 가입한 것 때문에 검거되어 심한 고문을 받았다. 후에 일제 친일 흔적으로 안익태, 현제명, 이흥렬, 김성태와 함께 비판의 대상이 되었다. 그가 미국 유학중 식민지 고국의 슬픔을 이은상의 성불사의 밤 가사에 담아서 널리 애창되고 사랑받는 가곡을 만들었다. '33년 간행된 조선가곡 작곡집에 수록되어 있다.

수원 팔달문 공원에 「고향의 봄」 노래비가 있다.

# II부

超特 企劃 : 秋史 김정희 연구
김정희의 經史學 · 고증학 · 금석학 · 詩學 · 書畫와
조선왕조 말, 척리 세도정치 社會相

추사 완당(阮堂) 김정희(1786-1856)의 생애는 1세기 한국 美學에서 존재방식의 모순을 풀어야 한다. 많은 연구자들이 記述하듯, 순탄치 않은 세기말적 상황속에서 流配가 지속되는 우울의 연속에서 피어났다. 우울을 학예일치(學藝一致)로써 이룩한 세련됨이 조선시대 미학의 완결이다. 불완전한 삶은 학문과 예술로 置換되고 美的 태도에 그의 실사구시적 실학사상의 現代化 가능성이 숨쉬고 있다. 전통은 언제나 지금 여기에 맞게 재 창조되는 것이다.
K-防産과 반도체 수출시장, 젊은이들의 워킹 홀리데이가 국제화 시대의 新作路가 되고 있다.

과천 과지초당

고택의 백송공원

# 序 言

1840년 모슬포 해변에 하나의 아픈 사연을 싣고 배 한 척이 닿는다. 조선 제일의 서예가, 금석학, 시학, 실학의 대가 완당 김정희가 윤상도(尹尙度, 1768~1840)의 옥사에 연루되어 유배지에 왔다. 원악(遠惡)의 적소(謫所)는 서귀포에서 서편으로 떨어져 있는 절도위리안치(絶島圍籬安置)로 8년 인고의 세월을 보낸다.

파천황(破天荒)의 추사체와, 먹선 몇 개를 거느린 세한도(歲寒圖)는 이 시기에 탄생한 것이다. 칼바람이 서귀포 쪽에서 불어닥치는 남제주군 대정읍 안성리가 그곳이다. 머나먼 남쪽바다 그 유형(流刑)의 적거지(謫居地)에서 외로움과 고독 속에 그의 예혼(藝魂)을 흔든 것은 사람의 정리(情理)였다. 해남 대둔사의 초의대사(草衣大師), 과거시(科擧試) 준비 시기부터 외우였던 이재(彝齋) 권돈인, 제자 우선(藕船) 이상적(李尙迪 1804-65), 우선은 역관으로 연경에 다녀와 구하기 어려운 만학집(晩學集)이나 대운산방문집(大雲山房文集), 황조경세문집(皇朝經世文集) 같은 서적을 보내오곤 했다.

관(棺) 속같은 '못살포'라고 불리던 모슬포 쪽에서는 미친 바람이 짐승의 울음소리를 내며 덤벼들고 있었다. 그 토방에서 위대한 예술이 성취되고 있었다. 추사체(秋史體)에는 시퍼런 노기(怒氣)의 일갈(一喝)과 붓끝에서는 조선 말기 척리(戚里)세도를 향한 푸른 칼춤의 예혼이 번득인다.

우리들의 정다운 이웃 같은 세한도에는 선미(禪美)짙은 먹선 몇 개로 이 세상 속인의 색계(色界)를 이겨내고 있다. 푸른 예혼(藝魂)이 대정(大靜)을 감싸며 글씨와 그림의 경계 위에 추사의 내면 풍경이 그려진다. 세한도는 이러한 우울 속에서 탄생한 그림이다. 척리 세도의 노여움(怒)과 그를 해결할 방도가 없는 슬픔(哀)을 인정(人情)으로 해소하였다. 맨 나중에 우선시상(藕船是賞) 완당(阮堂)이라 썼다.

우측 아래 인장은 장무상망(長毋相忘 오래오래 잊지 말자). 이는 원래 중국 섬서성 순화에서 출토된 와당(瓦當)에 새겨진 것인데 어려울 때 잊지 않고 찾아주는 우선과 초의에 대한 고마움이 가득 들어있다. 집에는 동그란 창문이 있을 뿐 출입문이 없다. 특이한 창문이나마 호기심 뿐 나갈 수도, 들어올 수도 없는 상태다. 마른 먹을 써서 넉넉하게 번져나갈 여유조차 없는 궁벽함과 메마른 고독이 배어 있다.

소나무와 잣나무를 그렸으되 소나무와 잣나무가 아닌 사람을 그린 그림이다. 논어에 사람이 알아주지 않더라도 화를 내지 않으면 또한 군자가 아니겠는가(人不知而不慍, 不亦君子乎), 세월이 추워져도 소나무와 잣나무는 시드는 것을 뒤로한다.(歲寒然後知松柏之後凋). 송백(松柏)은 완당 예술 세계의 격조있는 변용이다.

어려운 시절에도 변하지 않는 우정이 있다는 것이 우울의 비상구였다. 19세기 역사의 상처에서 21세기 현대인은 상처받은 우울의 탈출구를 세한도에서 찾는다. 정신 의학에서, 자신을 있는 그대로 받아 들이는 법과 통하고 있다. 180여 년 전 유배시킨 척리(戚里) 안동김씨는 기억하지 못하지만 유배당한 완당은 2세기 가까운 세월, 아니 영원히 우리 모두의 사랑을 받으며 빛날 것이다.

그림 좌측에는 소회를 피력한 제발(題跋)을 썼다. "…오직 세상 인심은 권세와 이익에 끌려가는데 이 절해고도 유배지에 있는 초췌하고 늙은 나에게 우선(藕船) 그대는 천만 리 청나라에서 희귀본을 구하여 전해주니 …… 그대와 나는 전과 조금도 다르지 않은 인정(人情)이 흐르는구나……."

두 사람의 혼백(魂魄)이 붙어 다닌 명품은 차아(此我)를 지극히 아끼는 곳에 머물길 원한다. 경성제대 교수 후지스카 지카시(藤塚隣) 수중에 들어갔다. 그의 딸도 추사연구로 박사학위를 받았다. 부녀가 반평생 추사 연구에 골몰했다. 관악산 아래에 있던 초라한 묘를 찾아 충남 예산 고택 옆으로 천묘(遷墓)까지 했던 미술을 보는 눈썰미와 감식안을 소유한 인물이다. 그래서 추사 묘석에는 아직도 쇼와(昭和)라는 일본연호가 적혀 있다.

후지스카가 병석에서 눈감기 전, 소장(所藏)을 간곡히 원하는 소전(素顚) 손재형에게 예술품을 내주었다. 세한도를 찾아 손재형은 금의환향 귀국. 비록 일인(日人)이었지만 후지스카가 열렬히 사랑했기에 그의 수중에 있다가 2차 대전 중에 그의 명(命)이 다함에 손재형의 품에 들어온 것이다. 혼백(魂魄)의 귀향인 것이다. 이에 위창 오세창은 즉석에서 "우리의 국보"라고 제발(題跋)을 썼다. 현재, 국립 중앙박물관 所藏    ♨ 본문 12항 '세한도' 참조

추사 세한도

침 계

303~304면 '추사 예술의 학예일치의 미감' 참조

# 阮堂 김정희의 경학과 예술
## - 실학사상 및 시학, 예술 미감의 비평적 素描-

## 1. 한문 세계와 중국 중심세계

근대 이전에 중국 중심으로 하던 세계를 한문 세계라 한다. 한자를 보편적으로 사용했기 때문에 한자 문화권과 동의어로 사용한다. 이 중국 중심세계는 조공(朝貢) 관계로 묶여진 권역이므로 조공 질서의 체계라고도 일컫는다. 그런데 한문 세계와 중국 중심세계가 지역적으로 일치하는 것은 아니다. 중국과 역사적 관계가 밀접했음에도 불구하고 한자를 수용하지 않은 종족, 또는 국가가 중국 주변 지역에 허다하다.

한문 세계에는 한국, 일본, 베트남을 추가해 볼 수 있는 정도이니 현재의 동아시아 지역에 해당한다고 볼 수 있다. 그 특징적 양상이라면, 첫째 숭문주의(崇文主義) 유교를 신봉하고 한문에 통용된 한·중 전통사회에서는 문화적 교양이 가장 중요시되었으며 관료나 지배층의 엘리트가 되려면 시, 서, 예가 필수 요건이었다. 마치 기독교적 라틴 세계의 숭무(崇武) 전통과 대조적인 것이었다. 다만 일본의 경우 한자 문화를 수용했음에도 숭무적 전통이 강해서 서구의 중세기적 무사 시대가 되기도 했다.

그럼에도 불구하고 17세기 이후 에도(江戶)시대에 한문 세계와 관계가 소원했음에도 학술 문예가 자못 융성한 추세가 있었다. 이것을 설명하기 위해서는 '바다'에 의한 거리두기에 독특한 요인을 간과할 수 없을 것이다. 한문 세계는 중국 중심으로 그 영향이 형성된 일원적 세계이므로 지식 또한 중국 중심의 계열화 형태가 취하게 되었다. 그 교류와 소통 역시 다분히 불구 상태이고 일방주의였다.

19세기는 오랜 역사적 전통에서 벗어나는 특수한 변화의 시점이었다. 중국 중심지역이 서구 주도적 근대세계로 강제 편입됨으로써 조공체계는 드디어 해체되기에 이른다. 이 해체 단계 직전에 한문 세계의 국경을 넘어선 필담(筆談)을 통한 대화의 통로가 폭넓게 펼쳐지고 지식의 소통이 사절단이 오고 가는 과정에서 학술 문예가 일방성에서 상호성으로 변동되었다. 중심과 주변의 관계 양상이 활성화되면서 점차 상호성의 다원적 형태 변동이 발생하게 된다.

한·일간 즉 조선과 에도(江戸)막부 사이에 교린외교(交隣外交)가 임란 이후에 회복이 되어 조선의 통신 사절이 에도까지 다녀오곤 하였다. 사대교린(事大交隣)이라는 것도 동아시아 세계에서 불구상태이긴 해도 그런대로 존속된 형국이었다. 조선의 통신사가 일본 열도를 밟은 것이 임란 이후로 11차례에 불과해서 한·중 외교와 비할 바 못되지만 한·일간 교린외교는 국제정치적 의미와 함께 문화적 의미로 평가될 만하였다. 중·일간에는 일본 측으로는 국교가 단절된 중국과 간접 소통의 기회가 되기도 했는데, 18세기에 와서 중국이 내린 해금(海禁) 조치가 풀리면서 양국간 교역이 사적(私的)인 형태나마 그런대로 성행하였다. 즉 국가대 국가로는 교역이 불가했지만 유구(琉球)를 통한 무역과 사무역이 직접 교역을 했다. 이에 따라 학술 부문의 교류·소통도 폭넓게 행해진 것으로 보고 있는 것이다.

이 변화가 악명 높은 중국 중심 세계의 조공(朝貢)질서를 흔들어 마침내 한문 세계가 무너지는 결정적 원인으로 작용한다. 조선에서는 인조 이후 청에 항복한 까닭에 청국을 원수로 여겨 청의 학자들을 거의 상대하지 않았다. 또 만주인들의 조정을 여진족이라 하여 경멸하는 태도였다. 그러던 중에 청의 강희황제(康熙皇帝)의 재위 61년, 옹정제(雍正帝)의 13년, 다시 건륭제(乾隆帝)의 60년, 합하여 130여 년간에 청의 문화는 고도로 발달하여 고증학(考證學) 훈고학(訓詁學) 금석학(金石學) 목록교감학(目錄校勘學) 등 옛날 한(漢)나라의 학문을 재흥시키는 등 발전의 눈부신 바가 있었다.

## 2. 양명학과 실학

명대에는 독창적인 유학이 서민들 사이에 널리 침투했다. 실천을 중시한 양명학, 긍정적으로 인간을 묘사한 문학 소설, 실용적인 백과전서 등이 출현했다. 양명학을 시작한 왕양명은 매사에 치밀하고 열심히 몰두하는 성격으로 젊은 시절에는 임협(任俠)의 길, 말탄 채 활쏘기,문학, 도교, 불교 등에 마음을 빼앗겼다. 살아가는 일을 중시한 그는 관념적이고 형식적인 주자학에 싫증이 나서 지식을 축적하는 게 아니라 '양지(良知,만인에게 공통되는 마음의 본체)의 실현', 다시말해 '양식'을 갈고 닦는 일이 학문의 목적이며 아는 것과 실행하는 것이 일치되어야 한다고 주장하였다.(知行合一).

그는 넓기만하고 원천이 없는 연못이기보다는 작지만 원천이 있고 생명력을 잃지 않는 우물이고 싶다'고 설파했는데, 현재의 교육을 생각할 때에도 참고가 되는 주장이다. 그는 문관이었음에도 불구하고 군사적 재능도 타고나서 많은 전공을 세웠다. 1527년에 病을 무릅쓰고 광저우에서 일어난 반란을 진압하고 돌아오는 길에 병사했다. 푸젠성 취안저우(泉州)의 상인의 집에서 태어난 이지(李贄,李卓吾)는 양명학을 배워 '동심(童心, 진심. 허위를 배제한 순수함)'을 자신의 주관으로 삼고 자신의 가치를 실천할 필요가 있다고 역설했다. 그는 인습과 케케묵은 경전에 매달리는 교조주의를 비난하고 내면적인 양지(良知)에 기초한 새로운 창조를 주장했다. 그러나 그는 인습에매이지 않는 언동으로 인해 옥에 갇히자 자진하였다.

또 경제성장과 서민의 진출에 수반하여 명분과 윤리에 사로잡히지 않고 있는 그대로의 인간의 모습을 긍정적으로 묘사하는 소설이 쓰여졌다. 역사소설의 효시인「三國志演義」, 북송의 량산포에서 일어난 농민봉기를 소재로 관아에 압박당하는 백성의 봉기를 다룬「水滸傳」,

당의 승려 현장(玄奘) 등이 불경을 구해온다는 故事에 손오공이라는 가공의 존재를 등장시켜 그 활약으로 고난을 이겨내고 일행이 서천에 도달하여 깨달음을 얻는다는 내용인 「서유기」 등.

당시 세태를 소재로 한 「금병매」, 이들 장편소설은 4대 기서로 유명하고 특히 16세기 무명작가에 의한 「금병매」는 「수호전」을 근저로 하여 그 주요 인물인 무송과 그의 형 무대(武大)의 아내인 반금련과 약장수 서문경의 불륜을 축으로 관료, 지주와 유착한 상인의 생활과 서문경의 분방한 여성 행각과 정사를 세밀하게 묘사하고 있다. 마지막에 서문경은 최음제를 과도하게 먹고 급사하여 일가는 뿔뿔이 흩어진다. 불륜, 정경유착, 비아그라 등 오늘날 그대로의 모습을 보여주는 소설이었다. ＊금병매의 제목은 주인공 서문경을 둘러싼, 반금련 이병아 춘매 등 세 여성의 이름에서 따왔다.

상공업이 성장을 이룬 명대에는 유학에 경도된 지식인들이 중요시하지 않았던 실용적인 기술에도 관심이 기울어져, 약초를 집대성한 백과사전 이시진(李時珍)의 「本草綱目」, 모든 생산기술을 모은 배과전서, 송응성(宋應星)의 「天工開物」, 농학의 백과사전, 徐光啟의 「農政全書」 등이다.

## ＊명대의 문화

儒學　왕양명… 주자학 비판, 실천중시
　　　이지 … 양명학 좌파. 관료비판, 남녀평등 주장
實學　「본초강목」「天工開物」「農政全書」 숭정역서(서광계)
文學　4대 기서 …서유기 (오승은) 수호전(나관중) 금병매(무명인) 삼국지연의(나관중)
편찬사업　영락제 때 ＊ 시사대전 오경대전 성리대전　영락대전

## 3. 청의 새로운 학문

건륭시대로 들어오면서부터 1765년(영조 41년)에 서장관 숙부를 따

라간 홍대용(洪大容)이 약 3개 월여를 청국에 묵으면서, 반정균(潘庭筠), 육비(陸飛) 등과 친교하였다. 서양 문물과 천주교회를 구경하고 천문, 율력, 산수, 음악, 과학에 이르기까지 뛰어난 이론을 경험, '놀고 먹는 귀족계급이 나라와 백성을 좀먹는다'고 극론을 펼치던 주장은 양명학의 지행합일(知行合一)에 뜻을 두고 있었다.

서울 서대문의 양반 가계에서 태어났으나 어려운 가계 때문에 15세까지 공부를 못하다가 16세에 결혼, 처숙의 도움으로 면학하여 3년을 두문불출 독서에 골몰하다가 19세에 문단에 두각을 나타내던 연암 박지원은 25세 이후 북한산에 입산하여 면학 정진하였다.

44세에는 삼종(8촌) 형 박명원(朴明源)이 청 고종황제 칠순(七旬) 축사로 갈 때 수행원으로 가서 2개월간의 견문과 열하별궁(熱河別宮)에 이르러 청 문인과 사귀고「熱河日記」를 엮었다. 그 1권 '渡江錄'부분에서는 압록강부터 요양까지 15일간의 기록이 있는데 청국의 이용후생적(利用厚生的) 건설과 성제(城制)의 벽돌의 사용에 실리(實利)임에 심취한 내용을 싣고 있다.

추사와 연암의 지적 소통은「전집」에서 직접 언급한 대목은 찾아 볼 수 없다. 그렇지만 추사는 연암의「열하일기」를 애독했던 것으로 보이며 세계 대제국을 인식하는 추사(秋史)의 눈길에서 연암의 시각과 일맥 상통함을 발견할 수 있다. 추사는 연행길에서 '요야(遼夜)'라는 시를 읊었다. 1천 2백리의 요하(遼河)평원이 펼쳐진 장관을 대면해서 "하늘 끝 어디로 들어 갔느뇨? 千秋大哭場"이라고 표현했다. 연암도 열하일기에서 好哭場이라고 읊으며 갓 태어난 아기의 첫 발성에 결부시킨 경이와 감격이 표현되었다. 뒤에 이곳을 지나던 추사가 동일한 공간에 서서 두 사람의 감수성과 탄복의 감흥을 확인할 수 있다. 영웅선읍(英雄善泣 영웅은 울 때를 안다)의 장엄(莊嚴) 앞에 선 압도된 영혼의 눈물이 정상적임을 알게 된다.

燕巖(1737-1805)이 작고할 때 秋史 김정희는 20세로 40년 연하 청년이었다. 그들은 같은 당론적 입장으로 노론이었다. 1778년 초정 박제가(朴齊家)는 사은사 채제공(蔡濟恭)을 따라 이덕무(李德懋)와 함께 청에 가서 이조원(李調元), 반정균과 교유하고 1790년 두 차례, 1801년 등 모두 4차례 연행했다. 북학의(北學議)를 저술하고 1798년에 이를 다듬어 「진북학의소(眞北學議疏)」와 함께 정조 왕에게 올렸다.

그는 신분적으로 서얼 출신이었으나 관례를 깨고 정조가 박제가 이덕무 유득공 서이수(徐理修) 등 학식이 탁월한 서얼(庶孽)출신 4인을 규장각 검사관에 발탁하였다. 박제가가 북학의 중요성을 전제로 배우지 않는〈不學〉過誤 3가지를 제시하였다. 곧 농기계 이용에 편리하지 못하면 천시(天時)를 잃는것〈失天〉이 되고, 논밭의 경작이 법도가 없으면 지리(地利)를 잃는것〈失地〉가 되고, 장사꾼이 교통하지 않고 놀고 먹는 사람이 날로 많아지는 것은 인화(人和)를 잃는것〈失人〉이 됨을 지적하여 북학을 통한 청조 문물을 배워 우리 사회에 이용할 것을 주장하고 있다. 특히 그는 통상을 중시하여 중국의 절강성을 비롯, 강남지역과 상선을 소통하여 무역함으로써 중상론의 입장을 제기, 국가의 빈곤을 구출하기 위한 청조의 선진기술 도입으로 생산 향상과 교역 확장의 실현을 추구하였다.

한국 학술사에서 추사 위로 올라가면서 실학파의 계보를 만들어 보면

| 李 | | 현종 | 영조 | | 정조 | | | 헌종 | | 고종 |
|---|---|---|---|---|---|---|---|---|---|---|
| 晔芝 광해군 때 | | 磻 | 星 | 蔡安 | 朴熱 | 丁牧 | 漢前 | 後 | | 姜瑋 |
| 光峰 명 사신으로 | →溪柳 | ⇒湖 | ⇒濟鼎 | ⇒趾河 | ⇒若民 | 文四 | 柳得恭⇒四 | 金正喜 | ⇒ | 黃玹(梅泉野錄) |
| 類 주자학교조주의 | 隨馨 | 僬李 | 恭福 | 源日 | 鏞心 | 學家 | 朴齊家 | 家申 緯 | | 李建昌 |
| 說 반대 | 錄遠 | 說漢 | | 記 | 書 | | 李德懋 | 李晚用 | | 金澤榮 |
| | | | | | | | 李書九 | 權用正 | | |

영·정(英正)시대 이후 정사보다도 수행원(隨行員)으로 청나라에 들

어간 사람들 중에 학문에 연구심이 많은 이들이 있어 이때부터 저쪽 학자들과 상종하여 학문에 대한 교류가 이루어진다. 건륭시대부터 홍대용 이덕무 박연암 유득공 들이 고증학을 알게 되어 실사구시(實事求是) 학문의 길을 열었다. 박지원의 연경(燕京) 견문담을 들려주며 연암은 청초 고증학자 고염무(顧炎武)를 사모하여 그의 일지록(日知錄)을 애독하여 한문학 4대가들에게 설명하였다.

드디어 정조 2년 박제가, 이덕무는 동경하던 연행 먼 4천 리 길을 떠났다. 박제가는 유득공의 이십일도회고시(二十一都懷古詩)를 북경의 학자에게 주어 비평을 청했다. 청의 학자들은 신기의 눈으로 모여들었다. 그중 이정원(李挺元)은 찬사의 시까지 적어주며 북경 서적점(書籍店)의 본거지 유리창(琉璃廠)으로 안내했다. 노 서적포 오류거(五柳居)의 주인 도정상(陶正祥)을 만났다. 그는 책 장수이지만 학자들을 많이 알아 그의 소개로 많은 학자들을 만날 수 있었다.

조선의 두 청년은 쌓여 있는 서적들을 놀라운 눈으로 보고 청의 학문 발전을 감탄한다. 서적과 비문(碑文), 탁본(拓本)을 잘 알지 못했으나 북경 학계의 움직임도 알게 된다. 명나라 「영락대전」보다 더 범위가 넓은 「사고전서(四庫全書)」를 편찬하느라 학자들이 분주하였다. 그 후 숭수당(崇秀堂)에 들러 「통감기사본말(通鑑紀事本末)」을 구경하고 그들의 역사 연구하는 것을 보았다. 이 책은 조선에 없는 것이지만 대강 볼 수 있었다. 이런 기사본말체에 의해 후일 이긍익이 「연려실기술(燃藜室記述)」을 엮었다. 박제가는 맹자의 글귀가 생각나 「북학의(北學議)」라는 책을 썼다.

이덕무도 돌아올 때 납란성덕(納蘭成德)의 통지당경해(通志堂經解)란 1775권으로서 500책이나 되는 큰 서적을 사 가지고 왔다. 이로써 조선의 학계 일부에서는 주자학보다도 한학(漢學)에 더 매료되어 새로운 학풍이 싹트기 시작했다. 이 부분과 아래에서는 일본인 학자 후지스카 지카시(藤塚隣)의 글 '李朝의 學人과 乾隆文化'에서 참조한 것을 밝혀둔다.

## 4. 박제가의 청 시인과 交遊

1790년 정조 14년에는 청의 건륭(乾隆)황제 제위 55년으로서 황제의
80수를 축하하기 위한 사신이 청에 간다. 이때 박제가 유득공 등도 수
행원으로 따라가서 옥하관(玉河館)에 여장을 풀고 유리창에 있는 서
점 오류거를 찾아갔다. 주인 도씨(陶氏)를 통해 당시 경학의 대가 손
성연(孫星衍) 큰 버드나무가 있는 집을 찾아갔다. 학자라서 넉넉한 살
림이 못 될 줄 알았는데 안내를 받아 들어간 곳에 유족한 생활을 하고
있었다.

서재 문자당(問字堂)이란 액(額)이 붙어 있는 방에서 주인이 나와서
박제가를 맞아 들였다. 두 청년은 천년의 지우(知友)를 만난 듯이 반
가왔다. 넓은 서재에는 서적이 마치 책방같이 가득히 쌓여 있으며 여
기저기 탁본이 걸려 있었다. 손성연은 당나라 대에 새긴 석경(石經)
탁본을 내놓으며 두 사람에게 한 부씩 선사하겠다 한다. 귀중한 탁본
에 대해 감사하다 말을 하니 有朋自遠方來不亦悅乎 공자의 말씀을
인용하여 학자답게 말하였다.

손성연은 선물에 대해 주인의 서재명인 문자당(問字堂) 석 자를 써주
고 오천권의 책을 읽지 못한 자는 이 방에 들어오지 말라(不讀五千卷
書者毋得入此室)라는 수(隨)나라 최록(崔摅)의 글을 써주어 시간이
흐름을 잊고 싯구를 주고 받았다.

다음날 당대의 대학자 기균(紀昀 호는 曉嵐)을 찾았다. 기효람이야말
로 사고전서(四庫全書)를 총재한 학자로서 이때 나이 70을 넘었다. 조
선의 학자가 온 것을 기쁘게 맞았다. 그 후로 박제가는 사신이 청에 들
어갈 때마다 늘 이들의 소식을 전하고 그 외에 청년학자 완원(琓元),
공헌배(孔憲培) 등 많은 학자를 만나 시와 글로써 교환하였다.

그 후 순조 원년 1801년 청 가경(嘉慶) 6년에 수행원으로 북경에 갔

다. 노학자 기효람(紀曉嵐)선생을 찾아가니 이미 78세로서 두 조선 청년을 아들처럼 반가히 맞아 주었다. 그때 기선생의 영윤(令胤)이나 영손(令孫)을 불러 세교를 맺도록 해주십사고 청했으나 그의 견돈(犬豚)은 감히 멀리서 온 어진 사람의 상대가 될 자격이 없다고 쓸쓸한 표정을 보였다. 그는 과연 얼마 후 세상을 떠났다.

## 5. 불안한 세도정치

정조(正祖) 다음 순조(純祖) 때부터 안동 김씨들이 외척 세도정치가 시작되어 순조 헌종(憲宗) 철종(哲宗) 등 삼대를 내려오면서 안동 김씨 중에서도 시파(時派)와 벽파(僻派)로 갈리어서 전날의 당파싸움이나 다름이 없었다. 다만 다른 점은 당파가 전부 노론(老論)으로 되어 있다는 것으로 이 노론파 끼리 싸웠다는 것이다.

순조 초에는 영조의 계비(繼妃) 정순 왕후(王后)가 궁중의 어른이었으므로 왕후의 친정인 경주 김씨가 세력을 잡았고, 순조의 국구(國舅) 되는 김조순(金祖淳)의 안동 김씨는 뒤쳐진 감이 있었다. 정순(貞純) 후(后)가 세상을 떠난 후에야 외척들이 정권을 잡아 안동 김씨가 정권을 잡아 득세하게 된다. 그런데 순조의 생모 가순궁(嘉順宮)의 친척들도 여기에 한몫 끼게 된다. 반남박(潘南朴)씨 박준원의 딸 가순궁은 순조의 생모이다.

즉 순조 일대에는 경주 김씨, 안동 김씨, 반남 박씨 등 씨족 중심의 정치가 엉키어져 나갔다. 그것은 소승적(小乘的)인 테두리 안에서 우물 안 개구리의 싸움에 불과했다. 이러한 까닭에 그동안 청나라의 학문은 극히 일부의 사람들만 알았고 대부분은 여전히 주자학의 세계에서 조금도 달라지지 않아 학문에는 아무런 진보도 없었다. 당파싸움은 그 나라의 문화를 사멸시키고 만 것이다.

안동 김씨 김달순(金達淳)은 당시의 세력가 김조순과 친척이었지만 전부터 김조순의 아우인 김문순(金文淳) 김명순(金明淳)과도 틈이 벌어져 반목하고 있었다. 시·벽의 싸움은 흉흉한 요언(妖言)이 돌아 세상이 흉흉해질 때 이우 박하원 홍지섭 등은 국구 김조순을 편들어 여러 해 전의 사건을 다시 들추어 내어 김달순을 귀양보내자고 하여 남해현으로 절도안치(絶島安置)되었다. 얼마 후 그는 경주 김씨 김구주(金龜柱, 1740~1786) 심환지(沈煥之) 등과 결탁 종실을 더럽혔다는 죄로 사사(賜死)되었다.

이것은 대왕대비 정순후(貞純后)와 김조순의 세력다툼의 하나로, 정순후(貞純后) 편의 경주 김씨들의 세력이 안동 김씨 세력을 못 당한다는 증거이다. 거기에 경주 김씨 거물 김한록(金漢祿)의 관작도 추탈당했으며 김노경의 당숙되는 김관주(金觀柱)도 남모르게 죽고 말았다. 다시 사건은 김한록의 아들 김일주(金日柱)에게까지 확대되어 전의 사실을 다시 들추어내어 사도세자 사건 때 정순왕후의 친정 일가들이 무관심하게 있었다 하여 그 일파 처벌을 주장하였다.

불안한 세상이 계속되던 중 사간원(司諫院) 대사간(大司諫) 이심도(李審度)가 홍세주(洪世周)의 사간 취임에서 그의 증조부 홍봉한(洪鳳漢), 홍인한(洪麟漢), 홍낙임(洪樂任) 등이 죄가 있으므로 사간 취천을 반대하였다. 그동안 풍산 홍씨 홍봉한의 죄가 야사(野史)나 국승(國乘)에 비밀리에 부쳐져서 알려지지 않았던 것이다. 선대왕 정조 때 그들의 사적을 엄중히 막아 홍씨 일문의 죄를 없애려 했기 때문이며 시·벽의 유래가 정조 8년 갑진년에 일어난 것이라고 주장하였다.

시초가 김구주(金龜柱, 1740~1786)와 홍봉한에게서 나온 것이라 한다. 당시 홍봉한은 장조의 장인으로서 조정에 세력을 떨치고 있었고 김구주는 정순 왕후를 배경으로 되어 있었다. 이 때부터 왕실의 외척 두 집이 싸웠던 것이다. 홍봉한은 김구주의 세력을 꺾고자 여러 가지 음모를 하였고, 시·벽의 노골적 싸움은 조신들을 분리시키게 되었다. 김조순은 속으로 외척 홍씨와 경주 김씨가 싸우는 것을 싫지 않게 보고 있었다. 다음에는 안동 김씨가 자연히 세력을 잡을 수 있는 기회가 되기 때문이었다.

그러던 중, 순조의 생모 가순궁(嘉順宮, 수빈박씨(綏嬪朴氏, 1770~1822)) 반남(潘南) 박씨가 세상을 떠났다. 이제 궁중에 있는 어머니 뻘되는 사람은 순조의 왕비 순원후(純元后) 김씨 뿐이었다. 안동 김씨의 세상이 된 것이다. 순조 임금은 아직 나이 38세로 넉넉히 정치를 할 때였으나 아들 세자가 나이 19세이니 정사를 대리케 하고 자기는 유유자적코자 하였다. 세자의 외조 김조순은 뒤에서 정권을 잡고 그의 아들 김우근(金逌根) 역시 외척으로서 세도가 당당하여 감히 누가 그들을 건들지 못했다. 평안감사를 거쳐 병조판서가 되었다.

세자 대리 때는 김노(金璐) 홍기섭 김노경(金魯敬 酉堂 金正喜의 부) 등이 득세, 벽파가 약간 세도를 썼지만 아직도 세자의 빈궁(神貞后)이 궁중에 있는 이때 벌써 당파싸움이 벌어져 김노경은 강진 고금도(古今島)로 귀양을 간다. 뒤에서 안동 김씨들이 움직이는 것이 분명하였다. 즉 안동 김씨와 경주 김씨의 세력 싸움의 하나였다. 서로 조정에서 세력을 잡고자 자기들의 당여(黨與)를 시켜 상대방을 치는 것이었다.

김정희는 이것을 보고 그대로 있지 않고 억울하다고 격쟁(擊錚)하며 부친의 무죄를 호소했으나 용이치 못했다. 이러한 것을 본 김정희는 묘당은 정치적인 갈등만 있는 곳으로 알게 되어 조금도 출사(出仕)할 뜻이 없었다. 그것보다 청나라에 들어가는 사신에게 부탁하여 더욱 그 사람들과 친근하게 되며, '나라가 작은 데도 오히려 싸움이 많구나. 성현의 학문을 닦지 않는 자는 언제나 소인을 면치 못할 것이다' 하고 탄식하였다.

## 6. 사환(仕宦) 가명(家名)과 떠나는 4천리 길

청나라에 가기 이전 모든 학문과 예술 분야에서 천재적 기질을 보였던 추사 김정희가 스승으로 모신 사람은 바로 앞에서 자세히 살펴본

북학파의 두뇌나 다름없던 초정(楚亭) 박제가(朴齊家)였다. 박초정 만한 포부와 학식과 경륜을 갖춘 대학자가 아니었다면 아마도 어렸을 때부터 자존심과 자부심이 남달리 강했던 추사를 가르치기 쉽지 않았을 것이다. 불행하게도 1805년 추사 청년기 20세 때 박제가가 갑자기 사망하자 국내에서 가르침을 받을 스승을 만날 수가 없었다. 박초정을 스승으로 모시며 일찍부터 북학에 뜻을 두고 학문을 익히고 지식을 쌓았을 뿐 아니라 청의 학계와 문예계에 관한 소식을 듣고 학자와 문사들에 관한 정보를 자주 접할 수 있었다.

경오년 순조 10년에 황해도 장연(長淵)의 어민 김봉년(金逢年) 등이 청나라 산동성 등주부(登州府) 영성현(榮成縣)에 표류했는데 청에서 육로로 보내주었다. 이런 일이 있으면 으레 들어가서 사은(謝恩)해야 하는 것이다. 동지사 보낼 때도 가까워져서, 부사로 예조판서 김노경(金魯敬)을 보내게 되었다. 이때 김노경의 아들 김정희(金正喜)가 따라가게 된다.

양반집 김씨 가문의 조상은 인조 때 강빈(姜嬪)의 옥사(獄事)를 두호하다가 피살된 김홍욱(金弘郁)의 후손이며, 김홍욱의 증손 김흥경(金興慶)이 영조 때 영상이 되어 가명을 회복하였다. 그의 아들 여럿 가운데 김한신(金漢藎, 1720~1758)은 월성위(月城尉)로서 영조의 딸 화순옹주(和順翁主)를 상(尙)하였다. 그런데 월성위는 얼마 후 사망, 부인 옹주는 남편을 생각하며 10여 일을 곡기를 끊고 애통하게 지내다가 세상을 떠났다. 옹주로서 남편을 따라 죽었다 하여 정여문(旌閭門)까지 세웠다. 월성위를 결손할 수 없어 형의 아들 이주(頤柱)를 양자로 세웠다. 김이주는 월성위의 아들이 되어 예조판서까지 지냈다.

그의 아들 사 형제 중 김노경(金魯敬)이 고향 예산(禮山) 입암면 용산 월궁(龍山月宮)에서 김정희를 낳았다. 현재의 충청남도 예산군 신암면 용궁리가 그가 태어난 향저(鄕邸)인데, 태어날 때부터 경축 분위기에 싸여있을 뿐만 아니라 신비스런 탄생 설화도 갖고 있다. 부친 노경과 모친 기계유씨(俞氏) 사이의 장남으로 24개월 만에 출생하였다. 태어나기 전 마을의 뒤뜰에 있는 우물물이 말라버리고 뒷산인 오석산의 원맥 팔봉산 초목이 모두 시들었다가 그가 태어나자 샘물이 다시 솟고 초목이 생기를 되찾았다고 한다.

어린 시절 서울집 대문에 써 붙인 입춘 첩 글씨를 우연히 보게 된 재상 채제공(蔡濟恭)이 그 부친에게 조언하길 '이 아이는 글씨로 대성하겠으나 인생 행로가 험할 것이니' 다른 길을 선택하게 하는 걸 권했다. 그 아이의 천재성이 빛과 그림자를 아울러 드리우고 있음을 노재상이 알아본 것이다.

김정희는 자라남에 백부 노영(魯永)이 아들이 없으므로 백부의 양자로 들어갔다. 백부는 바로 월성위의 집으로서 큰 집을 가지고 있었다. 10여 세 될 때 서울로 올라와 장동(壯洞) 큰집으로 들어갔다. 소년이 서울에 올라와 글을 배울 그때에는 아직 호학하던 정조가 세상을 떠난 지 오래지 않았으므로 새로운 학문을 연구하는 사람이 많았다. 이때 김노경은 시파(時派)에 속했으므로 자연 정순 왕대비와는 사이가 그다지 좋지 않았다.

당시 박제가는 한문학 4대가(四大家)로 명성이 높았고 북경 다녀온 이야기로 이름이 널리 퍼져있었다. 김정희는 신분이 낮은 검서관과는 별로 교제가 많지 않았으나 북경에 대학자가 많고 옹방강(翁方綱)과 기효람(紀曉嵐) 같은 학자를 우리 학계에서는 잘 모르고 있다고 말하고 있다. 초정(박제가의 호)은 소년에게 북경을 칭찬할 뿐 아니라, 그쪽 학문이라야만 우리도 새로운 학문을 할 수 있고 청의 학자들이 교분(交分)에서 조선 학자들을 환영한다고 찬양한다.

넓은 청에 가서 가르침을 받을 스승과 교분할 친구를 그리워하던 중 앞에 언급하듯 순조 9년(1809년) 아버지 김노경이 부사로 연경에 갈 때 수행원이 되었다. 그의 나이 24세 되던 10월 28일이다. 사실 가는 사람은 정원이 있어서 얼마 되지 않는 것 같지만 실상 물건을 가지고 가는 사람은 많아 일행의 수는 거의 100명을 넘었다. 장사진을 이루어 모악재 고개를 넘어 벽제관(碧蹄館)에서 말을 갈아타고 파주로 향해, 장단 개성을 지나 금천 평산 서흥 봉산 황주 평양에서 며칠간 머문 후 순안 순천 안주 가산 정주 의주에서 며칠을 체재………………

요동으로 들어가니 벌써 눈이 내려 700리 넓은 벌은 은세계로 변하였다. 전둔위(前屯衛) 고령역(高嶺驛)을 지나 산해관(山海關)에 도착하였다. 여기서부터 중국의 내지이다. 천하제일관(天下第一關)이라 쓴 산해관의 현판은 청년 김정희의 마음을 설레게 하였다. 이제 연경까지는 40리밖에 남지 않았다. 그동안 2천여 리의 길을 근 한 달 걸리어 온 것이다.

김정희는 스승 박제가가 세 번째 연행(燕行) 때 사귄 조강(曹江)이라는 상해 출신의 지식인을 가장 먼저 만났다. 그리고 이 조강을 통해 서송(徐松)을 소개받았고, 다시 서송을 통해 당대 최고의 대학자였던 옹방강과 완원을 만나게 된다. 이 만남이 그의 삶과 학문 및 예술에서 중대한 분수령이 되었다. 일본인 동양 철학자 후지츠카 지카시(藤塚鄰)는 이들의 만남이 19세기 조선의 지성사에서 차지하는 결정적인 역할을 이렇게 평가했다.

> 특히 박제가의 제자로 조선 500년 역사상 보기 드문 영재(英材) 완당 김정희가 출현하여 연경에 가서 옹방강(翁方綱)과 완원(阮元), 두 경사(經師)를 알게 되고, 여러 명현들과 왕래하여 청조 학문의 핵심을 잡아 귀국하자 조선의 학계는 실사구시의 학문으로 빠른 진전을 보여 500년 내로 보지 못했던 진전을 보게 되었다. 유홍준 저「알기 쉽게 간추린 완당전 김정희」에서 재인용

18세기부터 조선 지식인들의 활약상을 감안해 보면 다소 지나치고 미화된 찬사지만 두 청인을 만난 이후 지속적 교류를 통해 청조학(淸朝學)연구의 제일인자로 태어났다. 19세기 조선의 지식인들 중에서 청조의 학술문화에 가장 정통했던 인물은 단연 완당(阮堂) 혹은 추사(秋史)가 손꼽히는 당대 제일의 중국 전문가인 것이다.

## 7. 석묵서루(石墨書樓)의 김정희

연경에서 해를 넘기어 25세가 되었다. 조강(曹江- 자는 玉水 호는 石谿)를 만나, 유리창에 있는 오류거 서점에서 산같이 쌓인 고서를 구경하고 크게 감탄했다. 시도 잘 짓고 술도 잘 마시었으므로 두 사람은 부근의 주사(酒肆)에서 술을 마시며 시를 읊었다. 조석계(曹石谿)가 먼저 묻는 말에 과연 천하의 학자들이 모인 곳인 만큼 지금까지 박초정(朴楚亭)이 말씀하시던 것과 같다고 대답했다.

김정희는 다음날 법원사(法源寺)로 놀러 갔다. 시내에 있는 절은 당시 문인이나 학자들이 놀이하는 장소로서, 주지(住持, 主掌僧)되는 사람도 반가히 맞아주며 좋은 차를 대접해 주었다. 어디를 가든지 향내나는 차를 만끽(滿喫)하여 어느덧 차의 맛까지도 자세히 알 수 있게 되었다. 그는 법원사에서 자기의 시정을 이기지 못해 7언구 시를 써 주었다.

名家子弟曹玉水　秋水爲神玉爲隨 명가의 자제 조옥수는 가을물같이 맑고 옥같이 깨끗하구나

벌써 이때만 하여도 추사의 글씨는 독특한 필체를 이루어 한예(漢隸)를 잘 썼다. 조옥수는 추사가 일필휘지한 것을 보니 마음이 흐뭇해졌다. 당대의 대가 옹담계(翁覃溪)의 방에 들어간 감이 났다. 추사는 옹담계라는 말을 듣자 그렇지 않아도 옹담계 선생을 뵈옵고자 하던 차 조강(曹江)의 친우 서송(徐松)이 옹담계의 직계 제자이어서 그를 중간에 넣고 다음 날 세 사람이 같이 옹선생의 처소로 안내되었다.

정월 초순 서송의 안내로 보안사가(保安寺街)에 있는 처소를 심방하여 서재로 들어섰다. 지금까지 보았던 우리창에 있는 서점보다도 서적이 더 많이 쌓여 있었다. 속으로 놀라며 노선생에 대하여서 길게 읍하였다. 늙은 선생도 일어서며 추사를 반가이 맞아 주었다. '동방에서 오신 젊은 학자여, 나는 벌써 귀국의 박초정에게 성화를 들었소.' 추

사도 '시생이 멀리서 온 것은 선생의 성화를 듣고 직접 성해(聲該)에 접하고자 온 것이외다' '고맙소이다. 해외에서까지 알아주시니 감사하오이다.'

늙은 선생은 78세로서 3품관의 직함을 받았지만 매우 공손하여 해동에서 온 젊은 학자를 잘 대해주었다. 탁본이 서재 여기저기에 걸려 있으며 각기 모든 유래를 자세히 써 놓았다. 또 당나라 초기 서가(書家) 구양순(歐陽詢)이 쓴 선사의 유적을 적은 것을 정서(正書)로 써서 그의 필치를 분명히 나타내고 있다. 이 탁본은 벌써 송나라 때 본디 사리탑 명이 거의 없어져 단편적으로 남은 것을 송의 범옹(范雍)이 얻은 것에 친히 탁본해 두었다. 그것이 여러 손을 거쳐서 지금 이곳에 와 있어 김추사가 직접 보고 있는 것이다.

추사가 구양순의 정서체 글씨를 대하기는 이것이 처음이다. 전에 조선에 들어 온 것은 복사한 것으로 진본과는 많이 달랐다. 보고 있는 원본에 추사는 감탄하게 된다. 옹방강이 원본은 강남지방 향시(鄕試) 부고관(副考官)으로 갔을 때 구한 것이라 한다. 강남은 문물이 많고 학자가 많아서 나라의 문고(文庫)인 셈이다. 우리의 영남지방에 학자가 많지만 금석학을 연구하는 학자는 한 사람도 없으니 부끄러운 일이다. 추사는 옛 것을 존중하는 이곳의 학풍이 부러웠다.

> 추사는 옹방강의 아들 옹수곤(翁樹崑)과는 동갑내기로 친해졌으며 자기가 연구하는 금석문을 조선의 금석문과 교류하자고 부탁하였다. 이래서 후일 조선 금석문 연구의 새 길이 열리게 된 것이다.　'추사의 입연(入燕)과 翁阮 二經師'　藤塚隣 노트참조.

## 8. 태화쌍비지관(泰華双碑之館)의 완당(阮堂)

며칠 후 추사는 당대 석학 완원(阮元)을 찾아보기로 했다. 완원은 건륭(乾隆) 가경(嘉慶) 도광(道光) 간 삼대에 걸친 경학자로서 청의 일류 존중되는 고증학의 대가이다. 완원은 진(秦)나라 태산의 잔비와 한

(漢)의 연희(延熹) 연간에 새긴 화산묘(華山廟) 비석 중 두 비의 탁본을 얻어 자기의 연성공저(衍聖公邸)에 새로 집을 짓고 泰華双碑之館이라 칭했다.

공자의 직계 후손에게 연성공 칭호를 국가에서 하사한 것인데, 완원의 부인이 연성공 공헌증(孔憲增)의 딸이었으므로 북경에 오면 완원은 이 연성공저에 유하곤 했다. 마침 그가 공저에 와 있으므로 그곳으로 찾아갔다. 그는 당시 47세의 나이로 청조학(淸朝學)이라 일컫는 청나라 학술계를 실질적으로 이끌고 있던 대학자였다. 고관으로 매우 교만한 티가 있을 것으로 짐작했으나 직접 만나보니 조금도 그런 티가 없는 손색없는 학자로서 인격자였다. 해동에서 온 젊은 학자가 방문한다 하여 완원은 벌써 추사를 알고 맞아들이었다.

얼마 후 차가 나왔는데 주인이 먼저 추사에게 '이 차는 승설차(勝雪茶)라는 것이오.' 승설차를 처음 맛보는 추사는 그 향기와 풍미(風味)를 잊을 수 없었다. 남쪽 복건성(福建省)에서 만든 이 차는 구우면 그 잎이 눈보다 더 희게 되므로 이름이 그렇게 붙었다. 맛을 볼수록 풍미는 더욱 입 안으로 가득히 퍼지는 것 같았다. 그의 호는 운대(芸臺)로서, 완운대 선생은 좋은 서적을 추사에게 내보였다.

먼저 남송의 학자 우연지(尤延之, 본명 우무) 등 송본을 보여주었다. 명나라 법률을 지키던 조선의 과거에 겨우 고문진보(古文眞寶)가 중요시되어 송의 문선은 잊혀질 지경이라 발달해 가는 학문에 뒤떨어진 조선의 실정에 앞이 캄캄했다. 우무는 책이 배고픈 때 생각나는 고기요, 추울 때 꺼입는 가죽옷이며 아름다운 음악소리라고 말한 사람이다. 완운대는 자기가 지은 「연경실문집(研經室文集)」을 기증하였다. 각자(刻字)도 정교하고 내용도 좋았다. 훈고학자로서 완원은 경학과 혹 다른 학문에서 문자와 훈고를 잘 아는 사람이었다. 훈고(訓詁)는 성인의 길은 담〈垣〉 같은 것으로 이 길을 잘못 디디면 훌륭한 집으로 들어갈 수 없다고 완원은 말한다.

현재 청나라에서 그는 경서인 13경에 문자가 틀린 것이 많아 그것을 교감(校勘)하는데 다 되는대로 한 부 완당에게 보내준다 한다. 각 권마다 서문까지 썼을 만큼 정성을 들인 「13경주소교감기(十三經注疏校勘記)」 한 질을 선물로 보내왔다. 비록 자신보다 22년이나 연하였지만 김정희가 천재적인 자질을 갖추고 있는 데다가 이미 높은 학문적 수준에 도달해 있다는 사실을 보고 진심으로 기뻐했던 것이다.

모두 245권으로 구성되어 있는 이 방대한 규모의 서적은 유학의 13경(十三經)에 대해─한(漢)나라부터 명(明)나라에 이르기까지─ 역대 학자들의 저술을 총 정리하고 종합해 놓은 경전 연구의 최고 대작이었다. 그 밖에도 완원은 청조학, 즉 고증학과 금석학의 수많은 이론과 학설을 전해 주었는데, 김정희는 그것을 모두 기록으로 남겨 조선으로 돌아온 후 평생의 학문지침으로 삼았다고 한다.

완원의 이름에서 따온 자신의 호로 삼을 정도로 김정희의 삶과 철학, 학문과 예술 세계에서 완원이 차지하는 비중은 절대적이었다. 첫 번째 스승 박제가와의 인연은 15세 무렵부터 20세까지 불과 5년 정도인 것에 비해 완원과는, 스승이 사망한 1849년까지 무려 40여 년 가까이 이어졌기 때문이다.

## 9. 북한산(北漢山) 순수비

거의 두 달 동안 유리창을 중심으로 청나라 학자들과 교분을 맺고 그 다음해 3월에 귀국하였다. 아우 김산천(金山泉. 命喜) 과 금미(琴眉. 金相喜) 에게 청의 학자들의 소식을 전해주고 고증학에 관한 청의 연구에 관해 설명해 주었다. 친구 권돈인(權敦仁) 신위(申緯)에게도 열심히 말해 주었다. 완원의 집에서 대접받은 승설차의 맛을 잊지 못하여 승설동인(勝雪洞人)이라는 호까지 썼다.

그동안 저쪽에서 오는 서신을 기다리고 있으면 으레 다음 해 봄에는 좋은 소식이 왔다. 그 중에 옹담계의 아들 옹수곤(翁樹崐-星新)은 추사에게 조선의 금석문을 보내달라는 부탁의 말을 전해 왔다. 이것이 동기가 되어 추사는 각지에 있는 금석문을 조사하러 돌아다녔다.

병자년 1816년 순조 16년 7월 완당은 김경연(金敬淵)과 같이 북한산 비봉(碑峰)을 찾았다. 아직 날은 더워서 산길을 오르는 데 힘이 들었다. 승가사(僧伽寺)가 가까워 나무가 무성하다. 눈 앞에는 계곡이 굽이굽이 휘돌아 대자연의 경치가 보기 좋았다. 두 사람은 다시 급한 길을 올라가 승가사에 당도하니 산승은 양반들이 절에 찾아오는 것을 기쁘게 맞고 큰 방으로 안내하였다.

이 절은 신라 때 지은 절로 그 당시는 규모가 컸었다. 그 후 교려 때도 이 절은 중요시하였다. 동굴 안에는 석상 부처님이 온화한 얼굴로 대해주고 정면에는 큰 마애불(磨崖佛)이 있어 사면을 위압하고 있다. 동굴 앞 비석이 있는데 글씨는 마멸되어 거의 읽을 수 없고, 쓸어질 듯한 비석 자체에 대해 고적을 소홀히 하는 것에 완당은 슬픈 생각을 하였다. 다른 나라에서 고적을 아끼는데 우리는 그렇게 않는 것이 너무나 섭섭하였다.

고려 때 이자겸(李資謙)이 반란으로 득세할 때 그의 가까운 친척 중에 불교를 존신하는 이들이 많아 승가사에도 그중 한 사람이 찾아와 절을 크게 중수하고 시주(施主)도 많이 하여 절의 면모를 일신한 것을 기념한 기념비가 바로 그것이었다. 그래도 중은 대접을 소홀히 않고 당시 금법으로 되어 있는 차까지 내 놓았던 것이다. 완당은 목을 축이며 물었다.

'주지님, 이 근처 비석이 있다는데 어디로 가야 길이 있소?' '바로 이 뒤입니다만 길은 없습니다. 소승이 길라잡이를 서지요' 중은 즉시 일어나 앞에 서서 안내하였다. 일행은 돌 사이로 길을 찾아 꼬불꼬불 올라갔다. 상봉에 서서 멀리 바라보니 사면이 시원스럽게 터져 훤하고 북에는 북한산의 연봉이 우뚝우뚝 솟고 멀리 송도의 송악산이 대해 주고있다. 서쪽으로는 서해바다가 아득히 보이고 시원한 해풍이 불어

올 듯하였다.

완당은 비봉에서 목적한 비(碑)를 자세히 구경하였다. 돌에는 이끼가 끼어 바위옷이 퍼렇게 돋아 일일이 긁어내며 한 자 한 자 자세히 내리읽어 갔다. 풍마세우(風磨雨洗) 그대로이었다. 그대로 내버려 두어 판독하기에 여간 힘들지 않았다. 그래도 억지로 글자를 보려고 이끼와 먼지를 벗겨가며 읽었다. 얼마 내려가 완당은 〈진흥태왕급 중신 등순수(眞興太王及 衆臣等巡狩)〉까지 읽었다. 완당은 깜짝놀라 같이 온 중을 돌아보며 물었다. '이 비가 언제 비라고 하오?' '예, 전하는 말에는 고려 때 임금이 여기까지 오셨다가 세운 비라고도 하고 자세히는 모릅니다만 이자겸이 득세 때, 또는 무학대사의 비라고도 합니다.' 마침내 '잘은 모릅니다.' 중은 그제서야 자기가 똑똑하게 모른다고 말하였다.

바로 이 비가 옛날 신라 때 진흥왕이 이곳까지 와서 국경을 구경하고 순수한 비인 것이다. 그것을 고려이니 이태조가 세운 비이니 하였다. 이런 것을 보면 우리의 고적이 얼마나 소흘하게 다루고 있는 것을 알 수 있다. 완당은 너무 반가와 글씨를 더 자세히 읽어 보았다. 그러나 너무 마멸되어 더 이상 해독할 수 없었다. 몇 번을 더 읽고 읽어 겨우 68자를 알아가지고 총총히 산을 내려왔다.

북한산 비봉에 있는 비석이 신라 때 비석이라는 것이 세상에 알려지자 완당을 중심으로 한 학자들은 다시 신라의 역사를 새삼스럽게 알려고 하였다. 완당은 일일이 글자를 적고 다시 탁본(拓本)까지 하여 간수한 후 올라가 심정(審定)코자 하던 중 또 1년 가까이 지나갔다. 완당은 조인영(趙寅永)과 같이 올라갔다. 비석을 영구히 기념하기 위하여 각자(刻字)장이까지 데리고 갔다.

이 비는 신라 진흥대왕의 순수비로서 병자년 7월에 김정희와 김경연이 와서 읽고, 정축년 6월 8일 김정희와 조인영이 같이 와서 심정한 결과 68자를 남겼다.

此新羅眞興大王巡狩之碑丙子七月金正喜金敬淵來讀丁丑六月八日
金正喜趙寅永同來審定殘字六八字

이런 뜻의 글을 각자하고 진흥왕의 순수비로 확정하였다. 이로써 완당
은 금석학 연구의 큰 성과를 처음으로 세상에 발표하였다. 그 후로부터
그의 이름이 세상에 알려졌고 기묘년(己卯年-순조 19년)에는 문과(文
科) 전시(殿試) 때 조인영과 같이 급제하였다. 임금은 월성위(月城尉)
김한신(金漢藎, 1720~1758)의 사손(祀孫)이 급제했다고 흥정
당(興政堂)에 나와 친히 대하는 한편 종묘에 승지까지보내 치제(致祭)
하였다. 경주 김씨 일문의 명예는 절정에 달하였다.  阮堂全集 參照

## 10. 북학파의 대두와 후지즈카(藤塚鄰) 평가의 의미

김정희가 산 조선왕조 시대는 청나라에 대한 태도가 북벌파(北伐
派)에서 북학파(北學派)로 전이되어 있었다. 북벌파 송시열(宋時烈
1607-1888)은 명나라가 정통임을 주장하고 청을 북벌할 것을 주장
하여 반청복명(反淸復明)을 실현코자 하였다. 그의 주장은 조선조 효
종, 현종, 숙종 등 삼대 군주까지 영향을 미쳤다. 비록 청 태종 숭덕 2
년(1637년)에 이미 조선 인조와 '정축 약조'를 체결하고 종번 과계와
조공제도를 확립했지만 조선은 이런 군사적 억압 때문에 만든 제도에
진심으로 승복하지 못했다.

조선 숙종 시대까지 여전히 북벌파의 주장이 성행하였다. 영조 41년
(1765 건륭31년)에 홍대용(洪大容 1731-1783)이 연경을 방문하고 귀
국한 후 「湛軒燕記」「乾淨筆談」을 작성하여 청국에서 듣고 본 것을
소개하여 사회에 큰 반향을 일으켰다. 박지원은 이 글에 크게 감동하
여 정조 4년(1780년)에 연경에 들어갔다 귀국한 후에 「열하일기」를
작성하고 구체적으로 중원지역의 풍토와 인정을 소개했다. 박제가는
1778년, 1790년, 1801년에, 순종 9년(1809년)에는 김정희, 이후 완당
의 제자 이상적(李尙迪, 1803-1805), 조희룡(趙熙龍, 1789-1866) 등

은 북학파의 이념을 더욱 진전시켰다.

추사의 위상을 표현하는 말 중에 대표적인 것에 청조학 연구의 제일 인자란 평가이다. 이 말을 제기한 최초는 일인 후지즈카 치카시(藤塚鄰)이다. 그가 평생을 연구하여 얻은 결론이라 할 수 있는 이 명제는 물론 후지즈카의 시각에 의한 판단이다. 그는 원래 논어 연구로 박사 학위 논문을 쓰려 했던 경학 연구자였다. 청조의 경학 연구를 평생의 목표이자 의무로 믿어왔다. 그가 경성제대 중국철학과 교수로 부임 하면서 한중 교류사의 많은 자료를 새롭게 접하던 중, 홍대용, 박제가 등으로부터 시작하여 추사에게서 절정을 이루는 한중 교류사에 매력 을 느끼고, 이러한 변화가 마침내 '李朝に於ける淸朝文化の移入と金阮堂' 라는 박사학위 논문으로 결실을 맺게 된 것이다.

따라서 그는 완당을 경학 연구자의 관점에서 바라본 결과의 산물인 것이다. 그가 의미를 부여한 경학 자료는 조선의 금석학자로만 알려 진 완당이 청조 학술의 대가임을 입증하였다. 그 논문 제목에서 '이입 (移入)'이란 용어는 조선과 완당의 주체적 입장이 개입할 수 없는 개 념이 숨어 있는 것이다. 일본인의 관점에서 한·중 교류사를 곡해한 문화 전파론의 인상을 갖게 하고 있다. 문화발전은 오로지 외부 선진 문화의 접촉과 수용에 의해 가능하다는 문화 전파론에 치우친 인상 을 풍기기 때문이다. 더우기 조공(朝貢)의 형식으로 소통과 교류의 혜 택이라는 해석이 깔려있는 것이다. 그는 국법으로 중·일간에 교류가 차단된 상태와 달리 조선은 조공의 형식으로 혜택을 누리고 있다고 고백하는 것이다.

그의 의도는 중국과 단절된 일본 문화사에 상당한 콤플렉스를 지닌 것으로 보인다. 완당이 청조 학술에 대해 조선인으로서 지닌 깊은 생 각, 당시 조선의 사회문화에서 어떠한 역할을 할 것에 대해 관심을 두 기 어려운 외국인이었던 것이다. 완당이 조선의 현실적 문제들을 해 결하기 위한 대응 방식과 청 제국에서 강희(康熙), 옹정(雍正), 건륭

(乾隆) 3대(1661-1795) 약 130년간이 인재의 등용으로 문화의 전성을 이룬 것과 우연의 일치였다. 광뚱(광저우)이 무역항이 되고 차(茶)가 주요 수출품이 되고 아메리카 원산의 고구마가 필리핀을 거쳐 중국 상인이 푸젠(복건)으로 들여왔다.

이미 명대 말 저명한 농학자 서광계는 1608년 흉작 때 고구마 보급에 노력하여 푸젠, 광뚱에서 대규모 재배로 기아로부터 많은 사람을 구제하였다. 이윽고 고구마가 거친 땅에도 재배가 가능하다는 것이 밝혀지자 청의 건륭 연간(1736-95)에는 연해지역, 황하유역에도 보급되었다. 한(漢)대 이후 6천만 명 정도로 정체되었던 인구가 청(淸)대에는 순식간에 4억 명으로 급증한 것은 실사구시의 표본이다.

청 문화의 수용은 탕평책(蕩平策)으로 당쟁을 누르고 널리 인재를 등용하여 학문이 성해져, 마치 서양의 문예부흥과도 같은 새로운 기운을 일으키려던 것과 같은 것이다. 이러한 완당의 태도는 그의 문예론, 특히 시학 분야에서 분명히 드러난다. 스승인 옹방강의 시학론에서 예리한 비평가적 관점으로 주체적 단안을 내리고 있기 때문이다.

완당이 청조 문화와 학술에 대해 이러한 생각은 아직 관심을 두기 어려운 외국인은 단순한 '문화의 이입'이었다. 완당을 보다 깊이 이해하기 위해 후지즈카의 '청조학 연구의 일인자'라는 표현을 넘어 그가 조선의 관점에서, 또 조선의 현실적 문제 해결의 대응관을 국제사회의 흐름에서 찾아야 할 것이다.

## 11. 명·청 비평사 극복의 완당 시학론

예술론에 대하여 완당은 전문적 저술을 남기지 않았다. 단지 예술론은 서문이나 제발 문 등에서 나타나는데 그것도 10여 편 정도일 뿐이다. 그 요지는 명 · 청 대 비평사의 핵심적 쟁점에 관한 것으로 첫째는 성령(性靈) · 격조(格調) 구비론에 관한 것이다. 인간이 개별적으로 지닌 성정과 재기를 뜻하는 성령은 내재적 요소로 독특한 것이다. 외부적이며 역사성을 지닌 고전의 형식과 격식을 지닌 격조(格調)는 서로 대립적 관계가 아니라 상호 보완적일 경우에 우수한 작품이 될 수 있으며 격정적(激情的) 성향을 지닌 성령을 격조로 제어해야 훌륭한 작품이 되는 것으로 비평된다.

두 번째는 두보와 왕유의 시에서 누가 더 뛰어난 시인인가를 논하는 우열론은 무의미한 것으로 비평하고 있다. 두 시인은 모두 시학사상 동등한 존재로 그 시 정신은 결국 일치하는 것이다. 19세기 초 한중 문인 교류가 빈번해지면서 18세기의 왕사정(王士禎)뿐만 아니라, 원매(袁枚), 옹방강(翁方綱), 오숭량(吳崇梁) 등 동시대 문인과 보다 밀접한 사이가 되었다.

청대 초기에 풍미했던 왕사정의 신운설(神韻說)에 대립한 격조설, 성령설, 옹방강의 기리설(肌理說) 등의 시론이 조선에 빠르게 전파되더니 청대 시단의 분쟁적 국면을 답습하는 양상이 나타나기도 했다. 완당과 동생 김명희(金命喜)는 이들의 무모한 태도를 경계하여 완당은 두 가지 단안을 내린 것이다. 첫째, 성령설과 격조설에 관한 것인데 완당의 친한 벗 이재(彝齋) 권돈인(權敦仁)이 유배를 다녀와서 쓴 시고(詩稿)에 대한 평을 쓰면서, 곤궁한 자의 시가 뛰어나다는 구양수(歐陽修)의 시궁이공(詩窮而工)설에 이의를 제기, 부귀한 자가 궁해진 후에 시가 더욱 뛰어나다고 주장하여 인간의 본성을 포괄하는 성령과 고전적 형식체제를 의미하는 격조의 본래적 속성은 상호작용에 있다는 의의를 재천명하고 있다.

왕유와 두보를 평한 동등론(同等論)에서 앞에서 언급한 불이론(不二論)에 근거한 신운(神韻)은 신이 작품에 발현되어 여운의 미를 나타내는 기리(肌理)와 동의어인 것이다. 옹방강은 선가(禪家)의 오묘설을 대신하여 이법(理法)을 강조하고, 시에서 시성 두보의 지위를 복원시키는 한편 송(宋) 대의 소식(蘇軾)과 황정견(黃庭堅) 등으로 이어진 두보 시의 계보를 확립하였다.

당대에 와서 완당이 선가(禪家)나 유가(儒家) 중 어느 한 쪽 입장을 지지했다고 말하지 못하는 것이다. 각 유파가 우위를 확보하기 위한 쟁점을 밝히고 이를 통하여 명·청대 유파의 장벽을 타파하고자 하였던 것이다. 그의 학문관은 단적으로 '실사구시(實事求是)'인 것이다. 또 옹방강과 완원 두 스승으로부터 청조 학술의 정수를 획득했다면 그 요체도 실사구시(實事求是)에 담겨있다. 주자학, 양명학, 한학, 송학 등 분파적 문호의 상호 반목 대립의 폐단을 극복하기 위한 방안 '실사구시'를 제기했던 것이다.

## 12. 세한도

완당이 타계한 지 백여 년이 훨씬 넘는 오늘날에도 가가호호 거의 우리의 주변에 그가 쓴 액자를 현관이나 거실 마루에 걸어놓고 있다. 비록 그 액자의 대부분이 모조(模造)된 시판에서 구입한 것일지라도 가보(家寶)처럼 걸어 놓고 귀하게 여기는 것은 어떤 이유에서일까? 아마도 과거 역사상의 인물들에서 이렇게 우리의 일상적 생활과 가까이에서 호흡하고 사랑받고 있는 것은 드문 일인 것이다. 더욱이 옛 선인들의 아호(雅號)를 기억하고 있으며 이름보다 오히려 더 그 호가 잘 알려진 인물은 흔한 일이 아니다. 추사(秋史)나 완당(阮堂)은 직간접으로 친밀감과 문화 사랑의 긍지감으로 오늘에 사는 우리들에게 울림의 존재로 살아 있는 것이다..

「논어」 자한(子罕)편에 혹한의 한겨울이 되어서야 비로소 소나무와 잣나무의 푸르름을 알게된다(歲寒然後知松栢之後凋)는 구절이 있다. 추사 김정희도 세한도 발문(跋文)에 이를 비유해 적었다. 세한도는 희로애락(喜怒哀樂)의 노여움과 슬픔을 우정으로 해소하였다. 우측의 아래에 찍혀있는 인장은 '장무상망(長毋相忘 오래오래 잊지말라)하라는 글자이다. 어려울수록 잊지 않고 찾아주는 친구에 대한 고마움을 표현하기 위해 장무상망의 인장을 선택한 것이다.

그림의 집에는 동그란 창문이 있을 뿐, 문이 없다. 특이한 창문으로 세상을 호기심으로 바라보더라도, 창이 없으니 나갈 수도 들어올 수도 없는 상태이다. 그 답답한 마음을 벗어나기 위해, 우정을 잘 기억하고 싶은 것이다. 마른 먹을 써서 넉넉하게 번져나갈 여유조차 없지만, 궁벽함과 메마른 고독을 직시할 수 있는 용기는 우정어린 친구의 격려에서 나온 것이다.

송나라 소동파(蘇東坡)가 유배되어 있을 때 위안 차 먼 길을 달려 온 아들에게 그려줬다는 언송도(偃松圖)가 있는데 완당이 옹방강 서재에서 보았던 그 그림을 떠올렸다. 소동파의 처지에서 자신을 보는 것이다. 제자 이상적(李尙迪)이야말로 송백(松柏)같은 존재였다. 그림에 '藕船是賞'(우선은 이를 감상하게)를 쓰고 길이 서로 잊지 말자는 뜻의 인장을 찍었다.

순조의 세자 효명세자는 1827년 대리청정을 하다가 많은 의혹을 남기던 중 3년 만에 죽게 된다. 이어서 안동 김씨의 외척 세상이 된 것은 앞에서 누누이 언급된 대로다. 이 과정에서 완당의 부친 김노경(金魯敬)이 1830년 강진(康津) 고금도(古今島)로 유배당한다. 안동 김씨 세력과 경주 김씨, 풍양조씨, 반남 박씨 등의 씨족싸움에서 탄핵의 대상과 탄핵의 주체가 엉키어져 나타난 소승적(小乘的) 정저지와(井底之蛙) 편협한 왕조 시대 모습이 연출된 상황이다. 김우명(金遇明)이라는 인간의, 무고한 탄핵으로 10년 전 윤상도(尹尙度, 1768~1840) 사건을 거치면서 나온 것이다. 김우명은 완당이 충청 암행어사로 내려가 비인 현감으로 재직하던 김우명의 비리를 추궁, 파직된 것에 앙심을 갖고 있던 자로 안동 김씨의 일파였다.

부친이 신위(申緯) 등 문신을 모함한 윤상도의 옥(獄)에 연루된 사건이 10년 후, 윤상도 탄핵 원본을 완당이 쓴 것이라고 무고 모함되어, 같은 사건으로 억울한 유배를 당한다. 김우명 김홍근 등의 안동 김씨 세력은 윤상도 사건의 배후로 완당을 지목, 우의정 조인영(풍영조씨

조만영의 동생)의 도움으로 가까스로 구명되어 제주도 서귀포 대정현(大靜縣) 포구(浦口)에 위리안치(圍籬安置)된다. 1842년엔 부인마저 세상을 떠나고 가까운 벗들마저 소식이 끊긴 괴로운 생활이 계속된다. 초의(艸衣)와 소치(小痴)의 방문이 반가울 뿐이다. 오로지 의지할 것은 책이고 학문인데, 구하고자 하는 책은 중국 청나라에서도 구하기 힘든 책이다.

우선(藕船) 이상적(李尙迪)이 귀한 서적을 구해온다. 귀양 5년 차가 되었어도 극진한 정성이 변함이 없다. 연경을 왕래하며 많은 책을 가져온 것이다. 완당의 감동은 변치 않는 제자의 정성이 언송도(偃松圖)가 떠올라 제자의 마음을 그림으로 그려낸 것이 세한도이다. 문인화에는 작가의 내면세계를 형상화한 그림이 되었다. 작가의 삶에서 우러나온 형상화된 이미지다. 내면의 영기(靈氣)가 격조와 조화를 이루며 옛스러운 소박한 고졸미(古拙美)가 전부이다. 여기에 세한도(歲寒圖) 서체와 글씨 크기, 아래로 내려쓴 '藕船是賞'과 '阮堂' 찍힌 낙관이 그림과 조화를 절묘하게 격을 높인다.

우선이 세한도를 청국 학자들에게 보여 찬시(讚詩)를 받아온다. 우선이 죽은 후 제자 김병선을 거쳐 그 아들 김준학 소장, 친일파 민영준(민영휘)이 소장하나 그 아들 민규식이 경매에 내놓아 경성 제대 교수 후지츠카 지카시(藤塚鄰)가 낙찰을 받아 소장하여 대전 중 도쿄로 갔다. 1943년 서예가 소전(素荃) 손재형(孫在馨, 1903~1981)이 후지츠카와 담판했으나 병중에서 그는 지연했으나 소전의 끈질긴 노력으로 1944년 12월 세한도가 귀국하였다.

1958년 제4대 민의원, 제8대 국회의원의 정치 생활 과정에서 늘 돈이 부족하여 소장품을 저당. 겸재의 「인왕제색도」, 「금강전도」는 삼성 이병철이 소장하고 「세한도」는 사채업자 이근태에게 맡기나 결국 소유권을 잃고 만다. 그 후 안목 높은 수집가 손세기와, 그 아들 손창근을 거쳐 중앙국립박물관에 2020년 2월 기증되었다.

## 13. 추사 예술의 학예일치(學藝一致)의 미감

조선왕조 말기적, 혹은 세기말의 한국 미학에서 순탄치 않은 정치적 혼란과 유배 적소의 그늘에서 추사(秋史), 혹은 완당(阮堂) 김정희(金正喜 1786-1856)는 많은 연구자들의 치밀한 연구가 기술하듯이 모순된 존재 방식을 풀고 우울의 연속에서 살아남은 것이다. 그가 처한 당대의 세기말적 우울은 학문과 예술에서 만들어진 조선 시대의 미학의 완결이었다. 불안한 삶을 학예일치로 자연스런 상황으로 치환시킴으로써 김정희 예술의 지평의 가능성을 찾을 수 있다고 표현하게 된다.

그의 학문과 예술은 그 우울과 세련미에 매력을 갖고 있음에도 불구하고 조선왕조 말 유배문화를 대표하는 인물로 기억되거나, 고증학과 금석학의 탐구연구에 집중함에서 이루어진다. 그에 대한 담론은 이미 언급된 청조(淸朝)의 고증학자들과 교유하는 과정이 많은 가치가 있었다. 과연 추사체(秋史體)의 세련된 미감의 실체가 어떤 것인가를 한·중·일의 서예가와 연구자를 제외하고는 이해하는 데 한계가 있어 왔다.

어째서 19세기의 세한도와 경학의 연구가 오늘에 이르러 우리의 전통으로 21세기에 맞게 예술적 재창조가 가능한 것일까? 이 물음을 풀어보는 방식으로 첫째, 우수(憂愁)의 비상구가 척리(戚里)세도 통치 속에서 개인적인 우수뿐만 아니라 왕조 말기적 시대적 환경이었다. 그의 세한도는 삶의 칼칼한 찬바람 속에서 이겨내는 담담한 세련됨에 공감하게 한다. 겨울은 우울한 계절이다. 이것은 나 혼자만의 것이 아니다. 여러 사람이 공통적으로 처하는 인간 실존적 상황이라고 생각한다면 내면적 신(新) 세한도의 제작이 가능할 수 있는 것이다.

봄이 오면 자연히 바깥으로 발걸음이 나간다. 마당 가를 돌아 먼 산을 바라본다. 여름에는 힐링 관광 지역으로 시끌버끌 여행객이 몰려온다. 외로움도 우정도 인간 보편적 정서라는 시각적 표현을 통해 우리는 우수의 탈출구를 찾게 된다. 가을이 오면 달도 뜨고 겨울이 오면 눈도 쌓인다. 사계절 속에 신(新) 세한도를 그리면서 우리 마음은 바다 풍경을 배경으로 우울로부터 벗어나는 관조적 미감을 환기하고 있다. 그 탈출구에서 예술은 태어나게 되는 것이다.

둘째, 추사는 예서(隸書)와 해서(楷書)의 합체에서 그 묘미를 찾고 있다. '침계(梣溪)'는 추사의 제자로서 이조판서를 지낸 윤정현(尹定鉉 1793-1874)의 호이다. 두 글자를 부탁받고 예서로 쓰고자 했으나 한비(漢碑)에 그 글자가 없어 감히 함부로 지어 쓰지 못하고 마음속에 두고 잊지 못한 것이 30년이 되어, 북조(北朝) 금석문의 해서(楷書)와 예서(隸書)를 모방하여 이제야 부탁을 들어 쾌히 오래 묵었던 뜻을 갚을 수 있게 되었다고 완당이 썼다. 〈원문·추사연구회 번역〉

추사는 예서와 해서의 합체에서 그 묘미를 찾고 있다. 그의 "침(梣)"에서 '목(木)'은 작게, 금(今)의 상단부는 길게 쓰면서 묘한 긴장감을 자아내고 있다. "계(溪)"는 상부가 크고 하부가 작은 비율로 쓰면서 역시 균형감보다는 긴장감을 추구하고 있다. 이렇게 계산된 불균형감은 긴장감을 환기시킴으로써 그의 상황에서 오는 심리적 불균형을 시각적으로 표현하고 있다. 그러면서도 획의 굵기와 힘에서는 정신적 도도함의 힘이 나타난다. 이러한 조형 원칙을 이제 한글 폰트(書體)에 적용함이 가능하다면 이제 한글 폰트 디자이너가 추사체의 변용에 도전하기를 촉구해 본다.

셋째는, 진흥왕의 순수비를 "장소 특정적 예술" 행위로 파악하려는 제안이다. 추사는 전국 곳곳의 금석문을 조사하여 자신의 글씨체에 적용하였다는 것은 이미 언급된 대로다. 이러한 고증학적 태도를 미주(美州)에서도 젊은 조각가들에 의해 처음으로 사용되면서 제작되는 현실이다. 그 문화적 컨테스트가 구미권에서 일고 있는 것처럼 추사가 황초령 진흥왕 순수비 보호각 현판 "진흥북수고경(眞興北狩古竟)" 탑본에서 시사하듯이, 그 지역을 상징하는 구절을 씀으로써 그 장소에 특정적 서예 작품을 제작하였다. 현재의 한국의 작가들이 완당의 고증학과 금석학 이해와 그 응용을 제안하고 싶은 것이다.

추사의 폰트는 이미 박제가나 채제공과 관련된 일화를 남겼고, 24세에 연행하여 옹방강을 만나고 난 후 경학에 있어서 뿐만 아니라 금석학, 불교, 서예에 있어서 이른바 추사체 탄생의 계기였다. 어릴 때 명나라 동기창(董其昌, 1555-1636)의 서법을 따르고 있었는데 동기창은 왕희지(王羲之,307-365)와 아울러 송나라의 미불(米芾, 1051-1107)을 본받고 있었다. 연행에서 옹방강의 영향이 농후(濃厚)한 기골(氣骨)이 지나친 서체였으나 그후 송의 소식(蘇軾, 1036-1101)과 미불로 옮아갔다. 옹방강 역시 소식을 앙모하여 자기의 호를 보소재(寶蘇齋)라 한 것을 본받은 것이다.

또 왕희지 이래 정통을 이어온 당의 구양순(歐陽詢, 557-641)의 진수(眞髓)를 이어받았다. 서론(書論)에 있어서는 청의 완원(阮元) 설을 받아들여 일가의 견해를 갖고 있어 그의 문집에서 법첩(法帖)을 논하고 묵(墨)을 논하여 붓과 종이와 선인의 서체와 금석비문을 변론하여 조선의 서예사상 거장(巨匠)으로서의 면목을 갖추었다 하겠다. 여러 대가의 장점을 모아 독자의 서법을 이루었으니, 신시(神氣)가 내왕하여 바다와 같고 조수와도 같은 용호(龍虎)의 날고 뛰는 추사체를 완성하게 된 것이다.

추사체의 형성과정 5기로 볼 때, 63세 해배(解配) 이후(비첩혼용기) 71세 과천에서 작고까지의 완성기로 강상 · 북청 · 과천 시절을 모두 포함한다. 만 9년 만의 유배 생활에서 풀려났지만 1851년 영의정 권돈인의 예론〔영조의 세자 眞宗 祧遷禮〕에 배후 발설자로 지목되어 북청으로 1년간 유배 중에 이미 40년 전 금석고증학의 첫 텍스트인 진흥왕순수비를 확인, '진흥북수고경(眞興北狩古竟)'이라고 휘호한다. 이것이 '황초령 진흥왕순수비' 비각 현판인데, 고 신라의 글씨 미학은 비첩(碑帖)이 혼용된 추사의 붓끝에서 동아시아의 독자적 미학으로 웅장하게 재 탄생한 것이다.

그뿐 아니라 그림에 있어서도 출중하여 난(蘭)과 대(竹), 산수(山水), 불화(佛畵) 등에 걸작을 남겼으며, 그의 지도를 받은 흥선 대원군(大院君)의 난초도 후일에 존중하는 바가 되었다. 청나라 유희해(劉喜海)는 「海東金石苑」을 지어 추사의 서화는 다 같이 우수한 것이라고 칭찬을 아끼지 않았다. 따라서 우리의 추사라기보다 동양의 서화 예술에서 길이 사라지지 않을 국제적 거장으로서 존재인 것이다.

## 14. 완당의 존재와 시대

완당 사후 77년이 되는 1933년 『완당선생전집』(이하 『전집』이라 칭함)이 공간되었다. 당시 실학에 대한 담론을 주도하였던 위당(爲堂) 정인보(鄭寅普, 1892~?)는 『전집』 서문에서 ˝세상이 완당의 소중함이 서예에 있는 줄로만 알고 있으며, 조금 나아가면 공의 고거학(考據學)을 말하여 청조의 옹방강(翁方綱)과 완원(阮元)에서 나온 것이라고 한다˝ 고 지적하였다. 완당의 존재에 대한 관점상의 문제를 제기한 것이다.

> ˝공은 특이한 자품을 타고난 데다 부친 유당공(酉堂公, 金魯敬)이 넓은 식견으로 실사구시(實事求是)를 하여 가정      에서 이미 부친의 학문을 이어 받았다. 그리고 문학을 숭상하고 고도(古道)를 고구하던 정조(正祖)의 치세를 만나서 『상서(尙書)』 고문(古文)의 의혹을 밝혀냄에 따라 사대부들이 점차로 영향을 입어서 석천(石泉, 申綽) · 다산(茶山, 丁若鏞) · 아정(雅亭, 李德懋) · 정유(貞蕤, 朴齊家) 등 여러 경사(經師)들이 빠른 속도로 정현(鄭玄) · 허신(許愼)을 능가하였으니, 이 또한 공의 길을 열기에 충분했던 것이다.˝ 『全集 序』

위와 같이 완당의 학문이 가학(家學)의 연원과 함께 정조 치세에서 개발된 지적(知的) 축적에 기반한 사실을 간과하고, 청조의 학자들과 빈번한 교유를 통해서 얻어진 측면에 편중해서 보고 있다고 비판한 것이다. 이어서 위당(爲堂)은 우리 역사상 최고급의 정신적 가치를 창출한 완당의 존재를 어떻게 인식할 것인가의 문제에서 중요한 발언을 하고 있다 하겠다. '무릇 학문의 본원을 깊이 터득한 공에 대해 한갓 서예와 고증학(考證學)으로만 중시하는 것은 천박한 식견이다. 그의 서예와 고거학에 대해서도 피상적으로 중시할 뿐 그 참(眞)을 터득한 자 몇이나 될까?' 위당이 지적했던 이 문제점이 오늘에 와서 극복되었다고 자신 있게 말할 수 있을까?

완당은 옹·완의 학설과 다른 대진(戴震, 1723-1777)과 능정감(凌廷堪, 1757-1809)의 입장, 또 대진의 스승 강영(江永)의 예(禮)에 관한 저술도 애독하였다. 능정감은 어려서 완원과 같이 학문을 닦았으며, 특히 예악(禮樂)에 정통,「禮經釋例」를 저술하였다. 완당은 이를 애독하여 그의 문집에 능정감의 저작이 끼어 있는 것이다. 이와같이 청대 많은 학자의 업적을 받아들여 폭넓은 학문 범위를 알게 한다.

그의 경학의 조예가 어느 정도인가를 짐작할 수 있는데, 그의 관심은 한학과 송학 경전의 주석에 있었고, 예(禮)와 역(易)에 대하여 언급이 많고, 예(禮)에 관하여 저술을 의도하고 있었음을 알 수 있다. 문집에서 학술논문이라고 할 수 있는 20여 편의 고(考), 설(說), 변(辨)을 비롯하여 광범위하게 경학을 논하고 있다. 그러나 그 논문은 대부분 단편적인 것이며 의도하는 예(禮)에 관한 본격적인 저술은 완성되지 못한 것 같다. 그의 경학과 금석학에 대한 조예는 더욱 깊어 갔음에도 불구하고 경론(經論)을 집대성한 저작이 없는 허전함을 지울 수 없다.

24세에 당시 학문의 중심지 북경에 가서 청의 대학자로부터 '해동 제일의 통유'란 호칭을 받은 완당으로서 경학에 대한 독창적 또는 계통적인 저술을 남기지 않았다는 것은 무슨 까닭이었을까? 몰락해 가는 조선왕조의 패배주의 문화의 선상에서 민족성의 상실이 작용한 결과가 혹시나 아닌지? 당시 정치적 사회적 환경이 완당과 같은 천품의 소유자로 하여금 학문적 대성의 길에서 벗어나게 한 것은 후세의 젊은이들과 국가적 문화 유산의 손실이란 관점에서 심히 애석한 일이 아닐 수 없다.

## 15. 가계와 청의 백송

추사의 증조부 김한신(金漢藎, 1720~1758) 은 이조 영조 때, 영조의 계비 정빈이씨(靖嬪李氏, ?~?) 사이에서 출생한 화순옹주(和順翁主)를 맞아 왕의 둘째 사위가 되었다. 지금의 통의동 정부청사 뒤편에 있던 대 저택을 하사받았다. 월성위(月城尉)가 되고 벼슬이 오위도총부(五衛都摠府)에 이르렀다. 이 저택은 원래 영조가 임금이 되기전에 살던 곳으로 정원 한 구석에 숙종 때 심었다는 백송(白松) 한 그루가 자라고 있었다. 이 백송은 천연기념물 제4호로 보호수로 되어 있었는데 1990년 7월 돌풍에 쓰러져서 수령을 마쳤다.

죽은 나무를 잘라 나이테를 조사해 본 결과 200살에 가까운 1690년경에 식재(植栽)한 것을 알게 됐다. 추사가 태어난 해가 1786년이니까 이 집에 들어올 18세기말 무렵에도 백 살 가까운 나이로 싱싱하고 아름다운 자태로 자라고 있었다. 추사의 열 살 전 후는 세대 변동의 돌풍이 몰려왔다. 월성위 김한신 할아버지가 생을 마감하고 백부(伯父)인 양아버지 김노영(金魯永)의 죽음을 맞아 졸지에 추사는 대종가의 종손이 되었다.

어린 나이에 맞는 엄청난 충격으로 허무한 감회를 백송을 어루만지며 슬픔을 달랬을 것이다. 백송과 함께 세상을 살아오신 어르신들이 그리워질 때면 남다른 예술가의 감상으로 유소년기를 흔들어 일깨웠을 것이다. 24세가 되었을 때 부친 김노경을 수행한 연경행에서 이국 땅 연경에서 다시 백송을 만났을 때, 귀국길의 수 많은 서화(書畵)와 함께 그가 빠뜨릴 수 없는 귀중한 수집품목이 되었다.

두 달 이상 연경 생활을 마치고 마침내 1810년 2월 초, 귀국길에 오른다. 백송을 살아 있는 상태로 묘목(苗木)이식 하기란 거의 불가능한 일이다. 튼튼한 나무라 할지라도 한 달 가까이 걸리는 길에서 살아남을 수 없을 것이다. 백송 솔방울을 골라서 귀국 짐짝에 끼워 가지고 오는 것으로 만족해야 했다.

경주 김씨가(家)는 1646년(인조 24년)에 사사된 강빈(姜嬪, 昭顯世子의 빈)과 그 후 유배되어 죽은 두 아들의 억울함을 간(諫)한 김홍욱(金弘郁)의 자손이다. 그 증손 김흥경(金興慶1677숙종3년-1750 영조26년)이 숙종 25년에 문과에 급제하여 영의정에 이르렀다. 그의 아들 여럿 가운데 김한신은 월성위(月城尉)로서 영조의 딸 화순옹주를 상(尙)하였다 함은 앞에 있는 5절에서 언급한 대로다.

김흥경의 고손자(高孫子) 김정희는 고조부의 묘소에 참배하고 가져온 백송의 씨를 여기에 심었다. 예산 신암 용산 용궁리에서 일년을 기다려 땅속 지기를 알아본 후, 땅 기운의 힘을 얻어 싹을 틔우기 시작했다. 귀국한 다음 해 1811년, 수입한 백송은 조선 땅에서 두 번 째 이토목(移土木)으로 등록되고 천연기념물이라는 영예를 안을 수 있었다.

그러나 묘소 주변이 황토 흙이고 메마른 땅이라 크게 자란 것은 불과 몇 그루 뿐이었다. 그것도 탐스러운 자태로 자라지 못하고 시름시름 겨우 명맥을 이어오다가 시들어 가고, 묘소 앞 오른 쪽으로 약간 비켜 선 자리에 심은 한 그루가 살아남았다. 구사일생이라는 말을 이런 경우도 사용할 수 있을까!!!

이토목(移土木) 백송의 나이가 두 세기를 넘겨 210살이다. 사진으로 보는 대로 키만 크고 늙은 나무로 모양새가 눈에 썩 들어오지 않는다. 번창하던 경주 김씨 家의 위세는 커녕, 추사의 유배 시절에 겪었던 우울과 외로움의 탈출구가 사계절 속에서 관조적 미감을 환기시킨다.

추사는 서예 문화와 함께 청구(靑丘: 조선)에서 또 다른 유행의 바람을 일으킨 것은 '차(茶)'였다. 완당이 태화쌍비지관(泰華双碑之館)으로 완원을 찾아갔을 때 용단승설차(龍丹勝雪茶)의 향기와 풍미(風味)를 잊을 수 없어 승설동인(勝雪洞人)이라는 호를 만들기도 했다. 중국 남쪽 복건성(福建省)에서 나는 승설차는 차를 구우면 그 잎이 눈보다 더 희게 되므로 승설(勝雪이)라 한다. 맛을 볼수록 풍미는 더욱 입 안으로 가득히 퍼지는 것이다.

이러한 차의 문화를 여유당 정약용이 청구에서 사라지는 것을 다시 일으킨 사실도 중요하지만 그 뒤에 19세기 차 문화를 본격적으로 융성 부흥시킨 것은 바로 김정희였다. 아울러 해남 대흥사 초의선사(草衣禪師)는 이를 뒷받침해 새 길을 연, 차 박식사였다. 하지만 추사가 없었다면 초의의 존재도 그다지 빛나지 못했을 것이다. 용단승설이 준 차맛에서 받은 기억이 얼마나 강렬했는지는 가장 친한 권돈인에게 보낸 '與權彝齋 열일곱 번째'로 확인할 수 있다.

당시 청구에서는 茶를 구하기가 어려웠고 간혹 사신 편에 들어오는 것도 그다지 품질이 진품에서 떨어지는 경우가 많고 그나마 가뭄에 콩나기식이었다. 이에 대한 갈증은 명인 초의선사를 만나 다시 차와 가까워졌다. 차를 매개로 한 깊은 인간관계로 이어졌다. 현재 「완당집」에 전하는 편지나 글을 살펴보면 벼슬길과 수학과정에서 절친했던 권돈인(權敦仁)에게 보내진 편지나 필적이 모두 35통인데 비해 초의선사에게 보낸 것이 세 통이 더 많다.

여유당(與猶堂) 정약용이 1818년 8월 강진 유배 생활을 끝내고 고향 마을로 돌아 왔다. 경기도 남양주시 조안면 북한강로 운길산(雲吉山)의 수종사(水鍾寺, 본사 봉선사의 말사)에서 33살된 추사 김정희, 초의선사와 함께 모여 맑은 샘물을 길어다 차를 달여 마셨다는 이야기가 전해온다. 그것을 기리기 위해 다실(茶室)이 차려지고 다병(茶餠) 떡차가 생기고 운영되고 있다.

이가 욱신거리도록 참으로 답답하지만 보내주신 차를 보니 병이 다 나아버렸다는 '與草衣' (초의에게 보내다) 등 완당집을 보건대, 추사가 답례없이 걸명(乞茗. 차싹명:茗)한 것은 아니다. 자신이 잘하는 글씨를 써서 답례를 한다. '차(茶)가 곧 선(禪)' 글씨《 명선(茗禪)》이 그 대표적인 예이다. 역시 차의 맛을 아는 선골(仙骨)들만의 멋이 아닐 수 없다.

## 16. 추사의 노년기

노년기의 10여 년의 적소 생활은 결정적 선불교에 정진케 한 계기였다. 그의 불교에 대한 관심은 의빈(儀賓) 옹주로부터 이어 온 것에 유래한다. 고전을 읽고 글씨에도 능하여 영조로부터 예산(禮山) 신암에 별사전(別賜田)을 받았는데, 이곳에 있는 화암사(華巖寺)는 김씨 일가를 불교와 깊은 관계를 맺게 하였다. 조부 이주(頤柱)도 의정부 우참찬 정2품에 이르렀고 추사는 대사헌에 이른 백부 김노영(金魯永)의 양사(養嗣)가 되어 가문의 높은 벼슬과 사대부 가문의 영향을 받은 바가 적지 않았을 것이다.

출생의 환경이 불교와 간련이 깊어 어려서부터 승려들과 가까이 하며 불경을 외우기도 했다. 그가 연경에 갔을 때의 불교에 대한 관심을 미루어 보아 귀국 후에도 불교와의 인연은 계속되었다고 믿어진다. 조옥수(曺玉水, 曺江. 30세의 청국 학자)의 안내로 법원사(法源寺)에 갔을 때 서역(西域)의 승려와 교유하며 시를 지어준 일도 있다. 귀국할 때 많은 불교 경전과 불구(佛具)를 지참, 그 일부를 여러 승려들에게 선물하기도 하고 공주 마곡사(麻谷寺)를 찾아가 400여 권의 불경과 불상을 기증했다 한다.

옹방강뿐 아니라 청대의 금석학자 이장욱(李璋煜)과도 불교에 관한 탑본을 교환하였다. 따라서 문집을 보면 '천축고(天竺考)'를 비롯, 불교 사찰의 상량문(上樑文), 많은 계구(偈句, 頌句)가 있고 당시의 고승인 백파(白坡)에게 보낸 서신 외에 초의선사와 주고 받은 불교에 관련된 많은 문필이 있다. 실로 추사가 다다른 불교의 경지는 속인의 처지를 훨씬 뛰어넘는 불법의 진체(眞諦)였다 할만한 것이다.

제2차 유배길에서 돌아와 말년을 과천(果川) 관악산 기슭에서 불경을 읽으며 때때로 인근의 불자들과 불도가 문자(文字) 이외에 있다는 설을 논하기도 했다. 이른바 불립문자(不立文字)는 교외별전(教外別傳)의 일구와 함께 언급된다. 언설과 문자가 지니고 있는 형식과 틀에 집착하거나 함몰되는 것을 경계하는 것이다. 선(禪)의 본질에 해당하는 정법안장(正法眼藏 붓다의 깨달음)을 제시하는 선불교의 경향에서 난(蘭)을 그린 것이었다.

관악산 준봉 위로 흰구름이 흘러가는 이곳은 부친의 묘소(墓所)가 있는 곳이다. 시묘(侍墓)하는 여생에 가까운 봉은사(奉恩寺)를 찾아서 승려들과 어울리며, 청계산 계곡 솔바람과 동행한 귀가 길에서 돌아와 71세의 생애를 마감하였다.


▽추사, 혹은 완당의 略歷

1786년(정조10년)　　　예산군 신암면에서 출생. 이조 판서 김노경의 아들. 자는 원춘(元春),호는 추사, 완당, 예당 등 3, 4백에 이름. 후에 백부 노영의 양자가 됨.

1801년(순조 1년)　　　초정(楚亭) 박제가를 스승으로 지도를 받음

1809년(순조 9년)　　　生員試에 급제 아버지 김노경을 따라 연행(燕行)

1810년(순조 10년)　　연경(燕京)에서 옹방강(翁方綱)·완원(阮元) 등 淸나라 대학자들과 교유. 홍유(鴻儒)와 경의(經義)에 대해 변론

1816년(순조 16년)　　김경연(金敬淵)과 함께 북한산에 올라 眞興王巡狩碑를 발견(7월), 조인영(趙寅永)과 함께 재차 비봉에 올라 비문을 영인(影印)

1819년(순조19년)　　　과거 문과에 급제. 규장각대제(待制)가 됨

1820년(순조 20년)　　한림소시(翰林김試)에 급제(10월)

1823년(순조 23년)　　규장각 대교(奎章閣待敎)가 됨(8월)

1824년(순조24년)　　　한림회권사건(翰林會圈)에 관련되어 삭직(削職)됨 (6월)

1826년(순조 26년)　　충청우도 암행어사가 됨

| 1827년(순조27년) | 의정부검상(檢詳)이 됨(5월) |
| 1836년(헌종 2년) | 성균관 대사성(大司成)(4월) |
| 1840년(헌종 6년) | 윤상도(尹尙度, 1768~1840) 옥사관련되어 濟州 牧大靜縣 圍籬安置 경자옥사(庚子獄事)로 유배 (6월) |
| 1844년(헌종14년) | 배소(配所)에서 양박(洋舶)을 논함 |
| 1849년(헌종15년) | 제주에서 시환(赦還)됨 |
| 1851년(철종2년) | 북청으로 유배됨(7월) |
| 1852년(철종3년) | 유배에서 풀리어 과천(果川)에 우거(寓居) |
| 1856년(철종7년) | 사망. 享年71세(10월 10일) |

▼참고 문헌

완당선생전집　1934년 추사 현손 익환(翊煥)이 유일(遺逸)된 것과 중복을 산정간
　　　　　　행.
전해종(全海宗, ?~?)　淸代學術과 阮堂(대동문화연구 제1집 성균관대)
황의돈(黃義敦, 1890~1964)　김정희(朝鮮名人傳)
藤塚隣　김추사의 入燕과 翁·阮 두 經師
藤塚隣　翁潭溪의 硏經指導와 金秋史(경성대 창립10주년기념 논문집1936).

김정희 묘

추사 고택

# Ⅲ부

원래 과거, 현재, 미래의 세 가지 시간이 있다고 하는 것
은 타당치 못하다. 더욱 정확하게 말한다면 과거의 것의
현재, 현재의 것의 현재, 미래의 것의 현재라는 세 가지
시간이 있다고 보아야 한다.
그 이유는 우리 정신에는 이 세 가지가 존재하며, 다른
어떤 곳에서도 우리는 그것을 보지 못하는 까닭이다. 과
거의 것의 현재는 기억이며, 현재의 것의 현재는 직관이
며, 미래의 것의 현재는 예기인 것이다. 우리들은 역사의
관찰자이기 전에, 우선 역사적 존재이다.

# 김일엽문학 재발견
## -번뇌의 수렁과 一葉문학론-

## 1. 조선문단 誌

순문예誌 '조선문단'이 발간된 것은 지금부터 백 년전 1924년, 그러니까 春海 방인근(方仁根, 1899~1975)이 본격적인 작가 생활을 시작한 그의 나이 스물 일곱 살 나던 해였다. 발간을 주재했던 그는 처음부터 통속소설로 시작하여 「魔都의 향불」「放浪의 歌人」「새벽길」등을 씀으로써 많은 대중적인 인기를 차지하고 있었다. 힘찬 거보를 내디딘 조선문단은 1926년까지 우리나라 초창기 문단에 혁혁한 공적을 남겼으며, 春園 이광수, 月灘 박종화, 憑虛 현진건, 岸曙 김억, 稻香 나빈 등 여러 작가로 구성된 작품 합평회를 열어 每 號마다 이것을 연재하였는데, 이것은 살롱 評의 한 형태로서 문학 좌담회의 효시가 되었다.

'26년4월호는 부록으로 여류작가의 단편을 묶어서 발표하였는데 나혜석(羅蕙錫,1896~1948)의 '怨恨', 김명순(金明淳,1896~1951)의 '손님', 김원주(金元周,1896~1971)의 '사랑' 등이었다. 보기 드문 여류문인특집이라 할 이런 기획은 한국의 문학사에서 전에 보지 못했던 현상인 것이다. 여류작가라고는 망양초 김명순이 1917년 11월 최남선이 주재하고 있던 잡지 '청춘'誌에 단편소설 '의문의 소녀'를 발표함으로써 첫 문단에 나타나게 된 것이다. 문예잡지 창조와 폐허가 나오기 2년 전 이른바 춘원과 육당 2인 문단 시절에 최학송, 방정환 등이 여기저기 습작을 발표하고 있던 때였다.

女流 문인 특집은 우리 문학 발전에 기념비를 세웠고 제1기 여류작

가의 작품과 사상을 보여주는 것이기 때문에 귀중한 지면이 된다 하겠다. 여기에서 20년대 중반 그들의 등단 풍토를 알리기 위해 김원주의 '사랑'을 주 대상으로 삼고 남은 2편의 줄거리도 소개하기로 하는데, 김명순의 '손님'은 개화한 한 가정에 주인성이라는 젊은 사업가가 방문객 즉 손님으로 들어온다. 이 남성과 세 명의 주인의 딸이 남녀의 對話 交際를 통한 여성의 사랑의 길을 설파하고 있다. 집 주인 심長老의 맏딸 갑순이는 작년까지 서울의 어느 예수교 학교에서 교편을 잡고 있다가 경상도 지방으로 출가하여 살림을 하고 있다가 친정집으로 覲親차 잠깐 와 있던 중이다.

둘째딸 을순이는 동경에서 음악 공부를 하다가 채 졸업을 못하고 귀국하여 제 딴에는 음악가랍시고 거들먹대며 쏘다니는 신여성이다. 그녀는 異性 문제에서는 이것저것을 다 초월해야 생명의 비약이 있게 된다는 맹목적 행동파였다. 셋째딸 삼순이는 동경 여자대학 人文科 2학년 재학 중에 피아노를 잘 치기로 음악학교 교사보다 능숙한 피아니스트였다. 심장로의 딸들 중에 뛰어난 재주꾼이다. 삼순이의 입을 통해 젊은 사업가 주인성은 신여성의 사상을 듣고 있는 것이다. 다 초월한 생명의 비약으로 우리의 모든 관념을 새로 가진 후에 굳센 믿음으로 우리의 새로운 이상을 실현할 뿐이라고 역설한다. 낡은 봉건적 인습을 물리치고 정리한 후에 새 이념으로 출발하여 실현해 나아가는 믿음의 중요성을 강조, 차분한 自己 省察을 드러낸 것이라 할 수 있다.

나혜석의 '원한'에서는, 양반이자 부잣집 무남독녀 리씨가 등장한다. 그녀는 15세 때에 소위 面約이란 구습에 의해 부모끼리 사돈을 정해버린 양반사회의 풍습을 좇아서 11세 의 어린 연하의 남성 철수에게 출가했다. 겨우 지각이 나자 주색에 탐익한 끝에 건강을 상실하여 20대 초반에 죽고 말았다. 20대 중반인 여인은 과부가 되어 媤家에서 수절하고 있었다. 과부는 임자없는 개똥참외라고 갖는 게 임자인 듯, 이

옷집 色魔인 박 참판이 규방에 뛰어들어 검탈. 남이 알까 두려웠으나 동네 소문은 발 없어도 천리에 퍼져만 나갔다.

결국 시집에서 쫓겨 나면서 박 참판의 셋째 첩으로 들어간다. 1년이 못되어 네 번째 첩이 들어오고 주인공 리씨는 큰 마누라의 몸종처럼 되고 만다. 이 집에서 뛰쳐나와 그녀는 광주리 장수로 이장 저장 돌면서 살아간다는 줄거리이다. 남성 專制의 풍토와 面約이란 악습에 의한 한 여성의 불행은 과도기 모든 여성들의 怨恨임을 부인할 수 없는 것이다.

반면에 김원주의 '사랑'은 여성들의 과거를 문제삼는 것이다. 남편이 아내의 과거에 疑惑을 품고 추측해서 말하고, 유교적 계율과 持身하는 길은 여성의 숙명적 의무인 듯 婚前 肉的관계를 캐고 있었다. 단지 추측에 의한 비열한 짓을 사과한다는 것으로 줄거리가 끝난다. 아내가 부인하자 남편은 후회하면서 자신의 비열하고 옹졸함을 사과하면서 아내의 손목을 힘있게 잡아 끈다. 이와 같은 新貞操論은 육체적 貞操論에 대하여 정신적 정조론을 주장한 것이었다. '27년 1월 8일, 조선일보에 게재된 김원주의 논설 「나의 정조관」은 당시 사회적 큰 파문을 던지며 비난과 환영을 동시에 받았는데, 파격적 페미니즘의 혁명이요 외침이었다.

"재래의 정조관으로 말하자면 정조를 物質視하여 일단 과거를 가진 여자의 사랑은 신선한 맛이 없는 陳腐한 것으로 생각해 왔습니다. 정조를 잃은 것을 마치 어떤 보옥으로 만든 그릇이 깨어져서 못 쓰게 되는 것같이 생각해 왔습니다. 그러나 정조란 그런 고정체가 아닙니다. 정조는 어디까지나 사랑이 있는 동안에만 있는 것입니다." 「나의 정조관」 중에서

이 보다 앞서 《조선문단》지에 앞에서 언급된 김원주의 「사랑」한 편만을 집중적 대상으로 소개해 보면, 남성 전제의 풍토, 남성들의 전횡과

아내의 굴종, 여성의 맹목적인 행동을 폭로하는 것에서 떠나, 김원주의「사랑」은 여성의 과거에 의혹을 품고 추측해서 친구인 남성과 육체관계까지 있지 않았느냐고 …… 아내가 부인하자 남편은 곧 후회하면서 〈비열한 짓〉을 사과하고 있다.

남편은 연설조로 … 전 략…내가 비열한 짓을 하였어요. 아내니 애인이니 하는 처지가 아니라도 인격적으로 대하는 사람에게 왜 당신과 아무와 사랑한 적이 있느냐고 직접 묻지 않고 넘겨짚어서 말했던 것이요. 물론 나를 두고 전 애인과 계속해서 관계가 있다면 문제가 되겠지만 나와 만나기 전에 어느 남자와 사랑하였다면 내게 무슨 상관이며, 또 남달리 친하던 사람을 지금까지 그의 안부를 알고 싶었다는 말이 무슨 잘못이겠소. 그런데 오늘 저녁에 내가 그런 평범한 일로 당신을 追脈까지 했다는 것은 너무 미안해요. 남편은 아내의 손을 힘있게 잡아끈다. 그의 아내는 감격의 눈물이 어리운 눈을 스르르 감으며 남자의 가슴에 몸을 맡긴다. 두 사람의 뜨거운 입술은 오랫동안 합하여 있었다. 『사랑』중에서

## 2. 元周에서 一葉으로

無名人의 반대인 有名人이란 무엇일까? 이름이 필요해지지 않던 사람들이다. 사람이 만들어 낸 것은 자연의 것이 아니다. 사람이 만들어 낸 이름도 자연의 이름이 아니다. 禪學에서 보는 하나의 나뭇잎은 외로운 자연이다. 허공의 작은 별들에도 이름이 있고 외로운 초원에 피는 야생화에도 이름은 있다. 이름을 통해서 우리는 모든 존재를 내다본다. 그래서 사물이 있고 이름이 있는 것이 아니라, 이름이 있고 사물이 있다는 역설적인 사상도 생겨났던 것이다.

殷왕조가 황하의 하류에 해당하는 허난下南성 안양에서 고도의 도시 문명의 꽃을 피우고 있을 무렵, 거기에서 아득한 서쪽의 땅, 싼시陝西의 渭水와 涇水 유역의 황토 고원에서 소박한 농경 민족이 묵묵히 꽹

이질을 하고 있었다. 이것이 周 부족이었다. 조상 后稷(아명은 棄)이 농경생활을 가르쳤는데, 그 뒤 周 부족은 빈(豳)으로 옮기고 고공 단보(古公亶父)의 시대에는 위수의 상류에 있는 기산(岐山) 산록의 주원(周原)으로 옮겨 도시국가를 건설하여 살고 있었다. 고공 단보의 아들 季歷의 아내이며 문왕의 모친 태임(太任)이 殷 왕조의 유력한 제후의 딸이었다.「竹書紀年」에는 계력을 은에 초청하여 모살한 것으로 되어 있다.

변경 소수민족에 대한 중국 역대 정책은 이렇듯 참으로 교묘한 것이다. 周의 계략도 이러한 殷의 올가미에 걸린 것인데, 계력의 아들 창(昌)이 계승, 문왕이 되었다. 그는 천성이 인자하고 賢者를 잘 대우하여 주위의 부족분쟁에서 裁決을 받아 처리되기 때문에, 그 밑에 유능한 인재가 많이 모여들었다. 태공망도 그런 인재의 한 사람이다. 위수 강가에서 낚시질 하고 있는 그를 만나보니 큰 인물이었다. 문왕은 선친인 太公이 대망하고 있었던 그 성인이었기로 太公望이라 불렀다. 그의 선조는 夏의 시조 禹의 治水를 도와 그 공로로 여(呂)라는 영지를 받아 呂氏라 하지만 원래의 성은 강(姜)이다. 周 왕족은 성이 희(姬)인데 유력한 강이라는 씨족과는 예로부터 혼인 관계를 맺고 있던 것이다.

문왕의 아들 무왕은 아우 주공(旦), 召公(奭), 태공망 여상이 父王인 문왕의 유지를 계승, 殷을 토벌하는 대사업을 성사시켰다. 후일 周公 旦은 공자를 비롯한 儒家로부터 성인으로 존경받고 이른바 유교의 禮樂은 주공 旦에서 비롯된다고 하였다. 은 멸망 뒤 주공 旦은 魯에 봉작되었으나 자기는 부임하지 않고 대신 아들 백금(伯禽)을 보내어 다스리게 하였다. 이와 같이 남북조시대의 北周와 오대왕조의 하나인 後周이전의 원주(元周)의 봉건제도나 정전법은 이 전국시대 儒家에서 이상적 사상으로 기술되어 있었다.

김원주(金元周, 1896~1971), 일엽(一葉)은 한국문학 微明의 시기, 또

여성 문학 미명의 시기에 '一葉'이라는 필명이 환기하는 외로운 길을 당당히 걸어 나간 근대 선구적 女流문인이었다. 그로 인해 한국 근대 여성 문학사는 첫 페이지를 열고 수준 높은 종교문학의 가능성을 보여주게 되었다.

중세의 서구에서 르네상스에 이르는 동안, 최고의 종교 문학작품으로는 단테의 「神曲」인데 웅대한 구상과 숭고한 내용으로 널리 알려져 있다. 또 17세기에는 존 밀턴의 서사시 「실낙원」을 대표적 작품으로 꼽을 수 있다. 理性의 시대로 접어드는 18세기에서 19세기에 걸쳐서 종교문학은 불모라 할 수 있으나 도스토옙스키, 모리아크, 릴케, 엘리엇 등 많은 소설가와 시인들에 의해서 이들 주제는 다채롭게 추구되는 가운데, 단순히 신의 은총만을 찬양하던 護敎문학을 일변시켜 나아갔다.

19세기 말, 히구치 이치요오(桶口一葉, 1872-96)는 본명이 나쓰(奈津). 어려서부터 정규학과 외에 古今 和歌集의 강의와 시작에 노력, 「떠 가는 구름(95)」이 '태양' 誌에 발표되면서 여류작가로서 일본 문학사에 최고 수준의 천재로 평가를 받았다. 단편 작품 '키 대보기'는 같은 동네에 사는 세 명의 소년 소녀의 여름부터 겨울에 걸친 생활을 그린 작품으로 유명하다. 96년 봄, 聲價가 절정에 다달은 '키 대보기'로 작품의 한계를 느낀 그녀는 그것을 넘어서기 위한 試作으로서 離婚을 다룬 「내가…」(96)와 여자의 姦通을 다룬 「보라빛」(96)을 썼다. 고전적인 초기의 작풍과 근대적 스타일로 옮아가는 동질성을 감안한 그녀의 문학과 우리의 김원주 문학의 뛰어난 사실성에서 춘원 이광수에 의해 이치요오의 名聲과 같이 文名을 날리라고 한국의 一葉으로 명명하게 되었다.

한편 중국 禪宗의 개조 達摩 대사는 宋·梁시대에 금릉의 중국불교에 불만, 北魏로 떠나 포교했지만 받아지지 않아 嵩山 소림사에 들어가 9년간 면벽 좌선에 힘썼다. 그는 禪의 깊은 뜻을 전하고 중국 선종의 기원을 세웠다. 달마 대사는 광저우(廣州)에 상륙할 때까지 나뭇잎으로 만든 배(舟)를 타고 중국에 건너갔다는 설화와 '一葉'의 출가와도 연관이 있는 것은 아닌지? 달마 대사는 후에 대승불교의 승려로 禪에 통달하여 사람의 마음은 본래 청정하다는 이(理)를 깨달아야 한다고 주장하고, 禪敎는 그 사람의 마음에 의하여 부처가 된다고 하였다. 이런 학설이 나오자 크게 퍼져 그들의 무리들이 서로 논술하여 禪敎의 宗派가 많이 생겼다. 어떤 사람은 선(善)도 마음이니 마음을 닦지 않으면 안 된다 하였고, 악(惡)도 역시 마음인 까닭에 단념하도록 닦지 않으면 안 된다 하였다. 高麗 말기 정도전은 불교를 반박하였으나 역시 그 근본은 자주 불교를 인용하게 되었다. 근본의 유래를 알고 있는 삼봉은 儒佛을 비교하여 유석동이지변(儒釋同以之辨)을 발표하기도 하였다.

이것을 부연하여 虛와 寂은 글자는 같으나 그 내용에 있어서는 虛에서 有가, 寂은 寂함으로써 感하는 유교와, 虛에서 無가, 적함으로써 滅한다는 불교를 비교하였다. 불교에서는 寂然하여 움직이지 않으면 感하여 천하를 통한다. 그러므로 만법이 생긴다는 것은 마음 가운데 본래 이 법이 없고 밖의 환경에 의해 법이 생긴다 하였다. 靜이 되면 이 마음 둘 곳이 없고, 움직이면 때에 따라 만나는 경우에 생긴다. 따라서 법은 緣起되는 것이라 하였다. 마음은 모든 것이 順에 따라 변한다 하였다. 김일엽 문학은 역사적 사실을 전하고 있는 元周와 히구치이치요오 작품과 같은 소중한 일화 역시 가히 소설적이라 할 만하다.

## 3. 일본의 性문화 및 「경국대전」의 貞操

일본인들의 性 의식은 한국인에 비해 자유롭고 활달한 이면에는 종교의 영향이 있음을 간과할 수 없다. 일본에서 불교의 여러 종파 및 신도(神道)는 性愛에 대하여 대단히 관용적이며 개방적이다. 6세기 말부터 8세기의 아스카(飛鳥, あすか) 奈良시대(ならじだい)에는 邪淫

戒를 포함한 계율이 있었다. 헤이안시대까지의 여러 종파의 승려들은 여자를 멀리함으로써 형식적으로 邪淫戒를 지켜왔다. 그러나 가마쿠라시대(鎌倉時代, かまくらじだい1185-1333)부터는 승려와 신도 양측 모두 性愛에 관해 죄악감이 전혀 없는 것이 오히려 당연시되었다.

일본 불교가 이런 경향이니 고유의 민족 신앙인 신도(神道)에서도 성애에 관하여 너무도 노골적인 것이 되어졌다. 고지키(古事記, こじき)와 니혼쇼키(日本書紀, にほんしょき)의 기록에 의하면 일본 여러 신들의 원조인 이자나기노미코도(伊耶那岐命, いざなぎのみこと)가 女神인 이자나미노미코토(伊耶那美命, いざなみこと)를 향해 그대의 몸은 상태가 어떤 가고 묻고, 덜 막힌 곳을 찾아 최초로 부부의 교합을 행해, 많은 나라와 신을 만들어 냈다고 되어 있다. 지금 일본에서 陰陽石을 세워 참배하는 것은 이런 연유에서 유래된 것이다.

당시 일본의 수도 에도(江戶)의 아사쿠사(淺草, あさくさ)에는 밀교 사원(密敎寺院)인 세이텐구(聖天宮, せいてんぐう)가 있었는데, 그 本尊은 남녀가 스킨십 상태의 포옹하는 모습이다. 이렇게 부부화합의 신은 인기가 있었다. 서양의 도덕과 제도를 받아 행동하려 했던 근대 100년의 역사도 2천 년 이상 계속된 전통적 性 의식을 바꾸지 못하고, 근세 이후 유교의 수용과 그 전개 과정에서 한국인의 性 의식과 여러 상이점을 보여왔다고 보는 것이다.

우리의 도덕과 윤리의식은 역사적으로 많이 변천해왔다. 그 종교성이 샤머니즘적 신앙의 틀에 표출되었던 무속의 시대, 그 뒤 중국에서 들어온 유교 불교 도교에 담겼던 전통 종교 시대를 거쳐서 서구 기독교가 수용되면서 한국인의 종교성이 기존의 동양적 국지성을 타파하고 세계적 양상을 띠게 되는 다종교의 시대가 되었다. 고려 충렬왕 시기에 주자학이 元 왕조 대에서 수입되면서 삼봉 정도전은 중국에서는 불교가 들어온 연대와 부처님을 섬김으로써 화를 입은 梁나라 무제의 사실을 들고 있었다.

그 외에 天道를 버리고 佛果를 말하는 제목에서 역시 불교의 믿음으로 송나라 제나라 진나라 北魏 이하 각국이 국가적 변동을 짧아지게 하였고, 양의 무제는 48년간 재위할 때 세 번이나 사신(捨身, 불제자가 됨)하였으나 후에 후경(侯景)에게 쫓기어 대성(臺城)에서 아사(餓死)하였다 하여 불교 배척 일성을 던지었다.

경국제세(經國濟世)의 문풍은 조선 통치체제의 義와 氣였다. 鄭道傳 삼봉은 고려 말기에 배불 숭유한 인물이다. 그는 경제문관 상하 별집에서「조선경국전」을 지어 후일의「經國大典」이 될 터전을 마련하였다. 이 책에서 조선왕조의 기본법과 살아가는 방식이 정해졌고, 세조 때부터 3대 왕에 걸쳐서 만들어져 성종 때 완성됐다. 신숙주 한명회 노사신 강희맹 성임 서거정 등이 편찬작업에 참여하였다. 그 '이전(吏典)'에 반직제한(班職制限)의 조항을 둠으로써 조선 5백 년에 부녀자의 失行은 단순히 한 개인의 처벌로서만 그치는 것이 아니었다. 失行한 부녀와 재가녀(再嫁女)의 소생은 동서반직(東西班職)에 임용되지 못하나 증손에 이르러서는 임용을 허할 수 있다 하였다.

아닌 게 아니라 조선왕조 500년 육(肉)의 정조는 남성 본위의 문화가 여성에게 강제한 제약이며 굴레였다. 노예적 굴레는 吏典 조항을 둠으로써 다음과 같이 규정하고 있다.

〈…재가(再嫁)하거나 실행(失行)한 부녀의 자손과 서얼(庶孽)의 자손은 문과와 생원진사의 시험에 부시(赴試)함을 허하지 아니하고 … 무과(武科)도 같다. '형전(刑典)'은 간범(姦犯)의 조항으로 사족(士族)의 부녀로 음욕을 자행(恣行) 풍교를 독란(黷亂)한 자는 夫女 奸夫를 모두 교살(絞殺)한다. 비부(婢夫)와 통간(通姦)한 상전은 남녀 모두 참살(斬殺)한다.　　중 략
제멋대로 놀아나서 음행을 일삼는 여자, 즉 자녀(恣女)들은 자녀안(恣女案)에 이름을 올리고 침고(針工) 기타로 천민을 만들어 버렸다. 부락에서 사형(私刑)하는 관습으로 당산(堂山)나무에 절박한 채 코를 잘라 버린다.〉

여성의 본능을 약탈·추격·매장하는 남성 지배구조의 사회에서도 자신의 아내·어머니는 깨끗하기를 바라면서, 남의 여자에게 성욕을

품는 남자들의 이중적인 性 관점은 아이러니컬하다. 구석기 후기 원시 부족들의 원초적 삶이나 그 시대의 단순한 삽화가 세상의 모든 딸들이 먼 과거로부터 오늘에 이르기까지 어떤 행로를 거쳐 지금의 이곳에 와 있는가? 세상의 모든 여성들이 어머니의 긴 시간의 행길 위에서 어떤 헌신과 피와 땀을 흘렸는가를 교훈으로 얻어야 할 것이다.

합리주의는 理性에서 보편적 도덕을 찾아 至善을 주장하였다. 그러나 그들은 삼 천년 가까운 세월을 두고 찾았으나 오늘날까지 이건이 至善이라고 못하고 있다. 인간의 행동은 그 자체가 도덕이다. 사람이 다른 대로 그 도덕도 모두 다르다. 서장(西藏, 티벳)의 一妻多夫制, 조선朝의 一夫多妻制는 모두 합리론의 머리에서 나온 산물이지 사회 실태로 나타난 것은 아니다. 따라서 인간 행동 자체가 도덕이다. 행동을 진리로 할 때 그것이 最善인 것이다. 李箱의 「날개」 서두에서 '박제(剝製)가 되어버린 天才를 아시오.' 하였다. 천재는 사회적인 힘을 일컫는다. 즉 金力, 權力, 智力의 힘을 갖는다. 剝製는 그것이 없어진 상실한 사람이다. 그러니 落伍者인 것이다.

이러한 사람에게 남은 것은 아이로니다. 상실한 사람은 그 육체는 흐느적 하도록 피곤하다. 이런 것을 거듭하는 것이 인생이다. 애정도 半, 性도 半인 것을 묵인하고 생활을 설계한다. 그것은 가정생활이나 부부생활이라 하여도 서로가 한쪽 발만을 들여놓고 있는 격이다. 이것은 비극이며 희극이다. 인생을 비극이라고 생각했을 때 우리는 살기 시작한다. 一葉의 「사랑」에서 주인공의 남편은 아내와 평등한 처지에서 이해하려 한다. 새로운 생활을 위해 입맞춤으로 포용한다. 영혼의 출입구와 마음의 출입구를 서로 들여다보며 신선한 무르익은 무화과나무 열매에다 비하였던 것을 회상하였다.

이 작품은 행동을 진리로 보려 하였다. 행동 문예의 특징을 많이 가지고 있다. 그러한 문예사조가 오늘과 같이 형성되지 못한 점도 있고, 一葉자신이 이 사조를 체계화하지 못한 점이 있지만 자신의 행동을 조작도 허위도 없이 예술화하였다. 이는 미술도 음악도 표현하지 못할 영역이다. 이것이 一葉 문학의 강한 점이며 생명이 되고 있는 것이다.

미국의 사회학 교수 에이미 스텐리는 19세기 말 쇄국에서 개항으로 넘어가는 일본 에치고의 이시카미 마을, 린센지 住持 에몬과 그 아들 기유가 남긴 기록을 연구하여, 에도를 만든것은 눈덮힌 雪國 에치고의 마을에서 결혼에 실패하고 새로운 곳에서 다른 존재로 되고 싶었던 쓰네노(常野) 열망 때문이라고 하였다. 당시 에도(지금의 도쿄)를 만들고 꾸려나갈 원동력은 결국 쓰네노같은 이름없는 백성들이 있었으니 그녀가 고향에서 당연시되던 자신의 역할을 다하는 수동적 삶이 아니라 새로운 존재의 열망이 에도를 만들었다.

막부가 개항되는 격변의 시기, 시골에 묻혀 村婦로 늙어갈 예정이던 한 평범한 여인이 자신의 의지로 에도로 향하였다. 조선 시대 都城, 우리의 한양도 분명 인구의 반이 女性이었다. 틀림없이 자신의 삶을 바꾸고 싶어 한 여성들이 있을 텐데 여성의 이름은 가문의 담(垣)밖을 넘어가지 못하고 누군가의 아내, 어머니로만 당연시 여기던 대조적인 안타까운 논픽션에 이르렀다.

여성은 선천적으로 아름답다. 아름다우니까 남자가 접근하는 것은 당연하다. 아무리 못난 여성이라도 사귀고 보면 포근히 안아주는 듯한 촉감이 느껴진다. 그러나 정도의 차이는 있을망정 여성들은 선천적으로 간사한 웃음과 요염한 교태가 있다. 그것은 이브의 전설 이후로 여성들이 숙명적으로 몸에 지니고 있는 자연의 근원이다. 異性은 인간의 슬픈 첫 귀절이다. 원래 異性이란 이름은 날 때부터의 권리와 마찬가지로 자기의 물건인 것이다. 사람이 만들어 낸 여자는 자연이 아니다. 경국대전의 여자다. 이름을 통해 모든 존재를 내다본다. 그래서 사물이 있고 이름이 있는 것이 아니라 이름이 있고 사물이 있다는 아이러니 사상으로 만들었다.

자연의 여성은 우리에게 사랑을 말하고 있다. 거창하게 인류애나 박애주의를 부르짖지 않더라도 그들은 대자연의 도도한 흐름속에서 서로 의지하고 사랑하지 않고서는 살 수 없었던 인류의 어머니였던 것이다. 다툼이 아니라 이해가, 미움이 아니라 포용이 오늘의 인간사회에 더욱 절실함을 깨닫게 된다. 순수한 사랑, 그것이야말로 현대인이 가장 시급히 되찾아야 할 인간 본연의 정서이며 우리 삶의 궁극의 가치가 아니겠는가.

## 4. 一葉의 시문학

김일엽 문학이 우선 詩 부문에서 지니는 이유는 무엇보다 그의 삶과 글이 갖는 진정성에 있을 것이다. 유년 시절에 체험하여 무의식 속에서 잠재해 있는 물상들을 외계의 대상에다 연결시킴으로써 현실적 감각으로 가지는 새로운 이미지의 파생을 얻을 수 있던 것이다. 요컨대 詩라는 근원적 '상태'는 시를 이루는 절대적 부동 숫자로서, 감각이 위축되거나 손상되는 일이 있어서는 안 된다. 근원적 상태는 부동 숫자로 보이거나 또 시를 이루는 주요 요소로 표현하고 노력하는 것이 시인의 몫이며 숙명인 것이 된다.

다시 말해 대규모의 종교가 진리 표현의 수단으로 예술이라는 매개체를 이용하지 않는 종교란 없고, 체험과 표현을 종교의 보편적 현상으로 하여 예술(특히 음악과 시)이 종교에 관련된 부분을 찾아보기가 어렵지 않은 것이다. 불교가 불립문자(不立文字)로, 혹은 노래로, 불상으로, 건축으로 그들의 이념을 추구하고 있다. 기독교에서도 신은 영(靈)인 까닭에 어떤 형상도 제작해선 안 된다고 고집해 온 히브리적 전통을 버린 뒤 예술의 여러 분야와 제휴한 사실도 판단의 많은 동기를 제공해 주고 있는 것이다.

또한 보편적 현상을 체험(감각에 위한 느낌과 정감)이라 보고, 종교적 체험은 논리로 표현 가능한 국면과 불가능한 국면도 있다. 종교적 신비주의라는 표현 불가능한 종교적 체험과 논리로 규명되지 않는 국면이야말로 종교가 예술에 신세를 지지 않을 수 없는 계기가 되며 극도의 상징과 예술가적 상상력을 요구하는 시와 조각은 특히 종교적 상상력에 의존하게 된다.

여성 해방과 자각과 관련한 주제를 상징적인 소재를 통해 선명하게 드러낸다. 최초의 여성잡지《신여자》誌 발간 序詩에서 김일엽은, '알거든 나서라' 등에서 여성의 자각과 개조를 歌辭나 시조에 가까운 형식으로 표출되었다. 여성의 지위 향상을 위한 선구적 역할을 주장하는 '눈 속에 핀 蓮', '샘물', '새벽' 등 상징적 시어로 제시되었다. 그의 결심을 상징하는 蓮이 봄이 오기 전 요원한 상황에서의 기다림, 샘물 새벽 등이 동일한 선상에 있으면서 시적 話者는 역부족의 현실을 인정하면서 '어둠 속에 우는 닭 소리'라는 강한 어조로 '그래도 아십시오. 새벽이 오는 줄을'이라며, 밤-새벽 시간적 필연성에 빗대어 변화의 사회적 도래가 멀지 않았음을 자신하고 있는 것이다.

4월호에서 '봄의 옴'과 서시에서 '다 같이 부르는 생의 노래'라는 표현이 하늘이 내리신 조화의 원칙 우리 생에 비춰주는 자유와 평등의 사상으로 공평한 花香의 결실로 이어진다. '알거든 나서라'는 '멀로 변할 줄 모르는 한 조각 구름', '어름 속에 숨겨진 것', '처녀' 등은 시적 의미를 더욱 확장한다. 명령성은 詩的 자신의 우월적 위치를 보여준다 하겠다. 이런 과감한 질문과 후렴인 '네가 아느냐 아느냐'는 여성 존재의 잠재성에 대한 계몽적 자아의 자신감의 발로라 하겠다.

> 녹음은 간곳없고 / 어느덧 금풍(金風)이라
> 가뜩이나 아득하던 / 지향없는 이 마음은
> 휘도는 잎새와도 같이 / 쓸쓸스러 하노라.　　추회(秋懷)

시적 자아가 청자(聽者)지향에서 화자의 독백어조로 존재의 고독과 외로움을 노래한다. 금풍(金風)으로 표상되는 단풍 든 가을날의 고독

감을 환기하여 떨어진 나뭇잎에 감정이입 된다. 평시조 45자 내외 잣
수율이 6행시로 시각적으로 변모되면서 현대시조 변이(變異) 형태를
보여 준다. 속세의 환멸을 느끼고 입산(入山) 후의 시에서 불교적 색
채의 사념적 무시간의 지향, 초월적 존재인 님을 부르는 깨달음의 오
뇌가 표현되고 있다.

> 세상을 헤아리면 하염없는 꿈이로다
> 꿈의 꿈인 이 목숨 그 얼마나 믿을 소냐
> 대도(大道)를 깨치고자 맘만 홀로 뛰어라    무제(無題)

현상계의 하염없는 꿈과 같은 존재. 그 속에서 삶의 무상함을 깨닫고
허덕이는 목숨의 실체. 깨닫는 詩的자아가 제시된다. 자아는 우주에
동화되고 영원성에 결합되고 있다. 시인은 창조에 대한 한정 없는 욕
망과 인간 유한성에 끊임없이 도전하고 신비주의적 초월에의 지향을
꿈꾼다. 이러한 것이 하나로 통합될 때 바로 시의 근원적 상징성에 도
달한다. 그러나 시인은 그러한 욕망을 고독과 경건한 불안, 아니면 인
간이 살아가는 현장의 여러 가지 충격으로 대치하는 것이 보통이다.
神과 인간과의 메꿀 수 없는 거리를 경건한 불안과 슬픔, 숭고한 고독
으로 바라보는 깨달음은 라이나 마리아 릴케의 시의 세계와 접근한
다.

이러한 문제들은 극히 원칙적인 규칙에 불과하다. 시와 종교를 연결
해서 생각할 때, 기본적 접근방법에 불과하며 시 창작의 실제 20년대
우리 시단의 양상이라는 근대시의 발아기(發芽期)를 새롭게 주목하게
한다.

1907년 12세라는 어린 나이로 동생을 잃은 슬픔을 쓴 시「동생의 죽
음」은 육당의「해에게서 소년에게」보다 1년 앞서 나온 국문 자유시라
는 점에서 새로운 평가를 받고 있다.

업으면 방글방글 / 내리면 아장아장 / 귀여운 내 동생이
어느 하루는 / 불 때 논 그 방에서도 / 달달달 떨고 누웠더니
다시는 못 깨는 잠 들었다고… / 엄마 아빠 / 울고 울면서
그만 땅속에 영영 재웠소.
땅 밑은 겨울에도 / 그리 춥지 않다 하지만… / 아아, 가여운 나의 동생아!
언니만 가는 제는 / 따라 온다 울부짖던 / 그런 꿈 꾸면서 잠자고 있나?
내 봄에 싹트는 움들과 함께 / 네 다시 깨어 만난다면이야
언제나 너를 업고 / 다시는 언니 혼자 / 가지를 아니 하꼬마…   동생의 죽음
*「진리를 모릅니다」《여성동아》1971.12
유고 * 에 처음 수록, 1907년 창작된 것으로 회고하고 있다

## 5. 출생과 行蹟의 略傳

 1896년 6월 9일 평남 용강군 산화면 덕동리에서 목사인 아버지 김용
겸과 어머니 이마대의 5남매 중 장녀로 태어났다. 5대 독자였던 부친
이 결혼 6년 만에 얻은 딸이다. 기독교 집안에서 태어난 그녀는 어린
시절 정신적 영향을 받는다. 부친은 향교의 향장을 지낸 지식인이며
서구사상을 가진 종교인이다.
 일엽이 근대교육을 받은 것은 개화한 모친의 덕분이다. 9세에 용강군
구세(救世)학교와 진남포 삼숭(三崇)보통여학교 입학하는 등 근대적
교육은 그의 인생 행로에 지침 역할을 한다. 당시 학교 친구 중 윤심덕
과도 교분을 쌓고 있음을 회고하고 있다.

 13세 때 모친 사망하여 부친은 계모, 한 은총과 재혼하는데 전 남편
과의 사이에서 낳은 정일형(鄭一亨)을 데리고 왔다. 부친 김용겸 집에
서 자라, 결혼한 아내가 한국 최초의 여변호사 이태영이고 아들이 정
대철(鄭大徹)이다. 1913년 이화학당 입학, 이 시기부터 김활란 등과
교분을 쌓기 시작. 1915년 이화여전 진학, 부친마저 별세한다. 양친을
모두 잃는 어려움과 네 명의 동생들을 잃는 슬픔을 겪었으나 70세가
넘은 외조모의 뒷바라지로 이전(梨專)을 졸업하였다. 22살 때, 미국
유학을 마치고 돌아 온 40살 이 노익(연희전문 화학과 교수)과 결혼한

다. 의외일 수 있으나 가난과 외로움을 어린 시절부터 겪어 온 만큼 안정된 울타리가 필요했던 것은 아니었을까?

첫날 밤 신랑의 육체적인 비밀을 안 신부는 소스라치게 놀란다. 잠자리에 들기 전, 다리 하나를 떼어 벽에 거는 것을 보았기 때문이다. 꿈에도 생각하지 못 했던 현실을 보게 된 신부는 소리를 지르고 두 눈을 손으로 가린 채, 그 자리에 푹 고꾸라지고 말았다. 한 여인의 생애 중 가장 보람 있고 감미롭게 보내야 할, 첫날밤은 신부인 일엽에게는 무섭고 몸서리쳐지는 비극의 밤이 되고 말았다. 그것은 그녀가 일생을 두고 잊지 못 할 공포의 밤이 되었던 것이다.

세월과 함께 씻어 버리려고 몸부림도 쳐 보았으나 그럴수록 그날 밤의 기억은 악몽과 같이 무섭게 덮쳐올 뿐이었다. 애정은 아무리 고귀한 정신을 지닌 사람이라도 육체를 떠나서는 도저히 허용되지 못하는 것이다. 고귀한 정신력과 고매한 인격과 경제력을 합쳐도 태양의 핵심처럼 끓어오르는 젊음에게 육체는 무엇보다 중요한 조건이 아닐 수 없다.

마침내 이듬해 봄 오래전부터 숙원이던 도쿄 유학을 위해 그녀는 남편 곁을 떠난다. 외할머니의 도움으로 일본 도쿄 영화(英和)학교에 입학을 위해 關釜연락선을 타고 현해탄을 건너갔다.

고독은 사람을 울린다. 그러나 고독은 인간의 가장 큰 재산이다. 고독이란 재산으로 심리적인 면에 있어서 번뇌의 수렁 속을 헤치고 모든 본능에 뒤엉켜 심연에 있는 실존에 눈을 뜨게 하였다. 즉 고통과 죄악, 욕구와 번뇌를 보여 준다. 일엽(一葉) 김원주(金元周)는 남성 중심의 사회와 문화계를 흔들어 놓던 20년대 신여성 작가이자 인생의 하반기를 불교에 귀의하여 걸출한 선승(禪僧)이 된 인물이다. 그녀만큼 여류문학의 선구자로서 로맨티시즘 세계 속을 정확히 걸어간 시인은 없다. 낭만은 그의 육체요 숨결이요, 빛나는 정신이 되고 있었다. 지나친 로맨티시즘이 그녀로 하여금 자신을 항상 실의와 회오의 밑바닥에 발버둥 치게 했다.

또 김일엽 문학 활동이 지니는 의미는 어디에 있을까? 무엇보다 그의 삶과 글이 갖고 있는 진정성일 것이다. 그는 자신의 삶의 주인이자 발화자(發話者)의 주체였다. 자신의 삶의 문제를 문학 속에서 승화하여 풀어내고 있다. 시인, 작가, 기자이자 여성운동가로 치열한 활동으로 제1기 여성 문단의 풍토를 개척하였다. 1기 여류들(김명순 나혜석)이 순탄치 않은 개인사의 질곡 속에서 문단에서 활동을 멈추고 있을 때도 비록 개인적 몰락의 수렁 속을 극복한 이유는 바로 이 같은 태도와 무관치 않을 것이다.

황홀한 낭만의 밑바닥에는 끝 모르는 번뇌와 오뇌의 수렁이 기다리고 있었다. 우리의 근대문학이 본격적인 발전의 길에 들어선 1920년대 초기. 새로운 사상에 눈을 뜬 젊은이들은 오랜 봉건적 유습과 낡은 윤리 속에서 빠져나와 한 걸음 한 걸음 개화라는 거대한 물결 속으로 휩쓸리기 시작했다. 이 무렵 김일엽은 한국 문단에 피어난 향기 높은 꽃이었다. 여성은 남성의 소유물이라는 통념이 지배하던 그 시절에 이러한 한 송이 눈부신 장미꽃의 출현은 너무 이채로웠다. 그녀는 철저한 리버럴리스트의 생리를 가진 문인이기에 한층 화제의 대상이 되었다. 또 그토록 세인의 이목은 번거롭게 되어갔다.

한때 김명순(金明淳)과 함께 쌍벽을 이루며 문명을 날리더니 김명순은 자취를 숨겨버리고 김일엽만이 꾸준히 문단에 그 이름을 수 놓는다. 춘원은 김일엽을 이렇게 말했다.

〈통통한 몸집에 어디선가 지성미가 넘쳐흐르는 김원주는 언제나 각테 안경을 쓴 큼직한 눈이 바다 바람처럼 시원스런 처녀였다. 참사랑은 알 길도 없었고 이른바 본능적인 사랑만을 생명으로 알았다는 젊은 시절의 그는 너무 다정다감한 여인이었다. 그러기 때문에 한번 사랑에 빠지기만 하면 타다 못해 꺼먼 숯덩이가 되곤 했다〉

우리는 그의 비극을 통해 그 같은 내면적인 투쟁을 알게 되는 순간 우리는 우리를 둘러싸고 있는 현상에 의해 더 이상 기만당하지 않게 된다. 예술적 쾌감은 과거의 사실을 상기함에 의해서도 또한 가능하다. 자신의 기억들을 명상하는 개인은 고통과 번뇌의 직접적인 느낌으로부터 해방되는 것을 발견하게 된다.

## 6. 《창조》 《신여자》 《영대》 文藝誌

도쿄에는 문예지 창조를 중심으로 한 김동인, 김환 전영택 주요한 등의 쟁쟁한 소년 문사들이 어깨를 같이하고 문학 활동을 하고 있었다. 그들 속에 끼이게 된 일엽은 하루 아침에 일약 스타와 같은 존재가 된다. 능숙한 말솜씨와 요염한 미모는 유학생들의 인기를 한 몸에 모으고 말았다.

낭만과 꿈을 먹고 사는 젊은 예술가들, 그중에서도 당시 조선 문단의 일인자였던 춘원 이광수를 둘러싸고 김명순 나혜석 허영숙 등 여성들이 애정의 화살을 쏘기 시작한 때였다. 이때부터 일엽의 정신적 애정 편력과 그에 따르는 고뇌와 아픔이 시작된다.

정분있던 남학생 중에서도 노월(蘆月) 임장화(林長和)와 가까웠다. 이러한 두 사람의 친근을 재빨리 눈치 챈 김명순은 뼈가 삭는듯한 질투심을 느꼈다. 어느 일요일. 벚꽃이 만발한 우에노(上野)공원에서 재동경 한인(在東京韓人)유학생들의 친목회가 있었다. 남들과 멀리 떨어져 속삭이고 있는 일엽과 노월을 보는 김명순의 눈에는 푸른 독기마저 서려 있었다. 그날 밤 그녀는 참을 수 없는 모욕감과 질투심으로 실성한 사람처럼 밤거리를 헤매다가 자정이 가까울 무렵 어느새 발걸음은 노월의 하숙집으로 옮겨진다. 그날 밤 그녀는 스스로 노월에게 몸을 던짐으로써 그를 차지하려 한다. 그러나 노월은 뜨거운 명순의 정념에 휩싸이면서도 일엽의 모습이 자꾸만 어른거려 오히려 괴로웠다. 그의 정신은 그 시간 아득히도 먼 것같이 느껴지는 일엽을 향하여 줄달음친다.

1919년 2월 1일. 최초의 순수문예 동인지「창조」가 동경에서 발간되었다. 창조 동인에는 김동인 전영택 주요한 김환 최승만 등 감수성이 풍부한 그들에게도 유학 생활은 한없이 고독했다. 특히 민족적인 차별은 그들에게 견딜 수 없는 울분이었다. 패배 의식 속에서 싹트는 줄기찬 내부의 반항과 흔들린 감정의 흐름은 김동인에게「약한자의 슬픔」을 쓰게 했다.

일엽에게는 부모님 두 분이 다 별세했지만 외할머니의 주선으로 유학하게 되었다는 것은 앞에서 말한 바와 같다. 거기에 동갑내기 신여성 나혜석의 도움도 컸다. 그녀는 1918년 진명여고보를 제1회 졸업생하고, 도일하여 도쿄 여자미술전문학교에서 서양화를 전공하고 있다. 이미 유학생 학우회 기관지였던《학지광(學之光)》에 「이상적 부인」이라는 글을 발표한 바 있으며 일본 여자 유학생들의 잡지였던《여자계》의 주간으로 활약하고 있었다. 이 소식은 현해탄을 넘어 고국에까지 전해졌고 당시 신여성들의 선망의 대상이 되었다.

1년의 일본체험을 가지고 귀국한 김일엽은 위에서 언급된 대로 1920년 3월 「신여자」 최초의 여성잡지를 창간하여 세인의 주목을 끌었다. 당시의 필진은 나혜석 박인덕 김활란 김명순 차미리사 등 쟁쟁한 인텔리들이었다. 그가 작품 활동을 시작한 것은 「신여자」 창간부터 그뒤 1933년 불교에 귀의하여 입산할 때까지 약 13년간 창작활동은 계속되었다. 이 기간에 남긴 작품은 소설이 13편, 시가 35편, 평론이 40편에 이른다.

1920년 「신여자」誌를 발간하면서 나혜석 박인덕 신줄리아 등과 '청탑회' 여성모임을 결성하여 1주일 한 번씩 토론회를 가졌다. 이 최초 여성잡지는 4호로 그쳤지만 나혜석의 「여자계」 보다 여자의 의식개혁을 주장한 급진적인 내용이 많았다. 「신여자」 창간사에서 그녀의 평론은 백미(白眉)였다. 개인적으로 이 글의 의미는 불행한 결혼을 사회활동과 문학활동으로 보상하는 데 있었다. 나아가 남녀차별의 악습을 근절하고 수백 년 길들여 온 여성 의식을 개조하기 위해 교육의 실천을 꼽고 있다.

동경에서 국내로 돌아 온 『창조』誌 동인들은 3호-9호를 발간 통권 9호로 폐간하면서, 이들이 평양 중심으로 만든 잡지가 1924년 8월 초하루 발행된 「영대(靈臺)」誌이다. 창조의 후신인 만큼「창조」동인들이 중심이었다. 새 인물로는 김억 김소월 등의 가담하여 순수한 문학의 지향이라는 창작적 의욕으로 출발하여 「창조」보다 더 유미적이면서 악마주의적인 색채가 농후한 작품들이 많이 실렸다.

편집인 겸 발행인은 임장화였고, 자금지원은 김동인이었다. 실제로는 평양에서 편집되고 서울에서 발간되어 통권 5호로 종간된다. 그런데 서울에서 수금관계를 맡아보고 있던 임장화에게서 잡지 판매대금이 한 푼도 김동인이 있는 평양에 내려오지 않았다. 급히 상경하여 김동인이 발견한 것은 노월과 일엽이 서울 변두리에서 단간 방을 얻어 살림하고 있었던 것. 경악한 동인은「영대」를 폐간하기에 이른다.

이때를 전후하여 모든 문예지들은 사회의 냉대와 동인간의 불화로 한국 초창기 문단은 깊은 동면에 빠진다. 1925년 KAPF의 準 기관지「문예운동」(26년)과 동경지부기관지 「예술운동」(27년)이 있었으나 자체 내의 내분(김기진 박영희의 대립 논쟁) 등으로 폐간되고, 문인들의 단체라고는 하나도 없었다. 그 무렵에 문인들의 사회적 또는 사상적 활동은 일체 손발이 묶인 채였다. 이러한 암울한 분위기 속에서 그들의 생활은 더욱 쪼들려 갔으며 사회는 하등의 동정의 빛도 보이지 않아 모든 것이 무기력하고 쓸쓸하기만 했다.

임노월을 따라 그의 고향인 진남포로 낙향했다가 그의 본처가 있는 것을 안 일엽은 홀로 상경하여 우선 사직동에 하숙을 정하고 기거한다. 그녀는 동아일보에 글을 쓴 것이 인연이 되어 오랫동안 동아일보에 재직하고 있던 기자 국기열(鞠錡烈)과 알게 된다. 그녀는 다시 물오른 나뭇가지처럼 생기를 되찾았다. 감미로운 사랑의 동거에까지 이른다. 그것도 잠시일 뿐 허망한 꿈이었다.

다시 재가승(대처승) 하윤식(河允植)을 알게 된다. 그와 보금자리를 꾸민 곳은 성북동 골짜기였는데, 그때만 해도 노송이 우거진 숲속에선 멧새들이 우짖고 거울같이 맑은 시냇물이 굽이쳐 흐르는 한적한 동네였다. 속세를 떠난 듯 두 사람만의 사랑의 밀실에는 달콤한 밤이 향긋한 나래를 펴고 있었다. 매일신보 학예부장으로 있던 최학송이 여기자를 데리고 자주 놀러오곤 했다.

조선 여성들이 남자의 노리개로 팔리는 모욕적인 착오에서 깨어나야 한다는 자의식이 무르익을 무렵, 운명의 남자 백성욱을 만난다. 독일 벨츠부르크대학에서 1925년 철학박사 학위를 받고 돌아와 식민지시대 불교 중흥운동 과정에서 큰 역할을 한 불교인이다. 김일엽의 1928년 간행된 『청춘을 불사르고』에 의하면 백성욱이 불교신문사 사장에 취임할 무렵 만났고, 그로부터 7,8개월 사랑을 나누었다고 고백한다.

뜻밖에 한 장의 봉함 편지가 왔다.〈당신과는 영원히 맺여 질 이연이 아닌 듯 하오〉1930년 금강산 지장암(地藏庵)에서 8년간 계속되는 회중수도(會衆修道) 참석차 떠나는 길이었다. 일엽은 아무것도 느낄 수 없었고 그저 아득하고 망연해질 뿐이었다. 그때 불타의 설법을 듣고 불법을 믿게 되었으나 사랑의 길로 사정없이 몰려가는 마음은 억누를 수가 없었다. 불법이 무엇인지 알지 못했던 김일엽은 처음으로 불법과 사랑을 함께 지니기로 결심하였다.

그녀에게 끝없는 번뇌와 실의와 괴로움을 주던 사랑, 다시없는 만족과 즐거움을 주던 그 사랑도 이제는 아무런 기쁨도 슬픔도 되지 않았다.〈나는 세상을 잊어 버리고 내가 모르는 어려운 길로 걸어 들어가서 인천(人天)의 스승이 될 공부를 하게 된 것을 기뻐하였다. 더구나 남자가 금단으로 돼 있는 세계로 들어 온 나는 생리적으로 무정물이 된 초인적인 인간이 될 줄로 믿게 되었다〉

그녀의 사랑은 영원한 생명의 열반(涅槃)이었을까? 고고하고 맑은 향기 속의 그윽한 미소였을까? 사랑의 한 송이 빛 고운 꽃으로, 이 땅에 왔다가 끓는 열정으로 깡그리 그 젊은 영혼과 육체를 불사르며 살아갔던 일엽!! 고적한 산사에서 백팔의 번뇌를 염주 속에 묻고 조용히 인생의 구도(求道)를 기리던 시인 김일엽 !!

## 7. 「조선문단」誌 시대 회고

방인근은 그 당시 처음으로 생긴 온양보통학교(溫陽普通學校)에 들어간 것은 그의 나이 열 살, 1907년의 일이다. 학교에 상투를 틀고 등교하는 학생이 대부분이던 그 시절, 치렁치렁 땋아 내린 댕기머리마저 깎은 방인근은 클라스에서 가장 나이 어린 꼬마로 동급생들의 귀여움을 독차지하고 있었다. 어느 추석날 소일이란 곳으로 밤을 따라갔던 춘해는 마을 어느 큰집에서 흘러나오는 노래소리를 들었다. 처음 듣는 합창소리에 끌려 들어간 곳은 예배당이었다. 그로부터 일요일이면 시오리나 떨어진 예배당을 찾아가 새까만 눈동자로 자기를 바라보던 소녀를 보는 것이 꿈같이 즐겁기만 하였다. 그는 이렇게 하여 열 살 남짓해서 첫사랑을 경험하고 있었다.

우리 신문학사에 남긴 공적을 크게 평가해야 할 문예지 「조선문단」은 매호마다 김동인, 염상섭 등의 '소설작법', '소설 講話', 그리고 김안서의 '시작법' 같은 것을 연재하고 있었는데, 이것은 독자들의 창작 의욕과 실기 지도(實技指導)에 이바지하려 함이었다. 또한 이 창간부터 현상, 추천제를 두어 많은 신인 작가를 배출시키고 있었다. 당시 문단정세로 보아 개벽(開闢)과 대립되어 신경향파(新傾向派) 작가들이 주로 개벽에 웅거한 대신, 소위 민족문학파의 작가들은 조선문다을 중심으로 하여 포진하고 있었다.

보통학교를 졸업한 방인근은 이어 공주로 가서 미션계 학교인 영명학교 2학년에 들어갔다. 여기에서 한반에서 가장 친한 서겸순이란 친구의 누이동생을 먼빛으로 보고부터 사모하게 되어 그녀와 매일 산으로 강으로 다니며 즐거운 나날을 보내고 있었는데, 공주에서도 유명한 갑부의 집에 놀러가기도 하였다. 그러나 그 후 그녀는 대구 갑부의 아들인 시인 이상화(李相和)와 결혼함으로써 춘해의 가슴에 영원히 가시지 않는 멍을 남겼다. 서울로 올라와 미국 유학의 꿈을 버리고 배재학당(培材學堂)을 졸업한 것은 그의 나이 스물이던 1917년 봄이었다. 졸업 후 일본으로 건너가 도꾜 아오야마(靑山)학원에 입학하였다. 전영택 오천석 등이 다니고 있었다.

시즈에, 미에코, 훨씬 연상의 남편을 가진 25세의 미모의 기요코 등 일본 여인들은 특히 기요코는 남편이 찾아오지 않는 날은 하숙생 춘해의 방에 와서 샤미센(三味線)을 타며 와카(和歌)를 불러 그를 즐겁게 해 주었다. 민족적인 관념과 여자를 가까이 하는 것을 극히 죄악시한 그의 기독교적 생활관은 도저히 이를 방치할 수 없었다.

아오야마를 졸업하자 쿄오토(京都) 리츠메이칸대학(立命館大學)에 적을 두면서 「창조」에 '눈오는 밤' 단편을 발표하였다. 그가 귀국한 것은 3,1운동 직후인 3월 하순의 일이다. 고향에 돌아온 후 요시찰 인물이란 일경의 날카로운 감시 속에 사느니, 시선을 피해 평양으로 가서 배재학당 친구들과 지내려 하였다. 우연한 기회에 전영택을 만나 그를 따라 진남포로 갔는데 전영택의 누이동생 田有德과 셋이서 한 집에 살면서 그녀와 의남매를 맺었다. 별명이 春江인 활달한 여장부 타이프의 그녀와 한집안 식구같이 살면서 점차 의남매에 만족하지 못하고 異性으로 가까워지기 시작했다. 달 밝은 진남포 해수욕장 셋모래펄을 나란히 거닐면서 두 사람의 불같은 애정은 걷잡을 수 없었다.

뜻밖의 운명은 방인근으로 하여금 일본으로 쫓아내는 격이 되고 말았다. 토쿄에서 얼마 떨어지지 않은 카마쿠라(鎌倉)에서 춘강이 요양하고 있었는데 春海는 밤을 새워 그녀의 병간호에 힘썼다. 그해 겨울 크리스마스 전날 춘해와 춘강은 많은 이웃들과 친구들의 축복을 받으면서 그의 고향인 온양에서 결혼식을 올렸다. 그의 나이 스물네 살 때

일이었다. 방인근의 처녀 장편 「마도의 향불」을 동아일보에 연재한 것은 1932년의 일이다. 제목은 여류시인 모윤숙이 붙여준 것이다. 그의 시에 같은 제목의 작품이 있었다.

독자들의 갈채 속에 연재되던 50회쯤에서 갑자기 중단되고 말았다. 貞洞에 있는 여자전문학교가 梨花學校라고, 이것은 학교 명예상 묵과할 수 없는 항변이 있었다고 하지만 그 내용은 그것과 딴판인 아주 복잡한 것이었다. 총독부 도서과에서 풍기문란, 친하게 지내던 일부 문인 등의 관여로 중지되어 완성을 못하고 결국 나중에 끝맺어 단행본으로 나오게 되었다. 여기서 김동인의 「문단 30년사」를 읽어 보자.

1924년 가을 春海 방인근이 자기 시골 전답을 죄다 팔아가지고 상경하여 춘원의 집에서 기류하면서 이광수 主宰 전영택, 주요한 고문이라는 구호로서 월간 문예잡지 『조선문단』을 창간하였다. 상해에 망명해 있던 이광수, 주요한이 귀국해 있던 것이다. 그 때는 창조지의 잔당들이 영대지를 창간한 직후요, 폐허의 잔당들이 「폐허 이후」를 계획 중인 시운이었다. 춘해 자신은 우금 조선문학에 기여하면서, 한 개의 작품도 만들지 못하였지만 그의 창간이 문학사상 남긴 공적은 지대하였다.

염상섭, 나도향, 현진건 등이 스타트를 한 것은 「개벽」 지상이었지만 소설가로 토대를 완성한 것은 『조선문단』에서였다. 서해 최학송의 요람도 조선문단이었다. 채만식의 요람도, 상허 이태준도 다 그렇다. 서해 최학송은 삵군, 부두 노동자, 아편장이 등의 파란중첩한 고난 살이의 과거를 가진 그가 마음에 불붙는 문학 의욕을 품고 찾아든 것이 오래전부터 사숙하던 춘원 이광수였다. 그 집이 조선문학사 임시 사무소 겸 춘해 방인근의 기류처였다.

춘해는 사장이요 또한 스스로 기성인이라 자진하던 시절이요, 서해는 장차 출발하려는 아직 '알'(卵)이라 처음 조선문단社의 사환 겸 기자 겸 문사 겸으로 있었다.    중략

나는 그 때 평양 사는 사람이라, 늘 함께 놀지는 못 하였지만 상경하면 꼭 초대 상응을 받았다. 그때 염상섭 나도향 현진건 유지영 양백화 박월탄 박회월 등과 심부름꾼인 서해 등이많이 향응을 받았었다. 돌아보건대 조선문학 삼십년의 그 시절이 가장 호화롭고 풍성한 시절이 아니었을까? 문단에 파당적 분열이 없고, 선배와 후배 사이에 샘이나 自慢의 갈등이 없고, 모두 자기 문학 건설에만 열중한 아름다운 시절이었다. 춘해는 조선문단시대라는 한 절기를 만든 것은 크게 감사해야 할 일이다.

## 8. 선구적 여류문인들의 行蹟

김명순을 모델로 하여 썼다는 긴동인의 「김연실전」에 의하면 그녀가 토쿄에 건너가기 전 일본어를 가르치던 선생에게 몸을 바쳤다는 이야기가 있으나 확인할 근거는 알 수 없는 일이다. 신문기자, 영화배우까지 한 그녀는 독일어를 유창하게 할 줄 아는 당대의 멋쟁이요 인텔리였다. 문예지 폐하에 관여하다가 화가 김찬영 김안서 등과 함께 창조로 옮긴 것은 1920년 폐허 창간된 직후의 일이었다. 이때부터 그녀는 김일엽과 더불어 초창기 여류문단의 쌍두마차로 쌍벽을 이루어 수많은 스캔들과 함께 화제의 초점이 되고 있었다.

그녀가 가는 곳에는 항상 놀랄 만한 화제가 들끓었던 것이다. 부유한 가정이지만 계모의 학대로 불우한 소녀시절을 보낸 김연실은 언제나 고적감에서 오는 괴로움에 누구보다도 민감했고 애상적 情意는 눈물 많은 여인으로 만들었다. 같은 동향의 화가 김찬영은 그를 깊이 이해하고 따스하게 감싸 주었다. 어느 날 노량진 일본요리 집에서 달 밝은 초여름 밤을 정담으로 밝히면서 끝내 깊은 관계를 맺고 말았다. 김찬영은 평양의 명문 부호의 아들로서 그때 토쿄 미술학교를 갓 졸업한 신진 화가였다.

그러나 김찬영에게는 이미 처자가 있었고, 결국 실연의 아린 가슴으로 관부(關釜)연락선을 탈 수밖에 없었다. 유학의 첫발을 디디었을 때 그녀를 반가이 맞아준 것은 김찬영의 친구 노월(蘆月) 林長和였다. 훗날 김동인 전영택 등과 함께 創造 誌의 후신인 영대(靈臺)의 동인이 된 그는 김명순을 따뜻하게 보살펴 주었다. 시간이 흐름에 따라 두 사람은 애정으로 묶이게 되었는데, 찬영에 대한 깊은 가슴속의 연정의 뿌리로 그녀로 하여금 일말의 망서림을 갖게 하였다. 이때 요염한 미모와 대담한 행동, 능숙한 말솜씨로 유학생들의 인기를 한 몸에 모으고 있던 김일엽이 출연하여 노월과 명순의 사이를 밀접하게 만들게 되었다.

흐드러지게 핀 벚꽃 향기가 4월의 투명한 대기 속에 雲霧처럼 엉기던 어느 날 밤, 명순은 노월의 하숙집에서 두 번째 사랑의 꿈과 방종으로 진정으로 그녀를 위한 노월의 충고마저 아랑곳하지 않고 끝없는 남성에의 편력을 계속하기에 이른다. 시대를 앞질러 간 예리한 感性과 사회의 도덕률 사이에 끼인 마찰과 모순을 스스로의 지성으로 타개해 나갈 수 없었던 김명순은 마침내 방탕의 길을 헤매게 되었다. 그러나 모든 일에 쉽게 권태를 느끼는 그녀는 임노월과 화가 길진섭(吉鎭燮)과의 애정도 길지 않았다.

도쿄를 떠나던 날, 전송객 하나 없는 텅 빈 역 구내에서 짙게 내리는 가랑비를 바라보며 한없이 목놓아 울고 싶었다. 복잡했던 생활을 깨끗이 잊고 새 출발을 결심하였다. 서울에 돌아온 그녀는 시인이며 신문기자인 황석우(黃錫禹, 1895~1960)의 소개로 '매일신보'에 입사하였다. 신문사 일을 하는 틈틈에 그녀는 다시 창작에도 손을 대어 잡지 조선문단에 단편 '꿈 묻는 날 밤'을 비롯하여 시 '단장'을 발표하였고, 동아일보에 쓴 시 '외로운 變調' '창궁'은 가장 걸작으로 손꼽혀 왔다.

　　파아란 가을 물결 / 우리들의 마음이 엄숙할 때 / 감마로운 기도로 채워서 /
　　말없이 소리 없이 / 웃으셨다.
　　파아란 가을 물결 / 그들의 마음이 노래할 때 / 애처로운 사랑으로 넘쳐서 /

고요히 한결같이 보셨었다.

1924년 마침내 그녀는 처녀 단행본인 「생명의 果實」을 발행하였다. 24편의 시와 데뷔작품인 '의문의 소녀」등 두 편의 단편소설, 수필과 함께 묶인 단행본은 그 전후해서 발간된 김안서의 「해파리의 노래」, 주요한의 「아름다운 새벽」, 박종화의 「흑방비곡」과 함께 이채를 띄웠었다. 이 무렵 러시아의 여류작가 및 외교관인 콜론타이(1872-1952)의 「情操解放論」이 한국에 들어와 일부 지식인 사이에서 센세이션을 일으키고 있었다. 그때까지도 여성에 대한 인간적인 대우는 너무도 보잘것 없는 것이었고, 오직 전통적인 인습만을 강요하고 있었기 때문에 많은 인텔리 여성들은 여기에 심한 반발을 하고 있었다.

리버럴리스트인 김명순은 이와 같은 여성운동의 선봉으로 구습에 대한 혁신에 정면으로 도전해 나서고 있었다. 어느 날 종로에 있는 바아 트로이카에서 안석영은 바아(Bar)의 경영주인 연학년(延鶴年)과 함께 있었는데 염상섭 옆자리에는 명순이 홍일점 여자 손님으로 와 있었다. 그녀의 방탕한 행적에 비난과 욕설을 퍼부었지만 그녀는 한 마디 변명도 하지 않았다. 질투와 엽기심이 가져온 남자들의 욕설을 옹졸한 자기도취라고 가볍게 일소에 붙여 버리고 말았다.

훗날 그녀가 서울을 떠나 두 번째로 토쿄에 갔다가 7, 8년이 지난 뒤 일곱 살 가량 되는 사내아이를 데리고 귀국했다. 중일전쟁도 막바지에 접어든 그 무렵, 어린 아이를 데리고 돌아온 것을 보고 모두들 이상하게 생각했으나 심심해서 고아원에서 기르려고 데려왔다는 말로 구구한 설명을 피했다. 이때부터 생활은 궁핍해갔으며, 정신적으로 받은 타격은 그녀로 하여금 신경 쇠약증에 빠지게 하였다. 아름다운 낭만과 젊음을 노래하던 그녀의 황혼은 초라하게 다가서고 있었다. 사랑도 예술도 그리고 인생까지 포기해야 할 때가 온 것이다.

극심한 마음의 상처로 시달리던 어느 날 영화 출연 권고를 받았다. 1927년 대륙 키네마사가 제작한 「나의 친구여」에 주연을 맡게 되었

다. 그 무렵 한국 초창기 영화계는 안종화(安鍾和, 1860~1924)의 등
장을 보게되어 패기만만하게 조선예술협회를 설립하고 구태의연
한 신파조에서 탈피하려고 안간힘을 쓰던 때이었다. 은막계의 뉴훼
이스로 등장한 김명순은 당시 조선 영화계를 누비던 나운규(羅雲奎,
1902~1937), 윤봉춘(尹逢春, 1902~1975), 趙慶熙, 서월영(徐月影,
1905~1973), 羅雄과 함께 장안의 인기를 독점하였다.

 1828년 봄, 쓰라린 과거 행적을 영화 일로 하여 거의 잊어가던 김명
순은 두 번째로 영화「淑英娘子傳」에 출연하였으나 이 작품을 불행하
게 흥행에 완전히 실패하고 말았다. 이로 인해 그녀는 영화계에서도
끝내 꽃을 피워보지 못하고 은막에서 물러 나와 홀연히 자취를 감추
었다. 그 행방에 대해 또 다시 세간에서는 구구한 억측이 떠돌았지만
아무도 그 행방을 아는 사람은 없었다. 토쿄로 갔을 거라는 말만이 떠
돌고 있을 뿐.

 나혜석(羅蕙錫, 1896~1948)이 1918년 진명을 졸업하고 渡日하여 토
쿄여자미술전문학교에서 서양화를 전공하고 있을 무렵 일제의 마수
가 본격적으로 뻗치기 시작하여 국내는 걷잡을 수 없이 어수선할 때
이었다. 유학생들 중에서 혜석은 스타와 같은 존재였다. 재색을 겸비
하고 천성적으로 쾌활한 그녀는 곧 유학생들의 사랑의 표적이 되었
다. 당시 와세다(早稻田大學)에 다니는 최순구(崔淳九)와 열렬한 사
랑에 빠지게 된 것은 그녀가 갓 스물되던 해였다. 그녀보다 한 살 연하
인 홍안의 미소년 최순구는 문학청년이면서도 뛰어나게 그림의 재주
가 있는 매혹의 젊은이였다.

 한국이 낳은 최초의 여류화가요, 작가이기도 한 晶月 나혜석은 소리
높여 노라를 노래했으나 봉건의 뿌리가 깊이 밝혔던 그 시대에는 이
러한 한갓 아녀자의 선구적 사상을 이해해 주지 못하였다. 시대보다
앞선 여인의 불행이 있었으며, 낭만에 살다가 눈물을 삼키면서 회한
과 슬픈 自覺을 안고 쓰러져야 했던 기구한 운명을 더듬어 보려한다.

나는 노라이었네 / 아버지 딸인 인형으로 / 남편의 아내인 인형으로 / 그녀
의 노리개였네.
　　노라를 놓아라. / 순순히 놓아다오/ 높은 장벽을 헐고 / 깊은 閨門을 헐고 /
자유의 대기 속에 노라를 놓아라.　　　　　　-노라의 誕生-

　자기 존재의 자각, 그것은 사랑을 안 가장 처음에 오는 정신적인 변화
였다. 그 자각 속에서 그들은 한없는 사랑과 예술에의 정열을 불사르
고 있었다. 그러나 그것은 너무나도 짧은 순간에 지나지 않았다. 그들
의 사랑이 삼년째로 접어든 해, 최순구는 병마에 시달리는 몸이되고
혜석은 떠나지 않으려는 그를 재촉하여 귀국시켰다. 그후 혜석이 그
토록 목마르게 사랑한 최순구는 고향 목포로 돌아간 지 얼마 안 되어
숨을 거두고 말았다. 폐결핵으로 요절한 최순구는 혜석의 가슴에 처
음으로 불을 질러놓은 남자였다.
　혜석의 비통한 가슴은 뼈가 깎이는 듯, 그림도 詩도 그녀의 안중에서
달아나고 없었다. 오직 깊은 절망 속으로 그의 혼은 빨려 들어갔다.
깊은 失意의 아픔속에 잠겨 있는 그녀에게 어느덧 가까이 다가서는
이는 혜석이 최순구와 사랑하는 사이에도 남모르게 애모를 바쳐왔던
金雨英. 그는 당시 쿄토帝國大學에 다니고 있는 수재이었다. 사랑의
괴로움 속에 깊이 빠져있는 그녀에게 그의 影像은 소리없이 찾아들었
고 그녀의 금 간 상처를 쓸어주고 있었다.
　드디어 그들은 약혼을 거쳐 결혼을 앞두고 벅찬 감격에 싸인 婚約의
하루하루가 그런대로 꿈결같이 흘러갔다. 그때 춘원 이광수와의 민
감한 감정을 가지고 있던 관계는 토쿄 우시고메(牛込)女子醫學專問
學校에 다니고 있던 許英肅의 문턱에서 접을 수 밖에 없는 고비가 있
었다. 사람이 운명을 긍정하였을 때 결과되는 신념과 같은 힘, 그것
이 그녀에게 무서운 용기를 낳게 하였다. 이로부터 그녀의 일생은 이
러한 운명에 대한 자각과 긍정과 신념의 힘에서 결과되는 비틀거리는
사랑으로, 온 靈肉을 불태워 가게 되었다. 그녀는 약혼자도 사랑하는

이의 애인인 친구도 안중에 없게 되었다. 결국 김우영과의 약혼에 破約통지를 보내고 말았던 것이다.

두 여성을 한꺼번에 사귀게 된 춘원은 연애에 생명을 내걸고 미쳐버릴 남자는 아니었다. 경제적 여유가 없었던 그의 생활은 언제나 바쁘고 불안정하기만 하였다. 이것으로 우리들 관계를 끊자는 춘원의 한 마디는 혜석을 미치게 하는 치욕감에 떨게 하였다. 이러한 그녀의 失戀 소문은 온통 토쿄 유학생들 사이를 누볐고 급기야 혜석의 오빠가 그녀를 데리러 토쿄로 달려오는 소동을 벌이게 되었다. 그러나 동생의 조리있는 항변에는 그도 어쩔 수 없었다. 오히려 동생이 자기 뜻대로 꿋꿋하게 살아가는 여장부다워 위안이 되기도 하였다.

아직도 우영이 혜석을 잊지 않고, 어제도 편지가 왔다는 동생의 말을 듣고 오빠로서 말릴 수 없었다. 김우영과 나혜석이 결혼한 것은 그녀의 나이 스물 다섯이 되던 해였다. 그들은 행복하였고 춘원과의 아픈 추억을 잊어가고 있는 듯하였다. 목포로 신혼 여행을 온 신랑 신부는 어느 조용하고 아늑한 다방에서 차를 마신 후 거리에 나와, 이제부터 신랑은 신부로부터 가자는 대로 따라가기로 되어 있었다. 시내를 벗어나 한참 동안 밭둑과 논둑을 건너 조그마한 언덕으로 올라갔다. 신랑은 의아심에 가득 차면서도 묵묵히 뒤를 따라갈 수밖에 없었다. 어느덧 어느 묘비명도 없는 초라한 무덤 앞에 이르러 발을 멈추었다.

외롭게 일찍 죽은 최순구의 무덤이었다. 그를 우영도 알고 있었다. 아무도 돌보지 않는 외로운 무덤에 조그마한 빗돌이라도 하나 세워, 혜석이 영원한 이별을 하고 싶다는 이 말을 듣는 신랑 김우영은 착잡한 심정이었다. 신부의 어떠한 소원도 들어줄 수 있었지만 옛날 사랑하던 사람의 무덤까지 찾아와서 비석을 세워주자는 데에는 너무나 어처구니가 없었다. 그런데 신랑은 이런 소원을 아무 이의 없이 받아들일 수 있는 착한 사람이었다.

결혼 후 정신적 안정이 되자 그녀는 더욱 그림과 詩에 대한 의욕을 느끼게 되었다. 밤낮없이 藝道에 정진하고 있던 그녀는 드디어 토쿄 二科展에 당당 두 번이나 특선되는 영예를 차지하였다. 해마다 5월이면 개최되는 이과전은 세계 어느 나라 國展에 비해도 손색이 없을 만큼 높은 수준의 것이었으며, 당시 화가들은 여기에 입선하는 것을 최대의 영광으로 알고 있었다. 1921년 3월에는, 당시 京城日報社 3층에 있던 未靑閣에서 서양화 개인전을 대 好評裏에 가졌다. 우리나라 여류화가로서는 최초의 일이다.

그림을 그리면서도 열심히 詩를 썼다. 언젠가는 혜석의 옛로망스를 신변소설체로 엮은 글을 읽고 난, 염상섭(廉想涉, 1897~1963)은 글에도 열중해 주길 극구 권고까지 했다. 그녀는 이미 토쿄 유학생들의 잡지 「女子界」에 '경희'라는 소설을 발표해서 문단의 경탄을 받기도 했다. 1920년 우리의 제2의 문예지 '폐허'지의 동인이 되어 金億, 오상순, 염상섭 등과 어깨를 나란히 하면서 그림을 그리는 틈틈, 시와 소설에도 본격적으로 손을 대었다. 그녀는 칠흑같은 머리를 헤어토닉으로 굽게 빗은 후 앞의 애교머리를 얄상하게 내리고 소매가 좁은 화사한 색깔의 레인코트를 걸친 채, 가슴과 손에는 황홀한 빛깔의 여러 가지 악세서리를 아름답고 품위있게 달고 다니는 멋쟁이 여성이었다.

유창한 외국어와 고매한 예술적 香薰이 높게 풍기는 우아한 몸가짐은 안동현 부영사란 외교관 부인으로서 그녀는 사교계의 출입이 잦았다. 당시 중국 주재 영국 영사는 그녀를 '동양의 精', 프랑스 공사는 '동방의 꽃' '동양의 진주'라고 거침없는 찬사를 늘어놓았다고 한다. 상류사회에서 오만하다는 평을 받았으나 오만은 때로 여자의 미덕일 수가 있는 것이라고 웃고 넘기는 것이었다. 안팎으로 바쁜 틈을 타서 유지들의 자선 모임을 주선하고 부인들의 야학을 설치하고, 또 기금을 모아 가난하고 불행한 사람의 직업을 알선해 주는 등 장학회도 만들었다. 한편 그녀는 상해 臨政과 국내 독립지사들의 연락을 외교관 부인이라는 특권을 이용, 신속하게 취해 주기도 하였다.

1936년, 나혜석은 남편과 동행, 3년간의 세계 일주 도상에 올랐다. 그녀의 가슴은 터질 듯 기쁘기만 했지만, 好事多魔란 말은 여기에 맞게 되리라고는 꿈에도 생각 못 했던 것이다. 남편이 베르린에 머무는 동안 혜석은 홀로 파리로 갔다. 거기서 미술공부를 할 생각이었다. 낯선 이국 하늘 밑, 분수처럼 솟는 향수를 달래면서 한 자루의 붓에 渾身의 힘을 기울이며 캔버스만을 벗으로 하던 나날이었다. 천만뜻밖에도 매일신보사 사장을 지낸 바 있는 최린(崔麟, 1878~?)을 만난 것이다. 3,1운동 때 33인 중 한 사람으로 지금은 변신하여 조선 총독부 中樞院 參議인 그도 세계일주 도상에 파리에 들른 것이다. 그로부터 두 사람은 어디를 가나 함께였다. 혜석이 유학시절과 김우영과 결혼할 때도 최린은 남몰래 뜨거운 애모를 그녀에게 받쳐왔던 것이다.

　맑고 그윽한 프랑스적인 풍광에 취하여 그들은 공원으로 강가로 로맨틱한, 너무나 낭만적인 나날을 보냈다. 남편도 고국에 두고 온 자녀도 잊은 지 오래였다. 미라보 다리와 세느강의 물결과 남자의 숨이 타는 사랑만 있으면 되었던 것이다. 세느강 南岸에 자리잡고 있는 조그만 아파트 一室을 빌어 동거하기 시작했다. 베르린 남편에게서 온 편지는 답장은 커녕 읽어보지도 않고 그대로 쓰레기통에 던져버리는 것이다. 한 권의 書冊과 불타는 애인의 입술만 있다면 모든 곳이 열반이었다.

　때로는 방돔 광장의 코코 샤넬의 발자취를 따라 높다란 기념주 옆을 돌면서 상제리제의 가로에서 그들은 한쌍의 비둘기처럼 따습고 정답기만 하였다. 최린은 혜석의 무분별한 사랑에 수동적인 대상은 되었을지언정 그녀의 정열과 애욕을 불붙이며 앞서서 이끌어 갈 수 있는 情意의 사내는 못되었다. 차츰 자기의 지위와 외부에 나가는 소문과 고국에 두고 온 가족을 생각하기 시작했다. 그녀의 순간에 충일한 노도와 같은 숨결의 애무에도 이젠 차츰 권태를 느끼기 시작했다. 그녀는 최린으로서는 다루기에 벅찬 정열의 덩어리요, 애욕의 동물이었기 때문이었을까? 그러나 그러한 것보다 궁금한 남편은 그의 비서를 파리에 보낸 것이다.

 이미 사태는 기울어져 버린 것, 최린은 어제의 최린이 아니다. 사랑의 피가 타는 作戱가 끝났을 때 여인에게 남은 것은 오직 사그라질듯한 영혼의 피곤함과 끝모르는 허탈, 지옥같은 悔悟일 뿐이었다. 혜석은 아파트 으슥한 빈방에서 울면서 새우다가 1938년 5월 고국을 떠난지 만 두 해 만에 할 수 없이 홀로 귀국하였다. 모든 것을 상실한 혜석은 수송동 어느 2층에 하숙하였지만 마음도 육체도 송두리째 병들고, 41년 12월에 과천 冠岳寺로 찾아 들었다. 염불로 지친 몸과 마음을 달래다가 다시 토쿄로 가보았지만 옛날의 그곳은 아니었다. 귀국하여 역경속에서 또다시 절을 찾아 入山하기로 하고 충남 예산에 있는 수덕사로 간 것이 1944년 10월 짙은 가을이었다. 김일엽이 입산하여 수도하고 있는 거기에서 두 여성은 서로 자신의 상처를 이야기하면서 밤을 뜬 눈으로 새웠다.

 비구니들의 공동 합숙소인 암자에는 그들대로의 규율이 있었고 질서가 있었으며 그녀들의 자립정신이란 무서울만큼 강했던 것이다. 이런 승방 생활에서 더구나 행동이 깔끔하지도 못한 그녀는 어느덧 그들의 귀찮은 존재가 되고 말았다. 드디어 다른 곳으로 옮겨주기를 권유받게 되면서 말하자면 추방을 당한 것과 다름이 없었다. 훗날 일엽은 "내게 물질과 자유가 있었더라면 그의 몸을 돌봐주는 셈으로 어느 암자에 수용해 주었을 터인데… 그의 예술적 재능과 생의 의욕이 왕성했던 그 아까운 인생을 건져낼 수 있지 않았을까". 이렇게 생각하였다.

 수덕사 見性庵을 쫓겨나다시피 해서 내려온 나혜석은 당시 개성 호수돈 여학교(好壽敦女學校)에서 교편을 잡고 있던 딸에게 얹혀있기도 하고 奉天에서 서울로 이사 온 오빠의 집, 오빠의 권고로 공주 계룡산에서 수도 생활한 후, 마곡사에서 집 한 채를 빌어 세상사를 잊고 그림과 글을 써가며 자연을 벗 삼아 마음을 가다듬기 몇 달, 1년도 못되어 상경하였다.

진명고녀 친구 김숙배 최은희 등의 주선으로 청운동 양로원에 병든 몸을 의탁하였다. 신병은 점점 심해져서 언어 중추가 마비되어 말까지 못하게 되어, 1945년 2월 원효로에 있는 자혜병원으로 들어가 무료병동에 입원, 46년 11월 26일 유달리 차가운 바람이 비를 몰고 오는 음산한 날, 노라를 노래하면서 시대를 너무나 앞섰던 그녀는 깊은 고독과 영혼의 안타까움 속에서 저 세상으로 떠나고 말았다.

## 9. '新정조론'과 오타 마사오(太田正雄. 한국명 김태신金泰伸)

김원주의 단편에서 전제적 남편 밑에 육의 정조(肉의 貞操)를 대신할 정신의 정조를 강조한 논리는 시대와 사회를 떠나서, 그의 개인적 여건도 작용하지 않았을까? 소설은 개성의 반영과도 가깝다. 개성은 시대와 사회라는 토양 속에 뿌리내리고 생육된다. 그의 개인적, 자전적 초혼의 상대는 다리가 한 쪽없는 불구자였다. 의족(義足)을 붙이고 떼는 광경에 몸서리치던 신부는 정신적 상처가 평생을 괴롭혔다. 단편 『사랑』에서 남편은 과거를 가진 여인이 희구하던 이상(理想)의 부부상이었는지도 모를 일이다. 그 시대에 처해서 본다면 현실 아닌 이상에 불과하지 않았을까? 굳이 남성의 입을 통해 아내에게 그런 아내에게 사과한다는 장면도 남성 專制의 구시대에서는 있을 수 없는 일이다. 또 아내를 인격적으로 대하는 것도 정신적 정조론이나 마찬가지로 혁명적인 事象이 분명했던 것이다.

사람은 입으로는 儒學에서는 천도에 의해 착한 사람에게는 福을 주고 음란한 사람에게 禍를 준다 하면서도 여성을 부도덕하다고 일방적 추궁이야말로 비열한 것이다. 기성 권위에 의존하는 보수성과 변혁을 거부하는 것이 과거 시대의 유물이었다. 仁과 慈悲에 대해 그 말은 같으나 仁은 친애하는 곳에서 생겨 사랑으로 연속되고 慈悲는 소위 포시(布施)로서 무차별적인 仁을 말하게 된다 하였다.

1919년 3.1만세 운동 소식을 듣고 국내에 들어와 독립운동에 동참. 식민지 탄압에서 벗어나 국권회복의 꿈을 펼치다가 헌병대에 끌려간다. 그 때 그는 독립운동의 실패와 강대국에 의해 좌우되는 국제정세에 실망하면서 그 대안으로 여성 계몽운동과 언론활동을 시작한다. 다시 동경으로 돌아가는 특급열차 안에서 규슈 제국대학(九州帝國大學) 법대생 오타 세이죠(太田淸藏)을 만난다. 이때 이미 시인이었으며 문학 여성이었던 일엽의 아름다움과 품위있는 자세에 세이죠는 한눈에 반하고 만다. 일엽도 남자의 성실한 모습, 그리고 순진한 마음에 사로 잡힌다.

오타(太田)家 집안에서는 그녀가 식민지 조선인 출신에, 독립 운동가이자 목사의 딸이라는 이유로 결혼을 반대한다. 세이죠는 오타(太田)家와 일엽(一葉)을 놓고 선택의 기로에서 일엽을 택했다. 오타(太田)가(家)를 버린 세이죠(淸藏)와 그녀는 동경 히비야 공원에서 자주 만났는데 어느 날 갑자기 폭우가 쏟아지면서 둘은 비를 피하여 어느 여관으로 들어갔다. 마침내 두 사람 사이에 새 생명이 잉태하게 된다.

일엽은 만삭이 된 몸을 이끌고 시골에 있는 세이죠의 친구 신도(進藤) 아나키의 집에서 남의 눈을 피하여 해산(解産)을 했다. 그러나 아이가 오타가에 돌아갈 수 있게 하기 위해 핼쑥한 얼굴로 세이죠의 만류에도 불구하고 몸이 찢기는 아픔과 눈물 속에 외로이 조선에 돌아온다. 아이는 오타 마사오(太田正雄. 김태신) 란 이름으로 아나키 내외의 보호로 세 살 때까지 자랐다. 세이죠의 조부 오타 후사쿠(太田法作)는 일본 국책은행 총재이며 거물 재력가였다.

아이의 아버지, 세이죠의 근무지가 조선총독부로 바뀌자 아이를 데리고 조선에 나왔으나 하는 수 없이 역시 친구인 황해도 신천, 송기수(宋基洙)의 양자로 입적해 송영업(宋永業)이라는 이름으로 14살 까지 성장한다. 세상의 인연은 질긴 법. 영업은 그가 그린 그림이 콩크르에

최우수상을 받자 부친 세이죠는 기쁜 나머지 국보급 화가 이당(以堂) 김은호(金殷鎬)에게 아이를 맡긴다. 그림선생 김은호한테 생모가 일엽(一葉)이란 말을 듣고 어머니를 그리워하던 아들 김태신은 어머니가 스님이 됐다는 사실을 알고 예산 수덕사 견성암(見性菴)으로 어머니를 찾아간다.

비구니들의 공동 합숙소인 암자에는 그들대로의 규율이 있었고 질서가 있었다. 어머니와 아들의 만남은 즐거움도 슬픔도 이미 말라 버린 오랜 뒤였다. 두 사람은 밤을 뜬눈으로 새우며 어느 조용한 암자에서 속계의 인연으로 아들의 머리 볼 귀 등어리를 떨리는 손으로 더듬어 끌어 안아 주련만 그러나 이런 승방에서 구도정신은 무서울 만큼 강하고 엄격했다.〈어머니라고 부르지 말고 스님이라고 불러라〉모정(母情)이 그리워 먼 길을 찾아 온 아들은 눈물을 흘리면서 수덕여관으로 걸어 내려왔다.

그곳에는 어머니의 절친이면서 당대 최고의 서양화가인 나혜석이 있었다. 그녀는 김태신을 자기 아들처럼 애처롭게 여기면서 보살폈다. 모정에 목 말라하는 김태신을 팔베개삼아 재우면서 자기의 젖무덤을 만지게 했다. 태신은 김은호(金殷鎬) 화백의 양자가 되고 설촌(雪村)이란 이름으로 그림공부를 시작. 도쿄 제국미술학교 졸업 후 고야산 불교학교에서 불교미술을 전공한다. 불교적 세계관과 자연을 합일시키며 석채화가로 독보적 경지에 이른다. 운보(雲甫) 김기창(金基昶)화백을 형이라 부르며 따랐다.

66세의 늦은 나이로 관응 스님을 은사로 어머니가 몸 담았던 불교에 귀의했다. 경북 김천 직지사에서 일당(一堂 )스님으로 주지였다. 지난 2014년 93세를 일기로 고독한 화승의 삶을 마치고 입적했다. 일당 스님의 유골은 어머니 일엽 스님이 『청춘을 불사르고』를 집필했으며, 자신이 기거하며 작품을 했던 성북동 성라암 뒷산에 뿌려졌다.

## 10. 덕숭산 주변 산책

산 높이는 스위스 몽블랑의 십분의 일, 495m이며 수덕산으로 불리기도 한다. 백두대간 차령산맥 줄기로 예산읍에서 서쪽으로 약 20Km 떨어진 지점에 서해(黃海)바다를 조망할 수 있는 위치에 자리잡고 있다. 고산 절벽은 아니지만 아름다운 계곡과 각양각색의 기암괴석이 많아 예로부터 湖西의 금강산이라 불려왔다. 문화재로는 한국에 현존하는 가장 오래된 목조건물인 수덕사 대웅전(국보 49)과 修德寺盧舍那佛掛佛幀(수덕사 노사나불괘 불탱. 보물 1263)이 유명하다.

急傾斜 길에서 용봉산 수암산 줄기가 한 눈에 보인다. 정상에 도착하면 사방이 막힘없는 조망이다. 산 앞에 가야산 전모가 보이고 옆으로 용봉산이 보이는 이곳에 오기를 기다린 지수십 년이 걸렸다. 우측 공터에서 거대한 전망 바위가 등산객을 맞는다. 오르는 돌계단 길은 그 자체가 수도자의 고행길이었다. 하산하는 양 갈래 길에서, 맞게 가는지 의구심을 품고 한없는 발길로 정혜사 쪽을 향해 내려간다.

예산 가야산은 흔히 개산으로 유년시절 불리던 산이다. 해발 678m. 南延君 묘 주차장에서 군묘(君墓)를 올려다보니 風水 지세가 명당의 조건을 갖춰진 듯, 뒤로 가야산 서쪽 봉우리가 문기둥처럼 서 있는 석문봉이 주산이고, 우측으로 옥양봉과 만경봉이 덕산 시가를 내려다보면서 陽地 밝은 원통형 묘터를 조성하고 있다. 조선왕조 순조 乙亥年 15년에 혜경궁 홍씨가 세상을 떠나자 그의 宗戚을 모아보았으나 가까운 집안은 역적으로 몰려 많이 죽은 까닭에 執事할 인물이 없었다.

전부터 正祖는 이복동생 恩信君의 入后를 세워 종친을 만들려 하였다. 이 때부터 종친은 모두 떨어지고 끊겨 졌었다. 安興君 계통 秉源이 아들 셋을 두었는데 그중 둘째 아들 채중(菜重)을 은신군의 양자로 들여보내고 이름을 구(球)로 고쳐서 南延君으로 奉君했다. 촌수로는 13촌 숙질간이다. 남연군은 養祖母되는 혜경궁의 園所를 조석으로 참배하며 보호하는 일을 했다. 華山에 자리잡은 원은 나무가 우거져 경치좋고 그 앞에 용주사는 이 원을 위하여 만든 명소이다.

그는 朝服을 입고 원소를 지키면서 그 일대를 자기 무대로 삼아 왕자처럼 행세하고 있었다. 나라 힘이 미쳐있는 절이므로 웬만한 일에 지방관청도, 민가 사람도, 승려들도 소승 문안드리오 하면서 그의 행차길에 나와 인사하였다. 술을 먹고 기생을 간음하는 등 손가락질받던 인물이었지만 순조는 園所 지킴이의 배척 怨聲을 내버려 두었다. 그의 부인 민씨(閔景爀女) 사이에 4형제 중 넷째가 흥선 이하응(李昰應, 1820~1898)이다. 병신년, 헌종 2년에 남연군이 죽고 3형이 地師를 보내 묘터를 찾고 있었다.

막내 흥선군이 장지를 찾아 踏山하여 터를 잡자 地師는 복치혈(伏雉穴,꿩이 알을 품고 앞을 내다보는 형상)이라 한다. 임금이 나올 자리라는 것이다. 가야산 정상에서 서산 읍성과 북동쪽 예당평야를 지호지간에 두고 망망대해 서해에서 불어오는 해풍을 호흡한다. 태산에 올라간 孔子가 천하가 이렇게도 좁더란 말이냐라고 하던 호연지기를 뒤로하고 멀리 아산만을 조망한다.

바람이 불어오고 있다. 세기말 동아시아 역사가 바람결에 불어오고 있다. 조선에서는 두 차례의 정변 즉 임오군란(1882)과 갑신정변(1884) 중에, 청일 兩國은 약소국 조선을 제물로 삼아 경기도 西海岸에 위치한 1.7㎢ 섬 풍도(豊島) 앞바다에서 포문을 열었다. 1894년 7월 20일 청일의 충돌 포성을 가야산 정상까지 무서운 불길과 함께 들려온다. 19세기 중엽, 잠자는 獅子 청국은 아편전쟁, 애로우호 사건, 태평천국의 난 등 내우외환이 이어지고 홍콩, 쥬룽(九龍)반도는 영국이, 코우친차이나(CochinChina. 인도차이나의 남단, 메콩강 하류의 저습지 安南族)는 프랑스가, 러시아는 북쪽에서 헤이룽강(黑龍江)이북 우스리강 이동 沿海州를 할애해 갔다.

1894년 청일전쟁으로 청국은 작은 섬나라 일본에 패하자 그 약체성이 온 西歐 열강에 드러났다. 반면 내부에 근대 국가로 발전할 소지가 낙후된 후진국 일본은 다른 극동 국가와 달리 서구문물을 수용, 독자적 내셔널리즘 재편성을 완료하였다. 이런 메이지유신(明治維新)의 깃발은 20세기에 극동에서 파워발안스 게임, 즉 세력균형 놀이로 몰고 갔다. 포성은 거친 풍랑을 헤치며 해풍을 타고 몰려 온다.

20세기 현대사에서 한반도는 노일전쟁, 1차대전, 만주사변, 50년의 6, 25 팽덕회가 압록강을 건너오는 人海戰術 등 무서운 악몽에 시달린다. 전쟁에서 여인들의 피해가 제일 크다. 전장의 주검보다 자유를 잃고 종으로 살아가는 非人間의 삶은 삶이 아니다. 노비(奴婢)라고 할 때, '奴'는 남자 종(노예)지만 노예(奴隷)의 '奴'는 오른손바닥(남성)에 잡힌 여자라는 뜻을 가진 會意 문자이다. 落花巖의 삼천궁녀가 여인들의 수난사를 대변한다. 唐軍에 희생된 백제 여인의 怨恨을 안고 백마강은 오늘도 말없이 흘러가고 있다.

가야산 정상에 서서 비통한 수난의 역사와 찢겨진 고뇌로 느릿느릿 등산객들은 수덕사 동쪽으로 4Km 떨어진 산 아래 德山溫泉 온천수로 피로를 푼다. 영혼과 육체가 병들었던 비애를 극복하여 德을 山만큼 쌓는 아침을 기다린다.

검은 먹구름이 뒤덮히던 20세기 초, 영국외상 란스타운(1845-1827)은 의회에서 '단순히 전통 때문에 좌절되어서는 안 된다. 낡은 의논은 유효하지 않다. 우리는 준비하지 않으면 안 된다. 진부한 공식이나 낡은 미신에 좌우되지 않기를 바란다'고 말하였다. 저들은 지금도 그룹을 형성하고 군사적으로 무장하고 있다. 전쟁은 돌발적으로 발생할 것이다.

승려 문인 김일엽이 기거하다 입적했다는 비구니 도량(道場) 견성암이 있고, 산 중턱에는 수덕사와 1,020개의 돌층계로 이어지는 定慧寺가 있다. 1973년 3월 덕숭산과 인근 가야산(伽倻山. 678m)일대가 덕산도립공원으로 지정되었다. 수덕사의 창건 기록은 不分明하여 백제 후기 숭제(崇濟, ?~?)법사가 창건하고 고려 공민왕 때 나옹(懶翁.

1320-76)선사가 중창하였다고 하고, 또 다른 기록에는 599년에 知命 대사가 창건하고 원효가 중창했다고 한다. 확실한 것은 현존 대웅전이 1308년(고려 충렬왕 34년) 때에 건립되었다는 것이다.

따라서 수덕사 대웅전은 지은 시기를 정확히 알 수 있는 가장 오래된 목조건물로 연대기적 가치가 높다. 대웅전 앞에 강당을, 좌우로 승방을 둔 전형적인 산지 중정형 구성으로 배치, 계획상 특이성은 없다 한다. 더구나 중심 곽 하단부에 댁모 강당을 신축하고 연못을 파는 등 1980년대의 무모한 불사 때문에 전통적 경관이 크게 훼손되었다. 그럼에도 불구하고 대웅전이라는 국보만은 이 가람의 오랜 역사 속 그 빛을 높이고 있는 것이다.

수덕사는 백제 위덕왕(威德王 554-597) 때 창건된 것으로 추정하는 것은 여기서 백제 기와가 발견되었기 때문이며, 『삼국유사 속(續) 고승전』에도 고승 혜현(惠現)이 여기서 「법화경」을 가르쳤다는 기록 때문에 가능한 추측이다. 역사 깊은 수덕사는 고승을 많이 배출했다. 그 중에서 단연 경허(鏡虛 1846-1912), 만공(滿空 1871-1946) 두 스님이 으뜸이다. 두 분의 힘에 의해 동방 제일 禪院으로 꼽히고 1984년 총림(叢林)으로 승격. 덕수총림이 되었다.

원래 수덕사는 1911년 일제의 조선총독부가 사찰령을 선포하면서 조선 사찰을 30 본산제로 바꿀 때 공주 마곡사(麻谷寺)의 말사(末寺)에 불과했었다. 그것이 근대 선풍(禪風)을 진작한 선지 종찰로 위상을 높였으니, 경허-만공스님의 자랑이 아닐 수 없다. 만공은 1817년 전북 태인읍 상일리에서 출생하여 여산 송씨로 속명은 도암(道岩)이고, 법호가 만공(滿空)이다. 13세 나이로 동학사에 의탁 바우라는 이름으로 행자(行者)생활, 다음 해 충청남도 서산 천장사에서 경허(鏡虛)를 戒師로하여 사미계를 받고 득도하였다. 경허가 '만공'이라는 호를 주어 조선불교의 법통을 이을 인물로 인정했다.

만공은 1905년부터 덕숭산 금선대에 정착 1946년 10월20일 입적까지 40여 년 정혜사, 견성암 등을 중창하면서 선풍을 떨쳤으며 덕숭 山門을 확립했다. 일제 말기 卍海 한용운(韓龍雲, 1879~1944)과 함께 불교 침탈에 맞서 한국 불교를 지켰다. 선불교 사상을 부흥시키고, 특히 비구니들의 절인 수덕사 견성암을 설립했다. 김일엽은 1933년9월 수덕사 견성암에서 만공스님 상좌가 되었다.

## 11. 맺는말

히구치이치요(樋口一葉)가 사망한 1896년은 김원주가 태어난 원숭이띠 해이다. '일엽'은 대승불교의 메시지를 전한 달마대사가 나뭇잎으로 만든 배(舟)를 타고 중국에 건너갔다는 설화와 일엽의 출가와 연관이 있는 것은 아닌지? 성(聖)- 속(俗)을 뛰어넘는 묵언수행 전통과 불립문자(不立文字)라는 말에서 보듯, 언어의 한계를 절감하는 불교에서 비록 그것이 문학이 되었다 하더라도 허구의 양식을 벗어나기 어렵다. 따라서 관조와 수행으로 얻은 깨달음을 바탕으로 한, 시와 산문(소설과 수필체의 글)에 주목할 만하다.

한문 형태의 선(禪)문학이 만해 한용운에 이르러 비로소 근대화의 옷을 입었고, 그 명맥을 김일엽이 잇고 있다고 평가된다. 어린 시절 기독교를 거치면서 인간 존재에 관한 의문들에 회의를 느꼈음을 고백한 바 있다. 김일엽을 크게 매료시킨 선(禪)불교의 경우, 자아 탐구와 주체 의지의 강조가 '일체유심조(一切唯心造)'로서의 마음은 달마의 대승불교 메시지와 맥을 공유한다 하겠다. 한국 문학사적으로 불교문학 근대화에 한 축을 형성했다는 평이 정당하다. 여권 운동가, 문인, 승려의 자리에서 소설, 시, 종교적 에세이를 통해 다채롭게 펼쳐진 그의 작품세계는 문학사에서 자아와 주체에 관련한 치열한 논의가 요청된다 하겠다.

불교문화는 고려왕조 470여년간 비교적 큰 파란 없이 성장되었다. 신라의 화랑도 정신을 이어받은 고려는 당나라의 한학을 그대로 받아들였으며, 송과 문물의 교류가 많아진 이후로는 송나라의 詩文이 그대로 들어왔다. 그중에서도 고려의 冊子는 송나라에서도 요구할 만큼 풍부하였던 것이다. 이는 고려에서 중국 서적을 많이 출판하여 책이 대량 있었다는 말은 아닐 것이다. 중국 본토에서 귀한 서적이 고려에 있었으므로 구해 간 것일 것이다. 이러한 서적을 중심으로 하여 고려인들의 학문의 태도를 알 수 있다.

불교는 신라의 禪宗만이 그대로 계승되어 별로 더 나아간 모습이 보이지 않고, 오직 義天이 탁월한 두뇌로 天台宗을 해동의 創設宗으로 창건했을 뿐이었다. 한편 불교 미술에 있어서는 건축의 일부가 남아있어 과거의 그들의 건축 모습을 상상해 볼 수 있을 뿐이며 특히 도자기가 발달하여 고려자기의 아름다운 모습으로 悠長한 그들의 예술 정서를 짐작하게 한다고 할 수 있다. 비록 송나라 景德鎭의 발달된 窯業이 고려를 자극시켰으나 고려는 그 나름대로 독특한 모습을 磁器에 나타내기 시작하였다.

몽고 민족의 압제하에 그들의 풍속을 배웠고, 다시 그들의 문화를 들여왔다. 그러나 그것은 몽고인들의 문화이기보다 漢民族의 문화이었다. 이로써 고려는 漢民族의 문화를 몽고 조정을 통하여 배웠는데, 이중에는 전날의 글안 문화나 금나라의 문화가 얼마나 숨어있는지는 자세히 알 수 없는 것이다. 고려는 항상 대륙 문화의 변천의 영향을 많이 받았으므로 일종의 혼혈적인 문화를 받아 자기의 독특한 것을 살리지 못했을 수도 있다 하겠다. 그 반면 고려적인 특색을 찾기는 사실상 힘든 일이 었겠지만, 문화는 교류할수록 새로운 것을 창조하여 발전해 간다. 고려는 중원의 여러 나라와 접촉했기 때문에 문화적으로 진보할 수 있었던 것이 아닌가 한다.

조선왕조 문학에서 가장 먼저 나온 것이 許筠의 홍길동전인데, 庶子 길동의 억울한 심정을 그린 것으로 세종 때를 배경으로 하여 홍판서의 妓妾 춘섬(春纖)의 소생이었다. 천첩의 아들은 아버지인 대감을 아버지라 부르지 못하고, 정실부인에게도 어머니라 부르지 못하는 것은 왕의 아들이나 딸에게도 마찬가지였다. 지위가 높으면 天倫의 호칭까지 달리하는 고대 우리의 봉건사회제도 악습의 일면을 보여주고 있다.

九雲夢은 楊小遊가 팔선녀를 차례로 만나 단란한 생활을 한다는 내용이다. 무대는 중국 회남(淮南) 양 처사의 집이다. 處士의 아들 소유가 자라 과거하는 동시에 여자에 눈이 뜨자 華州의 진채봉, 낙양의 명기 계섬월, 하북지방의 명기 적경홍, 서울로 올라가 鄭小姐에게 장가들고, 다시 정소저의 몸종 佳春雲을 첩으로 만든다. 때를 같이 하여 황제의 누이 蘭陽公主를 尙하여 부마로서 출세하고, 다시 토반(土蕃)의 자객 심요연과 동정호의 용녀 백릉파를 얻는다. 그는 나라에 충성하고 외적을 물리치는 큰 공을 세워 衛國公 봉작을 받고 승상으로서 출세한다.

가정에서 8선녀와 단란하여 六子二女를 낳아 영화를 누린다. 서포 김만중은 西浦漫筆에서 문학은 道를 전하는 것이 아니라 감동을 주는 것이라 하였다. 사람에게 감동을 주는 힘을 유교, 불교의 선종, 도교 사상을 통해서 佛家에서 말하는 해탈의 경지단계는 성진이 자신과 양소유가 서로 별개의 존재가 아닌, 한 존재라는 것을 지혜의 눈을 통해 발견한다. 팔선녀인 8명의 여성을 인격체로 존중하고 친구로 만드는 새로운 관계 방식을 설정하고 있다.

일엽의 정조 문제는 육체의 발견이 아니라 정신이고 플라토닉한 사랑의 의미와 가까운 것이다. 마음과 정신의 문제를 중요시하는 유심론적 특성이 일엽문학이다. 「사랑」은 신정조관을 소재로 낭만적 여성론이 어떻게 귀결하고 있는지를 재미있게 보여주고 있다. 아내의 부정을 의심하며 '사랑의 육체성'에 의문을 제기했던 중세 봉건적 이념에서 강하게 휴머니즘을 설파한 페미니스트로 기억해야 할 것이다.

# 古代 삼한인들과 武勇의 風雲

## -삼한과 백제 부흥의 任存城 고찰-

### 1. 마한

한반도의 중부와 남부에 걸쳐 마한 진한 변한 등 삼한인들이 살고 있었으며, 동북쪽에는 옥저, 동쪽에는 예맥족이 살아 서로 교류하면서 살아가고 있었다. 그 때 북쪽의 漢人들이 자주 침략해 들어오자 삼한인들은 연합하여 대항하였다. 이들이 우리 민족 역사의 근간이 되어 그들이 생활상을 보면 순박성이 비슷하여 대개 同質感을 갖게 한다. 마한의 여러 나라 중에는 伯濟國이 있어 후에 百濟國으로 변했고, 진한 12개국 중에서는 신라국이 커져 고구려 백제와 대항하였고, 변한 12개국 중에서는 六伽倻國이 서로 연맹하여 그중에 가락국이 이를 통치하는 상태로 되어 갔다.

가락국이 신라에 멸망하는 과정에서 여러 가지 슬픈 설화와 그윽한 가야금의 유래속에서 망국의 비애를 전해주고 있다. 고대 사회를 살아가는 일상생활을 살펴, 국가조직이나 풍속 습관 대외관계 등을 찾아 역사적 발자취를 더듬어 보고자 하되, 세월이라는 시간의 흐름에 따라 고대의 유풍은 한갓 회고적인 것에 불과하지만 아직도 남아 있는 우리의 풍습은 향수를 불러오고 있다 할 것이다.

漢水의 중류 지대로부터 오늘날의 호남 호서지방 일대에 고대의 54개의 마한 부락국가가 散在해 있었다. 그중에 큰 부락은 일 만여 호나 되고 작은 것은 수천 호에 이르러 부락국가로서는 상당히 큰 것이었다. 각 부락마다 長帥가 있어 큰 부락의 통치자를 신지(臣智)라 하고, 작은 부락 통치자는 읍차(邑借)라 했다. 그 신지 읍차 밑에 있는 작은 부락을 다스리는 자를 한기(旱岐)라 일컬었다. 이 모두를 총괄하는 聯盟長이 있었으니 이가 곧 마한의 왕이라 불렸다.

호남평야 일대는 큰 벌판인데다 토지가 기름지고 기후도 온화하여 처음부터 부락국가가 크게 발달되어 엄연히 큰 나라와 같은 형태를 갖추었고, 그와 반대로 산간지대에 있는 작은 부락은 나라라 하기보다 한 마을과 같은 것이었다. 마한을 통괄하는 곳은 목지국(目支國)으로서 이곳에 마한의 왕이 웅거하여 마한뿐 아니라 때로는 진한 변한 등과 교섭하고 호령하였다. 순백한 이 백성들은 하늘을 존중할 줄 알았고 농사로 벼를 심었으며 의류 준비로 養蠶을 할 줄 알아 비단을 짜는 기술을 배웠고 삼베와 면포도 짜서 넉넉한 생활을 누렸다.

연맹 왕 治所 목지국은 그리 호화롭지 못하지만 초가로 깨끗하게 지은 궁전이 있었다. 왕이 좌우의 시신들과 국사를 의론하고 있을 때 우곡 성주(牛谷 城主) 주근(周勤)의 急使가 달려들어 왔다. 북방에서 내려온 온조왕의 군사가 지금 熊川에 책(柵)을 만들고 장차 마한의 여러 고을들을 습격코자 한다 하니 대왕께서는 연맹장을 동원하시어 이를 방어하도록 하라는 성주 주근의 전갈이었다. 즉시로 나라의 중요한 장을 모아 都城을 튼튼히 구축하고 연소하고 용감한 청년들을 모집했다.

청년들은 일약 전쟁터로 나가고, 나머지 수백 명은 城廓을 쌓고자 組를 이루어 국가를 위하여 해가 지도록 일하였다. 숭고한 명예심을 안고 서로 도와 성은 순식간에 이루어졌다. 왕과 시신들은 성이 잘 쌓인 것을 보며 매우 만족하여 돌아가, 온조왕에게 보내는 책망의 글을 쓰게 했다. 북방에서 내려올 때 寸土도 없이 중도에 방황하는 것을 王者의 도리로 우리의 땅 백여 리를 떼어주어 대왕의 食邑을 정해주었는데 짐의 영지를 노략질하고자 군사를 보내어 웅천에 성책을 만든다니 망녕된 일인 줄 알라는 것이다.

5월의 태양은 점차 뜨거워졌다. 50여 마을에서는 장차 큰 전쟁에 휩쓸릴 것도 모르고 평화롭게 처처에서 놀이를 벌였다. 모내기를 다 마친 농민들은 추수를 기다리며 그들의 산천에 감사의 제사를 드리며 고되었던 일을 잊고 있었다. 부락의 대표인 天君을 뽑아 제사장으로 삼고, 정결한 곳을 골라 솟대(蘇塗)를 세웠다. 이곳에 북과 방울을 달아 산천의 神이 亭하도록 하였다. 훈풍이 불어 올 때 은은한 방울소리가 하늘에 울려 신이 내려오는 듯했다. 북소리는 오래 계속되었다. 부락 사람들은 일제히 일어나 迎神하는 춤을 추었다.

한 차례 지난 후, 神 앞에 놓았던 음식을 나누어 먹는다. 나이 많은 늙은이로부터 차례차례 음식이 분배되고 동시에 穀酒가 여러 순배 돌아갔다. 동천에 달이 환하게 솟아오르면 사람들은 제각기 패를 지어 제단을 향하여 길게 절하고 각기 자기의 소원을 말했다. 밤이 이슥도록 집으로 돌아갈 생각을 하지 않고 술과 노래 춤을 추며 새벽닭 우는 소리가 요란히 날 때에야 사람들은 자기집으로 간다.

평화로운 이 정경이 채 가시기 전에 북쪽에 온조왕의 군사가 쳐들어왔다. 마한의 연맹국가 몇 개의 성이 함락되자, 백제군은 의기양양하며 전승고를 울리며 회군했지만 웅천책을 헐고 신흥하는 백제국은 더 강성해져서 남으로 쳐내려 왔다. 마한의 연맹군을 괴롭힌 것은 백제국뿐아니라 북방에 있던 漢人들의 郡縣도 역시 기회를 노리고 있었던 것이다. 처음에는 한인의 새로운 문화를 혹 배워보았으나 차차 침범하여 帶方郡을 두고 마한인을 통치코자 하였다. 이 氣脈을 안 마한의 여러 臣智들은 반격할 태세를 취했다.

대방국의 從事官 吳林(오림) 일행이 마한 국에 와서 朝貢을 강요하였다. 자고로 작은 나라는 큰 나라를 섬기는 것으로 귀국의 생산물을 바치면 후일 좋은 官爵을 봉하리라고 강권하였다. 그 자리에 연맹왕 뿐아니라 그 부근에 있는 여러 왕도 모여있었다. 강직한 신분활국(臣濆活國)의 왕도 와서 통역에게 자세한 사실을 묻고 있었다. 오림이 요령을 얻지 못하고 돌아오자 帶方太守 궁준(弓遵)은 옆의 나랑 태수 유무

(劉茂)에게 교섭의 전말을 알려주었다.

마한의 선봉장 臣濆活國의 왕은 군사를 인솔 대방 태수가 주둔하고 있는 기리영(崎離營)을 급습하였다.

## 2. 변한 진한

진한 12개국과 서로 섞갈려 있는 변한 제국도 역시 부락국가로 형성되었다. 낙동강 하류지대, 평야가 넓어 사람이 많이 모이고 먹을 것도 풍족하였다. 이곳에 구야국(狗倻國), 大伽倻로 12개국 연맹장인 왕이 있었다. 먹을 것이 넉넉하니 肉畜도 많이 길러 소 말이 산과 들에 널려 있어 누구나 牛馬를 탈 줄 알았다. 앞에는 큰 바다가 漁鹽의 이가 풍부, 멀리 외국과도 통래 상거래가 이루어졌다.

왕자 소나갈신지(蘇那曷臣智)는 부왕 밑에서 신지로서 직접 논밭을 경작할 줄 아는 훌륭한 왕자였다. 황소에 농기구를 싣고 보리밭 가에서 먼산 아지랑이를 보다가 춘곤이 가득스며 곤하여 꿈나라로 갔다. 눈을 비비고 나니 정신이 든다. 살펴보니 소가 간 데 없었다. 소를 찾아 이리저리 헤맸지만 부왕에게 크게 책망들을 걱정으로 정신이 새로와졌다. 동네에서 노인을 만나니 그 소를 잡아 산신제를 지냈다 한다. 노인은 소 값을 받을 때 철이나 금은보화가 아닌 제사지낸 神殿에 모신 白玉을 달라고 해야 한다 하였다.

소값으로 백옥을 받아 와서 이튿날 아침에 백옥을 두었던 단에는 푸른 紗비단 옷을 엷게 입은 여인이 방끗웃고 있는 게 아닌가. 신령의 지시로 왕자를 모시러 왔다는 청아한 목소리는 더욱 아름다웠다. 며칠이 지났는지 入朝하여 전후사를 아뢰니 허락을 받아 선녀를 찾았으나 그녀는 간곳없이 사라지고 없었다. 나중에는 바다까지 가서 어부에게 물으니 여인이 작은 배를 타고 떠났다고 한다.

弁辰나라 중 가야국의 이 한 토막은 가야국의 여신이 일본에 건너가 신이 되었다고 하는 이야기이다. 『일본서기』의 기록은 당시 가야국은 왜국과 가까웠으므로 왜인들이 왕래하였는데 가야국의 문물을 흠모하여 만들어진 이야기일 것이다. 변한 12국은 그 후 변천하여 육가야국으로 되었다. 김해를 중심으로 한 금관가야국은 변한 12개국 중 가야국으로서 시조는 수로왕. '駕洛國記'가 현존하여 그 변모를 알게 되었다.

首露王이 158세로 서거, 다음에 居登王 39년간, 마품왕(麻品王, ?~291)이 39년간, 居叱彌王 56년간, 이시품왕(伊尸品王, ?~407)이 62년간 재위하였고 좌지왕(坐知王, ?~421)이 15년 재위. 傭女를 娶하여 용녀정권으로 정국이 문란하였다. 신라와 수상한 움직임에 박원도의 상소로 王后편 당파를 내몰고 국세가 만회되었다. 아들 취희왕(吹希王, ?~451)이 31년간, 다음 지지왕 42년, 감지왕 30년, 仇衡王 42년간 다스리다가 신라 법흥왕 19년 양국이 전쟁으로 衆寡不敵하여 왕과 왕비 아들 삼 형제가 신라에 들어갔다. 이로써 가야국은 9대 491년간 이어오다가 신라에 합병되었다.

高靈에 있던 대가야는 금관가야와 백중세로 그 시조는 이진아시(伊珍阿豉, ?~?)로서 16대 520년간 내려오다가 최후 道設智王때 신라 진흥왕과 싸워 남녀노소 합세하여 대항했다. 신라 총지휘자 伊湌 異斯夫는 젊은 화랑 15세 斯多含에게 성문 파괴를 명하니, 대가야는 망하고, 육가야 중 가장 큰 두 가야국이 멸망하였으니 나머지 네 가야국은 풍전등화가 되었다.

星山伽倻의 嘉悉王은 일찌기 晉에서 들여온 쟁(箏)을 보고 12현의 거문고를 만들었다. 가야국은 작은 나라지만 山水佳麗 風月과 學德을 갖춘 선비들이 많았다. 특히 省熱縣의 악사 于勒을 불러 가야국 거문고에 맞추어 곡조를 지으라고 하였다. 어명으로 작곡한 국세가 기우는 형세로 지은 것이라, 대개 애조를 띠고 있었다. 작은 성산가야마저 망하여 신라에 잡혀가 진흥왕의 정전 앞에 엎드려 있었다. 大阿湌 거칠부(居柒夫)가 우륵의 가야금 연주를 임금께 주청하여 하림조(河

臨調) 슬픈 곡을 타서 거칠부 異斯夫가 조정에 맞지 않는다 반대했으나, 이번에는 눈죽조(嫩竹調)로 애조가 없는 경쾌 희망적이었다. 임금은 신라의 악사로 정하여 신라인이 배우도록 하였다.

나머지 아라가야(阿羅伽耶. 咸安), 고령가야(古寧伽耶. 咸昌), 소가야(小伽耶. 固城) 등 작은 나라는 이때를 전후하여 신라 또는 백제의 영토로 복속되었다. 이를 요약 삼한 영역을 살펴보면, 마한은 한강에서 시작하여 호남 호서 일대에 널려 있다가 그 속에서 나온 백제에 통합되고, 진한은 경상 동북부에 산재해 있다가 그 속에서 나온 사로국(斯盧國. 新羅)에 합병되고, 변한은 경상 서남쪽에 산재해 있다가 六伽倻로 되고 다시 대부분 신라로 들어갔다.

### 3. 백제의 장성

마한 50여 개국 중 백제(伯濟)는 마한인의 나라이다가 북쪽에서 내려온 부여족의 온조가 한강 부근에 나라를 통솔하였다. 점차로 백제국(百濟國)은 이웃에 있는 작은 나라들을 정복 큰 나라로 만들어갔다. 사면으로 팽창하면서 낙랑군과도 싸우고 대방군과 연락하기도 하였다. 북쪽 고구려와 국경을 접하게 되자 近肖古王은 평양성 근처까지 쳐들어가 왕을 죽이기도 했다. 같은 왕족끼리 싸워서 그 결과 문주왕은 남으로 쫓겨 遷都하는 일과 근래의 무령왕릉의 발견으로 새로운 백제의 화려한 문명을 알 수 있게 되었다.

그 사이 일본과의 국교와 아직 몽매한 왜족에게 흘러 들어가 문명을 깨우쳐 주었으며 바다를 사이에 두고 우수한 교역도 이루어졌다. 백제 최후의 도성 소부리는 경치 좋고 아담하여 정치하기보다 유흥하기에 알맞은 곳이었다. 120여 년간 이 곳에서 외적과 대항하면서 자기들의 문화를 가꾸어갔다. 이 문화는 중국 南朝의 문화로서 매우 아름다워 唐의 시인 묵객의 풍을 나타내기도 하였다.

한강 가의 아름다운 위례성(慰禮城)에서는 溫祚 시조 이후 점차 국토를 확장해 갔다. 2대 多婁王 때 북부에서 말갈족의 침입, 3대 기루왕 (己婁王) 때 한강 물이 홍수로 넘쳐 처음으로 범람사태가 발생하였다. 4대 개루왕 때는 신라 아찬(阿飡) 吉宣이 본국에 역모하고 백제로 도망하여 최초의 국제적 국사범이 발생하였다. 5대 肖古王 시기에 누차 신라와 싸우고 8대 고이왕(古爾王) 때 南澤에 水田을 일으키어 농본국으로서 개발을 촉진했고 魏의 관구검(毌丘儉)이 고구려를 칠 때 낙랑의 변두리를 쳐 점차 漢人의 영토를 잠식하였다. 이 때 관제로서 육좌평(六佐平)을 두었고 낙랑의 여러 문화를 섭취하였다.

다음 책계왕(責稽王)은 대방군 안에 있는 소국 왕녀를 맞아 왕비를 삼았는데 보과부인(寶菓夫人)이다. 고구려에서 낙랑의 여러 나라를 합병할 때 협력 요청을 거절, 낙랑의 딸 보과부인이 낙랑의 딸인 까닭이었다. 이런 원인으로 고구려와 사이가 나빠지고 북침을 두려워하여 아차성(阿且城)을 한강 가에 쌓았다. 동쪽에서 침략하던 맥인(貊人을 막다가 책계왕이 전사, 보과부인 소생 분서왕이 습위하였으나 漢四郡 이후 숨은 비화가 많이 있었을 것이나 세월이 오래되어 사실이 구비로 내려오는 말까지 소실되었다. 『百濟本紀』를 요약해 보았다.

13대 근초고왕은 웅대하며 식견이 넓어 국위를 대외적으로 높혔다. 북쪽 낙랑을 내쫓고 고구려와 국경을 대치하게 된다. 고구려의 힘은 雉壤城에 주둔하자 백제 태자 수(須)를 보내 물리치고, 용맹한 백제 군사들은 누런기를 들고 漢水 남쪽 벌판에서 보무당당히 왕과 태자의 사열을 받고 기세를 올렸다. 다음 해 26년에 남침의 정보를 갖고 왕은 태자와 같이 3만의 정병을 인솔 浿水를 사이로 양군이 대치하였다. 강대한 백제 맥궁(貊弓)에 고구려왕이 거꾸러지자 태자가 추격하려 하자 장군 막고해(莫古解)가 중지할 때를 알면 위태롭지 않을 것이오, 왕자를 가로막고 간하니 회군하였다. 역사상 처음 보는 전승이었다.

즉시 왕은 이 전승 기념으로 태학박사 고흥(高興)을 불러 시조 대왕 이래 400여 년 그 역사가 없으니 역사를 기록하도록 명령을 내렸다.

왕은 재위 30년 만에 세상을 떠나고 태자 須가 계위, 이가 근구수왕인데 재위 10년, 웅대한 포부를 펴보지 못한 채 아깝게 부왕의 뒤를 따랐다. 역시 『백제 본기』의 요약이다.

15대 침류왕 원년에 자비로운 부처님의 빛은 백제의 중생을 濟度코자 天竺國(인도) 마라난타(摩羅難陀)는 東晉으로 들어와 제도하고, 동쪽 바다를 건너 백제에 온단 소식이다. 왕은 시신을 데리고 한강 가에 나왔다. 임금도 따라 절하고 이 때의 서울은 북한산 밑이었다. 다음 해에 漢山州 뒷산에 절을 지어 마라난타를 있게 했다. 이 새로운 종교를 믿고자 임금, 왕비 태자들은 거의 매일같이 한산절로 들어가 염불을 외고 있었다. 그해 겨울 침류왕이 서거하고 왕제 진사왕(辰斯王)이 조카를 밀고 즉위, 궁전을 크게 짓고 연못과 정원을 만들어 사치를 일삼다가. 남침을 당하여 고구려에게 漢水 북쪽 여러 땅을 잃고 말았다.

阿莘王 즉위부터 광개토왕은 백제를 급습하여 멀리 왜국과 通好하여 태자 腆支를 왜국 인질로 보냈다. 왜국이 백제의 문화를 알게 되고 그 문화를 요구했던 것이다. 고구려 東晉에서 학자가 궁중에서 크게 활략할 때, 왕은 사신 아직기(阿直岐, ?~?)와 동진에서 온 유명한 王人을 보내주었다. 왕인은 왜국 학자들에게 논어 천자문을 가르쳤다. 그 댓가로 국세가 위급할 때, 도와주기로 했다. 아신왕 사후 전지태자 즉위 전, 백제의 존망은 위태하였는데 仲弟 훈혜가 임시섭정으로 태자의 귀국을 기다렸다. 季弟 접례(楪禮)는 불평을 품고 훈혜를 유인하여 죽이고 왕이 되었다. 즉 형제간 왕위 계승 싸움이 일어난 것이다. 비통한 소식을 듣고 전지태자는 왕인 아직기등과 의논, 왜왕은 군사 100여 명을 호위 귀국을 도왔다.

한강을 소강(遡江)코자 교동섬 근처에서 데리고 온 장병과 같이 섬에 내려 뒷소식을 기다렸다. 백성들이 들고 일어나 접례왕을 죽이고 태자를 왕으로 모시고자 한다는 소식을 듣고 한강을 遡江하여 위례성으로 향하였다. 전지왕이 즉위하자 왜국에서 夜光珠를 보내 축하하였다. 왕은 답례로 白綿 10필을 보냈다. 4년에는 왕의 庶弟인 餘信에게 처음 생긴 上佐平 최고의 관직을 주어 정치를 통괄케 하였다. 즉위 16년 3월 왕이 붕어하니 어린 아들 19대 久爾辛王이 되고 모친 팔수부인(八須夫人)이 섭정하였다. 이듬해에 20대 비유왕(毗有王)이 즉위하여 29년간 집권했다.「日本書紀」에 의하면 백제와 일본이 서로 물건을 주고 받으며 친하게 지냈다고 한다.

21대 개로왕(蓋鹵王)시기, 북방 고구려가 노골적인 침략이 극심하였다. 개로는 北魏에 구원의 글발을 보내 굴신적으로 신(臣)자를 넣어 구원했으나 거절당하니 국교를 끊고 독자적 힘으로 국력을 기르기로 했다. 고구려의 간첩 중(僧) 도림(道琳)이 들어와 왕에게 고구려와 화친과 교류를 권하고 왕과 함께 바둑으로 세월을 보냈다. 그동안 도림은 백제 군비의 허실과 동정을 살펴 고구려에 돌아가고 즉시 침략해 내려왔다. 國都 漢城을 빼앗기고 왕은 아차성 밖에서 무참하게 피살되었다.

이전에도 왕은 때때로 유흥과 여색을 탐했는데 궁성에서 나와 백성들의 사는 곳을 순시하다가 아름다운 여성을 발견하였다. 이 여인이 도미(都彌)의 妻인데 정절로써 왕의 방탕성을 여지없이 우롱했다. 두 눈을 잃은 도미는 한강에 떠내려 갔다. 성을 빠져나온 도미의 처는 남편의 뒤를 쫓아가 한강 하류 천성도에서 남편을 찾았다. 곧 장수왕이 그들의 말을 듣고 중 信誠을 도림으로 이름을 바꾸어 남으로 내려보냈다. 백제 한산절에서는 고구려의 명승이 염불과 목탁으로 사람의 장래를 점친다고 소문이 났다. 국경 경계가 엄했으나 중만은 예외였다.

신성 중(僧)이 대왕의 용안에는 삼국통일의 빛이 보인다니까, 개로왕은 매우 기뻐하며 바둑판을 내려놓고 거기에 탐취되었다. 이어 왕자는 자고로 위엄을 갖추어야 하니 성곽과 궁전을 개수하라 한다. 다음날부터 한수 가에서 돌 뜨는 소리가 요란하고 아름드리 큰 나무가 한수 상류에서 무수히 떠내려와 고루거각이 지어졌다. 漢水 兩岸에 방축을 쌓고 그 위에 나무를 심으니 경치 또한 아름다워 지었다. 백성이 살아야 나라가 지탱된다고 재증걸루(再曾桀婁, ?~?))와 고이만년(古爾萬年)이 役事를 중지할 것을 상주하였으나 임금은 변방지키는 軍務에만 힘쓰게 하여 물리쳤다. 신성은 요승이라던 두 장군의 말대로 어느날 신성은 자취없이 사라지고 말았다.

그해(21년) 가을, 장수왕은 3만의 대군을 인솔하고 쳐들어 왔다. 변방 장수들은 쫓겨 마지막 위례성 하나만이 남아 있었다. 견고한 성은 7일 동안 공격에도 견고했으나 火攻에 동풍이 갑자기 불어와 화염에 싸이자 왕은 서문으로, 다시 남성으로 도망갔다. 渡江코자 할 때 役事 중지를 상주했던 두 장수에게 묶이어 아차산성에서 신성과 도미의 妻가 보는 앞에서 무참히 처형되었다. 장기나 바둑 놀음에 나라는 이 꼴이 되고 백성들은 남쪽으로 남쪽으로 장사진 같이 내려갔다. 그러나 춘풍추우 1,500여 성상이 지난 오늘에는 그 형적조차 찾아 볼 수 없게 되었다.『百濟本紀』의 기록이다.

## 4. 곰나루성

22대 문주왕이 태자 時, 신라 자비마립간에 청병하여 1만 명의 응원군이 왔다. 한 달이 걸려 도성에 돌아오니 고구려 침략군은 돌아가고 궁전은 불타 만목 悽慘하였다. 부왕의 시체를 안고 백제 남방의 중진 곰나루성으로 천도했다. 왕제 昆支를 내신 좌평으로 정해 곰나루성 개축하다가 죽고, 병관 좌평 解仇에게 의뢰했으나 급습으로 왕의 큰 뜻은 무너지고 말았다. 23대 삼근왕 때 좌평 해구가 대두산성에서 반기를 들었다. 왕명으로 좌평 眞男이 싸웠으나 패하고 꾀많은 眞老는 자객을 이용 해구를 죽였으나, 3년만에 죽고 문주왕의 아우 곤지의 아들 동성왕이 즉위하였다. 그는 신라와 친밀하여 신라 伊湌 비지(比智)

의 딸을 왕비로 맞이했다.

10년간 궁실을 중수하고 군사양성하여 곰나루 남쪽에서 일대 열병식을 행하여 기세를 올리었다. 이때 北魏가 고구려를 거쳐 쳐들어왔다. 강하게 반격하는 백제군에게 패하여 달아나 동성왕의 의기는 충천하였다. 탐라로 부터조공을 받아 국고가 넉넉해지니 곰나루강 푸른 물결을 완상코자 구궐 동쪽에 臨流閣이란 별장을 지었다. 높은 집은 공중에 솟아 城을 압도하였다. 연못 폭포수 아래 연못에는 금잉어가 노닐고 좌우에 石假山을 쌓아 기화요초, 날짐슬 산짐승을 기르게 하였다. 왕의 호화생활에 신하들이 임류각 문을 닫아 백성들을 살 수 있게 하라고 들고 일어섰다. 왕은 諫官의 말도 듣지 않고 여민동락이라고 궁중 궁녀들이 다 이곳에 모였다. 衛士佐平 백가(苩加)는 불평을 품고 왕의 명령을 어겨 가림성(加林城)으로 쫓겨 그곳을 지키고 있었다.

가을부터 임금은 수렵하며 쏘다니다가 겨울에 말개(馬浦)에서 야영 중에 백가의 칼에 죽고 25대 武寧王이 즉위하였다. 한솔(扞率) 解明을 시켜 가림성에서 백가를 사로잡아 백강에 버리어 부왕의 원수를 갚았다.

1971년 7월에 공주에서 무령왕의 능이 발견되어 지석(誌石)나와 寧東大將軍百濟斯麻王年六二歲 發卯年五月丙戌朔七日壬辰崩 到乙巳八月癸酉朔十二日甲申安措登冠大墓 立志如左. 그러고 보면 사마왕은 개로왕 8년에 낳은 것을 알 수 있다. 그동안 개로왕의 아들 문주왕이 4년간 재위하였다가 좌평 해구에게 피살되고, 다음 문주왕의 아들 삼근왕이 재위하였으나 나이 13세였다. 불과 3년 만에 죽고 동성왕이 즉위. 개로왕의 손자이다. 동성왕 23년간 재위. 무령왕이계승. 역사적 변동으로 공주 천도 이후 왕이 여러 번 갈렸다. 동성왕은 사치한 왕이었다.

무령왕 즉 사마왕의 재위 23년간은 백제가 다시 부흥한 시대였다. 고구려에 대항하여 싸우고 멀리 양(梁)나라와 通好하였다. 그 문화가 밀려들어 와서 호화로운 생활을 했다. 능에서 출토된 왕의 애장했던 물건으로 짐작이 간다. 금관과 여러 珠玉 금은보화 등 출토품으로 보아 무령왕은 무력을 회복한 것을 알 수 있다.

## 5. 소부리성

26대 聖王은 영명하여 모든 일을 명확히 판단하여 성왕이라 칭한다. 고구려와 투쟁이 가장 심하여 장군 志忠을 보내 기병 一萬으로 물리치고 신라와 동맹 서로 교빙(交聘)하였다. 남쪽 가야국을 대부분 합병, 16년에 서울을 소부리성, 즉 泗沘城으로 옮겼다. 이때부터 옛날 자기들 종족 명을 따라 나라를 남부여(南扶餘)라하였다. 이것은 민족 관념을 뚜렷하게 표현한 사실을 말해주고 있다 하겠다.

소부리성은 산수가 아름다운 곳이다. 반월성 아래 백강이 유유히 흐르고, 뒤에는 작은 부소산 얼굴이 둘러싸여 있어서 왕궁을 지키고, 남쪽으로 넓은 벌판이 펼쳐져 백성을 먹여 살리기에 적당했다. 궁실을 꾸미고 석조(石漕) 등을 세우고 화초를 심어 정원을 아름답게 만들어 놓았다. 불교의 나라 양나라와 친하여 남쪽의 문화를 받아들였다. 자고로 남방 중국 역대 조정은 곡선을 자랑하는 문화를 만들어 사람의 마음을 부드럽게 하였다. 양나라에서 모시박사(毛詩博士, 詩經,)를 비롯, 열반경을 가져왔고 匠人과 畫師까지 들어왔다.

성왕 30년에는 일본에 금동 석가상 일체와 경론 반개(絆蓋) 관음상을 보냈다. 왕은 사신을 시켜 '이불법은 모든 종교 중에 가장 난해하고 들어가기 어려운 것이오. 옛날 周公이나 공자까지도 모르던 것이오. 이 교의 교리는 無量無邊하며 복덕과보(福德果報)가 생기는 것이오. 멀리 천축국에서 시작되어 우리 삼한에 널리퍼져 모든 국민들이 봉행하고 있소. 귀국에서도 이 교를 많이 신종하여 축복받기를 바라오.'라는 서신을 모냈다.

백제불교는 정식으로 일본에 전파되고 불교국을 만든 것이다. 이때 신라 진흥왕이 漢水 중류지대인 옛 백제 도성 근처를 점령, 그곳을 新州라 하며 軍主를 두고 통치하였다. 영특한 성왕은 고구려 도살성(道薩城)을 점령하여 한수 부근까지 올라가게 되었다. 변화무궁한 것이 국제정세의 변천이다. 성왕은 고구려보다 신라가 더 괘심했다. 신라를 치고자 친히 보기(步騎) 50을 인솔하고 구천(狗川. 沃川)으로 떠났다. 지금까지는 동맹국으로 고구려에 대항하여 싸웠으나 이때부터 신라와 싸우는 시대가 된다. 『百濟本紀』의 기록이다.

27대 위덕왕이 재위 때 신라가 熊川城부근 까지 쳐내려 왔을 때, 신라 서울에 마(薯 감자)를 팔고있는 아이들이 골목마다 돌아다니며 괴수 아이가 '마 사려!'하면 다른 아이들이 따라 '마 사려'하고 떠돌아다녔다. 비록 마를 파는 장사치지만 괴수 아이는 민활하고 얼굴이 잘 생겼으나 어디에서 왔는지 아는 사람이 없었다. 그냥 마 파는 아이라고 하여 서동(薯童)이라고 불렀다. 원래 이 마는 중국 남방에서 온 것으로 백제에 처음 들어와 심기 시작했는데 맛이 좋다고 하여 이름이 마로 된 것이다. 아이들은 모이면 지난 일을 이야기하며 하루의 피로를 잊는다. 어젯 밤 월성대 뒤에서 예쁜 여자에게 마를 많이 팔았다고 한 아이가 자랑하자 서로 저들도 가본다고 떠들어댄다.

먼저 괴수 아이가 마를 판 아이와 월성궁 담을 휘돌았다. 따라 나온 시녀는 마를 사고 있는 예쁜 여자를 공주마마라 불렀다. 아이들은 선화 공주님을 시집보내기로 힘쓰자고 하며 또 다시 아이들은 웃었다. 괴수는 '선화 공주님은 남 몰래 시집가려고 밤마다 서동방을 몰래 안고 간다더라' 하고 노래조로 불렀다. 아이들은 따라 부르며 순수하게 아무런 장식없이 서동의 노래를 곧 배웠다. 그냥 마 사려하는 것보다 노래 곡조로 부르니 더욱 그럴 듯하였다. 다음날부터 처처에서 서동요가 퍼져나갔다. 서라벌에서 모르는 아이가 없을 지경이고 어른들도 알았고 선화공주도 들었다. 덕을 닦은 왕은 거리에 돌아다니는 동요를 처벌을 못한다 하여, 진평왕은 王后와 상의하여 공주를 월성궁전

멀리 남쪽으로 떠내 보냈다.

그날부터 마동의 동요소리는 그치고 서동은 공주의 뒤를 따라갔다. 시종이 황금을 짊어지고 올 뿐이었다. 잘 생긴 얼굴에 싫지 않은 이야기로 백제 왕자임을 알게 되었다. 나라는 비록 서로 원수라고 하지만 우리들 사랑에는 원한이 없다고 왕자와 공주는 백제로 향했다. 공주가 황금을 보이자 서동은 마를 캐던 곳에 얼마든지 많다고 황금을 신라로 돌려보냈다.

백제 서울은 서라벌보다 더 컸다. 길거리는 깨끗하고 버드나무가 무성하여 민심이 부드러우며 처처에 절이 있어 조석으로 종소리가 들려왔다. 문물이 발달되어 있었다. 29대 법왕이 붕어한 후 여러 아들 중 똑똑한 마동이 왕이 되었다. 30대 武王이다. 그는 부왕이 짓기시작한 王興寺를 더 중창하고 왕비와 같이 백강을 거슬려 올라가 왕비는 왕이 마를 캐던 곳에서 가지고 온 금은보화를 시주하였다. 35년간 걸린 이 사찰은 봄 2월에 완성되어 낙성식을 거행했다. 이곳에 개울이 없었으나 궁성 앞까지 30리나 되는 운하를 만들어 양쪽 둑에 楊柳를 심고 진달래 등 화초를 가꾸어 경치가 화려하였다.

무왕은 유흥에 빠져 나라의 일을 소흘히 하지 않고 신라와 싸워 阿幕山城을 빼앗고, 가잠성(椵岑城)을 쳐 성주 찬덕을 죽였으며, 속함(速含) 앵잠(櫻岑) 기잠(岐岑) 봉잠(烽岑) 기현(旗縣) 혈책(穴柵) 등을 공격하여 많은 성과를 올렸다. 이때가 백제로서는 마지막으로 강성을 떨쳤던 시대였다. 외교에도 능통하여 고구려가 隋와 싸울 때 수를 돕는 척, 고구려에 내통하여 중립을 지켰다. 다음 당과도 왕의 조카 복신(福信)을 보내 당 태종에게 등극을 치하하였다. 『삼국유사』에 기록되어 있다.

호메로스의 二大 敍事詩에서 '일리아스'의 아킬레스는 용장이었고, 트로이의 木馬를 이용한 오뒤세이아는 智將이었다. 유교전래 이전부터 自己制御의 미덕을 알았던 韓族人들은 非騎士道的 비겁한 간계가 용납되었다. 삼국유사를 보면 옛부터 비기사도적 간계에 의한 싸움이 용서받았던 사실이 도처에서 발견된다. 투쟁이 금기되고 약간의 비굴이 용서된 것이다. 폭력의 영웅이 부정될 때, 자연히 좋게보아 智力의 싸움, 남을 속이는 것까지 '덕'이라고 보았다. 목을 베는 기로틴보다 분명히 큰 덕, 즉 미덕인 것이었다.

진평왕의 셋째딸 선화공주는 아름다운 미모의 여성이란 소문을 듣고 멀리 서라벌을 찾아온 소년은 그의 모친이 과부였는데 연못의 용과 통정하여 그를 낳았다는 것이다. 과부의 몸에서 태어난 사생아인데 호탕한 사랑에 들뜬 플레이보이형의 인물이다. 마(薯蕷.감자서, 감자여)를 캐서 생활하던 가난한 신분, 혈통도 보잘 것 없는 이방인이 공주를 구애했다는 모험이 흥미롭다. 백제의 노래가 모두 소실되고 정읍사와 함께 겨우 두 노래만이 현전하는데 사랑의 노래가 이런 모습이다.

善花公主主隱 他密只 嫁良置古 / 薯童房乙 夜矣卯乙 抱遣去如
선화공주님은　남그스기,남몰래　얼여두고,밀어두고(밀통하고)　마동방을
밤에 몰래　안고가다

서동은 똑똑한 마를 파는 아이들의 魁首이었지만 진평王后가 딸을 위해 등짐으로 가져온 금을 보고 비로소 금을 알았다는 것은 그의 지모는 물질적인 것이 아니라 정신적 사랑을 향한 한계성이 있다. 백제 武王이 되었다는 것도 그렇고, 무왕은 前代 29대 法王의 아들로『삼국사기』에도 기록되었다. 이병도 박사는 서동은 무왕의 兒名이 아니라 24대 동성왕(牟大, 牟都, 末多)의 이름으로 왕 15년에 신라와 통혼한 사실을 로만스화한 설화일 것이라 주장하고 있다.

## 6. 의자왕과 白江의 유한

31대 의자왕은 무왕의 아들로 용감하였으며 형제간에 우애가 좋아

海東曾子로 불리며 성군소리를 들었고, 백제 멸망 5년 전만 해도 신라를 공격해 30여 城을 빼앗았다는 기록이 전한다. 『삼국사기』에 전하는 대로 음란과 향락에 빠져 정사를 등한시하고 간신들에게 놀아났던 것인가. 서동요로 알려진 막동방과 선화공주의 이야기를 기록한 『삼국유사』는 서동이 백제 무왕이고 선화공주는 진평왕의 셋째 딸이라 했다. 사실이라면 선화공주가 의자왕의 어머니인가. 그가 왕위 즉위 초 정치적 입지가 취약한 이유가 외가가 敵國 신라였기 때문이고 신라를 공격한 것이 그에 대한 반발이 아니었을까.

의자왕이 태자 책봉은 632년 무왕 32년이다. 출생년도 정확히 전하지 않는다. 추정컨대 30대 중반을 넘어서일 듯하다. 내부 견제라고 짐작할 수 있다. '사기'의 기록은 왕족과 귀족들 사이에서 흠잡히지 않는 평판을 얻고 있음을 보여준다. '해동증자', 증자는 공자의 제자 가운데 한 사람인데 부모에게 극진히 효도한 인물이었다. 의자왕 초년에는 신라를 없애고자 명장 윤충으로 대야성을 함락, 고구려와 화친, 신라가 당과 통하는 당항성을 탈취하였다. 당 고종은 신라에서 탈취한 땅을 돌려주라 하여 못마땅하였으나, 신라 국력이 발전이 느리어 의자왕의 마음은 나태해져 갔다. 그는 후궁이 많아 아들만도 41명이나 되었다. 아들들에게 모두 좌평벼슬을 주고 태자궁을 호화롭게 지었다. 궁성 남쪽에 망해정(望海亭)을 굉장하게 건축했다. 망해정 정자에서 풍류소리가 쉴새 없으니 나라가 망할 것이라 멸시하였다. 쉬 망하라는 정자. 망해정. 좌평 성충(成忠)은 정치에 전념해 신라 재건을 막아야 함을 간하였다.

임금은 대야성을 잃고 거의 백제가 망해간다고 간(諫)하는 성충을 하옥시켰다. 성충은 나라가 망하는 것을 볼 수 없으니 먹기를 거절하였다. 좌평 흥수(興首)는 몰래 음식을 보내 국가 일을 도모하자 하였다. 역시 성충은 음식을 물리치고 상소하였다. 전쟁에는 용병을 알아야 하니 육군은 탄현(炭峴)을 넘지 못하게 하고 수군은 기벌포(伎伐

浦) 안으로 들어오기 전에 막아야 한다 하였다. 왕은 여전히 유흥에 빠져 중년에 놀아난 왕은 누가 무어라 해도 듣지 않았다. 끝내 성충을 옥사하고 말았던 것이다.

괴상한 이변이 연달아 일어났다. 사비강 삼장 고기가 죽고 生草津에 18척 여인 시체며, 궁중 느티나무가 사람소리로 울었다느니 요란 소문이 퍼져나갔다. 6월에 왕이 왕흥사에 갔더니 배가 큰물에 산문 앞까지 밀리어 들어왔다. 곧 배는 간 곳 없고 사슴같은 개 한 마리가 왕궁 쪽을 향해 짖고 있었다. 성충이 죽더니 별일이 다 생기다가 의자왕 20년 3월 당의 고종은 소정방을 大總管, 김인문 부총관으로 수륙군 9만을 인솔하여 황해를 건넜왔다. 신라에서 김춘추왕이 김유신 眞珠 天存 등과 서울을 출발하고 태자 법민을 덕물도로 보내 소정방을 만나 태자 김유신 품일 품춘 등이 군사 5천으로 백제 도성으로 쳐들어가게 했다.

의자왕은 일이 급해졌음을 알고 고마미지현으로 추방되어 가 있던 興首의 의견을 들었다. 두 나라군사 연합해 쳐들어왔으니 평원 광야에서 보다 백강과 탄현은 요새지이니 唐 兵은 백강 안으로, 신라군은 炭峴을 넘지 못하게 하라고 대답했다. 그러나 대신들은 그 말을 듣지 않았고 왕은 가장 미련한 의견을 좇게 되었다. 벌써 당군은 백강으로 들어서고 신라군을 탄현을 넘었다는 것이다. 급하여 우선 계백(階伯) 장군에게 5천 군사를 주어 신라군을 막게 했다. 계백장군은 벌써 국운이 기울어진 것을 알고 처자까지 멀리 보내고 일선으로 나섰다.

황산벌에서 양군은 맞게 되었다. 백제군은 최후의 결사대여서 신라군이 당하기 힘들었다. 김유신 군대는 네 차례 싸웠으나 불리하였다. 백제군 앞에서 겁을 집어먹었다. 이때 신라 중군 흠춘(欽春 金庾信의 弟)이 아들 반굴(盤屈)을 불러 충효의 길로 가게 하였다. 전사 장면을 보고 품일 장군은 16세 자기 아들 官昌을 단신 적진으로 가게 하였다. 역전의 노장 계백에게 사로잡히고 투구를 벗겨보니 나이어린 미소년이다. 차마 죽이기 애처로웠다. 계백장군은 자기 아들을 생각하고 관창을 돌려보냈다. 다시 적진으로 달려간 관창은 다시 잡히었다. 이번에는 관창의 머리를 베고 말꼬리에 달아 적진으로 보냈다. 신라 5만 대군은 이에 자극받아 일시에 조수같이 밀려들어 갔다. 계백 장군은 끝까지 선전분투하다가 人海戰에 의해, 군사들과 함께 장렬하게 전사하였다. 백제의 좌평 충상(忠常) 달솔(達率) 상영(常永)이 포로가 되고 3일간의 황산벌 싸움은 끝났다.

소정방은 기벌포에 도착 백제군을 격파하고 신라군을 기다렸다. 김유신이 약속보다 3일 늦게 소정방 진지에 들어서자 그는 신라 督軍 김문영(金文穎)을 군법대로 죽이겠다고 고집한다. 기유신은 크게 노하여 당군과 싸울 태세였다. 소정방은 김유신이 보통장군이 아님을 알고 김문영을 용서하였다. 唐軍이 신라군을 얕보는 까닭에 생긴 사건이었다. 연합군은 백제 도성을 향하였다. 의자왕은 충신 성충의 말을 듣지 않은 것을 후회하고 7월 13일 밤 태자 孝와 같이 도망하려고 궁성 뒷문을 향하였다. 왕비와 궁녀들도 백마강으로 내려와 웅진성으로 달아났다. 이런 중에 의자왕의 차자 泰와 역시 의자왕의 태자 아들인 文思사이에 왕위 싸움이 일어났다. 太孫 문사(文思)는 숙부 隆과 한편이 되고, 남아 있던 좌평은 泰의 편이 되었다. 왕이 된 泰는 성문을 굳게 닫고 연합군에 대항했다. 어느 틈에 융과 문사가 성문을 열어주어 적병이 물같이 밀려 들어왔다. 궁중 안 여기저기에서 불길이 솟고 궁녀들은 부소산으로 오르고 나중에는 모두 백마강 쪽으로 몰렸다. 강물을 향하여 하나 둘 몸을 던지니 한 사람도 당군에 잡히지 않고 깨끗이 자결하였다. 후세에 이곳을 낙화암이라 칭하고, 이조 때 어우동(於于同, ?~?)은 시를 읊어 그들을 조상하였다.

白馬臺公卿幾歲　落花岩立過多時　靑山若不曾緘默　千古興亡閱可知
백마대 쓸쓸한데 몇 해나 지났느냐．낙화암 그 꽃다운 이름 몇 해나 되었느냐
청산아 네 다시 말이 없으니　천고의 흥망을 알 길이 없구나．

소정방은 왕외 태자 대신 장군 등 88명과 백성 1만 2천 807명을 당나라에 보냈다. 당 태종은 웅진도독부를 두어 통치케 하였으며, 郎將 유인원(劉仁願)에게 도성을 지키게 하였다. 王文度가 도독이 되어 9월 삼년성에서 신라왕에게 조서를 전하다가 별안간 원인 모르게 죽고 말았다. 이어 유인궤(劉仁軌)가 도독이 되어 웅진에 체재하였다.

한심한 물세는 황산벌 敗報가 당도하면서 狂態로 변하였다. 군관과 헤어져 절간에 돌아간 복신은 첫 새벽에 궁중으로 불려갔다. 어제 일은 없던 것으로 하고 계속 도와달라는 것이다. 은고 옆에 엎드려 붓을 놀리는 사나이는 글깨나 한다는 각가(覺伽)라는 대신이었다. 당대의 문장가 각가 좌평으로 하여금 명문을 짓게 해서 소정방에게 보내는 것을 복실장군은 어떻게 생각하느냐는 왕의 물음이었다. 성루공하(聲淚共下)할 명문장으로 당군 철수를 간청하게 한다는 것이다.

이 귀신도 울릴 문장을 놓고 기다리는 데 시간을 보냈다. 남쪽에서 신라군이 당군과 합류했다는 소식이 와도 대책은 이 명문장이 소정방을 울린 下回 결과만을 기다린다는 것이다. 저녁 때 돌아온 사신은 무식한 소정방이 옆에서 읽어주는 것을 듣고 불쑥 일어나 걷어차는 바람에 무릎에 멍이 들고 절뚝거리게 되었다는 것이다. 여기저기 한숨 소리가 들리자 편지 한 장 달랑 들고 갔으니 당연하다고 온고의 찢어지는 목소리에 모두들 그쪽으로 고개를 돌렸다. 산해진미(山海珍味)로 융숭한 대접으로 청을 드리지 않아 그렇다고 말하고 있다. 모두들 중전마마의 영특한 머리에 오직 감탄들 뿐이다.

이름 없는 관원만 보낼 것이 아니라 친히 대좌평이 나가서 대접하기로 했다. 복신의 눈에는 시라손이도 못되고 걸레라도 형편없는 걸레들이었다. 이튿날 밤새 만든 음식 궤짝과 술독들이 수십 마리 당나귀에 실렸다. 대궐의 넓은 마당을 가로질러 가는 행렬을 바라보다가 그는 돌아섰다. 망해도 희한하게 망하는 걸 보고 절간에 돌아가려다가 마지막에 사비성에 모아둔 수천 백제 군사를 가지고 한 달만 버티면 고구려의 원병이 온다 했으니 敵의 양도(糧道)를 끊고 결전하자고 간청했다. 임금께는 일찍이 백전백승의 명장이셨으니 안될 일이 없을 뿐 아니라 진두에 나서셔야 한다고 諫했던 것이다.

장군들은 다 뭐하고 늙은 왕더러 진두지휘하라는 것이냐 은고가 버럭 소리를 지른다. 한 마디쯤 두둔해주리라 생각했으나 말해봐야 소용없는 상대들이었다. 은고는 복신을 흘겨보다가 육좌평(六佐平) 모두 보내야 조정 모두의 성의로 받아들일 것이라고 덧붙인다. 뒤따라가서 거듭 성의를 보이기로 했다. 이 음식 저 음식 덧붙이는 여자의 고사 놀음으로 될 일이 아니라고 말하자 은고와 왕은 당장 군졸들을 불러 복신은 끌어내어 하옥시켰다.

밤. 옥중에도 소식은 들려왔다. 육중한 옥문은 굳게 닫히고 빠질 구멍은 하나 없었다. 임금 내외와 태자가 몇몇 대신들과 함께 곰나루(熊津. 公州)로 몽진했다는 소식이다. 자정이 지나 왁자지껄하더니 옥문이 열리고 죄수들이 몰려나갔다. 복신도 그들과 같이 몰려나와 거리에 나섰다. 보름을 앞둔 달은 기울었는데 지진을 만난 동네같이 아낙네들이 치맛자락을 휘어잡고 이리저리 뛰는가 하면 길가에 몰려서서 떠들썩하는 패들도 있었다. 바람앞의 등불인 채, 지치고 불안한 상태는 최악의 난장판이었다.

지나가던 젊은 군관이 말에서 내렸다. 복신 장군이 바른 말을 하다가 西部의 방령(方領)으로 쫓겨났을 때, 관내의 郡將으로 있던 지수신(遲受信, ?~?)이었다. 달빛 아래 예쁘장한 얼굴에는 웃음기가 없었다. 장군이 떠나고 난 후 북쪽 변경으로 쫓겨가 있었다는 것이다. 백제의 서북부에 있던 각성에서는 복신에게 호원하며 신라와 당군을 몰아낼 계획을 세웠다. 용기를 얻은 복신은 백제의 도성을 포위하였다. 도성에 있던 유인원은 장 속의 새가 되었다. 당나라에서는 일이 급하자 유인궤의 군대와 신라의 품일(品日) 문왕 양도 충상(忠常, 백제 降將) 문충 등을 보내 지원하였으나, 이들은 복신의 군대에 전패하였다.

복신은 다시 백제 도성으로 쳐들어가 백여명의 당나라 군사를 포로로 잡아 일본으로 보냈다. 복신은 일시 도성을 회복하였으나 신라와 당나라의 군사들이 도성을 노리므로 임존성(任存城)으로 후퇴하여 다시 기회를 엿보았다. 임존성에 웅거하여 복신은 상잠장군(霜岑將軍)이 되고, 두침은 영군장군(領軍將軍)이 되어 백제의 잔졸을 전부 모아 큰 세력을 가지게 되었다.

복신은 웅진도독 유인궤에게 '당과 신라가 연합하여 백제를 없앤 후 우리 영토를 신라에 합친다 하니 이는 우리를 죽이고자 하는 수작이다. 우리는 끝까지 싸울 것이다' 라는 서신을 보내고, 임존성을 더욱 튼튼히 방비하였다. 웅진 도독 유인궤는 백제와 복신이 용이하게 항복하지 않을 것을 알고 달래 보았다. 복신과 도침은 더욱 기세를 보이며 유인궤의 사신을 쫓아 버렸다. 유인궤는 또다시 신라 군사를 청하였다. 이때 신라에서는 김순을 보내어 응원하였으나 패하였다. 복신은 더욱 기세를 올리며 야유하였다. 그대들이 언제 돌아가는지 돌아갈 때 전송해주겠다 하였다.

### 7. 福信의 임존성과 김유신

다음은 황산벌 전투와 백제 都城에서 양군의 장군들 이야기를 들어보고 성문 밖 난장판 공포를 더듬어 보자. 한심한 물세는 황산벌 패보(敗報)가 당도하고, 오천 병력을 이끌고 기벌포로 향한 義直은 해안에서 결전을 주장했으나 감군(監軍)으로 따라온 대좌평 沙宅千福의 심복이 왕명을 방패로 후퇴를 주장하는 바람에 싸움다운 싸움도 없이 상륙했다는 소식이었다. 어쩔 수 없이 手兵만을 거느리고 적진에 뛰어들었다가 義直이 전사했다는 소식이다. 상륙한 唐兵들이 지쳐서 굼벵이같이 밖에 못 움직인다니 대좌평은 앞을 훤히 내다보는 神將이라고 왕과 온고가 칭송까지 늘어놓는다.

입을 열지 않는 복신은 흰 눈으로 우거지들을 지켜보았다. 아무리 종

실이라도 君臣之分이 하늘과 땅 같거늘 시비하기 싫어하는 귀실복신을 사택천복이 나무란다. 시시콜콜한 것을 가지고 찍고 까부는 꼴은 병신이 달밤에 춤추는 꼴이었다. 귀실 복신은 의자왕의 종제(從弟)로 선왕인 武王의 從子였고, 성씨 귀실(鬼室)은 『일본서기』에 'きしつふ くしん. 鬼室 福信'인데 각종 전투에서 세운 공이 많아 귀신도 놀라게 했다고 하여 '귀실'이라는 姓을 하사받았다고 전해 진다. 신수가 사나워 지난해 여름 온 가족을 열병에 잃고부터 동문 안 절간에 기거해 왔는데 새살림을 꾸미라고 하는데도 세상이 뒤숭숭하고 마땅한 사람도 눈에 띄지 않아 미루어 오고 있다.

7월 11일. 서남을 진격하던 신라군은 熊津 江口(강경부근)에서 진을 치고 기다리는 唐兵들과 마주쳤다. 강은 온통 배로 뒤 덮히고 좌우 강안에는 병정들이 들끓고 있었다. 계백 때문에 크게 고전한 김유신을 마중나온 김인문이 치하했다. 병정들이 슬슬 꽁무니를 빼길래 휘파람을 불면서 여기까지 진격해도 가로막는 백제 병정이 없었다. 맹랑한 것은 황산벌의 격전 소식을 들었음에도 신라군이 군기(軍期)를 어겼다고 독군(督軍) 김문영이 잡혀갔다는 것이다. 소총관 소정방이 軍門에서 목을 벤다는 것이다. 김유신의 수염이 부르르 떨었다. 덕물도(덕적도)에서부터 희한하게 놀더니만 이놈의 자식을 그대로 둘 수 없다고 김유신 대장군은 대노하여, 즉각 말에 올라 손을 흔들고 각적(角笛)을 울렸다. 뒤따르던 기병 천여 명이 일제히 말에 뛰어올랐다. 노한 김유신을 바짝 김인문은 바짝 따라붙었다.

김유신은 도끼를 빼들고 唐軍 장막으로 들어갔다. 소정방이 막료들과 이야기하다가 엉거주춤 일어서 두리번거렸다. 우리 독군 긴문영을 네가 뭔데 다스리려 하는가 하고 큰소리로 외치며 들어서자 소정방은 사색이 되고 대답을 못했다. 옆에 선 軍官 동보량(董寶亮)은 蘇定方의 右將으로 도끼에 눈을 떼지 않고 뒷걸음쳤다. 살기띈 침묵이 흐르는 가운데 김문영이 당 군관을 따라 들어섰고, 대장군과 함께 신라군

쪽으로 무사히 돌아왔다.

7월 12일 당군이 소부리성에 백제군 일만 명이 포진해 있으니 여기서 쉬면서 기운을 차린 뒤 진격하자고 소정방이 우기는데 신라군은 唐軍과 상관없이 진격하기로 하자, 이른 새벽부터 부지런히 움직이는 신라군을 바라보기만 하던 당군 진영에서 북이 울리면서 따라나섰다. 아침해가 봉우리를 넘어설 무렵 나당 연합군 십팔 만은 북으로 소부리성을 향해 진격을 개시하였다.

묘한 전쟁이었다. 나당 연합군의 정면에 나타난 백제군은 황산벌 백제군과는 딴판이었다. 태반이 군복 아닌 핫바지 차림으로 무기도 제대로 가누지 못하는 10대 소년에서 중년까지 나이도 일정치 않았다. 그렇지만 비겁하지는 않았다. 단련되지는 않았지만 두려움 없이 불에 달려들었다. 엄청난 적군 앞에 서슴없이 돌진해 갔다. 능란하게 창을 휘두르는 적의 손에 쓰러지고 쓰러진 시체를 넘어 또 달려들었다. 그것은 수없이 불에 뛰어들어 죽어가는 하루살이와 다를 것이 없었다. 의자왕은 7월 18일 당군에 항복하였다.

이 소식을 듣고 태종 무열왕은 즉시 백제 도성에 들어와 8월 2일 궁궐에서는 행주(行酒)의 예가 시작되었다. 이 행주의식은 의자왕이 정사하던 높은 곳에 신라왕과 唐 장군들이 자리하고 그 아래 패왕(敗王)과 그 왕자를 꿇어 앉혀 사죄하게 하고 점령군을 위로하는 수치스런 잔치이다. 신라 태자 법민은 백제 왕자 隆을 말 앞에 꿇어 앉히고 '이놈 네 아비가 나의 누이를 옥중에서 죽인 것을 아느냐? 20년간 절치부심, 이제야 내 누이의 원한을 풀겠다.' 말채찍으로 왕자 융을 갈기고 억굴에 침을 뱉었다. 이 모든 무서운 모욕은 오직 망국자만이 아는 슬픔이었다.

잠시 김유신 일화와 가계를 들어보기로 하자. 가야 망국의 왕자 무력(武力)은 신주 군주로서 출세의 길이 열려 그의 아들 서현(舒玄)은 신라 진골들과 같이 놀게 되었다. 방탕한 서현은 갈문왕(葛文王) 입종

(立宗)의 손녀 만명(萬明)과 눈이 맞아 서라벌 우거진 수풀 속에서 야합하였다. 가야국의 왕손이라 하여 신라는 서현에게 만노군(萬弩郡, 지금의 鎭川) 태수의 자리를 주었다. 만명은 부모 승낙없이 서현에게 달려가 유신(庚信)을 낳았다. 유신은 18세 때 용화향도(龍華香徒)가 되어 산천으로 돌아다니며 검술을 배웠다.

그후 유신은 중당의 당주(幢主.군대 편성 단위)가 되어 고구려 낭벽성 싸움에서 승리하여 김춘추와 결탁하려고 궁리했다. 정월 보름날 두 사람은 축국(蹴鞠)을 했는데 당에서 들어온 이 경기는 젊은 화랑도 사이에 성행하였다. 유신은 김춘추보다 나이가 9세나 많았지만 언제나 진골을 존경하였다. 같은 편인 두 사람은 유신이 따라다니며 김춘추에게 공을 몰아주었다. 김춘추의 唐衣 옷자락을 밟아 소매가 터졌다. 옷자락 소매를 꿰매기로 하였다.

유신의 집에 왔는데 문희는 언니 보희와 집에 있었다. 보희가 어젯밤 꾼 꿈이야기를 문희에게 했다. 서악산에 올라가 오줌을 누었더니 서울 안에 가득 차더라는 것이다. 문희는 비단 치마 하나를 주고 언니의 꿈을 샀다. 그러고는 오늘 무슨 일이 있나 하고 기다리고 있는 참이었다. 마침 언니 보희는 잠시 밖에 나가고 없어서 문희가 들어오게 되었다. 술이 얼근한 채, 17, 8세 규중 처자에게 터진 당포(唐袍) 소매를 벗어주마하니 공자의 귀하신 옷을 벗으시면 안 되니 그대로 입은 채 꿰매게 되었다. 문희는 춘추 앞으로 바싹다가 앉아머리를 다소곳이 숙이고 은어같은 흰손, 머리의 당 麝香 냄새가 풍긴다.

유신은 무슨 볼 일이 있는 듯 자리에서 일어서 나갔다. 김춘추는 문희의 손목을 잡았다. 끌어 안았다. 저항도 없이 끌려왔다. 바늘이 실을 따라가듯 문희는 김춘추 품 안에 들어온 것이다. 미천한 몸이 되어 감히 귀공자의 반려가 되기 어렵다는 문희의 말에 가야국의 왕손이니 신라의 공자와 가야국 왕녀와는 서로 걸 맞는다 하여 꽃이 피면 나비가 와서 앉듯이 성숙한 문희의 몸에도 나비가 나라와 앉았던 것이다.

세상에 여자는 많지만 이렇게 아름답고 선량한 여자는 못보았는데, 소녀는 이제는 홀몸이 아니라고 문희가 말하였다.

유신은 신라의 진골과 혼인하게 되면 망국의 설움도 가시겠다고 생각하였다. 그때 선덕여왕이 남산에서 봄 경치를 보고 있을 때, 때아닌 검은 연기가 하늘로 올라갔다. 김유신이 누이가 부모 몰래 아이를 뱄다 하여 그 누이를 태워 죽이려 한다는 소문을 여왕이 듣고 伊飡의 안색을 살피고 인명은 소중한 것이니 급히 가서 구하라고 분부했다. 여왕은 그날로 문희를 김춘추의 정식부인으로 봉하라는 하교를 내렸다. 김유신은 신라 귀족 진골이 될 기회를 만들었다.

7월 29일. 남천정 금돌성(今突城. 지금 경북 尙州)에 옮겨 본영을 설치하고 있던 임금이 소부리성에 도착하자 연합군 진영에서 잔치가 벌어졌다. 곰나루도 점령된 판이라 축하연이라 했다.

한편 지수신과 강을 건너다 잡히어 정체가 밝혀져 끌려가 오늘 이 자리에 망국의 무리에 끼인 복신은 침을 삼키고 앉아 있다. 양군의 장수들이 좌우에 앉아 즐비하게 차린 상을 받고 술을 마시는데 백제 임금과 왕후, 대신 고을의 우두머리까지 몰려 마당에 쭈그리고 앉았다. 우둔한지 순진한지 소부리 곰나루 두 성을 점령하고 나서 곱게 항복하는 자는 모두 용서하고 벼슬도 준다고 했더니 불과 몇 명이 도망가고 모두 다 제 발로 걸어와서 굽신거렸다. 소정방에게 수염을 잡혀 놀림감이 되었던 임금이 휘청거리며 절을 하고 일일이 돌아가면서 무릎을 꿇고 술을 부었다. 은고는 당 군관에게 손목을 잡혀 당상에서 큰절을 하고 풍악에 맞춰 춤까지 추었다.

堂下에 엎드린 군중 속에서 목놓아 우는 소리, 이어서 온 殿庭은 통곡으로 들끓고, 복신은 어금니를 깨물고 눈을 감아버렸다. 날이 어두워지기 시작하자 한숨이 터지고 여기저기 속삭이는 소리는 敵이 점령한 것은 소부리성과 곰나루성 뿐이라는 것이고, 그중 귀가 트이는 것은 지수신이 자기 부하를 빼내어 가지고 임존산으로 갔다는 소식이다. 별안간 담밖에서 전쟁 중이라 큰 불이 타오르고 있었다. 문밖 파수병의 군복을 **빼**앗아 갈아입고 복신은 담장으로 기어올라 성내에 타는 불길을 멀리 하였다. 복신은 길에서 무수한 시체를 보며 또 뛰었다. 당병들의 작태는 가지가지였다. 마침내 성벽을 뛰어넘어 성 밖에 떨어진 그는 풀을 깔고 앉아 바람을 쐬며 밤 하늘에 총총한 별을 바라보았다.

백제의 산과 들에는 죽는 자와 죽이는 자의 아우성이 그칠 날이 없었다. 백제 인간들은 기를 쓰고 산으로 도망치기 시작했다. 그는 소부리성을 탈출할 때, 생각할 것 없이 자기 기반이던 서부로 향했다. 당군의 살육을 피해 짐승처럼 숲속을 헤매던 군상은 부처님을 만난 듯, 두 말없이 따라나섰다. 우선 백여 명을 이끌고 밤길만 더듬어 이 임존산에 당도했다. 텃세도 있고 왕사(王師)를 지낸 권위도 곁들여 도침(道琛)의 힘은 대단했다. 장정들과 남녀노소 그를 의지하여 피난오는 사람들이 줄을 이었다. 지수신도 도침의 절제를 받고 휘하 병사들을 독려해서 외지에 나가 식량을 구해오고 비축하는 일을 독려하고 있었다.

복신은 첫날부터 도침과 의견이 갈렸다. 도침은 이미 바닷가에 사람을 보내 일본이나 고구려로 집단 탈출을 계획하고 있다는 것이었다. 난쟁이를 조금 면한 오십의 오척 短軀 도침은 깡마른 얼굴에 당군 13만 신라군 5만을 당해 낼 재간이 없다는 것이다. 복신은 적들이 먹을 것이 없어 오래 머물 수 없으니 우리가 그들의 양도(糧道)를 차단하면 적군을 몰아낼 수 있다는 자신으로, 복신은 다음날부터 지수신의 부하들과 함께 나무를 찍고 木柵을 두르고 대장간을 마련하고 분주히 서둘렀다. 그런데도 도침은 탈출희망자를 은근히 결속하고 바닷가에 연락을 취하고 있었다. 아침저녁으로 제법 싸늘한 팔월 중순. 임존성에서는 낮이나 밤이나 청년들이 무더기로 모여들고 더구나 예전에 서부에서 자기가 지휘하던 장병들은 거의 다 모여들어 이 임존성의 핵심 세력이 되어 복신의 한마디라면 물불을 가리지 않을 기세를 보였다.

특히 서부에서 복신의 부장이다가 그 후임으로 있던 흑치상지(黑齒常之)가 온 것은 이를 데 없는 힘이었다. 그는 머리를 숙여 덩치는 크면서도 아이들같이 순진한 데가 있었다. 예전의 흑치상지, 성난 사자같이 창을 휘둘러 적진을 짓밟던 그 모습으로 돌아간다면 더 바랄 나위 없었다. 진지를 마련하는 일, 장정 단련하는 일, 잠은 언제 자는지도시 그가 눈을 붙이는 것을 볼수 없이 묵묵히 일했다. 마치 부처님 앞에 자신을 내 맡긴 기도의 자세였다.

이긴다는 것이 이번처럼 절실한 일은 백제 육백년 역사에 일찌기 없었다. 백제 의병의 머리수가 많다는 정보를 듣고 임존산으로 진격해 온 나당 연합군도 대단한 숫자였다. 적어도 사오만은 되리라고 짐작되었다. 그러나 백제의 이 패잔병들은 병력이라기보다 머리수에 불과하다고 대수롭지 않게 보는 것이 대다수의 의견이었다. 대군이 몰려가면 뿔뿔이 도망가기 바쁠 것이라는 것이다. 반나절이면 짓밟고도 남는다고 생각하는 것이다. 당군은 휘파람을 불면서 소풍가는 기분이었다. 소정방은 동서남 세 방면을 담당하고 신라군은 북쪽에서 포위하여 독안에 든 쥐를 만들어 몰살한다는 것이었다.

8월 26일 포위군은 공격을 개시하였다. 신라군과 당군은 공격행동이 달랐다. 북쪽에서 진격하는 신라군은 멀찌감치 점지하고 척후가 염탐하는 반면, 당군은 인해전술 그대로 개미 떼처럼 산으로 오라갔다. 산속의 백제군 진영에서는 쥐죽은 듯 조용하기만 하고 인기척이 전혀 나지 않는데 도망하는 한 사람 없이 고요하였다. 소정방은 오합지졸을 쓸어버리고 점심을 먹는다고 엄명을 내려 진격을 재촉했다. 여전히 백제군은 자취를 보이지 않았다.

당군들은 소문만 공연히 요란하고 낭설이라고 木柵만 넘으면 그대로 점령할 듯 즐거운 웃음을 흘리고들 뒤따라 올라갔다. 순식간의 일이었다. 눈깜짝할 순간 화살이 소나기처럼 날아오르고 목책에서부터 당군은 호박처럼 떨어져 뒤굴뒤굴 능선 골짜기로 굴러갔다. 비명과 아우성이 뒤범벅이되고 아수라장을 방불케 하였다. 발길을 돌려 퇴로를 찾던 당군들은 질풍노도처럼 달려드는 백제군의 창과 칼에 엎어지고 말았다. 산사태에 쓸려 밀고 내려와 그들을 덮치고 삼켜버렸다. 삶과 죽음을 가르는 인간의 아우성은 산 중턱에서부터 골짜기로, 다시 벌판으로 밀리고 퍼져나갔다. 쫓기는 당군은 다급했다. 적이 버리고 간 군마에 복신은 뛰어올라 채찍을 휘둘렀는데 앞질러 추격하는 병사들의 선두에서 흑치상지의 모습이 눈에 들어왔다. 마치 칼 휘두르는 것이 지초(地草)를 치듯이 전후좌우를 휩쓸고 있었다.

적의 반수는 죽었거나 부상으로 걷지 못하는 상태였다. 포로 2, 3백 명은 옆에서 쳐다보고 있는 短軀의 도침에게 국서를 쓰게 하여 고구려와 일본에 보냈다. 김유신은 임존성에서 당군이 대패하는 것을 보고도 소부리의 대연(大宴) 후 삼년산성(三年山城. 지금의 報恩)에 머물고 있는 임금과 상의하여 휘하의 장수들이 싸우자고 하면 한 마디로 이를 가로막았다. 소정방은 임존성 패전 후 풀이 죽어 철수준비를 서둘렀다.

마침내 당군 일만, 신라군 칠천을 남기고 백제에서 철수하기로 합의, 신라군은 대오를 지어 육로를 따라 북으로 떠나고 당군을 실은 배는 날마다 꼬리를 물고 웅진강(백마강)을 내려가 바다로 사라져 갔다. 신라 주둔군은 김인문의 아우 金仁泰가, 당군은 劉仁願이 각각 지휘하게 되었다. 소부리성이 함락되던 날, 적지 않은 장병들이 스스로 목숨을 끊었고 백성들도 수없이 강물에 몸을 던져 죽었다는 소문이었다. 궁성의 서북을 차지한 扶蘇山 절벽에서 강물로 몸을 던져지는 소복의 여인들, 궁녀들이었다.

9월 3일. 왕, 은고 이어서 태자 隆 이하 왕자13명, 사택천복과 아들 손등, 좌평 國辨成 등 고관 대작들 50여 명이 줄줄이 묶여 배 안을 들어가 버렸다. 종으로 쓸 만하다고 살려서 당나라로 끌고가는 일만 이천 명, 배들은 가을 바람에 깃발을 나부끼며 서서히 움직이다가 속력을 더해갔다.

백제인들은 그후 각지에서 분산하여 유격전을 전개하였다. 무왕의 從子 복신은 승 도침(道琛)과 같이 주류성에 의거하면서 일본에 가 있던 왕자 풍(豊)을 왕으로 모시고 백제 재흥을 도모하였다. 백제의 서북부에 있던 각 성에서는 복신에게 호원하며 신라와 당을 몰아낼 계획을 세웠다. 용기를 얻은 복신은 백제 도성을 포위하였다. 도성에 있던 유인원은 장 속의 새가되자 일이 급하자 都督 유인궤의 군대와 신라의 품일(品日), 문왕(文王), 양도(良圖), 충상(忠常. 백제 降將), 문충(文忠), 등을 보내 지원하였으나, 이들은 복신의 군대에 전패하였다. 복신은 다시 백제 도성으로 쳐들어가 백여 명의 당의 군사를 포로로 잡아 역시 일본으로 보냈다. 복신은 일시 도성을 회복하였으나 신라와 당의 군사들이 도성을 노리므로 임존성(任存城)으로 후퇴하여 다시 기회를 엿보았다.

임존성 웅거하여 복신은 상잠장군(霜岑將軍)이 되고, 도침은 영군장군(領軍將軍)이 되어 백제의 잔졸을 전부 모아 큰 세력을 가지게 되었다. 이때 복신은 웅진도독 유인궤에게 백제군은 끝까지 신라와 당에 싸울 것이라고 서신을 보내며 임존성을 더욱 튼튼하게 방비하였다. 웅진도독 유인궤는 복신이 용이하게 항복치 않을 것을 알고 달래 보았다. 복신과 도침은 더욱 기세를 보이며 유인궤의 사신을 쫓아버렸다.

## 8. 주류성, 임존성과 백제 최후의 날

지수신(遲受信, ?~?), 黑齒常之는 뛰어난 장수로 각지를 전전하여 큰 전공을 세웠으나 그 공을 내세우는 일이 없이 복신의 통제에 복종하였다. 도침(道琛)도 승군을 중심으로 부대를 편성하여 잘 싸웠지만 공을 앞세우고 다른 장수들을 헐뜯고 이간질하는 버릇이 있었다. 어려운 때에 안에서 분란이 일어서는 곤란하다고 생각한 복신은 領軍將軍 도침이 하자는 대로 했다. 하루는 싸움터에 나갔다가 신라군에게 패하고 돌아온 흑치상지가 도침의 덜미를 잡고 들어왔다. 중이 병법을 알 까닭이 없는지라 작은 싸움에는 용감해도 전체를 보지 못하고 엉뚱한 명령을 내려 예기치 않은 패전을 하는 일이 속출하였다. 군관들은 도침을 엎어놓고 짓밟았다. 단구의 허약한 도침은 복신이 손을 쓸 사이 없이 죽고 말았다. 군사통수권 문제로 발생한 사건이었다. 신라에서는 태종이 죽고 아들 법민이 왕위에 올랐다.

다음해 용삭(龍朔) 2년, 웅진 동쪽에서 복신이 유인원과 유인귀의 군대를 맞아 이겼다. 전승을 굳히기위해 신라군을 소부리성에 몰아넣고 신라로부터 오는 양도(糧道)와 당나라 수송선을 쳐부수어 고립무원의 궁지에 몰아넣었다. 당에서 손인사(孫仁師)에게 원군 7천여 명을 보내었다. 복신은 백제군의 총수가 되었다. 고구려와 일본에서 많은 식량과 무기, 일본으로부터 대군을 보낸다는 약속을 받았다. 왕실의 지친(至親)이니 왕위를 권했으나 복신은 듣지 않았다. 백제 부흥의 단 하나의 길은 萬人 헌신(獻身)뿐이니 자기로부터 그 본을 보여야 한다고 하여 일본에 볼모로 가 있는 의자왕의 아들 풍(豊, 一名 豊璋, 부여풍)을 맞기로 하였다.

그의 볼모는 무왕 때인 서기 631년이다. 백강구(白江口, 錦江口)에서 豊을 맞는 순간 큰 실수라고 생각했다. 일본군의 호위와 일본부인, 아이들, 30년만에 조국 땅을 밟는 탓인지 백제말도 제대로 못했다. 보꾸시니까, 수고 닥상했오. 복신입니까, 수고 많이 했오. 이런 식이었다.

663년 주류성(周留城. 충남 韓山) 6월. 백제 풍왕과 복신 간에는 군사 통솔 문제로 사이가 벌어져 갔다. 복신을 부르는 것보다 일본사람과 일군과 어울리어 일본어만 말하고 있었다. 즉위식이 끝나고 얼마 안있어 도침의 옛 부하로 역시 승장(僧將) 출신인 덕집득(德執得, 벼슬은 達率)이 부지런히 풍장과 드나들더니 피성(避城, 전북 金堤)으로 천도하여 거기에 궁성을 지어 도읍을 옮겼다. 다시 주류성이 좋다고 지난 이월 이곳에 들어왔다.

고기 맛을 들인 중인 덕집득은 일본인에게 아첨하여 마침내 임금의 측근이 되었다. 덕집득의 말에 의하면 복신이 도침을 죽였고 풍왕까지 죽이고 복신이 왕이 되려 한다는 것이다. 한밤중에 복신은 오랏줄에 꽁꽁 묶이어 일본군이 삼엄하게 경비하고 있었다. 신화의 영웅은 이렇게 하여 죽었다. 신출귀몰하여 신라와 당군을 쳐부시던 절세의 神將이 죽고 말았다.

소부리성에서 꼼짝 못하던 유인궤가 당군을 이끌고 다시 곰나루성을 공격해도 저항이 없고 성은 맥없이 떨어지고 말았다. 새로운 기운을 얻은 유인궤 유인원 등은 손인사의 군대와 합하여 백제 최후의 아성인 주류성을 치고자 웅진강을 내려가 백강 어귀로 들어섰다. 여기서 백제의 청을 받고 온 일본 원군과 싸움이 벌어졌다. 백제 신라 일본 당나라 네 나라의 군대가 싸워 일본 수군 400여 척이 불타버리고 백제의 잔졸들은 고구려로 달아나고 왕자 忠勝과 忠志는 항복하였다. 이로써 4년여에 걸친 백제의 부흥운동은 사실상 끝난 것이고, 백제 최후의 날로서 문무왕 3년(唐 龍朔3년. 663년) 9월 7일이었다.

오직 임존성만이 남았다. 성주가 된 지수신은 최후까지 버티고 있었는데 백제 최후의 애국자였다. 전까지만 하여도 흑치상지와 사타상여가 남아 있어 같이 복신의 심복으로서 대항해 싸웠으나 神將 鬼室福信(きしつふくしん)이 죽고나니 의지할 곳은 고구려밖에 없었다. 지수신은 고구려 원병이 오기를 고대하였으나 기다려 볼 힘조차 없이 쓸쓸한 가을 바람이 불어오는 城머리에서 북쪽을 바라보며 회상에 잠겼다.

680년 전 온조왕이 한강 가에 세운 백제는 한 때 강성하여 평양성 부근까지 진출하였고, 동남으로 신라를 압박하였다. 한 때 사비성이 뛰어난 문화를 자랑하였으나 수년 전 싸움에서 사비성은 잿더미로 화하였다. 이제 다시 일어나기는 어려운 일이다. 31명의 역대 왕은 나라를 지켜보고자 하였으나 흥망이 在天이라 천운을 슬퍼한들 무엇하랴만 인간에게는 신의가 있으니 임존산성을 지키는 지수신의 눈에서는 주먹같은 눈물이 옷깃을 적시고 있었다. 지수신은 처자를 그대로 둔 채, 고구려를 향하여 북쪽으로 발길을 옮겨 놓는다. 유유히 흘러내리는 백마강은 한을 품고 말없이 흐르고 있었다.

### 9. 백제의 世系 (31왕. 682년, 343년)

임존성은 현재 예산 대흥으로 비정되고 있다. 「산국사기」권 36 지리 3 임성군조에 "임성군은 본래 백제의 임존성으로 경덕왕이 개명하였다. 「신증 동국여지승람」권 20 충청도 대흥현조에는 백제의 임존성이었는데, 신라 때에 임성군으로 고쳤고, 고려 초기에 지금의 이름이 되었다 하였다. 또 고려 태조 8년(925년) 10월에 후배제 견훤, 유금필(庾黔弼, ?~941)에 의해 함락되고, 형적(邢積) 등 3천여 명이 죽거나 포로로 되었다. 현종 9년에 運州 영내에 딸린 군현이 되었다가 명종 2년에 감무가 파견되었다. 조선 태종 13년 대흥현으로 현감이 파견되는 고을이 되었는데, 둘레 244의 임존성안에는 우물이나 샘이없었으며, 인근 대잠도(大岑島)에 소정방의 사당이 있어서 봄과 가을로 제사를 지냈다고 한다.

임존성은 예산군 대흥면 광시면, 홍성군의 금마면 등 삼개 면에 둘러싸인 경계를 이루어 봉수산의 정상부에 구축된 산 정상부를 둘러싼 퇴뫼식 산성으로, 현재 사적 90호로 보호되고 있다. 성이 위치한 봉수산은 산세가 험하고 예당저수지, 예당평야가 한눈에 내려다보이는 지형으로 공격하기가 매우 어려운 산세를 하고 있어, 주로 북쪽 곡창지 방어를 목적으로 구축된 산성으로 보인다. 「대동지지」대흥성지조에 임존성은 봉수산에 있는 둘레가 5,094자이고 넓이는 수백 리 길이라는 기사가 남아 있으며, 성 둘레가 2,450m에 달하는 백제 시대의 최대 규모의 산성이다. 전체적으로 성의 외벽은 돌로 쌓고 내벽은 돌과 흙을 섞어 쌓았는데, 안쪽으로는 7-8m정도의 내호가 둘러져 있다.

정상부는 평탄면이 조성되어 있어 건물이 자리했을 것으로 생각되며, 남벽쪽으로도 넓은 평지가 조성되어 이곳에서 백제시대의 토기와 기와조각들이 흩어져 있다. 성벽에는 폭 70㎝, 높이 90㎝의 배수구를 설치하고 그 위에 판석을 덮어 놓았다. 성의 서북쪽으로 폭 6m의 북문터가 남아 있는데 이 문을 지나면 대흥면 소재지에 닿는다.

✻ 백제 부흥 운동 임존성 모습

주몽
‖—— 沸流
越郡女　一.溫祚㊻—— 二.多婁王㊿——三.巳婁王㊿②——四.蓋婁王㊴——五.肖古王㊾——六.仇首王㉑—
—— 七.沙伴王(幼少不能政)——　八.古爾王㊿③——九.責稽王⑬——十.汾西王⑦——十一.比流王㊶——十二.契王③——十三.近肖古王㉚——十四.近仇首王⑩——十五.枕流王②——十六.阿莘王——十七.辰斯王⑧——十八.腆支王⑯—— 十九.久爾辛王⑧——二十.毗有王㉙——二一.蓋鹵王㉑——二二.文周王㉞——二三.三斤王③——二四.東城王㉕——二五.무녕왕(武寧王, 462~523)㉓——二六.聖王㉒——二七.威德王㊺——二八.惠王②——二九.法王②——三十.武王㊷——三一.義慈王——태자 孝——文思

武王從子 福信　왕자 泰
왕자 隆
왕자 演
왕자 豊

## 10. 駕洛國 世系(十王, 343년)

一.金首露王( 1 5 8)────二.居登㊿④────三.麻品㊳────四.居叱彌㊿⑤────五.伊尸品㊿⑪────六.坐知⑭────七.吹希㉚────八.銍知㊶────九.柑知㊴────十.仇衡(一作衝)㊿㊶